译文纪实

TOMS RIVER
A Story of Science and Salvation

Dan Fagin

[美]丹·费金 著

王雯 译

汤姆斯河

一个美国“癌症村”的故事

上海译文出版社

诚挚地献给

阿莉森、安娜和莉莉；

同时献给路易·列维·罗伊斯曼，1938—2008

TOMS RIVER

目 录

序幕　等　待

迈克尔·吉利克几乎不用知道过到了哪一天，需要的时候他看看他的药盒就行。它有一个小手提包那么大，分成七个区，每区对应一周中的一天。一个区又被分成几格，每天迈克尔要取五次药：早上七点，正午，下午三点半，八点半和晚上十一点。（为了防止遗漏，他在手机上设了时间提醒。）每周，迈克尔或者他的母亲例行地补充手提包中的药品，这仿佛是将他们用药片做成的沙漏翻转了一次。

每周，他要数出一百三十八片药：粉色小药片是吗啡，用来止痛；黄色的类固醇，调节免疫系统；白色的苯巴比妥，抑制癫痫；蓝色椭圆形抗组胺，抑制头晕和恶心。另外还有抑制烧心的兰索拉唑、降压药萘多醇、调节消化不良的乳酸菌素片。迈克尔一天三次服用强力降压药酚妥拉明。几年前，制药厂——当时的名字还叫汽巴-嘉基（Ciba-Geigy）——终止了酚妥拉明片剂的生产，从那以后迈克尔只好大量囤积这种药。

迈克尔和父母住在新泽西州汤姆斯河镇一条背阴街面上的农场式平房中。他很少出门。他很喜欢电影，但去趟影院对他来说太艰难。陌生人会指着他说：“哦，多好玩儿啊！”还有一个人捏过他的脸蛋。十四岁时，有一次他在一个大厅里寻找洗手间，一个女人问他为什么没有母亲陪着就到处乱跑。他试过出去约会，结果不好。在他十六岁的时候，迈克尔疯狂地爱上了一个送报的女孩。每天早上他都在卧室的窗边看着她。当他终于鼓足勇气试着要跟她说话的时候，眼睛却一直盯着地板。后来他明白了，他不想看到她望着自己。

迈克尔生于 1979 年，现在已经是成年人了，身高四英尺六英寸（一点四米），体重大约一百磅（四十五点四公斤）。

如果迈克尔有工作，或是上过学，他就会用其他的方式来衡量时间的流逝，而不是用他的药盒。他试着去过一学期的社区大学，期末成绩全 A，他绝对够聪明。但家里所有人都觉得他的身体状况不好，上学对他压力太大，出去工作更不可能了。所以迈克尔一直待在家里。通常他睡到中午起床，下午看肥皂剧，做运动（他喜欢做轻量级举重），拨拉两下吉他，然后在晚饭后几小时几小时地玩电子游戏或者看职业摔跤。

他是个夜猫子，但他有自己的理由。醒着看电视到凌晨三点比躺在床上睡不着强多了。他有两个铁打不动的噩梦，一个是他站在卧室的窗边眼看着家里的狗冲到街上被车撞死，另一个的情节出自他钟爱的恐怖电影和幻想游戏，只是更加恐怖：梦里一个丑陋的浑身是血的男人在滚滚雷鸣中挥舞着一把大刀，闪电划破夜空的一刻他告诉迈克尔："我会永远跟着你，最后来取你性命。"然后这个恶魔当着迈克尔的面一个一个杀掉他的父母和哥哥。在迈克尔还小的时候，有一次他经历了一个特别恐怖的夜晚，于是他妈妈请了一位警方的画像师来，根据他的描述画出了梦里的这个人，但这没什么用。那个可怕的魔鬼说的没错：他一直没离开过。他的名字叫"坎先生"，后来他和他母亲把名字的音节倒过来以后才明白这名字是什么意思。①

迈克尔·吉利克人生的根本问题在于他的癌症，那是与生俱

① 坎先生在原文中为"Sir Kan"，其英文发音颠倒后即与 cancer（癌症）发音一致。——译者

来的。三个月大时，他被确诊患有神经母细胞瘤，一种在神经系统中快速发展的肿瘤。从发现时疾病发展的情况看，他还在母亲的子宫里时就已经饱受折磨了。医生告诉琳达和雷蒙德，迈克尔只有一半的机会能活到一岁生日。十几年过去了，死神迟迟未到，但活下去也付出了昂贵的代价。肿瘤夺去了迈克尔左眼和左耳的全部功能，破坏他的平衡感，扭曲了他内脏的位置。类固醇药物抑制了他的成长，使他脸部浮肿，化疗削弱了他的心肺功能，破坏了胃黏膜，还在侵蚀骨骼，一走路就疼。小的时候迈克尔很敏感，谁碰他一下都会疼得叫出来。现在，状态好的时候，他基本上就只是感到筋疲力尽，喘不上气和恶心。而状态不好的时候他几乎不能移动。尽管目前看来他的治疗措施控制住了肿瘤，但没有医生敢说他打赢了这场战争。

迈克尔没有体验过其他的生活方式，所以他没有深陷在自己的痛苦中难以自拔。小时候他偶尔会质疑自己信仰的天主教，后来却深信来世和上帝的公正与仁慈——尽管在他自己的人生中这方面的证据少之又少。他给自己的天主教信仰加了些新思潮的作料，尽力不让自己消沉，比如相信水晶的治愈能力（有时他会在脖子上挂上一块）。他说："到了晚上你还活着，那这一天就算不错——就算电视节目不好看。晚上有摔跤看，那这一天就不错。人们把活着看成理所当然，这不对。"他母亲组织了个癌症互助小组，当她让他去跟新确诊的患儿谈谈的时候，迈克尔总是下足了功夫让自己看上去更乐观些。

只有他父母和少数几个朋友知道迈克尔的坚忍背后的秘密：他在等待。他在很早以前就已经接受了自己永远无法恢复健康的现实，但他还有另一件迫切期待的事情——有时对它的期待更甚。他盼望着恶有恶报。从他记事起，迈克尔就非常确定——这种确定他解释不清，只是拍着自己布满瘢痕的胸脯说"我打从这感觉到了"——某些东西，某些人，应该为他的癌症和他痛苦的人生负责。多亏在他的家乡汤姆斯河发生的一系列了不起的事件——这其中迈克尔和他的母亲扮演着重要的角色——他已经基本确定了谁应该为此负责。

多年以后，迈尔克回忆说："小时候，当我第一次听说我的癌症可能来自哪里时，就对自己说：'我要活下去，和他们抗争，亲眼看到他们接受惩罚。'我当时可能还不知道'惩罚'这个词，所以当时说的可能是'我要报仇'。我要的就是这个，我们还在等待，决不放弃。目前看来，还有很多事有待发掘，一旦揭开，那将是爆炸性的。"

迈克尔已经等了很久，他还将等待下去。在远到纽约和费城医院里那些昏暗的病房中，他和母亲遇到了几十位同样来自汤姆斯河镇的罹患癌症的小孩子——他确信，这绝不是巧合。这些人中很多已经离开，永远地离开了，但迈克尔还在，他在等待。他在律师事务所里坚持参加了数百个委员会会议、记者招待会、战略研讨会。他等待着那些看似遥遥无期的科学调查结果，其中一项特别重要——这项调查要验证他和他母亲是不是错了，他们是不是情绪化的，是不是在臆想。那些"专家"们怕是要大吃一惊了吧。

起初，迈克尔和琳达一无所知，如今三十年过去了，他们变得无所不知。和很多人一起——其中有些人甚至素未谋面——吉利克一家协助揭开了汤姆斯河镇的秘密历史：漆黑午夜的偷排，光天化日的欺骗，公司的贪婪和政府的忽视，这是一部黑暗编年史。他们与周围邻居的恐惧和偏见斗争，最终受到人们认可。现在迈克尔觉得自己比任何时候都更接近他的最终目标，就看他能争取到多少时间，真相终将浮现，他可以再等下去。

第一部分　冰激凌店

第一章　海盗

关于汤姆斯河镇的第一个未解之谜是，如果“汤姆”确有其人，他究竟是谁？可能是探险家威廉·汤姆上尉，他在1664年参与了将荷兰人赶出新阿姆斯特丹（今纽约）的战斗，然后靠做大英帝国的收税员发了家，辖区在刚成立的新泽西州的南部荒野。也可能是一个叫“老汤姆”的印第安人，他在独立战争期间住在河口附近的悬崖上，同时刺探美英两国的商船，谁给他贿赂的钱多就给谁情报。

住在汤姆斯河镇的人们以无穷的想象力创作了自己中意的故事，在他们的版本里，没有重税，也没有贿赂。尽管有人质疑其真实性，但故事被铭记在公园牌匾上、地方志中，甚至出现在有点顺口溜性质的广为流传的小镇《老民谣》里。[①]在这个故事里，大约在1700年前后，一个名叫托马斯·卢克的人独自去往新泽西州中部的茂密松林，在海湾附近一条小河的北岸定居下来，后来这条河以他的名字命名。此人与当地土著相处融洽，被称作汤姆·帕姆哈（德瓦族语意“白人朋友”），后来娶了酋长的女儿，安公主。

当初他们的小屋所在的位置现在延伸成了镇子的主路，路的尽头是一家银行，曾被称为汤姆斯河第一国民银行。在破产之前的十几年中，第一国民银行随意放贷，使得小镇迅速扩张，1991年，银行在几百万美元不良房地产贷款和储户的疯狂挤兑中破产。它的倒闭蔚为壮观，无可质疑，是新泽西州历史上最大的银行倒闭案，同时也预示了当地即将到来更大的危机。不过这些就没有铭牌或是民谣来记录了。在汤姆斯河镇，历史经常是可交易的商品。

在 20 世纪 50 年代化工厂入驻和小镇的高速增长开始之前，汤姆斯河发生的最大的事就是美国独立战争了。独立战争前，因为地形独特，小镇是三流海盗的天堂。大西洋和巴尼加特湾之间有一条狭长的水道，叫克兰伯里入海口，是新泽西海岸线上少有的船只可以躲避风暴的地方。不过开到入海口里面躲避风暴的船只就成了当地地痞的盘中餐，他们开着捕鲸船溜出汤姆斯河，袭击商船盗抢货物，再逃回浅滩躲避。另一类收获颇丰的消遣活动是掠夺失事船只。要是自己搁浅的货船不够多，“有胆识”的当地人会“帮帮忙”，比如在岸边的其他位置打灯光迷惑那些正在寻找入海口的舵手。

独立战争临近，这些下作的手段突然不但合法化了，还成了爱国主义行为。汤姆斯河的男人们和夺取了英国船的私人武装合谋，兴致勃勃地追逐英国船只，在镇子的广场上拍卖他们的战利品。英国人 1781 年进行反击，烧毁了镇上的制盐厂。但这之后

---

① 关于托马斯・卢克和安公主的故事最初出现于波林・S・米勒写于 1967 年的一本二十九页的书中，作者多年来主持编写欧申县志。这本自费出版的书叫做《汤姆斯河与多佛早期历史》，为庆祝多佛建镇两百周年而作，其中介绍了设计托马斯・卢克和他的印第安新娘的《老民谣》。1922 年，小镇在赫迪公园的一座步行桥上竖立了纪念卢克的牌子，位置邻近据说 1712 年他建立渡口的地点。米勒版本的故事的题目乐观：“汤姆斯河如何得名”。但有人质疑，卢克的党羽，包括他的后代在 20 世纪 20 年代之前都不曾捍卫过自己的祖先。在当地 19 世纪的记录中，反倒更像得名于“印第安人汤姆”和威廉・汤姆（有时被称为威廉・汤姆斯），例如，埃德温・索尔特 1890 年在新泽西出版的《蒙茅斯与欧申县的历史》，以及约翰・华纳・巴伯和亨利・豪 1868 年出版的《新泽西历史荟编》。另一个对卢克的故事的质疑是，汤姆斯河中学（现南汤姆斯河中学）的战歌开头是这样的：“哦！老印第安人汤姆在山巅为我校命名！”歌里还提到了“老汤姆”的“胜利、战功和声望”，却没提情报和贿赂。学校的球队成立于 1891 年，号称是印第安人。

英军供给船的损失更大，于是第二年英军烧了整个镇子，包括全部十五栋民宅，新建的制盐厂和酒馆。在现在汤姆斯河镇中心赫迪公园的位置，上尉约书亚·赫迪带领二十五个民兵在一排围栏后面进行了反抗，试图阻止进攻，无奈寡不敌众。保守党的报纸描述了这次突袭后的溃败[①]："这个所谓的'镇子'一共十几户人家，除了强盗就是海盗。镇子上有一个谷物磨粉机，有一个堡垒被烧毁了，还有一个铁质加农炮打坏了掉在河里。"赫迪被捕，囚禁于一条铁船中两个月后未经审判就被处以绞刑。当时双方正在巴黎进行停战和谈，这次处决是重大外交事故，激怒了乔治·华盛顿，甚至导致巴黎和谈暂时停滞。

其后三十年，多佛小镇的人口增加了三倍，"强盗"们也逐渐改邪归正[②]（2006年该镇才正式定名汤姆斯河镇，但其实这个名字众所周知）。因为有两个酒馆，一个沿海驿道上的驿站，这个繁忙的港口因商业而兴盛起来。不幸的是，1812年，一场风暴封锁了克兰伯里入海口，断了小镇的财路也隔绝了与外界的联系。汤姆斯河镇再次变得无足轻重，这种情形直到一百四十年后才再次改变。其后一个多世纪，镇子的人口保持在三百以内。20世纪20年代，来自费城和纽约的消夏游客们开始带动其周边的复苏。而汤姆斯河镇仍在这个区域的中心沉睡，是名副其实的一潭死水。1920年，欧申县面积约九百平方英里，人口约两万两千人，其中三分之一生活潦倒。他们中大部分是农民或手艺人，更加富裕的地主屈指可数。

安于与世隔绝，镇上的人们在松树林里打打猎、海湾里捞点

---

① 1782年英军突袭汤姆斯河的记录最初登载于文顿皇家公报上，这是一家位于纽约的支持皇室的报纸。这段描述后被收录在《新泽西历史荟编》的328—329页。

② 2006年，通过全民投票，官方将镇名由多佛镇改为汤姆斯河镇。投票前的辩论非常火爆，很符合镇子的风格，最终反对票还是大于百分之四十。

鱼、在河上扬帆。一代又一代，相同的家庭重复相同的安定生活，遵循永不变更的等级结构。马西斯——最有权势的家族——住在小镇主道的白色大宅中。托马斯·A·马西斯，人称“汤姆船长”，海员退役后做了汽车经销商，他和他儿子，外号“钢铁马西斯”的威廉·斯蒂尔曼·马西斯控制了欧申县共和党委员会近五十年，在一战到20世纪60年代中期之间，他们的铁腕控制着镇和县政府的任免。而且，父子轮流在新泽西州参议院担任欧申县的议员。①

汤姆斯河镇的每件东西、每个人都各安其位。任何重要的事，都是早已安排好的。海盗式的生活已然终结。

那个改变汤姆斯河，重塑全球经济的宏伟创想1856年诞生在一间阁楼实验室里。实验室的主人威廉·亨利·珀金年仅十八岁，还和父母住在伦敦东区，在学习化学，小有所成。当时是复活节，利用假期时间，珀金照着他老师，皇家化学学院化学家奥古斯特·威廉·冯·霍夫曼的建议进行了一些煤焦油实验。

霍夫曼对煤焦油化学性质的了解无人能及，而谁都知道它的重要性。可以说，它是工业废物中分布最广的。19世纪中期，很多欧洲和美国的城市都用煤气和焦炭代替了蜡烛、动物油脂和木材作为主要的光热源和烹饪燃料。煤气和焦炭都是煤炭在缺氧状态下高温燃烧获得的，这个过程同时会产生黏稠而难闻的棕色液体，这种液体看上去很像给木质船舶做防水的松焦油，被称为煤焦油。但不经蒸馏，煤焦油密封性能不佳，还有毒，因而不易处置。直接烧掉会产生有害的黑烟，填埋后周围会寸草不生。通常

① 托马斯·A·马西斯的政治生涯骤然终止于1958年。他患有未公开的疾病，从费城医院出院后没有几天，他就在自己豪宅的二楼饮弹自杀。尽管有当地几家报纸报道了自杀，马西斯家族掌控的《欧申太阳报》比较谨慎，只是告诉读者，他们的党魁“在与疾病斗争了两周之后，周日于自己的家中向死神妥协”。如今，提到托马斯·A·马西斯，大部分欧申县的居民想到的是那座连接了汤姆斯河镇与巴尼加特岛的双桥中较老的那个。此桥建于1950年，耗资六百万美元，资金是马西斯和他儿子从州里筹到的。

只能将它倒在露天矿场或是排水沟里，也不是很好。但霍夫曼相信煤焦油可以变成有用的东西，这位来自德国黑森的移民对实验有无穷的耐性。在皇家化学学院，他作为项目主持人进行了系统的实验。煤焦油的不同成分会在不同温度下蒸发出来，霍夫曼据此花费多年时间分离出了多种组分。19世纪40年代，他的成果促成了木材"浸渍"产业：铁轨枕木和电线杆浸泡在煤焦油中分离出的木馏油中后可以防止腐坏。但木材浸渍中用不到煤焦油组分中更轻质易于挥发的组分，它们还是无用而有害的——事实上毒性还大于未经蒸馏的煤焦油。所以霍夫曼和他的学生仍在继续研究。

年轻的威廉·珀金就是这些学生之一。霍夫曼让他做的工作包括将煤焦油中的一些主要成分上的含氮基团分解为胺。[①] 霍夫曼知道，奎宁也是一种胺，和煤焦油中包括石脑油在内的几种组分结构很相近，而奎宁是当时唯一能治疗疟疾的药物，对大英帝国至关重要。他也知道，只有秘鲁的金鸡纳树的树皮能生产奎宁，因此这药极贵，而且不易获得。要是石脑油或者煤焦油里其他什么没用的成分能够合成这个神奇的药物呢？霍夫曼认为这个想法不太现实，但觉得对他那个年纪轻轻的得意门生，这倒是一个很好的研究项目。

珀金和导师一样沉迷于实验，他迫不及待地接受了挑战。工作从复活节假期开始，当时霍夫曼在德国。在自己家阁楼上那个简陋的实验室里，珀金打算试试甲苯——煤焦油中的一种有毒成分，它后来在汤姆斯河镇扮演了重要角色。珀金分离出了一个衍生物，N-烯丙基对甲苯胺，试图在重铬酸钾和硫酸的混合液中将其氧化为奎宁。实验结束的时候烧瓶里有一种红黑色粉末，并非他预期的澄清药物。他打算用结构更简单的苯胺再试一次，苯

① Anthony S. Travis, "Perkin's Mauve: Ancestor of the Organic Chemical Industry," Technology and Culture 31 (January 1990): 51—82.

胺是苯的衍生物，苯也是煤焦油的一种组分，后来变得臭名昭著。再一次，珀金将苯胺和重铬酸钾、硫酸混合在一起，还是不行，这次在瓶底的是黑色粘稠状物质，显然不是奎宁。

但当珀金把黑乎乎的东西从烧瓶里弄出来的时候，有什么东西吸引了他的目光：在烧瓶的最底下有一种亮紫色的残留物，这东西紧紧地附着在瓶底，颜色鲜亮。更有趣的是，当他用酒精清洗附着物的时候，紫色完美地转移到了他用来擦瓶子的棉布上。无意中，珀金发现了苯胺的分子魔法。苯、甲苯和其他煤焦油组分都是无色的，因为它们吸收的是人眼不可见的紫外光。但如果这些芳香烃在酸性环境中生成了苯胺或其他胺类，再进行几步反应，新合成的分子就会高效吸收可见光波段的光子。年轻的化学家并不知道这颜色为何如此艳丽：分子中各个电子键的结构决定着分子对特定波长光子的吸收能力，这一点还要再过五十年才会被人类发现。他甚至都不知道他合成的是什么：他合成出的新化合物的确切结构要到 20 世纪 90 年代才能确定。但珀金只需要一双眼睛就知道，他瓶子底下的这个东西大有用处，特别是当他看到棉布上的漂亮颜色以后。几个月前珀金和一个同学试着合成用于纺织品的染料，失败了。现在，他想要合成疟疾药物，却得到了染料。他知道，如果能生产出第一个用于丝绸、棉布和其他织物印染的人造染料，是会发大财的。年轻人心里想，实验失败也许不是坏事。

染料业一直都是非常大的产业。给自己的身体披上颜色是人类的原始冲动。从印度到美洲，古代文明都用从木材、动物和花朵中提取的颜料给自己的皮肤或衣服染色。[①] 而且，古代最高贵

---

① 根据食谱记载，埃及人从胭脂花、茜草和红花中提取淡红色染料，从马棘或槐蓝中提取蓝色用于印染缠绕木乃伊用的亚麻布。希腊人用大桶的靛蓝染他们羊毛或麻布做的长袍。几个世纪后，罗马人入侵不列颠时，他们吃惊地发现凯尔特人用可能是菘蓝提取的蓝色涂抹身体。事实上，“不列颠”可能得名于希腊语的“prettanoi”，或者“纹身的人”。

的颜色就是泰尔紫。它只能从地中海东部的骨螺和其他某几种海螺的黏膜分泌物中提取。紫红色染料价格昂贵，因为它不单炫目，而且极其罕有。基本上每只骨螺只能在刚被捉到时产生几滴染料。这种颜色的起源很传奇，据说是大力士赫拉克利斯发现的。希腊神话描述，这个英雄发现自己的狗在咬过黎凡特海边的贝壳后嘴被染成了紫色，他觉得这个颜色很高贵，就给腓尼基王进献了一件紫色的长袍。腓尼基王立即宣布这种颜色是皇室的象征，泰尔便成了古代骨螺染料生产的中心。所以，公元前 44 年 3 月 15 日，尤里乌斯·恺撒在罗马议政大厅被布鲁图刺杀时，穿的是他的泰尔紫的加冕长袍。同样，十三年后阿克提姆海战时，克里奥帕特拉的皇室帆船被染成亮紫色。

随着罗马帝国的衰落，他们建立起来的详细的骨螺养殖与染料生产系统不复存在，紫色也一同消失了。随后的一千年是灰、棕、黑的世纪。（唯一的例外是君士坦丁堡的一间有着华丽的紫色墙壁的内庭，那里是拜占庭王室子嗣出生的地方，在那里出生的孩子被称作“紫衣贵族”，所谓“佩紫而生”。）直到中世纪晚期，新的染料产业才出现，天主教的枢机主教们得以披上由小小的胭脂虫的壳染制的猩红色的长袍，地毯纺织工开始用原产印度和巴西的巴西木做染料织出鲜艳的红色。[①] 紫色也有，大部分是苔藓提炼，颜色寡淡还容易褪色。而恺撒和赫拉克利斯的紫红色，权利与财富的颜色，那个色彩之王，则仅存于传说之中，不在染匠的调色板上，它消失了。

然后，突然之间，它出现了，紧紧地粘在十八岁少年威廉·亨利·珀金的玻璃烧瓶底上，和海螺没什么关系。不出六个月，

---

① 葡萄牙人 1500 年抵达南美洲海岸时因为发现了巴西木而异常兴奋，于是他们将新发现的领地称作“Brasil 的土地”，因为那里的树能生产一种像炭烧红了似的红颜色，这种颜色在中世纪法语中叫做 braise。

珀金注册了染料生产专利，离开了皇家化学学会（不顾导师霍夫曼认为他太鲁莽的反对意见），投身于染料生产，他将那个颜色称为泰尔紫。后来，他又将其改名为珀金紫（Perking's mauve），又叫苯胺紫，因为这是化工合成的第一个商业产品，这个名字终将载入史册。最初珀金和他哥哥托马斯在自己家顶楼的实验室里合成染料，后来换到了他们家后院，最后迁到了伦敦郊区邻近大章克申运河的工厂里。珀金兄弟很幸运，1857—1858 年间，英法的沙龙里浅紫色正时髦。法国人叫它淡紫，那是法国的欧仁妮皇后和她的密友英国维多利亚女王都喜欢的颜色。而珀金的新颜色不单比他们法国同行从苔藓中辛苦提炼的淡紫色更亮丽，价钱还便宜。多亏了他，时髦女性能穿得起欧仁妮皇后喜欢的颜色，于是，1858 年她们就都穿成了这个颜色。欧洲的染料坊都惊觉了，开始恶补苯胺化学工艺研究，同时向伦敦派去代表，和珀金协商要买他的生产秘方。

密切注意珀金的成果的人中，包括两位来自瑞士巴塞尔的同行。一个是约翰·鲁道夫·嘉基-梅里安，他的家族在巴塞尔做植物染料生意已经四代，一百多年前的 1758 年，他的曾祖父约翰·鲁道夫·嘉基-格穆绍伊斯建立了这个公司。另一个是嘉基的竞争对手亚历山大·克拉维尔，他刚到瑞士不久，是法国人，选择巴塞尔定居是因为这个城市的战略位置：它在莱茵河边，紧邻德法两国，是一个纺织品贸易的中心。嘉基-梅里安和克拉维尔都着迷于珀金在苯胺化学上的突破和产生的廉价而鲜艳的染料。当 1858 年第二种苯胺染料诞生的时候，他们坐不住了。新染料是淡红色的，称作品红，或洋红，生产成本比珀金的苯胺紫还低。

对嘉基和克拉维尔来说，山寨珀金是理所当然的，尤其是这个英国年轻人在除本国之外的其他国家都没有申请到专利。而且，就算有专利，在巴塞尔也是无关紧要的，因为瑞士不执行专利，也不视化学反应过程为需保护的知识产权，这种状况五十年后才有所改变。(愤怒的法国人把瑞士叫“造假之国”，更愤怒的德国人则叫它“海盗国”。) 嘉基和克拉维尔根本没想过和珀金协商，珀金和太多人讨论过他的方法，基本上是尽人皆知——至少在没有专利的瑞士是这样的。1859 年底，嘉基和克拉维尔各自在莱茵河的运河边建起了自己的苯胺染料生产车间，彼此仅相隔几英里。借此，两家公司后来得以跻身于世界最大化工公司的行列。而且若干年后，他们成了一个庞大的制造业工厂的合作伙伴，这个工厂地处新泽西州的一个小镇，这个镇子有着自己的海盗[①]历史：汤姆斯河镇。

其后十年，沿着莱茵河，德国和瑞士境内生产苯胺染料的工业如火如荼，起先是紫、红和黑，后来就五彩斑斓，这个产业将一个个家族企业变成了跨国巨擘。到 1870 年，借着新技术合成染料的东风，大部分将在未来一个半世纪中掌控化工工业的企业已成长为跨国公司。

包括嘉基、拜尔、赫斯特、爱克发（Agfa 是“苯胺生产公司”的首字母缩写），还有他们中最大的：巴斯夫，取自“苯胺与碳酸钠生产厂”。亚历山大·克拉维尔的工厂也很成功，特别是他 1873 年将其售出之后。十一年后公司更名“巴塞尔化工公司”，简称汽巴。巴塞尔的第三大染料制造商山德士随后在 1886 年加入了染料产业。

这些大公司的成功始于盗用珀金的宏伟创想，却不仅限于此。其后更重要的决定是跟随珀金的导师霍夫曼的直觉，彻底分离煤焦油，为它的各个组分——不仅是苯胺——找到利用价值。继苯胺染料之后，以苯为干基，从甲苯生产品红，从蒽生产红

① 此处原文中用的 piracy 既有海盗之意，也有盗版的意思，作者语意双关。——译者

色，从苯酚生产粉红，从萘生产靛蓝。这些碳氢化合物是有机化工工业廉价而充裕的砖瓦。在化学制造的新世界里，碳氢化合物至关重要，如同在生命体的化学反应里碳元素和氢元素不可或缺。碳原子和氢原子生成分子的时候倾向于形成稳定的环状或长链状结构，这样原子间通过共用电子形成的键更牢固。四十亿年前，这些牢固的碳氢键使得地球的原生汤中演化出了长链有机物——氨基酸、DNA 和蛋白，生命得以出现。现在，借着煤焦油中碳氢聚合物的模板，化学家们开始构建一个新材料的世界，比大自然提供的更强大，更迷人，也更廉价。

先是染料，然后是涂料、溶剂、阿司匹林、甜味剂、泻药、洗涤剂、墨水、麻醉剂、化妆品、粘合剂、显影剂、防水膜、树脂和早期的塑料——都是人工合成，出自化学工业的源头——煤焦油。德国的鲁尔山谷因为烟煤储量丰富成为欧洲乃至世界的工业中心。英国的讽刺杂志《喷趣》1859 年的时候还在讽刺说“紫色麻疹”是一种时尚传染病，应该用“一剂嘲笑”治疗；到了 1888 年却为苯胺工业唱起了赞歌，只有一丝嘲讽在里面：

> 美丽的焦油啊，你是辉煌的产物
> 是黑煤和黄气灯的产物
> 是无远弗届的现代科技的产物
> 煤气厂的焦油啊，美丽的焦油！…
> 油、脂、酒和蜡，
> 还有那些美丽的颜色叫苯胺；
> 从膏体到星体想要啥做啥，
> 从那黑黑的煤焦油里，只要你知道配方。[①]

---

① 摘自“Beautiful Tar. Song of a Enthusiastic Scientist”，*Punch*，September 15，1888。

到19世纪末，化工生产终于不再局限于煤焦油化工，工艺流程被改造为以石油或其他物质为原材料，从而生产出从丙酮到X-射线底片在内的一大批极为成功的产品。汽巴公司甚至买下了阿尔卑斯的油页岩矿作为新的原料。从巴塞尔起家的三个巨型化工公司（汽巴、嘉基和山德士）在美国建立了一个生产染料和其他产品的联合体——1920年先落户俄亥俄州的辛辛那提，1952年又安置在了汤姆斯河——至此，这个行业证明了自己可以合成现代社会需要的几乎所有的物质。这是稳赚不赔的生意，只要别太在意生产过程会留下什么。

约翰·鲁道夫·嘉基-梅里安和亚历山大·克拉维尔首先把苯胺合成带到了莱茵河畔，却不是第一个面对其后果的。这个荣耀属于一个鲜为人知的嘉基公司管理人员：约翰·雅各布·穆勒-帕克，1860年他租用了一个嘉基的场地，建工厂大张旗鼓地生产苯胺染料。随后发生的故事和一个多世纪之后汤姆斯河镇发生的事出奇地相似。① 穆勒-帕克自己投产建工厂的目的显而易见：1860年时品红比珀金紫赚钱。品红不仅是优质的红色染料，同时还是生产很多染料的中间体。和苯胺紫类似，这些染料是将苯胺与氧化剂混合生产的。但是不同之处在于，珀金是用硫酸，而生产品红用砷酸。这种无色的酸溶液和三氧化二砷一样有毒，三氧化二砷又名砒霜，这个传奇毒药在文艺复兴时期是贵族们钟情的谋杀工具。

生产品红需要大量的砷酸，但染料的生产效率很低，其中大多数砷酸最终以废物的形式排出。后来一位化学家说："在砷酸的作用下……参加反应的苯胺中，只有百分之四十生成了有用

---

① 耶路撒冷希伯来大学的著名历史学家安东尼·特拉维斯在著作中详细记录了本章所述的约翰·雅各布·穆勒-帕克在巴塞尔的阵痛，文章名为"毒化的地下水和污染的土壤：巴塞尔第一工业——染料制造的痛苦与磨难"，《环境历史》2：3（1997.7）：343—365。

的、可溶性的显色物质；剩下的苯胺则变成了不溶于水或稀酸的树脂类物质。这里面究竟有什么还不能确定，但它们的总量比生成的品红多好几倍。”① 换言之，这个利润惊人的新工艺产生出的有毒废物比有用产品多得多，但没人知道废物里究竟有什么和怎么去除。一个多世纪之后，在汤姆斯河，依旧如故：汽巴-嘉基公司仍沿用1860年穆勒-帕克粗暴的排污方法——将未经辨别不加处理的废物倾倒在工厂的露天矿井和无防渗措施的排污池里。

穆勒-帕克的品红供不应求，所以1862年嘉基建了第二个苯胺工厂，同样也租给了他。新厂更大，需要更多的砷酸：一天两百公斤，也就是四百四十磅。一个排污池根本不够（即使是一个没有防渗措施的漏得跟筛子似的污水池），所以穆勒-帕克又加了个排放方法，这个方法一百多年后在汤姆斯河也用了：把含砷废水排在附近的河道中，穆勒-帕克是排在了厂子旁边的通向莱茵河的运河里。在伦敦郊区，珀金也干着同样的事，只不过量小点，砷少点。尽管量小，污染还是很明显，邻居们看看河里的水就知道珀金今天生产的是什么染料。②

嘉基公司的工厂不是在荒郊野外，而是在一个繁华城市的中心地带，而且这个城市一向注重公共健康。1863年5月，为巴塞尔市政府工作的化学家弗雷德里克·高贝尔斯莱德检查了穆勒-帕克的两家工厂和亚历山大·克拉维尔的厂子，指出其工作环境危险，排污有害健康。（高贝尔斯莱德检查前没有告知工厂，这

① “毒化的地下水和污染的土壤”，349。这段话最初见于奥古斯特·莱昂哈特的一个演讲。此人19世纪60年代就职于英国的一个染料工厂。该演讲名为“品红生产评论”，发表于1876年的费城百年纪念展。

② 在化工合成兴起前，河水的颜色就已经是工业化的一个标志了。1853年，早于珀金发明苯胺染料三年，查尔斯·狄更斯出版了小说《艰难时世》，其中虚构了一个焦煤镇，镇子中“工厂与烟囱林立，没完没了地排出毒蛇一般的黑烟，从不消散。镇子里有条黑色的运河，还有条河水是紫得泛着臭气。一栋栋的建筑满是窗户，里面终日传出奇奇咔咔的响声，蒸汽机的活塞单调地上上下下，看着就像得了抑郁症的大象的脑袋”。

和一个多世纪后汤姆斯河发生的情况有着鲜明的对比。）检查过九个月后，市议会要求穆勒-帕克停止向运河排污，同时禁止克拉维尔生产任何苯胺染料。克拉维尔起初无视禁令，后来就去城外市政府管不了的地方另建了一个新工厂（汽巴公司一百五十年后仍在运行该厂），问题是，这个工厂就在莱茵河边。公司的官方历史记录如下："紧邻河流以便排放污水和处理废物已经成为染料生产至关重要的条件。"① 而当穆勒-帕克受制于禁令，打算把废水排到莱茵河的一个支流中时，遭到了市政府的否决，因为那条河水量太小。他急于恢复最大产量，又提出将所有的废物装在桶里再往河里倒。这个方案也被否决了。

当时穆勒-帕克还遇到一个更大的问题：那些废弃物使得工厂周围的居民染上了重病。巴塞尔的居民们从浅井打水，其中一些井离工厂很近，而穆勒-帕克已经往厂里没加防渗膜的排污池里倒了两年废水了。1863 年，一名铁路工人喝厂区附近井里有污染的水后生病了。第二年工厂旁边一户人家的园丁兼女仆喝了污染的井里打出的水泡的茶，也病了。这家的主人是个有钱人，请了高贝尔斯莱德来调查。化学家分析了井水后报告城市健康机构，水里的砷"浓度太高，水质应定为有毒，呕吐等症状显然是因此造成的"。② 他还注意到井水微黄，有种"说不出来的、奇怪的、有点恶心的味道"——那种味道很恶心，但难以描述（一个多世纪之后，类似的模糊字眼被用在了汤姆斯河上）。然后高贝尔斯莱德检测了工厂的排污池、土壤，甚至邻近的运河中的底泥，测到的每个地方都被污染了。根据他的报告，1864 年市政府要求穆

---

① 将莱茵河当做废水和垃圾的排放场的情况见于瑞士为纪念汽巴公司成立五十年官方和私人联合出版的公司史——《巴塞尔的化学工业社会，1884—1934》的第 8 页。

② 弗雷德里克·高贝尔斯莱德在一份写于 1864 年 6 月 8 日的三页手写信件中向巴塞尔州政府健康委员会报告了他的这一发现。

勒-帕克的第一个工厂停产。市政府还代表受害者（当时已经变成了七名）起诉了穆勒-帕克。经过八个月庭审，1865 年 3 月他被判犯有严重过失，处以大笔罚款，同时赔偿受害者和周围土地的所有者财产损失，甚至还要为周围的邻居提供清洁的饮用水。高额的罚款和耻辱都令穆勒-帕克难以忍受，判决过后几个月他就搬去了伦敦。

但苯胺染料生意仍旧如火如荼，工厂的所有者——嘉基公司——不会让穆勒-帕克的工厂闲置的。他们接手了染料生产，约翰·鲁道夫·嘉基-梅里安想法让市政府同意了他的废物处理方式：建一条六千英尺长的排污管道，把废水排到莱茵河去。后来排污管来不及排了，嘉基的工人们开始在半夜偷偷到巴塞尔的中桥去，将一桶桶的废水倒入滚滚的河水中。[1] 因为莱茵河是向北流的，而巴塞尔又是个边境城市，嘉基，还有克拉维尔的废水就离开瑞士，成了德国的麻烦。自此开始，全世界的化工生产都在使用这同一种排污策略。他们会首先倒在自己的土地上，因为那永远是最便宜的选项，然后如果官方禁止了这个选项，他们就会把废水倒在附近面积最大流速最急的水体里。瑞士和德国大型化工厂的很多厂房都建在欧洲最宽最急的河边，珀金的小工厂临着通往泰晤士河的运河，这些可不是巧合。[2]

到 19 世纪 80 年代，强大的莱茵河也不能再彻底稀释染料公

---

① Markus Hammerle, *The Beginnings of the Basel Chemical Industry in Light of Industrial Medicine and Environmental Protection*, (Schwabe & Co. 1995) 54. 译自德文。

② 约翰·雅各布·穆勒-帕克遭到起诉之后还有几起关于苯胺染料造成水体污染的诉讼引起了高度关注。也出现了关于食用人工染色糖果甚至穿品红染色袜子造成砷中毒的耸人听闻的报道。例如，1868 年 10 月 3 日的伦敦《泰晤士报》上有两条“毒袜”的报道。一个转载自医学杂志《柳叶刀》，一名芭蕾舞演员汗液浸透了自己“鲜亮的红”袜子之后患严重皮疹就医的个案。另一个是医生来信，报道了他的一名病人穿购买的印染过的袜子后出现了类似症状，病人返回商店质问的时候店主承认有好几个顾客都来抱怨过了。

司倒进去的碳氢化合物了，鲑鱼和其他曾在河中繁盛的鱼类都消失了。1882年巴塞尔大学的一名化学教授把鱼放在笼里沉到莱茵河的不同河段，以此证明了染料废水对鱼有害——这很可能是第一个涉及野生生物和工业污染的对照试验。① 莱茵河没有恢复正常，19世纪90年代嘉基、拜尔、汽巴、巴斯夫还有其他公司往河中倾倒着苯、甲苯、萘、硝基苯和其他煤焦油的有毒馏分，穆勒-帕克比起来就是小菜一碟。与此同时，在巴塞尔郊外的汽巴大型染料厂附近，居民们仍在抱怨着“排到空气中的难闻蒸汽”毁了他们家的花园。没人能让这些公司收手。化工是德国强大、瑞士繁荣的重要原因。1900年，几百名处于汽巴公司烟囱下风向的居民试图阻止厂房扩张，他们的抗议被即刻否决，“别指望工业区有阿尔卑斯山的好空气”。②

同时，在快速扩张的工厂工作也极端危险。这些工厂真的是在“爆长”——始终存在着爆炸的风险。染料生产使用大量强酸和挥发性溶剂，汽巴的工程师发明了第一个可佩戴式防毒面具——一个呼吸装置——在工人混合气态化合物的时候起保护作用。但是这个装置闷热、庞大、笨重，工人们不愿意用。大多数工人只是在脸上蒙上衣服，这基本上没有作用。主管通常不强迫他们使用防毒面具，因为这样工人干活更快。工作后清洗的规定也不是强制的，所以不仅是巴塞尔的小河因为排染料废水变得红红紫紫，城里苯胺厂的工人们也加入了这五光十色的奇景，他们走在大街上“双手，有时还有脸和脖子，泛着各种颜色”。③ 偶然的中毒事件是家常便饭，最常见的症状是抽搐、尿血和皮肤褪

---

① 卡西米尔·宁豪斯的实验在“The Beginnings of the Basel Chemical Industry in Light of Industrial Medicine and Environmental Protection”（Schwabe & Co.，1995）第56页有记载。

② Society of the Chemical Industry in Basel，1884—1934，8 and 76.

③ The Beginnings of the Basel Chemical Industry in Light of Industrial Medicine and Environmental Protection，44.

色。所以染料制造被认为是高人力消耗行业，1925 年，一位美国的评论员指出，染料工厂的管理人员认为“只要能在完成产量的同时保证百分之十以下的人员损失，而离开的那不到百分之十能站着离开，他就算尽忠职守了”。①

一个更坏的苗头出现了，医生们注意到一种新的疾病，他们称之为“苯胺肿瘤”。创造这个词的是法兰克福的一位外科医生，叫路德维希·威廉·卡尔·雷恩。1895 年，他在四十五名生产品红的染料工人中检出了三例膀胱癌。1906 年他在法兰克福记录了三十八名类似的患病工人，在瑞士和德国的其他医生也有类似报告。过了不到四年，瑞士的一位著名医学教授说苯胺工厂的膀胱癌是“最明显的职业病，接触过这种病的人无不对它的痛苦和迅速恶化印象深刻”。②

日益显现的问题没有减缓这个工业的扩张。到了世纪之交，汽巴公司和竞争对手一样扩展到了全欧洲，在波兰、俄罗斯、法国和英国都有工厂。1913 年汽巴公司员工达三千左右，大部分产品出口或是在国外生产。德国公司成长得更快。实际上，在一战之前，染料和制药是德国和瑞士的两个最大的出口收入来源，一战开始很多德国的工厂都转而为皇帝的部队生产炸药和毒药，保持中立的瑞士则靠拾人牙慧发达了。1917 年汽巴公司总收入达到了峰值五千万瑞士法郎（大约相当于现在的一亿八千万美元），其中百分之三十是利润。③

作为战败国，又有多项重要专利被废止，德国公司转变了生存战略。为了能领先外国——特别是来自美国——的新兴对手，

---

① D. H. Killeffer, “Industrial Poisoning by Aromatic Compounds,” Industrial and Engineering Chemistry, 17: 8 (august 1925): 820—822.

② The Beginnings of the Basel Chemical Industry in Light of Industrial Medicine and Environmental Protection, 41.

③ Society of the Chemical Industry in Basle, 1884—1934, 56.

从前激烈的竞争对手们开始密切合作。1925 年这种合作达到顶峰，巴斯夫、拜尔、赫斯特、爱克发等公司合并成为“染料工业利益集团”，简称法本公司（I. G. Farben），该公司二战期间因在集中营工厂使用苦役犯而臭名昭著。不过在一战后的那些年中，德国公司仍以技术精湛而著称。

不出意料，德国的企业联合战略对巴塞尔——这个长期将外来创意据为己有的“强盗式”产业中心——的周边产生了影响。德国公司重新进入国际市场后瑞士的利润开始下滑，于是他们最大的三家染料公司：汽巴、嘉基和山德士决定组成自己的“利益集团”。最初只是合作伙伴关系，不是合并（它们直到 1971 年和 1996 年才正式合并），某种程度上是为了打入最大的国际市场。美国的关税高，它们唯一的办法就是在美国建厂或并购美国的工厂来为美国市场生产。于是，1920 年这三家瑞士公司购买了俄亥俄州辛辛那提市的两个旧工厂。

染料生意若不能继续下去，这些厂主就一无是处了。如果把工业中心俄亥俄河谷看做美国的鲁尔，那俄亥俄河就是莱茵河，而辛辛那提就是巴塞尔。俄亥俄河又宽又深，水流轻快，辛辛那提到处都是工厂，新命名的“辛辛那提化工厂”并不显眼。而最妙的是，瑞士购买的工厂本已连入城市排水系统，这样，对“处理”废水的监测将会很松。和在巴塞尔一样，这些管道直接连着河流和运河，全进了俄亥俄的隐蔽水域。而当时似乎没人在意，这条河还是辛辛那提七十万人口和下游十四个城市饮用水的重要水源。往莱茵河倾倒了半个多世纪危险化学品之后，这些瑞士公司仍旧无意于改变他们赚钱的方式，现在，他们来到了美国。

后续的事件如电影续集一般展开。到 20 世纪 20 年代中期，辛辛那提化工厂为瑞士赚取着稳定的收入，后者则许以拓展树脂和其他化学品合成业务作为回报。两座工厂——一座位于诺伍德附近，另一座邻近圣伯纳德——增长很快，它们的废气废水也随之增长。二战期间这种增长达到了白热化程度，当时辛辛那提化工厂为军队生产军装和烟雾弹用的染料，同时还是该国最大的DDT（滴滴涕，双对氯苯基三氯乙烷）生产商。DDT这个“传奇化合物”的高效杀虫能力是1939年嘉基公司化学家保罗·赫尔曼·穆勒发现的。一片繁荣中，没几个人注意到了圣伯纳德那家工厂染料工人中膀胱癌发病率的异常状况，这些工人接触的正是当年在欧洲触发了膀胱肿瘤的那些化合物。

但是，和在巴塞尔一样，当地政府的容忍也是有限度的。俄亥俄的现状，一条条满载有毒废水汇向大河的支流，这些都令企业领导和辛辛那提的市政官员们难堪。以圣伯纳德工厂为例，一天的污水排放量将近一百万加仑。① 这些水里究竟有什么几乎是个谜，这和在巴塞尔的工厂一样。但工厂的化学师知道这里面包含有大量的硫酸，还有硝基苯，它已经取代砷酸成为几乎所有染料工厂的主要污染物。② 当辛辛那提化工厂的酸性废水抵达俄亥俄河，同河里几十家其他企业的废水混合在一起后，毒性有时会更大。所有这些废弃物使得辛辛那提附近的河段成为近千英里的俄亥俄河中污染最重的片区。③ 旷日持久的实验最终确定，未经处理的污水与化学废弃物混合而成的污秽中充满着致病菌。这条美国重要河流的污染成了当地一大丑闻，1936年到1945年间美国国会共举行了四场与之相关的听证会。

雇员间关于癌症的传闻、邻里对污染的抱怨和随之而来的政

---

① 1加仑约合3.79升。——译者

② M. W. Tatlock, “Industrial Waste Treatment: Cincinnati Chemical Works”, *Proceedings of the Eleventh Purdue Industrial Waste Conference* (1956): 166—171.

③ 对俄亥俄河的第一次全面采样是在1950年9月18—29日期间，采样从源头宾夕法尼亚到终点汇入密西西比河。由当时新成立的州际管理机构“俄亥俄河流域水质卫生委员会”操作。委员会在其报告“俄亥俄河污染模式—1950”中认定污染最严重的河段是辛辛那提近岸及其近端下游。

府必然的制裁，辛辛那提化工厂那些以汽巴公司为首的瑞士老板们早已在巴塞尔和其他地方经历过这些。瑞士人知道后面是什么，他们以传统方法应对：远离城市建厂。20 世纪 50 年代，辛辛那提市终于建好了三个大型污水处理厂，并通过法律约束企业必须对污水进行预处理，否则需向市政交付巨额费用。而此时汽巴公司早已将它的大部分生产转移到了别处。

汽巴公司没有再选择巴塞尔或辛辛那提那样巨大而喧嚣的城市，而是去了一个相当偏远的地方，一个沉睡中的小镇，那里等级森严权威至上，瑞士人可以大张旗鼓地搞煤焦油化工而外界无法置喙，那里的河水由他们支配。这片新的领地深处新泽西松林之中，除了河边一个破败农场几乎一无所有，那是一片处女地。那个农场叫“卢克农场”，原先的主人号称自己是汤姆·卢克和他的印第安公主的后人，在古老的传说中，汤姆·卢克曾是几英里外一个茅屋的主人。

两百五十年之后，一些新鲜事物来到了汤姆斯河。

第二章　看不见，摸不着

汽巴公司在新泽西的松林里留下的煤焦油化工遗迹完全不同于它遗留在巴塞尔、辛辛那提或其他地方的。在当初的开拓者眼里，1949 年 6 月购买的这片土地相当广阔。这块边界不规则的土地（类似三角形）有差不多两平方英里，东边的边界有一部分是绵延近一英里的汤姆斯河。除了河边那个卢克农场，几乎全是茂密的松树橡树林。1864 年，亚历山大·克拉维尔在巴塞尔郊区建了汽巴的第一座工厂，在汤姆斯河这片一千三百五十英亩的土地上，这样的厂子可以盖三百多个。

通常工厂应该尽量靠近现有道路以减少基建成本。但与邻里斗争了将近一个世纪之后，瑞士人在新泽西反其道而行了。他们在大片土地的正当中清出了三十五英亩，周围则以至少半英里的森林来与世隔绝。无论工厂如何增长——上世纪 70 年代那里就有了二十二栋建筑、五个排污池和几十个垃圾场——过路人只能看到林中的厂门与高墙。细心的人也许能注意到视野不远处绿色掩蔽下的水塔尖和厂房屋顶。但从驶过的汽车车窗里，它们几乎看不到。除了在那里工作的人，对所有的人来说，这个工厂眼不见，所以心不烦。

最初的三栋建筑又大又矮，总体积四百万立方英尺（比泰坦尼克号邮轮小一点）。瑞士人预计会进行扩张。建筑成本一千八百万美元（相当于现在的一亿五千万美元），汽巴公司相信未来的收益值得这样的投资。所有的建筑都只为一个目标：日产量上千吨的还原染料，全天候生产，尽量降低成本。[①] 从 1907 年开始，汽巴就在巴塞尔生产还原染料，在辛辛那提也生产过同样长的时间，但规模都比不上在汤姆斯河的设计。

还原染料是革新产品，同样以煤焦油为原料。这类染料都有一个基本结构：蒽醌——由蒽、萘和苯三种煤焦油组分合成的黄棕色粉末。还是老一套。从 1856 年威廉·亨利·珀金在父母家的阁楼上第一次生产出染料开始，化学家们一直在用到处都有的焦油合成染料。蒽醌还原染料的不同之处在于它的持久性。之所以叫还原染料（Vat dyes）并不是因为它们是在桶（vat）里生产的（它们确实不在桶里生产），而是因为它们特殊的化学性质。这些染料不溶于水，但在催化条件下会发生奇妙的化学反应，生成溶于水的盐，给织物着色则是在桶里。着色后的织物干燥后染料会重新变回不溶状态。还原染料非常好用，它只要一步浸染就可以牢固地附着在织物上，而且不怕水和阳光。几乎所有材料都能着色，包括棉布——1793 年轧棉机问世，这种织物就开始流行。[②]

二战期间还原染料主要用于军装，各种卡其色、棕色、橄榄绿、蓝色都含有蒽醌基，现在战争结束了，汽巴公司认为民用市场将会大涨。公司管理人员决定挑战杜邦和联合化学公司这两个更强大的对手，将汤姆斯河变成美国的还原染料生产中心。1952

① 关于汤姆斯河工厂运行最初几年中设施与染料生产过程的描述是根据凯文·布拉德利与菲利普·可恩威特的文章“工作人员产业合作报告：蒽醌染料”，《工业与工程化学》46：6，(1954，6)：1145—1156。当时布拉德利是这本美国化学学会期刊的助理编辑，可恩威特是汽巴的一名经理，协助设计建造了汤姆斯河的工厂。

② 在一次与本书作者的访谈中，前行业高管染料史专家罗伯特·J·巴普蒂斯塔分析了为何蒽醌还原染料的用途如此广泛：“还原染料是一个突破性的技术革新，使得棉布不再褪色……还原染料分子结构稳定，很耐久。它们的分子结构和分子量都恰好适合于织物的结构，不会磨损或褪色。”

年工厂开工时，可生产三十五种染料，年产量四百万磅，占美国还原染料总产量的百分之十。这足以为汽巴公司带来每年六百万美元的销售额，相当于现在的五千万美元。公司还详细地设计了道路网络和厂房基础设施，这样如果市场需求增长到他们预期的水平，产量将可以翻番甚至增至三倍。这家公司的前身由亚历山大·克拉维尔创办，它进入染料行业的时间比所有对手都早，但汽巴公司无论在创新上还是生产上始终落后于别人，在欧洲比不上巴斯夫，在美国比不上杜邦。还原染料是一个缩小差距的契机，这要在汤姆斯河实现。

蒽醌还原染料生产过程只有一个主要的问题，当时如此，现在也如此。这类染料，用染料生产史专家罗伯特·J·巴普蒂斯塔的话说，“跟其他染料相比，使用更多的危险原料，产生更多危险废弃物。”产品的耐久力是有巨大代价的。生产这种长链而稳定的分子需要多步化学反应，复杂且相当危险。基本上，发生这一系列反应所用的各种化合物，要么易爆，要么有毒，要么既易爆又有毒。必需的原材料包括数量惊人的危险溶剂（硝基苯、萘和苯）、盐酸、硫酸、碱、氨水，还有汞、铬、钒、铜等重金属和看上去怎么也少不了的砷。硝基苯尤其麻烦，它接触或吸入都致毒，却在活性染料生产的多个步骤中都要使用，用途之广以至于公司备忘录中将其称为工序的“血液”。[①] 进行所有这些复杂的反应工序不单需要大量危险原料，还占用大量空间，汽巴公司在辛辛那提的那两个逼仄的厂房里只能小批量地生产还原染料。（尽管产业转移到了汤姆斯河，俄亥俄州的两家工厂在上世纪50年代仍在以小产量继续生产。）在新泽西中部的丛林中，宽敞的建筑有足够的空间，他们大可将生产的全部过程置于一个屋檐

① 出自汽巴公司经理阿尔·迈耶1956年11月14日提交五位高级经理的备忘录。

下。这就是汽巴公司在汤姆斯河创造的：专为一种产品优化而成的微型城市。

尽管瑞士人挥洒了大量精力让这个工厂设计得更高效，这座松树林中的微型城市仍有一个不和谐的地方：它消耗的比生产的还多。过去的将近一个世纪中，向莱茵河、俄亥俄河和其他水域排放的污染早已证明，染料生产是一个污染密集产业。但即使以染料业的低标准来衡量，还原染料的生产还要更糟。化工行业的一大准则就是，生产过程增加的每一步都会降低效率，增加废物。生产蒽醌活性染料需要的步骤比其他任何染料都多。各种溶剂、酸和金属的组合，在反应釜中沸腾、经过高压釜、挤过过滤器，在水箱中被搅拌、在烤箱和真空室中被烘干。每一步，都有原料挥发出去，使一些化合物不能发生应有的反应，产生出不需要的副产品。有些没发生反应的物质还会被再利用，少数副产品有销路，但大多数都是无用的废物。这个过程效率太低，最典型的例子，在汤姆斯河镇，生产棕色还原染料，要获得一磅的最终产品需要五磅半的原材料，剩下的几乎都要作为废物排放。① 换句话说，汤姆斯河镇的工厂 1952 年开工时的最大年产量不是四百万磅，而应该是四百万磅染料加大约八千万磅危险废弃物。②

弄走染料成品很容易：卡车或者货运火车（新泽西中央铁路的一条支线直通厂区）可以直接把它们送到卡罗来纳和新英格兰的纺织工厂。但数量更加巨大的有毒废弃物呢，汽巴公司不可能也这样弄走。将它们异地填埋成本极高，公司要想追上杜邦和其

① Julia E. Gwinn and David C. Bomberger, *Wastes from Manufacture of Dyes and Pigments: Volume 4, Anthraquinone Dyes and Pigments* (SRI International, 1984, under contract to the U. S. Environmental Protection Agency), 46.

② "工作人员产业合作报告：蒽醌染料"，1153："生产四百万磅的染料需要大约两千两百万磅的各种原材料。主要的有硫酸、苛性钠、盐酸、苯酐、氨水、苯、硝基苯、甘油和乙醇。"

他竞争者就不能有过多不必要的花费。染料将离开汤姆斯河，而废物将留下。

从染料商离开巴塞尔来到汤姆斯河这一年算起，四百二十年前，一个人也在深夜离开了那座城市，他是一位牢骚满腹自学成才的医生，对化学的应用和对疾病本质的认识离经叛道。他逃离了自己的生活。虽然为同行不齿，这个游方医生却深信自己的理论终将胜利，尽管他无法预见这个理论在一个海外小镇的污染和迟来的补偿中起到的重要作用。他贫寒，却有一个贵族的名字：德奥弗拉斯特·博姆巴斯茨·冯·霍恩海姆，而他几经修饰选定的笔名显示出极端的自信：帕拉塞尔苏斯，拉丁语，意为“超越塞尔苏斯”。（塞尔苏斯，生活于一世纪，参与编纂了百科全书，撰写了罗马医学的重要纲要。）

早在巴塞尔成为化工摇篮之前，它是学术中心。1527 年年初，帕拉塞尔苏斯中断了他在中欧的漫游——这是他终其一生都在做的事——去往巴塞尔治疗一位著名的病人：画家约翰·弗罗本。弗罗本当时借住在更出名的人文主义神学家伊拉斯谟家，伊拉斯谟也病着。帕拉塞尔苏斯将他俩暂时都治好了。出于感激，两位名人为他安排了一个职位，城市医官和巴塞尔大学的老师。帕拉塞尔苏斯很快就透支了这份感激。他总是怒气冲冲，对人恶语相向，尤其是喝多了的时候，他不放过任何机会去诋毁他不认同的人，给他们最大的羞辱。[①] 1527 年 6 月 24 日圣约翰日的篝火旁，帕拉塞尔苏斯让学生烧掉阿维森纳的书。这位五百年前的波

① 被逐出两年之后，帕拉塞尔苏斯恢复流浪者身份，他这样记录自己的批评者们：“你们都得死，躲到什么鸟不拉屎的犄角旮旯都没用。我将称王，我说的是帝王之声。”此话出自帕拉塞尔苏斯的《超越粮食之书》（此处英文中对书名的翻译有误，该书维基百科译做“奇迹医粮”）第 73 页，本书则摘自尼古拉斯·古德里克-克拉克德语版的《帕拉塞尔苏斯：基本读物》，北大西洋出版社 1999 年版。

斯医生在文艺复兴时期很受医生们的推崇，在巴塞尔大学也不例外。[①] 不久之后，帕拉塞尔苏斯的资助人弗罗本再度染病并最终去世，而帕拉塞尔苏斯因一位生病的教士不肯付账而身陷官司。1528 年年初他失去了教职，在法庭上侮辱法官后被判离开巴塞尔，否则将面临监禁或更严重的后果。他没再回来，1541 年去世，死前正在为另一位神职人员治病（尽管他曾赌咒发誓再不干这个了），这次是在萨尔茨堡。

让仅在巴塞尔待了一年的帕拉塞尔苏斯饱受鄙视的——除了他本人的暴躁性格和自视甚高之外——是他显露出的对传统医学的蔑视态度。他不能容忍那些包含着文艺复兴时期医学教条的希腊、罗马、伊斯兰教材。他写道："告诉你，我脸上的胡茬知道的都比你和你的抄书员多，我的鞋扣都比你的盖伦、阿维森纳博学，我的胡子都比你们那些高等学府经验丰富。"[②] 他反对最激烈的是"体液学说"，传统上认为疾病是四种体液间的失衡造成的，四种体液是指血液、黄胆汁、黑胆汁和黏液，分别对应世上的四种元素气、火、土和水。1527 年夏天，帕拉塞尔苏斯在巴塞尔发表了一个简要的声明，声称他的使命就是通过改进他设计的新疗法来纠正同行们的错误认识。"这些并非出自希波克拉底或者盖伦的只言片语，而是我在经验——这个最高导师——的基础上经过长期的不懈努力重新创造的。如果我要证明什么，不会去引用

---

① 这次与帕拉塞尔苏斯有关的恶劣的焚书事件究竟是真实发生的，还是其追随者后来杜撰的，学术界说法不一。有的版本的故事中帕拉塞尔苏斯烧的是盖伦的一本小册子，不是阿维森纳的书（他的波斯语全名是阿布·阿里·锡纳·巴尔希）。但各种版本里都有充足的证据说明帕拉塞尔苏斯在巴塞尔短暂逗留期间与该城的权贵树敌太多。可见于亨利·M·普拉格的《魔法变科学——帕拉塞尔苏斯的故事》（萨姆纳出版社，2007 年），此书初版于 1951 年，当时普拉格是纽约城市大学城市学院的历史学教授。

② 《超越粮食之书》，摘录于《帕拉塞尔苏斯：基本读物》，第 74 页。

权威，而是去实验和推理。”①

这几句被印在一张传单上，于1527年6月5日在巴塞尔街头派发出去的话中，帕拉塞尔苏斯明确宣告了一种新的科学，不是基于教条，而是出自观察与实验。实际上他并不总是践行自己的话。他的循证医学也包括了大量的神秘主义和炼金术，他的一些重要主张——包括有体液说风格的概念：万物皆由水银、盐和硫磺构成（这些词在这里指的不是它们现在的字面意思）——错得和他想取代的传统概念一样离谱。但无疑，拒绝教条、密切观察病人、详细记录病例、实验各种疗法并记录结果，这些使得帕拉塞尔苏斯成为欧洲最著名的医生，被同行排斥，事迹却被传颂。他的理念的传播——尤其是在他死后——是文艺复兴晚期科学革命的刺激因素之一。他在巴塞尔的尝试失败三百年后，这些理念仍对主流医学的改革起着作用。

帕拉塞尔苏斯对前人所谓智慧的质疑也帮助推动了知识分子们长达一个世纪的讨论，这些讨论催生了化学工业和医学的新分支——毒理学和流行病学——这两个分支日后将被用来应对工业产生的致命后果，比如发生在汤姆斯河的情况。所有这些帕拉塞尔苏斯的“遗产”都源于他的一个理念：疾病的本质是化学作用，因而它的治疗也是化学过程。在手稿中他说的是“炼金术”而不是“化学”，但他指的不是中世纪那种试图炼铅成金的法术，他的疗法也不同于放血和草药配伍。对帕拉塞尔苏斯来说，化学反应过程，将纯物质从杂质中分离出来的过程，既是神圣的，也是现实的，神在创世（混沌初开）时用，帕拉塞尔苏斯在拿玻璃容器蒸馏时也用。威廉·亨利·珀金1856年从煤焦油里分离各种

① 关于帕拉塞尔苏斯在巴塞尔讲课时发的著名传单中的词句也存有争议，因为他的随从和敌人在多年后出版了多个版本。此处引用的出自《魔法变科学——帕拉塞尔苏斯的故事》，第152—153页。

组分并意外催生化学合成工业的时候，遵循的正是帕拉塞尔苏斯的传统。而珀金的对立面，七年后第一个去调查并报告这个行业的可怕后果的巴塞尔化学家弗雷德里克·高贝尔斯莱德，遵循的也是帕拉塞尔苏斯的传统。

帕拉塞尔苏斯关于污染与疾病的观念因他写的书而得以传播，这本书被认为是第一部详细论述职业卫生的教材，名叫《斯尼伯格矿山病及其他矿工疾病》。① 帕拉塞尔苏斯小时候曾做过冶炼工的学徒，听着矿工们讲的故事长大，故事里山上的地精用有毒的蒸汽守护它们的矿藏。后来，当他再返回矿井的时候，他已经是一位医生，迫切想要了解冶金的秘密，医治吸入采矿和加工中的有毒烟气的工人。和他所有的书一样，大段的"斯尼伯格矿山病"对现代读者来说晦涩难懂，他对疾病的解释也驴唇不对马嘴，他信誓旦旦地说汞中毒的症状——发抖和牙齿打战——受星星和月亮的位置影响。尽管有这些错误，他在书中成功地描绘了砷汞中毒的症状，第一个观察到了污染物可以进入肺部引起慢性疾病。几乎可以肯定，帕拉塞尔苏斯所描述的"萎缩病"就是肺癌，他甚至注意到，不单单是这个行业的工人，旁人如果在矿井或熔炉附近待的时间太长也存在风险。②

---

① 帕拉塞尔苏斯关于矿工疾病的书《斯尼伯格矿山病及其他矿工疾病》（*Von der Bergsucht und anderen Bergkrankheiten*）写于1533年，直到1567年他去世二十六年后才出版，尽管此书被认为是第一部详细论述职业卫生的教材，但在此之前至少还有一人有过尝试。1473年德国医生乌尔里奇·艾伦伯格为金匠写了一篇短文"有毒有害蒸汽及烟雾"（*Von den gifftigen besen Tempffen und Reuchen*）。该文1524年以小册子的形式发行。另外，与帕拉塞尔苏斯同时代的乔治·鲍尔，他的笔名阿格力可拉更出名，1541年发表了"金属的性质"（De Re Metallica），该文主要描述了采矿业，但也涉及了矿业疾病和预防措施，包括通风井。

② 根据伯纳迪诺·拉马齐尼1700年出版的《工人的疾病》，希波克拉底也提到了矿业疾病，并指出不只是矿工会受到"金属瘟疫"的影响，"离矿井太近的其他人"也会。所以，死于公元前约375年的希波克拉底可能是第一个认识到污染的危害不止于直接接触人员的人。

帕拉塞尔苏斯不幸的一生于1541年结束之后，一代代不循常规的科学家们——他们当中很多还联合外行——完善着他的理念，为环境医学这门新学科做出贡献。其中影响最大的是意大利医生伯纳迪诺·拉马齐尼。不同于他那些认为出行有失体面的同行，拉马齐尼坚持亲自检查工作环境，收集病人详细的工作史。他在1700年出版的《工人的疾病》对五十二种与行业相关的疾病做出了极其精确的描述，包括制陶工的铅中毒，制镜工的汞中毒，还有伏案苦读者的脊柱弯曲和精神负担。拉马齐尼敏锐的观察堪为后世工业卫生学者的表率。他提出的预防措施包括：沐浴、锻炼、通风、手套、面具、隔离危险材料等，这些最终成为公共健康管理的基础，这门学问令汽巴、嘉基和山德士公司在巴塞尔、在辛辛那提、最终在汤姆斯河烦恼不已。

从帕拉塞尔苏斯和拉马齐尼第一次确定疾病与化学污染之间的关系起，他们就建立了一种新的医学，拒绝承袭教条，而是专注于每一个病人的具体经历：他们呼吸了什么，接触过什么，吃过什么。没有传统的牵绊，他们得以洞悉他人所忽视的，比如矿工的肺部损伤，制镜工的记忆损伤。他们只能猜测造成这些疾病的具体原因，这些猜测很多都是错的。但重要的是，疾病不再被敷衍成各种不可控因素的产物，什么变化莫测的上天、山里嫉妒的地精，或是不平衡的体液……现代社会也有类似的借口——"就是运气不好"，或者"一定是你的基因有问题"（汤姆斯河镇的人们两种理由都听到过）——但同样站不住脚，至少绝大多数病例根本不遗传。在帕拉塞尔苏斯和拉马齐尼之后，已可以确定很多疾病是人类行为导致的。风险可以通过预防减少，也可能因无所顾忌地追逐财富而增加。煤焦油化工的兴起使得这两个选项变得更加对立，但在前工业化的时代，在采矿场和小作坊中，这一对矛盾早已存在。帕拉塞尔苏斯明白这个道理，他写到："我们也需要金、银和其他金属，铜、铁、锡、铅、汞。要想得到这些，我们必须冒着生命与健康的风险与很多敌人斗争。”[①]

当1952年汤姆斯河镇巨大的新工厂开张营业的时候，帕拉塞尔苏斯的两个传统——大胆的化学实验，和对实验健康后果的密切观察——在工业化时代紧紧地联系在了一起。但两者中只有一个可以带来持续的收益。

没有任何记录显示1952年的时候汤姆斯河镇的人们对化学工业的到来有担忧。在这片松林里，没有帕拉塞尔苏斯去华盛顿大街散发愤怒的传单，或是去海滩边的篝火中焚烧汽巴公司的宣传手册。相反，据还记得起来的人回忆，整体的态度是欢欣鼓舞的。罗登·莱特博迪，后来的镇长说：“汽巴来到汤姆斯河在当时是个大事件，在欧申县有了可工作的地方。”他兄弟在工厂工作。二战刚结束的几年欧申县不景气，唯一的大变化是涌入的胳膊上文着集中营编号的犹太难民。他们是自由主义者，很多还是社会主义者，和镇上当权的保守派关系紧张。（1953年，朱利叶斯·罗森伯格和埃塞尔·罗森伯格以苏联间谍的罪名被处决时，他们的两个儿子与家里的朋友住在汤姆斯河，一个十岁一个六岁，学校校长采纳其他家长的意见，以他俩不是新泽西州合法居民的名义将他们开除出校，六个月后他们只好回到纽约。[②]）新来的人不富裕。很多人卖鸡蛋为生，因为土地便宜，离纽约和费城的市场近。最近的大报纸《阿斯伯里帕克新闻》开始每周日登载两版“家禽信息”，并为犹太人的服务组织“犹太兄弟会”登载会议通知。过去的驿道，现在的9号公路旁是连片的养鸡场，大路上看上去永远像是落着雪，实际上是落着一层鸡毛。

---

① 引自帕拉塞尔苏斯《斯尼伯格矿山病及其他矿工疾病》的第三册第一章。亨利·G·西格里斯特《德奥弗拉斯特·冯·霍恩海姆，人称帕拉塞尔苏斯的四本论文》（约翰·霍普金斯出版社，1941年），第68页。

② Robert Meerpol, *An Execution in the Family: One Son's Journey*, (St. Martin's, 2003), 13—15.

汽巴的到来意味着家禽养殖不再是欧申县唯一的增长行业。最初的两百名员工中有一百二十人是从辛辛那提转来的，但随着染料生产的扩大还会增加几百个职位。1954 年的工资总支出将是一亿五千万美元。或许同样重要的是，工厂开张意味着自独立战争以后，汤姆斯河第一次对外界有了影响。工厂将以小镇的名字命名（虽然随着事情的变化，这只维持了很短一段时间），它的染料将运往全世界。1953 年 6 月 4 日，工厂开工六个多月后，进行了题名仪式，那是欧申县多年未见的壮观活动——可能是自 1937 年兴登堡飞艇爆炸以来最壮观的，爆炸发生在镇以西五英里的莱克赫斯特海军机场。有五百多人参加活动。当小型飞船从莱克赫斯特起飞掠过众人头顶的时候，在铜管乐队的伴奏下，一位"不动产所有权董事会"（即县议会）的成员将一个卷轴交给了汽巴公司总裁罗伯特·卡培里。主发言人是新泽西州长阿尔弗雷德·E·德里斯科尔，他是共和党人，后来开了一家制药厂。德里斯科尔告诉民众汽巴公司冒着风险修建了巨大的厂房，"作为回报"，他们理应免受过度的税负和政府的干预——这个要求无疑在保守的汤姆斯河获得了响应。[①]

汽巴公司当天发言的是美国分公司的总管哈里·B·马歇尔。（瑞士人卡培里只负责接卷轴。）马歇尔跟大家说工厂能改善水质，而不是污染它。根据当地媒体对讲话的大力宣传，他当时说，"工厂的一个很重要的工作是确保自己对地区有益。[②] 排放到汤姆斯河的污水一定是清澈纯净的，绝不会污染河流和港口，那是为大家提供生计、给居民和游客带来快乐的地方。"人们都说，下面的听众反响热烈。1953 年汽巴印的一个小册子里加入了大量新废物处理系统的图片，一个标题写到："排入汤姆斯河的经过

---

① "Governor Dedicates Ciba States Building", Asbury Park Press, June 5, 1953.
② " 'Effluent Pure,' Ciba Head Says," Ocean County Sun, June 11, 1953.

净化的污水，清澈，中性，对鱼类无害。”[①]

在众人轻易地对工厂开张合唱颂歌的时候，只有一个不和谐音。1953 年 3 月 24 日，题词庆典十周之前，《布鲁克林鹰报》的狩猎与钓鱼栏里有一段简评：“新泽西再次面临污染危险，另一家化学企业正在汤姆斯河建厂，它将每天从汤姆斯河中抽取一百万加仑的河水，并将被硫酸和制药废物污染后的水再排回河道。这将彻底毁掉河水和巴尼加特湾。”[②] 只是一段登在外地报纸体育版最下一栏中间位置的话，但瑞士人不能冒这个险。作为应对，他们安排了当地记者对工厂的参观活动，收获的是汤姆斯河镇本地报纸《新泽西信使报》头版头条的颂扬：“汽巴废物处理车间之旅驱散污染谣言。”[③] 这对汽巴是最理想的，在汤姆斯河镇，公司可以运转下去，仿佛过去的事从来不曾发生，以后也不会再发生。

新工厂产生的固体废弃物都是未经水或其他友好材料稀释的，因而也更加危险，即便用来描述它们的术语看起来都很友好。比如“滤饼”，由过滤器拦截的颗粒状物质，浸满了溶剂，在染料生产工艺的多个步骤中都会产生。“蒸馏釜底”，高温下在蒸馏釜和其他反应器中形成的黏性固体层。“澄清残留物”（起名的人显然想象力贫乏），漂在液态染料中的大块未反应化合物。

① “Ciba Builds to Serve”, a promotional bookelet published by the company in 1953, 22.

② Howard S. Pratt, “Rod and Gun”, *Brooklyn Eagle*, March 24, 1953.

③ “汽巴废物处理车间之旅驱散污染谣言”，《新泽西信使报》，1953 年 4 月 2 日。当天指引路线的是瑞士公司在汤姆斯河的形象大使，匈牙利移民，化学工程师菲利普·可恩威特。二战后美国政府送可恩威特回欧洲去法本公司学习新的制造技术，当时这个企业联盟已经因来自美国和瑞士的多个竞争对手的大力支持而解体了。可恩威特第二年回到美国后就去了汽巴公司负责工厂在美国的选址。在搬去汤姆斯河镇监督工厂建设后，他担任了欧申县童子军委员会董事长和红十字会会长，并牵头推动建立了县第一所医院。见于“菲利普·可恩威特”，1957 年秋的人物简介，一期公司简报。

车间里的工人们主要的工作就是清除各种废弃物，通常是用手。每过几个小时，最长也要在八小时工作换岗之前，生产线上的工人要刮去蒸馏釜底，滤去澄清残留物，清洗或更换滤膜以去除滤饼。然后清理刚刚收集的这些废弃物。

清理到哪里？汽巴如果没有选择最安全的方法，就是选了最明显也最廉价的。这个公司在汤姆斯河镇清除固体废弃物的方法和他们最开始在巴塞尔的一样，也和它的竞争者们在自己的地盘上的做法一样——只要他们运气好，有足够的地方。汽巴把它们倒在了工厂的场地上——所有的固体废弃物——每年的量都足以装满一千个五十五加仑的大桶。（到上世纪 70 年代末，年总量已接近上万桶。）废料桶被埋在井里、沟里，或者直接扔在密林中没有标记的空地里。通常这样根本不能束缚住废弃物。例如，他们在工厂建筑以南半英里的地方挖了个井（后来又在旁边挖了两个），用来排砷酸，砷酸和石灰掺在一起倒在里面，后来这里被叫做酸井。其他废料场的外号诸如月亮、泥盆，坑太多没法一一起名。它们像出疹子一样地冒出来，有十几个位点，覆盖了四十八英亩以上的土地。废料场具体的数目无从知晓，因为公司甚至不愿费心在地图上标出那些小的场地，它们很快就被遗忘了。还包括将近两平方英里的林地，公司认为不需要跟踪记录。上世纪七八十年代汽巴在汤姆斯河镇工厂的高级经理豪尔赫·温克勒说："我看当年没有任何人想过垃圾填埋，你把'废物'放在你觉得合适的地方就行了，所谓合适基本上就是不碍事的便宜地方。"

工厂的液体废弃物不能这么随心所欲地处理，它们的量太大了。和在巴塞尔或辛辛那提一样，废液里有大量的硫酸、蒽醌、其他酸，还有溶剂。为了降低毒性，要用河水对它们进行稀释，比例通常是一加仑化学废液加两百加仑水。结果，汤姆斯河的工厂废液量大得惊人：上世纪 50 年代是一天两百万加仑以上，70

年代涨到五百万。就算和别的染料厂比，汤姆斯河的废液也是波涛汹涌。为生产蒽醌染料增加的步骤中产生的额外污水量大约是每磅染料成品一千加仑——比生产其他染料的废水大十倍还不止。[①]

这家工厂产生的废水量如此之大，如果公司像处理固体废弃物那样将废水装在桶里填埋，一天就能装满两万桶（到 70 年代就是每天十万桶了）。按这样的速度，即使如汽巴这样有幸拥有如此之大的土地，不出几个月也就埋满了。但是汤姆斯河不像莱茵河或者俄亥俄河那么宽，水势也不急，它始终是蜿蜒而平缓的，流速慢得都能形成柏树沼泽和海狸坝。工厂附近的河滩不足五十英尺宽，河道在进入两英里之外的镇中心之前都比较狭窄。到了那里汤姆斯河才变宽，在邻近巴尼加特湾的地方开始有浪。1952 年的时候，垂钓和小规模旅游业是当地不景气的经济的基石，这条河从右侧绕过建于 1850 年的县政府大楼，那是县里的政治首脑，州参议员威廉·斯蒂尔曼·马西斯——“钢铁马西斯”的权力宝座，不出意料，他热衷于钓鱼。

为了和当地保持良好的关系，公司需要让这条与当地同名的河保持——哈里·B·马歇尔在题词庆典上说的——“清澈纯净”，或者至少维持汤姆斯河从前的那种清澈纯净。这点上，汽巴公司拜上天所赐，公司选址的上游河岸上雪松生长茂盛，树根使水带上了一丝茶色。除了有色，河水因为砂壤土质和沼泽带入的大量有机质而变得浑浊。工厂开始排放污水之前，汤姆斯河是一个繁盛而近于原始的生态系统，但河水看上去根本不清澈。汽巴公司利用了河水的表里不一。开工初期的一些文章，包括公司官方的评论中，对河水天然的水质不以为然。甚至有一篇文章宣

① Nicholas P. Cheremisinoff, *Handbook of Pollution Prevention Practices*, (CRC Press, 2001), 238.

称汽巴废水中腐蚀性的酸能让河水味道更好，对鱼对人都好，因为自然状态下汤姆斯河碱性太大了。[①] 到 20 世纪 60 年代中期这种说法就非常可笑了，但在 1953 年它还能糊弄糊弄人。

即便谎称自己的污水在"清洁"河道，公司也不能自在地把所有污水倒入汤姆斯河。河道太窄，水流太慢，而且这条河对小镇的身份和经济都太重要了。即便在汤姆斯河这样一个恭顺的镇子里，每天向穿镇而过的小河中排放两百万加仑的含酸废水也是一种挑衅行为。公司需要想办法减少直接排放。这时，上天又送上了第二个礼物，汽巴则报之以几十年的疯狂倾泻。工厂选址的表层土以下，后来发现，是多孔的沙石质土层，充满了地下水，只离地表几英尺。这意味着公司可以挖浅井，每天取水几百万加仑用于染料生产和稀释废液。同样重要的是，倒在沙土上的液态化学废物将直接渗入地下，仿佛消失了。土地每消化一加仑废水，经那个巨大而清晰可见的排水管中排向河里的污水就可以减少一加仑。多孔土质的两大好处——清洁的水源和废液的排放场——看起来互相矛盾：公司为什么要冒险污染自己的水井？因为公司官员认为，只要排污池和水井离得够远，他们就可以取水倒水互不干扰。这一点他们又错了。

早在工厂开建前，所有相关的人都明白，公司打算找个外人什么也看不到的地方，将大部分废水倒在土地上。隐秘性很关键，一位汽巴公司的经理在 1949 年的备忘录中写道："将污水处

---

① 1953 年《化学与工程新闻》中的一篇文章是当时歌功颂德文章的典型。大标题是"在汤姆斯河的染料厂里汽巴解决了水污染危机"。相关段落中说道："实际上，排放到汤姆斯河里的水对鱼类和人类来说远比本身的河水可口。汤姆斯河流经那样的湿地，当它抵达入海口的时候带着高浓度的有机物，pH 值相当高。"文章并未署名，由该杂志的编辑凯文·J·布拉德利撰写，他同时也是另一篇热烈赞扬工厂的文章的联合作者，文章发表在美国化学学会的《工业与工程化学》上，另一位联合作者是汽巴公司的菲利普·可恩威特。原文最初在最后一行有标注："汽巴公司与邻居的关系非常亲密。"见于《化学与工程新闻》31：36（1953）：3691。

理场地选在离河较远的地方，这其中涉及心理学因素……最好选在密林深处，严密遮挡以防外人窥视。”这篇备忘录还说明汽巴公司知道将有大量废液消失在沙土中：“我们预计排污渠中的物质将大量渗入邻近土地，这可以减少排入河中的污水量。”[①] 1949年的另一份备忘录则更加直白：“在汤姆斯河，所有碍眼的废水都可以灌溉沙土，以最少的处理而排放，没有困难，成本非常有限。”[②]

公司根本没有向州政府卫生部门详细描述他的计划，本该有的强制更改也就没有出现。1949 年给州政府的信中汽巴公司的高级经理菲利普·可恩威特承认，含溶剂的废水将以“灌溉适当面积的沙床”的方式排放。但他同时断言水量会“非常小，每月可能不超过几千加仑”，而且“离河道和邻近开发项目如此之远，不可能发生有害渗滤”。[③] 这两条很快就被证明是错得离谱——1955 年可恩威特的手下告诉他每天有超过两百万加仑的污水渗入地下——但州政府照字面意思接受了，为汽巴公司在 1952 年开张办齐了经营许可。[④]

---

① 1949 年 6 月 30 日，在巴塞尔，汽巴公司一位未具名的经理给高级经理的记录，见第二页。原话为：“污水处理场地需谨慎地选址在离河较远的位置。处理后的污水将由明渠排入河中，这样修渠费用低。长线有助于污水在进入河道前增氧，我们预计排污渠中的物质将大量渗入邻近土地，这可以减少排入河中的污水量。”

② “报告：圣伯纳德与汤姆斯河还原染料项目的选址考察”，1949 年 5 月 2 日，第 4 页。由未具名的汽巴公司经理撰写。同样，在 1948 年 12 月 30 日的“汤姆斯河地产报告”中，经理弗里茨·马克斯和菲利普·可恩威特写道：“可用土地面积非常大，沙石质土壤，适于建造，易于挖掘和平整，非常适于修建沉降池和过滤不想排入河道的废液。”

③ 见于 1949 年 1 月 19 日，菲利普·可恩威特给新泽西卫生部的信中。在两天前他为州政府准备的五页报告中，可恩威特号称根据来自其他染料厂的“经验”，汤姆斯河厂排放的废水将是“澄清而透明”的，“无味”，并且“不含对鱼、动物和野生生物有害的物质”。

④ 见于 1955 年 12 月 25 日莫里斯·史密斯对菲利普·可恩威特做的备忘录。题名为“1955 年工厂废物排放指南”中也有提及。

汤姆斯河厂的废物“处理”工艺占尽了海绵般的松林土的便宜。[①] 它由几个水塘组成。第一个池里铺了沥青，工厂的废水和处理过的污水混在一起（一个两百人的工厂，污水中只有百分之二是处理过的，剩下都是稀释后的染料废水）。第二个池也铺了沥青，向其中投加石灰中和酸度。这几个初始步骤只花费几小时时间，然后是关键步骤，废水被送到一个巨大的人工湖中，湖的占地面积十英亩左右，深十英尺。[②] 这个无防渗膜的“处理池”理论容量两千九百万加仑，但因为池底除了沙石什么也没有，它基本就是个无底洞。起初工程师们以为污水中的不溶物会固定在池底减少渗透，但他们乐观的想法很快就被否定了。按照工厂产生染料废水的速度，那个湖两千九百万加仑的容量本该在几个月内被灌满。但这个十英亩大的湖十八个月多才灌满，大量污水都从砂质湖底渗入了底层地下水中。不往湖里灌新污水的时候，它的水位能下降五英尺多。最后，在 1954 年年中的时候，污水池填满了污水，开始溢出湖堰，它们进入一个矩形的曝气池。再从那里进入氯气消毒池，随后流入一条长渠，尽头是汤姆斯河。这条渠先将水导入一个“鱼塘”，公司号称会在里面养上鲈鱼，在污水入河之前证明它是安全的。然后这个池塘里的水经一个大排水管送入汤姆斯河。

尽管有上面这些池子和步骤，整个系统实际上对工厂液体废物的处理非常有限。加石灰中和酸性，加氯去除微生物，除此之

---

① 著名的化学工业史研究者安东尼·特拉维斯分析了汤姆斯河的争议，告诉本书作者：“回顾 48、49 年，（汽巴公司）认为汤姆斯河镇位置很好，因为土壤是砂质的，他们可以挖到很深，大部分污水在排入河道之前就已经消失了，而且工事可以隐藏在密林深处。”

② 汤姆斯河工厂污水处理工艺的更详细介绍可见于约翰·J·巴法的文章“新泽西州汤姆斯河镇汽巴公司染料生产厂污水处理方法”，第九届工业污水会议记录，1954 年 5 月 10—12 日，（普渡）：560—566。巴法是一位顾问工程师，协助设计了汤姆斯河的污水处理工艺，他在普渡大学组织的年度工业废弃物会议上介绍了这篇文章。

外系统靠的纯粹是稀释、曝气、沉降和时间。它确实从废液中去除了一些固体物质，但这些东西最终也会进入地下水中。这些干化的污泥，连同污水池底清出的淤泥，被倒在一个十英亩的没加防渗膜的沟里，这个沟叫“月亮”，在污水池的东南角。但污染不会待在月亮上，最终地下水里也发现了底泥中的溶剂和汞。没渗入地下的化合物就会进到河里，正是因此，公司搁置了当初大张旗鼓的鲈鱼“鱼塘”计划。污水中大量的有机物耗尽了池中的溶解氧。没有好氧生物——包括鲈鱼——能在那个憋闷的池子里活下去，而那里的水排进了汤姆斯河。

这个水处理系统尽管很低效，仍然比汽巴公司在辛辛那提做的直排有了提升，在上世纪 50 年代大型化工厂中是很典型的。①它由罗格斯大学卫生工程学教授威廉·鲁道夫为汽巴设计，此人编写的废物处理教材在当时广为流传。普渡大学环境工程专业的名誉教授，工业废水处理方面的权威詹姆士·埃策尔说：“汽巴采用的那种处理方式太初级了，不太可能有什么效果，但当时确实到处都是这种设施。根据当时技术文献中的内容，汽巴应该已经知道他们使用的材料、最终进入污水的物质，都不是能进嘴的东西。他们寄希望于如果把化合物‘倒在地里’，它们就消失了。结果他们节省了大量污水处理费用。”

本来这样也没关系，至少没有大问题——如果汤姆斯河的居民从别的地方获取饮用水。但是，砂质土、高地下水水位、邻近河流，这些令公司对这个厂址满意的因素，恰恰也是周边区域成为镇子上最好的水源地的原因。给镇子供水的汤姆斯河水务公司从工厂下游两英里处的霍利街的浅水井取水供给全镇。1953 年汤

① 克雷格·科尔滕在发表于《环境历史评论》［18：1（1994 年春）：85—116］的论文“制造中毒景观：化学废物排放政策与实践：1900—1960”中说，直到 20 世纪 50 年代后期，“污水池因其成本低廉工艺简单而很常见。但当使用地点地理位置不合适时，化学废物处理不足就会‘制造中毒景观’”。

姆斯河水务开始在同一地点使用第二口井。水务公司不直接从河里取水，但这两口井从来不干，他们的泵其实是在从汤姆斯河抽水。河水透过河岸充满了地下含水层，几百英尺外的另两口井从这个含水层抽水。

不是镇里所有人都用水务公司的水。很多人从后院的井里取水，比如新橡树岭片区的房主们，他们住的地方在排污堆以东七百英尺，离污水池大约半英里，这两个设施都没铺防渗膜，都漏得跟筛子一样。所以，如果你住在橡树岭，从自家井里打水，或者你住镇上什么地方，从水务公司买水，很可能最终喝到的是汽巴公司倒在地上和河里的东西。

多年以后，一场艰难的法庭论战调查了这个问题：公司是否早在上世纪 50 年代的时候就应该知道自己的废物处理手段很危险。经过两场庭审和十一年的诉讼，1988 年，新泽西州高等法院法官劳伦斯·韦斯裁决：汤姆斯河化工厂遵循了上世纪五六十年代典型的处理工艺，并非蓄意污染饮用水。[①] 法官引用了汽巴-嘉基公司专家证人，前新泽西州首席环保官员的证词，宣布工厂当时的废水处理系统在全美的大型生产厂中属于最先进的。[②] 因而韦斯裁决，保险到期时，承保人应赔偿汽巴-嘉基公司所有用于清理 1952 年至 1984 年期间污染的费用。据报道，总费用在四亿美元以上。

但即便污染如法院裁决所说，并非蓄意，公司是不是知道得更多？甚至是早在汤姆斯河厂开工的最初几年？毕竟，汽巴和嘉基已经在巴塞尔、辛辛那提和其他地方与水污染的问题斗争了几

---

① Opinion of New Jersey Superior Vourt Judge Lawrence Weiss, *Ciba-Geigy vs. Liberty Mutual Insurance Company et al.*, January 28, 1998, 1—36.

② 汽巴-嘉基公司的证人理查德·德韦林是新泽西州环境保护部的前主管，他作证称新泽西州有两个工厂“采用的处理措施在 60 年代超过了大部分的企业，这两家企业一个是邦德布鲁克的美国氰胺公司，另一个是‘汽巴公司’的汤姆斯河厂”。《汽巴-嘉基诉美国利宝互助保险公司等》，第 20 页。

十年，包括新泽西州一案，已有多起关于废液倾倒在砂质土中造成地下水污染的诉讼。[①] 1934 年化工厂设计的标准教材中就警告“将废水倒入江河中已不再符合要求”，而寄希望于“地下渗滤”过程的工厂应确定不会影响供水，“以免遭到邻近工厂或地方政府的滋扰”。[②] 那个时代废物处置方法专家，路易斯安那州立大学人类学家克雷格·科尔滕说，“地下水的风险广为人知，任何一个处于工厂管理者位置的人都应该谨防此类问题”。[③]

比汽巴公司开始往汤姆斯河镇供水系统排放污染物早四百年的时候，帕拉塞尔苏斯曾试图解释他从那些看不见、摸不着，有时甚至闻不到的毒物中觉察到的危险。在那部他用特有的热情写就的关于矿工疾病的革命性论文中，他宣称：“人们应该知道，无法感知的事物中始终存有敌意。这些矿产的蒸汽也能杀人，这与鳄鱼和它的呼吸都能杀人是一个道理。”[④] 到 1952 年已经没有理由不相信他。但那些在汤姆斯河镇操纵着新的巨型化工厂的人

---

① 早在 1914 年，新泽西州上诉法院就审理了纽瓦克煤气厂排放的煤焦油废水污染邻近酿酒厂使用的地下水的案子。案件名：Ballantine & Sons 公司诉新泽西公共服务公司，《新泽西州法律报告》86（1914）：331。

② 见于教材《化工工厂设计》，初版于 1934 年，作者弗兰克·威尔勃兰特是弗吉尼亚理工学院化学工程系系主任。文中内容见于书第三版的第 400 页（麦格劳-希尔教育出版集团，1949 年）：“化工厂经常向江河或海岸排放污染，排污的海岸附近如果没有浴场是允许的。向江河排放已经不行，因为开始立法阻止此类工业废物污染的州越来越多。另一种排污方法是土壤渗透。使用这种方法前需先确定土壤的通透性是否足以承受极大量的排放而不会蓄积。也应当检查当地地形，确定废液会否渗出，以免遭到邻近工厂或地方政府的滋扰。处于山谷中的城镇应将供水系统移到远离厂区排水系统的位置。”

③ 克雷格·科尔滕的论文“工业废物与地下水污染历史展望”［《地理评论》81：2（1991.4）：215—228］中提到：“在上世纪 50 年代初，经过三十几年的时间，政府部门、专家团体和工业贸易协会都公开承认了液体废弃物简单处理的风险。这一共识并不能终止排污池和渗滤湖的使用，但它清楚地表明，对水文学的充分认识证明，在绝大多数环保装置中这样的污水处理方法是不安全的和不负责任的。”

④ 引自帕拉塞尔苏斯《斯尼伯格矿山病及其他矿工疾病》的第三册第一章。亨利·G·西格里斯特《德奥弗拉斯特·冯·霍恩海姆，人称帕拉塞尔苏斯的四本论文》（约翰·霍普金斯出版社，1941 年）第 67 页。

们，却心满意足地看着染料生产的残余——20 世纪 50 年代是每天两百万加仑——消失在水里和沙子里。他们不担心这些东西会去哪里，没人担心这个。换个角度理解这个词，他们这些人同样，是无知觉的。

第三章　第一枚指纹

闷热的夏日午后，河水清冽。河岸边雪杉浓密，不过仍有一小块可以沐浴阳光。更妙的是，这个小水潭在密林深处难以到达，大人小孩都不来。对于上世纪 50 年代时十几岁的那一代汤姆斯河镇人，这个隐蔽的小池塘是夏日生活中一个共享的秘密，他们带着女朋友，偷拿着香烟啤酒来到这里。乔治·伍利回忆说："我们管那叫黑潭。"他在镇上长大，但对连排栅栏对面的河上游只有模糊的认识。"我们差不多是在汽巴公司的废水里游泳，但大家全然不知。"

唐·贝内特也在河里游泳。他和伍利是高中好友（伍利是贝内特婚礼上的迎宾员），但后来两人疏远了，因为在即将到来的蔓延全镇的戏剧性事件中，他们俩分别在对立面扮演着重要角色。伍利喜欢科学，1964 年去了化工厂工作，一干三十二年。贝内特喜欢写作，成了报社记者，为当地媒体效力，时间还要更长。贝内特回忆："我们都在那里游泳，不在乎那个味道。我当时还是个孩子，但知道那里头有些不好的东西。那里在工厂下游，离厂子向河里排污的位置不足三分之一英里，所以都没怎么稀释。我们还是在那里游泳，就是在那里。我们都还小。"

三年之后，1962 年夏天，二十岁的乔治·伍利心血来潮回到黑潭怀旧和避暑。湖和他记忆中的全不一样了，湖水深黑臭气熏天。硬着头皮，他小游了一会，咽了两口水，味道糟透了。水面上，他眼看着紫色的泡沫粘在身上。

再也没有人去黑潭游泳了。

汤姆斯河镇一开始扩张就没有停过。1950 年到 1960 年间多佛小镇（汤姆斯河早期的名字）的人口增长了一倍以上，达到一万七千人，而欧申县的人口也以同样的速度增长到十万零八千人。60 年代增长得更快，当时欧申县是全美国增长最快的县之一，整个汤姆斯河镇看上去永远是在建状态。汽巴缓慢的扩张也在其中添砖加瓦。1955 年，公司在辛辛那提的两个盟友嘉基公司和山德士公司从汽巴公司手中购买了少量汤姆斯河厂的股份。在这个密林深处的微型城市里，三家公司一起谋划着大事件，他们将公司重塑为"汤姆斯河-辛辛那提化工公司"。① 因为还原染料需求小，工厂在上世纪 50 年代中期有点不景气，但到五十年代后期，它开足马力开始了大扩张。1959 年时，这家员工将近五百人的化工厂早已是县上最大的私人雇主。

1955 年花园州②大道的落成终结了这个地区自 1812 年——飓风封锁克兰伯里入海口瘫痪了汤姆斯河的海上贸易——后开始的封闭状态。历时八年，包括了一百七十二英里精心设计的路面的大型高速公路计划对经济大有益处。③ 花园州大道的落成大大缩

---

① 三家瑞士重要染料生产商在辛辛那提和汤姆斯河的合作为后来一系列的合并拉开了帷幕。汤姆斯河化工厂最初由汽巴公司建造，早年间的正式称谓是汽巴有限公司汤姆斯河分厂。1955 年嘉基和山德士购买了少量股权后工厂更名为汤姆斯河-辛辛那提化工公司（这个名字在汤姆斯河镇很少有人提到，大家还是叫它汤姆斯河化工厂，有时就叫"汽巴"，因为汽巴始终持有绝对股权）。1959 年，当合资企业最终关闭了辛辛那提的两家工厂后，汤姆斯河化工公司成为正式称谓。1971 年的那个汽巴和嘉基两家公司合并时它又将变为汽巴-嘉基汤姆斯河厂。最终，1996 年山德士并入汽巴-嘉基时，三家瑞士重要的染料生产商合并为诺华（Novartis）。次年诺华将汽巴-嘉基染料与化工业务转为汽巴精化有限公司，2009 年该公司被巴斯夫收购，标志着汽巴公司从创始人亚历山大·克拉维尔在巴塞尔开展染料合成业务起的一百五十年历史正式终结。

② 花园州是新泽西州的别称——译者。

③ 欧申县的全能的马西斯家族是花园州大道工程的受益人之一，他们和州政府签了一笔大单，得到工程中一部分价值不止三亿元的债券。

小了从各个大城市到汤姆斯河的时间。在这个镇子多年的沉睡中，大部分时候它到纽约的时间需要不止一天，公路建成后时间缩短到不足两小时。周日游客们沿着高速公路来到欧申县的海滨，于是房地产价格飞涨。每年夏天去巴尼加特半岛和长滩岛的游客从几千人变成了十万多。一些人一路开向海岸，在沿途的镇上找可以年租的房子，包括汤姆斯河。卖鸡蛋的把地卖给了开发商，地价飞涨。镇子的性格开始变化。一波一波的人来到这里，汤姆斯河渐渐不再是那个家家互相了解，人人各安其位的地方。新区里的居民在这里没有根基，聚在一起只是因为相信镇子的地产升值很快，健康的形象一定是有保证，不管发生什么。

对于那些有幸在化工厂找到工作的人们，那是黄金时代。工厂疯狂招人，1961 年员工数到了一千，而且还在上升。薪水很好：熟练的仪器操作工差不多值每小时三美元。约翰·塔尔迪 1960 年二十岁的时候进了公司，因为他给面试的人展示了他用毕达哥拉斯定理计算直角三角形边长。他的周薪是七十八美元，作为一个没有大专学历的初级实验员，这个价钱在欧申县闻所未闻。塔尔迪高兴极了，他回忆说："在 1960 年，你要是住在附近，那可真是个该去的地方。"他在那里的餐厅遇到了未来的妻子（她比他晚一周进厂），在工厂工作三十六年，直到厂子关闭。在一个房价上涨的水平超过很多蓝领工人支付能力的地方，工厂的工作是通往成功的稳妥道路。约翰·塔尔迪、乔治·伍利和成千上万的工人将对工厂报之以坚定不移的忠心，不管发生什么。

发工资并不是这家工厂唯一的向周围社会散发财富的手段。工厂总经理是兴建医院的幕后推手，这场运动历经九年最终建起了欧申县第一医院。1961 年，在花园州大道旁，沿着从工厂出来的 37 号公路，社区医疗中心在一块精选的地段开张了。第二年，公司买下市区附近老奶牛场里的一块破旧的九洞公共高尔夫球场，建了新俱乐部和游泳池，汤姆斯河乡间俱乐部重新开张，它的六十七英亩土地很快成了镇上商业和政治精英们的私人游乐场。公司总裁们把持着汤姆斯河第一国民银行、欧申县童子军委员会、商会，还有汤姆斯河快艇俱乐部，他们是当地共和党的可靠捐款人（偶尔也捐给民主党）。人人都说，公司的高级总裁们对镇上的事务参与得很深，就算他们基本不在镇上。很多高级经理来自瑞士，他们的德国口音和高学历（很多有化学博士学位）很显眼。

尽管在汤姆斯河镇如此顺风顺水，汽巴公司还是遇到了麻烦。自1947年以来，公司一直在距费城西北三十英里的宾夕法尼亚州金伯顿生产环氧树脂和黏合剂。工厂在一个山顶，而山谷里有个村子。汽巴排的所有东西都会流下山，冲进为金伯顿提供饮用水的河里，但公司依然故我地挖了一堆没有防渗膜的漏斗式排污池来倒废物。[①] 到1957年，山上有八个污水池。同年，当地水务公司的工程师在山底的河中检测到了苯酚和盐，这是树脂生产过程中的两种主要污染物。汽巴公司面临着污染供水的指控，他们于是许诺为村子挖一个远离污染河流的新水井。这是足以逃脱官司了，却不能安抚金伯顿的居民，他们毫不掩饰自己的敌意。同时，在辛辛那提，自1920年以来就由汽巴、嘉基、山德士共同经营的这两家工厂钱赚得越来越少，部分原因是城市的新管理者们要求工厂的污水在进入公共污水系统或俄亥俄河之前必须先经过处理。

1958年汽巴公司做了一个重大决定：关闭这三家工厂（辛辛那提的两家和金伯顿的一家），将这部分业务转到和当地的关系更友好，也有更多场地倒废料的地方去。新命名的汤姆斯河化工

① 本章中关于金伯顿污染的简单记录的来源是美国环保局的文件和对普渡大学环境工程名誉教授詹姆士·E·埃策尔的采访，他曾在1957年和1958年以私人顾问的名义调查了那里。

公司（把“辛辛那提”去掉了）不再只生产还原染料。

汤姆斯河新的招牌产品将是偶氮染料，这类染料的化学血统可追溯至一百年前威廉·珀金的苯胺紫的第一个竞争者——品红。偶氮染料不如还原染料耐久，但颜色更鲜亮，种类也更多，而且生产成本低。相比于合成还原染料所需的七步甚至更多的反应步骤，偶氮染料只用四步。它从19世纪80年代起就非常流行了，已经在辛辛那提生产了几十年。现在生产线挪到了汤姆斯河，就在还原染料厂房北面的一片建筑中。

1960年偶氮装置落成，其中包括四栋生产厂房、两个实验室和两个巨大的仓库。和还原染料不同，偶氮染料生产需要光气，这是一种无色有芳香气味的蒸气，接触可以致死，是一战期间使用过的最致命的气体（由德国人首先使用，协约国后来也开始使用）。这种气体太危险了，汤姆斯河化工厂后来为它专门建了一个独立的、碉堡式的建筑，有加固的混凝土墙壁，内有特殊的钢制容器，容量一吨，钢壁有四分之一英寸厚。那地方没有工人愿意去，尤其是参加过一战的老辈。它附近还有一个小建筑用来储存生产偶氮染料的另一种原料——对二氨基联苯——一种在辛辛那提化工厂制造过大麻烦的致癌物，不过汤姆斯河的工人们并不知道这个。

汤姆斯河化工厂的第二个新建筑群在还原染料车间的东面，也一样危险。同在1960年，公司建了一个大车间——108号楼——加一个大仓库来生产和储存一组全新的产品：树脂、增白剂、不溶性色素，以及各种特殊化学品，大部分都是之前在金伯顿生产的。除生产给织物上色的还原和偶氮染料之外，这里现在开始生产给其他材质上色的产品，包括塑料、纸张、地毯、皮革、食物，甚至洗涤剂等，还有强力黏合剂和防护涂层。几乎所有产品的生产都需要大量使用易挥发性溶剂，特别是甲苯、二甲苯、三氯乙烯，还有更可怕的环氧氯丙烷。最后这一味有着四重危险：易燃、对眼和肺刺激性极强、皮肤接触可灼伤、致癌性。[①] 1961 年至 1965 年间汤姆斯河化工厂在它生产蒽醌的车间旁边的一个小建筑里生产环氧氯丙烷供自己使用，蒽醌车间是 1957 年建成的，这种生产活性染料的重要原料太易燃了又有致癌性——尽管它的致癌性当时还没人知道。[②]

汤姆斯河化工厂经营的初期，在那里工作的大部分人，即便是那些从辛辛那提调过来的人，对他们接触的化学品的危险性只有模糊的认识。女人们也是一样，她们中很多在临近的办公建筑中做秘书工作，对那些浓烈的味道习以为常。雷·塔尔迪在 1962 年跟着哥哥约翰·塔尔迪进厂之前在当地的 A&P 超市做理货员，当时他哥已经在工厂工作了两年。雷和他哥哥一样在工厂认识了自己未来的妻子。杰姬·塔尔迪 1971 年辞职回家照顾孩子，这之前她穿坏了很多双尼龙长袜。每个在空气中充满溶剂和酸性气体的生产车间工作的秘书，她的长袜都可能会在腿上溶化掉。杰姬·塔尔迪回忆说："你最好就穿着这样的袜子，你要是跟哪个老板抱怨一下，他们会让你把买新袜子的发票交上去，然后说'有工作就万幸吧'。我看没人交过发票。起初我们什么也不懂，在 60 年代，你说点啥会被头儿们狠狠挖苦的。他们有时候说，'你以为这是哪里？冰激凌工厂？'"

塔尔迪兄弟和伍利都在化工厂的实验室工作，而不是生产车间，所以有机会看到工厂全貌。他们很快就知道了哪里有危险。

---

① 尽管上世纪 50 年代时环氧氯丙烷对肺部和皮肤的急性毒性已为人熟知，但官方未考虑过它的致癌性。直到 1976 年，国际癌症研究中心（IARC）的一项评估发现，实验大鼠在吸入该物质后形成了鼻癌。到上世纪 80 年代初，通过对工厂工人的研究，已经有一些非决定性的证据证明环氧氯丙烷可致人类呼吸系统肿瘤。美国国家毒理学项目现将其列为可能致癌物。

② 尽管蒽醌一直被怀疑有致癌性，2004 年之前美国政府没有任何官方机构将其认定为致癌物。美国国家毒理学项目 2004 年的报告中称，通过给大鼠喂食掺有蒽醌的饲料，他们发现了它对大鼠肝脏"明确的"致癌能力。报告同时发现了它对其他器官的非癌性损伤和可能的类激素效应。

102 号楼，还原染料的主生产车间“阴暗空旷的车间里全是苯、氯苯这样的溶剂，那里是工作场地中最差的，路过都够呛”。雷·塔尔迪这样说。爆炸的风险始终存在：1960 年 12 月 22 日，102 号楼第二层上一个装了八千磅焦油、染料和硝基苯混合物的增压釜爆了，炸穿楼板掉到了第一层，震碎了几十片玻璃，铁块被甩得到处都是，最远的有四十英尺。工人们“到处找掩体，有的只能平趴在地上”。[①] 乔治·伍利特别担心的是树脂和特殊化学品合成车间。“有些从 108 号楼出来的东西很糟糕：环氧氯丙烷、环氧乙烷，还有甲苯和二甲苯，环氧氯丙烷比别的更要命。”光气也是个威胁。甚至实验室都是危险的地方，技术员们接触的是他们基本一无所知的化合物。60 年代初的一天，约翰·塔尔迪曾意外地被硫酸二甲酯淋到。这是一种硫酸衍生物，后来被认定为可疑致癌物。工头让他去找护士，护士告诉他回家洗澡。之后，剃胡子打肥皂的时候，他发现整个脸都出血疼痛。之后不久他决定加入工会，随后他弟弟和伍利也加入了。

燃烧、爆炸、泄漏、溶化的袜子，在这些显而易见的恐怖背后，还潜伏着一些更黑暗的东西。伍利说：“甚至早在 60 年代，人们就在谈论在工厂工作的人得癌症的事情。这不是事后诸葛亮，当时就有。”很多是从辛辛那提和金伯顿调来的老工人们，他们暴露在这个环境中几十年了。少部分还很年轻，比如杰姬·塔尔迪，她在二十六岁的时候被确诊为乳腺癌，当时她已经辞职在家带了四年孩子了。又过了二十年，人们才开始尝试调查汤姆斯河化工厂的癌症发病率是否高于正常水平。在迅猛发展的 60 年代，没人愿意想这些，当时公司和整个社会都在像阳光下的蟹

① J. Hohl, “Final Report on Explosion in Building 102 on December 22, 1960”, January 30, 1961, 1—5.

子草[1]一样增生。让经理们和员工们了解火灾或泄露的风险是一回事，让他们知道仅仅闻闻工厂的空气就可能会面临严重的长期健康风险，就是另一回事了。伍利说："他们更在意短期的安全性，谁被烧了，谁被炸了……对于日复一日地暴露在有毒烟雾中就不太关心。只要你不是死在岗位上，他们就无所谓。"

如果说帕拉塞尔苏斯和伯纳迪诺·拉马齐尼开创了职业病学，提出了未来环境健康研究将遵循的基础，那么是后人们将他们不规范的观测变成了系统的科学。第一个做这些的是一位有着好听的名字的医生——珀西瓦尔·波特，他在公共场合总是戴着扑了粉的假发，是个赶时髦的小矮个。他因 18 世纪中期为伦敦的上流社会做手术而成名，同时又是一位改革者，发展了新的手术设备和服装，还改善了很多疾病的疗法，从疝气、脊柱损伤，到颅骨骨折。对于相当于合法屠宰的传统手术程序，他有着深深的怀疑。1756 年四十三岁时波特从马上坠落摔折了脚踝。他坚持躺在冰冷的地上几个小时，指导别人用马车车门和轿子杆搭造了一个简易担架。这样波特发明了一个安全的送医方式，从而避免了遭受当时标准的治疗方案——截肢。[2]

尽管生活在养尊处优的环境中，波特有着生于贫困的社会良知。幼年丧父，他是靠资助人完成的医学学业。他后来为贫困学生提供住宿，治病无分贫富，以此回报社会。（他的病人中有作家塞缪尔·约翰逊、画家托马斯·庚斯博罗。）作为始建于 1123 年的圣巴塞洛缪医院的主任医师，波特对伦敦扫烟囱孩子可怕的工作环境深感担忧。他后来写道："这些人的命运看起来格外艰难：他们幼年期就频繁遭受残忍虐待，挨冻受饿；他们被推进狭

---

① 肿瘤因形态与螃蟹类似而得名 cancer，与巨蟹座是同一个单词。——译者

② John A. Ross, "Percivall Pott 1714—1788", *Paraplegia* 24: 5 (October 1986): 287—292.

窄的，有时还冒着热气的烟囱，在那里被挫伤、烫伤，甚至窒息；等到了青春期，他们很可能得上最麻烦的疾病，那是痛苦而致命的。"[1]

1666 年的大火毁掉伦敦大部分城区之后，重建的烟囱烟道狭窄，转角紧凑，角度很小。烟道太狭窄——有时最大只有 9×14 英寸——只有四到七岁大的小男孩钻得进去（在国会下禁令之前）。[2] 经常是贪婪的老板驱使着饥饿的孤儿上去，他们自己却站在地上为这个罪恶的行业辩护说脏烟囱容易引发火灾。清理烟道很痛苦，"爬烟囱的孩子"被挫伤或窒息并不少见。衣物会增大被困的风险，所以英国的清扫工经常是光着身子进去，在那些砖砌的迷宫里缓慢蠕动，把膝和肘蹭得通红。[3] 他们在充满烟尘、地狱般的黑暗里工作，还经常要带着砂浆和抹子，填砖缝，铲烟泥。因为孩子们很少洗澡——有时一年才洗一次——烟灰就粘在身上，深入每一处摩擦的缝隙。

但是，比噩梦般的工作环境更令珀西瓦尔·波特恐惧的，是烟囱工在青春期开始出现的麻烦、痛苦而致命的疾病：阴囊癌或睾丸癌。波特具体是在何时，以何种方法确定了疾病与职业之间的关系——他在圣巴塞洛缪医院治疗的癌症患者和他们之前的扫烟囱职业，二者之间的关系——已无从得知，他大量的著作中并未详述这一点。我们甚至不知道他在确认之前究竟医治了多少例

---

① 珀西瓦尔·波特 1755 年出版的著作《外科学观察：白内障、鼻息肉、阴囊癌、不同种疝气、脚面脚趾坏死》中有一章论及"烟囱工癌症"，这部分只有七百二十五个单词的短文非常著名。本书摘录自波特的女婿詹姆士·厄尔撰写的《珀西瓦尔·波特的外科成就》，该书 1808 年在伦敦出版。

② 多亏珀西瓦尔·波特"烟囱工癌症"中的描述激起的民愤，1778 年英国国会限制只有较大的孩子能从事该行业，在 1845 年又将其全部禁止。

③ 更多伦敦 18、19 世纪烟囱工的境遇，以及珀西瓦尔·波特如何将睾丸癌确定为烟囱工的职业病，可以阅读 H·A·沃尔德伦的"阴囊癌简史"，《英国工业医学杂志》，40：4（1983.9）：390—401。以及迈耶·M·麦利库的"珀西瓦尔·波特，1713—1788"，《泌尿学》，4：6（1975，12）：745—749。

阴囊肿瘤。但那无疑是一个历史性时刻：第一个证明污染诱发癌症的医学记录。波特并不是第一个准确地推断了癌症病因的人，例如拉马齐尼就在1700年猜对了，修女因为不生育，患乳腺癌的概率更高，尽管他不知道为什么。[①] 但珀西瓦尔·波特将推测变成对病例谨慎的观察与记录，和详细的治疗过程。

当波特1775年最终在一篇论文中得出他的结论时——这篇论文开篇便向拉马齐尼致敬——他对病因表示了一点怀疑："在这些人身上的这种病看上去来自煤烟在阴囊皱纹（皮肤褶皱）中的沉积。"三十三年后，詹姆士·厄尔在为他这位岳父撰写的传记中说得就更明确了："此类癌症，波特先生如此精确地进行了描述，似乎是由煤烟的某种特殊的刺激性造成的。这些东西和某些人皮肤上分泌的物质混合发酵，皮肤分泌物的成分会发生一些变化，或者说它们原本的性质被诱变了。"[②] 换句话说，煤烟中的某些东西，或是某些与煤烟有关的东西，能够致癌；某些特定的人，他身上的东西，或是与他有关的东西，使他更易染病。

在这些探索性的语句中，珀西瓦尔·波特的女婿为未来两个世纪的有机（碳基）化合物致癌性研究打下了基础。煤烟囊括了相当多的煤、石油、木材不完全燃烧后剩余的有害物质。有机化学还要再经历两百年时间才能将煤烟或其他焚烧副产品的成分一一分离。他们未来会先将这些成分分成大类，如"煤焦油"和"煤烟"，然后分成一个个族，"胺"、"酚"或者"多环芳烃"，最后分成一个个群，蒽醌、联苯胺或者苯并（a）芘。大部分科学家将为了创造新的人造碳氢化合物而进行上述工作，人造碳氢化

① 现在认为，不生育或生育年龄较晚的妇女患乳腺癌的概率会有轻微上升，因为她们一生中接触到雌激素的总量略高。

② *Chirurgical Works of Percivall Pott*, 180—181.

合物始于染料，后来有药物、塑料以及其他成千上万的用途。但少数特立独行的研究人员会接过帕拉塞尔苏斯和波特发出的战书，尝试更加艰苦的工作：去识别那些令某些人造化学品对其使用者异常危险的“特殊的刺激性”。

建厂初年，汤姆斯河化工厂的管理者们很容易忽视或是轻视工厂对地下水和河流的污染。但随着工厂的扩张，不能再回避这些令人不快的现实了。工厂用水量如此之大，污水池有时都会溢出，没溢流的时候大量的污水也在渗入地下水中，因为大部分池子都没有防渗膜。一些工厂使用的最危险的化合物，比如砷酸，本应与污水分开存放，有时却会被直接倒入污水渠中，公司管这叫误操作。① 污水处理系统并未达到要求的设计标准，但是没有迹象表明州政府会提高标准。②

更大的麻烦是，汽巴开工刚两天似乎就已经污染了给自己的供水。1954 年初夏，员工们抱怨饮水器取来的水难喝，有味。几周后，公司新雇的排污总监莫里斯·史密斯查到了原因。史密斯是罗格斯大学教授威廉·鲁道夫的学生，他导师曾作为汽巴公司的顾问设计了污水池系统。史密斯是第一个意识到他导师的设计有问题的人。1954 年秋，他发现化学品从未铺防渗膜的污水池下渗出污染了一个给工厂提供淡水的水井。③ 水井深一百英尺，在最近的污水池以北八百五十英尺处——液体废弃物通过高渗透土壤扩散的速度令人惊讶。到 1956 年，史密斯确认化学羽流已经从排污池向各个方向扩散了两千多英尺，包括河流的

---

① 1962 年 5 月 9 日莫里斯·史密斯的记录里描述了一次事故排放，七天前，三千磅含砷废水被排入污水系统，初级处理池的 pH 值骤增，公司试图“防止进入汤姆斯河的砷酸超过一定数量，否则将造成鱼类死亡”。

② 1962 年 5 月 14 日，埃默里克·瓦科尼在给工厂经理莫里斯·史密斯的日志中说，“以现有的处理设备，我们达不到本州的标准”。

③ 莫里斯·史密斯 1954 年 7 月 14 日在给他的主管的日志中描述了工厂饮用水出现味道的事情。井水污染的记录见于他同年 9 月 27 日的日志。

方向。[1] 两年后，公司请来的咨询公司确认，所有的污水池都在渗漏；原本用来阻挡渗漏的沥青防渗层已经“因污水的腐蚀性变得千疮百孔”。[2] 最麻烦的是，检测了公司土地最东面的井之后证明，污染物的羽流已经传到公司土地之外，向东南方正在快速发展的橡树岭踟蹰前进了。汤姆斯河水务公司正在将它供水的干管扩展到那里，但橡树岭的一些人家仍在从自家后院的浅水井打水。

公司开张刚七年，两平方英里的土地就已经明显盛不下它海量的废水了。必须得做些改变，特别是在汽巴公司 1958 年关闭了辛辛那提和金伯顿的工厂将其业务都转到汤姆斯河之后。如果公司连生产蒽醌还原染料的那些废物都处理不了，它又怎么可能解决工厂更名为汤姆斯河化工公司后新增的偶氮染料、环氧树脂，还有其他特殊化学产品产生的更多废物呢。生产偶氮染料的废水酸度高，有明显的颜色；树脂合成会给废水引入很多有毒物质，这些不能隐藏也不能忽视。

公司本可以承担起这个挑战，重新设计流程减少污染总量，或者建一个现代化的污水处理装置而非仅仅简单处置。美国氰胺公司，汽巴的一个竞争对手，1958 年的时候就给它邦德布鲁克的工厂建了一个活性污泥法处理设备。新工厂可以处理各种有毒污

---

① 莫里斯・史密斯在给他上司的一系列忧心忡忡的日志中明确指出了公司水井和邻近区域受到的威胁。他在 1956 年 8 月 14 日题为“废水排放池渗漏”的日志中说：“高渗漏的废水排放池，加上从深井持续高压泵水，必将不可避免地造成全部深井的污染。同时，还很可能造成东部及东南部他人地产的地下水污染。”

② 咨询公司的报告“新泽西州汤姆斯河镇汤姆斯河-辛辛那提化工厂周边地下水现状”完成于 1959 年 2 月。这份由总部在纽约的地下水咨询公司 LBG (Leggette, Brashears & Graham) 完成的报告并未向公众发布。多年后，汽巴-嘉基公司将这份三十六页的报告移交给了美国环保局，作者得以通过《信息自由法》获得了复印件。

染物，不单单是固体废弃物。[1] 汽巴公司早在1955年的时候就考虑过建一个类似设备。[2] 但现代化的污水处理厂建筑成本昂贵，仅仅给现有的所有污水池铺上沥青的防渗膜就要花费十万美元，全厂还要停业三周。[3]

在两个罗格斯大学卫生工程师（威廉·鲁道夫当时已经退休搬回家乡荷兰了）的帮助下，汤姆斯河化工厂想了个便宜的办法。公司给它原来的储污池里又加了第二层衬底，然后在厂区东边又挖了一组没做防渗的污水池，这些池子就在汤姆斯河附近。和老处理池不同的是，这五个新的污水池渗出的化合物不会危及公司现有的水井，它们离了半英里远。相反，渗出的污染会直接进入邻近的河里。[4] 新的污水池选址河边颇具讽刺意味，它们就邻近当初作为环境业绩而大加宣传的"鱼塘"，而鱼塘从1952年建好后就没放过鱼，因为大家怀疑没什么能活在那里面。现在，鱼塘被推平扩大，变成了一个盛放基本未经处理的污水的池子。州卫生部门和1952年的时候一样坚持了建高效处理设备的要求。但州政府没管这些，他们随意地批准了公司的计划，说它与通行的工业标准一致，给予了新的许可。

1959年沿河的新污水池建成，基本上所有汤姆斯河化工厂的液体废弃物都进了四面楚歌的汤姆斯河。这样，工厂旁这条蜿蜒的小河基本上成了"一个简易容器，用来盛放我们生产过程产生

---

① 此处作者对活性污泥法的原理理解似有误差，这种处理工艺是利用富含微生物的活性污泥处理污水中的有机污染物，而非处理固体废弃物。——译者

② O. B. Grant, "Design Considerations for the Expansion of Toms River Waste Disposal Facilities", August 31, 1955, 3.

③ "Seepage from Waste Disposal Basins", 2.

④ "汤姆斯河工厂扩建中污染处置工艺设计原则"第5页。1959年LBG公司出具的报告中同样明确地提出了污水池重新选址的目的。报告第27页指出："如对污水池重新选址，则应邻近汤姆斯河，以便污水池的外渗能尽快经河排走，以防污染迁移到工厂用井或邻近土地。"

的化学废物”，1961 年公司的一份简报如此直白地说。[①] 公司想办法保全了自己的供水，但比以往更多的化学污染直奔到了下游霍利大街河边的水井，那里为全镇公众提供着饮用水。这对汤姆斯河化工厂是个不错的安排，对汤姆斯河镇却不是。

废水只是公司污染问题中最显眼的。建厂初期固体废弃物和烟气的排放还都是相对较小的问题，到 1960 年公司开始生产偶氮染料、环氧树脂和神秘的特殊化学品时，它们突然成了大麻烦。废物还是那几类：蒸馏后的黏性残余、未参与反应的板结固体、浸满溶剂的滤饼、掺杂着废物的白垩土。但不再是每天几桶，现在每班岗上就能装满几十个五十五加仑的大桶。偶氮染料生产过程不像还原染料那么浪费，但生产一磅产品也会产生半磅滤饼三分之二加仑母液（一种浓缩过的溶液残留）。[②] 又出现了两种新污泥。[③]

这些污泥和五十五加仑的大桶们都得有个去处，汤姆斯河化工厂又一次选择了最便宜的方法：露天井。这次，公司管理人员不能再号称自己不知道环境后果了。1960 年他们已经知道，公司向无防渗膜的污水池中排放的废液已经毁了自己的好几口水井，他们也知道，在地下，污染物的羽流正向各个方向扩散。在其他地方，类似的事故已经促使陶氏、孟山都和杜邦公司尝试新的污染处理方案，并异位转移高毒废弃物，而不是全部弃置到自己场

---

① 1961 年春，公司简讯 TRC color 的一期中对莫里斯·史密斯的介绍里这样开头：“汤姆斯河是一个简易的容器，用来盛放生产过程产生的化学废弃物。但作为一个负责任的邻居，我们公司不能用有害的废物糟蹋河水。污水入河前必须经过处理，去除可能的有害成分。负责此类程序的，就是莫里斯·史密斯。”

② David C. Bomberger and Robert L. Boughton, *Wastes From Manufacture of Dyes and Pigments*, *Volume 1: Azo Dyes and Pigments* (SRI International, 1984, under contract to the U. S. Environmental Prtection Agency), 34.

③ 新的偶氮污泥一个是氧化铁污泥，另一个是石灰石和硫酸混合后形成的硫酸钙污泥。

地上的露天井中。[1] 但这些没有出现在汤姆斯河。在 1977 年被强制执行前，汤姆斯河化工厂没有建造现代化的铺设防渗膜的垃圾填埋场。

公司没有费力去给新来的垃圾挖个新坑，而是利用原来发生了渗漏的处理池，自从污水改道去了河边的新污水池之后，那里已经干了。现在，偶氮染料的污泥和 108 号楼里的一桶桶废物被推到浅坑里倒掉。为了节约空间，填埋前工人们用推土机把废物压实。这个滚轮破碎的程序延长了填埋场的使用寿命，它一直工作到 1977 年；但也使得废物中的化学物质更快地渗入潜水层——和当初这个坑还是处理池时液体废弃物的渗漏一样。

在上世纪 60 年代，作为实验室助理，约翰·塔尔迪、雷·塔尔迪和乔治·伍利常去垃圾填埋点，通常是拖着五加仑的罐子，装满了烈性溶剂或者是“母液”残留物。他们的目的地是坑的南岸，那里有几个圆柱形混凝土管子——或者说竖管——被嵌在新浇筑的混凝土路面中。这些竖管（工人们叫它们“脏桶”）直通地下，也就是说，不管往里面倒的是什么，都会直接进入砂土层。每天至少一次，实验室的人要负重去那里一趟。在 1970 年这个业务终止之前，以这种方式排放掉的未经稀释的化学品在十二万加仑以上。

雷·塔尔迪回忆说：“我们会把那些罐子弄到那里去，把里面的东西倒进去，然后我的工作是把里面的有机溶剂烧掉。”他会用火柴燃着一片纸，扔进竖管中。但大部分时候废物里水太多点不着，“这种时候，你走就好了，因为它反正很快就渗进地底下了”。

工厂的其他地方，还有其他化合物被烧掉，量大得多。新建

---

① “Creating a Toxic Landscape: Chemical Waste Disposal Policy and Practice: 1900—1960”, 102—109.

成的那部分工厂不单排放污水和固废，还在污染空气。工厂在生产了多年单一产品还原染料之后，这是一大变化。还原染料生产中的重要原料——爆炸性溶剂——太危险了，不能以焚烧的方式处理残余废弃物。但现在，工厂生产的产品种类一下子丰富了，其中有的用的溶剂不多。所以，新建的108号楼上有一个大烟囱，偶氮染料车间上面也有个小的。经验丰富的工人往天上瞄一眼就知道正在发生什么化学反应，几个烟囱冒着不同颜色的烟。偶氮合成车间的黄烟是在进行溴化反应。108号楼的红棕色烟雾是在进行树脂硝化。

住在工厂周边，橡树岭或其他地方的人们读不懂烟雾信号，但他们能看得到，也能闻得到。几乎从新厂房落成起，就开始有人抱怨汤姆斯河化工厂的恶臭，而且看得到有色烟雾的时候抱怨的人更多。自公司来到汤姆斯河镇以来，这是第一次受到负面的关注，而管理人员的反应不是限制污染，而是把污染弄得不那么显眼。他们没有增设昂贵的污染控制设备，只是调整了全天的生产进度，这样大部分时候有色的烟雾只会在晚上出现了。1967年进厂并最终成为厂子生产主管的瑞士化学家豪尔赫·温克勒这样解释："考虑到污染的可见性，最好尽可能地在晚上进行这些反应。"

但并不是什么都能遮掩。上世纪60年代汤姆斯河化工厂产生的化学废弃物种类太多，数量太大，不可能不被注意到。所以，当乔治·伍利1962年回到密林深处他年少时经常消夏的水塘去怀旧戏水时，仅仅时隔三年，水质已如此之差。河水看着不一样了，闻着不一样了，因为它已经变了。1962年工厂向河里排放的废水比1959年多了一倍，主要是偶氮染料废水。偶氮染料是水溶性的，轻易就能给流速缓慢的河流染上颜色，和它给丝质衬衫或羊毛外套染色一样。

染色的河水是早期尚不清晰的指纹。这些最初的迹象——河水、污染的水井、有色的烟雾和难闻的气味——使得一些人，汤姆斯河镇的居民和汤姆斯河化工厂的职工们，开始后悔自己当初对工厂毫无保留的支持，这个强硬的工厂在这样短的时间内以多种方式重塑了小镇，显然，不是每个人都开始后悔了。

第四章　秘密

1965年欧申县的干旱百年不遇，干热的夏天里河水快用光了。水位太低，在37号公路桥下的河里流淌的水里，有六分之一源头既不是降雨也不是地下水，而是上游两英里处汤姆斯河化工公司排放的污水。在工厂排污口下游，河水带着颜色，冒着泡，河岸上黏附着奇怪的深棕色霉菌。臭气熏天，但这不是什么新鲜事。过去的四个夏天汤姆斯河也都是臭的。新的变化是，臭味不再仅限于河水和汤姆斯河化工厂的污水池。工厂附近橡树岭的居民们拧开自家厨房水龙头就能闻到，他们的家庭用水现在也是臭的了——水是汤姆斯河水务公司输送过来的，它经营着霍利大街附近河边的三口浅水井（包括那两口新挖的井），井在工厂下游两英里半的地方。

最先将龙头里的臭水和汤姆斯河化工厂联系起来的就是工厂的员工，他们很多人都住橡树岭。对他们来说那味道熟悉得令人作呕。他们早从工厂的饮水器里熟悉了那股味道，从上世纪50年代中期开始，工厂的水井就已经被染料废水污染了，而饮水器从那里抽水。几乎没人会去自己厂子的饮水器喝水（至少不会喝第二口），而现在，熟悉的气味又送到家了。

公司的化学工程经理吉姆·克兰就住在附近，在1965年炎热7月里的一天，他在冲澡的时候发现了水的味道，是第一批注意到这个问题的人。对于克兰来说，那一定是一次极其糟糕的沐浴经历，自 1959 年偶氮染料和环氧树脂的生产线挪到汤姆斯河起，他就一直在试图应对不断增大的各种污染问题。他没有受过环境方面的特殊训练，曾在辛辛那提管理过 DDT 的生产，主要的工作是提高工厂生产过程的效率。但因为汤姆斯河化工厂没有环境部门，处理工厂激增的废弃污染物造成的各种问题成了他工作中不得不面对的一部分内容。

瑞士人曾希望稀释能遮掩他们在汤姆斯河里排的污染，就像他们当初寄望于莱茵河和俄亥俄河一样。但正常状态下汤姆斯河每天的平均流量只有一亿两千万加仑（是俄亥俄河流量的五百分之一），气候干热时流量能降到三千六百万加仑。[①] 这个流量根本不足以有明显的稀释效果。自从投产偶氮染料和环氧树脂后，化工厂不仅每天向河里直接排放五百万加仑污水，还要从上游抽走至少五百万加仑清洁水用于冷却设备，然后再把它们排回河里。这些“冷却水”经过工厂迷宫般的管道之旅后沾上了硝基苯和其他化合物。而且每天还有二十万加仑掺有化合物的地下水从工厂的土地上流走，通过砂质河岸渗入汤姆斯河。孱弱的水流完全被工业废水的洪流淹没了。

悲剧的苗头几乎在 1960 年偶氮染料全面投产时就立刻显现出来。工厂出水中的细菌总数出人意料地高（可能是由污水引起的），公司不得不开始给废水加氯，这使得汤姆斯河的“药”味变大了。[②] 1960 年 7 月炎热的一天，加氯器坏了，细菌倾泻到河里，导致几英里以外的几个海水浴场关闭。[③] 第二年春天克兰提

---

① D. B. Dyche, “Alleged Pollution of the Toms River”, September 9, 1963, memo, 4—5.

② 污水处理中经常向水中投加含氯化合物用于杀菌，从后文可以看出此处的“药味”应指消毒剂二氧化氯投加后的味道。——译者

③ 该厂在 1960 年 11 月的一次股东会上的记录提到，工厂收到了一些投诉，关于“河水流经我们工厂后出现的异味变大了”，排水管下游的“黏性沉淀和溶剂含量”也变多了。“董事会报告”，汤姆斯河化工公司，1960. 11. 23, 4.

醒老板“到了游泳季会很麻烦的”。——果如其言。[①] 那个夏天，州渔业与狩猎部的检查员第一次来到了工厂，随后多次造访。公司的一位经理阿尔·迈耶在陪着检查员看过排污口外丛生的棕色霉菌后，给他上司的记录非常坦率：“我个人非常喜欢在河里游泳，但给我再多的钱也不会下到咱公司出水口下游的水里的。”他这样写道，并预测州政府很快将展开正式调查。他还说：“我认为我们一直在兜圈子，拒绝正视自己的污水处理问题。”[②]

1963 年夏天，汤姆斯河化工厂不再兜圈子了。本地报纸报道了河里漂着的死鱼之后，镇子里第一次出现了针对工厂的有组织抗议，一个团体谴责工厂的排放造成海洋生物的死亡，下游几英里外出现了布满伤痕的鲈鱼和比目鱼。这个团体在报道了死鱼事件的当地报纸——《欧申太阳报》——上找到了同盟，加盟的还有菲利普·麦蒙，一位开发商，同时也是凯迪拉克代理商。1949 年的时候麦蒙将大部分土地卖给了汽巴公司用来建厂，但他仍保有大约六百英亩临河的土地，现在他抗议工厂的污染毁了他的投资。

汤姆斯河化工厂是否应为下游几英里处的死鱼负责已经无从查起了，但无疑，在它未经稀释的排水中什么也不能存活——尤其是在酷夏。水里没有溶解氧，用鳃呼吸的鱼活不了，而含碳废液中——包括污水和有机物——包含着大量消耗溶解氧的微生物。[③] 对本地鱼类和本地渔民来说麻烦的是，汤姆斯河化工厂的

---

① James Crane, “Progress Report on Liquid Waste Treatment Problems”, March 14, 1961, memo.

② J. A. Meier, “Waste Water Treatment problems”, August 9, 1961, memo.

③ 此处描述有误，实际上，污水、微生物和溶解氧的关系是：污水中的含碳有机物含量丰富时，为微生物的滋生提供了丰富的营养物质，致使其中耗氧微生物数量增多，水体溶解氧减少。也即，汤姆斯河溶氧降低的根本原因不是水里含大量微生物，而是水里含大量有机物，才造成了微生物的滋生和溶解氧的下降。——译者

出水中，细菌和其他微生物繁盛。1963年夏天时，工厂出水口下游处微生物的耗氧速率比上游未污染水域高了十倍，比州政府规定的数值高了三倍。这个BOD（生化需氧量）[①] 数值相当于将一个三万人口的小城中未经处理的生活污水直接排入河道的效果。

钓鱼的人会捉到一些在河里勉强存活的鱼，它们吃起来有股怪味，当地渔民是不吃的。州渔业与狩猎部（1963年，该部门终于在迈耶做出那个严峻预言两年之后，对工厂展开了正式调查）在接收了多次投诉后组织了一次"尝味测试"，检测在汤姆斯河捉到的美洲白鲈与在南泽西更清洁的马利卡河里捉到的相比味道是否有差异。测试没得出什么明确的结果，有可能汤姆斯河化工厂提前得到了消息，在测试结束之前都尽力延缓了所有"异常或不必要的排放与泄漏"。[②]

面对这个新出现的严重的困扰——公众批评——公司管理层第一次决定公开承认多年来镇上只要有鼻子有眼的人都知道的事实：汤姆斯河化工厂已经污染了汤姆斯河，这条镇子和工厂都因其得名的地标性河流。这次没再狡辩什么"工厂的出水改善了河流水质"。相反，工厂总经理（当时是瑞士人罗伯特·史博拿格尔）承认"我们的废弃物有时会增大河水的色度和药剂味"。他说公司正在考虑建一个"化学修复工厂"以减少污染，但并未承诺那将减少气味和色度。他提醒记者注意，公司每年的工资支出是八百万美元（相当于现在的五千六百万美元），"住在这里的理性的人们，如果希望有一个持续增长的繁荣地区，我们必须明

---

① BOD：生化需氧量，Biochemical Oxygen Demand。污水中的有机物的降解过程实际上是水里的微生物消耗氧气，将这些有机物氧化分解为CO_2、H_2O、NO_3^-、SO_4^{2-}等无机小分子的过程，这个过程中消耗的氧气总量即被称为生化需氧量。这个数值实质表征的是水体中的可被生物降解的有机物的浓度，因而单位通常为mg/L。——译者

② Morris Smith, "Waste Disposal-Study of Fish in Toms River by Division of Fish & Game", April 15, 1963, memo.

白，周围的环境必然会改变。尽管都向往田园生活，我们中恐怕没人愿意过得像印第安人”。[①]

汤姆斯河镇的很多人倾向于同意他的观点。只有老辈人还记得河水清澈渔业兴旺的年代，他们也同样记得当年大片卖不上价的土地，仰赖禽蛋业和几个费城来的游客苟延残喘的经济。而现在，随着公司劳工数量的增长地价飞涨经济扩张，在 1964 年公司的员工已经有一千两百多人。新泽西州绝然不会想破坏这场盛宴。州政府不单没有加强排放许可中的限值（众多规定中包括禁止出现“可检出的恶臭”），他们还积极帮助化工厂阻挠民意——鼓励工厂采用“绝对沉默”策略，因为释放任何消息“只会激怒人们，还会为他们提供信息”。[②] 州环境部门的一位资深官员罗伯特·肖 1963 年在一次坦诚的报纸访谈中表达了州政府的整体态度：“关于污染、开放空间、河流，还有其他环境因素，任何一个人如果认为新泽西还会保持多年以来的状态不变，未来的发展会令他失望的。”[③]

汽巴、嘉基、山德士了解新泽西的情况。他们在汤姆斯河化工厂的投资正在收到回报，没理由把它搅黄了。美国人对亮色的钟情——这种激情的文化传承可以一路追溯到赫拉克利斯在累范特海滨发现泰尔紫的神话——仍旧疯狂。1960 年汤姆斯河化工厂每月销售的染料及其他产品价值略高于一百万美元。到 1964 年

---

① 汤姆斯河化工厂总经理罗伯特·史博拿格尔提交的评论副本，发表于 1963 年 5 月 20 日的会议。

② 在 1964 年 9 月 30 日给汤姆斯河化工厂总经理罗伯特·史博拿格尔的备忘录中，公司雇用的工程师约翰·C·弗洛斯详细记录了他之前与州卫生部河流污染控制项目的监理工程师欧内斯特·塞格瑟进行的会谈。弗洛斯引述塞格瑟的话说，新泽西州州长理查德·休斯“开始亲自过问”公众对工厂的投诉。私下里，他（塞格瑟）给我一些个人建议。他指出我们释放的消息只会激怒人们并为他们提供信息。他认为绝对的沉默对我们更好。

③ 《欧申太阳报》1963 年 5 月 23 日头条消息“发展向南部渗透过程中对河流未来的质疑”中引用的新泽西州卫生部环境健康主管罗伯特·肖的话。

销售额达到顶峰四百万美元，产量也同时创造了纪录：每月高于五百万磅。它现在是全美第二大环氧树脂生产商，第五大染料生产商。

这种疯狂增长的后果，吉姆·克兰在1965年一份给罗伯特·史博拿格尔和其他高管的备忘录中做了描述。① 工厂出水明显使下游八英里之内的河水染了色。在水里和一直通到巴尼加特湾的所有河道底泥里都可以检出偶氮化合物和硝基苯。即便如此，没有迹象表明化工厂在改变它的惯例。史博拿格尔在1963年就吹嘘过的"化学修复工厂"仍不存在；处理固体和液体废弃物的方式基本还是1952年建厂时那些原始方法。唯一明显的变化是随着生产线中加入了偶氮染料和塑料，产量也涨了三倍多，废弃物的毒性更大了。

从商业角度看，公司不愿意治理污染可以理解。工厂能为减排做的任何处理都将削减它的收益。污水池基本都是满的，尽管它们没有防渗膜污水轻易就能渗入砂质土层，尽管它们有一个直通河流的排水口。因为污水池没有额外容量，要想停止向河里排污，哪怕几天，也需要全厂停工。建一个全新的污染处理系统就要停工几个月，投资要好几百万，每年还有运行成本。对瑞士人来说这些无法想象。1964年10月的一个小型罢工就造成了几百万美元的生产损失，此事更加深了他们对停产的抵触。即便是对长期运行有利的短暂清理也是能免则免，因为害怕生产进程减慢。多年来吉姆·克兰一直在力劝高管们回收再利用昂贵而高危的化合物，比如环氧氯丙烷和硝基苯，但始终未果。相反，每天有上千磅的这些化合物涌入或被倒入下水道，流向污水池并最终

① James Crane and J. Zahuta, "Report on Analyses of T. R. C. Effluent and Waters of Toms River," a May 18, 1965, memo to ten senior managers at Toms River Chemical.

汇入河流。[1]

但克兰并未完全放弃自己的想法，他希望工厂能对净化河水做点什么，做任何事都行。自1964年年初开始，他和工厂里的其他人开始推动一个大胆的想法，宣称这将一举消除工厂对河水的污染问题。如果成功，汤姆斯河化工厂将不再需要面对恼怒的渔民和不满的邻里；他们的那些抱怨，河水有味有色、死鱼或是臭鱼……都将在一夜之间消失。最重要的是，从工厂的角度说，这个想法很廉价，正是因此，罗伯特·史博拿格尔和他在巴塞尔的老板愿意考虑一下。这个法子要比唯一真实的改变，建个活性污泥处理装置便宜得多，那得花费至少两百五十万的基建费用，每年还要运行成本二十五万，建设期间工厂需要停工几周或数月。

这个想法就是：沿着河建一个十英里长的管道，将化工厂的所有污水——大约每天五百万加仑而且还在增加中——排到大西洋里去。管道要花费将近四百万美元，但其后的运行成本很小。最重要的是，工厂不需要再费心对自己的排水做什么额外的处理，水将一如既往地有毒、有色、有味。史博拿格尔对这个大胆的提议兴奋不已，他指出管道要足够宽（二十八英尺），日处理量要达到一千五百万加仑——给工厂日后加量排放留够空间，甚至可以将过剩的排污容量卖给那些想找地方肆无忌惮排放的公司。

按照现在的标准，将仅仅简单处理过的污水排入近海简直不可想象，但在1965年，这种想法并不奇怪。多年来世界各地很

---

① 生产塑料和树脂的108号楼中上千磅的环氧氯丙烷——令乔治·伍利恐惧的，具有四重危险的致癌物——每天都在奔向下水道。这是詹姆斯·克兰1964年1月14日在名为“2号技术报告——水基废物处理”的报告中写的。这份报告被送到了汤姆斯河化工厂的二十四位高管手中。在还原染料洞穴般的生产场地102号楼中，每天有不止两千磅的高度有机溶剂硝基苯进入下水道——自20世纪50年代就是如此。

多城市都将几乎未经处理的污水和污水中的污泥排入海中，新泽西州北部有六个城市都这样做（有一些城市现在还在这样做，不过通常排海的是经过深度处理的污水）。[1] 即便如此，在20世纪60年代的美国，供私营公司使用的排海管道仍很少有，少数的几个也通常是多年前就经政府批准而不受后来颁布的规定限制的公司。获得新建排污口的许可很不容易。

汤姆斯河化工厂的管理者们不需要担心他们的近邻。镇里对工厂的支持一如既往，地方官员们很欣赏这个污染转移的主意。但巴尼加特半岛上那些临海村镇的反应则截然不同，当地负责人听说一个化工厂要在仅仅离岸半英里的地方倾倒废物勃然大怒。汤姆斯河化工厂主持了一个测试，结论是颜色和气味都会被充分稀释，海滨游客们是感觉不到的，但这无法安抚当地居民。

永远顺从的新泽西州卫生部对瑞士人向来有求必应，1964年秋它给排海管道开了绿灯，这样，唯一的障碍就剩美国陆军工程兵队了。临海的镇子们投诉给了当地新当选的议员詹姆斯·霍华德，他是一位民主党人，对那些在汤姆斯河乡村俱乐部（由汤姆斯河化工厂经营）里和工厂高管们打高尔夫的共和党大佬没好感。霍华德相信陆军工程兵队的许可会延期，当时美国公共卫生署研究了一大批环境问题，包括对蛤及其他海洋生物的潜在影响。争论持续了好几个月，直到1965年的酷暑仍无解决的迹象。

那个夏天酷热，降雨量偏少，随着河水变少恶臭愈发明显，汤姆斯河化工厂的问题逐渐升级。菲利普·麦蒙，那位在工厂排污口下游拥有六百多英亩土地的凯迪拉克经销商，以向河中倾倒“有毒有害污水”的罪名起诉了化工厂。[2] 一周后，因为河里的另

---

① 新泽西州政府的离岸丢弃污水污泥行为于1991年终止，但直至2010年该州仍有十四个入海排污口（三个归欧申县公共事业管理局管理），排海的是处理过的市政污水。世界各地很多城市，从迈阿密到墨尔本都在这么做。

② “Toms River Chemical Pollution Suit,” *Ocean County Sun*, August 12, 1965.

外一起死鱼事件，一位州渔业与狩猎部的调查员检查了下游五英里处的一处，看到成千上万的鱼、蟹、鳝们“已死、将死或在求死”。这位检查员，布鲁斯·派尔，指出鱼是因缺氧而死，河水中“耗氧物质的主要来源是汤姆斯河化工厂”。自1961年第一次进行调查以来，渔业与狩猎部一直在要求工厂解决这个问题。现在，派尔给自己的上司写到，应该对公司破坏鱼类栖息地提起指控了。这个案子证据很明显，他预测道。①

经历了十五年无拘无束的排放，现在汤姆斯河化工厂四面受敌了。② 不过公司对这个情形还算应付得了。在那个漫长而炎热的夏天，当地报纸上激烈论战的是，在市政大厅挂联合国旗究竟是表达了国际合作的姿态，还是“共产主义阴谋的证据”（报纸上一篇文章的题目）。③ 相比之下，镇上没几个人密切关注化工厂的问题。汤姆斯河化工厂仍是欧申县经济的巨擘，区域经济急速增长的引擎。公司有权贵作朋友，有长长的员工名录，还有数百万美元的收入来源。这些似乎是菲利普·麦蒙和州渔业与狩猎部难以匹敌的。

这时候，吉姆·克兰从自家的莲蓬里闻到了化合物的味道，突然之间，公司面对的不再是死鱼和愤怒的凯迪拉克经销商了。

环境中的危险化合物不单会影响产业内的工人，还会累及周围的无辜人群，这个想法经历了很长时间才为人接受。帕拉塞尔苏斯认识到邻近的居民也会被作坊和矿井里释放的物质影响，伯

---

① A. Bruce Pyle, “Toms River”, September 23, 1965, memo to New Jersey Division of Fish and Game Division. Director Lester G. MacNamara.

② 当地媒体《新泽西信使报》1965年8月19日甚至画了个漫画，标着“汤姆斯河化工厂”的靶子被几个标着“菲利普·麦蒙”和“近岸镇长们”的飞镖拼在了一起。旁边的一篇社论对工厂深表同情，它被描述成替本地投机的政客“受过的男孩”。

③ Kathy Wright, “Fischer Defends Flag of the United Nations”, *New Jersey Courier*, June 24, 1965.

纳迪诺·拉马齐尼也发现了。但他们的调查是集中在职业病领域，这基于一个推理，大多数人是在工作场所，而非家庭环境中接触到高浓度、长时间的有毒物质暴露的，这个推理没错。有零星调查试图研究工作场所之外的此类模式，但这种研究很少。1761 年，比珀西瓦尔·波特发表烟囱工的阴囊癌研究早十四年，另一位伦敦的医生约翰·希尔发表了“过度使用鼻烟的警告”，文中他记录了两位患鼻癌的患者，怀疑使用烟草鼻烟的人易患此类疾病。

但希尔怎么确定是什么导致了那几例鼻癌？波特怎么去确定？应该怎样去确定？在工作场所认定致癌因素极为困难；在其他环境下也是如此，除了一些极为特殊的情况，要认定致癌因素都近乎不可能。在邻里之间，或其他非职业场所，有害物质的暴露应该是极少的，研究人员怎么会期望识别出有害物质与疾病之间的联系呢，尤其还是癌症这种需要经历多年才能发展出来的疾病。确定缓慢发展的疾病在环境中的致病因素，就如同在犯罪现场用污染过的指纹识别罪犯，需要从罪犯逃走很久之后残存的模糊影像中做出主观判断。拉马齐尼观察到的威尼斯玻璃工匠的神经系统疾病就是个例子，它需要多年的时间积累，病因可能完全是铅、砷、锑、汞（工人们四种金属都会接触到）或其他物质的暴露。

这正是流行病学——这个词语于 19 世纪中叶被创造出来，研究人群中健康与疾病的影响因素——的核心难题。[①] 看出来某种化合物可能增大了某个人群患病的风险——威尼斯工匠的神经

① “流行病学”（epidemilolgy）这个称谓直到 19 世纪中期才出现，词源是三个希腊词汇：epi（在……上），demos（人们），和 logy（学说）。可以将其定义为“研究人群中发生的情况的科学”。显然，考虑到流行病学研究中传染类疾病的重要性，选择了这个与起源更早的“流行病”（epidemic）相近的词。希波克拉底以希腊语“epidemios”（人群中的）指代在特定时间和特定地点发生相似症状或疾病的群体。

系统疾病，或德国染料工的膀胱癌——有趣，也可能有用，但这能证明什么？不能证明这一疾病的每个病例都是由这个化合物导致的，因为也可能有其他潜在因素。甚至不能说这个化合物和疾病之间明显的联系是重要的，而不是因某个仍未发现的真正病因引起的巧合，不能这么说。它什么也证明不了。这种不确定性将在工业化学萌芽的时候产生特殊的意义。随着大规模生产的兴起，关于环境健康之争的成果将影响全国的经济。

19 世纪早期，当英格兰全境工厂涌现的时候，拉马齐尼和波特的后继者们仍在搜寻污染和癌症之间的联系，研究焦点总是在工作场所。这些医学侦探中有一位尤其著名，他就是伦敦医生约翰·艾尔顿·帕里斯，同时还是矿物学家和高产的作家，他五花八门的兴趣包括在法庭辩论中运用医学证据，用各种玩具（从羽毛球到肥皂泡无所不用）教孩子科学原理。1813 年到 1817 年，刚完成医学训练的帕里斯从伦敦搬到了康沃尔郡港口小镇彭赞斯。在那里，他的病人中有铜锡冶炼作坊的劳工。像拉马齐尼一百多年前建议的那样，他花了些时间亲自去调查了那些小工厂，发现附近的农场中“牛和马的蹄子经常掉了，邻近牧场常见到牛用膝盖爬行，它们的屁股上长恶性肿瘤的也不少见”。帕里斯将这归咎于工厂排出的“含砷烟雾造成了恶性感染”，认为也会有人受害。1822 年，他写到：“应该注意偶发于熔炼工人阴囊部的癌性疾病，这类似于烟囱工的病。”[①]

但帕里斯是审判程序的专家，他深知由“偶发”、“并不罕见”这些模糊描述支撑起的论据是何等的脆弱，尤其是在这个工业生产即将赚取大量财富的时代。他需要标准更严格的证据，那种有扎实数学基础的证据。这时两位法国人起了关键的作用。第一位是皮埃尔·路易斯，1835 年他发表的论文证明了自己和多名

① John Ayrton Paris, *Pharmacologia*, *Volume 2*, (W. Phillips, 1825), 96.

医生一直以来的猜测：放血——自盖伦以来体液医疗的主要手段——没有效果。为得出这个革命性的结论，他不再局限于那些轶闻似的单个病例，转而运用他称之为“数字医学”的方法。路易斯分析了一百七十四位肺炎或有相关情况的病人，发现无论放血于何时进行——病程早期或晚期——对病人能否康复、何时康复都没有影响。从他的结果看，使用水蛭“看上去”是关键因素，其实全无作用，甚至有害。

路易斯的工作不仅有助于加速早已苟延残喘的体液学说寿终正寝——1837 年仅有七千条水蛭进入巴黎市，这之前是三万条——同时帮助奠定了现代实验流行病学的基础。为证明某个疗法是否真能治愈疾病，或是某种污染是否致病，研究人员需要设计实验来排除其他可能性。像珀西瓦尔·波特或约翰·艾尔顿·帕里斯那样单纯地观察病例是不够的。

第二位起到关键作用的法国人是数学家西莫恩·德尼·泊松，他 1837 年针对巴黎陪审团裁定进行的研究为现代统计分析奠定了基础。他的创意是对“大数定律”这一简单概念的延伸。大数定律是指：任何一个随机事件的结果是无法准确预测的，但如果你在相同条件下对这个事件重复足够多次，并且如果这个事件可能的结果数量是固定的，那么这些结果的集合是可以准确预测的。比方说，要预测抛一次硬币的结果，有一半的可能会猜错。但如果你预测百分之五十的结果是头像朝上，然后扔一百次硬币，这个预测很可能就是准确的，误差上下几个百分点。如果你抛两百次硬币，结果会更接近于百分之五十。实际上抛硬币的次数越多，你最初做的百分之五十的预测就越准确。

西莫恩·德尼·泊松将这个简单的概念推广到了事件发生的机会很多但实际发生很少的情况中。（例如交通事故：某人在某天可能遇到交通事故的概率很低，但每天会发生很多起交通事故，因为坐在车里的人是很多的。）泊松发现如果事件整体的数量足够多，则不单可以预测抛硬币这样的结果，还能预测马车事故、陪审团僵持或者罕见病这样一些不常见事件的“正态”分布，或者说随机分布。“泊松分布”的价值尽管过了很久才被广泛认识到，但它后来成了流行病学研究的重要突破。统计员可以用泊松和后继者们研究出来的那些公式，分析在特定时间特定区域中某个看上去病例数异常的疾病——例如，苯胺染料工厂中的膀胱肿瘤——以此来确定究竟有多大的概率，这种疾病表现出的聚集并非偶然现象，而是因某些特定环境因素而发生的病例集群。①

但是，在泊松的创见中有一个难题：只有当存在足够多的病例，建立了“正态”随机分布之后，才有可能确定地说某个疾病的聚簇不是随机发生的。如果探讨的是罕见癌症，这是一个难以逾越的屏障。当分析中仅包含几个病例时，基于大数定律的预测基本就是猜测了。另外还有潜伏期这个干扰：如同珀西瓦尔·波特在他对烟囱工的研究中提到的，在诱发癌症的事件发生后，往往相隔多年肿瘤才会长得大到可以确诊。行凶多年之后，怎么可能准确地识别出那个罪犯呢？何况压根没人知道肿瘤形成的原因和过程。正如皮埃尔·路易斯指出的，只有排除了其他可能性，

① 正常情况下，偶发事件的分布规律应该符合泊松分布，反之，如果某个偶发事件因为一些外界因素而影响了它出现的概率，使之更容易出现或更难出现，那么再统计这个事件的分布时它就不符合泊松分布的特征。例如，正常情况下一个一百万人口的城市每年新发肺癌的病例数量平均是 a，则每年实际调查得到的新发病例数应该是在 a 附近上下浮动，a+10 或 a−5 这样接近 a 的数字出现的概率较高，而年新发病例数为 a/2 或者 2a 这样离 a 较远的数字的概率就很小了。但如果城市终年存在严重的空气污染，可以预期肺癌的年新发病例会显著上升（即上文所讲统计学的专有名词聚簇），这时通过统计学检验就可以发现年新发病例数不符合原有的泊松分布，则可以判定肺癌的发病率上升并非偶然现象，而是存在其他致病因素（此处为空气污染）。因而，理论上说，是可以通过统计学检验判定某个疾病的多发（或不正常少发）是偶然的还是有未发现的致病因素的。如上文这段中指的是苯胺染料工厂工人膀胱癌发病率与正常值有偏差。但这种统计学检验只能在所统计的病例数较多的时候才更可靠，而限于当时的研究条件和信息不通畅，以及癌症发病的漫长周期，要搜集到理想的统计学病例数很难实现。——译者

才能确定致病因子。在约翰·帕里斯认定的“含砷蒸气”中，究竟是哪种具体的成分使康沃尔的工人们染病的呢？或者，疾病会不会完全是因其他什么东西引起的？再者，如果有足够多的病例参与统计，泊松分布会不会证明疾病表现出的聚集只是偶然性的？

所以，要想通过观察病例分布模式来明确地识别致病因素，路易斯和泊松新提出的“数字医学”的实践者们不单需要通过分析消除其他可能因素，还需要证明表现出的模式并非偶然现象。这些都是难以逾越的屏障，尤其在所研究的疾病比较罕见且病程缓慢的情况下，而大多数癌症均属此类。在各种数学技巧的进步中，流行病学统计的出现无意中增大了病案调查的难度，汤姆斯河镇的癌症病例分布模式就很难确定。这也使得医学研究人员有更大的动力去转而关注发展迅速的传染类疾病。很快他们就都转到那个方向了，取得了辉煌的成就。

吉姆·克兰的发现——汤姆斯河化工厂的危险废弃物已经污染了镇上的公共供水系统——引发了一场危机，尽管喝水的人们都还被蒙在鼓里。① 1965 年 8 月中旬，工厂知道了偶氮染料废水已经污染了水务公司的三口浅水井（它们大约七十英尺深），它们的客户是镇上全部七千户家庭和公司。但没人通知用户他们喝的水被污染了。没有预警，没有报纸大标题。汤姆斯河镇的生活还在继续，不幸的是天气依旧炎热干燥，居民们喝的水比以往更多，哪怕水有时有味。知道发生了什么的，只有两家公司，他俩

---

① 本章所记录的汤姆斯河化工厂与汤姆斯河水务之间关于霍利街水井污染的秘密协商，及之后两家公司的行动，是基于 1965—1967 年间的备忘录与通信，当时这些是保密的。三十余年后，两家公司将这些信息交给美国环保局和新泽西州健康与社会保障部之后，部分文件被公开。其他文件是“汽巴-嘉基诉美国利宝互助保险公司等”案件审理过程中的备案材料。在汽巴总经理丹尼尔·麦金太尔 1993 年给美国环保局的史蒂芬·希波特的信中，汽巴-嘉基公司也描述了霍利街水井事件的经过。

是老朋友了，一向紧密合作，互相信任：汤姆斯河水务公司和汤姆斯河化工公司。

多年来，汤姆斯河化工厂的化学家们都在协助水务公司分析城市饮用水的供水水质，因为“瑞士制造”的化学家专业性远胜于小水务公司能招到的任何人。水务公司一直在奋力满足飙升的用水需求，十年间它的客户基数翻了两番。热天里它每天从四口井抽两百万加仑以上的水，其中三口井都在霍利街附近的汤姆斯河岸边。

早在吉姆·克兰从莲蓬里闻到化合物味道之前，水务公司就知道水有问题，至少霍利街上的三口井有问题，而其中两口井还是新打的呢。根据 1965 年 3 月 23 日汤姆斯河水务公司的内部报告，其中一口井有强烈的臭味和明显可见的污染——报告中将其称为“污水”，于是公司向水里大量加氯（投加的剂量大到以现在的标准看有安全风险）来淡化颜色。① 干旱的夏季使得这个情况更加糟糕。随着夏季需水量的加大取水率自然上升，但没有降雨补给地下水。霍利街的水井只能吸收更多污染的河水，正因此，七月份的时候，克兰在橡树岭家里的龙头中闻到了染料废水的气味。克兰和手下们迅速搜集测试了邻近地区经不同管路送来的水样，然后，在水务公司的允许下，测试了霍利的水井。

两周后，8 月中旬，汤姆斯河化工厂告知了水务公司化学家们在镇子的饮用水中都发现了些什么：染料化合物，遍布他们检测过的每一处。② 1965 年的分析手段仍很初级，但汽巴跟苯胺

---

① 根据 1965 年 3 月 23 日的“水质分析报告，汤姆斯河水务公司，13 号井”，水务公司向井中投加了极大量的氯以去除颜色：8 ppm。当时的标准是不能超过 1 ppm，这也是现在公认的二氧化氯的安全剂量。这份 1965 年的报告摘自新泽西州卫生和社会保障部 2001 年出具的《公共健康评价：汽巴-嘉基公司》第 15 页。

② Philip Wehner, “Water Supply Situation”, March 21, 1966, confidential memo to Robert Sponagel.

染料打了近一个世纪的交道，它的化学家们知道怎样搜寻水中苯胺类分子的踪迹，即便仍不能很清楚地区分相似的分子。除了毒性已在19世纪70年代的工业中毒中广为人知的苯胺，结构相似的分子还包括当时已被认为可能致膀胱癌的对二氨基联苯，以及还原染料生产中的"血液"——高毒的硝基苯。为检测饮用水供水系统中的染料浓度，他们设计了一种检测各种他们称之为"重氮化胺"（因为它们是偶氮生产的组分）的物质的方法。

化学家们发现，污染物不可小觑。井水和管道中"重氮化胺"的浓度范围是5—7 ppb，[①] 后来最高到了160 ppb。在上世纪60年代，并没有此类物质在饮用水中的限值，它们太罕见，也难以检测。不过按现在的标准，这些水污染很严重。例如，现在的环保局饮用水标准中要求对二氨基联苯不能超过1 ppt——比1965年汤姆斯河河水中检出的芳香胺的最低值要低五千倍。[②]

染料废水进入供水系统只有一条路线。一定是汤姆斯河化工厂将废水排放到了汤姆斯河中，然后污水沿着砂质河岸进入了下游两英里处霍利大街岸边的三口浅水井中，接着汤姆斯河水务公司把井里吸入的污水抽了上来，并最终把这些水送入了全镇七千多户浑然不觉的客户的厨房水龙头里。

不出两个礼拜，汤姆斯河化工厂的化学家们就明白了究竟发生了什么，并解释给了水务公司——秘密地，这是当然。汤姆斯河水务公司经理罗伯特·斯奈德本可以关闭水井作为回应，但他没这么做。因为大量游客涌入，八月的用水需求非常大，而这个

---

① ppb是浓度单位，意思是"每十亿分之一"（parts per billion）。具体到文中数字，5 ppb的重氮化胺意味着每十亿个水分子中有五个重氮化胺类物质的分子。同理，前页注释①中的ppm即指"每百万分之一"（parts per million），另还有单位ppt指"万亿分之一"（parts per trillion）。——译者

② "Toxicological Profile of Benzidine"，(U. S. Agency for Toxic Substances and Disease Registry，2001)，7.

八月是有记录以来最干旱的。镇子正在急速增长，而对于一个地方形象和地产价值意味着一切的镇子来说，一个新的潮流是要拥有绿油油的草坪。[①] 关闭水井？凭什么客户们突然之间只能凑合着用不到日常一半的供水？不跟他们解释清楚这个，别想关了霍利街的水井。水务公司和化工厂需要面对的尴尬问题还有，镇上的人们早茶呷着有毒的化合物究竟有多久了？为什么他们之前什么都不作为？

井仍然开着，继续保持满负荷运转，镇上的人们依旧毫不知情地喝着污染了的水。水务公司给霍利街的水井加了过滤器，化工厂在劳工节那个周末前所未有地降低了产量，那时饮用水的需求最大而河里满是渔民。这两项应急措施很快就弃置不用了。化工厂重新恢复了满负荷生产。而水务公司在确认他们的过滤器没用之后就不再过滤了——化工厂的分析显示，重氮化胺浓度丝毫没有降低。到了十月份，终于，水务公司悄悄关闭了两口霍利街的水井。当时天气已经转凉，用水量下降，没人会注意到水压的降低。即便这样，水务公司还是保留了霍利街的一口水井——胺浓度最低的那个。依旧，客户们一无所知。

汤姆斯河化工厂和汤姆斯河水务公司合力在 1965 年保住了这个秘密，但 1966 年的夏天会是一个更大的挑战。它们要想办法把臭味压下去，同时把水流保持住，而且是在整个夏天，不单单是一个八月。当这两家公司秘密地设计着解决方案的时候，华盛顿特区送来了期待已久的礼物：来自美国陆军工程兵队的汤姆斯河化工厂排海管道建设许可。许可附加了几个条件，其中之一是二十八英尺宽的钢质管道内外都需衬以一层煤焦油制成的厚

---

① “欧申县居民至少有一点表现一致。生活在哪个区域必先在自家周围花园里栽种树木、灌木或花草……大多数新来的人的当务之急就是造花园和草坪。”出自詹姆斯·K·米切尔发表于《地理评论》的“都市圈外围物理环境的调节”，66：1（1979.1）：18—31，26。

釉——要知道排污管中装的东西同样来自煤焦油，这个选择实在令人啼笑皆非。（涂层本应是防渗的，从后来发生的事看事与愿违。）

许可证在手，化工厂迅速行动。1966 年一月他们就击败了几个海边村镇提起的诉讼，选定了承包商，买好了工程用的十英里钢管，这花了将近四百万英镑。到三月，工程已经开工。同时，水务公司和化工厂的律师与主管们在秘密协商对策，想办法在这个夏天能瞒住用户，不让他们知道喝的是染料废水。① 这次，他们又走运了，化工厂的测试证明，投加二氧化氯后改善了饮用水的气味和口感，还将“重氮化胺”的含量从 100 ppb 降到了 20 ppb 左右——仍远高于现在的标准限值，但是个很大的改善。加那么多氯进去让人们很难闻到污染的味道。而且，加氯设备很便宜，基建费用只有两千美元，每天的投加成本就十五美元。只要这个方法能够悄无声息地补偿水务公司，不用承认错误，化工厂乐于承担这个费用。②

他们的运气还在继续。1966 年的夏天比前几年都凉爽湿润，加氯设备运行良好，没人抱怨饮用水的味道。7 月 11 日，在经历了一些小波折之后——比如 5 月份的时候大部分的管子从码头掉

① 汤姆斯河水务公司和汤姆斯河化工厂的对话细节记录于双方律师、顾问与经理之间交流的秘密信件中，日期是 1966 年 3 月 2 日、3 月 21 日、4 月 19 日和 9 月 6 日。

② 在 1965 年至 1966 年两公司的秘密协商中，水务公司坚持应有一个备用方案，以防加氯无效或排海管道没有按期建成。他们希望能立即打一口新水井，并且希望化工厂来打井，这样就不需要报州卫生部审批，以免引起公众注意而泄露秘密。水务公司的建议是由化工厂在工厂的土地上钻井，以免告知州政府。化工厂拒绝了，建议水务公司要么在水务公司的地产上钻个无许可证的井，要么“装作不着急的样子迅速申请一个”许可证以减少公众注意。化工厂总经理菲利普·维纳在 1966 年 4 月 19 日的机要记录中说他的公司“认为以‘紧急’或‘突发’形式申请审批很不明智”。结果是，因为加氯设施运行，排海管道如期完工，1966 年没有用上备用井。1967 年年初水务公司得到了新井，至于为什么水务公司要离开霍利街，在汤姆斯河南岸离河一英里多远的地方开个新井，没有受到任何公众质疑。

了下去，在巴尼加特湾漂来漂去——排海管道开始运行了。

即使在分流到大西洋以后，汤姆斯河化工厂的染料废水仍会进入河里。工厂每天仍旧从河里抽取一千万加仑的水用于冷却，然后将不那么干净的冷却水回灌给汤姆斯河。而且，工厂已经往自己的砂质土壤中倒了那么多废物，它还将继续这样倒二十几年，每天，仍有大约二十万加仑的含化合物废水渗入土壤，进入河流。① 不过，在经过十四年，排放了超过一百亿加仑废水之后，直排污水——这个工厂对河流掠夺的最明显证据——总算停止了。州渔业与狩猎部计划中对化工厂的控告也撤回了，它的管辖权不包括海洋。

汤姆斯河化工厂和汤姆斯河水务公司共有的秘密保住了，1967 年 2 月，它们正式签订机密协议达成共识。化工厂同意赔付水务公司四万五千美元，作为在其他城区钻井和给霍利街水井加氯（每天五十美元）的费用。而水务公司给化工厂的，恐怕远远更有价值：免于承担责任。秘密协定的最后一条这样说："汤姆斯河水务公司至此同意免于对汤姆斯河化工公司因过去或未来因使用霍利街水井而造成的问题追究任何法律责任、刑事责任，也不索赔或要求任何金钱与损失赔偿。"②

还有几个小问题需要了结，汤姆斯河化工厂很快就把它们处理了。到 1967 年年末，公司和老对头，在河边有土地的凯迪拉克经销商菲利普·麦蒙做了了断。麦蒙在置换了土地并拿到五万两千美元赔偿后撤销了他的指控，公司在和解中坚持要求麦蒙发

---

① 詹姆士·克兰 1969 年 1 月 31 日给菲利普·维纳的机要记录中写道："1966 年开始排海后对汤姆斯河的常规分析明确显示每天我厂向汤姆斯河排放的废水量是大约二十万加仑。自 1960 年以来我们就知道这种渗滤，在排海后这是无关紧要的。"

② 见于 1967 年 2 月 21 日汤姆斯河化工公司与汤姆斯河水务公司签订的法律协定第 3 页。

表一个公司不再污染河水的声明。[①] 公司以三万五千英镑的价格买下了邻近的卢克农场。那里曾归传奇人物汤姆·卢克（一说汤姆斯河镇得名于此）的后人所有，已经破落了。汤姆斯河化工厂在1965年圣诞前的资产强制拍卖中买下了这片土地。随着这块地到手，连同麦蒙置换的土地，公司现在有了更大的缓冲区，而且新近达成的协议免去了它多年污染的责任。在那片由密林守护的城堡中，公司不单安然度过了它的第一场风暴，还为未来二十余年的化工生产与污染排放打好了基础。

河水的污染刚刚露出端倪就从人们的视线里消失了。河水现在看上去清了，饮用水闻着也比从前好了。工厂的烟囱只在晚上冒烟，污水从四十五英尺深离岸半英里的排海口一泻入海再看不见。汤姆斯河镇的人们对工厂不再介怀。本地报纸提起它时通常是因为慈善项目，而不是环境矛盾。镇上还会有人再发现饮用水的污染吗？看起来不会了，而且即使真有人提起，汤姆斯河化工厂似乎也不需要承担责任了。上面两个推定最终都被证明是错的，但当真相浮现时，没人会想起霍利街那几口被污染的水井。到时候，镇子将成为喧嚣骚动的中心，相形之下，1965年到1966年时的情境真是奇妙。

① 根据《新泽西信使报》1967年10月12日第一页的一则简讯，和解要求菲利普·麦蒙的开发公司发表一个声明："汤姆斯河已不再有过去由TRC（汤姆斯河化工厂）造成的污染，TRC的污水排海管道建成后将不会再影响汤姆斯河的水质。"

第五章　夏基和科伦坡在乡土酒吧

弗尼科拉兄弟，尼克和弗兰克成长于新泽西废物交易的牛仔亚文化土壤之中。他们的父亲，名字也叫尼古拉斯（为了区分，儿子经常被称为“尼克”），从上世纪 40 年代起，就在纽瓦克东区 L 大街屠宰场的马路对面做着铁桶翻修的业务。即使在他周围从事重工业劳动的邻居看来，这个营生也是相当粗鄙的。尼古拉斯·弗尼科拉专门负责清洗、重漆、转售五十五加仑的钢桶，桶里装的都是北新泽西的工厂里产生出来的沉渣。在纽瓦克干这一行是最合适不过了。那里是“世界桶都”——多年以后弗兰克·弗尼科拉这样怅然地说起那个地方。①

不过赚钱的不是翻新旧桶，而是让它们消失掉。在上世纪 60 年代化工产业正在北新泽西腾飞，该州腹地的森林和农田就相当于 1849 年萨特的磨坊。不过冲过去的不是淘金的，而是倒废物的。在纽瓦克，尽管垃圾填埋费用昂贵，排着队等着卸桶的卡车还是多到造成交通拥堵。二十几年前汽巴公司在欧申县的密林深处找到了大量生产染料和塑料的私密空间。现在，在纽瓦克、伊丽莎白和珀斯安博伊，处理化学废料的人们开始有样学样，把他们的矛头指向了南边的 9 号公路，要找个便宜地倒掉。（花园州大道更快一些，但汤姆斯河以南的路都不让货车通行。）在蒙茅斯、伯灵顿、欧申，他们找到了大量愿意合作的农户。房地产的暴涨还没有抵达这个州的中部农村，作为收入来源，小鸡仔是没法和危险废弃物匹敌的，一桶交二十到五十美元，到处都是让你把废物倒在他们家田里的农家。

地主中，爱德华·威尔逊更加雄心勃勃，他在上世纪五六十年代为莫顿国际工作，当时这家制盐公司的业务正向化学制造业扩展。威尔逊将自己在欧申县普勒斯泰德镇的家庭农场给了莫顿用来倾倒废物，包括卤化溶剂、氯化化合物、挥发性有机物和重金属。而他的邻居戴顿·霍普金斯则更有魄力，他有三块地给莫顿公司倒垃圾用，其中一块是他自己家五十七英亩的家宅。而这里面最令人发指的是一个叫古斯的农场，桶都被扔在一个三百英尺长一百英尺宽的坑里。②

大多数乡村小镇也在经营小型市政垃圾填埋厂——当时人们叫它垃圾场——因为收费低路线比北方的同行短，那里是大部分城外工业废弃物的归宿。镇政府迫切希望各个农户敞开大门迎接纽瓦克来的十八轮卡车，垃圾场如果不做填埋就烧掉垃圾，一般周五是焚烧日，翻滚的黑烟绵延几英里。接收城外的工业废弃物符合所有人的短期利益。农民们和乡下小镇都得到了渴求的现金，运输工和化工厂得到了便宜而隔绝的排污场，没人关心往里面倒的是什么东西。是否有人担心过长期的环境后果，没有这方面的迹象。二十几年之后，当调查人员终于开始评价危害时，仅

---

① 弗兰克·弗尼科拉的这段话，以及后面弗尼科拉兄弟的话均出自 Abbatemarco 诉 Nicol 的案件的宣誓证词中，这是一个地下水污染案件，牵涉曼彻斯特小镇一个叫派恩莱克花园的房地产开发项目。弗尼科拉兄弟出庭是因为最初被告中包括联合碳化物公司，后来公司被免于起诉，因为没有证据证明尼克·弗尼科拉处理的该公司的废物污染到了派恩莱克花园的饮用水供水。案子最终以当地沥青工厂缴纳四百万美元结案。尽管此案中弗尼科拉兄弟并未受控，但案中他们的证词是少数现存的文件中他们宣誓并详细描述了的自己在新泽西州废物处理产业中的经历。

② 普勒斯泰德镇前委员唐纳德·J·克瑙斯多年后解释道："古斯农场的大小和足球场一样，桶可以被分层填埋。能赚大钱。"克瑙斯也曾是新泽西州环保部的调查员，卡伦·切斯勒在《普勒斯泰德的污染物到了监测点》（阿斯伯里帕克出版社，1997 年 10 月 11 日）中引用了他的话。

仅在欧申县的七个农场和三个镇垃圾场中，他们就识别出了二十几种主要的危险废弃物。要清理这些物质将花费上亿美元。[①]

在新泽西腹地合法地倒垃圾如此容易，很多运输工就想多尝点甜头。在松林深处，没人知道，更不需要许可，他们打算不花钱自己倒。这没人阻拦。当时新泽西州最有可能禁止垃圾倾倒行为的法律条文是非法妨碍公众罪，除了一些很典型的案子，这条法律很少被援引。直到 1980 年，欧申县检察官办公室才开始追究非法倾倒，一位名叫戴恩·韦尔斯的调查员开始追查这些。这件事比想象的难度大。据韦尔回忆，这些“夜间偷排户”（虽然他们有时候也在大白天干）走的是“马蹄形路”，那些路在林子里，又脏又窄只有一个出口一个入口。他解释说：“这样他们开着十八轮的车直接进去，不用掉头，倒完就走。如果是液体，就只用打开龙头任其流净。”那些人和北新泽西颇有影响力的有组织犯罪家族有联系，他们还有更先进的手段，会用步话机设眼线。

弗兰克·弗尼科拉随父入了这行，最初在纽瓦克，后来去汤姆斯河工作，在那里，他的客户包括汤姆斯河化工厂。他也开过废物货车，60 年代后期他在老曼彻斯特镇垃圾填埋场非法倾倒化学废物被定罪后运营执照被吊销了。[②] 那个垃圾填埋场在汤姆斯河以西十英里处。弗兰克还曾经尝试过焚烧业：他拉了一车北新泽西化工厂的钠盐废弃物到汤姆斯河南边的比奇伍德，在一个露天井里进行焚烧。这次冒进的结果是一声巨响：爆炸招来了救火车，弗兰克焚烧的执照也就被吊销了。

---

① Don Bennett, “Much Work Left to Do at County Waste Sites”, *Ocean County Observer*, February 15, 1991.

② 曼彻斯特镇是一个恶名远扬的废物排放点，特别是废液。据 Abbatemarco 案庭审时警察布鲁斯·伊杰兰说，70 号公路边有一个归药物公司所有的排放点，当地人称“盘尼西林垃圾场”。他在上世纪 60 年代和 70 年代在曼彻斯特警察局做侦探。

而他大哥尼克多年来都不曾染指废物处理业——高中一个暑假跟着父亲做这个让他受够了。他着迷于摩托车，他先是做汽车维修，后来在纽瓦克开了一个旧车回收销售厂。1966 年他三十一岁时跟着弟弟南下汤姆斯河开了个加油站，几年后搬去爱达荷州住了一阵子。再后来他回到汤姆斯河，换了好几个建筑类的工作，有时开铲车，有时铺管道，有时布炸药。不过他始终在寻找更赚钱的机会，也不排除做家族生意。1971 年 1 月的一个晚上，在“乡土”酒吧，机会终于来了，出现了两个人，分别叫夏基和科伦坡。

直到上世纪 70 年代被拆，“乡土”一直是蓝领工人聚集的地方。它临着 37 号公路，位于汤姆斯河化工厂和莱克赫斯特海军机场的中间，这俩是欧申县最大的雇主。每天四点换班和每天半夜，酒吧的木头桌子和凳子都会被占满。弗兰克·弗尼科拉一周里有五天都在那里打台球，哥哥尼克有时候和他一起。弗兰克给联合碳化物公司拉废物，公司在邦德布鲁克以北六十英里的拉里坦河那里有个大型化工厂，他有朋友在那里工作。当时那是县上最大的塑料厂之一，废弃的溶剂、树脂、其他有毒废弃物有几十万磅。弗兰克知道联合碳化物公司要找拖车司机处理堆在邦德布鲁克不断腐坏的几千桶垃圾，他哥哥很快也知道了。在尼克看来这是个商机。这简直是像建筑工人要打卡一样理所当然的事。

但是，要想赚钱，尼克·弗尼科拉得找个便宜的地方倒那几千桶东西，找个没人问“这些生锈的五十五加仑钢桶里装的是什么”这种不合时宜的问题的地方。夏基和科伦坡走了进来。这俩人（弗尼科拉后来跟调查人员说他始终不知道他们的真名是什么）在多佛填埋场工作，那里是汤姆斯河镇的垃圾填埋场。他们也是“乡土”的常客，一天晚上尼克·弗尼科拉跟他们提到了联合碳化物公司那些需要长眠之地的桶。两人答应把他介绍给镇上公共建设工程的主管杰克·托马斯认识，他运营着垃圾填埋场。

不久之后他们做了笔交易：弗尼科拉可以以十美元一车的批发价把东西倒在镇上丘奇街的填埋场——不过只能在夏基当班的午餐时间倒，钱直接给夏基。多年以后，在法庭作证时弗尼科拉承认钱不是付给官方的。当律师问他这算不算行贿时，他回答“可能是”。①

弗尼科拉赶往邦德布鲁克给联合碳化物公司通知好消息：他找到了处理桶的地方。实际上，从1971年2月16日他签字后交给联合碳化物公司的文件看，他当时号称——后来发现是假的——他联合了三家“有授权的填埋场”。他写道：“我的公司将负责这些桶的清理与处置工作，承担上述工作可能造成的所有风险和问题，收费每桶三点五美元。”弗尼科拉急于开工，一车大概装三十桶，全倒了只用交十美元，他肯定能大赚一笔。他租了三辆车，雇了两个司机帮他运。4月1日，当他拉着第一车货去汤姆斯河的时候，一个联合碳化物公司的低级别经理跟着车，确认他把东西倒在填埋场了。未来的十个月中，这是唯一一次，联合碳化物公司关心了一下他们那上千个盛满废物的桶去向了何方。②

刚开始邦德布鲁克工厂的一个小型罢工耽误了这个工程几天，很快弗尼科拉和他的司机们就一天跑两趟了——有时候只跑一趟，然后把车停在弗里霍尔德的马场边赌一下午马。不过也不全是快乐，据弗尼科拉说，过了有一阵子，夏基和托马斯知道了弗尼科拉赚了多少，开始敲他竹杠，把价钱抬高到二十美元一车并且扬言还要涨价。他则让联合碳化物公司答应每桶再多给他一些钱。弗尼科拉也在找别的挣钱的路子，计划着回纽瓦克重操他

---

① Abbatemarco deposition of Nichoas Fernicola, 24.

② 1971年7月7日，联合碳化物公司邦德布鲁克工厂的两位员工乔·诺瓦克和艾德·莫哈力克的手写记录中提到：“开始由尼克·弗尼科拉处理泄漏和损坏的废物桶。找人检查一下他丢弃的位置。……”除了第一次去看了垃圾填埋场，没有任何记录显示工厂有任何人再去检查过弗尼科拉的工作。

父亲的营生。他没有把东西倒在井里，而是直接把桶放倒，让废弃物在没铺防渗膜的填埋场土地上肆意横流。然后就把空桶拿回车上想法再卖掉。弗尼科拉的运气不好——后来证明汤姆斯河的住户们运气也不好——大部分桶都是破的漏的，卖不上价钱。

不论收益如何，弗尼科拉的生意不无风险。9 月初的一个雨天，一些刚放到填埋场的桶沾水以后发生了爆炸，其中一个冲上了五十英尺的高空。镇公共建设工程主管杰克·托马斯说这都怪弗尼科拉，后者则说这他没办法。当时他们已经谈崩了。弗尼科拉说夏基和托马斯把价钱涨到了每车五十美元，被他断然拒绝。那时他早已有了新的计划。

1837 年，法国医生皮埃尔·路易斯提出他的开创性统计分析两年之后——他的工作为疾病的聚类分析奠定了基础——肺结核夺去了一位女士的生命，历史对她的记录只有兰福德女士。她叫什么没人知道，人们只知道她是西英格兰的什罗普郡一个农夫的女儿，三年之前嫁给了一个勤奋的伦敦大夫——路易斯的“数字医学”的仰慕者——名叫威廉·法尔。这位可怜的鳏夫于是开始研究伦敦城的死亡记录，寻找那些传染性疾病的规律。那些疾病定期席卷熙熙攘攘的城市，它们的余波杀死数千生命，也杀死了他的兰福德女士。或许，他想，那些皮埃尔·路易斯使用的严密的统计分析也可以用来理解甚至征服肺结核或者霍乱这些更大的威胁，毕竟它们对终结放血起了那么大的作用。

他不是第一个做此尝试的人。试图识别并理解疾病爆发模式的调查工作始于希波克拉底，他当时错误地认为沼泽的水导致了疟疾，因为这种疾病在沼泽地区更流行（当时对蚊子传播的寄生虫还一无所知）。希波克拉底被阿维森纳打败了，这位波斯医生1025 年的时候完成了十四卷的《医学准则》。接着，五个世纪之后，他的这部巨著又被帕拉塞尔苏斯扔进了巴塞尔的火堆。付之一炬有失公允，尽管阿维森纳固执地信奉体液学说，他对很多疾病还是颇有洞见的，比如他认为肺结核是一种空气传播疾病，提出设立隔离区，并指出传染性疾病不单可以通过“瘴气”传染，还可能通过水和土壤传播。[①] 他的学说在西欧传播后出现了上百家麻风病人的隔离诊所，当1348年鼠疫席卷欧洲的时候——包括巴塞尔——沿袭下来的规定使得卫生系统得以改善，人们还学会了对有传染病感染症状的人进行隔离。隔离病患对抑制鼠疫的贡献有限，它的致病菌是由跳蚤和老鼠携带的，不过清洁街道多少有些帮助。

对传染病的恐惧也催生了另一项重要的创新：收集死亡率统计数据，16世纪30年代伦敦开始发布死亡名单。这个周报一开始是被作为一种预警系统，供提心吊胆的英国贵族们查阅，一旦黑死病疫情重新在又脏又挤的城市中爆发，他们就打算迅速逃往国外。1837年英国国会设立了总登记处负责汇总和发布重要统计资料，包括了旧的死亡名单的改进版。而年轻的鳏夫威廉·法尔此时正忙于发表论文阐释他关于疾病统计的研究，其中包括一本书中的一个章节，后来产生了很大影响，其中他坚称疾病的爆发和消失有一种数学上的对称性，因而是可以预测的。[②] 他的工作引起了一些伦敦名流的注意，1839年法尔被任命为总登记处的摘要汇编人员。

传染性疾病成了法尔信奉的“数字医学”的理想试验场。显然它们比癌症更适合研究。如同约翰·艾尔顿·帕里斯的推测，炼铜可能会导致阴囊癌，但除非可以识别、实验，进而排除其他因素——包括偶然性——这个猜想只能限于猜想。反过来，当霍

---

① 阿维森纳认定的可以通过人际传播的疾病包括麻风病、天花、鼠疫、肺结核、皮肤感染的疥疮和脓疱病。到了14世纪，这个名单增加了眼部感染疾病沙眼、皮疹中的疖肿、炭疽，还有癫痫。后两种不应包括，惊厥是某些传染病的一种症状但癫痫本身不传染。同样，尽管人可能因衣物或畜产品接触过感染的动物体并携带了其孢子而被感染，但炭疽不会在人际传染。

② 威廉·法尔所撰写的“关键统计学”被收录在1837年出版的《大英帝国统计报告》中，著者约翰·拉姆齐·麦克卡洛克等。

乱肺结核这些传染性疾病席卷城市，折磨着上千人的时候，研究就容易多了。感染一天甚至几小时之内这些疾病就可以确诊，传播路径通常很明显——或者很快就能明确。

实际上，它们爆发的原因在威廉·法尔看来如此明显，他还没有等到结论性证据就开始采取预防措施。和他的同行一样，他认为肺结核和霍乱的病因是"瘴气"，或者说是被垃圾和粪便中的蒸气毒化了的空气，所以他呼吁立法改善卫生。1847 年他写道："这致病的烟雾从两百多万人的呼吸中产生，始于阴沟与粪坑，坟墓和屠场，持续地积累，不断地变换。一时它充斥着霍乱，一时又变成流感，一时它在你的孩子中散播天花、猩红热和百日咳，一时它又带来热病。它在伦敦城上空盘旋了几个世纪，如同一个死亡天使。但它可以被法律驱散。"①

确实是这样。霍乱成了转折点。维多利亚时代人们不知道霍乱的病因（"瘴气"是错的），也没有有效的治疗手段，但法尔和同事们设计了一个健全的反应体系，多少抑制住了霍乱爆发。这个过程中他们为一种新的医学研究指明了方向：关注疾病在人群中的传播模式。他们创造了现代流行病学。实际上，几乎所有后来被用于分析污染所致癌症——如汤姆斯河这种情况——的关键理论，都不是通过调查癌症这样迟缓的病症得来的，而是通过调查传染性疾病这样迅速变化的疾病总结的。

对法尔的理论的第一次重要验证是在 1848 年和 1849 年，当时霍乱两次席卷伦敦。法尔的假说是瘴气，或者说恶臭气体会更多地聚集在肮脏的泰晤士河附近，于是他查阅了总登记处的记录，看病例是否聚集在河边。和他的后继者们一百五十年后在汤

① "Tenth Annual Report of the Registrar General", William Farr, cited in Elaine Freedgood, *Victorian Writing About Risk: Imagining a Safe England in a Dangerous World* (Cambridge University, 2000), 42.

姆斯河做的一样，法尔也查了感染区域的人们是在哪里采水。这两次中的病例都牵涉了泰晤士河：饮用污染河水的人群中发病率似乎更高。当 1853 年霍乱再次袭来，法尔再次统计了城区不同位置的病例数，发现近期供水有所改善的区域发病率有轻微下降。尽管法尔敦促了城市供水公司寻找更清洁的饮用水水源，他推测第二年还会出现更大的疫情。他和这几个公司的进展不大，而约翰·斯诺，一个四十岁的怪异医生开始密切注意法尔的报告，也开始搜集自己的数据了。

法尔的预测对了，1854 年夏天霍乱再次回来，更加严重，杀死了上万人。约翰·斯诺将其视为一场本可预防的灾难。斯诺是一个不抽烟不喝酒不吃肉的光棍，是使用麻醉术的先锋（当年早些时候维多利亚女王产下王子利奥波德时斯诺给她用了哥罗芳麻醉①）。他以不受正统观念——包括当时正盛行的疾病的瘴气理论——的束缚为傲。斯诺推测霍乱的传播是通过变质的水，而非空气，因为霍乱的症状集中于消化系统。他亲身实践自己的理论，非开水不喝。

和法尔一样，斯诺认为通过分析伦敦城不同区域病例的分布可以解开霍乱的秘密——不过怎么去调查，他有个更老到的方法。斯诺知道，1849 年的霍乱席卷南伦敦城之后，该区两大供水公司之一的朗伯斯公司就听从法尔的请求把采水位置移到了泰晤士河上游更清洁的地方。而它在南伦敦的竞争对手索斯沃克 & 沃克斯豪尔公司则仍旧在市中心高污染的河段采水。这构成了后来被斯诺称为“大型实验”的状况，邻近居民的供水分别来自不同的水源，这恰好可以验证他的理论——霍乱是由水传播的。当 1954 年传染病正式来袭的时候，斯诺用法尔的数据表验证他的理

---

① 哥罗芳即氯仿，又称三氯甲烷，早期用于手术中的麻醉，后被更安全的麻醉剂取代。——译者

论。他发现在相邻的住户中，由索斯沃克 & 沃克斯豪尔公司提供污浊饮水的住户死亡率比由朗伯斯公司提供相对清洁的饮水的住户高九倍，比伦敦其他城区的也要高五倍。

这个观测很有洞察力，不过斯诺在公共健康史中的偶像级地位是由他随后的行为奠定的。1854 年夏末，当那场他后来说是“帝国有史以来发生的最严重的霍乱”扫过他家附近的索霍区的时候，斯诺决定试着做一次更直接的探查——这种方法后来也被汤姆斯河沿用了。[①] 在法尔的帮助下，斯诺得到了索霍的三个最重的灾区里死者的姓名和地址，决定去探查 1854 年 8 月 31 日至 9 月 2 日之间去世的八十三位死者所处的环境。在当地牧师亨利・怀特黑德的协助下，斯诺在未来四天中询问了每个死者的家属或朋友，为避免偏差，每次问的都是一样的问题。他很快发现，除了少数几个人，其他所有死者都是从布罗德街的一口水井取的水。为精确地显示出受害者是什么时候在哪里感染的疾病，斯诺绘制了地图，标出了他们生活的地点，以及疾病是如何随着时间推移扩展和消退的。两种图——空间的和时间的——后来都成为汤姆斯河和其他地方使用的标准技术。[②]

仍然没有直接证据证明布罗德街的水井是索霍区霍乱的病源——对水的显微检验没有得出结论——但斯诺对此深信不疑。当他 9 月 7 日遇到教区的理事时，斯诺向他展示了细致的证据，

---

① “The Cholera Near Golden Square”, John Snow, excerpted in Carol Buck et al., eds., *The Challenge of Epidemiology: Issues and Seleced Readings* (Pan American Health Organization, 1988), 415—418.

② 斯诺也是第一批意识到没有出现病例和有病例出现同样具有重要意义的调查人员之一。例如，啤酒厂没有出现死亡，邻近波兰街的一个拥挤的厂房只有五例死亡。斯诺和怀特黑德进行了深入调查，发现啤酒厂里每个人都以酒代水，而另一个厂房则是有自己的水井，不依赖布罗德街的水井。斯诺也认真检查了那些看上去与众不同的死者，例如，一位几个月前从索霍区搬到了汉普斯特德的老妇人，在那里没有其他的霍乱死亡病例。走访了死者亲属后，斯诺发现她喜欢布罗德街的水味，每天要给她送去一大罐水。

因为证据非常有力，这位理事答应做个试验，把那口井的手摇泵拆掉，它就没法用了。这场本已因为居民都逃走了而开始消散的瘟疫很快就终止了。尽管后来斯诺发现，一个距井三英尺的旧污水坑很可能就是疫病的源头，当权者们仍旧不愿接受霍乱是经水传播的理论。[①] 令斯诺惊诧的是，疫病结束之后不久，因为居民们希望能就近用上水井，手摇泵又被装回去了。和汤姆斯河一样，舒适性胜过了安全性，记忆总是短暂的。霍乱还将在 1866 年袭击伦敦，不过这次，法尔因为确定了一个水务公司是污染源，阻止了一次集中爆发。那时斯诺已经去世，尽管他生活节制，却在四十五岁时被中风击倒了。此后直到 1885 年，罗伯特·科赫从被下水道污染的水体中分离出了一种大量滋生的杆状细菌——霍乱弧菌，霍乱的致病菌——斯诺的理论才为人接受。[②]

约翰·斯诺在布罗德街霍乱调查中所展现出的创造力、顽强精神，以及经历的莫大的挫败感，这些预示了追随他的一代代公共健康研究人员将会经历什么，那些一个半世纪后试图在汤姆斯河破译疾病和污染的神秘关系的研究者们也在其列。认真分析人口动态统计、标准化调查、细致的病例与潜在病因的空间时间图，这些由法尔和斯诺创造的技术都将被用到。在包括汤姆斯河在内的一些集群分析中，法尔和斯诺发明的用于霍乱的疾病跟踪工具也将应用在癌症和其他需要多年发展的慢性疾病的调查中。与癌症相比，你会发现，追踪霍乱这样快速变化的传染性疾病易如反掌。

对传染性疾病真正的征服始于 1837 年，威廉·法尔对死亡

① 约翰·斯诺是从一位母亲那里知道了这个地下室里的污水池的，这位女士的婴儿在霍乱中死了，她曾在那个水池边给孩子洗过尿布。

② 意大利人菲利浦·帕西尼第一个在显微镜下发现，霍乱菌可能是霍乱的病因。但人们普遍忽略了他在 1855 年的发现，而且细菌学假说是直到三十年后罗伯特·科赫又独立得出相同结论后才被普遍认可的。

名单的调查不单催生了现代流行病学，同时证明了任何形式的废弃物，包括污水，都是重要的问题，不应该完全依赖私有企业去解决。同时，对废弃物管理的迫切性意外地给尼克·弗尼科拉这样狡猾的商人带来了机会，他们的行为带来的健康风险是法尔和约翰·斯诺无法想象的。

人类与废物的关系基本可以用一种简单的顺序来描述：有钱人扔掉不想要的，穷人从中淘换能用的，剩下的任其腐坏。少数古代文明善于利用粪便、灰烬和其他废物制作肥料。然而，更常见的废物处理技术则是，直接扔掉。所以，贝壳、粪便、骨骼、碎陶片，还有其他废物，这些垃圾堆是考古选址时的明显指征。

但是，当城市开始出现在游牧和农耕社会中，露天堆放垃圾滋生出的有害生物和恶臭就成了问题。统治者随之首次出台了废物管理法令，废物要焚烧或填埋——最好是在城外。已知最早的垃圾填埋场是克里特岛上克诺索斯的一些覆着土的坑，已经有大约五千年的历史。古代耶路撒冷的垃圾场在旧城围墙外的欣嫩谷。圣经记载，犹大王朝时期的祭祀是到山谷中为异教徒的神摩洛献祭儿童。到了耶稣的时代，欣嫩谷已经成为肮脏的垃圾场，堆满了腐臭的垃圾、动物的尸体，四处是刺鼻的烟雾。用一个词形容就是“地狱般的”，所以山谷又名 Gehenna，焦热地狱——罪人被无尽的罪孽之火折磨的地方。

后来的几个世纪中，焦热地狱的后继者们出现在很多大城市的周边，政府很少监督或干预。那里是不法之地，只有罪犯和最穷的人才去。拾荒文化从那里兴起，也滋生于大型城市的阴暗小巷和臭污水沟中，它既复杂又危险，它那些绝望的从业者所面临的职业风险堪比珀西瓦尔·波特的那些扫烟囱工。其典型就是 19 世纪早期的伦敦，而现代的变种则在开罗、孟买、布宜诺斯艾利斯这些满是贫民窟的特大城市中。在那里，潦倒的拾荒大军数以万计，男人、女人、孩子，每个人都有明确的分工，在大都会的沉渣中搜检。下水道里有小筏，河岸上有清淤工，垃圾堆上有拾破布的，厨房外有拾骨头的。有人专门给制革厂捡狗屎，有清洁工收集垃圾，有掏粪工清理化粪池。即便是大颗粒粉尘都在垃圾堆里被筛过一遍回收制砖。伦敦和巴黎这样拥挤的都市不设专门的污染清理系统就得瘫痪，但这样的成本很高。拾荒者们在污秽中工作，而这污秽——如同威廉·法尔和约翰·斯诺已经证明的——是传染病传播的关键。

大多数城市的选择是将废物收集工作置于政府监管之下，而不是将其交给无法监管的私人公司，让他们驱使大批贫病缠身的人去工作。[①] 城市建立自己的废物收集系统，财务由税收和收费支撑。废物处理变成机械操作，而不是由那些处于经济金字塔最底层的人们用手完成。但随之会产生意料之外的后果。旧的清理系统中，废物遍布整个城市，而公共所有的新系统则将全城的污水和废弃物集中于少数几个地方，那些地方的环境变得非常差。兴建巨大的填埋场、焚烧炉、污水处理厂，以此代替散布于每个城市的上千个垃圾堆和污水管，这使得政府成了自己所管辖的区域中最大的污染源。这些废物堆成的巨兽的基建和运行费用高昂，由不得人心的税费支撑，随着城市人口的膨胀，它们实际的处理总量将远超本身的设计容量。[②]

---

① 集中处理废弃物的第一个大力拥护者是热心的律师和改革家，英国人埃德温·查德威克。甚至在威廉·法尔和约翰·斯诺确认污水和霍乱的关系之前，查德威克就高调宣称卫生条件差是贫穷的一个根本原因，因为穷人总是生活在不健康的环境中。他推动英国议会于 1848 年通过了《公共健康法》，该法案设置了“卫生稽查员”这一职务（即现在公共健康官员的前身），旨在改善水资源分配、污水和废物处置的安全性。

② 发达国家的城市化极大地增加了其人均废物的总量，两个统计数据揭示出其中的原因。第一，与 1960 年相比，现在美国人平均的废物产生量翻了一番。第二，富裕国家的城市居民产生的废弃物与贫困国家城市人口相比多了两倍。富兰克林等，美国市政固体废弃物特征，（美国环保局，1998），141，表 B－1，桑德拉·君度，固体废弃物管理的职业与环境健康问题，（世界银行，2006），4，表 1。

尽管有上述这些困难，工业的爆炸式增长依旧伴随着大量的固体液体废弃物来到了。大萧条和一战、二战之后的物资短缺刺激了废旧物品的再利用，暂时掩盖了这些问题，又随着战后经济的复苏而终结。辛辛那提化工厂在辛辛那提市所经历的情况——严厉的市政府最终对往市政污水系统倾倒大量危险废弃物的公司课以重罚——在上世纪 50 和 60 年代的工业世界中一次次地重复上演。一些城市更甚，对工厂废弃物完全关上了大门。突然之间，制造商们需要寻找新的地方、新的人去排污。他们需要尼克·弗尼科拉。

汤姆斯河化工公司当然不用发愁找不到倒垃圾的地方。20 世纪 60 年代末期，工厂产生的危险废弃物每年能装好几千桶，不过公司不需要找人拉走。承载了二十几年的废物，公司的土地上布满了坑、沟和污水池，但额外的地方还是足够的。和瑞士人早在 1949 年选择这块广阔而隐秘的土地时的设想一样，这里海绵般的砂质土壤似乎对置于其上的任何东西都有无尽的吸收力。1966 年工厂在用的露天污水井有六个，还有一个简陋的焚烧炉每天接收二十五车废物。同时还有一片开阔地存放着几千桶溶剂。而液体废弃物呢，和罗伯特·史博拿格尔等经理们期望的一样，排海管道获益匪浅。公司用不完的排放容量多得可以卖给其他工厂，汤姆斯河化工厂收那些厂子的钱，接收它们的废物将其倒入大西洋中。公司甚至开始接收汽巴在美国的其他工厂送来的一桶桶固体废弃物，将它们埋在自己的土地上。前所未有的，汤姆斯河化工厂不单做着化工合成生意，还大笔做着危险废弃物处置生意。

上世纪 60 年代初的河流污染之争后，公司管理者们一直讳言他们从城外接收的那些废物，就像他们从未公开 1965 年染料废水对城市饮用水的污染一样。即使在 1966 年排海管道开通以后，工厂仍旧面临着“数量惊人的问题，这些都与我们的污水和/或供水有关”，公司的一个经理在备忘录中这样写道。[1] 工厂下面的地下水污染得太严重了，要找到足够清洁可用于生产的淡水从来没这么难过。河水的味道淡多了，污水直排也终止了，但有毒的化合物仍旧从砂质土壤中渗入汤姆斯河，工厂的近邻们仍旧时不时地抱怨那些从储存池飘来的“恶臭”——那个十英亩的池子是用来存放排海前的废水的。[2] 因为担心公众反应，公司管理层规定他们的圆顶焚烧炉只在晚上烧烟最大的东西，同时告诉那些在外面的合作者们，对于他们使用公司废物处理系统的事不要走漏任何风声。[3]

汤姆斯河化工厂对于他们污染河流导致名声受损的事情非常担心，1967 年对镇上的居民进行了民意调查。结果令他们释怀。百分之八十六的人说工厂是地区的财富，只有百分之六的人觉得它是负担（另有百分之八说它既是财富也是负担）。百分之三十四的人认为工厂是当地水污染的主因，但如果工厂想扩张，只有百分之四的人反对。[4] 民意调查员给公司的总结里说：“看来你们

---

① Philip Wehner, “Waste Disposal/Effluent Problems”, August 15, 1966, memo to Robert Sponagel, 1.

② 据 1966 年 7 月 21 日《新泽西信使报》头版的文章所述，排海管道开通九天之后，住在工厂附近的罗纳德 · 克莱顿在欧申县委员会的会议上投诉说，因为那种“恶臭”，他和邻居们晚上都无法入睡，他相信那来自汤姆斯河化工厂那个十英亩的储存池。其竞争对手《欧申县太阳报》同一天的封面故事则指出，克莱顿投诉完之后，梅厄 · 约翰 · G · 伍兹公开为公司辩护，镇上的污水专家罗伯特 · 康迪也为公司辩护。

③ 见于莫里斯 · 史密斯，“固体和溶剂废物处理”，1966 年 10 月 11 日，备忘录，2：“每 6—8 周就要处理大约五十 AQ 蒽醌过滤母液。这东西焚烧的时候必然会产生大量黑烟，通常在晚上烧掉。”同样，1967 年 9 月 7 日阿特拉斯化工公司的 W · A · 海比格给汤姆斯河化工厂的詹姆斯 · 克兰的信中说：“我们理解汤姆斯河化工厂希望我们防止公众知晓在你们公司进行的废液处理的心情。”

④ 雷蒙德 · 西蒙，“汤姆斯河化工厂公众态度调查”，1968 年 2 月 1 日，给汤姆斯河化工厂。西蒙是尤蒂卡大学的公共关系教授，他的十名学生设计了问卷并参与了调查。

闻着不像化工厂，倒像玫瑰。”①

只有一点需要小心：镇里现在都是外来人口，他们并不把汤姆斯河化工厂当做全镇的心脏一般不可替代。60%参与调查的居民在当地生活的时间不足十年，也就是说，几乎没人知道1952年瑞士人到来之前这里的经济何等萧条。更令公司担心的潜在问题是，调查对象中只有10%在工厂工作或有近亲在工厂工作，这与50年代相比有明显不同，在当时的记录中，三分之一的家庭与工厂有着直接的联系。汤姆斯河镇不再是50年代时那个公司的小镇了。汤姆斯河化工厂还一如既往，但它不再被崇拜，大部分时候，它是被忽视的。如果它的环境行为再度成为公众注意的焦点，公司能指望得上的朋友就不多了。

当然，有的是分散居民注意力的方法，让他们不再关注厚厚的橡树和松树林遮掩下的工厂里究竟在发生什么。让汤姆斯河镇和周边欧申县的社区比50年代末、60年代初增长更快看似不大可能，但他们做到了。1967年夏天，以黑人贫民为主的纽瓦克发生的暴动迅速发酵、来势汹汹。从州东南部都市化区域迁徙而来的白人越来越多，1970年发生阿斯伯里帕克骚乱之后迁徙继续南下。阿斯伯里帕克在汤姆斯河以北二十英里处，有明显的少数族裔聚居。律师约翰·保罗·多伊尔，他自1974年以来为州议会服务了十八年，回忆道：“骚乱之后人们成群结队南下到这里，都这么说，‘种族和骚乱告诉他们理由，大道给他们指明方向’。”1960年到1977年间欧申县人口涨了两倍，达到三十二万，1970年的人口普查将其列为全美人口增速第六县。欧申县几十年来都是共和党的天下，但这次移民潮使得它更“白”了，也更保守了。（到1980年欧申县97%的人口是白人。）

---

① “Public Opinion Sruvey Reveals RTC’s Standing in the Community”, *TRC Color* (Spring 1968).

随着人潮涌来的有一对年轻夫妇：拉斯提·吉利克和琳达·吉利克。他们住进了一座舒适的房子，邻近即将建成镇第三中学。拉斯提在当地银行工作，琳达是学校老师，1971年他们的长子凯文出生后她就不再全职工作了。

就像快速成长的儿童脚上的鞋子看着总是小一号，汤姆斯河镇的公共设施也永远是不足的。它的路面和教室过度拥挤，供水和污水系统在以最大容量运行——还经常超容量。起初，城市污水处理厂把它的废水倒入汤姆斯河——和汤姆斯河化工厂一样。后来，在化工厂工程师的协助下，它们也向工厂学习，建了自己的管道，转而排海了。而校董事会总是被要求建更多的学校。1964年董事会抓住一次机会，在橡树岭建了一座小学，尽管学校操场背后就是汤姆斯河化工厂的地界。唐·贝内特长期在本地媒体做记者，他听父亲约翰·贝内特——当时汤姆斯河镇学校的校长——说过，其中一位校董是个医生，提出了反对意见——他警告说，“我们不知道那后边是什么”——但投票仍旧通过了。到20世纪70年代末，汤姆斯河镇将会成为全州最大的城市外学区。

暴涨的人口削弱了汤姆斯河化工厂对当地经济的重要性，但公司与地方权力机构的关系依旧牢固。瑞士的经理们仍旧主要在自己的小圈子出没，但也会投身于社区工作以应对当地的急速增长。公司的会计甚至还协助开发了一套方法帮本地学校吸引州政府的资助。工会在县政治事务中很活跃，几个雇员的配偶或兄弟是公务员，还有镇长。

汤姆斯河化工厂的工程师和化学家们也继续着他们长久以来对汤姆斯河水务公司的帮助，这个总是超负荷运转的公司在各方面都需要帮助。基本上，每个夏天水务公司都在奋力满足需水高峰，1970年，这个峰值从1960年的每天一百万加仑飙升到了五百万加仑。（1977年每日需水最大值达到了顶峰一千万加仑。）霍利街的水井仍旧是水务公司一半以上的饮用水的水源——尽管已经证明工厂排什么东西到河里都能渗到井里去。公司还需要更多水井——实际上是需要足够的空地打更多井。1970 年他们找到了一块看起来不错的地方，靠着花园州大道的东面。1971 年夏天汤姆斯河水务公司就在他们新买到的花园路的土地上打了四口井。第二年夏天又打了两口。1975 年，花园路井已经有八口了（其中六口是浅水井），在夏季高峰时段提供着镇上将近一半的用水。

镇子从依赖河边的一组井变成了依赖公路边的另一组井，这种变化看起来是好的。新井所在的地方是镇里最田园的，在汤姆斯河化工厂的上坡，远离汤姆斯河。除了大路，这块地附近只有几间房子和教堂——还有几个衰败的蛋鸡养殖场。

塞缪尔·赖克和贝莎·赖克是当年大屠杀的幸存者，二战后他们和其他幸存者一起定居到欧申县，从事蛋鸡养殖业。贝莎·赖克回忆："这一行不好做，不过你不懂英语的话这是最容易上手的活了。"他们在 1952 年买下了当年 9 号公路边那一溜小农场中的一个，邻居叫它"快乐平原"。禽蛋养殖从来不是高利润行业，从 60 年代开始流行的冷藏卡车使中西部的大型肉类加工企业有可能将肉蛋长途运送到纽约和费城，从而摧毁了本地养殖业。9 号公路边的很多农场都关闭了，赖克的在 1965 年关闭。不再做禽蛋养殖，萨姆·赖克在北新泽西做了工程经理，但收入不是很好，上缴的地产税还随着镇子的扩张而一直上涨。赖克家最大的资产就是土地了，他们开始试着用它来增加收入。贝莎·赖克回忆说："我们想租出去。"

赖克农场离镇上的垃圾场不远，尼克·弗尼科拉多年来常常经过那里，那些去乡土酒吧打台球的夜晚也不例外。萨姆·赖克是他朋友的朋友，当他听说赖克想听点业务建议的时候，就去接近赖克，那是在 1971 年 8 月。弗尼科拉建议赖克把原来养家禽的农场租给他两英亩，位置靠后——这样在主干道上看不到——他用来堆放在垃圾填埋场倒完的空桶。[1] 两人很快商量好租价，极为低廉：从 8 月 15 日开始，每个月四十美元。萨姆和贝莎后来坚称他们从未允许把自己的土地当做毒物垃圾场，只是让弗尼科拉在找到永久存放地之前把桶临时放在那里。而弗尼科拉则坚称最终进入赖克农场土地中的化合物都是偶尔漏出来的，不是蓄意倾倒——尽管反面的证据俯拾皆是。不管怎么说，弗尼科拉的三辆卡车整个 9 月每天都在邦德布鲁克的联合碳化物工厂和赖克农场之间跑两到三趟。

弗尼科拉和萨姆·赖克商定租一个农场的房子存放他 55 加仑的桶，但很快就装不下了。桶开始堆在外面——最开始是十几个，后来就是上百个。起初弗尼科拉想找个别的地方把桶倒净再运去农场。多佛填埋场不再对他敞开大门，他暂时把东西倒在附近的怀廷和曼彻斯特填埋场。11 月初这样也不行了，因为曼彻斯特填埋场的一个开推土机的工人用推土机斗敲击了一个桶，结果又引起了爆炸，司机受了伤。这时弗尼科拉有了个新奇但不一定合法的想法：他想在萨姆·赖克家农场的后面弄个自己的小型填埋场。他用一个正铲铲斗车挖了一些浅沟，和其他司机把损坏得太严重不能回收的桶都扔在里面。[2] 虽然有坡道，弗尼科拉还是经常把桶从卡车后面推下去让它们自己滚进沟里，桶经常在沟里碰烂了。上千加仑的有毒化合物直接泼溅在农场的砂质土壤上，没有屏障阻碍它们渗入土壤然后进入下面的地

---

① 除了 *Abbatemarco* 案的证词外，本章对赖克农场 1971 年和 1972 年的事件的解释，基于一份 119 页的报告，由天合公司的环境工程师马苏德·哈塞米于 1976 年整理，此人当时是美国环保局的顾问。律师及其他研究汤姆斯河镇儿童肿瘤聚集现象原因的人们将其简称为“哈塞米报告”，报告全称是“新泽西州多佛镇与危险废弃物相关的土地处理破坏事件分析”。

② 尼克·弗尼科拉“在那块地上不停地挖坑，这里挖一个，那里挖一个，我们一直都在把化学品倒到土里”。里奇·温顿回忆道，他是弗尼科拉雇用的卡车司机之一。*Abbatemarco* 案温顿材料 73 页。

下水中。

11月末，弗尼科拉已经在赖克农场扔了五千只桶——另外，整个夏天他已经在镇填埋场扔了五万多只。生意兴隆，弗尼科拉抛弃了那对愤怒的填埋场搭档。终于，11月的一个晚上，在乡土酒吧，好戏登场。后来发生了什么，据弗尼科拉说，是一个混合了《教父》和《三个臭皮匠》元素的场景。多年后的庭审记录中，弗尼科拉说事情是这样发生的："他们说我从他们嘴里抢食吃……他们威胁我说：'一根火柴就给你解决了。我们知道你倒在哪了。'于是我把他俩打晕了……我抓着他俩的后脖梗把两个脑袋往一块一撞，俩就晕了，然后我就走了。"[①]

不知道弗尼科拉对撞头事件的描述中有多少是添油加醋，可以肯定的是打架之后的几天里，当局开始对弗尼科拉在赖克农场做着什么有了一点模糊的兴趣。镇政府的某个人给新泽西州固体废弃物管理局打了电话，这是个隶属州检察官办公室的分支机构。但这个办公室——其一部分职员负责对全州的垃圾倾倒进行调查——宣称对此没有管辖权，因为弗尼科拉保证他只是在私有土地上储存废桶，并没有倒东西。[②] 没有任何迹象显示州上任何人考虑过去当地看看弗尼科拉说的是不是实话。

终于，12月初，萨姆·赖克意识到了农场后面那两英亩土地上究竟在发生什么。他跟弗尼科拉就倾倒的事吵了起来，那里现在已经开始散发很大的臭气了。几分钟后，赖克报了警，警察把弗尼科拉逮捕了，起诉他未经允许私自倾倒，且违反城市区划法。赖克同时起诉了联合碳化物公司，公司于12月15日第一次造访农场。第二天，公司终于不再允许弗尼科拉从厂

---

① *Abbatemarco* deposition of Nicholas Fernicola, pages 37—38.

② 州政府决定不进一步调查尼克·弗尼科拉在赖克农场的行为，这个"不幸"的决定于1977年4月27日作出。此事记录于新泽西州副检察长劳伦斯·E·斯坦利的备忘录中。

里运桶了。

现在的问题是，这些有毒废弃物怎么办？五千多个桶散布于农场后面，弗尼科拉没地方放这些东西。赖克给新成立的州环保部打电话求助的时候，被告知州政府对私有土地没有管辖权，他的律师应该去跟联合碳化物公司和弗尼科拉商量这事。对他们来说，镇政府并不急于搞清楚他们手头这个是多大的乱子，他们一直等到了下个月，1972 年 1 月的月末，才派了一队人去赖克农场仔细看看。政府的人到那的时候，看到的是积雪覆盖着的、弥漫着恶臭的不毛之地。几千个桶露天堆放着，泥泞的沟渠旁停着几辆废弃的卡车。镇上的执法人员杰克·法雷尔在一份法律档案中说，一次短暂的检查后他的衣服散了好几天的臭味，在泥里走了一圈以后他的橡胶套鞋散了架。他们发现有的桶上标着“高分子溶液”、“甲苯”、“苯乙烯”，还用大号字体警告说内有易燃易爆物。很多桶的标签上写着：“小心：包装如有泄漏请立即转移至安全位置。轻放。化学废弃物。”

报社记者唐·贝内特记得当他接到杰克·法雷尔的电话时，那边说：“你绝对不会相信我在这个旧鸡舍里看到了什么。”贝内特急忙赶过去，也被眼前的景象惊呆了。“视线所及，到处都是桶，”他回忆说。法雷尔和镇上的其他健康官员对有毒废弃物一无所知，他们所能想到的唯一的评估风险的方法是：拉四个联合碳化物公司的桶去镇上的垃圾填埋场，做一个最简单原始的化合物分析——用子弹分析。在法雷尔的指导下，一名镇上的警员，迈克尔·卡利诺，从他的福特雷鸟的后备厢里拿出一把步枪，瞄准了一百码以外放在土台阶上的桶。他的 M14 打了两发不中之后，终于命中了一枪。亲眼目睹了奇景的贝内特说，法雷尔转过头来跟他说：“哦，看来这东西没那么糟，它没爆炸。”

卡利诺和法雷尔在那玩打靶游戏的时候，尼克·弗尼科拉则正忙于和镇政府、联合碳化物公司争论究竟应该怎样处置他堆在农场的那些桶。公司最初坚称对此不负责任，指出一年前弗尼科拉就保证过对桶的处置承担全部责任。弗尼科拉则玩起了花活，跟镇上和联合碳化物公司说他正在跟另一个堆放点谈合作，已经进行到最后的协议阶段了，这次这个是在伯克利镇，叫“双重麻烦路”的地方——名字起得挺合适。到了 2 月份，当地报纸登载了快乐平原农场后面的非法倾倒事件。而弗尼科拉与伯克利的“谈判”也无疾而终。赖克一纸诉状把联合碳化物公司、弗尼科拉告上了法庭，镇政府也参与了诉讼，因为那个地方妨害公众，有健康风险。州环境保护部也打算提起诉讼。

很明显，弗尼科拉和联合碳化物公司没有别的选择，只能做笔交易。他们发现政府部门中有人愿意促成此事，急于了结这个尴尬的事故，因为这件事中政府部门或者是疏忽大意了，或者是内外勾结了，或者兼而有之。联合碳化物公司转变策略，转而同意回收桶，赔偿赖克一万美元用于损失和挖口新的水井，旧井已经有毒了。联合碳化物公司的员工和新签订合同的废物承包商把那些残漏的桶又沿着 9 号公路拉回了邦德布鲁克——它们最初待的地方，最后在周边把它们填埋或是焚烧了。最初公司只拉走了三千五百只桶。在赖克威胁要重启诉讼之后，公司才回来把剩下的一千五百只桶也运走了。而州和镇政府一样，都想尽快尽量低调地把事情解决掉。没人起诉填埋场受贿，九年之后那里关闭了，但夏基、托马斯和科伦坡被调到了政府部门工作。

1972 年 7 月，弗尼科拉停止他肆无忌惮的倾倒刚七个月，整件事就真正“尘埃落定”了。联合碳化物公司移走了一眼能看到的桶，填平了弗尼科拉挖的沟，把浸满溶剂还露出零星铁桶的地面盖好了。几千加仑溅出来或者被倒出来的危险化合物进入了赖克农场未铺防渗膜的砂质土壤，现在对它们可以眼不见心不烦了，一如其他那些联合碳化物公司埋在镇填埋场的废物。对于这些被埋的有毒废弃物可能会去哪里——尤其是它会不会顺着沙子渗到土壤的水饱和层，也就是全镇饮用水所依赖的含水层——没人对此有一丝担忧。虽然政府已经得知赖克自己的水井有毒，却没人去测赖克邻居家后院的水井看有没有被污染。被污染的地下水的羽流会不会继续扩散？到1972年夏天，汤姆斯河水务公司开始使用花园路新打的六口水井，那里在赖克农场以南一英里的地方。这些井会不会被弗尼科拉做的蠢事影响？没人试着去查这个问题，虽然水务公司每年都从地下抽更多的水来满足激增的用水需求，尽管地下水的天然流向——向南——会使污染物从赖克农场直冲六口新井而去。

赖克一家在那里又待了四年，最后搬走了，他们想卖掉旧农场的各种努力都扑了空。没人会冒险买一个渗着毒物的垃圾场。反过来，赖克沮丧地看着邻居们把地卖给开发商发了大财。弗尼科拉1971年造成的灾难过去四十年后，这块土地依旧被搁置着，贝莎和萨姆两人——一个八十四岁，一个九十岁——还在痛苦之中。他们谴责联合碳化物公司，谴责政府管理人员，更谴责弗尼科拉，为自己辩护，为当初以四十元一个月的价格——弗尼科拉想都没想就直接给了钱——将后面的两英亩土地出租，换来四个月疯狂倾倒的决定辩护。“我们不过是把土地租给了一个要在那存放空桶、以后再卖桶的人，谁知道他是个骗子。”贝莎·赖克说。

而弗尼科拉则不再做废物运输生意，他没得选择，政府没收了他的卡车。（四年后，一纸协议限定他永久离开运输业，同时支付一百美元“赔款”。）他转而从事另一项投机生意，旧车修理与销售，这也适合他善于推诿的天赋。他后来一直待在欧申县，直到2006年去世，不过除非被法庭传唤，他很少提及当年的废物承运业务。当他说起这些的时候，会以一种可怜兮兮而不是懊悔的口气，带着他特有的虚伪。单把他拿出来说是不公平的，他会这样抱怨，别的承运人也都在贿赂镇上的填埋场来扔桶，持续的时间还更长，而他才做了不到一年。[①]“倒桶这事我整个只做了大概五个月，”在1993年的证词中他这么跟律师说。“就我所听说的，除了我，人人都挣了钱。就我一个赔了钱，还是我开始做起来的。卡车也没了，我赔了全部身家。”[②]

其他人赔上的更多。

---

① 弗尼科拉1971年在垃圾填埋场和赖克农场做的倾倒事件发生二十二年之后，他在一次法庭证词中说，1971年那些从汽巴-嘉基公司和莱克赫斯特海军机场拉东西的司机为了倒东西“肯定”给垃圾填埋场行了贿。但他没有提供名单和其他证据。见于*Abbatemarco*案尼克·弗尼科拉部分83—84页。

② *Abbatemarco* deposition of Nicholas Fernicola，Pages 43 and 80.

第六章　细胞们

分娩过程很痛苦，经过了最初恐怖的几秒钟，他终于呼吸到了第一口空气。1979年2月1日，迈克尔·托马斯·吉利克在欢乐角医院出生，整个过程没看出有什么不妥。几天后，他的双亲，琳达和雷蒙德·吉利克带着迈克尔回到了邻近汤姆斯河的家中，他八岁大的哥哥凯文正在家等着。迈克尔立刻成了全家人的宠儿。蓝眼睛，长睫毛，天性阳光，再配上他的金色头发，特别招人喜欢。他看上去就像文艺复兴壁画里的小天使，粉嘟嘟，活生生的。琳达·吉利克教了好几年一年级学生了，觉得自己对孩子的评价很准确。这孩子，她暗想，很完美。尽管后来发生了那么多可怕的事情，她的这个评价从未变过。在母亲的眼中，迈克尔·吉利克永远是漂亮的。①

5月份，他刚满三个月，一天早上喝完奶迈克尔吐了，这对他来说不太寻常。当天晚些时候，午睡后父亲将他从婴儿床上抱起来的时候，这孩子的眼睛来回地转，好像在盯着钟摆看。吓坏了的父母立即带着他去看儿科医生，眼睛的奇怪运动停下来了，但儿科医生建议他们去看神经科医生。在那里，迈克尔做了脑电图——大脑电流活动的简单测试。结果正常，但他的呕吐没有停止。从前的乖宝宝也开始在睡觉时翻来扭去，他好像怎么也不舒服。症状开始出现之后的第五天，父亲给迈克尔换尿布的时候发现孩子的肚脐下面有一个肿块。又过了几天，后背和右腿上也出现了类似的肿块。不管那东西是什么，它发展的速度极快。

神秘和恐怖经常是癌症的亲密伙伴。这种疾病的原因和进程始终未被完全了解，而它的预后（直到最近几年）基本上很差。癌症的历史比人类更久：1932 年，人类学家路易斯·利基在肯尼亚的一个湖床中发现了一块人类祖先的下颌骨化石，既不是直立人，也不是南方古猿，骨头上带着恶性肿瘤，可能是淋巴瘤。甚至在八千万年前的恐龙化石中也发现过肿瘤。[②] 最早的癌症存活记录被记录于公元前大约一千七百年的莎草纸上，但那很可能是抄自某个当时已有千年历史的文献。1862 年，盗墓者从底比斯偷出了一部十五英尺长卷，将它卖给了美国探险家埃德温·史密斯，其中描述了有人试图用烧热了的“火钻”治疗乳腺癌。该卷轴的无名作者说，对于“外突的肿瘤，是无法治疗的”。[③]

到了古希腊情况并未好转。在古埃及和印度，医生有时会试图手术去除肿瘤，希波克拉底则更倾向于通过食物减少“黑色胆汁”，重建人体“体液平衡”。但当他目睹自己的食物和其他更激进的治疗措施都失败了之后，希波克拉底在他的《箴言》中说：

---

① 本章中对迈克尔·吉利克早年生活的描述很多来自公开发表的资料，包括杂志和报纸的文章，以及琳达·吉利克描述他童年生活的书《麦克的爱》（WRS 出版社，1994 年）。本书作者对迈克尔·吉利克进行了 90 分钟的正式采访，同时也在琳达·吉利克的家和办公室中与她有过多次非正式交谈。但最终琳达·吉利克并没有同意接受正式采访。

② 布鲁斯·M·罗斯柴尔德等。“Epidemiologic Study of Tumors in Dinosaurs”，*Naturwissenschaften*（*The Science of Nature*）90（2003）：495—500。有趣的是，尽管罗斯柴尔德和同事使用荧光透视法检测了来自七十七种七百零八只恐龙的上万个骨骼化石，他们只在鸭嘴龙科发现了肿瘤。他们解释说这个结果要同时从遗传和环境角度来解释，鸭嘴龙的食谱很独特，包括大量狐尾松和灌木。

③ James Henry Bteasted，translator，*The Edwin Smith Surgical Papyrus*（University of Chicago Press，1930），404—405 and 457—458.

“对于隐蔽的（内部的）肿瘤，最好不要给予治疗，治疗将加速死亡，避免治疗则能延长生命。”① 他对癌症研究的一个切实的贡献是发现了球状的肿瘤，特别是当它周围环绕着静脉血管的时候，像螃蟹。他用由 karkinos 演变而来的希腊语单词 carcinos 和 carcinoma，即螃蟹，来描述这种病征。罗马著名医生塞尔苏斯，那位帕拉塞尔苏斯自称超越了他的医生，将这个单词译成了 cancer，即拉丁语的螃蟹。

这一描述不单在形状上与实性的肿瘤相吻合，更代表了癌症发展过程中横行无阻的状态。鲁德亚德·吉卜林在他 1891 年写的故事《黄道十二宫的孩子》里面写道：“那只螃蟹静静趴在那里，你要不是看到它嘴边那些不停变化伸来扭去的枝桠会以为它睡着了，那些动作永不停息。如同闷烧的火渐渐吞噬朽木，不声不响，不急不忙。”

困扰着古代医生的，仍旧阻碍着现代研究人员。肿瘤根据它着生的六十种不同器官而分成多个种类。一些发展缓慢而另一些速度惊人，常常会随着血流迁往身体的其他部位，这被称为转移。有些成为坚硬的一团鼓出皮肤，有些则深埋于体腔之中。有几种癌症很少形成肿瘤，除非转移到了继发器官中，例如血癌。最令人沮丧的是，不同肿瘤对治疗的反应差异极大。尽管希波克拉底试图将其归为一类，癌症其实并非一种疾病，实际上，详细分类的话会多于一百五十种。它们唯一的共同点是细胞高度分化，生长失控。

第一位掌握了癌症的关键特征的，又是一个脾气暴躁固执己见的科学家：鲁道夫·路德维希·卡尔·魏尔肖。他 1821 年出生于德国，个头矮小，一本正经，精力过剩，作为一名医生，他还在很多其他领域做出了重要贡献，涉猎之广令人惊异，包括人类学、古生物学和寄生虫生物学。闲暇时间他设计了柏林的排水系

---

① *Aphorisms of Hippocrates*, Section Six, Aphorism 38.

统，还协助挖掘了特洛伊古城。[①] 他主要的错误在于帕拉塞尔苏斯似的自负，这使得他难以接受那些不是由他提出的理念，这样的重要理论在他一生中出现过两次：路易斯·巴斯德的细菌理论和查尔斯·达尔文的物种起源于自然选择理论。这个狂热的自由党人在1848年德国革命失败之后为柏林建起了防御，又在随后领导了德国议会的改革，他相信社会的进步是通过细致的观察和实验来实现的，而非纯粹的理论。"医学是社会科学，政治不过是更大尺度上的医学。"他在 *Die Medizinische Reform*（《医学改革》）——他在1848年动荡之际出版的一份激进报纸——上这样宣称。[②]

这个十二岁便能读拉丁文和希腊文的天才选择了医学道路后很快就被显微镜迷住了。还在医学院的时候他就开始对病变组织进行显微检验，这在当时几乎是前所未有的。他的医疗手法和他的政治观点一样激进，因为即使已经到了19世纪中期，希波克拉底的体液理论仍是主流观点，各种疾病仅仅被视为一种指标，隐藏其下的是同一种问题：体内血液、黏液、黄胆汁和黑胆汁的失衡。魏尔肖在显微镜下看到的可不是这么回事。在不健康的身体里他看到一群群病态的细胞。他推断，疾病不是机体失衡的信号，它们有特异的、明确的进程，可以通过在显微镜下密切观察

---

① 本章中对鲁道夫·魏尔肖的贡献与性格的描述引自下列文献：Leon Eisenberg, "Rudolf Ludwig Karl Virchow, Where Are You Now that We Need You?" *The American Journal of Medicine* 77 (September 1984): 524—532; J. M. S. Pearce, "Rudolf Ludwig Karl Virchow", *Journal of Neurology* 249 (2002): 492—493; Myron Schultz, "Rudolf Virchow", *Emerging Infectious Diseases* 14: 9 (September 2008): 1480—1481; "Rudolf Virchow (1821—1902) - Anthropologist, Archeologist, Politician and Pathologist", unsigned editorial in the *Journal of the American Medical Association* 188: 12 (June 22, 1964): 1080—1081; J. L. Turk, "Rudolf Virchow - Founder of Cellular Pathology", *Journal of the Royal Society of Medicine* 86 (December 1993): 688—689。

② 在1848年这个报纸的另一份社论中，鲁道夫·魏尔肖发出了著名的论断："医生是穷人先天的代言人，而更大尺度的社会问题应该由他们去解决。"

畸变的细胞来对其进行监测。这催生了现代医学的基础学科：显微病理学，魏尔肖漫长而成绩卓著的一生都在为这门学科奋斗。

这之前其他人已经提出了细胞是生命的基础单元，但魏尔肖首次提出了细胞也是疾病的基础单元。① *Omnis Cellula e Cellula*（《所有细胞都源于细胞》），一首并非他创作却因他成名的短诗说，细胞分化是疾病在体内传播的手段。他推断，病理学进程始于健康细胞在某些外因作用下的功能损失。巴斯德认为外界的干扰可能是活的微生物——细菌，魏尔肖犯了个错，他拒不接受这一观点。实际上，两人的观点都是对的，某些疾病源于微生物，某些则不是，但几乎所有疾病都涉及身体中某些特定部分细胞的损伤。魏尔肖和他的竞争对手巴斯德分别以各自的发现向体液学说的心脏钉上了两根木桩，从而完成了三百年前帕拉塞尔苏斯在巴塞尔开始的工作。

癌症正好吻合了魏尔肖所说的疾病的本质在于细胞的论断，而且他对恶性细胞的密切观察帮助他形成了他的理论。1845 年，从医学院毕业两年之后，他首次发现某些病人血液中的白细胞数量极高，而血小板和红细胞数量极低。他创造了“leukemia”（白血病）这个词来描述这种病征，希腊语中这个词的意思是白色的血液。随后他注意到左锁骨下的淋巴结肿大——现在被称为魏尔肖氏淋巴结——经常是癌症的早期标志，这一指标被沿用至今。魏尔肖将他所有对癌症的想法和观察记录于一个三卷本八千页的著作中，名字是 *Die Krankhaften Geschwülste*（《恶性肿瘤》），出版于 1863 年。他的很多核心观点现在已经被证实，比如癌症的

① 鲁道夫·魏尔肖写到：“最主要的是，细胞是最根本的形态要素，多种生命形式由它构成，我们决不能将建之于细胞之上的其他物质视为基本单元。”弗兰克·钱斯译，*Cellular Pathology as Based Upon Physiological and Pathological Histology*，Rudolf Virchow，（John Chuichill 1860），Lecture 1，page 3。

细胞学本质、病程发展的关键是细胞的快速分化、启动事件——对健康细胞造成了破坏，进而引发病程的某个“刺激性”事件——的重要性。在魏尔肖的晚年（他于1902年八十岁时去世），研究者们已不再钟情于他的“刺激”理论，转而追随癌症起源的两大竞争性理论：寄生性微生物，或成熟组织中的胚胎细胞。① 三种理论最终都被证实部分正确，但那是几十年之后的事情了。魏尔肖去世的年代太早，没看到他的理论重获活力，发生演变，即便如他这般远见卓识，这些也是难以预料的。

在孩子身上发现恶性肿瘤特别令人难过，其中一个原因是这太罕见了。通常，癌症都是上年纪的人得的病。每年，在美国六十五岁以上人群中诊断出癌症的概率要比更年轻的人群高十倍左右。② 实际上，每年在五到六十九岁的人群中得癌症的概率随着年龄增长而上升，这种上升趋势是增大的：五岁时的概率大约九千分之一，六十九岁时增至五十七分之一。可能有多种原因造成这种情况：老年机体中细胞内的复杂分子变化、随衰老而来的免疫缺陷、某些肿瘤开始生长前需要长时间复杂的生化进程（例如前列腺的癌前病变）。③

即便如此，全美一天中大约会有三十八名儿童确诊患癌，全球大约是八百名。这仍旧是一个小概率事件，只占美国每年患病儿童总数的不到六千分之一，但这比过去的概率升高了。1975年至2005年间，儿童癌症病例猛增了三分之一以上，这比所有癌

---

① 要了解癌症病因理论的演化史，包括魏尔肖的细胞刺激理论，可参考Lorenzo Tomatis的“Cell Proliferation and Carcinogenesis：A Brief History and Current View Based on an IARC Workshop Report”，*Envrionmental Health Perspectives* 101，Supp. 5：Cell Proliferation and Chemical Carcinogenesis (December 1993)：149—151。

② 根据美国国家癌症研究所的估计，2002—2006年间65岁以下人群的年发病率是十万人中两百二十一点一例，而65岁以上人群是十万人中两千一百三十四点三例。

③ William B. Ershler，“Cancer：A Disease of the Elderly”，*The Journal of Supportive Oncology*，1：Supp. 2 (November/December 2003)：pages 5—10.

症病例数的增长高了一倍。[①] 改进了的病例报告制度和早期诊断技术在一定程度上解释了病例数的上升，但无法解释为何儿童癌症的增长速度大于成人癌症。孩子为什么在一开始就患上了老年人的疾病，这在科学上也没有令人信服的解释。

对迈克尔·吉利克的父母来说，他被确诊为神经母细胞瘤——神经系统的一种癌症——绝对是晴天一声霹雳，背后一记闷拳。在弄明白向他们袭来的究竟是什么之前，他们已经被击垮了。在他父亲发现第一个肿块一周之后，三个月大的迈克尔就被绑在了曼哈顿的纽约医院的手术台上。手术的切口从他的颈部延伸到腹股沟，试图取出一个垒球大小的肿瘤，肿瘤包裹住了他的左肾、肾上腺和心脏附近的一些血管。医生沮丧地发现肿瘤太大了，无法安全切除，特别是当时迈克尔的血压极高（高压一百七十低压一百，而正常婴儿的血压应该是高压七十低压五十），医生将切口缝合起来，指出肿瘤已经扩散到肝脏和淋巴结。医生告诉惊呆了的父母，迈克尔只有一半的机会能够活到一岁生日。治愈不大可能（当时转移性神经母细胞瘤的存活率大约只有百分之五），但强力的化疗有可能给他争取一些时间。[②]

迈克尔的癌症和其他癌症一样得名于发生恶性转变的细胞。神经母细胞是胎儿发育过程中的一个天天在发生的奇迹，原始的

---

① 全美一天中大约会有三十八名儿童确诊患癌，这一数据是根据美国国家癌症研究所 2002—2006 年间 20 岁以下儿童确诊数每年每十万人中十六点六例来推算的。同样，1975 年每十万儿童和青少年中新确诊病例是十二点九，2005 年为十七点六，上升了百分之三十六。所有癌症（各年龄段）发病率则从 1975 年的每十万人中四百点三八例上升到 2005 年的四百五十九点九四例，上升了百分之十五。

② 因为迈克尔·吉利克年龄小，他活下来的可能性还略微高于百分之五。因为目前尚不明确的原因，研究人员发现与更大年纪的孩子相比，婴儿的神经母细胞瘤更有可能出现自发的消退。迈克尔的肿瘤并没有消失，但它们生长的速度非常慢。现在，转移性神经母细胞瘤的整体五年存活率已经大于百分之五十，而婴儿的接近百分之九十。目前的治疗措施结合了手术、药物、放射性治疗和激发免疫系统的抗体治疗。

干细胞从胚胎出现的第一天就形成了，并一步步发展为神经元，或者说神经细胞。对于我们大多数人，神经母细胞完成它的工作，然后默默隐退，偶尔会在需要的时候再次激活以形成新的神经元。但迈克尔的母神经细胞却永不停歇地在高速运转。当他还在子宫里的时候它们就开始疯狂分化，聚集成快速生长的肿瘤，最初形成于他的肾上腺，但可能出现在任何一个有神经细胞的组织中，比如他的眼睛、脊柱和大脑。1910 年确认其起源于神经母细胞后，这种癌症被正式定名。不过早在 1864 年，根据一个腹部生长着巨大肿瘤的孩子的病例，鲁道夫·魏尔肖就首次对此病进行了描述。迈克尔的癌症很可能在他母亲孕程的第一周就开始了。一年后，肿瘤已经大到压迫了他的很多重要器官，包括心脏、肺、脊柱、肠、眼睛和大脑。它们也破坏了迈克尔的面貌，把他的面孔从拉斐尔的小天使变成了更抽象派的作品。

单凭神经母细胞瘤的各种症状，就足以杀死迈克尔了，而现在，他还要面对化疗和大量使用类固醇治疗造成的各种可怕副作用，包括慢性腹泻和呕吐、严重的发育迟缓、肠胃过敏、剧烈头痛、骨质脆弱和静脉萎缩。这些对吉利克一家来说实在难以接受，当几周的化疗没有减缓那块主要的腹部肿瘤的生长速度后，他们决定带迈克尔回家。他六个月大时，家里为他过了第一次生日，觉得这可能是他们唯一的一次机会了。琳达·吉利克通知了殡仪馆，甚至买好了婴儿大小的棺材，这样，当那一刻来临的时候她就不必再经历买棺材的痛苦。她的儿子已经被医学判了死刑，他被困在了那个绝没机会逃脱的监狱里。

迈克尔·吉利克没有逃出他的囚室①，但他也没有死。他挺到了圣诞节，然后挺到了他的第一个真正的生日，又挺到了另一

① 此处的“囚室”原文为“cell”，作者一语双关，一方面指迈克尔被疾病所困，另一方面也指迈克尔的问题出在细胞上。——译者

个圣诞节……他的肿瘤没有像有些神经母细胞瘤那样自发消失，但它们生长的速度变慢了。和医生的预测相反，尽管有多次紧急入院的恐怖经历，疾病并没有击垮他的任何一个主要器官。放疗毁了迈克尔的金发，却没有除掉破坏他的听力、模糊他的视力、几次让他暂时性失明的面部肿瘤——暂时性失明对于一个小孩子来说是何等可怕的事情。三种化疗都同样无效。八岁的时候，在迈克尔的坚持下，熬人的治疗终止了。对他饱受蹂躏的身体有效的药物没几种，除了吗啡，还有一个是控制血压的酚妥拉明。但生产这种片剂药的厂家不再生产它了，这个药厂吉利克一家听说过，汤姆斯河全镇的人都听说过：汽巴-嘉基，掌管着本地一家化工厂的瑞士公司。迈克尔正在慢慢用尽他储备的酚妥拉明。

琳达·吉利克的几个邻居在化工厂工作，但她的心血全都倾注在迈克尔身上，没有注意到偶尔出现在本地媒体上的关于化工厂和附近那个赖克农场——禽蛋场改成了垃圾场——的污染报道。像大多数汤姆斯河镇居民一样，吉利克一家住在化工厂东边——那边是下风向，主导风向是西风；也和很多镇上的家庭一样，他们的生活用水主要来自汤姆斯河水务公司的两块水井地：化工厂下游的霍利街井地，和赖克农场以南一英里的公路井地。上世纪80年代早期，这些地理位置的关系并没有引起吉利克一家或任何汤姆斯河镇居民的关注。空气闻着过得去，自来水看上去还算清亮——虽然夏天的时候水压小得烦人。那么多人搬来镇上居住，水务公司看起来总是在勉力维持。

汤姆斯河的水和空气质量并没有引起吉利克这样警觉的居民们的注意，这毫不奇怪。有的污染是无形的，另外一些是可以掩盖的，比如在夜间排烟。有密林的掩蔽，汤姆斯河化工厂花在污染控制上的钱是能省则省。公司的经理们从1968年起就明确了这个方针，这可以从一份公司的内部记录看出来，这份文件记录了这些人在看到一个描述不同污染处理方法的报告时的反应：

"最高管理层浏览了这份报告后，明确了针对这笔支出的原则是仅限于必不可少的。"①

环境提升"全是烧钱"，一个经理这样记录。上世纪70年代初，汤姆斯河化工厂赚的比以前都多。1973年工厂创纪录地生产了一亿三千一百万磅染料、树脂和其他产品——1963年是七千八百万磅。在巨大厂区中的三十栋建筑里，劳作的员工有一千四百名，这也创了纪录。这些现在都属于一个新的公司实体：新成立的汽巴-嘉基公司。② 但经历了所有这些成长和改变，公司的废物处理手段几乎没变——除了它现在大部分废物都排海而不是排在河里这一点。化工厂仍在往河边的无防渗膜排污池送液体废弃物，每年仍旧把大概九千个桶"从悬崖边"推到没有防渗膜的井里，任有毒物质四溅。③ 在1970年州政府正式下禁令之前，工人们都在管状直立着的"烟罐"里烧有机溶剂，在过时的圆顶焚烧炉里烧"各种不可思议的"化学废物。④ 公司实际上有两个"圆顶"焚烧炉，不过有一个的顶子炸飞了，一个桶在里面爆炸了，

---

① James Crane and N. Morley, "Waste Clarification and Solid Separation Study", November 14, 1968, 2.

② 1970年汽巴与嘉基的合并在当时是有史以来最大的合并，而汤姆斯河则是它们合并的实验区，在那里两家公司自1955年就开始了紧密合作。汽巴拥有汤姆斯河化工厂58%的股份，嘉基有21%。另外21%属于山德士，山德士则于1996年与汽巴-嘉基合并组成了诺华。1970年这次合并使汽巴-嘉基公司超过了他们长久以来在德国和美国的竞争对手，成为世界上最大的染料生产商。

③ 莫里斯·史密斯估计每年往未铺防渗膜的填埋场丢弃的废物桶有八千八百个，见于1968年8月6日罗伊·F·韦斯顿公司J·R·劳森的备忘录"Pre-Proposal Visit: Toms River Chemical"第4页。关于"悬崖"的描述出自1971年10月21日威廉·鲍勃森给汤姆斯河化工厂总经理的报告"Final Project: New Chemical Dump"，第1页。关于旧垃圾堆上的操作，鲍勃森的描述是："目前，那些应该被填埋的化学品被装入废料桶。桶由卡车运到厂区南边界的排放点，临着废弃的排污池，这个排污池曾经是工厂污水处理设施的一部分。桶被扔下'悬崖'，装的大部分东西都洒出来了。每隔三四个月，有的桶被重新启用，垃圾堆用吊车整理一下，这样垃圾堆面子上就高级了一点。"

④ William Bobsein, "Disposal of Combustible Wastes Status Report", October 17, 1969, memo to Philip Wehner, 4.

和火山爆发一样。他们的一个承包商看到之后迷茫地说，“他们现在有一个没顶子的圆顶焚烧炉”。① 还有其他事故，1968 年一年扔桶的井里就有三次火灾。

1969 年，在给公司经理们做的报告中，新来的工程师威廉·鲍勃森直言不讳地详述了工厂与污染相关的麻烦。十六年之后鲍勃森的职业生涯将急转直下，不过在 1969 年时他继承了詹姆斯·克兰的职责，做了个内部乌鸦嘴，讲的都是逆耳忠言，却无力改变眼前的问题。鲍勃森告诉经理们，州政府就要出台更加强硬的管理措施了，公司对此却全无准备，他带着他们浏览厂里的毒物之旅，中间时不时插入他称为“肮脏画面”的彩色幻灯片，上面都是“桶山”和“桶墓……破坏着田园景观”，还有屋顶的照片，上面都是工厂烟囱排的“浓烟”。②

在汤姆斯河镇，没几个居民知道或在意一系列的环境损伤，大部分时间他们看不到也闻不到。但在外面的世界，态度正在改变。1970 年 4 月 22 日，第一个地球日，那是一次划时代的事件，吸引了两千万美国人在上百处聚集，环境保护迅即从无人问津变成了全国最为关注的话题。在汤姆斯河，这个活动很温和——学校的孩子们出去远足然后捡了捡垃圾——而新泽西州议会则在地球日这一天成立了环境保护部，此前污染控制的工作归州卫生部管理，饱受冷遇。还有一个更重要的变化，国会和总统理查德·尼克松顺应民意，突然开始极力强调联邦政府在污染控制中的角色，这之前联邦政府是落后于州政府和各个城市的。

这是一个极大的变化。汽巴这样的大公司习惯于围着本地政府转，本地政府在法律、技术专家和资金支持上都无法与这些大公司匹敌。在民意于上世纪 70 年代开始转变之前，一争论起环

① “Pre-Proposal Visit：Toms River Chemical”，3.
② William Bobsein，“Hazardous & Solid Wastes”，a 1969 presentation，1—10.

境污染，州长镇长们通常都是被大公司围着，而不是跟他们手下的管理机构讨论。这些罪行通常是隐蔽的，很难确认受害者，而强力执法被视为对商业活动的威胁。即使像新泽西这种几十年前的反污染法条文就规定了可采取刑事处罚的州，破坏环境还是经常做民事调解而不做刑事控告。

不过新成立的美国环保局很难坐视不管。它新雇用的律师和工程师都是接受过高级培训的专家。他们中很多人是理想主义者，不像州政府或当地政府的同僚那样容易受政治压力影响。他们都是外乡人，优先考虑的是维护联邦环境法律的地位，而不是保护当地就业。汤姆斯河化工厂开始为摩擦做准备了，它成立了一个十九个人的部门监督环境问题，还组织了一千多名员工接受环境保护“宣讲会”。①

1971 年 7 月美国环保局第一次拜访了汤姆斯河化工厂，还雇了个律师以示他们是动真格的。国会当时还没有给这个新成立的机构授权管理污水排放，但尼克松总统已经宣布，根据 1899 年的垃圾法，美国环保局可以开始执法。② 这部尘封的法案在过去

---

① “TRC Teach-In on Control of Pollution Attracts 1，100-Plus”，*TRC News*，December 1970.

② 后来被称为“垃圾法”的实际是 1899 年通过的《河流与港口法》的一部分。在 1882 年至 1970 年间联邦政府批准了二十余条河流与港口的法律，主要的目的是保证国家水路可供船舶通行，这是商业活动的关键因素。1899 年版的“垃圾法”部分后来成了环境执法的重要工具，这完全是当时的提案人无心插柳的结果，提案人之一、河流与港口委员会主席、参议员威廉・P・弗莱伊称其不过是现有法律的汇编，“只有些微改动去除了模棱两可的内容”。上世纪 70 年代“垃圾法”大行其道，一些法律学者反对说国会从未想对污染者进行刑事处罚，不过是想为航道设置物理阻隔，拦截丢弃的石块、土壤或非法桥梁。这场论战在新的联邦法公布后停息了，1977 年通过的“清洁水法”成为水质执法的主要工具。更多详情可见于 Diane D. Eames，“The Refuse Act of 1899：Its Scope and Role in Control of Water Pollution”，*California Law Review* 48：6（November 1970）：1444—1473，以及 William H. Rodgers，Jr.，“Industrial Water Pollution and the Refuse Act：A Second Chance for Water Quality”，*University of Pennsylvania Law Review* 199：5（April 1971）：761—822。

的七十二年中几乎无人提及，它以极其宽泛的语言禁止了向通行水域或其支流中排放“任何类型、任何性质的任何废物”，除非经美国陆军或其工程兵队允许。[①] 当汤姆斯河化工厂的律师们急忙拿他们老掉牙的借口说自己已经尽力削减污染排放时，美国环保局的官员指出，其他工厂做得更好。而当他们宣称他们的排放是合法的时候，环保局搬出了 1899 年垃圾法。[②]

化工厂总算看出当局这次是认真的，为了免于被起诉，他们承诺整改，但那已经到了 1972 年，太晚了。位于纽瓦克的联邦检察官办公室已经成功利用 1899 年垃圾法对十几个镇提起了民事诉讼，起因是他们将未经处理的污泥直接排海。[③] 现在，同一位联邦检控官卡尔·伍德沃德将注意力转向了新泽西州唯一一个私人拥有的排海管道。传票很快送到了汤姆斯河化工厂，要求几位总经理去纽瓦克在大陪审团面前提供证词。多年之后伍德沃德回忆：“那是个非常大的案子，并不难，公司证明了它所做的一切，我们传调了相关的记录。”1972 年 7 月 13 日大陪审团正式宣布对汤姆斯河化工厂两百零六次违反 1899 年垃圾法向大西洋和汤姆斯河排污提起诉讼。被控的这两百零六次违法行为——1971 年至 1972 年间美国环保局每发现有一天出现了违规排放计为一次——每次最多被课以两千五百美元罚款，如果汤姆斯河化工厂承认了所有两百零六次记录，最高罚款金额将是五十一万五千美元，这将成为当时新泽西州史上最大的一笔环境处罚。

但起诉书并不是他们想象的那样。美国环保局和检察官办公室本可以要求法庭签发禁令强制汤姆斯河化工厂立即清理它排放

---

① 1965 年汤姆斯河化工厂的排海管道获得了美国陆军工程兵队的建造许可，但没有运营许可，因此该管道的运行是在州许可下进行的，而非联邦许可。

② Philip Wehner, “Meeting With Representatives of the Federal Environmental Protection Agency on the Mercury Problem at TRC”, September 15, 1971, memo, 1—3.

③ 美国政府诉阿斯伯里帕克案最终庭外和解，被诉方几个镇同意将污泥运往离岸更远的排污点排放。而通过排海管道排放的污水并未减少。

的污染。但早在1972年美国环保局就已经在考虑改变最初的策略，他们最开始是打算将违法行为——比如违反1899年垃圾法——直接定罪。当年年底国会驳回了总统尼克松的否决，授予美国环保局以新的法律管理污水排放的权利，这部新法后来被称为“清洁水法”。它基本上取代了垃圾法，并且和垃圾法一样，未经允许禁止对可通航水域排放污染物，不过审批程序更加复杂繁琐。所以，美国环保局没有申请禁令，而是针对汤姆斯河化工厂依据清洁水法获得排放许可的问题，开始了与工厂长达一年的谈判。这期间诉讼一直暂停，而化工厂的行为一如既往——有增无减。1973年，起诉开始的第二年，生产和排放都达到了创纪录的水平。

对汤姆斯河化工厂来说，最明显的解决方法是用真正的污水处理系统代替他们无防渗膜的排污池——就是那种他们从50年代起始终拒绝建造的活性污泥污水处理厂。活性污泥污水处理厂利用微生物和氧气来减少污水中的有机物含量，已经应用了五十多年，不过成本也很高：汤姆斯河化工厂后来终于花一千五百万美元建了一个。工厂的总裁们坚持说，设计、建造一个这样的装置，并调试使其适应工厂自身的污水水质，一共得需要三年时间。他们以这个理由向州管理人员解释后，后者最终推动建成了一个焚烧炉和一个有防渗膜的垃圾填埋场。

1974年美国环保局最终停止了与化工厂的谈判，提出了一个排放许可草案，这其中第一次限制了公司向河流和海洋的排污量，汤姆斯河化工厂立即提出上诉。公司的理由是限制太严格，两年内逐步实施时间太短，然后继续为所欲为。[1] 起诉被转入中

① 1977年1月18日给董事会的季度报告中对公司与美国环保局的对话如此评价（第15页）：“公司与美国环保局就新处理设施的排放污水限制做了大量提升工作。可能不需要就此类限制与美国环保局发生诉讼。目前来看很快可以轻松地通过认真操作实现这些限制指标。最初于1976年10月提出的许可中的限定值是无法实现的。”

止状态，最终被驳回，没有认罪或进行任何处罚。1977 年 9 月一个下雨的早晨，在州长布伦丹·伯恩与一群对汤姆斯河化工厂大加赞赏的政客的见证下，工厂斥资一千五百万美元的污水处理厂建成了。第二年它开始运行，与此同时，公司的第一个有防渗膜的垃圾填埋场——1 号室——也开始运行。这一切不过用了二十五年时间。

总体上说，汤姆斯河镇居民的反应很平静。大部分人都认为把污染排到海里可以接受，而且他们现在也在把自己的生活污水通过市政污水管道和污泥船排到大西洋里。1972 年，欧申县最大的私营企业受到刑事指控的消息只惊动了一家本地媒体，《欧申县观察家报》写了一篇报道。文章强调了公司官方“令人惊讶”的反应，随即又发表了一篇社论，称汤姆斯河化工厂是“好邻居”，“对当地经济帮助极大”。[①] 很多镇上的人至少是模糊地知道工厂污染控制的手段很马虎，但没有公开的证据显示周围的居民因污染受到了伤害。（上世纪 60 年代中期时，霍利街水井的污染仍是个秘密。）

不过，在工厂东北方一公里多以外的地方，情况则截然不同。在那块邻居们乐观地叫它“快乐平原”的濒于崩溃的半农业土地上，居民早餐的咖啡是工业污水冲成的。当时那已不是秘密。

快乐平原与这个快速增长的城镇的其他部分不同，那里没有布满街区和购物中心，那些是为大批涌来的有钱人兴建的。这里的居民大多是劳工和农民，他们都是些老辈人，用自己过时的方法取水。快乐平原没有供水干管，对此也没人介意：你自己挖口

① J. Richard Pellington, “206 Count Indictment Astounds Officials”, *Ocean County Observer*, July 17, 1972. 也见于 “TRC and Pollution”, unsigned editorial, *Ocean County Observer*, July 20, 1972。

井，二十英尺以下——至多四十英尺——的地下水就够用了，想怎么用怎么用，不收钱。

1974年年初，一位快乐平原的居民第一次发现了水闻着喝着味道不对，他在9号公路旁有三处地产。原因毫无疑问：那三块地在赖克农场的南边，只距离几百英尺，而赖克原来的养鸡场1971年的时候被弗尼科拉当了垃圾场。自从联合碳化物公司雇人清理了那块场地，差不多已经过去了两年，据说是清理了，他们运走了五千个渗漏的桶子，弗尼科拉用来简单堆放有毒废物的沟也被填平了。但邻居们没有忘记这件事。欧内斯特·J·内格尔说："我们都知道那味儿是从赖克农场过来的。"他和父亲一起在9号公路上经营一家肉铺，店里的水有味，附近几个其他铺面的水也一样。1974年春天县里的健康协调员查克·考夫曼决定彻查周围居民的饮水，他把收集来的水样送到了当地唯一知道怎么分析有机污染的机构——汤姆斯河化工厂。头一次不用做本地污染问题的嫌疑人，化工厂乐于协助。工厂的化验员在几乎每一个快乐平原送检的水样中都检出了浓度异常高的有机物。美国环保局确认了这个结果，分辨出饮用水中的两种物质：甲苯和苯乙烯，这两种物质当初在赖克农场都被倾倒过。还有一点值得注意的，州政府和县政府后来又去过倾倒点，发现了充足的证据证明联合碳化物公司1972年的两次清理行动是敷衍了事。地上还有五十一个桶，臭气依旧熏天，州政府于是在1974年中期勒令联合碳化物公司第三次过来，移走了那些桶，还有一千立方码浸满了化合物的土壤。

同年夏天，新泽西州的环境管理人员采取了极端措施：他们让镇政府禁用了以赖克农场为中心向东、南、西三个方向延伸大约半英里区域内所有的一百四十八口水井。一次关闭的水井数在当时是全州有史以来最多的。居民被告知要以水泥封堵水井，或者买瓶装水，或者去国民警卫队安置在附近的六个便携式水箱取水。北多佛小学正好在封闭区外沿，但校长决定不要冒险，命令食堂在9月份开学的时候储存一段时间瓶装水。直到11月份，汤姆斯河水务公司跟镇上就成本问题争执了好几周之后，终于把它的干管延伸到了快乐平原，受累的住户和商家们用上了水，这场危机才算平息。

1974年对于快乐平原的居民来说是混乱的一年。本已习惯于从自家后院打免费水的人们被告知必须放弃水井，每月交钱从汤姆斯河水务公司买水。很多人对此直接拒绝，不服从政府安排。其他人，特别是那些在他们的自来水里确实闻到了化学气味的人们接受了这个转变，但他们的余生都在疑惑：1974年的时候他们到底有没有受到毒害。“我们家家的井都被污染了，引来城里的水之前我们都喝了有一段时间了，有没有人因此得病？我不知道，我只知道它在我们的衣服上留下了污渍。”在距离赖克农场两千英尺的地方经营一家汽车车体店的威廉·海耶尔回忆说。

当年夏天县和镇的卫生部门曾经草草调查过快乐平原的患病人数是否有异常，但很快不了了之。6月份当地报纸刚开始报出污染新闻的时候，县卫生部门进行了一次粗略的健康调查，随机选取了二十三个快乐平原的家庭进行提问。十五家报告近期至少有一个在肾、胃、肝或胆囊方面出现问题的病例，但这些人中有几家水没有被污染；而另有一些喝了污染的水的家庭根本没有患病报告。因为没有明显的相关性，他们放弃了这个调查，没有再回访是否存在长期的健康问题。多年之后，查克·考夫曼解释说：“我们没有能做这方面调查的专业人士，当时我这儿基本上没有人手。”快乐平原污染事件发生时考夫曼刚刚踏足这个行业，1973年他被委任为县上第一个健康协调员。

二十五年后，当癌症与污染在全镇甚嚣尘上，有数百万美元的研究用于探究健康与污水的关系的时候，却没人再回头看看快乐平原的居民们的际遇，尽管那里的污染证据充分。私下里，关于疾病的讨论持续了很多年。在那家肉铺，欧内斯特·内格尔的父亲，也叫欧内斯特，1976年死于白血病。老欧内斯特没少喝店里的浅水井打的水，即使1974年开始变味以后他还在喝。第二年内格尔一家加入了对联合碳化物公司的集体诉讼，案子最终庭外和解，公司进行了适量赔偿——刚够支付居民将公共用水干管引过来的费用。内格尔说："律师说我们能做的就这么多了，这件事就这么放下了。"

在汤姆斯河的其他地方，快乐平原的痛苦激起了同情，但没有引发多少担忧。1974年整个夏天，当地报纸上对此事的描写全是一个局地污染问题，只要汤姆斯河水务公司将水送到周围地区就没问题了。潜台词再明显不过：后院的井有风险，城里的水安全。新闻故事中隐去了一个尴尬的事实，水务公司最新的六口井，也是最主要的供水来源——其中有三口只有一百二十五英尺深——离赖克农场只有一英里远，就在它南边，恰恰在污染物羽流南下的通道中。而水务公司为了维持激增的供水需求，每天从花园路那六口水井的地下抽两百多万加仑的地下水，这个令人不安的情况究竟会怎样影响地下污染物的扩散速度与方向？这也没人提及。

实际上，已经有需要担忧的迹象了。1974年6月，联合碳化物公司检测了其中一口花园路井采来的水样，发现其中石油化合物的浓度介于3—10 ppm之间，比州政府未正式公布的标准700 ppb高至少四倍。于是州环保部亲自做了测试，在四口井中都发现了有机溶剂，尽管浓度没那么高。环保部测出的最高值是42 ppb，比当时的标准低十六分之一，不过比现在的健康标准高八倍。①

花园路的井有问题，但里面到底有什么，从哪里来，全凭个

① 目前，美国环保局关于多种工业有机物的标准只有5 ppb，新泽西州目前对某些有机溶剂的标准只有1 ppb。

人猜测。当时新泽西州的标准测试程序的灵敏度仅能指出大类，比如“石油类化合物”、“酚类化合物”，或者“有机物”。1978 年成为汤姆斯河镇第一位全职健康主管的赫布·勒什科回忆道：“我们当时的检测方法非常原始，不能测定具体的化合物，低浓度的也测不到。”多年之后水文学家推测，1974 年在这几口井中检测到的应该就是工业溶剂，但那也不能确认就是从赖克农场过来的。三氯乙烯、四氯乙烯、苯，这些有机溶剂——现在都被归为可疑致癌物——是 1971 年时弗尼科拉倾倒在赖克农场的化学废弃物中的主要成分，但加油站、机械加工厂、干洗店和其他场合也会用到这些物质。它们的来源可以是很多地方，一英里外的赖克农场只是一种可能。

无论这些溶剂来自何方，它们最终出现在了镇上最倚重的井里，这让县卫生部门的首席管理员查克·考夫曼担忧。他要求州环保部给汤姆斯河水务公司下令，让他们给所有受影响的水井加个炭过滤系统。但水务公司因五十万美元的成本而犹豫不决，而州政府也没有坚持——后来证明，这是致命的。没有记录显示有任何人曾提出关闭水井，或是减少水量，或是购买精密仪器来识别低浓度的特定污染物。至于那几千户用水来自那几口井的水务公司客户，也没有人告诉他们这件事。1974 年的时候水务公司还被吹捧为快乐平原的救星——它的干管延伸到了这块四面楚歌的土地上——全然不像弗尼科拉那次非法倾倒的下一个受害者。

直到 1975 年 1 月，公用水井被污染的消息才被爆出，《阿斯伯里帕克报》披露了 1974 年夏天的水质检测结果。州环保部和水务公司迅速出动否认这一消息。[①] 在后续的报道中，州环保部一位高级官员的话驱散了人们的担忧：“我们绝不会给大家喝任

① 该文记者鲍勃·德·桑多回忆：“第一篇报道发出后很多人对我非常不满，他们觉得文章有煽动性，可能引起恐慌，造成事态失控。”

何有风险的东西的。”① 本地政府没质疑他这个说法，实际上，他们迫切想要忘掉这整件事。涉及污染问题，他们听从汤姆斯河化工厂和水务公司安排的传统历史悠久。“你要知道，除了在汽巴工作的人，欧申县里没人知道这些化合物会在土壤中移动，”县健康协调员考夫曼回忆道。实际上，在他 1973 年到这里工作之前，县里没有专职的健康官员。只有几个镇有健康调查员。欧申县的很多镇根本不费心去做这种调查。汤姆斯河县的调查员是高中学历，大部分时间就是看水管子。考夫曼有农业背景，在获得卫生调查员执照之前他是一个养蛋鸡的农民。

汤姆斯河水务公司基本上都把活儿留给了警察——它的重点一如既往，保证快速增长的用水需求。当污染物从赖克农场向南扩散的时候，水务公司的管理人员没有动摇公众对饮水安全的信心。即便到 1976 年春十三个家庭后院的水井中检出苯酚后，公司的自由主义态度也没有改变。这次，离赖克农场以南足有一英里远的地方，离大道以西的水井只有几百英尺的地方，苯酚的浓度达到了 6 ppm。这次的行动大家都知道了：十三个水井关闭，国民警卫队向当地派了水车（载的水取自花园路水井），供水干管延伸到了两个受影响的街区。往北一英里远的赖克农场是否该对新发现的污染负责？州政府和水务公司坚持说没有证据。到了这时候，是不是该给花园路水井——它们离新发现的污染只有几百英尺——加炭过滤器或者汽提装置了？不，不需要，继续监测即可。

---

① 见《阿斯伯里帕克报》1975 年 1 月 11 日鲍勃·德·桑多报道“井依旧安全：州政府称苯酚浓度不致引起危害”。文中引用了州环保专员特别助理史蒂文·科温的话：“我们认为没有问题……苯酚无论如何是不应该出现的，在某些情况下可致口感和气味变差。但检出的浓度不致引起身体伤害……我们绝对不会给大家喝任何有风险的东西的。”这篇登在头版的文章基本反驳了前一天登在报纸第六版本地新闻中的“州政府在水务公司水井中发现污染”。作者同为鲍勃·德·桑多。

无论快乐平原发生了什么，都已经尘埃落定，至少汤姆斯河水务公司的监管者是这么认为的。曾在1975年年末起诉了联合碳化物公司和尼克·弗尼科拉的州环保部，在1977年的时候悄悄把这个案子和解了。联合碳化物公司同意支付州政府六万美元作为地下水检测的费用。弗尼科拉答应支付区区一百美元，并且永不涉足化学废弃物处理业。这些微不足道的赔偿换来的是州政府不再对弗尼科拉和联合碳化物公司的这次污染提起诉讼，他俩也不需要认罪。

没人做了什么违法的事，没有什么可担心的。饮用水绝对安全。

1978年夏天，琳达·吉利克怀孕的头三个月，汤姆斯河水务公司供到她住处周围布鲁克赛德高地的饮用水中有百分之二十五到百分之五十来自花园路水井。周围地区另外百分之十到百分之二十五的水源来自霍利街的水井，自从汤姆斯河化工厂秘密地污染了那个井，十年已经过去了，它还在使用。汤姆斯河镇的其他区域里，特别是一些偏北的地方，百分之九十以上的供水来自花园路水井，而南部的一些区域用水几乎全部来自霍利街水井。吉利克一家住的位置接近汤姆斯河的地理中心，所以水源来自多处，花园路和霍利街的水井承担了主要的部分。当然，当时琳达·吉利克对此一无所知。没人知道，包括操控着错综复杂的供水系统的水务公司自己，也不知道哪个井给哪些人供水。又过了四分之一个世纪，这些事实才被摸清楚，即便如此，也没人能确定这些情况意味着什么。

回到上世纪70年代末80年代初，除非你不幸生活在快乐平原，靠后院的水井吃水，其他汤姆斯河镇的人很少知道他们的饮用水来自哪里，也没人在意。只要拧开龙头，水就在那儿。当然，琳达·吉利克的心思没在这上面。她小儿子的健康是她生活的焦点，而当琳达·吉利克“聚焦”的时候，她就像一只阳光下的放大镜。她是一个强大而疯狂的守护者，保护着迈克尔的利益，她虽不愿提及，但她比大部分为迈克尔治疗的医生和护士更了解孩子错综复杂的情况。她特别注意尽量给两个孩子的生活带来快乐。本地报纸开始报道迈克尔的情况时，她掌握了记者们工作的方法——这项技能日后至关重要。她发现，鼓励或者至少容忍宣传活动使得她成了其他家庭的榜样，迈克尔也可能得到独特的经历。吉利克一家去参观了洋基队的球场，瑞吉·杰克逊给了迈克尔一支他的球棒，然后他们去了巨人队球场，迈克尔在那儿假装和跑卫明星乔·莫里斯举重。[①] 1986 年他们还在现场观看了巨人队夺得他们的第一个超级碗，遇到了演员迈克尔·福克斯，并参加了胜利狂欢。巨人队的忠实粉丝，兴奋的迈克尔·吉利克“像一只人形橄榄球一样从一个队员手里被传到另一个手里”，他的母亲后来写道。[②]

对迈克尔来说，暮色深沉。尽管有视力损伤，迈克尔聪明又体贴，他知道人们怎样看待他的容貌，也敏锐地觉察到自己比绝大多数同龄人胖，个子则矮了一半。身体太弱不能去学校，他在家接受教育。他认识的绝大多数同龄人都是住院时期的病友，很多人都不在了，而那些康复了的通常不愿和迈克尔这样的朋友待在一起，以至于回忆起自己曾经经受的苦难。他的一些最好的朋友是成年人，比如演员迈克尔·J·福克斯和当地律师约翰·F·罗素。罗素在当选新泽西州参议院主席后为他们安排了那次超级碗之旅。从迈克尔有记忆以来，死亡如影随形。多年后他回忆道：“很小的时候，妈妈就直截了当告诉我，我的身体里在进行一场战争，她不知道谁会获胜。”有时他会想，如果战斗停止了

---

① 瑞吉·杰克逊为洋基队的著名棒球球星，而乔·莫里斯为巨人队的著名橄榄球球星。——译者

② Gillick, *For the Love of Mike*, 94.

会是什么感觉。八岁时在一次可怕的疾病发作时，他体验了一次灵魂出窍——后来他这么叫它。从上方俯视他的病床，他看到母亲在无助地抽泣。“看到这情景，我无法离开，不能那样做。”

不单是迈克尔·吉利克因他母亲的努力而受益。在儿科肿瘤病房的日日夜夜让琳达·吉利克有充足的时间认识其他家庭，她不像丈夫那么拘谨，天生擅长交流。她没有在候诊室干等着，充分利用了那里的空间，用不停的交流把那里的每一平米点亮。迈克尔五岁的时候她已经同很多家长推心置腹地谈过——在他们等待着不知道自己的孩子是否能从又一次疾病发作中挺过来的时间里。她没料到自己后来懂了这么多儿童肿瘤知识。除了神经母细胞瘤，还有攻击肾脏细胞的维尔姆斯氏瘤，从脑开始发展的星形细胞瘤，骨头中的骨肉瘤，白细胞中的霍奇金氏症和淋巴瘤。还有似乎无所不在的、从骨髓中滋生的急性淋巴细胞白血病——儿科肿瘤中四分之一都是这种病。生病的孩子和惊恐的父母是那么多。琳达·吉利克意识到，她给迈克尔的那种支持他们也都需要。她在当地癌症慈善机构找了份工作，投身到了筹集资金支持科学研究和帮助患病家庭的工作中。

没有等着天上掉馅饼，琳达·吉利克把自己变成了欧申县儿童癌症信息的中心。得益于她刚强的性格、筹集资金的工作性质和关于迈克尔的文章，以及她在医院度过的时间，她几乎认识了每一个病儿的家庭。有时她的电话响起，另一端是一个她不认识的家长，对方有一堆问题。一个病例就已经够令人心碎了，现在她知道的有几十个。她觉得欧申县，特别是汤姆斯河镇拥有的不幸似乎格外多。但吉利克没有办法明确病例数是不是确实有异常。她对肿瘤流行病学一无所知，只是一位警觉的母亲。

至于迈克尔的神经母细胞瘤，吉利克一家很少推测它的病因。有事情做的时候干什么还要纠结过去呢？医生告诉他们，每年在美国大约有两百五十名儿童患上神经母细胞瘤，而这些细胞在其余四百万孩子身上沉寂着。这没有医学解释，他们听着，并不争辩。作为虔诚的天主教徒，吉利克一家将迈克尔的病视作上帝的意愿，日复一日，这种坦然接受的态度帮着他们度过煎熬。

但一天深夜，在纽约医院，琳达·吉利克听到的一些东西让她陷入了思考。那天她一如既往去和一位家长聊天，这人 60 年代在汤姆斯河做过建筑工人。他告诉她一件乍听起来很古怪的事。他曾经帮汤姆斯河化工厂铺设运载有毒废弃物的管道，路线正穿过镇子。管道始于化工厂，经过位于布鲁克赛德高地的吉利克家附近，那里也住着很多工厂的经理们。这事让吉利克很吃惊，但她当时忙于照顾迈克尔，没时间深究。但这事确实让她感到惊讶，这个镇子里，究竟还有多少事她不知情。

第七章　卡迪纳尔大道上

从街面一侧看，卡迪纳尔大道和其他地方没什么不同。房子多是修建于上世纪 60 年代人潮涌来的时期，错层式或牧场式的平房，有特大的花园，修剪过的树篱，漂亮的大落地窗嵌在漆过的砖墙或亮白色的壁板中。要看到这个街区的独特之处，你需要走到后面去。它后面不再有房子和街区，卡迪纳尔大道的西侧临着汤姆斯河镇最后一大片未开发的土地。坐在后院的草地椅上，或是躺在游泳池的浮板上，你可以想象自己就在郊区文化的最边缘，放眼西望便是原始丛林。当然，这只是想象。你看到的是汽巴-嘉基的树林。完全掩蔽在密林之后的是各种废料井和污水池，它们向西南方延伸，最近的地方离你只有七百英尺远。自卡迪纳尔大道出现以来——至少有五十年了——那些渗漏的废料井就在将有毒的化合物沿着卡迪纳尔大道下面的土层送往橡树岭周边。

迁往卡迪纳尔大道的家庭看重的是那里私密性特别好。定居橡树岭的麦克维一家于 1977 年又搬去了卡迪纳尔大道，有一片森林做自家后院的想法让威廉·麦克维痴迷。他妻子希拉回忆说："那里是那么平静，你回到那里觉得像到了乡间，除了树，什么也看不见，什么也听不到。"她最初是从邻居那儿听说本地地下水的问题的，这位邻居告诉她县卫生部门不准她用井水给自家的游泳池灌水。这事听上去让人不安，不过自己家房子下几英尺的土壤里有化合物究竟意味着什么？这些希拉·麦克维并不清楚，但她庆幸的是，搬进来的时候，为了给两个女儿更大的活动空间，她和丈夫把后院的菜园改成了草坪。之前的房主热衷园艺，死于癌症。

雷·林恩沃斯和谢莉·林恩沃斯住在卡迪纳尔大道的时间更久——他们刚搬到这栋错层式砖房的时候是 1968 年，那时后院还没有篱笆。院子逐渐延伸入树林，让这四分之一英亩的土地颇有田园气息。即使到上世纪 70 年代有了篱笆之后，林恩沃斯家的孩子们——1967 年出生的吉尔和 1969 年出生的兰迪——也没有将篱笆视为不可逾越的边界。“兰迪是否曾爬过篱笆进入汽巴-嘉基的树林？肯定干过的。谁家小孩没干过。”雷·林恩沃斯回忆道。孩子们还在周围的河里游泳。林恩沃斯一家知道那片土地属于汤姆斯河化工厂，但他们不觉得这有什么不好。相反，他们很喜欢这私密性。有时候会有难闻的气味——通常是晚上，因为那时是工厂的烟囱——看不到但闻得到——最繁忙的时段。他们家西边的窗户面向树林掩蔽下的烟囱，摸起来跟别的窗户不一样，有点沙沙的感觉，就好像被尘粒细细打磨过。但这些小小的不便很容易被忽略。

关于那些没法解释的疾病，卡迪纳尔大道上流传着一些闲言碎语，这和一英里之外的快乐平原一样——那里笼罩在另一个有毒废弃物排放点赖克农场的阴影之下。不过，与快乐平原的居民们不同的是，住在卡迪纳尔大道和橡树岭其他地方的家庭的用水来自汤姆斯河水务公司，而不是自家后院的水井。自 60 年代起，周边地区就已经连接到了公共用水网络，大部分时候水尝起来没问题。一些房主还在用后院的老井，或是打新井来节约用水开支。他们用自家水井打的水浇草坪花园或是灌游泳池，却很少饮用或拿它淋浴，因为井水稍有点难闻，有点油漆稀料的味道。

对于井水污染的风险，汤姆斯河化工厂对邻里们只字未提，尽管就在篱笆的另一侧，工厂土地的含水层已经被污染了很长时间，他们不停地寻找未污染的水源供自己使用，最后只能打了一口深两千多英尺的井。公司里不乏地下水检测专家，事实上，1980年，两位总经理——豪尔赫·温克勒和大卫·埃利斯——收购了一家当地的水质测试公司，带着自己的妻子搞起了私人检测业务，两位妻子也都受过科学训练。这家公司的客户包括汤姆斯河水务公司和一些橡树岭的业主。温克勒和埃利斯不认为这样做会有利益冲突，因为没人能确定橡树岭的污染是汤姆斯河化工厂造成的，而且是两人的妻子——不是他俩本人——在公司做分析工作，公司名叫J·R·亨德森实验室（J. R. Henderson Labs）。温克勒回忆说："很显然，总有一天亨德森实验室可能会发现一些汽巴-嘉基需要负责的东西。在那之前我认为没必要转变业务方向。"对温克勒来说这种安排非常明智：除了他们，这个镇上还有谁有这么多地下水污染方面的专家呢？

起初，卡迪纳尔大道灌溉用井的测试结果令人欣慰：亨德森实验室采用县卫生部门的标准方法进行了细菌污染测试，结果什么也没有发现。但到1982年年初，实验室开始建议客户购买另一套更贵的测试服务，除了细菌学检测，还包括了化学毒性测试。新的测试发现了几十种危险化合物。突然之间，那些多年来邻里们用来浇灌草坪花园——偶尔还打水喝——的井成了被严重污染的井，以至于县卫生部门要求大家立即停止使用并封井。① 当然，没人能说清楚这些化合物是怎么进入后院的水井的，或者它们是不是已经致病。

兰迪·林恩沃斯十二岁的时候五英里跑的成绩已经能超过和他一同运动的父亲了，有时候，为了缩小差距，他会转过头往回跑一点让父亲跟上来。兰迪活泼有趣，成绩优秀，以后应该会成为一个有教养的人。他几乎从不生病，所以1982年年底他在一

---

① Don Bennett, "Lab Found Mor Problems", *Daily Observer*, September 16, 1984.

次接力跑中头痛欲裂差点晕倒的时候，父母非常担心。三周之后，通过脑部扫描他们知道了结果：十三岁的兰迪·林恩沃斯患上了髓母细胞瘤，一种高度恶化的癌症，已经是晚期。和迈克尔·吉利克的肿瘤一样，兰迪的也是胚细胞瘤，就是说恶变发生在前体干细胞——兰迪的病灶位置在小脑旁的大脑底部。变异细胞形成的肿瘤个头和危害都很大，摘除手术很可能让兰迪丧命。手术后的几天他陷入了昏迷。煎熬了几周之后——这期间兰迪始终没有反应——医生建议家属停止喂食，让他在自己的床上离开人世。他们这样做了，但坚持了不到一天的时间又改变了主意，重新开始给他喂食。令人惊讶的是，昏迷十周之后，兰迪突然醒了，和从前一样多嘴多舌反应机敏，虽然伴有口吃、失忆和一系列的身体残疾。

卡迪纳尔大道和周边的社区都沸腾了。兰迪·林恩沃斯都能醒过来，那么一切皆有可能。他的病突然爆发又来势汹汹，这消息被广为传播，现在，全镇仿佛都参与到了他的恢复之中。从前的长跑运动员现在路都不能走了，于是他父母在起居室装了一套双杠，兰迪开始练习增强上身力量，以便准确控制轮椅。到了秋天，他成功地回到了学校（开始读高中），他回归时带着一种漫不经心的放任态度操纵着轮椅穿过大厅。夏令营是没得去了，于是1984年夏天，兰迪的父母在卡迪纳尔大道给所有邻居的孩子组织了一次夏令营，包括兰迪在内。生活早已脱离常态，但兰迪写着诗，讲着笑话，这足矣。

几个月之后，林恩沃斯一家开始大胆揣测，医生们会不会犯了错，兰迪也许战胜了癌症。此时，他们才放任自己开始推测，究竟是什么让他患上了这个病。住在卡迪纳尔大道，家里有个患了癌症的孩子，不联想到汤姆斯河化工厂是不可能的。最初，雷和谢莉不愿相信两者之间的联系。雷回忆道："可能会有癌症病例的集群，这个想法是慢慢形成的。"不过他确实记得纽约医院的肿瘤外科医生第一次听说兰迪的情况时的反应："又一个从汤姆斯河过来的，"大夫这样说。的确，看起来当地受儿童肿瘤困扰的家庭的数量异乎寻常地多。到底是不是有病例集群呢？会不会是因为接触到了人造化合物——像汤姆斯河化工厂排放到空气中或土壤中的那些物质——造成的？这事有没有可能搞得清楚？林恩沃斯一家不禁想要知道。

约翰·斯诺和威廉·法尔在19世纪中期取得了关于霍乱流行病学的杰出成就，这最终证明了自希波克拉底以来研究人员们一直在怀疑的：传染性疾病在人群中的爆发与衰退模式不是随机的，可以在时间和空间上绘制成图。换言之，它们有聚集性。但像癌症这种发病需要多年时间，并且通常不具传染性的疾病，又怎样呢？珀西瓦尔·波特（和他可怜的扫烟囱工）和约翰·艾尔顿·帕里斯（带着他康沃尔郡的炼铜工人）描述了他们的猜想：职业与阴囊癌之间存在联系。其他医生注意到了从煤焦油中生产固体石蜡的工厂里工人阴囊癌的明显聚集现象。① 但他们的观察只包括少数病例，缺乏法尔的统计分类和斯诺的地图的那种视野和精准。心存疑虑的同行们多不能接受他们的结论，而这些质疑更被西莫恩·泊松和其他统计学先驱的工作强化了，因为统计学显示，即便是随机的偶然性也可能轻易地显示出聚集性，尤其是当调查的病例数较少的时候。

但凭什么癌症就不应该出现聚集性？如果鲁道夫·魏尔肖的理论——所有癌症都始于外在事件造成的对健康细胞的干扰，进而触发了细胞的疯狂分化——是正确的，那么显而易见，外在的触发事件——不论它是什么——都会和霍乱杆菌一样，对暴露于

---

① 注意到阴囊癌在某些职业中的聚集现象的，包括苏格兰外科医生约瑟夫·贝尔（1876年发布）。贝尔是阿瑟·柯南·道尔的老师，夏洛克·福尔摩斯的主要灵感都来自他，他坚持细致的观察。见《阴囊癌简史》第395页。

其中的其他个体造成相似的致死效果。就像斯诺的地图指出了霍乱通过水体传播一样，经严密设计的流行病学调查，推导出癌症发病率的模式，这甚至应该可以为识别那些触发事件提供关键线索。

但癌症的流行病学调查远比霍乱艰难得多。利用对癌症细胞的显微分析，魏尔肖协助证明了癌症不是一种普通的疾病，而是很多种更罕有的疾病，每种在体内都有着各自不同的原发部位和病理。大多数癌症的唯一一个共同特征是，随着无法控制的细胞分化，肿瘤通常需要生长多年才能大到引起人的注意。所以，如果用约翰·斯诺似的研究方法——包括图表、地图、问卷、医学检验和环境评估等的组合——来研究致癌的潜在环境因素，要想获得好的研究结果，除非研究人员偶入了一个悲惨的孤岛，其上的人群有某些特定的性质。这个人群必须是明确的、稳定的，能保持多年没有大量进入或流出。人群需要暴露在一种强烈而易于定量的污染中，这种污染还要是致癌性的。罹患某种特定癌症的病案数还得足够多，这样它们才不会被视为一种不幸的偶然现象，进而可以合理地将其判定为病案集群。

哪里有这种不幸的流行病学沃土？19世纪末时有一个合适的地方，三百五十年前帕拉塞尔苏斯曾经去过那里：厄尔士山，德国萨克森州和捷克波希米亚地区之间的界山。[①] 厄尔士（德语意

---

① 本章中对施内山矿、沃尔瑟·赫西和弗雷德里希·哈廷的“矿山病”的研究来自下列文献：沃尔瑟·赫西的“Das Vorkommen von Primärem Lungenkrebs bei den Bergleuten der Consortschaftlichen Gruben in Schneeberg”，即《施内山矿群矿工早期肺癌的出现》，*Archivder Heikunde* 19（1878）：160—162 [NIH Library Translation NIH - 90 - 394]；Dieter H. MN. Gröschel 译，《沃尔瑟和安吉丽娜·赫西——细菌学的早期贡献》，*American Society for Microbiology News* 58：8（1992）：425—428；Margarethe Uhlig，《施内山肺癌》，*Virchow's Archive for Pathological and Physiological Anatomy* 230（1921）：76—98 [NIH Library Translation NIH - 90 - 58]；M Greenberg and I. J. Selikoff，《施内山矿群肺癌：哈廷与赫西 1879 年报告数据的再评估》，*Annals of Occupational Hygiene* 37：1（1993）：5—14。

指金属矿山）自1410年以来始终在大量开采。16世纪时波希米亚小镇约阿希姆斯塔尔（意思是圣约阿希姆的山谷）附近发现了银矿，储量之丰富使当时德国的银币泰勒成了货币的代名词，在英语国家，它被翻译为dollar（元），因为dale意指山谷。

在帕拉塞尔苏斯的时代，厄尔士的矿工就因早死而闻名，通常始于一系列虚弱的症状，被称为“高山病”或是“矿工痨”，也有其他说法。实际上，这个高山病是肺癌，帕拉塞尔苏斯没有完全确认。①

19世纪晚期，最大的矿山群在施内山，原山脉的德国一侧。贫瘠的村庄散布在这个区域，除了采矿没什么可做的，当时主要出产铋、镍和钴。后两种物质采自一种称为砷钴矿的灰色结晶矿石，其中含钴、砷、铁和镍。几个世纪里，施内山的砷钴矿都是用鹤嘴锄开采的，但到了19世纪70年代，矿工们开始用炸药——阿尔弗雷德·诺贝尔于1867年将其商业化了——把矿石炸出来。这对矿工健康的影响不大，因为不论用锄子或是炸药，两种方法都会在通风不良的矿井中产生浓厚的有毒尘雾。工作条件十分恶劣，能活到中年的矿工多丧失了劳动能力，不能再下井工作，只能靠制作木制玩具或是柴可夫斯基舞剧里那样的胡桃夹子来勉强维生。

1877年，一位名叫沃尔瑟·赫西的年轻医生走上了这个悲剧舞台。作为施内山地区新任命的教区医生，他负责着八十三个村庄。骑着马，坐着轻便马车，或偶尔步行，他翻山越岭开始探访。三十岁时他已经融入了那个世界，在德累斯顿和莱比锡受训后他在撒克逊军队里做过战地医生，抗击法国人。② 村庄和厄尔

① 现在“高山病”一词专指暴露在高海拔低气压下的急性症状。赫西与哈廷用这个词描述的则是完全不同的症状。

② 在为德国政府工作之前，沃尔瑟·赫西两次作为随船医生去往美国。回家后他娶了一位在纽约认识的富裕而有教养的女孩为妻，并在医学文献上发表了他的第一篇关于晕船的论文。

士矿场的景象让他很诧异。后来他写道："通常，矿工们都早婚，留下一大堆孩子，境况凄惨，他们自然要尽快找条生计……和他们的父亲一样，他们迅速长大，很可能又面临着之前说过的他们父辈的命运。"①

当地还有一位医生弗雷德里克·哈廷。这位施内山最大的矿井的医务官一直留意着矿上的死亡数据，并暗中力劝雇主改善工作环境。为了更有说服力，两位医生决定联手进行一项研究，来评估"高山病"的流行程度，也许甚至还能找到它的病因。就像约翰·斯诺和其他早期流行病学的先驱一样，赫西和哈廷多线作战。他们计算病例，解剖去世矿工（从而第一次确认了，其实高山病正是肺癌），寻找疾病间的相似之处，评估矿井中的环境状况。

1878 年赫西写了一篇短文，次年他与哈廷又合著了一篇稍长的文章，在这两份手稿中两位医生披露了他们的发现。他们指出，1869 年至 1877 年间施内山的大约六百五十名矿工中有一百四十五人死于肺癌，大多年龄不足五十岁。除去事故致死，肺癌占了死因的百分之七十五。即使与其他地区的矿工相比较，这个百分比也高得吓人。显然，施内山矿井拥有造成肺部疾病和早逝的特殊环境，但为什么呢？两位医生对二十位死亡矿工进行了尸检，认为他们吸入了一些高毒物质：他们的肺萎缩到只有两个拳头大小，布满支气管肿瘤，几乎不含空气。什么东西能造成这样的损伤？

赫西和哈廷竭尽全力，却找不到答案。他们想知道，什么东西是除了施内山矿井其他地方都没有的，因为在给其他矿井的管理人员的信中，他们已经确定别的地方没有肺癌流行。砷钴矿，这个含砷的矿石，是他们的头号嫌犯。在施内山中这种矿石比其

① "Das Vorkommen von Primärem Lungenkrebs", 160.

他地方都常见，且已知它对肺有刺激。另一条线索是，施内山的矿工们告诉两位医生，相比于开掘矿道或做其他工作的人，高山病似乎更常见于采掘矿石的劳工身上。既然采镍钴的矿工大多直接与砷钴矿石接触，而采铋的矿工不接触，两位医生就想比较这两组之间癌症的发病率，但没有成功，因为矿工们经常换工作，而且砷钴矿矿尘到处都是，铋矿矿区都有。赫西和哈廷也试过用其他方法来进行比较，包括用蜡纸集尘器检测是否某些矿道比其他的粉尘更多，用带过滤的面罩试着检测矿工吸入了多少矿尘。

但在1879年的报告中，他们承认，所有试图确定癌症明确病因的尝试均告失败。经过两年的调查，他们进了死胡同。他们将未获得明确结论的研究结果整理成文，呼吁改善矿井环境（仍旧收效甚微），之后再未就此发表过任何文字。哈廷回到了默默无闻的矿井医生岗位，而不安分的赫西迁居柏林，开始投身他认为显然比癌症的流行病学更有成效的医学领域：传染性疾病。①

总是充满革新冲动的沃尔瑟·赫西于1911年逝世，最终也没能充分理解1878年他和弗雷德里克·哈廷在施内山完成的工作的重要性。这是第一次有人将传染性疾病的流行病学工具——病例统计、时间空间分布、会谈、环境评估、医学检验——严格地应用于癌症研究。他们第一次做出了经得起怀疑者拷问的结果，确认了癌症的聚集性。其后，其他一些德国科学家——特别是路德维希·雷恩，1895年在法兰克福明确了膀胱癌与苯胺染料生产的关系——受到了施内山研究的启发。的确，赫西与哈廷没有识别出施内山癌症流行的致病因素，但未来的流行病学研究人

① 离开施内山之后，沃尔瑟·赫西师从著名微生物学家罗伯特·科赫，当时科赫即将分离出致肺结核和霍乱的细菌。赫西此后一生致力于对细菌性疾病的控制，最著名的成就是与妻子一同发现，琼脂是进行细菌培养的理想表面。安吉丽娜·赫西用琼脂——从海藻中分离出的凝胶状材料——制作固体的果冻和布丁。

员在汤姆斯河和其他地方都证明了，要确认癌症病例的确出现了集群现象而非随机事件是极为困难的，而这只是第一步。第二步是找出这种病例集群的可能原因，这在大多数情况下几乎是不可能的——不过在施内山，最终还是实现了。

赫西和哈廷不知道，施内山的矿道是名副其实的射击场，射出的都是高能伽马射线和高速运动的粒子，它们由放射性元素氡、铋、钴、镍和铀的不稳定原子核释放，而这些元素存在于当地的砷钴矿和其他矿石中。19 世纪 80 年代，亨利·贝克勒尔、玛丽·居里和其他人测试了厄尔士的矿石，确定了放射的基本过程。不久之后，研究人员们拿着感光板、盖革计数器，还有其他工具返回了矿井，测试了那里的放射性。结果显示，除了氡，大部分的放射性来自金属元素，氡是一种气体，由铀和镭衰变而成，很容易被吸入。1938 年纳粹占领波希米亚，不久他们就发现约阿希姆斯塔尔地区的矿工中和施内山一样流行肺癌。德国人在这两个矿产中心进行了雄心勃勃的研究，对死去的矿工做尸检，进行动物实验，在矿道内大范围地进行随机检测。① 到 1939 年他们已经确认，在施内山和约阿希姆斯塔尔，氡正是肺癌流行的原因，他们说对了。但这个结果并没有终结这两个地方的惨况，尤其是在原子武器受到重视之后，铀成了全世界最珍惜的自然资源。战后，约瑟夫·斯大林用约阿希姆斯塔尔的苦役为苏联建起了核能储备。而当美国政府急于保障核武器所使用的可裂变铀资源时，他们对类似的证据没有重视，当时科罗拉多高原的矿工中肺癌很普遍。即便是现在，氡仍是少数几种很少受人质疑的环境致癌因子之一——它是仅次于吸烟的全美第二肺癌病因，因为它

① Werner Schüttmann, "Schneeberg Lung Disease and Uranium Mining in the Saxon Ore Mountains", *American Jounal of Industrial Medicine* 23 (1993): 355—368, 361—362.

在多种土壤中存在，据估计，每年造成的死亡人数是两万一千人左右。①

穷尽他所能获得的一切技术和工具，沃尔瑟·赫西总算在全世界最有可能找到癌症集群的地方找到了癌症集群。他的后继者甚至成功识别出了病因。对于刚起步的癌症流行病学研究来说，这是一个有误导性的美好开局。

卡迪纳尔大道在上世纪80年代早期的缓慢觉醒并非凭空而来。整个世界都在变，有些地方变得比汤姆斯河镇快得多。1977年，《尼亚加拉公报》的记者迈克尔·布朗开始调查自己家乡纽约州尼亚加拉瀑布城一个工人阶层社区中疾病和污染的传闻。这个社区被称为拉夫运河，得名于此处同名的地貌。拉夫运河是一条不曾完工的运河，下层有黏土衬底，1942年至1953年间被用于排放桶装的或未经包装的化学废弃物，包括苯胺衍生物和苯。1953年，虎克化工公司用泥土覆盖拉夫运河之后，将其出售给了当地学校董事会，总价一美元，当然这里面还包括责任转移。尼亚加拉瀑布城教育委员会的董事们知道拉夫运河下面有什么，还曾经跟随虎克的官员去看过那个位置，虎克的人向土层中打了个洞，学校的人看到了下面的化学废料。但是学校的董事们——和他们在汤姆斯河的同行十年后会做的一样——意在找到一片便宜的土地新建一个校舍以应对社区的快速增长，他们在那里建了所小学，就临着排污点。上百座新房子随之而来，建房的地点大多是当年虎克公司排污时的开阔地。买房子的人并不知道他们将住在一个旧的危险废弃物排放地周围（对个别人来说是在它的上面）。

到了上世纪70年代，地下室水泵里颜色奇怪的水、后院活

① U. S. Environmental Protection Agency, EPA Assessment of Risks from Radon in Homes (June 2003), 64, table 20.

不了的植物、恶臭，还有流产、出生缺陷、癌症等疾病，种种传闻充斥着拉夫运河社区。在某些区域，原来覆盖在填埋场上方的土层塌陷了，五十五加仑的废料桶探出头来，大雨之后尤甚。迈克尔·布朗在《尼亚加拉公报》上的文章触动了这个社区，洛伊斯·吉布斯，一位有号召力的年轻主妇因此而组织了街头抗议，她试图自发进行包括标注有健康问题家庭的位置等的流行病学调查。她的儿子迈克尔在进入那所建在废弃物排放点旁边的小学上学前班之后不久患上了癫痫，而且白血细胞偏低。1978 年夏天，有研究确认周围的很多住户家中存在大量气态化合物，纽约州史无前例地宣称拉夫运河进入健康紧急状态，关闭了学校，疏散了周围的两百三十九个家庭。五天后，总统吉米·卡特随即宣布其为联邦灾害——这是第一起被总统公告的非自然原因灾害。

似乎一夜之间，以拉夫运河为缩影，沉睡已久的危险废弃物问题成了全国性的危机。在尼亚加拉瀑布城，随之而来的是大规模的公众示威和可怕的医学研究——一度，恐慌的居民在当地业委会总部扣留了两名环保局的官员作为人质——这些动荡最终使得州和联邦政府在 1980 年的时候扩大了疏散区域，包括了另外九百户家庭。

拉夫运河事件暴露了美国环保局在处理危险废弃物问题方面的局限性，国会决定对此采取措施。四年前，国会通过了资源保护与回收法案，授权环保局在紧急情况下对废物排放点进行调查和清理。但法案范围有限，环保局人手也有限，它只在排污点情况最极端的时候使用这一权力。大多数情况下，旧的排污点都留给州政府处理，或是忽略不管，只要他们觉得合适。但拉夫运河事件之后国会迅速通过了一个专门为处理危险废弃物设计的新法案：综合环境反应、赔偿和责任法，更为人熟知的名字是“超级基金法”，卡特总统 1980 年 12 月签署了该法案。该法案授权美国环保局将全国最危险的有毒废弃物排放点进行编制并排序，然后监督其清理工作，这些行动的资金由废弃物排放者或——如果已经找不到排放人——由一支特别的“超级基金”来承担，这支基金的钱则来自化学与石油工业缴费和一般税。在责任追溯制的约束下，公司应负担清理产生的费用，即便在当时他们的排污行为是合法的。一旦某个排污者拒不完成清理要求，美国环保局可启动超级基金进行修复，并将该公司告上法庭，可获赔三倍的修复费用。

美国环保局开始编制最差废弃物排放点清单。于 1983 年完成的第一版“全国优先处理名单”中包括了四百零六个排放点（后来进行的增补使名单上的数量翻了两番）。最初超级基金清单上的六十五个废弃点自然也是全美危险废弃物排放点中的重点：新泽西州，比它最强劲的对手密歇根州还多二十四个排放点。欧申县在超级基金的名单上有九个垃圾场，一个县就比三十六个州都多。其中有两个在汤姆斯河镇：赖克农场和汤姆斯河化工厂，在全国名单中分别排名第一百零五位和第一百三十四位。（拉夫运河排名第一百一十六。）①

就当时汤姆斯河镇的人所了解的情况来看，赖克农场和化工厂不过是潜在的威胁，但很多当地人已经开始因其他原因而了解了住在一个超级基金认定的废弃点附近有哪些切实的危险。1978 年 11 月，拉夫运河事件成为全国性新闻之后没几个月，州政府通知住在杰克逊镇填埋场附近的一百五十户居民，他们的井水不适合饮用，大部分人在将近两年的时间里不得不使用瓶装水。这个填埋场就在距汤姆斯河化工厂十英里远的西北方，是一个旧的露天矿井，当 1972 年杰克逊镇老的垃圾填埋场因为污染问题被迫关闭后，这里开始被当做市政垃圾填埋场使用。州政府的健康

① “Amendment to National Oil and Hazardous Substance Contingency Plan; National Priorities List”, *Federal Register* 48: 175, pages 40658—40673.

调查发现居民们因水源污染而患有皮疹后，居民起诉了镇政府，1983 年时陪审团判决赔偿一千六百万美元，上诉后赔偿减少了。这个案件是首次开创此类判例的案件之一，污染者被迫预留一部分资金以作未来的赔偿，如果受害者后来患上癌症或其他有潜伏期的疾病——这一判例后来在汤姆斯河有着重要作用。

超级基金的出现，以及随其而来的诉讼，对汤姆斯河化工厂来说是坏消息——对联合碳化物公司也是一样，因为它和赖克农场的污染有牵连。（是尼古拉斯·弗尼科拉把联合碳化物公司的桶装废物倒在了那里，他显然承担不起清理这团乱子的费用。）在此之前两家公司跟新泽西州卫生部、州环境保护部打交道时应付得都不错。除了对赖克农场进行部分清理，这两个州政府机构极少要求联合碳化物公司或汤姆斯河化工厂从土壤里去除废弃物，或是从地下水中泵出污染物。反之，州政府的精力集中在（尽管收效甚微）其他没那么宏大的事情上，防止新的泄漏，或是将已有的污染控制于饮用水水井之外。但联邦的环境保护局可不像他们州政府的同行那样容易受政治压力影响，而且超级基金法案给了环保局相当宽泛的裁定权，可以坚持进行全面清理，即使某排污点当时并未显示出健康风险。超级基金法案通过之前，一家公司污染泄漏后面临的赔偿大概是几十万美元，最严重的泄露可能是几百万美元。法案通过之后这类费用将乘上十倍，最严重最复杂的情况下可能翻上百倍，汤姆斯河镇的两例就在此列。多亏有责任追溯制，1968 年收购了虎克化工公司的西方石油公司最终支付了州政府和联邦政府两亿两千七百万美元，用于清理排污点和重新安置一千多户居民。同时，包括洛伊斯·吉布斯在内的附近一千三百多名居民起诉了西方石油公司，公司为此支付了将近两千万美元的和解费用。

多亏有超级基金法案，即使在最大的公司里，现在对有毒物质的责任也是收支平衡表中的一项重要支出。一个多世纪以来，危险废弃物倒在哪儿就留在哪儿，不论是巴塞尔、汤姆斯河，或是成千上万的其他地方。超级基金法案，以及其他国家的类似法规提供的途径至少提高了进行真正清理的可能性。但潜在成本如此巨大，超级基金认定的废弃点成了法律的战场，吸引着大批好战的律师、工程师、毒理学家、生物统计学家、流行病学家，还有其他“拿钱说话”的人，这些人彼此之间互相冲突的主张使得清理工作踟蹰难进，也极大地使健康研究更加复杂，饱受争议。环境流行病学本就是非常困难的工作，充满了不确定性。现在，每个结果都关系到几千万甚至上亿美元的资金，这就变得更加棘手。

对林恩沃斯一家来说，在卡迪纳尔大道没有童话般的结局。1986 年他们卖掉了居住了十八年的房子，搬去了镇上另一个地方。新家建在一大片土地上，后院草木丛生，不再需要别人家的树林来为他们提供渴望的私密与空间。这个家庭需要换个环境，因为兰迪·林恩沃斯死了。几个月前的一天，他醒来发现本已麻木的双腿失去了知觉。病情缓解两年之后，他的髓母细胞瘤又回来了。这次肿瘤从大脑底部扩散到了脊柱。随后的一年是一场持续不断的噩梦，痛不欲生的化疗、无法阻挡的衰退，但兰迪有力气的时候就坚持写诗。其中一首 1987 年春天在他的葬礼上被选读了，那年他本该庆祝自己高中毕业（死后他被授予了毕业文凭）。那个曾热爱奔跑的男孩再没能多走上几步——虽然他为双杠和物理治疗下了那么多苦工夫。不过，六百多位汤姆斯河镇的居民为他而走了出来，跟随在他的灵柩之后。

兰迪·林恩沃斯去世的时候，汤姆斯河化工厂和它的后继汽巴-嘉基公司在汤姆斯河镇已经不再是受人尊敬的名字。一个多年来被人敬仰的公司失势如此之快而彻底，这有赖于 1984 年以来发生的一系列令人震惊的事件，这出乎所有人的意料。对这一切，林恩沃斯一家是关注者，而非参与人。他们不愿意像琳达·

吉利克那样暴露于公众的视线之中。兰迪的癌症复发后不久他们在纪念斯隆-凯特琳癌症中心遇到了吉利克一家，心怀感激地加入了琳达·吉利克建立的家庭网络。兰迪去世之前几周林恩沃斯家对汽巴-嘉基公司提起了诉讼，最终以有限的赔偿庭外和解，公司不承认有任何责任。

林恩沃斯夫妇，雷和谢莉不像汤姆斯河镇上很多因癌症失去孩子的父母，他俩从不断言这一定是污染造成的。事实上，雷·林恩沃斯了解到的关于健康研究复杂性和争议性的内容越多，他越发相信，不会有人能弄清楚为什么兰迪会患病。他解释说："我不能把这样的东西建立在直觉或是内心深处的想法之上，对这个你必须要科学。我不是个政治上的活跃分子，我的心和灵魂不在那儿。对我来说，那不是为正义和复仇而进行一场战斗。有些人的想法不同，这没什么。这是非常个人的选择。"林恩沃斯一家最想做的，是以他们自己的方式安静地纪念他们的孩子。他们为此将当时"自制"的夏令营保留了下来，成为正式组织，称为"兰迪班"。二十五年之后兰迪班仍在为汤姆斯河镇的青少年们组织夏季旅行活动，特别照顾身体残疾或经济困难的孩子。

林恩沃斯一家再没回过卡迪纳尔大道。以后如果有一场正义或复仇的战斗，其他人一定会参与的。

第二部分　决　裂

第八章　水和盐

长久的相安无事之后，汤姆斯河镇和它的化工厂终于有了裂痕，那是在 1984 年 4 月 12 日的上午，贝大街和沃恩街的路口，就在镇中心。一夜之间，路面弯曲了，县里派了修路的人来调查。他们用一个挖掘机挖开了开裂的沥青，发现下面的土壤不是棕褐色，而是深黑色的，满浸着有强烈化学气味的液体。

罗登·莱特博迪也开车去一探究竟。他是欧申县的交通工程师，但这不是他亲自前往的唯一原因。莱特博迪脸庞红润脾气暴躁，在欧申县是个重要的政治人物，在汤姆斯河镇也一样。在欧申县共和党机器深厚的文化中，他既是公众的雇员，也是公众的官员。实际上，他是汤姆斯河（官方称谓，多佛镇）的镇长。莱特博迪到达的时候，一个电视新闻小组已经在那了，记者问着一些镇长不知道答案的问题。

“他们挖开路的表面，发现里面是各种黑色的脏东西。我觉得那玩意可能是从汽巴-嘉基过来的，但一开始我们不知道，”多年以后莱特博迪回忆道。“我们给汽巴-嘉基打电话，告诉他们这边的情况，他们最开始说‘那不是我们的事’。”莱特博迪知道公司运营的一条管道穿过汤姆斯河镇，但他不确定走的是哪里，镇上的公用设施图例没标出来。那条管道不能算是秘密，不过也和秘密差不多了。1965 年至 1966 年间的报纸上提到过它，当时汽巴公司完成了管道铺设，开始每天用它将五百万加仑进行过部分处理的废水排入大西洋，而不再排往汤姆斯河。但那已经是老一辈之前的事了，而这个镇子的领导者们对一项技能早已驾轻就熟，那就是遗忘本地历史中那些令人不快的片段，特别是那些与汽巴-嘉基公司相关的。和每个在汤姆斯河举足轻重的人物一样，莱特博迪与工厂有着深厚的联系。从上世纪 60 年代起，他的兄弟就在那工作。多年来，镇长听了太多故事，燃烧的深井、奇怪的气味、无法解释的疾病——镇上有谁没听说过呢？但在莱特博迪看来，汽巴的环境行为不该由镇上去彻查。毕竟，公司看上去对自己的所作所为很清楚。他回忆道："以我们的情况，不能对汽巴-嘉基提什么要求，我们没有这方面的知识。"

从很多方面来看，化工厂在汤姆斯河从来没像 1984 年初时那么受欢迎。工厂的环境问题貌似总算被甩在了身后，随着时间的推移越来越远。固体废弃物总算进了有防渗膜的垃圾填埋场，污水进了新的污水处理厂然后再排海。更重要的是，比起峰值时的 70 年代，现在污水的总量少了，因为工厂的产品转变了。从 1983 年开始工厂不再生产最初的产品：蒽醌还原染料，而是集中生产利润更高的偶氮染料、树脂和特殊化合物。1972 年的起诉早已成为历史，60 年代对河水的污染则完全被人遗忘，而 1965 年时污染了镇饮用水的秘密仍旧是个秘密。1980 年年末时工厂曾有过激烈的罢工——几个罢工工人因为往经理的车下面撒钉子被抓了起来——但自那以后大家都很冷静。尽管罢工后员工总数比峰值时少了几百，化工厂的工人和管理人员仍有一千多个，工资总额三千五百万美元，仍旧是欧申县最大的私营雇主。仿佛是为了与过去正式划清界限，1981 年年底瑞士人把工厂的名字改了。从今以后，它就叫做"汽巴-嘉基汤姆斯河工厂"，不再是那个长久以来对全镇意味深长的名字——"汤姆斯河化工厂"。

厂名的变更同时意味着公司有意将其他地方的化工生产移入汤姆斯河。1984 年 1 月计划公之于众，汽巴-嘉基公司大张旗鼓地宣布，经过两年的过渡期，公司将把全美的制药工序从罗得岛的克兰斯顿移到汤姆斯河来。汽巴-嘉基没有宣布的是迁址的原因：一场与罗得岛环境部门长达十年的斗争，围绕着公司的废水排放——每天一百五十万加仑，排往帕塔克森特河，再流入纳拉甘西特湾。1983 年公司终止了这种排放，因为新建的市政污水处理厂开工了，但当时它在克兰斯顿已经很不得人心了，是抗议和诉讼的靶子。

但在汤姆斯河，1984 年年初时汽巴-嘉基公司仍是社交的中心，与政治精英们联系紧密，并经由政治联盟与市民们相联系。所以，1984 年 4 月 12 日，当汽巴-嘉基最终承认泄漏的物质来自它的废物管道，并且从工厂派了一队穿白色制服的人到贝大街和沃恩街路口，来接管修补破损和清理污物的工作时，罗登·莱特博迪和在现场的政府官员乐于让路，由信得过的专家来接手。很快追踪到，泄漏来自排污管上一个高尔夫球大小的锈蚀形成的洞。工厂的高酸度废水蚀穿了钢管和两层本应防漏的厚釉，釉也是煤焦油制成的。

第二天结束的时候，汽巴-嘉基公司派来的小组已经完成了修补，开始拉走浸渍过的土壤。几天之后路面可以重铺了，这个路口即将恢复正常。在汤姆斯河，剩下的一点点不快将被填埋和遗忘。任何其他后果都太过遥远不需要考虑。当然，没有人能想到，在汤姆斯河，一个两英寸大的洞最终引发了强大的汽巴-嘉基的毁灭。

在《欧申县观察家报》的办公室里，唐·贝内特的办公桌总是最乱的，这也可以理解，因为他在新闻编辑室工作的时间最长，已经几十年了。他桌子上高高摞起的报纸就是小镇新闻的断层：慈善拍卖公告、县里的立法议题、先修中学受新闻吹捧，诸如此类。他在《欧申县观察家报》待的时间越长，新闻编辑室里他的故纸堆占的地方就越多，因为同事们离职之后大多不会有人来接替。而新雇来的记者，大多年纪小得可以做他的孙子了。[①]

1984年的时候，唐·贝内特在新闻编辑室就已经是一个老古董了，但他无所谓。他和妻子住在汤姆斯河，有六个孩子，从没想过搬去一个大点的城市，去一家大点的报馆工作。他在社区里是个受尊重的成员，曾经的青年商会官员，前教育局长的儿子。尽管他的雄心从未超越欧申县，但对工作他可是很认真的。他想做的是披露新闻，而不单是报道。"我希望这个区域知情。如果我离开这里去别的地方工作，区域就没法得到它需要的信息了，"他回忆道。"我觉得自己被这里需要。"他的桌子上放着引自调查记者鲍勃·伍德沃德的一句话："所有好的作品都出自对管束的对抗。"这句话，据他的解释，"差不多已经成了我的灵魂"。

离他杂乱的办公桌不远的地方，贝内特保存着两个大文件柜，塞满了汽巴-嘉基化工厂的材料，从他1958年刚到汤姆斯河以来，那个地方就吸引着他，他当时十七岁，工厂开工刚六年。少年时，他在工厂排污口下游污浊发臭的河水中游泳。初为人父时，他在附近的冰场做冰球教练，看着他的队员拼命吸下晚间的臭气。当记者时，他偶然从工会雇员口中听说了工厂处理环境问题时的一些危险操作。

但是，要把这些信息变成观察家报上的文章就非常难了。工厂"就像密林深处一个封闭的王国。那里有一千三百英亩，而生产区域在中间，所以四面都是缓冲区"，贝内特回忆道。公司总经理们通常拒绝回答关于工厂健康与安全的问题。县议员和镇委员会成员谈起汽巴-嘉基除了歌颂它对经济和慈善的贡献，其他

---

① 《欧申县观察家报》的人事更替在1998年被甘尼特报系（Gannett Inc.）收购之后加速了。2007年11月28日，甘尼特宣称该报纸将由每日出版改为每周出版，除汤姆斯河镇之外不再对其他地方做报道，将周报的名字改为《汤姆斯河观察纪事报》。该报纸自1850年创刊以来就被称为"观察家报"。甘尼特的声明发表六个月后，唐·贝内特接受内部股权收购，从这家工作了三十多年的报纸退休。他以记者的身份在欧申县工作了长达四十四年。

什么也没有。工厂的蓝领工人们本该是内部情况的最好信源，但唯一一次贝内特从他们那得到消息是在合同协商期，当时工会想对公司施压。新合同刚达成共识，他的电话铃就不再响了。尽管汽巴-嘉基在汤姆斯河有着种种的权力和影响，它的工厂在某种程度上仍旧是个谜，很少出现在《欧申县观察家报》、《阿斯伯里帕克报》，或任何其他本地周报的版面上，除非是要资助童子军或是高尔夫义赛，或者其他慈善活动。

唐·贝内特也写那些正面新闻，那是工作的一部分。但他一直留心想写其他类型的文章，关于汽巴-嘉基工厂的安全，或是大烟囱、排污管道、垃圾填埋等对周围社区的影响的故事。多年来，贝内特设法让几个这样的文章上了报纸。比如 60 年代中期，他报道了围绕十英里排海管道建设的论战。但看上去他的报道从来都没什么影响，记忆很短暂，汽巴-嘉基对本地经济至关重要。

但是，1984 年年初，贝内特总算找到了一个他认为会引起轰动的新闻。这次，他的线人是他母亲。一天早上，她在美容沙龙里听到几个汽巴-嘉基雇员的妻子们在谈论她们的丈夫带回家的有趣的消息：工厂的污水处理厂不单处理自己的污水，还接收周围其他工厂的废水，而且这么做好多年了。这可是新闻，贝内特想，因为公司把所有的废水都通过管子泵到了海里，离奥特利海滩不过三千英尺远，那里可是公共浴场。

贝内特和爱德华·波斯特谈过之后，这个新闻变得更棒了。波斯特为州环保部工作，负责州内工业污水管理的执行。原来，汽巴-嘉基一直在违反州内颁发的许可，从外界引来各种废物：雀巢在弗里霍尔德的速溶咖啡厂的苛性钠，山德士在东汉诺威的清洁废物，威肯在纽约州胡格诺边界附近的止汗剂工厂的铝盐。总计起来，至少有十二家公司向汽巴-嘉基的污水处理厂运送液体废弃物。波斯特和州里的同事认为该公司明显违反他们的排放许可，并于1983年通知汽巴-嘉基，如果它继续输入废物，将受到起诉。州政府的要求没有实现，公司的律师辩称——绝不是在反讽——外来的废物没有任何一种像汽巴-嘉基自己送去污水处理厂的毒性那么大，这些外来的混合污水实际上很有用，它们帮助中和了工厂自己的高酸度染料和树脂废水。

贝内特知道，这个故事有料。汤姆斯河镇忍受一个雇用着几千位当地居民、给童子军赞助、拥有乡村俱乐部的企业，这是一回事。而当地的海岸线成了遍布新泽西的多家工厂的垃圾场，这完全是另外一回事了。所以当4月12日清晨唐·贝内特听说在贝大街和沃恩街的路口公司的废物管道破了的时候，他已经准备要让汽巴-嘉基吃点苦头了。

早在唐·贝内特动笔写这家公司的废物处理行为之前，这次泄漏当天一早出现在那里的电视新闻小组就是第一个迹象，预示着汽巴-嘉基的这次清理活动不会一如既往地顺利。汤姆斯河虽不是环保主义的温床，但1984年时这里的态度已经开始转变。对拉夫运河事件的宣传已经提升了人们对有毒化学品风险的意识，也因此强制关闭了快乐平原和其他地方的一些后院的水井，那些都是这个小镇过去的乡村生活的遗产。琳达·吉利克还没成为一个活动家——她正忙于应付五岁大的迈克尔那些无尽的健康危机——但她和邻居们开始注意到镇上的水质问题，他们听到的传言让人不安。1983年新泽西的报纸上都是美国环保局对新的超级基金管理不善的丑闻披露。局长安妮·戈萨奇·伯福德被迫辞职，她的下属丽塔·拉韦尔被认定欺骗国会。这桩丑闻对于拥有最多超级基金废弃物点位的新泽西州来说是个大事件。詹姆斯·弗洛里奥，伯福德的一名主要对手，是一位来自南泽西的强硬派国会议员，1980年时曾参与起草超级基金法案，他现在正以检察官的热情对伯福德进行追讨。

汽巴-嘉基管道破裂之所以能成为汤姆斯河的大事件，还另有一个重要原因。这是有史以来第一次，镇上的一个污染事件确确实实不能被忽视了。过去，这个区域的环境损害往往发生在人们的视野之外：养鸡场后面的角落里，橡树林深处的工厂的土地上，或是在大西洋水面下四十五英尺处的管道末端。这次，却是在繁忙的路口，恰在镇中心，这条路再下去就是新的欧申县购物中心，那里取代了河边的商业区成为汤姆斯河和整个地区真正的中心。

"直到发生了泄漏，这之前很多当地居民根本不知道房子下面的管道，"多年之后，汽巴-嘉基的总裁豪尔赫·温克勒懊悔地回忆道。"就这样，排污管和公司进入了公众的视线，这都是因为泄漏。而此时整个大气候变了。"当地律师，后来成为公司重要对手的丹·卡鲁齐奥对此表示认同，他回忆道："镇上太多人都是新来的，对于当地的过往没有太多了解。人们刚刚来到这里，默认一切都是新鲜、洁净、友好的。发现有一个泄漏化学废弃物的管道，这让他们极为震惊。"而废物是被泵往大西洋的——那是欧申县[①]身份的来源，也是它经济的基石——这一点尤其让人气愤。卡鲁齐奥说："人们南下来到泽西海岸会说：'这里有化工厂吗？那都在林登（临近纽瓦克），而这里是天堂。'所以这件事让很多人震惊。"

持续的负面新闻报道开始侵蚀汽巴-嘉基正直的公众形象。真正令这些报道充满破坏性的，不是管道泄漏这个消息本身，而是因为它提供了一种可能性，使得唐·贝内特这样的记者有可能在更大的范围内提出质疑。即便测试证明破裂点附近的水井并未受到废水的污染，其他的街区有的是，可供记者们探查。每天，贝内特都在写有损汽巴形象的文章，内容包括渗漏的垃圾填埋场，和州政府的管理人员的争辩，还有从别的工厂收污水。很多

① 欧申县英文名 Ocean County，意即"海洋县"。——译者

汤姆斯河的居民听说汽巴-嘉基公司和赖克农场位列超级基金名单之中都非常震惊，它俩与拉夫运河还有纽瓦克、卡姆登同属全国最大的危险废弃物排放场之一，而那些地方在本地居民眼里都是正在衰退的城市，不是他们美丽的家乡。

更大的打击是——尤其对那些坐落在海边的村镇——近二十年来，汽巴-嘉基都把处理过的污水排到海里。拉瓦莱特和锡赛德帕克这些海边小镇的经济和身份全都仰仗着清洁的海滩和洁净的海水。那里基本没人在汽巴-嘉基工作，海岸经济的支柱是夏日的旅游业，不是化工厂。自从60年代阻止建造排海管道的斗争失败之后，海岸村镇的负责人不再谈论这件事情，他们怕把游客吓跑了。但1984年春天管道泄漏的报道来势汹汹，不可能再假装那根管子不存在了。奥特利海滩是多佛镇的一部分——镇长罗登·莱特博迪和汽巴-嘉基关系不错——但在镇北边的拉瓦莱特有它自己的政府，镇长拉尔夫·戈加尔心直口快。现在，排海管道重新成为新闻，戈加尔开始抨击化工厂是一个失控的污染源。

突然间，在这个汽巴-嘉基从前一向随心所欲的地方，它第一次需要全力应对公共关系危机。公司使出了玛丽·安托瓦内特[①]在法国大革命前夜的各种谦逊与技巧来进行回应。最初公司指定的发言人是豪尔赫·温克勒，当时他是工厂生产与环境事务的主管。温克勒是一位有着浓重德国口音的工程师，他说话在美国人听起来比他话里的本意更加傲慢。几年之后他这么解释："我接受过优秀的科学教育；从没上过公共关系课。"他告诉记者、政客，每一个愿意听的人，管道泄漏是小事，别人谁有其他说法都不要当回事，只有汽巴-嘉基的化学家够资格做风险评估。

---

① 玛丽·安托瓦内特，原奥地利公主，嫁给路易十六成为法国王后，后在法国大革命中被送上断头台，在位时有骄奢淫逸之名。——译者

之后温克勒做了一个后来在汤姆斯河饱受唾弃的声明。他说，公司每天向海里排放五百万加仑经处理的污水，那是无害的，因为那些水里“百分之九十九都是水，还有一点盐”。也就是说，公司做的，不过是往大海的咸水里加入盐和水。

这个声明不单是误导，更是搬石头砸自己的脚。坦白地解释——处理过的污水里含有少量公司生产染料和树脂过程中产生的有毒副产品——或许能在争论引爆成燎原大火之前将其压制下去。而温克勒荒谬的说法，还有他拒绝说明“盐”里面究竟有什么（汽巴-嘉基公司宣称废水中的化学成分是商业秘密），这些只会刺激到一些人，比如《欧申县观察家报》的唐·贝内特，或是拉瓦莱特的镇长戈加尔。他们瞄准了一些显而易见的问题：公司的废水里有哪些化合物？它们有什么危害？他们会认为，这样一个讳莫如深、居心叵测的公司，一定在隐瞒一些重要的事情。

直到20世纪，这之前工业化合物可能致癌的证据基本上还因为它的支柱——流行病学观察——摇摆不定而在沉睡着。它们是伯纳迪诺·拉马齐尼、珀西瓦尔·波特、约翰·艾尔顿·帕里斯的传奇故事，后来受到沃尔瑟·赫西等人更有条理的分析支撑。他们注意到某种癌症在特定人群中异常高的发病率——扫烟囱工的阴囊癌、钴矿矿工的肺癌、苯胺工人的膀胱癌——这些人同样是暴露在异常高剂量的危险混合物之中，它们通常成分复杂。但他们的报告仅能证明暴露和疾病之间的联系——一种相关性，不是因果性。他们的观察，对于从这上百种可能的“嫌疑”物——扫烟囱工、矿工，或染料工人能接触到的——中确定究竟是哪种化合物可能诱发癌症没有帮助。

要加强对环境致癌作用的调查，研究人员必须从外面的世界进入实验室，从观察变为实验。几个世纪以来，在施内山这样危险的地方，人们已经进行了未加控制的诱癌实验。现在的问题是，这些环境能否在实验室严格控制的装置中再现出来。19世纪末，传染性疾病的研究也有过类似转变，其结果叹为观止。因为其微生物成就，路易·巴斯德和罗伯特·科赫各自成为法国和德国的民族英雄。基于约翰·斯诺和其他流行病调查者对现实情况的观察，他们在皮氏培养皿中培养出了致病菌，从大鼠到鸡，他们感染了形形色色的动物。通过实验，科赫分离出了致霍乱、炭疽、肺结核的微生物，与巴斯德一同为疫苗等战略打下了基础，在欧洲和美国，这些战略最终控制住了那些古老的瘟疫。在巴斯德和科赫的成功的召唤下，很多他们的追随者将注意力转向了癌症，寄希望于能取得同样的成果。

癌症有自己的一套。和过去一样，对传染性疾病有用的对癌症束手无策。霍乱弧菌这样的微生物可以在培养皿中培养，但癌细胞不行。（1951年情况有所变化，海拉癌细胞被成功培养为持续生长的细胞系，在此之前培养癌细胞的尝试均以失败告终。）科赫和巴斯德已经证明，某些致病菌可以在鼠类间迁移，甚至可以在人鼠之间迁移而不失去其活性，但经多次尝试证明，肿瘤的迁移极为困难。[①] 到了1900年，已经很显然，癌症研究不会像科赫发现霍乱的秘密那样，出现那样一个“灵光乍现”的时刻，某个锲而不舍的科学英雄在实验室中揭开了癌症的奥秘。

肿瘤移植研究的失败使得人们开始怀疑曾被广泛认同的理论：癌症由人体中活的寄生物引发，致病的可能是传染性疾病中涉及的同种病菌。如果不是神秘的寄生物，那是什么呢？维多利

---

① 已知的第一次试图通过移植诱发肿瘤生长的实验是在1775年，法国人伯纳德·贝西勒将人乳腺肿瘤移植到了狗身上。不过移植的肿瘤没有生长。1889年，德国科学家阿瑟·哈诺终于将鳞细胞瘤从一只小鼠身上移植给了另一只小鼠。全欧洲的研究者们都蜂拥进行自己的移植实验，结果令人失望。实验通常以失败告终，即便是成功的实验也提供不了什么有用的信息。

亚时代的科学家们对肿瘤的形成至少提出了三种互不兼容的假说，三种理论都和这个伟大医学年代的核心人物，被称为“教授的教授”的鲁道夫·魏尔肖有关。① 魏尔肖自己的“刺激”理论认为任何类型的外源创伤只要在相当长的时间内重复发生，都可能诱发肿瘤。他下了这个结论——慢性的刺激会引发炎症、细胞损伤，进而是上皮细胞肿瘤，牵连到肌腱、骨骼和软骨等相关组织——但他无法证明。1875 年，一个与之竞争的理论出现了，魏尔肖曾经的助手朱利叶斯·孔海姆提出，肿瘤出自一群“胚胎残余”——它们由干细胞组成，未分化成具有特定功能的成熟细胞，是存留于成年个体内的残余胚胎组织。孔海姆认为，这些长期休眠的细胞如果被外界刺激激活，随之而来的就是肿瘤，他的假说部分源于一个事实：显微镜下，胚胎组织和癌变组织看上去很像。他的想法后来被修正为去分化理论，该理论认为癌症始于特异化的细胞意外地退回到它们更原始的状态，开始快速分裂。

上述这些竞争的理论最终（经过重大改良后）被证明至少对某些特定类型的癌症部分正确，但它们都回避了一个重要的问题——如果不是某种未发现的微生物致病，癌症为什么会发生？什么类型的诱因可触发魏尔肖的细胞刺激，激活孔海姆的胚胎残余，或是使特异性细胞开始退化？在 20 世纪初，还没人能回答。癌症像是一个幽灵，似乎凭空出现，没有可辨识的诱发物。将癌

---

① Sadhan Majumder 编辑的《干细胞与癌症》（Springer 出版社，2009 年），第 7—9 页中对细胞刺激、胚芽休眠和去分化理论有简要可靠的描述。也见于 Lorenzo Tomatis 的“细胞增殖与癌变：基于 IARC 工作报告的当前理论回顾”，*Environmental Health Perspectives* 101，Supp. 5：细胞增殖与化学致癌物（1993 年 12 月）：149—151；还有 Folke Henschen 的“山极的焦油癌及其历史意义——从珀西瓦尔·波特到山极胜三郎”，Gann：*The Japanese Journal of Cancer Research* 58（1968 年 12 月）：447—451，447—448. 另一个有用的资料是 William Seaman Bainbridge 的《癌症问题》（Macmillan 出版社，1918 年），该书被公认为当时致癌理论之间竞争的消息的权威资料。

症研究由野外观察转为实验室验证所获无几，除了挫败感就只有几种癌症形成的优胜理论之间激烈的争论。

日本人山极胜三郎亲身经历了这些争论。[①] 他 1896 年生于一个破落了的武士阶级贵族家庭，他因为医科成绩优异，1892 年和另两位年轻科学家被日本政府送去罗伯特·科赫的实验室学习结核病。他们不太受欢迎，确切的原因很难说清：也许是代表团不请自来地出现在了科赫家门口，科赫可能因一位朋友受到日本政府的不公待遇迁怒于他们，或者他们可能觉得工作没有意思——也许三者兼而有之。年轻的科学家们来自一个在当时的欧洲看来尚未开化的国家，这点显然也没有起到好的作用，不过没有证据显示科赫也带着这种态度，他后来访问了日本，还穿着和服照了张相。无论是何原因，日本人很快分散到了别的实验室，这对癌症的研究有着深远的影响，因为山极最后去的是伟大的魏尔肖的柏林实验室，细胞刺激理论的领头羊，对新贵科赫和他关注的微生物不感冒。

山极在魏尔肖的指点下进步神速，全盘接受了导师的癌症刺激理论。魏尔肖知道，施内山矿井和苯胺工厂的病例研究显示，某些污染物可能有致癌性。他同时认识到有可能化合物的暴露会激起他认为会导致恶化的刺激作用。但魏尔肖从没用实验验证过这个想法。看起来，他的新门徒山极逗留柏林期间下

---

① 除 Henschen 的“山极的焦油癌”之外，本章中对山极生平及成就的记录来自下述资料：James R. Bartholomew，“20 世纪上半叶日本的诺贝尔奖候选人”，*Osiris, Second Series* 13（1998）：238—284，253—262；Murray J. Shear，“山极的焦油癌及其历史意义——从山极到肯纳韦”，Gann：*The Japanese Journal of Cancer Research* 60（1969 年 4 月）：121—127； “山极胜三郎（1863—1930）”，*CA: A Cancer Journal for Clinicians* 27：3（5/6，1977）：172—173；还有 Katususaburo Yamagiwa and Koichi Ichikawa，“癌症发病机理研究”，他们 1918 年研究的摘录，*CA: A Cancer Journal for Clinicians* 27：3（5/6，1977）：174—181。还有 William Johnston 的《现代统计学：日本肺结核史》（哈佛大学亚洲中心出版，1986 年），202—224。

定决心，如果有机会就要试一下。1894 年山极回到东京，最初被分配去研究阻碍日本帝国扩张的疾病。但 1899 年他染上肺结核后——山极一度曾以为自己七年前离开科赫实验室的时候就已经把这种疾病甩在了身后——停止了服役。他的余生都在忍受干咳、气短、慢性疲劳等症状。经历了漫长而时断时续的恢复期，只能在自己东京的实验室活动的山极重拾了在魏尔肖身边时的那股无法抗拒的激情：研究能够通过细胞刺激作用诱发癌症的诱变剂。

通过多种方法，山极确定了要研究的可疑致癌物，一个很明显的答案：煤焦油，最早的工业污染物——扫烟囱工的灾星，也是自 1856 年威廉·珀金在父母家的阁楼上创造了第一个合成染料之后，化工革命最重要的仙丹。从波特的扫烟囱工到同样依赖焦油衍生物的染料和煤油工业工人的癌症报告，基于一系列观察研究，焦油已经是首要嫌犯了。1907 年，尚无任何实验室证据证明煤焦油的致癌性之前，英国政府已正式将阴囊癌列为职业病，宣布“从事沥青或柏油产品处理的工人”如果患上阴囊癌将有资格获得工作补偿。①

然而当山极 1913 年开始他的煤焦油实验的时候，欧洲的科学家们已经放弃了用它在动物体内诱发癌症的尝试。往狗的耳朵里涂抹焦油，向小鼠体内注射焦油，在小鼠皮肤上涂抹偶氮染料或煤油，这些实验均告无效。大部分研究都在试验部位诱发了损伤，但没形成肿瘤。煤焦油的研究看上去进了死胡同，特别是 1913 年哥本哈根出现了一则激动人心的公告：曾经师从科赫的约翰尼斯·菲比格宣称，经过六年的研究，他发现了一种致癌的寄生生物。菲比格解剖感染肺结核的野生大鼠时注意到，它们很多生有胃部肿瘤。他最终认定病因是一种极小的线虫，它们生活在

① Waldron, “Brief History of Scrotal Cancer”, 395.

蟑螂的消化道内，然后被大鼠吃掉，他将其定名为癌螺旋虫。（这种线虫起源于南美洲和加勒比海，后经生满蟑螂的运糖船带往欧洲。）菲比格在实验室给小鼠投喂经感染的蟑螂，然后宣布他可以准确地在啮齿动物的胃和食管诱导出肿瘤。菲比格甚至宣称已经成功地将胃部肿瘤从一只小鼠体内转移到了另一只身上。看来这位丹麦科学家已经赢了确认首个致癌物这一战——而且它还是致癌微生物，不是化学污染物。

菲比格做出重要突破的消息传到东京的时候山极已经和他的助手市川厚一开始了他们的煤焦油实验。山极没有忘记导师魏尔肖关于上皮细胞慢性刺激的理念，他设计的实验有两点不同于那些失败了的前辈：他选择在兔子身上实验，因为它们的长耳内侧有足够多可接触的上皮细胞，另外，他决定在几个月中给兔子耳朵涂抹煤焦油，不是只用几周的时间。1913 年 9 月 1 日起，市川每两到三天就给实验动物耳朵涂抹焦油。（山极身体虚弱无法进行实验室工作。）一百一十二天之后，肿瘤出现了。1914 年 4 月 2 日，山极兴奋地对东京病理学协会报告了这一结果。但他的听众知道那些失败的欧洲实验，对他的结果有怀疑。他的一些同僚认为，山极在兔子耳朵上看到的肿块只是炎症，不是恶性的。

不屈不挠的山极和市川申请到了一笔资金又买了六十只兔子，开始重复他们漫长的实验。本来一切顺利，但夏天的雨季里笼子里爆发了一种传染病，兔子们几乎都被杀死了。但仅存的几只活下来的兔子，有两只出现了之前见到的肿瘤，于是山极决定不能放弃计划。他又买了更多兔子。当 1915 年 9 月 25 日他正式向东京医学协会介绍研究结果的时候，市川往一百三十七只兔子耳朵上涂煤焦油的日子已经有两百五十天了，已经记录到其中七只的耳朵上出现了恶性肿瘤。这次山极收到的反应比较友善。为了庆祝成功山极写了一个俳句，被译成英语流传，大意是：“癌出现了！意气盎然，走上几步。”他将结果写成论文，以此纪念1902年去世的导师魏尔肖。

那是一个历史性的时刻，当时注意到的科学家却很少。[①] 当菲比格的盛名迅速传开的时候，因为日本的偏远，山极的成就受到的关注要少得多。但到了上世纪20年代，欧洲和美国的科学家（包括菲比格）在小鼠、大鼠和狗身上重复了山极的煤焦油实验，确认了焦油的致癌性，并形成了一套测试其他可疑物质的流程。而菲比格的线虫实验却没有被重复出来。尽管如此，它仍被称颂为融合了致癌机理的两大流派：菲比格的线虫是微生物，但据说它的致癌作用是通过刺激宿主的食道和胃实现的，所以无论是科赫或是魏尔肖的信徒都因这一结果而兴奋。菲比格一再被提名诺贝尔奖，1926年诺贝尔奖委员会拒绝由他和山极共享当年的奖项之后，他终于获得了该奖。

事后回头看，这是诺贝尔奖史上最大的错误之一。1926年的时候已经很明显了，菲比格的线虫并非导致大鼠身上所观察到的肿块的直接原因。到了30年代，研究证明菲比格在大鼠身上看到的胃部损伤是良性的，而且只会在动物饲料中缺乏维生素

---

① 在山极胜三郎1914年的实验之前，至少有两位研究人员在可控实验条件下诱导出了肿瘤，但当时他们的工作基本被忽略了。1908年法国医生皮埃尔·爱德华多·让·克卢内通过以X射线照射大鼠使其中两只患上了皮肤癌。但是照射剂量极高，实验中的另两只大鼠死了，致使一些科学家质疑实验的可信性（质疑的不是X射线的致癌性，这已经通过很多研究放射的前沿科学家所患的疾病表现出来了）。1911年美国病理学家弗朗西斯·佩顿·劳斯通过证明经注射癌症可以在动物之间传播，确认了首株致癌病毒。在纽约市当时称之为洛克菲勒医学研究所（现为洛克菲勒大学）供职的劳斯从鸡体内收集肉瘤，经过过滤将无细胞的过滤液注入健康鸡体内，后者长出了肿瘤。劳斯的结论有点离经叛道，鲜有科学家继续他的研究——包括他自己也转做其他领域的研究多年之后才重回癌症领域。1966年劳斯终于因发现后来被称为劳斯肉瘤病毒的第一种肿瘤病毒而获得了诺贝尔奖。现在据信约有百分之十五到二十的人类肿瘤因病毒引起。

A——这才是主要原因——的时候才会出现。[①] 总之，线虫只是一个影响因素，可以造成组织刺激（这一迟来的认识对魏尔肖的刺激理论给予了支持）。微生物致癌物，无论寄生物或病毒，直到20世纪后半叶才被确认。[②] 到上世纪50年代，菲比格的名字已经从很多癌症研究史中消失了。谈及他的工作时，往往是将其当做实验失误的案例。

另一方面，山极的发现开启了现代癌症实验研究工作，为识别上百种在足够剂量下可以对实验动物致癌的化合物铺平了道路。山极之后，癌症不再是可以被忽视的模糊的威胁，仅限于矿井和工厂这些危险的地方；也不再是无法控制的疾病，随意出现没有明显的病因。致癌物的时代到来了。

当斯蒂芬妮·伍特斯听汽巴-嘉基的豪尔赫·温克勒把工厂污水的化学组成说成“百分之九十九的水和一点盐”的时候，她怒火中烧。曾是高中的理科教师，1984年刚进入法学院（她后来成了检察官，然后做了法官）的伍特斯可不是个怯懦的人。她和丈夫约翰，一位会计师，住在图恩斯布鲁克大街，泄漏点以西大约四分之一英里远的地方。和周围很多邻居一样，伍特斯家后院有自己的水井，斯蒂芬妮听说孩子们的饮用水和泄漏污染的水来自同一层浅水层之后非常生气。她担心那管子破了有多久了。然后她听到了豪尔赫·温克勒的那段评论，在她看来根本是胡扯。多年之后她回忆说：“我们最初的想法只是想搞清楚是怎么回事，

---

① 更多菲比格—山极的论战可见于 Carl-Magnus Stolt, George Klein, and Alfred T. R. Janson, “An Analysis of a Wrong Nobel Prize-Johannes Fibiger, 1926: A study in the Nobel Archives”, *Advances in Cancer Research* 92 (2004): 1—12. 也见于 Bartholomew, “Japanese Nobel Candidates in the First Half of the Twentieth Century”, 257—262。

② 因为对1926年的错误感到难堪，诺贝尔生理学及医学奖在1966年之前都没再颁发给癌症的研究，这一年，这一迟到的奖项终于承认了弗朗西斯·佩顿·劳斯1911年做出的发现：某些癌症由病毒传播。

保护我们的孩子。后来听说废水是汽巴的，汽巴声称那只是稀释了的污水。但那怎么可能只是水和盐呢，特别是如果他们真的违规从别的工厂接受污水？他们不诚实，我觉得我们必须更多地介入。”

她和丈夫，还有一些邻居，请了四位懂科学的朋友来喝咖啡。其中三个是高中理科老师：威廉·斯克朗斯基、彼得·希巴德和苏珊·希巴德。第四位是斯蒂芬·莫雷罗，在镇子南部的牡蛎溪核电站工作。他们决定组成一个团体，斯蒂芬妮·伍特斯做首领，后来他们给自己起名“欧申县公民，为了清洁的水”。团体的任务是促进更严格的水质检测及推动汽巴-嘉基全面公开排放入海的、深埋进土的和烟囱排出的化学废弃物的种类和量。

以汽巴-嘉基在当地的影响力和对保守秘密的嗜好来看，这个目标很艰巨。几周之后，这个团体有了更大的抱负。伍特斯从唐·贝内特在《欧申县观察家报》上的文章中了解到，汽巴-嘉基的排海许可证已经到期了，州环保部将举行听证会确定是否续签，以及如果续签应满足什么条件。这个许可证对汽巴-嘉基至关重要，公司没有其他的途径去排放每年约二十亿加仑的污水——制药工艺从罗得岛移到汤姆斯河之后污水的总量肯定还要上涨。没有许可证就没有排海管道，没有排海管道汤姆斯河化工厂就得关张。

斯蒂芬妮·伍特斯和她的朋友们意识到这个期满的许可证是个百年不遇的机会。汽巴-嘉基没什么动力去关注几个科学教师，却不得不听命于州环保部。如果这个群众团体能够促使政府机构对汽巴-嘉基采取强硬措施，公司将不得不妥协，否则将威胁到他们在汤姆斯河的整个事业。在“欧申县公民，为了清洁的水”这个团体里，没人知道怎么去实现这个想法，但他们准备试试。团体的核心成员都是在汤姆斯河习惯于局外人角色的民主党人，所以他们采用了局外人的手段，绕过了罗登·莱特博迪和其他当地的权力人物。反之，他们在当地报纸上发表信件，从记者中寻找同盟。在《欧申县观察家报》上，贝内特以对他们活动的详细报道来声援他们。而在海边的村镇，镇长戈加尔发布了新社团的消息。很快，几十人拥到了伍特斯家的客厅开会。

癌症当时还不是批评汽巴-嘉基的主要攻击点，但它总在幕后若隐若现。镇上很多人都听人念叨过关于卡迪纳尔大道或是临近化工厂的其他地方的疾病，工厂的工人中也有，但总体的感觉是没什么能证实的。公司甚至都不愿意透露废物中化合物的名称，又怎么会有人指望建立起工厂与疾病的特定模式之间的关系？伍特斯回忆："从一开始我们就考虑到了社区中的癌症，但我们没有做这种调查的资源。我们挑战的是公司、政客和政府部门全部的社会结构，我们觉得自己不能再同时挑战癌症了。"

尽管如此，有关癌症的新消息仍在不断流出，没有一个是对汽巴-嘉基公司有利的。早在 1981 年公司申请新的排海许可证的时候，美国环保局的一组调查人员去了工厂，采集了处理过的污水水样，将它们带回了局里的实验室，在实验室的盐水水箱中，有一群长着暴眼的海洋生物等在那里。它们是糠虾，通常用于测试污水会不会对海洋生物造成危害。① 多年来汽巴-嘉基公司一直拒绝进行糠虾测试，要求用抗性更强的羊头鲦鱼代替糠虾测试废水。（抨击公司的人后来将鲦鱼称为"海里的小强"，因为即使在高毒环境下它们也能生存。）美国环保局的技术人员将不同量的汽巴的污水倒入糠虾水箱，当他们按规程等待四天时间再看动物的反应时，公司为什么抵触检测的原因就很明了了。环保局的结论是，汽巴-嘉基的污水对糠虾有"高毒"，所有环保局测试了的

---

① 糠虾（mysid shrimp）又被称为 opossum shrimp，opossum 是负鼠之意，因其雌性个体的卵储存在胸前的育儿袋中。其中专门用于毒理学测试的种名为 *Americamysis Bahia*。尽管有这样的名字和相似的外形，糠虾其实不是虾。

混合溶液中都有超过一半的糠虾死亡——包括只加入百分之六的污水和百分之九十四的海水，稀释比例最大的水箱。①

环保局还做了另外一个汽巴-嘉基一直拒绝做的测试，一个与致癌性直接相关的测试。② 目的是确定公司处理后的污水是否能诱发细菌基因突变。这很重要，因为突变——DNA 的改变——往往会导致癌症中的细胞不受控生长；具有致突变能力的化合物时常——虽然不是每个都是——也是致癌物。第二项检测的结果对汽巴-嘉基更不利。从州环保部的测试结果看，它的污水对 DNA 的损伤比以往美国环保局新泽西实验室检测过的任何污水都大。报告总结：不应允许汽巴-嘉基公司排放“这样明显有致突变能力的污水”。③

自从汤姆斯河有了化工厂，工厂的总经理们始终拒绝公开废水中有什么。通过美国环保局新的测试，政府官员终于获得了足够的信息，可以确认公司所说的——排海的只有盐和水，排海之前公司新的污水处理厂已经去除了所有的危险成分——都是谎言。监管者现在知道了，即便经过了处理，甚至被稀释后，汽巴-嘉基公司每天排入大西洋的五百万加仑以上的废水仍旧非常危险，足以杀死生物，干扰它们的遗传信息。这很令人震惊，因

① 见美国环保局纽约地区办公室生物部主管 Thomas Fikslin 1982 年 3 月 29 日给美国环保局地区办公室水质执法与水质设施管理主管的备忘录：“生物监测检测报告——汤姆斯河化工公司”。

② 到上世纪 70 年代末，州政府要求汽巴公司进行的诱变测试已成为毒理学检测的重要工具。Ames 测试得名于几年前对它进行开发的 Bruce Ames，加州大学伯克利分校的一位生物化学与微生物学教授，环境癌症研究中的重要人物。他的这一廉价而相对简单的测试为 70 年代时禁用很多致突变性化合物铺平了道路。但到了 90 年代，Ames 本人因为质疑传统的实验室动物致癌实验而激怒了环保主义者，他认为传统的以大剂量化合物染毒实验动物、检测是否出现肿瘤的方法，不能很好地预测某些化合物对人是否致癌。他同时指出，很多自然产生的化合物表现出的致癌风险至少和工业合成的化合物一样高。

③ 见新泽西州环保部癌症与有毒物质研究办公室 Leslie McGeorge 与 Tessie Wishart 1983 年 2 月 9 日的“化学与致突变性分析报告”。

为以传统的管理污染物的方法——分析单个化合物——公司的污水通常是达标的，或者差不多达标。现在，很显然，这个混合体系，即使经过了稀释，是有毒的。[①] 当政府意识到他们过去的想当然错得有多离谱的时候，公司已经向海里排放了三百亿加仑以上的污水，1966 年之前还向河里排放了数十亿加仑。

1981 年的这个测试结果对汽巴-嘉基是一场灾难，但公司管理者们聊以自慰的是，除了管理机构之外没人知道。公司仍有机会在不受到公众监督的情况下获得新的排海许可证，从而继续在汤姆斯河生产化合物。但 1984 年 4 月 12 日，随着贝大街和沃恩街交叉口泄漏的发现，所有平静地调解的希望都消失了。一个州政府的信源给唐·贝内特透露了 1981 年糠虾和诱变实验的结果，他随即将其刊登在了《欧申县观察家报》的醒目位置。1984 年夏天，贝内特报道了工厂使用的所有化合物。多亏有公司在申请新的许可证时被迫提供的信息，废水的组分不再是商业机密。现在，欧申县的居民们每天都在读这些东西。贝内特甚至写了一个两天的连续专题，详细描述了工厂污水中的二十二种危险化合物和使用的其他一百零九种物质。

化合物的名单极具破坏力，但当它发表出来的时候，比起本地报纸上这又一篇化学致癌物的报道，汽巴-嘉基公司另有一件更令人担心的事。

---

① McGeorge 与 Wishart 的“化学与致突变性分析报告”第二页：“怀疑诱变能力至少部分来源于未识别出的含氮化合物。已证明多种含氮化合物具有致癌和/或致突变能力。”也可见于“生物监测检测报告——汤姆斯河化工公司”的附件 A。

第九章　厨房里的嬉皮士

嬉皮士们待在罗斯·多纳托的厨房里。她七十一岁了，站起来不足五英尺高，喜欢保持厨房整洁。她这栋海边的平房里就数厨房最亮堂，她早晨在那里抿着咖啡看太阳从海浪中升起，一边翻着上午的《欧申县观察家报》。而现在嬉皮士们在这儿，前院草坪上也有。他们的睡袋挤倒了她种的植物。

这是她自己的错。他们差不多算是她请来的。这事是从三个月前多纳托在《欧申县观察家报》上看到一篇文章开始的。报纸上和环境有关的报道她一向都看得很认真，而这篇提到的地方离家很近。唐·贝内特的这篇文章讲的是一条输送污水的管道破裂的事件，污水来自汤姆斯河的一家大化工厂——那里是离这儿十英里的内陆——排往奥特利海滩离岸半英里的海中，这个位置从罗斯·多纳托的厨房绝对能看到，因为拉瓦莱特就在奥特利海滩的北面。多年来多纳托都是来拉瓦莱特消夏，年头长得她都知道早在60年代中期汽巴-嘉基计划修建管道时引发的争议。她的女儿米歇尔回忆说当时她曾考虑过加入对抗，但被政府官员安抚下去了，他们保证管道只会运送"清洁无害的水"。[①]所以，当十八年后罗斯·多纳托在《欧申县观察家报》上看到，汤姆斯河的某处有危险化合物从管道中泄漏出来时，用米歇尔·多纳托的话说，她"怒不可遏"。"我想是觉得被自己政府的官员深深地、深深地背叛了吧，他们在撒谎。"情势所迫时，罗斯·多纳托可以很严厉。她离了婚，退休前在新不伦瑞克做炸药生意，如果有人想占她的便宜，她通常都会给顶回去。所以，一读完《欧申县观察家报》上的文章，她就下定决心要把这个在她看来对大西洋的严重罪行给顶回去。

罗斯·多纳托不是激进分子，但她知道自己爱的是什么：她的花园，她的风景，她的海滩和她的大海。她曾参与过阻止罗格斯大学扩张到新不伦瑞克附近森林的活动，她不住拉瓦莱特的时候就是住在那里。而且从 70 年代开始，每年多纳托都寄一张二十美元的支票给一个她特别欣赏的环境组织：绿色和平。她会收到这个组织的通报，里面都是年轻勇敢的激进分子们做的那些大无畏的事情，他们想办法干扰各种公海上的恶毒行为，比如波利尼西亚的核武器试验、纽芬兰的海豹俱乐部、远离加利福尼亚海岸的捕鲸活动，还有北海的工业废弃物倾倒。最后这一项引起了罗斯·多纳托的注意。如果绿色和平在为苏格兰沿岸的排污做斗争，为什么不来新泽西海岸？

她给绿色和平写了一封信，请求帮助。接着冒险就开始了。

有个化工厂在新泽西海岸附近排污，这个消息正是戴夫·拉帕波特想要的——不是说他支持排海，相反，他想终结它。他为美国的绿色和平组织工作，可算是那里的一个传奇人物。他留着胡须，待人热情，除了那副金边眼镜，看起来就像《冲突》里年轻的阿尔·帕西诺。[2] 年仅二十五岁的拉帕波特刚被任命负责绿色和平东北部新的毒性运动，这个项目的目标瞄准了向湖泊、河流和海洋中排放废物的公司。船已经募捐到了：四十英尺长，钢制，名叫阿列伊卡号。一年前拉帕波特和其他成员

① 罗斯·多纳托于 1996 年去世，享年 83 岁。

② 《冲突》拍摄于 1973 年，由美国著名影星阿尔·帕西诺主演，讲述了一位挑战警局腐败势力的大无畏警察的故事。——译者

把船修好了。现在，1984年春天，他想在东海岸找个目的地。他的诀窍是要用有创意的方法使用阿列伊卡号，来为绿色和平制造新闻，获得对这个项目的支持。在拉帕波特看来，奥特利海滩的排污事件很理想。[①] 纽约的媒体就在附近，排污的汽巴-嘉基公司是世界上最大的化学生产企业之一。他想，汤姆斯河一战，可以变成大事件。

拉帕波特做的第一件事是给斯蒂芬妮·伍特斯打电话，约见她和“欧申县公民，为了清洁的水”的创始人们。他们对绿色和平有顾虑，担心它对于保守的汤姆斯河来说太激进了。但他们也知道，要唤醒这个区域，他们需要帮助，而且绿色和平来的这个年轻人看起来品行端正，戴着眼镜，胡子修理得整整齐齐，让人放心。拉帕波特回忆说：“我去到斯蒂芬妮家，跟他们交谈，听他们讲述。就我所听到的，带船去那里很适合。综合各种因素，我们把它设在了路线中。”

在5月份的几周里，拉帕波特探查了这片地方，特别是奥特利海滩和旁边的拉瓦莱特。巴尼加特半岛的小镇都古怪而可爱，那里是蓝领们的度假胜地，净有些怪人。拉帕波特想交些朋友。如果阿列伊卡号要来新泽西，船员们需要在岸上有个活动的基地。在拉瓦莱特他听说了罗斯·多纳托海边的房子，就坐落在海滩旁，船对岸无线电台能轻松传到。他问她是否愿意把这房子用在一件好事上，她答应了。毕竟是她给绿色和平写的信。至于拉帕波特没有明确地说会来多少人，要待多久，这些是否让她有所顾虑？这位七十多岁的老人没有表现出来。“她就说：‘你们能待在我房子这儿，’”米歇尔·多纳托回忆说，

---

① 差不多十三年之后，绿色和平最初是怎么发现向新泽西海中排污的是汽巴-嘉基的这件事，1984年参与该事件的人里已经没有人确切地知道了。戴夫·拉帕波特不记得收到过罗斯·多纳托的信，尽管罗斯的女儿米歇尔确定已故的母亲寄过信。

“就是这么开始的。”

在拉瓦莱特的第一个早晨，拉帕波特就租了一些潜水设备，从海滩下水想去找管道排污的地方。他很快发现这事绝对超出了他的能力。这条半掩的管道直到离岸两千五百英尺之后才出现第一个排污口，那里已经是四十英尺深的昏暗水底了。（管道又延伸了一千英尺才到尽头，这一段中都是排污口。）显然，要想把阿列伊卡号锚定在排污管的上方，拉帕波特需要当地人的帮助，最好是一个有船、有水下呼吸设备又了解水下地形的人。他开始谨慎地寻找同盟。他在一家裸体酒吧里遇到一名和几个船长出来玩的前海豹突击队队员（他是个潜水员，给汽巴工作过）。他回忆说：“简直像搞间谍，我想找有同情心的人，同时还要小心别给那些可能转而同情汽巴的人太多消息。”

至于要搞一个什么样的挑衅性恶作剧，拉帕波特早有了一个很清晰的想法，不过具体的计划是什么他保着密。他脑子里计划的行动在环境运动中被称为“故意破坏”（monkeywrenching），非法但无伤亡，目的是扰乱公司破坏环境的行为。[①]（对“故意破坏”持批判态度的人把它叫做“非法蓄意破坏”。）他想至少暂时地堵住汽巴-嘉基排海管道的排污口。这是个鲁莽的主意，技术上，在海底浑浊的水中很难做到；还有政治风险，如果欧申县的居民把这看做不管不顾的蓄意破坏，民意会转而反对绿色和平的活动。这就和拉帕波特希望鼓动的民众起而反对汽巴-嘉基的本意南辕北辙了。多年后拉帕波特回忆：“整件事的目的是想办法把汽巴的行为戏剧化，让它曝光，刺激民众开始行动。我们希望

---

① 爱德华·阿比的书《故意破坏帮》（*The Monkey Wrench Gang*）（Lippincott 出版社，1975 年）出版后，“故意破坏”成为环境运动的热衷词汇。这部黑色幽默、反正统文化的经典描述了四个自诩为“环境斗士”的人的奇遇，他们炸桥，炸推土机，还有其他侵占美国西部荒野的东西。而短语“throwing a monkey wrench”（字面意思“扔个猴子捣乱”）的历史更久远一些，指破坏某件事的行为。

人们这么想：‘既然绿色和平那些疯子们能做，我们也能做。’”

因为担心堵管子的行动会失败或是适得其反，拉帕波特又定了第二个目标，一个他在37号公路上开车经过汽巴-嘉基工厂的时候可以从树梢看到的物体。那是公司一百六十英尺高的水塔，汤姆斯河镇最高的物体之一。它看上去像立在柱子上的一个巨大的阿司匹林药片。除了上面的“汽巴-嘉基”几个六英尺黑色字母，水箱通体全白。它下面围了一圈带栏杆的羊肠小道，围栏里，水箱坐在六根大柱子上，每根大约有十层楼高。一根柱子上装了由铁笼围护的梯子。像拉帕波特这种绿色和平的老兵，看到工业塔就像狗看到了消防栓：那是一定要标记的领地。1982年时五个大胆的激进分子让绿色和平在全国范围内得到了宣传，他们同时爬上了三个州的发电站烟囱，拉开了抗议酸雨的横幅。汽巴-嘉基的烟囱太矮太细，不适合做那种特技，但它的水塔对攀爬者的胃口——如果他或是她能爬过公司的围栏，躲开保安，全速冲到水塔的梯子那而不被抓住。拉帕波特刚在巴尔的摩组织了类似的攀爬，何不在汤姆斯河也来一次？

从6月到7月，罗斯·多纳托越发地明白了，招待绿色和平的活动意味着什么。头发乱蓬蓬的青年小伙——也有几个姑娘——拥到她的门廊上来，在她的地板上搭帐篷。“我们算是接管了她的房子，”拉帕波特回忆说，“开始出现越来越多的人。”最初多纳托还住在她新不伦瑞克那栋过冬的房子里，给拉帕波特和他手下的人们就如何管理房屋做各种指点。当她去拉瓦莱特查看的时候，才意识到那些指导完全无效。当阿列伊卡号现身，停泊在岸边后，海边小屋更拥挤了。整日整夜，船员们坐着橡皮艇往来于船和房子之间。7月中旬的一个周五晚上，米歇尔·多纳托来到她母亲家，本是想过两周懒散假期。她回忆说：“他们都在那儿，让我大吃一惊。我到的时候，房子里驻扎着二十五个人，我妈坐在她的厨房里，看起来似乎手足无措。我是说，他们睡得到处都是。”她们把他们撵了出去，没过多长时间罗斯又动了恻隐之心，她没有回新不伦瑞克，而是接受了绿色和平的新朋友送来的一瓶苏格兰酒，改了主意。她的女儿，三十五岁的律师，自称为“老嬉皮士”，留下来加入了这个运动。米歇尔·多纳托说：“特别激动人心，我想参与其中。”

被即将上演的好戏吸引的不止她一个。随着绿色和平这个小分队的壮大，以及他们的活动日渐显眼，拉瓦莱特的人们开始注意到他们了。去那里消夏的中产阶级家庭和年轻的激进分子之间有文化鸿沟，但他们找到了同一个目标：反对排海管道。拉帕波特回忆说：“他们可能不希望自己的孩子像我们这么脏，但我们是好孩子，而且拉瓦莱特的人们也意识到这点了。”一些信得过的人开始去阿列伊卡号上坐坐，出席绿色和平的战略会议，反正也跟开派对差不多。拉瓦莱特镇长拉尔夫·戈加尔——仍旧是欧申县唯一一位愿意在报纸上攻击汽巴-嘉基的政府官员——设法让绿色和平的充气艇停在了岸上，尽管这是镇政府的条文禁止的。他声称，拉瓦莱特将是绿色和平的避风港。

违法的气息只是增加了这项事业的浪漫氛围。前后两次，拉帕波特丈量围栏，秘密带队夜探汽巴-嘉基领地，从而评估工厂的安保，绘制到达水塔的最快路线，搜集土壤样品做后期测试。同时，在奥特利海滩外，带着呼吸器的潜水员们（有时是绿色和平的人，有时是本地人）从阿列伊卡号上跳下，在污浊的海底寻找排污管。失败了几次之后，他们终于收集到了几瓶从某个排污口喷出的深色液体。这几瓶棕色的水安置在了罗斯·多纳托越来越挤的房子的前门廊上。当戴夫·拉帕波特和他待命的“故意破坏员”们需要鼓励的时候，他们就拿着那瓶子对着光线琢磨，里面打着旋的究竟是什么东西。

1915 年山极胜三郎以煤焦油诱导出兔子的肿瘤，这一胜利对全世界的癌症研究人员都是一个激励，特别是 1918 年他曾经的学生筒井秀次郎用同样的“焦油涂抹”法在小鼠身上诱导出了肿瘤，这在实验室操作起来要比兔子容易得多。在意志最坚定的癌症研究科学家中，有一位叫欧内斯特·劳伦斯·肯纳韦，他是一位毕业于牛津的病理学家，高个，戴眼镜，近乎严厉。肯纳韦1922年加入伦敦肿瘤医院的一个小型研究组后立刻开始着手研究煤焦油中的哪种成分诱发了动物——很可能也对人有效——身上的恶性肿瘤。山极确认了首个致癌物，而肯纳韦想找到首个致癌分子。搜寻工作非常困难，因为煤焦油的化学组成：它不是一种化合物，而有上千种成分。煤炭的高温燃烧产生复杂多变的多种闷烧成分，其中大部分是碳氢化合物。这些燃烧产物大部分是气体，另有一些固体和飞灰，剩下的则是黏性液体，被称为煤焦油。这种浓稠深棕色的黏液是致癌物——山极已经证明了——但肯纳韦想知道为什么。识别出其中致癌的特定成分，这将向理解和预防癌症迈出一大步。

他只有几条线索。其中最重要的一条是，相比于煤炭在较低温度下燃烧产生的焦油，高温产生的焦油对小鼠的致癌能力更强。于是肯纳韦开始测试一些单一化合物，比如蒽，只有煤炭的煅烧温度高于700℃，大约1 300 ℉时才会产生。这些化合物没有在他的小鼠身上诱发出肿瘤，不过肯纳韦却发现，他以同样的温度燃烧有机物——包括人体皮肤——产生出的混合物也可以诱发小鼠肿瘤。他发现试验中燃烧的产物的化合物大多属于一个大类：多环芳烃（polycyclic aromatic hydrocarbons，PAHs）。他推断，煤焦油中神秘的致癌物可能是某种多环芳烃。

到上世纪20年代末，肯纳韦已经确定快达成目标了，但他恐怕也开始怀疑，最终实现目标的会不会是他自己。他有帕金森病，几年前他发现症状已经开始显现了——手抖，步伐拖曳，还有轻度口齿不清——它们在逐渐加重。就像患了结核病的山极，肯纳韦更多地依赖助手和同事来承担实验室工作，分析可能的目标化合物，在小鼠身上测试。他一向对每天实验室的工作记录一丝不苟，但现在，写上几页也要花上他一个多小时时间。

马拉松式的研究终于在 1932 年结束了，肯纳韦没能跑完最后一程。① 他实验小组的成员们用了附近伦敦煤气厂捐赠的两吨煤焦油，对它们进行提纯，然后测试其中的各种多环芳烃，发现了一种在各方面都吻合的分子。那是一种之前没人知道的组分：3，4-苯并芘，现称苯并（a）芘。它的出现标志着在现实环境中——不是在实验室合成的——找到了首个在实验动物身上致癌的单一化合物。阴霾扫清：有机物的燃烧——在锅炉中、发动机里、烟囱上，还有其他用火的工业中——产生出至少一种能诱导生物产生恶性肿瘤的分子。很快，肯纳韦的实验室将发现十几种致癌的多环芳烃，只要有有机物燃烧的地方，它们就都会出现——从中国大陆和美国中西部的燃煤火力发电站，到汽巴-嘉基汤姆斯河化工厂中的那些炉和锅。

但肯纳韦的成就所包含的意义远不止于识别出某个或某类化合物。如果说山极胜三郎开启了致癌物研究的领域，那么欧内斯特·肯纳韦则将对致癌物的搜寻变成了一种有方法、有成效的科学技术——这一技术将经常被致力于赶超肯纳韦研究小组的研究人员们使用，他们通常是化学家、物理学家、生物学家和医学家们，而且协同作战。在很大程度上，多亏肯纳韦和他的同事，上世纪 40 年代时几十种致癌污染物得以确定，而且环境原因——有毒化合物作用于生物体的效果——是人类患上癌症的重要因素

① 尽管欧内斯特·肯纳韦因为日益加重的帕金森症症状而没能直接参与 1932 年苯并（a）芘的最终确认，他最终还是因其在识别致癌物方面的工作而被授予了爵士称号和其他荣誉。1958 年他在圣·巴塞洛缪医院逝世，此处正是将近两百年前珀西瓦尔·波特通过对扫烟囱男孩的观察第一次开始关注煤炭污染致癌能力的地方。肯纳韦逝世时七十六岁，有赖于妻子尼娜的协助，他得以在几乎整个成年时期保持活跃的研究状态，她帮助他解剖动物，保存记录，执行需要双手稳定性的工作。

这一理念（虽大多仍未证实）获得了广泛的认同。但这些发现同时也改变了引导着环境癌症研究的社会现状。现在，某些商业产物——比如染料生产的残渣——直接被视为致命疾病的诱因，肯纳韦后来的同行们不会再得到热烈的欢呼了。从政府向着正规管理化工行业迈出第一步开始，科学就将既做武器，又当靶子。

任何一个不知道绿色和平已经到来的汤姆斯河镇居民在 1984 年 7 月的最后一周都知道了这个消息，这个组织在拉瓦莱特召开了一个新闻发布会，要求立刻关闭排海管道。[①] 接下来会发生什么没有说，不过第二天汽巴-嘉基的总经理没有同意与戴夫·拉帕波特或是其他绿色和平的代表会面商谈此事。不过至此，公司开始意识到面对的是什么了，豪尔赫·温克勒和其他经理们采用了安抚的口吻。他们告诉拉帕波特，对，汽巴-嘉基认同终止排海应该是目标。同时说，不，现有的技术条件实现不了。拉帕波特说："自然，他们实现不了我们的要求，我们告诉他们，那我们就要做不得不做的事了。"——不管是什么事。

戴夫·拉帕波特知道那是什么意思。他得去求他的朋友萨姆·斯普朗特爬水塔。爬水塔的人已经定下来一个了，贝弗莉·贝克，一个来自波士顿，神情严肃的二十三岁女孩，她是绿色和平的全职工作人员。但要带上所有的标语和供给就得需要两个人。拉帕波特想让萨姆·斯普朗特去。他二十六岁，不是绿色和平的工作人员，是麻省理工的物理学研究生。斯普朗特关注环境

---

① 绿色和平的处子秀比这次新闻发布会稍早几天，这多亏了戴夫·拉帕波特和"欧申县公民，为了清洁的水"的创始人之一的威廉·斯克朗斯基想出的诡计。拉帕波特被要求参加了一个电台脱口秀，讲讲该组织在全世界范围内与污染斗争的活动。节目到了电话提问时间，斯克朗斯基打了进来，假装没有预先准备似的提出一个邀请，他在直播中跟拉帕波特说："你不必到南太平洋去与污染作战，在汤姆斯河就有战斗。"拉帕波特的回答满腔热忱，好像他头一次听说汽巴-嘉基似的，其实当时那家工厂他已经调查了两个多月，还偷跑进去过两次。

问题——在斯坦福大学读本科的时候他参与过一些反对核电站的游行——但他来汤姆斯河主要是因为他是拉帕波特的朋友，而且他在追团队里的一个女孩。

结果，斯普朗特到了的时候那个女孩已经离开汤姆斯河了，但拉帕波特力劝他留下了，因为他有一种在拉帕波特看来以后在绿色和平的任务中用得上的性格：他追求刺激的时候不怕做疯狂的事情。前一年的夏天，在罗得岛的纽波特的美洲杯帆船赛上，斯普朗特证明了他这个特点。当时后起之秀澳大利亚Ⅱ号即将获得历史性胜利，打破美国对这项全世界最著名的帆船奖杯多年的把持。斯普朗特和一个朋友半夜的时候偷偷游到船边，躲过码头上离船几码远处澳大利亚军方一个小分队的守卫，给船上绝密的带翼龙骨拍了照片。斯普朗特后来说：“全世界都想要那龙骨的照片，我们有。那天晚上我们浑身透湿地绕着纽波特走了一圈，想找个相信我们做了什么的记者。”可怜的斯普朗特，等他的胶片发出来的时候，澳大利亚Ⅱ号已经赢了比赛，心满意足的船主向世界展示了那龙骨。斯普朗特费力弄来的照片一文不值了，不过他还可以跟朋友们讲述自己的精彩故事，包括给拉帕波特，而后者则觉得这事听上去很像绿色和平的把戏。

能智斗澳大利亚空军的人，汽巴-嘉基的保安对他来说绝对是小菜一碟，拉帕波特是这样盘算的。斯普朗特则不太确定。他知道，即便自己上到了水塔顶上，最终还是会因非法入侵被逮捕。他担心父母会怎么想，大学会不会终止他的博士津贴。但斯普朗特喜欢绿色和平的朋友们，信任他们的动机。所以，7月30日，一个星期一的凌晨，破晓前几个小时，斯普朗特和贝弗莉·贝克戴上安全帽（这样从远处看他们就像是工人）钻过围栏，进入了工厂广阔的领地。多亏有前期的侦查工作，他们有手绘地图，知道怎样在路网中移动到水塔。他们一路半蹲着小跑，只有在看到巡逻车的大灯时才停下来躲在桶后面。斯普朗特觉得过了很长时间，他们终于到了工厂的中心，水塔的阴影赫然出现在他们面前。但首先，他们得穿过两栋建筑之间的开阔地带。那里亮着灯，他们能听到夜班工人的声音。两人停下来想了想怎么办。斯普朗特说："我们就是要出其不意，而且我估计，就算他们看见了，也不知道该怎么办，所以我们决定继续半蹲着跑过去，只盼着梯子下头没有上锁的门什么的。"

他们走运，那儿没有锁。俩人开始爬那个高一百二十英尺的梯子。他们的背包塞不进围着梯子的保护笼，所以他们决定用手拿着他们的睡袋、食物和大标语爬上去。惨极了，上到一半的时候贝克把标语掉下去了。斯普朗特说："我头疼地看着它顺着管子转着圈往下一直落到底，就想'哦，老天，我们不能没有那玩意'。"他等了下，确定没有人过来查看就爬下去拿它，贝克先往上爬。第二次他刚开始往上爬了没几分钟，睡袋又掉了，斯普朗特只好再次下去。他最后爬到顶上的时候已经筋疲力尽，瘫倒在一条窄窄的小桥上，那里是他们未来两天半的时间里待的地方。

早八点换班的时候，几百个汽巴-嘉基的工人往天上看去，眼前的景象很惊人：水塔上出现了两个人影，他们下面有一个巨大的白色标语喷的是："铲除它，不要产生它。"① 一些工厂员工觉得好笑，大部分人觉得生气。后来成为工会主席的约翰·塔尔迪半开玩笑地回忆道："我只能让一零二楼和一零三楼的几个化工操作工出来给他俩拍照。"在那条小桥上，斯普朗特和贝克看到了下面混杂着好奇和焦虑的骚动。斯普朗特回忆说："我们能看到下面的危机，没人知道该干吗。我以为我们坚持一早上，他

① 萨缪尔·斯普朗特和贝弗莉·贝克挂在汽巴-嘉基水塔上的标语——"铲除它，不要产生它"——是当年绿色和平毒性运动的关键词。除了试图让工厂停止向海洋湖泊排污，绿色和平还向工厂施压，要求其重新评估生产过程，减少废物的产生。事实上，如戴夫·拉帕波特后来所说，企图停止排污不过是一种戏剧性的方法，目的是吸引人们的目光投向绿色和平的真正目标——减少生产中有毒化学品的使用。

们就会派警察上来抓我们。”

事情没那么发展，因为汽巴-嘉基的经理们害怕发生对峙。强制两个激进分子下那个长梯有危险，公司可不想把他俩变成殉道者。相反，“我们给他俩送了饭，”经理豪尔赫·温克勒回忆道。一个工头爬到梯子中间，给了斯普朗特毯子、手电、安全绳，还有一些花生黄油三明治。斯普朗特对三明治感激不尽，因为他带的东西里唯一能吃的只有一个爱吃麦片的志愿者给包的坚果和浆果。而下面的工人们则对这种体贴纵容怒不可遏。工会领导塔尔迪回忆说：“简直难以置信，他们给他俩毯子和食物。我们跟经理说，那是个错误，这些绿色和平的家伙就是流氓，他们待在上面的时间越长事就闹得越大。果不其然，事情闹大了。”

下午的时候第一架新闻直升机来了，记者们得到的图像引人注目：水塔、标语还有栏杆上的两个人。当晚抗议就上了费城和纽约的新闻，第一次——不是最后一次——汽巴-嘉基的这个工厂成了大城市电视报道的话题。汤姆斯河的居民们并不习惯于生活在一个丑名远播的镇子，他们不喜欢这样。密林深处的工厂不再是他们的秘密了。

萨姆·斯普朗特和贝弗莉·贝克在水塔上待了两天加两个漫漫长夜。住在那个十层高的狭窄铁质小桥上并不舒服。他们又湿又冷。在他们的睡袋里躺下来的时候总在担心会从栏杆中滑下去，斯普朗特和贝克用汽巴给他们的绳子把自己捆上，但也没什么效果。斯普朗特回忆说：“整件事情超级吓人。”不过在给下面制造的混乱中，他俩打起精神。

在工厂的前门，工人们和举着标语的激进分子们互相辱骂，甚至有些小推搡。到了抗议的第二天，一个汽巴-嘉基的工人打碎了两个激进分子坐的车，还打了一个来自绿色和平的女人，事情变得完全不可收拾。这个工人被控袭击。另一位雇员因为破坏绿色和平的标志而被控刑事损坏。在工厂里，一个汽巴-嘉基的工人做了自己的标志，冲着水塔挥舞。上面写着："跳，贝弗，跳。"新闻摄像机拍了个正着。事情在电视和新泽西的报纸上不断发酵，先是《费城问讯报》，最后上了《纽约时报》。对汽巴-嘉基来说最糟糕的是，美联社发的多篇报道传遍了全美国和整个欧洲——那里是公司的大本营。拉帕波特回忆说："新闻报道真的是数不胜数。从很多方面说，在我所有参与过的抗议中，这次这个阶段是最棒的，我们基本把工厂包围了。"

8月1日，第三天，拉帕波特和汽巴-嘉基以及当地警察进行了长时间的商议之后，给斯普朗特和贝克发无线电，让他们下来——这次是带着工厂提供的安全护具。他们筋疲力尽，早就想放弃了。他俩轮着睡了没超过两小时，只能拿一个塑料袋当厕所。（他们把袋子扔下来的时候袋子破了，人人都很生气。）下午，斯普朗特和贝克被带去警察局，收到了非法入侵的传票。然后斯普朗特出去吃了个渴望许久的汉堡，临睡前在海里游了个泳。过不了两天他就会离开欧申县，不会再来。① 斯普朗特后来成了俄亥俄州肯特州立大学的物理学教授，研究液晶，偶尔会想起他在汤姆斯河传奇故事中的独特角色。

但绿色和平在汤姆斯河的事情才刚刚开始。斯普朗特和贝克一从警察局出来，该组织的发言人就对记者宣布，当天上午，三名带着水下呼吸器的潜水员已经把汽巴-嘉基排海管道的五十个排污口堵住了十三个，用的是木塞子和海绵垫圈。其实不很准确，临时配的塞子不是水封的，不能真的阻止排放，而且，汽巴-嘉基雇的潜水员很快就把它们去掉了。但拉帕波特把这个无效的故意破坏的企图说成了对绿色和平有利的情况，他说组织是

① 萨姆·斯普朗特和贝弗莉·贝克没有回汤姆斯河应诉，绿色和平对他俩的行为作了辩诉交易。1984年10月24日，两个激进分子因四项非法入侵，在缺席审判的情况下被判有罪。他们被多佛法院法官判处每人交三百美元罚款，不予拘留。绿色和平付了这些罚款。

特意保留了大部分排污口畅通，以免导致排海管道远端再次出现斯蒂芬妮·伍特斯家附近那样的破裂，早在4月份，正是那次破裂揭开了后面一切事情的序幕。对拉帕波特来说，赢得镇上居民的善意比什么都重要。他想让汽巴-嘉基扮坏人，而不是绿色和平。

据说，他的策略起效了。“欧申县公民，为了清洁的水”的组织者们尽管仍对绿色和平的激进有所保留，却乐于利用绿色和平高调的宣传活动来繁荣自己的成员。到了8月初，“公民”组织已经吸引了一百五十多人参加他们的聚会，现在会不再开在斯蒂芬妮·伍特斯的客厅了，而是在市政厅。工会有时会派工人去，试图扰乱会议进程，但环保组织的支持者们的声音通常能盖过他们。与此同时，在海边村镇，绿色和平的激进分子们被当做了攻坚的英雄。该组织在海边栈道上设了个亭子，志愿者在那里为要求关闭排海管道的请愿书收集了上百个签名。那时绿色和平已经搞到了管理机构做出的汽巴-嘉基的污水的破坏性的报告。自然，他们能够挂出“信息牌”细数公司排放的物质。甚至还有一个书本式的漫画小册画的是巴尼加特湾的鱼骨架和郊外住家旁边喷射着的黑色液体。信息中很多都很夸张，全部都很有效。

如果上述那些还不足以吸引海滩游客的注意，那还有必杀技：一个大罐子，满满都是——现在看——很常见的鞋油那样的棕色的不透明液体。据绿色和平说，那是又一瓶从其中一个排污口采来的汽巴-嘉基的废水样品。米歇尔·多纳托说：“那真的是深棕色，很可怕。人们看到它会说：‘哦，老天，出来的是这样的?’”对过客来说，它的意味很明显：你就在这种东西里游泳。不用考虑没有直接证据证明排放危害着海洋生命（尽管糠虾实验证明可能有影响）。不用考虑因为废水排放在离岸半英里之外还被周围的海水大大稀释了，对人类的风险接近于零。这些看来都不重要，尤其是当人们在《欧申县观察家报》上读到很多排海污染物是致癌物的时候。“即便是可能只有一个孩子在那里游完泳十年之后患上了癌症，或是，上帝保佑，一个孕妇，我觉得我们也一定要阻止这种事，”拉瓦莱特的南希·门克·斯科特回忆说。她被绿色和平爬水箱堵管子的行为所激励，后来的七年中都在几乎全职地与汽巴-嘉基做斗争。

绿色和平的人又在拉瓦莱特待了几个礼拜，沉浸在海滨栈道上基本属于环境保护主义的狂欢中。让拉帕波特意识到绿色和平在这场竞赛中得了高分的是下面这件事，一天晚上他们在罗斯·多纳托的房子里吃晚饭的时候，一个人——后来人们认出他是欧申县商会的一个重要成员——跑上房子的前廊处抓起了装着棕色废水的瓶子。这人冲上汽车，拉帕波特和几个人紧随其后。他们跟他到镇子的主干道上，在那里警察拦住了他，强迫他把那瓶宝贵的废水还回去。① 又有了更多的新闻发布会，其中一次绿色和平宣布他们某次夜间偷袭汽巴-嘉基领地采到的土壤样品被检出了氰化物。那些唐·贝内特在《欧申县观察家报》上写的拗口的化学物，欧申县的居民们估计不认识几个，但他们知道氰化物是什么。公司发言人回应，工厂已经多年不使用氰化物了，然后在同一个礼拜又承认汽巴自己的检测显示排海管道内层正发生侵蚀，需要大面积修理。② 这更加证明了公司所谓“百分之九十九的水和一点点盐”的废水里面，实际上有能够蚀穿钢铁的猛料。

到了8月中旬，事件逐渐平息。很多绿色和平的成员已经坐

---

① 1984年8月5日的欧申县周报《记者报》社论中提到了这次企图盗窃绿色和平的污水罐的事件。大字标题是“绿色和平证明可以由我们来终结”。配的漫画的标题是“吞吃拉瓦莱特的污泥（汽巴-嘉基制造）”，画里一个怪物从管子里钻出来。采访中，戴夫·拉帕波特、南希·门克·斯科特、米歇尔·多纳托和萨缪尔·斯普朗特描述了罐子风波。小偷的身份仍然未知，尽管各方面的消息都认为他隶属欧申县商会。

② Eugene Kiely, “Greenpeace Challenges Ciba to Water Tests”, *Ocean County Observer*, August 20, 1984.

着阿列伊卡号离开了镇上，不过他们承诺明年夏天还会回来。拉帕波特在纽约市，8月6日他和另外三伙人为绿色和平又创造了一个扬名立万的机会：攀登包围自由女神像（当时正在维修）的脚手架，挂上标语宣称“我要从核武器中解放出来——停止实验”。

夏末绿色和平离开的时候，汤姆斯河已经和拉帕波特三个月前初到时完全不同了。首先，海边的村镇变得激进了。对于罗斯·多纳托、南希·门克·斯科特，还有成千上万的新泽西人来说，海洋是神圣的，它使他们的州除了被纽约人和费城人取笑之外还有了些其他东西。他们所感受到的愤怒深深关乎自己，他们会战斗到底。在巴尼加特湾的另一边，汤姆斯河的居民则复杂一些。同样，他们热爱大海，但他们对汽巴-嘉基排污的怒气因自己与公司的联系，以及公司对本地经济的重要性而减缓了。大部分人还不准备向汽巴-嘉基开火，但他们并不愿意看到自己的城镇被打上污染的标记。在汤姆斯河，名声意味着一切，现在他们这个地区在电视和报纸上被描绘得和纽瓦克、特伦顿，还有其他破败的工业城镇没有差别，那些都是他们长久以来不屑一顾的地方。

1984年的夏天，因为有唐·贝内特、斯蒂芬妮·伍特斯、戴夫·拉帕波特，甚至还有罗斯·多纳托这些人，汤姆斯河镇到了一个转折点。工厂不再是值得骄傲的所在，以后也不会再是了。它的总经理们不再能控制事件，以后也不能了。对汤姆斯河人来说，突然之间，有太多理由去质疑他们的城镇与工厂之间绵延两代人的浪漫关系了。很快还将发生更多。

第十章　填色比赛

1984 年 7 月 30 日的早晨，绿色和平的萨缪尔·斯普朗特和贝弗莉·贝克溜进汽巴-嘉基的工厂，爬上水塔开始示威，几个小时之后，三位州政府的官员出现在了工厂的前门处，罕见地要求突击检查，还要再去填埋井走一趟地狱之旅。

对新聘任的州环保部危险废弃物专员吉姆·曼纽尔来说（自 1984 年后期起他多次亲身前往填埋井），对汽巴-嘉基的拜访绝对不是令人愉快的经历——而且还充满了似曾相识的感觉。和欧申县所有热爱科学的男孩一样（曼纽尔在莱克伍德附近长大），他大学毕业后申请过汽巴-嘉基的工作。他回忆说："它是这个区域最重要的雇主，没人质疑过他们做的任何事。"现在，以调查员的身份回到那个工厂，曼纽尔开始细细审视公司的操作。

不出意料。工厂的有些建筑清洁而现代，但其他的看上去就像已经污染了几十年的样子。临近生产厂房又没树的地方，早在 50 年代就被用作了垃圾场，当年使用不当产生的污痕还在那里，令人厌恶。曼纽尔知道土壤是砂质的，下面就是含水层。他想知道这些长久积存的化合物在到达地下水层之后去了哪里。但那些更老的垃圾场，总计有十四英亩，不在州管辖范围之内。美国环保局通过超级基金法案处理这类区域，1984 年时超级基金的污染点位仍由美国环保局管理。曼纽尔和州环保部他的同事们关注的是两英亩的新排污点，那里他们部门可以制裁，在这个铺着双层防渗膜的垃圾填埋场里，公司每年埋入一万个桶和九千立方码处理污水后产生的污泥。[1]

曼纽尔来的时候，州环保部知道垃圾填埋场的防渗层漏了已经至少五年了。垃圾场的第一部分，“一号池”1978年开始运行，不出一年州调查员就报告了渗漏，速度大约是每秒一滴。到1982年年中一号池容量已满，渗漏增长到每天大约一加仑。于是公司开始向新的“二号池”倾倒垃圾，那里不久开始以每天四十加仑的速度渗漏。[2] 填埋场的内层衬底是聚氯乙烯塑料，承受不住汽巴-嘉基废物中的那些溶剂和其他腐蚀性成分。同样材质的外层塑料衬里是为了防止废物突破，以免又像多年来露天的排污井那样污染地下水。内外两层之间是两英尺厚的沙层，那里的某些部分现在已经浸满了漏下来的废物。

不应该出现这种情况的，因为危险废弃物和液体废物是不允许做垃圾填埋的。为了降低渗漏的可能，州环保部颁发的经营许可中指明了只有干燥的、无危险的废弃物可以在那里填埋。所有的危险废弃物都应该运走，去专门处理。公司逃避规定将它几乎所有的废物倒进自己的填埋场（除排海污水之外的所有废物），每年大约省下了一百万美元。[3] 到了1984年中期，汽巴-嘉基违反了许可证要求的证据确凿，很可能属于刑事犯罪。自1979年以来，州环保部的调查员去了不止一百三十次填埋场，每次都报告渗漏。州政府甚至检查了渗滤液，确认其中绝对含有甲苯等危险化学品。但州环保部仍旧没有试图罚款或起诉汽巴-嘉基，或

---

① 在1980年1月给州环保部的一封信中，一个汽巴-嘉基的经理估计，工厂每年在填埋场填埋九千八百桶物质，加八千九百立方码的污泥。

② Charles J. Trautman, environmental specialist, New Jersey Department of Environmental Protection, “Toms River Chemical-Ciba-Geigy Chronology of Inspections from May 22, 1979 to May 14, 1984”.

③ 汽巴-嘉基在原位填埋一桶废物的花费只有三十三美元，而运去其他的危险废弃物填埋厂则需要一百三十六美元。

是吊销它的垃圾填埋许可证，上述举措都会迫使工厂或者关门或是斥巨资将废物和污泥外送处理。反之，一天天，一年年地，州政府让汽巴-嘉基继续倾倒着废物。[①]

这个案例反映了环境执法的可悲，而且，从那时起到现在，这都是典型的情况。无论新泽西或是其他任何地方，遵纪守法靠的仍旧全是自发的报告与协商。以他们人力资源之匮乏，失察是必然的结果。以美国环保局为例，需要监督几十万家污染企业，员工数却从没超过一万八千人，这些人中只有不到十分之一与执法相关。所以整个系统仍旧依赖企业自身的报告，外加过度劳累的调查员们偶尔为之的直接监管。[②] 出现违规的时候，管理机构通常提起民事诉讼，几乎都是以协商终结，形成被称为“同意令”的文件，违法的企业承诺改变行为，有时需要支付罚款。

环境案件中出现刑事定罪的非常罕有，因为这通常需要起诉方提供不只是合理怀疑的证据，要证明污染方属蓄意违法——这很难实现，因为环境法规复杂且它们的解释多变。即便是一些以刑事案件开始的环境执法——这一般很罕见——最终也通常以民事和解结束，上世纪 70 年代汤姆斯河化工厂受到的起诉便是如此。联合碳化物公司 1977 年也循着相似的路径达成了同意令，州政府对其污染快乐平原地下水的行为终止了起诉，转而以六万美元和解。上世纪 80 年代，对污染者的刑事诉讼很少，1984

---

① 尽管 80 年代早期新泽西州环保部允许汽巴-嘉基继续使用麻烦不断的填埋场二号池，不过他们确实在 1981 年 5 月的时候协商达成了同意令，要求公司在关闭一号池后给它加上防雨盖，这样，如果二号池的内外两层防渗膜都发现有泄漏，州政府有权关闭二号池。同意令也明确了对二号池逐渐加强的检查计划。

② 《环境犯罪教材》（环境法协会，2004）的作者 John Cooney 在该书第 9 页直白地描绘了这一窘境：“现实是环保机构无法对一个区域独自监管，他们必须依赖企业自己管理。”

年时美国环保局向司法部提起的诉讼只有三十一件，而有三千多件都是行政处理的或是在民事法院审理。[①] 因为执法依赖自行报告，而且罚款的威胁很遥远，污染者对于是否遵守规则的判断就成了商业计算：被发现的风险有多大？支付罚款是否比一开始就遵守规则更廉价？很多废物管理人员结论明确：遵纪守法不划算。[②]

在上世纪七八十年代，新泽西州仍是工业中心，在全美各大州中，那里控制污染的难度最大。1976 年国会通过了《资源保护与回收法案》，首次试图明确危险废弃物的定义及其处置方法，新泽西州运输有毒物质的价格立刻翻了两番。这刺激了处理垃圾的人违反新法。后来发现，一些处理垃圾的人与犯罪组织有联系，他们早已习惯于非法操作了。[③] 1979 年新泽西的立法人员终于将非法排放有毒废弃物定成了重罪，判刑五到十年。但难以证

---

① David B. Spence，"The shadow of the Rational Polluter：Rethinking the Role of Rational Actor Models in Environmental Law"，*California Law Review*（July，2001）：917—998. 多年的联邦环境执法可见于第 924、925 页的图表。

② 有一个著名的案例，肯塔基州健康调查员在 1967 年调查一处有毒垃圾场起火的时候告诉场主 A·L·泰勒他的操作违法，需要州许可证。泰勒无视了这个要求，十一年过去后听证会的官员判处了三千美元的罚金。1977 年泰勒去世时，遗毒是一万七千个半埋的桶和一个污染的水网。美国环保局试图清理该处，那里后来被称为"桶谷"，花费不止两百万美元。可见于 *Superfund Third Five-Year Review Report for A. L. Taylor*（Valley of the Drums）（U. S. Environmental Protection Agency，2003），4。

③ 有组织犯罪牵扯危险废弃物处理行业的程度曾是热议的话题，在国会委员会中也有提及。可以确定，上世纪七八十年代，新泽西州一些废弃物相关犯罪活动中的重要人物与犯罪集团有关联，包括卢凯塞、热那亚和甘比诺犯罪家族。某些甚至发现有谋杀活动。《为利益放毒：美国的黑社会与有毒废弃物》（William Morrow，1985）一书中关于这种联系的记述是最著名的，但两位作者 Alan A. Block 和 Frank R. Scarpitti 被控诽谤，被迫承认书中一些说法是错误的。与之相对，后来在新泽西和另外三个州进行的危险废弃物犯罪评估中发现："通常情况下，进行非法排污的是一个普通的由利益驱动的商人，集团犯罪活动可能存在，但绝对不是普遍的。"见于 Donald J. Rebovich 的《危险的土地：危险废弃物犯罪的世界》（Transaction Publisher，1992）第十四章。

明犯罪意图仍旧是定罪的一个巨大的障碍。① 这个情况尤其打击州环保部，因为在他们与污染者的艰苦斗争中，要想让对方遵守规定，依赖的就是会严格执法、包括刑事惩罚的威胁。这种威胁对于汽巴-嘉基这样的大公司来说尤其空洞，他们请得起顶级的法律与工程师精英，还和政客们亲密无间。早在70年代，公司就已经证明了他们打得赢刑事诉讼案。没有谁想和汽巴-嘉基纠缠，而且公司深知这一点。

但是，在1984年初夏，因为排海管道的泄漏和随之引发的民愤，汤姆斯河的沉疴正在发生改变。城里有绿色和平，海边的村镇也被激怒了。每天的报纸上几乎都有“欧申县公民，为了清洁的水”，还有唐·贝内特，他在《欧申县观察家报》上一篇接着一篇地写批评文章。在吉姆·曼纽尔和他的调查员同事看来，很显然，维持现状不大可能再被接受。他们在特伦顿的上司要对汽巴-嘉基采取措施了——要不然就得面对政治影响。

对于曼纽尔和他的同事来说，在汽巴-嘉基待上一天经常都是种折磨。他们先得在狭小的办公室待几个钟头，仔细研读记录着工厂产生出的每一桶废物的安置位置的表单。而这个跟接下来的工作相比就是逛公园了：调查员们要爬下填埋井近距离检查废料桶。那场景直逼但丁的地狱。那里气味糟糕，废料桶一排排地，由绳子捆在一起，码在厚厚的油黑的污泥上，污泥都是从污水处理厂拉来的。曼纽尔回忆说：“那地方很恶心，他们扔在那

---

① 新泽西州的检控官要给环境类犯罪定罪的时候，通常是因为他们可以借助于为其他目的设立的法律，例如邮件欺诈或是妨害公众。1980年4月21日，伊丽莎白镇化工控制公司的一场可疑大火烧掉了五千多桶有毒废物，它们都是非法存放的。七个月后，该公司的三个所有者被指控非法存放废物且允许其渗入伊丽莎白河。他们被起诉的罪名是邮件诈骗和共谋对生产者做出合法处理废弃物的虚假承诺。其中两人最后因邮件欺诈和共谋进了监狱，但对污染的起诉大多告吹。两人被宣判无罪，另一个人被课以五千美元罚款和缓刑三年，而该公司因为违反州水污染控制法和妨害公众，只被罚了两万三千五百美元。

里的污泥简直就像轴承润滑油一样。一下雨哪儿都变得滑腻腻的。有时候你从哪里都靠不到桶跟前去，差不多只能是绕着它们在远处打转。”

在这种噩梦般的情况下，调查员们要想弄清楚桶里究竟有什么极为困难——一旦它们被埋在了泥里就根本不可能了，而这种情况过几周就会发生一次。即便如此，调查员们不断发现汽巴-嘉基在把危险废弃物和液体废弃物抛入垃圾填埋场，这是不符合规定的。曼纽尔回忆说：“这事可能发生过三次、四次，或是五次。”有时调查员们凭着自己的鼻子，找寻液体溶剂的特殊气味。其他时候公司则是被自己的文件出卖了。清单表上，每个桶都有自己的序列号，有些在清单上标注应该送出场的桶却被扔在了井里。

被揪住之后汽巴-嘉基的经理们不一定承认。他们常常会辩称出了问题的废物并不符合“危险”的法律定义。比方说，生产树脂时，会从滤膜上刮下残余的“滤饼”。每年公司都往它“干燥，无危险”的垃圾填埋场中扔几百桶滤饼，尽管滤饼中浸满了甲苯。经理们说滤饼和溶液形成了化学键，这样它就没有危险了。曼纽尔认为这是胡扯。多年之后，当州政府从这个填埋场中将桶拽出来时，他证明了自己的观点，他走进埋藏很久的桶中间，抓住一大块滤饼一捏，甲苯从里面流出来淌了一地。

在曼纽尔和其他的州调查员看来，证据很明显：汽巴-嘉基违反了他们的许可条例，而且一直在这么做。现在，是不是总算有人要对此做些什么了。到了 1984 年年中，工厂的违规次数太多，调查员们放弃了他们惯常的去之前提前通知的做法。他们现在不通知就出现，7 月 30 日就是这种情况。再一次，他们发现了装着液体溶剂的桶送去了垃圾填埋场的证据。

两天之后的早晨，斯普朗特和贝克爬下水塔，绿色和平的潜水员象征性地堵上了排海管道排污口，汽巴-嘉基的经理豪尔赫·温克勒不在镇上。他去特伦顿紧急会见州环保部的首脑们了。作为生产和环境事务主管，当公司笨拙地试图给自己的废物处置方法进行辩护时，温克勒是个重要角色。现在，他在特伦顿承认，绿色和平至少在某些方面是对的，州调查员也是。温克勒跟官员们说，汽巴-嘉基不断地填埋液体废弃物是个“错误”。这不像半固态的滤饼，不是一个灰色地带。他承认，那些有问题的桶里装的是纯粹的液体，是“绝对的违规”。官员们让他出去他们好就这个问题进行私下讨论，然后他们把他叫回来，扔下了一个重磅炸弹：他们告诉温克勒，公司必须立刻关闭这个垃圾填埋场，清理已经埋入二号池的一万四千个桶。

温克勒惊呆了，他请求部分缓期执行，让公司继续使用填埋场，只用于污水处理后污泥的填埋。否则，他说，工厂就只能停产，给工人们放假了。官员们同意了，接下来的几周里工厂一切如故。唯一的区别是，汽巴-嘉基不再填埋废料桶，而是把它们储存在一个临时的场地，同时开始与州政府不停地协商。温克勒进一步让步，经过了这么长时间，他终于认识到了公司的地位是岌岌可危了。8 月 10 日，汽巴-嘉基终于告诉州政府，它的污水处理厂将不再接纳其他工厂的废水——此时已是州政府提出此要求一年多之后，距记者唐·贝内特在《欧申县观察家报》上高调报道此事也有四个月了。温克勒同时和当地政客们偷偷会面，敦促他们力挺汽巴-嘉基为本地的经济支柱，同时向他们保证，和以往一样，公司将悄无声息地和州环保部达成和解。

看起来情势趋于平稳，特别是绿色和平坐着船走了之后。公司的法律团队神通广大——由马修·博伊兰领衔，他恰好是州刑事司法部的前主管——正在和州环保部协商。8 月末，温克勒成竹在胸，和往年一样去了纽约州的上萨拉纳克湖度假。尽管经历了 1984 年夏天的疯狂，他还是确信公司将会达成协议，和从前一样。劳工节过后的阿第伦达克山总是风景很好，温克勒不想错过。

1932 年，在伦敦肿瘤医院，欧内斯特·肯纳韦的研究历经十余年终于确认了第一个化学致癌物苯并（a）芘，同年，另一位痴迷于挖掘癌症病因的叛逆的病理学家也抵达了他事业的转折点。他的名字叫威廉·休珀，和他在癌症研究中的众多前辈一样，他有一种帕拉塞尔苏斯式的“技能”，令周围的所有人都厌烦他。

休珀成长于德国北部舒适自由的家庭，1914 年二十岁一战爆发时，他没有做一个和平主义者将战争斥责为“愚蠢的冒险”，而是中止医学学业，自愿报名参军。① 他在比利时的战壕里战斗——其中一项任务是运送大箱的氯气到前线打击法国人，无论风向是不是合适——然后转去战地医院工作。在长达五个月的索姆河战役中，德国的伤亡人数在五十万以上，他将其称为“大肆屠杀的狂欢”，当时他负责对伤员进行伤情鉴定。战争的最后一年，休珀做了法国俘虏，睡在马厩里，靠着每天配给的两杯咖啡一小块面包活了下来。

这样的经历会使任何人变得脾气暴躁，任性固执，休珀就兼而有之。获得医学学位后，他于 1924 年移居美国在芝加哥医院做了一名病理学家，1930 年因一场与钱有关的争执而辞职。随后他接受了费城宾夕法尼亚大学癌症研究实验室的职位。和当时全

① 这段关于威廉·休珀的生平与事业的记述大部分基于 1976 年休珀八十二岁时完成的未发表自传，三年后他去世。他称其为《一名医生在职业癌症中的历险：医学界卡桑德拉的故事》。马里兰州贝塞斯达的国家医学图书馆向笔者提供了机打手稿的复印件。“愚蠢的冒险”引自该书第 44 页。“大肆屠杀的狂欢”出自第 60 页。休珀生涯的另两个重要来源是 David Michaels 的文章“待身体来清算：国家决策制定与美国染料业的膀胱癌”（1988 年 9 月）：215—232，和“当科学不能胜任时：威廉·休珀，罗伯特·A·M·凯斯，以及预防职业膀胱癌时有限的科学证据” *International Journal of Occupational Health* 1：3（1995）：278—288，他是一位流行病学家和作家，2009 年被委任为联邦职业安全与保健管理总署（OSHA）的主管。

世界的癌症研究人员一样，他想模仿山极胜三郎的成功，在实验动物身上诱导出肿瘤来，休珀本想向小鼠注射含砷化合物，以此成就伟业，却只是成功地杀死了小鼠。不过他的确在另一个前沿取得了进展。伊雷内·杜邦是美国最富有的人之一，在其祖父建立的工业巨擘中曾任总裁，并长期是董事会成员，他资助了休珀工作的实验室。因此休珀去过几次位于特拉华州威尔明顿的杜邦公司总部。他甚至受邀参观公司位于新泽西迪普沃特河对岸的杜邦·钱伯斯化工厂。休珀关于致癌化学品的实验室工作进展不很顺利，但他对工厂调查有着天然的亲近感。也许，对世界上最大的化工生产厂的参观激发了他新的灵感。①

杜邦公司和杜邦本人，都将对 1932 年的邀请感到后悔，但他们与休珀的联系开始时的确很单纯。参观工厂的时候，几名化学家告诉休珀，杜邦在大量生产两种化合物，这是苯胺染料生产过程的一部分，这两种物质休珀很熟悉：对二氨基联苯和 β-萘胺。（这两种物质在竞争对手辛辛那提工厂——杜邦的瑞士竞争者的工厂——中也有生产。）休珀了解它们，因为早在 1895 年路德维希·雷恩第一次在法兰克福的染料工人中记录下“苯胺肿瘤”起，在德国、瑞士和英国，染料工厂中检出的膀胱癌病例集群都将它俩视为可疑病因。在欧洲的这些研究证明，工人们接触这两种物质十到十五年之后，开始出现膀胱癌；钱伯斯化工厂 1917 年开始生产苯胺染料，而当时已是 1932 年。在休珀看来，要发生什么很明显：杜邦将面临膀胱癌的流行。事实上，这可能已经开始了。回到费城后，他匆匆写就措辞激烈的便笺，将其直接寄给了伊雷内·杜邦。休珀等了几个月还没回音，当他向自己

① 上世纪 20 年代起，除苯胺染料外杜邦·钱伯斯工厂还生产含铅汽油。四乙基铅被添加在汽油中来给发动机“防爆”，但因暴露在烟雾中，上百名工人受到脑部损伤。20 年代末时这种毒性广受宣传，钱伯斯工厂中生产含铅汽油的区域被大家称为“蝴蝶之屋”，因为工人们出现这种昆虫的幻觉。

实验室的主管，杜邦的密友和私人医生埃利斯·麦克唐纳提及此事时，被告知钱伯斯工厂没有膀胱癌病例。

但几个月后，杜邦的医疗主管出现在了休珀和麦克唐纳实验室的门口，带来了令人担忧的消息：钱伯斯有膀胱癌病例。实际上，公司已经在苯胺工人中确认了二十三例病例。休珀立即向伊雷内·杜邦写了另一封信，这次他提议公司建立自己的毒理学机构，研究雇员和顾客的化学品风险。同样，又是没有回音，直到几个月后休珀陪同麦克唐纳再次造访威尔明顿大厦。伊雷内·杜邦将休珀拉到一边私下里说，建立研究所的时机还不对，国家还在大衰退[①]之中，杜邦没法分出资金来进行健康研究。

第二年，1933 年，休珀更直接地感受到了经济崩溃：麦克唐纳解雇了他。两人发生了冲突——休珀认为麦克唐纳的自我吹捧不道德，而麦克唐纳怎么看休珀我们只能猜想了——然后休珀被告知，实验室没法支付他的薪水了。工作失意，休珀和妻儿回到德国寻找医学界的位子。职位很多，因为希特勒掌权后很多犹太人都逃走了，但没人请休珀。一家人回到美国，休珀最终接受了宾夕法尼亚一个矿业小镇的一家小医院的卑微的职位。接下来，1935 年，令人吃惊的事发生了：休珀得到了新成立的哈斯克尔工业毒理学实验室主管的职位。在建中的哈斯克尔实验室在威尔明顿，将成为杜邦公司内部的健康研究机构。伊雷内·杜邦终究接受了休珀的建议，现在邀请休珀参与其中。他立刻接受了。

到达威尔明顿之后，休珀发现他预言的膀胱癌流行正是如火如荼，染料工人中有不下五十个病例。他立刻着手研究狗暴露于β-萘胺中的长期效应，这种苯胺染料的生产原料被缩写为 BNA。杜邦之前已经在实验动物身上测试了染料生产的另一种关键原

① 大衰退（Great Depression）是指 1929 年至 1933 年间全球性的经济衰退。——译者

料，对二氨基联苯，没有发现肿瘤，不过公司总是在一年之内就终止实验。休珀把一句话视为真理：不能相信制造商做的致癌性实验，这件事就是第一例证明。① 他知道对人类来说，需要暴露在染料化合物中十几年才会发展为膀胱癌，所以他认为动物实验至少应该坚持几年——特别是山极和肯纳韦的实验都是将动物暴露在致癌物中超过一年后才观察到了肿瘤。在他的新实验室里，休珀准备了更加全面的实验：十六只体型足以进行膀胱镜检查的母狗，它们的食物中将含有 BNA。② 这些狗会被观察至少两年，比之前的试验时间长了一倍。

在他等着看狗身上会发生什么的时候，休珀决定再去特拉华河一趟，看看钱伯斯工厂 BNA 的生产过程——这次是以杜邦员工的身份。他到那的时候吃惊地看到，BNA 的生产场地异常干净，任何表面都没有粉末散落的痕迹。休珀认出了一个工头，对他说："你这里干净得令人吃惊。"对方回答："大夫，你应该看看昨晚上的样子，为了迎接你我们通宵打扫来着。"③ 生产对二氨基联苯的地方是个单独的建筑，他决定去那突击检查一下。这个地方没有打扫过，稀松的粉尘处处都是。他后来写道："看一眼那地方就立刻明白了工人们都是怎么接触毒物的。"十五年之前，1921 年，总部位于日内瓦的国际劳工组织检视了逐渐增多的染料生产与膀胱癌的证据，确定对二氨基联苯和 BNA 有最大的嫌疑，敦促生产商采用"卫生防护的最严格手段"。④ 从休珀对钱伯斯工厂染料生产车间的拜访来看，杜邦公司显然从来没听到过上面这

---

① 休珀在他未出版的回忆录的第 152 页写到："这些，还有其他一些类似的经历中，证明并承认工业化学品与废物的致癌能力通常都被大大延后了，这提供了充足而切实的证据，证明工业与商业私人团体不适合于被委托进行针对它们员工和普通大众的健康防护。"

② 膀胱镜用一个装有镜头的薄管，经由尿道进入，检查膀胱内部。

③ Hueper, *Adventures of a Physician in Occupational Cancer*, 156—157.

④ Michaels, "When Science Isn't Enough", 279.

条消息。休珀认为这是对他有意误导公司的现状，对此很生气，以他典型的方式做了回应：又急忙给伊雷内·杜邦写了个便笺，这次抱怨的是“欺瞒”。一如既往，石沉大海，但休珀不再被允许去钱伯斯工厂参观染料生产了。

休珀迅速被驱逐出工厂领地是一个信号，杜邦的一些原则在改变——化工行业整体都是如此。生产商一向轻视生产过程的健康影响，但他们之前的战术偏向怀柔，因为没必要更具攻击性。政府缺乏挑战企业所需的民意和医学证据。但在20世纪30年代中期，天平的两端开始转换。1932年肯纳韦确认了苯并（a）芘的致癌性，为全球寻找其他的工业致癌物增添了动力。到1936年十几种物质已显示出致癌性，杜邦最初对休珀的苯胺研究所怀有的热情与日俱减。1937年，公司最后一次发表对钱伯斯工厂膀胱癌的调查，确认了八十三例病例——其中四十六例都是在最近三年中被查出的。[①] 从此以后，病例的增长杜邦将秘而不宣，尽管1947年，在一封私人邮件中，公司的医疗主管说早年曾在钱伯斯接触过BNA的每一名工人都患上了膀胱癌。此事如能公开披露可能会对辛辛那提工厂的工人们有益，上世纪40年代末期那里出现了类似的膀胱癌集群，但杜邦没有公开他们知道的情况。[②] 科学公开的时代结束了。一个管辖权斗争的时代开始了。

当然，对威廉·休珀来说，战斗不是新鲜事。他不打算辞职，特别是狗的实验进行到二十个月的时候，膀胱镜检测显示它们中很多的膀胱中都出现了肿瘤。当实验进行了三十六个月宣告结束时，十六只狗中十三只有膀胱病变——这种快速扩张的生长

---

① Bailus Walker Jr. and Abbie Gerber, “Occupational Exposure to Aromatic Amines: Benzidine and Benzidine-Based Dyes”, *National Cancer Institute Monograph* 58 (1981): 11—13, 11.

② 钱伯斯工厂膀胱癌程度的真实情况——病例超过四百个——直到80年代才被披露。见于 Michaels, “When Science Isn't Enough”, 280—281。

和休珀在杜邦检查染料工人时看到的一样。[①] 自路德维希·雷恩在德国的染料工人中记录下“苯胺肿瘤”已过去了四十余年，染料化合物——β-萘胺，BNA——的致癌性终于被证实了。致癌物的名单五年前从肯纳韦的研究开始出现，并在不断增多，如今休珀又加上了另一个重要的工业化合物。几个月后，1937 年 11 月，那柄躲不开的斧子落下来了：休珀又被解雇了。这次，他被告知，未经公司允许，不得讨论任何他在杜邦公司参与的工作，他没有接受这个要求。

很长时间之内，都不会再有染料行业癌症集群的报道了。有争议研究的新规则不允许这样。

1984 年 9 月 7 日，那场汤姆斯河最臭名昭著的谋杀案发生当晚，戴恩·韦尔斯独自留在汽巴-嘉基的垃圾填埋场，站在那里看着几百个还没有填埋的桶。它们站成几个长排，就像一队衣衫褴褛的士兵，在快圆了的月亮的照射下反射着微弱的光。多年后韦尔斯回忆：“那让我想起某个科幻小说中月球表面的景色。我是一个关注有毒废弃物的人，那让我害怕。我想离开那里。”

在那个怪异的夜晚，一连串罕有的事情把韦尔斯带去了垃圾填埋场。当时他是欧申县检察官办公室的一个年轻的调查员。刚刚过去的一整个夏天，他和上司，管理办公室独立调查机构的迪克·奇内里都在设法以刑事案件起诉汽巴-嘉基。对于这对在欧申县长大——他们管自己叫“皮尼”——的本地警察来说，这是一份激动人心的工作，而且他们习惯于调查夜间盗窃。现实中，奇内里对韦尔斯来说不像上司，更像同谋——这与犯罪无关。这

---

① Wilhelm Hueper, “Aniline Tumors’ of the Bladder”, *Archives of Pathology* 25 (1938): 855—899. 另见于 W. C. Hueper, F. H. Wiley, and H. D. Wolfe, “Experimental Production of Bladder Tumors in Dogs with Beta-Naphthylamine”, *Journal of Industrial Hygiene and Toxicology* 20 (1938): 46—84.

两个人将自己视为泽西版的西部警察：廉洁、大胆、不过多考虑法律程序与部门等级的细节。和记者唐·贝内特一样，奇内里和韦尔斯密切观察着当地的权力结构，却置身事外，他们和贝内特一样，对汽巴-嘉基的前后矛盾充满兴趣。一个如此熟悉的地方，县里的两代人中有几千人在那里享受着最好的待遇，却又如此地神秘，怎么会这样？奇内里回忆说："汽巴-嘉基就好像一本合着的书，没人知道里面是什么，我们想弄清楚。"

他们兴致勃勃地追这个案子，每条线索都查到底。县检察官爱德华·伯恩巴克对他俩的监督不严，奇内里和韦尔斯偷偷在路边会见在工厂工作的线人，和绿色和平结成秘密同盟互相交换对汽巴-嘉基不利的消息。（韦尔斯甚至保留了一个绿色和平曾用来堵排海管道的碗形塞子，作为纪念。）7月，传来了激动人心的消息，州环保部秘密将汽巴-嘉基的案件移交给了刑事司法部，可能做刑事起诉。该部环境犯罪司的首席调查员韦恩·史密斯要来汤姆斯河，奇内里和韦尔斯将和他一起联合调查。

这两个县调查员兴奋地告诉了史密斯他们所知道的关于汽巴-嘉基的一切。但他俩很快发觉，这个州-县联合调查不太像合作关系。史密斯和环境犯罪司的律师们是专家，他们无意与两个可能把甲苯当做牙膏品牌，以为滤饼是餐后甜点的外行合作。史密斯回忆说："他们没法理解环境犯罪的复杂性，但我们知道。"史密斯告诉两个"皮尼"，在他立案调查汽巴-嘉基总裁一再蓄意违反州颁发给公司的填埋场运营许可的过程中，他俩要耐心。在奇内里和韦尔斯看来，这是铁案。他们认为很快就将突袭工厂，抓一票人。

但几周的时间过去了，还是没有突袭。与此同时，在汤姆斯河，谣言风传。据说汽巴-嘉基已经让当地的政客们代表企业的利益去游说州政府的官员了，而且公司人脉广泛的律师们甚至已经向州长陈情，而州长汤姆·基恩是共和党人，明年要参加选举。韦恩·史密斯后来坚称，州政府最后一定会起诉汽巴-嘉基，这一点从来没有过大的争议，但时间还不确定，因为这是一个复杂的案子。但奇内里和韦尔斯不相信。他们认定从特伦顿来的大人物们在到处找借口，要么是想放弃刑事起诉，要么就是想把县调查员挤出去。这可不单单是尊严的问题，还跟钱有关，因为如果州独立起诉，汽巴-嘉基缴的所有罚款都会单独给特伦顿，不会分给欧申县。

奇内里和韦尔斯深信他们的案子要溜掉了，决定做些惊世骇俗的事。8月末，奇内里给州环境犯罪司打了电话。他告诉电话线那头不满的检察官，欧申县检察官办公室决定单独突袭汽巴-嘉基，并提起他们自己的诉讼。奇内里说，一等法官签署了搜查令，县警察就会进入。他撒了谎，并没有申请搜查，也没有突袭工厂的计划。县检察官——第一次尝试进行环境执法是1980年逮捕了一个往污水坑里倒垃圾的闹事者，是一次可笑的尝试——完全不具备解决汽巴-嘉基这种庞然大物的能力。实际上，无论任何大小的环境问题，韦尔斯和奇内里都不具备解决的能力。韦尔斯回忆说："我们完全不知道怎么办。我俩连件白大褂都没有。我们就是对拖拖拉拉厌烦透了，想整点事。"这是一次赌博，但奇内里觉得他的虚张声势州政府不敢接招。如果本地警察真的进去了，州政府将错过突袭汽巴-嘉基的所有新闻报道，也将错失所有的罚款。更糟的是大家会认为州政府屈从于政治压力，对公司放水，与之对比的是县检察官的果敢。奇内里认为，这是一个万全之策。州政府不得不行动。

他是对的。打完电话几个小时之后，一车从特伦顿过来的检察官出现在了奇内里位于旧县政府大楼的办公室里，只要能停止县单方面的突袭，他们什么都愿意做。会晤结束之前州政府的官员们已经答应，任何罚款都与县里均分，并承诺由奇内里和韦尔斯做总检察官办公室的特别代表，从内部监控调查。州检察官保证尽快突袭工厂，以免汽巴-嘉基有时间清理场地或是破坏证据。而县检察官伯恩巴克自然让步：行动由州政府带头。

下一个周六 9 月 1 日就是长假开始的周末。豪尔赫·温克勒在他那间位于阿第伦达克的湖边小屋休息，浑然不知他供职十七年的公司将要发生什么。在特伦顿，韦恩·史密斯在卖力工作。整个周末他都在梳理州里搜集到的关于填埋场的所有证据，并申请搜查令，法官 9 月 4 日批准了申请。两天之后，上午八点半，州刑事司法部的十几个调查员由镇上的警察护送，出现在了厂区。两名县调查员也在其中：迪克·奇内里和戴恩·韦尔斯终于得到了攻城略地的机会。当时已经有人在等着他们了。马修·博伊兰，汽巴-嘉基的律师，前州刑事司法部主管就等在大门前。但他无法阻止曾经的同事们进入。过去几年中，一次又一次，州环保部的调查员被拦在这个门外，往往要等上一个钟头还多。这一次，因为有搜查令，调查员和警察直接开了进去。

就是这样，最后，戴恩·韦尔斯看着月光下的有毒废物桶阵。这些桶是新出现的刑事调查的关键证据。尽管州检查员们整整两天都在工厂查抄记录采集化学样品，他们仍旧没有收集完证据。有人不得不整夜待在那里以防桶被偷换。

那一夜韦尔斯独自待在垃圾填埋场，欧申县其他值大夜班的警察都去忙那件离奇谋杀案了。罗伯特·马歇尔正在跟警察讲述一个可怕的故事：他和妻子玛利亚晚上在亚特兰大城吃饭赌钱后开车回家，过了汤姆斯河以南的大道之后把他们的凯迪拉克埃尔多拉多停在了昏暗的野餐区，想看看吱嘎作响的轮胎。弯腰看轮子的时候——他告诉警察——他被人从后面袭击，昏了过去。恢复意识后，他妻子四肢伸展躺倒在副驾驶位上，已经死了，她是案子的直接受害者，袭击者偷了她的钱，从背后向她开了两枪。这宗谋杀案让汤姆斯河震惊了。罗伯·马歇尔和玛利亚·马歇尔是一对漂亮的夫妇，有三个十几岁的儿子，是汤姆斯河乡村俱乐部出名的会员，住在布鲁克赛德高地，大部分汽巴-嘉基的经理们都住在那里。令这个案件更加敏感的是，谋杀发生没几天，镇上就有传言说马歇尔的婚姻有问题，警方对罗伯特·马歇尔供述的案情有疑问。

汽巴-嘉基被突击搜查，罗伯·马歇尔策划谋杀妻子的嫌疑越来越大，汤姆斯河镇的人们觉得脚下的大地在晃动。不过几个月前，马歇尔还主持了欧申县联合劝募协会的年度庆典，一如既往，汽巴-嘉基是最大的捐赠者。现在这两者都卷入了阴谋之中，而这两个阴谋直接撼动了这个村镇自我感觉良好的形象，他们认为自己是这个危险而邪恶的世界中一片安全而高尚的净土。在一个原本什么都没人过问的村镇，突然之间一切都成了热切讨论的话题。《欧申县观察家报》的页面成了内乱大事记："医生要求联合抵制汽巴"、"汽巴拒绝搜寻被报道的氰化物"、"汽巴-嘉基工人背包被搜"、"汽巴附近私人水井中发现化学物质"、"绿色和平指出有蛤死亡"、"汽巴暗示死蛤是被'植入'的"、"首席健康专员说'那水不能喝'"。[①]

那个9月没人过得比工厂的生产与环境服务主管豪尔赫·温克勒更惨——在他从阿第伦达克回来之后。9月10日，他被叫去工厂管理办公室，被告知因为填埋场的违规操作，他的头衔不保。几天之后，当地报纸首次披露，1981年的水质检测说卡迪纳尔花园路水井里没有检出有毒化合物，进行那次检测的实验室是豪尔赫和另一个汽巴-嘉基的经理大卫·埃利斯共有的。温克勒的上司知道这存在潜在的利益冲突，但公众不知道。很快，温克勒、埃利斯和另外四个人被停薪了。他们一直坚持填埋场的任何问题都是无心之过，但对于欧申县的共和党权力掮客来说，这消

---

① 上述标题出现在《欧申县观察家报》1984年的8月30日、9月16日、9月30日、10月7日、10月11日、10月12日、10月17日。

息是无可辩驳的。被停职的经理们过去是汽巴-嘉基环境事务方面的形象代表，当地政客与他们打交道多年了。现在他们走了，政客们不知道谁能信得过，还有什么事可信。

汤姆斯河的一切似乎都在分崩离析。9 月 26 日大陪审团起诉了一个路易斯安那州的男人，法官称其“受雇杀害”玛利亚·马歇尔。四天后，欧申县的人们在他们周日早上的报纸里读到了双重震撼。罗伯·马歇尔——现在被公开怀疑策划了他妻子的谋杀案——过量服食安眠药后把自己送到了精神病院。另外，记者唐·贝内特在《欧申县观察家报》上用整整三版极其详细地列出了汽巴-嘉基排往奥特利海滩之外的究竟是什么。“癌症”这个词在文章中一共出现了八次，用来描述公司污水中的二十二种有毒化合物。① 两周后，县立法委员们全票通过，敦促州环境保护部调查汽巴-嘉基排海管道的环境影响。距离越来越多的欧申县居民所要求的关闭排海管道，还有漫漫长路，但对于这个从未挑战过汽巴-嘉基的委员会来说，这是划时代的一步。

1984 年 10 月，八百多人参加了州环保部关于公司申请排海管道新许可证的公开听证会，镇上的内战已经非常明显了。双方势均力敌。挥舞着标语批评汽巴-嘉基的人们坐在前排，后排满是几百个穿着标有工厂徽章的蓝色夹克的雇员。那一晚比较安静的人中，有一位是琳达·吉利克。她可能没说太多，但当工会的官员托马斯·杜利拿过麦克风大声说“没什么比人们失去工作破坏性更大”的时候，吉利克强压着怒火。

琳达·吉利克当时刚开始她的转变：从活跃的儿童癌症病因基金筹款人变为坚定的政治活动家，但从她一周之后发表在《欧申县观察家报》上的回应杜利的一封信中，已经显示出了她富有

① Don Bennett, “What’s in Ciba’s waste?” *Ocean County Observer*, September 30, 1984.

激情的说服能力。吉利克写道："你是否真的如此不顾及人性而将金钱价值置于首位？试一试癌症儿童身上疼痛、畸形、失明的破坏力。试着支付一下那些即使你有工作也能清空你的收入的医疗账单。试试带着饱受身体疾患折磨的孩子去公共场合，奚落和无声的谴责每天都在夺去他的部分灵魂。"① 当时迈克尔·吉利克差不多六岁了，在他的生命中，除了刚出生的几个月，他一直在经受化疗和放疗。

世界另一端的事件都能在汤姆斯河引发共鸣。1984 年 12 月 2 日，印度博帕尔市一家杀虫剂生产厂的四十二吨甲基异氰酸酯气体从罐中泄漏了出来。两周之内，估计有八千人死亡，几万人伤势严重。这是有史以来最严重的工业事故，工厂的主要老板是联合碳化物公司的一个子公司，联合碳化物公司正是尼克·弗尼科拉 1971 年在赖克农场倾倒的废弃物的来源。但大多数汤姆斯河居民都把这事和汽巴-嘉基公司联系了起来，特别是唐·贝内特报道了公司的工厂里储藏着六吨光气之后。在汤姆斯河化工厂，从 1959 年起，这种气味发甜的毒气就用来生产染料，而且自那时起至少发生过三次泄漏，其中一次是在 1974 年，毒死了一名工人。② 在博帕尔，联合碳化物公司用光气生产甲基异氰酸酯。现在贝内特说，汤姆斯河镇没有针对博帕尔式事故的撤离方案。还要再过七个月，用上十几篇新闻报道，汽巴-嘉基才会在公众压力下屈服，停止在汤姆斯河使用光气。

1984 年圣诞前一周，罗伯特·马歇尔被逮捕，被控教唆杀人。检察官告诉媒体马歇尔设计谋杀结婚二十一年的妻子的动机是获得一万五千美元的人寿保险，用来偿还债务，并与女友——

① Linda Gillick, "Help Fight for the Health of Our Families", letter to the editor, *Ocean County Observer*, October 25, 1984.

② Bonnie Zukofski, "Ciba-Geigy Says Deadly Phosgene Gas Under Control", *Asbury Park Press*, December 16, 1984.

当地某高中的前副校长——同居。

汽巴-嘉基也有明显的动机：早在80年代初，它就声称自己的危险废弃物不危险，可以在工厂的土地上填埋，借此每年省下一百万美元。在汤姆斯河，是否有人因此受到伤害，这个问题从没有人问过，更没有答案。

希拉·麦克维借着自家后院位于卡迪纳尔大道上的最佳区位近距离观察了1984年和1985年汤姆斯河的骚乱，这房子当初她丈夫坚持要买，看中的本是林边的宁静。树林中汽巴-嘉基发生的那些事，她听到的越多心里越烦。当她的一个在“欧申县公民，为了清洁的水”组织中比较活跃的朋友给她电话，问她住得离工厂这么近（她住得不近），有没有起皮疹时，她开始去参加会议，并很快成为组织的秘书。麦克维在镇另一边的学校教六年级，但她的两个女儿都在西多佛中学。该校的操场与汽巴-嘉基工厂相邻，1984年11月的时候校董事会应家长们的要求，聘请了一个空气质量测试公司来确认工厂的烟雾没飘过来。整个周边地区污染了的地下水的羽流是另一个问题，除了确保学生们只喝汤姆斯河化工厂提供的饮用水别无他法——镇上每个人都认为工厂提供的水是干净的。

1985年春天的一个早晨，一封来自汽巴-嘉基的信被送到了麦克维在学校的邮箱，其他的老师也收到了。公司赞助了一个濒危物种填色比赛，希望教师们鼓励学生参与。“于是我告诉孩子们：‘好啊，知道吗，我们要画画自己，因为各种污染，我们就是濒危物种。’”麦克维回忆到。“这之后校长找我谈话。跟我说汽巴做的没什么大不了，那不过是往一个游泳池里倒了罐汽水。我跟他说，我真心觉得这公司不该赞助任何活动，我会组织大家抵制比赛的。”她拉了大约二十个老师参加，甚至和汽巴的经理们见了面，第一次进到了树林中间的工厂里参观。“我吓死了，但还是去了，你不知道，工厂经理对我说的话一模一样，那就像往一个游泳池倒了一罐汽水。他们一条战线。”

类似的反抗活动在镇上处处开花。某种程度上说，全县都在忙着做填色比赛，双方都想尽可能给对方抹上最讨人厌的阴影。现在汽巴-嘉基学聪明了，请了一个前联邦调查局探员来负责工厂安保，一个与记者和公众打交道的能力比豪尔赫·温克勒强得多的人负责公关。公司仍旧面对着充满敌意的媒体，铁了心的检控官，多疑的公众，不过至少远在巴塞尔的总经理们总算明白情势的危急了。他们在为公司的生存而战，不再寄希望于公众毫无疑虑的支持。1985 年的夏天，无论将迎来什么，他们都会做好准备——经历了前一个夏天的疯狂之后，他们确信还会有后手的。

自然，他们想的没错。绿色和平是靠着拯救鲸鱼而不是与化工厂斗争打响的名声，但他们在汤姆斯河的行动如此成功，毫无疑问，第二年夏天积极分子们还会回来。实际上，戴夫·拉帕波特也承诺过。不过 1985 年他计划要在加利福尼亚海岸为绿色和平航行，于是新首领变成了乔恩·欣克利，他是绿色和平的七年级老兵了，新泽西州本地人，小时候曾去汤姆斯河参加过童子军夏令营。

4 月中旬，双桅木质帆船“弗莱”号（丹麦语“自由”之意）——船是绿色和平从一位它的支持者手中租来的——驶进了奥特利海滩，停泊在一个现在大家都知道了的地点：离岸三千英尺的汽巴-嘉基排海管道上方，船身下方四十英尺处，管道半掩在底泥中。绿色和平要再堵一次排污口，这次积极分子们准备做得更有把握些。弗莱号大概有阿列伊卡号三倍大，空间足以容纳记录整个行动的摄像师们、全体船员、四个潜水员，还有两个专业封堵管道的顾问。绿色和平 1984 年用的木材加泡沫堵头搞砸了，所以这次团队设计了更好的半球形金属帽，可以由螺栓和防水胶固定在排污口上。

1985 年 4 月 20 日大清早，乔恩·欣克利给汽巴-嘉基的安保办公室打了电话。因为怕发生危险，他想确认一下公司知道绿色和平要做什么。欣克利告诉半信半疑的当班主管，除非汽巴-嘉基主动关闭排海管道，否则绿色和平将再次采取“直接行动”关闭它。欣克利回忆说：“非常有趣，那人跟我说：‘咱们就直说吧，你是想让我们把水流停下来，好让你们把我们的管子堵上吧?’”不出意料，主管拒绝了这一要求，于是欣克利让他的潜水员们下到了阴冷而波涛滚滚的大西洋里。对于潜水员们，还有另一重困难，这是绿色和平几个月后才知道的事情。在接到欣克利的电话之后，汽巴-嘉基的排海管道操作员开始向管中泵入大量河水，水压翻了一倍。在这样的水压下，向喷射的排污口固定金属盖如同在飓风里放风筝。

绿色和平对排海管道的“故意破坏”难度太大了，接近午饭时间，一条州警的巡逻船开到了附近，欣克利有点希望警察把他们都抓起来，这样他就可以取消行动了。但警察只是告诉他们停下来。欣克利拒绝之后警察记下了船上每个人的名字，就走了。下午快结束时，五十个排污口中潜水员们堵上了十五个。第二天他们把水肺装满之后又回来了。但到了下午，汽巴-嘉基派自己的潜水员确认了堵塞，拿到了逮捕令，前一天那条巡逻船又停靠在了弗莱号旁边。这次警方逮捕了十二个人，以扰乱社会治安和刑事损害罪起诉了他们。汽巴-嘉基接着派人清除了封堵。

每人交保两百五十美元后，这些年轻的活动家们从拘留所里一出来就立刻回到了排污口处，他们在那里采集了更多水样后回到了特伦顿。他们在州环保部主任罗伯特·休伊办公室的门口放了一个涉水池，里面装的都是从那个排污口采来的棕褐色的水，漂着几条死鱼，还有一个水球，他们邀请主任当着记者们的面蹚过它。被休伊拒绝了。

绿色和平的核心论点——汽巴-嘉基的离岸排污对在海里游泳的人有威胁——并没有任何直接的证据。无论以何种标准来看，公司的废水都不适合饮用，但并没有人喝它或是在附近游泳——除了那几位一遍遍查看排污口、采集水样的绿色和平和汽巴-嘉基的潜水员之外。实际上，海洋的稀释效应非常强大，距排污口十码之外采到的水样就已经根本无法检出任何危险化学品了。

但对绿色和平来说，事实的真相远不及他们的道德共鸣重要：汽巴-嘉基在向海洋排污，而海洋属于公众。而且，绿色和平还在上演激动人心的街头戏剧，除了公司之外皆大欢喜。5 月的一个阴天里，两百个人挥着旗子唱着“上帝保佑美利坚”在拉瓦莱特的海边栈道上参加了告别绿色和平的集会。10 月，本地法官确认自己对离岸犯罪行为没有管辖权，十二个激进分子的起诉被撤销。绿色和平再没有去过欧申县，它不需要再去。[①] 欣克利回忆说：“在汤姆斯河，我们成了催化剂，整个社会变得兴奋，被激发，一起行动。我们知道，我们离开后这不会消散。”

从汽巴-嘉基的角度来看，事已至此，至少有一件事让公司经理们松口气：他们不会被起诉。突击检查过去六个月后，检察官要求大陪审团传唤了十几个公司经理，却没有起诉。很快，阴谋论再次在汤姆斯河风传，和上一个夏天突击检查之前几周时一样。是不是公司得逞了？

显然，汽巴-嘉基看上去在打算盘，如果和州政府合作，刑事案件就可能撤销。1985 年 4 月 25 日，在绿色和平第二次部分

---

① 1984 年和 1985 年两个夏天绿色和平在欧申县的运动的领导者后来去做其他丰富多彩的事业了。乔恩·欣克利成了一名环境律师，客户包括受到埃克森·瓦尔迪兹号原油泄漏影响的阿拉斯加渔民。他甚至在新近独立的南太平洋岛国帕劳群岛做过一段时间代理检察官。欣克利后来成了缅因州众议院成员，2012 年参加了国会竞选。他的前任泽西海岸绿色和平的首席故意破坏员戴夫·拉帕波特成了佛蒙特的社会活动家，然后经营了一家出售环境可持续消费品的公司，同时为沃尔玛等公司的供应链做“绿化”。两人回顾起各自在欧申县的那个夏天，都将其视为一段生机勃勃的乡村生活，是他们作为激进分子的一段乌托邦生活。

堵塞了排海管道令公司很难堪之后不到两周时间，公司经理和环保部主管对一项经历了两年拉锯的谈判达成了一揽子协议。公司同意支付新泽西州有史以来最大的一笔环境违法罚款——一百四十五万美元——以换取继续使用五年排海管道。汽巴-嘉基的实际花费还要高得多，因为公司还答应清理它自1982年以来填埋在垃圾填埋场二号池的一万四千个废料桶。（清理工作最终花费了四百多万美元。）废料桶需要运往别州的危险废弃物填埋场，汽巴-嘉基自己的填埋场从现在开始只能用于填埋污水处理厂的污泥。公司的废水需要执行更严格的标准，包括以敏感的糠虾进行测试。因为汽巴-嘉基知道它的废水对糠虾致死，还会造成基因变异，公司只能改善处理工艺，否则就要冒州政府关闭排海管道、工厂关张的风险。

既然协议达成，公司希望这一页就此翻过。在《欧申县观察家报》的整版广告中，汽巴-嘉基在承认了它“应该对周围邻里表达出的合理关切做出更多回应”，之后承诺“着眼未来”。[①] 自始至终，这是公司对汤姆斯河的居民所做的最接近道歉的回应了，尽管这之后机会还有很多。到了7月，一个承包商开始进行繁重的清理工作，将所有汽巴-嘉基放在二号池中的桶清出。在汽巴-嘉基经理们和工会的压力下，县立法委变回了它传统的趋炎附势的态度，否决了由全县公投确认排海管道是否应该关闭的议案，转而支持一个措辞软弱的替代方案。一年多以来，第一次，公司的情况有所改善。绿色和平走了，与州政府的战斗似乎结束了，本地政客回到了同一战线。

然后，在1985年10月24日，砰的一声，第二只靴子轰然落地。特伦顿的大陪审团上交了起诉书，控告汽巴-嘉基和三名经

① “An Open Letter from Ciba-Geigy”, advertisement, *Ocean County Observer*, July 28, 1985.

理在长达十余年中违反州和联邦环境法律预谋犯罪。另一名汽巴的经理面临的是相对较轻的起诉，非法排污。诉状中描述了工厂中破坏性的场景，控诉了经理们蔑视法律，命令将几千桶的危险废弃物埋入土中。大陪审团还说，为掩盖罪行，经理们修改记录、欺骗州调查员，阴谋持续了多年——甚至在他们知道垃圾填埋场有渗漏，早先的地下水污染羽流已渗出了工厂土地，污染了橡树岭小区的后院水井之后仍在继续。

这些起诉中令汤姆斯河镇尤为震惊的是，大陪审团的诉状认为罪行不单出自公司整体，还涉及经理个人。和马歇尔谋杀案一样，这也是人的背叛。这是新泽西州历史上第一次化工公司的经理个人因环境违法面临起诉，而且涉案的四名经理与镇上的社会和政治团体联系紧密。[①] 他们不是小商小贩，不是那种与匪帮联系、在半夜偷排的惯犯，他们是受过高等教育的专业人士，上班穿西装打领带，在乡村俱乐部打高尔夫，在游艇俱乐部驾帆船。

汽巴-嘉基被起诉两个月后，罗伯特·马歇尔的买凶杀人案在大西洋城附近的一个小城开审。（移交那里审理是为了能公平审判，而且在汤姆斯河找不到陪审团。）八周的审理之后，马歇尔被判有罪，判处死刑，药物注射处死——最终判决改为终身监禁。[②]

---

① 其中一位被起诉的经理是詹姆斯·麦克弗森，是工厂固体废弃物处理的主管，对欧申县立法委员会来说尤其尴尬的是，他们曾任命他为县固体废弃物咨询委员会的主席。另一位威廉·鲍勃森是工厂环境技术经理，在州危险废弃物咨询委员会。第三位最年轻，四十四岁的大卫·埃利斯有化学博士学位，是工厂环境技术副经理。他同时还是豪尔赫·温克勒的搭档，两人一同经营副业J·R·亨德森实验室，这家水质检测公司因为最初没有检出橡树岭小区地下水中的污染物而引发了1984年的争议。第四位汽巴的经理是生产经理罗伯特·费森，他被指控非法排污，罪名较轻。被停职的高级经理豪尔赫·温克勒主管上述四人，未受起诉。

② 1986年3月5日，罗伯特·马歇尔被宣判有罪几小时后，被判处死刑。他的上诉拖了十八年，直到2004年联邦法官约瑟夫·E·埃尔纳斯以马歇尔在审判的判决阶段未经充分辩护而当场废除了死刑判决。两年后马歇尔被判终身监禁，最早可能于2014年假释。

这件案子后来被记入了畅销书《盲目的信仰》之中，这对于痴迷于外在形象的汤姆斯河镇来说是个羞辱。这本书，及随后拍摄的电视迷你剧尖刻地描绘了一个堕落的社会，在一个“你开什么车、穿什么衣服、住什么地方——无论用了多少抵押贷款——决定着你是什么”的小镇，无聊的人们靠巴结权贵往上爬。①

汽巴-嘉基和罗伯·马歇尔大相径庭的罪行共同把汤姆斯河标榜的神话打了个粉碎。居民们无法再假装他们的小镇在外界的纷乱世界中依旧井然有序。不是外面的人给饮用水投毒、污染海洋、多年来一直隐匿他们的行为。不是纽瓦克或者卡姆登的匪徒往玛利亚·马歇尔的背上打了两枪。这些背叛来自内部。是他们自己的邻居们做了这些，是那些他们在少年棒球联赛或者联合劝募协会周年庆典上认识的人们。

和任何一个丧失了它所标榜的神话的文明一样，斗争和混乱随之而来。不再否认，而是开始了公开的争斗，显而易见，这是一场填色比赛。豪尔赫·温克勒冷眼旁观。尽管他始终没有受到指控，但公司仍旧不许他回到工厂新的管理梯队中去。他又在镇上待了十年，期间始终坚称自己除了公共关系处理不当，没有任何过错。如果当时回去瑞士，他解释说：“这对汤姆斯河的人们来说就是一个信号，好像我做错了什么，不得不消失。”1995 年，经历了二十八年，他还是走了。他和妻子搬去了蒙大拿，比特鲁岭陡峭的山峰让他想起阿尔卑斯山。他滑雪、远足，试着不去想起在汤姆斯河的苦涩经历，或是他离开后那里发生的灾难。

温克勒说起蒙大拿是“一个隐居的好地方。我到这以后第一件事就是确认自己周围没有超级基金的废弃物点位”。

---

① Joe McGinniss, *Blind Faith* (G. P. Putnam's Sons, 1989), 47.

第十一章　病例

乔治·伍利上一次跳入汤姆斯河已是二十多年之前，当时他浮出带着味道的湖水时，要拂去胳膊上沾的紫色泡沫。自从 1962 年冒失地游了那一次之后，多年来河水日见清澈，而伍利养成了对环境健康的持久的兴趣。1964 年他二十二岁时，汤姆斯河化工厂招收了他，把他从五金店柜台后面乏味的工作中解放了出来，自此以后他就在工厂上班。年轻时伍利曾想做个科学老师，但他没钱上大学。他没有抱怨。到了上世纪 80 年代，像他这样熟练的实验室技术人员在汽巴-嘉基加上加班工资每周可以挣到不止五百美元。这份工作还满足了伍利对科学的兴趣，他尽可能多地学习了他所接触到的有关化合物的知识。这些自学的知识多次派上了用场：比如上世纪 60 年代末，当他研究了环氧氯丙烷的危险性后，他跟主管说公司如果不提供合适的通风场所，他不会进行与它有关的操作，他的建议迅速被采纳。

和许多在工厂工作了很长时间的工人一样，伍利对雇主的看法很微妙。在他长期任职期间，他眼看着工作环境逐步改善，并且自豪于协助推动了这些变化，这有赖于他在“石油、化学及原子工人工会”本地 8-526 工会中的积极行动。他刚进工厂的几年里处理有害、陌生的化合物时几乎毫无防护措施，他去过几十次那个老露天井，拿着装满了溶剂的罐子倒向“泥盆”，任由它们直接进入砂质土地。但到了 80 年代，这些操作都被禁止了。虽说一到谈新劳动合同的时候，工人们和经理们的关系就会紧张，但其他时间双方工作很融洽。伍利觉得汽巴-嘉基是个体面的雇主，通常只要是规定的都会做到——但也仅限于规定所要求的。多年之后他解释道：“我是为一个，在我看来，比法律多走一步的工厂工作——我是指往好的方向多走一步。”

排海管道泄漏之后的骚乱和随后不断出现的负面消息将工人和管理人员团结得更加紧密了，双方一同经受着迫害。现在汽巴-嘉基声名狼藉，它需要工人们以从没有过的方式支持它，而担心失去全县最好的蓝领工作的工人们正等待着被召唤。工会代表着六百五十名工人，尽管和早些年相比，这在全县人口中只占很小的一个比例，一旦调动起来，仍是一股强大的政治力量。现在，他们中有上百人出现在公开听证会上，穿着公司的工作服戴着工会的棒球帽；有些人甚至开车去海边的村镇，在绿色和平的集会旁边组织反示威游行。当“欧申县公民，为了清洁的水”组织开始受到关注时，汽巴-嘉基的工人们曾试图接管这个组织，他们要看社团规章，要求选举，不请自来地参加会议。当时的工会主席吉姆·麦克玛纳斯特别好斗。有人抱怨排海管道，他就大喊：“到别地儿游泳去！”

即使在公众开始质疑之前，化工厂已经开始衰落了。员工不足一千人，比 1968 年顶峰的时期减少了三分之一。瑞士失去了最重要的染料的专利保护，亚洲和东欧的竞争企业（其中一些归瑞士所有）可以用较简单的同类工艺以更低廉的成本生产染料。地处印度和波兰这类地区的新工厂就像几十年前的汤姆斯河化工厂，将几乎未经处理的废物倒入露天井或是河中，省下了大笔费用。海外生产商更重要的经济优势是人力成本。与大部分海外工厂相比，汤姆斯河工厂的小时工资至少要高八倍。类似的巨大薪资差距已经摧毁了美国的纺织品业，也在为染料生产商外移提供动力。织物在裁剪制衣之前通常都要染色，因而对染料生产商来说与东亚新兴的纺织工厂比邻而居很合理。

到了上世纪80年代中期，已经很明显，像汤姆斯河工厂这样高薪资、低技术的化工厂在美国不会长久了，工人们清楚这一点。但这一认识更加强了他们的决心：要尽可能久地保住他们的工作。同时，汽巴-嘉基也给了他们希望，公司宣布计划将汤姆斯河变成在美国的制药基地，这不是劳动密集行业，不像染料业那么容易受到国外竞争的冲击。如果汽巴-嘉基的经理们告诉他们要保持工厂运行排海管道必不可少，那工会的工人们一定会为它去斗争。

而且，就凭汽巴-嘉基工会的工人们在挑战"欧申县公民，为了清洁的水"和绿色和平时那股好斗的劲头，他们其实和这些工厂的批评者们有很大的共同点，虽然双方都不公开承认。环境学者们对工厂排放的危险化学品谈论的越多，工人们对他们自身的安危就越担心，特别是在唐·贝内特开始在他发表于《欧申县观察家报》上的报道中列出了大量那类化合物之后。约翰·塔尔迪自从上世纪80年代中期开始在工会任职，他回忆说："外界都在谈论这些和癌症，所以我们说：'在工厂里工作的人们会怎样呢？我们接触的暴露比他们多多了。'"

实际上，每个工作了很长时间的雇员都听说过谁死于癌症。塔尔迪解释说："都是些你在工厂各处认识的人。他们中很多人，也不是全部，都死于癌症。"关于癌症病例的集群出现在哪里，每个人都有一套自己的理论，乔治·伍利就认为一百零八号楼里患病的人特别多，那里使用环氧氯丙烷和另一种致癌物，环氧乙烷。塔尔迪担心的则是染料北楼，在那里使用对二氨基联苯的衍生物生产偶氮染料，现在偶氮染料是汤姆斯河厂最重要的产品。而且每个人都听说了住在与工厂一墙之隔的卡迪纳尔大道上的兰迪·林恩沃斯的事情，1985年的时候这孩子还在与脑癌作斗争。公司的官员们一直在否认接触工厂的化合物会致癌，但几名去世工人的亲属获得了大笔工伤补偿，理由是癌症与工作有关。①

工厂就是一个矛盾焦虑的漩涡，乔治·伍利作为工会安全委员会的领导深陷其中。许多汽巴-嘉基的工人一方面担心自己的身体健康有风险，另一方面又担心工厂污染问题的负面消息会导致排海管道关闭，影响到公司运行进而对他们的工作造成威胁。伍利回忆道："每个人，因为每件事的发展而承受着巨大的压力。我们受尽煎熬，那是非常非常可怕的经历。我们承受着各方面的压力，尽一切可能去斗争，为的是保证工厂运行，但我们也明白，工厂里癌症病例太多，没人研究过这个问题。"现在，工会必须做出选择。是否应该要求公司进行癌症研究？这要冒进一步威胁就业岗位、为新的报道添砖加料的风险。还是说应该淡化健康风险集中力量保证公司运行？乔治·伍利是一个关心环境健康问题、自学成才的人，他在这里长大，热爱自己的工作，但并不完全信任自己的雇主，对他来说，这是个艰难的选择。

威廉·休珀倒不觉得难以取舍。1937 年他遭杜邦公司解职——这已是杜邦五年中第二次因不服从命令开除他了——这可能会让人自我反省。或许，这种主导工业健康研究的科学家从生产商处领薪水的研究环境，先天就不适合一些顽固的人。但休珀不是个爱自我分析的人。他受训于一种截然不同的传统，它脱胎于鲁道夫·魏尔肖，甚或更古老的帕拉塞尔苏斯这种脾气火爆的日耳曼传奇医生。这些极端自信的人的身份首先是临床医生：他们所强调的疾病病因是从自己所诊治的病人中总结出来的，有着坚实的基础。用流行病学用语来说，他们做的是"病例系列研

① "法庭支持判给遗孀"，美国合众国际新闻社 1984 年 5 月 4 日的一篇文章报道了汤姆斯河工厂一名工人的遗孀获赔六万三千两百美元死亡抚恤金和诉讼费，她丈夫的死因是肺癌，尽管他是个烟民。汽巴-嘉基提起了上诉，但败诉了。高等法院三名法官组成的上诉庭的裁决是："我们确信根据建立在合理的可能性之上的已有证据显示，[工人] 所患的鳞状细胞癌的恶化、加速与癌变……是二十三年时间中 [他所] 接触到的化学物质和吸烟共同作用的结果。"

究”。休珀成功的实验——通过 BNA 暴露在狗身上诱导出膀胱癌——不过是确认了他早已通过走访工厂、检查工人、阅读欧洲工厂的医生们过去的病理报告认定了的事情。休珀已经确认染料化合物可以导致膀胱癌，现在他有了证据。

但科学在变，在癌症研究领域，对于什么可视为证据，休珀这种激进的观点越来越不流行了。① 随着二战的到来，杜邦这样的制造商被视为国家安全的重要财富。显然，在加速生产塑料、钢铁和杀虫剂的战争时期，对健康的关注是次要的。休珀的观点逐渐变得非主流也有科学上的原因。随着生物统计学发展为正式获批的大学学科，一个世纪前由皮埃尔·路易斯和西莫恩·泊松开创的“数字医学”已经全面开花。新的生物统计学家们不仅仅满足于追踪感染性疾病，对于在大规模人群中计量慢性疾病的分布——特别是各种形式的癌症——他们也迈出了第一步。他们发现，癌症正在增多，而且各处都是如此，包括在那些从未涉足工厂矿山的人群中。英格兰和威尔士的官方统计数据显示，1860 年到 1939 年，年龄超过四十五岁的男性人群中癌症发病率翻了两番，女性中则上涨了将近一倍。②

特别令人困惑的是肺癌的大量增长。不出意料，德国人最先注意到这一现象，他们长期以来实行着有效的公共健康监管。20 世纪 30 年代后期，耶拿大学的研究显示使用烟草可能是肺癌的主要病因。第一个名副其实的病例-对照研究给出了强有力的证据，名叫弗朗兹·穆勒的德国研究人员对比了肺癌患者与健康人

---

① Christopher Sellers 的文章“Discovering Environmental Cancer: Wilhelm Hueper, Post-world War Ⅱ Epidemiology and the Vanishing Clinician's Eye”, *American Journal of Public Health* 97: 11 (November 1997): 1824—1835 中对威廉·休珀与 20 世纪中期发展中的环境研究机构的冲突有着深入的研究。

② Sigismund Peller, “Mortality, Past and Future”, *Population Studies* 1: 4 (March 1948): 405—456, 445, 表 16。病例增长至少部分因为记录保存有所改善。

或是其他癌症患者的吸烟习惯。[1] 事后回想起来有些离奇的是，战时很多德国医生都参与了纳粹的暴行，但在战前，他们的英美同行都去耶拿和其他城市朝圣，学习第三帝国大力禁烟，在日耳曼民族中提升公共健康的行动——竞选中对烟草爱好者没有民主。[2]

这些来自国外的访客中，有一位年轻的英国医学生，他将极大地影响对于污染和癌症的科学态度，这影响了汤姆斯河，也影响着全世界。1936 年理查德·多尔完成了他在法兰克福一周的访问后，对德国的科技水平赞叹不已，同时又对他接触到的教授与学生中的反犹太情绪深感困扰。[3] 多尔擅长数学，上医学院只是因为入学考试的前一晚喝了三品托的麦芽酒，没拿到剑桥大学的数学奖学金。尽管痴迷于统计学，多尔却想做一名脑外科医生，但这一计划随着二战的爆发而改变了。战时大部分时间他都在军队医院和船上工作。战争结束时多尔已经不想为了做外科医生再

① 战前德国对烟草致癌的研究有一个强有力的支持者：阿道夫·希特勒，其母死于乳腺癌。希特勒年轻时曾吸烟，后来戒烟，他将其视为对雅利安人种的祸害。鉴于烟草起源于美洲，他称其为“红种人对白种人的愤怒，以此报复白种人带去的烈酒”。希特勒推行政治上的抗烟宣传，包括制作种族主义图像，将烟草、癌症与犹太人、吉卜赛人和其他不受欢迎的人放在一起。

② Robert Proctor 的书 *The Nazi War on Cancer*（普林斯顿大学出版社，1999 年）是第三帝国癌症政策与研究的权威著作。该书第一章讲的就是威廉·休珀在被杜邦公司开除（第一次开除）后试图在纳粹德国找份工作的事。也可见于 Devra Davis 的 *The Secret History of the War on Cancer*（Basic Books，2007），第三章。

③ 理查德·多尔 1936 年拜访纳粹德国的简介可见于 Christopher Cook 的文章 “Oral History-Sir Richard Doll”，*Journal of Public Health* 26：4（2004）：327—336。多尔是天主教徒，却不常去做礼拜，据说去听了德国一位著名的放射学家的讲座，此人用 X 射线治疗癌症。放射学家在讲座中用了一幅画着 X 射线冲锋队消灭标着犹太星形符号的癌细胞的图。后来，多尔和本地学生坐在法兰克福的咖啡馆里的时候抱怨了这种反犹太行为，立刻被指责他自己是犹太人，他向同伴展示自己没有他们认为是犹太人特征的厚厚的踝骨。多尔后来说：“不需要经历太多此类事情，我们就会认识到，某些恶一定要从这个世界上清除掉。”

回校待七年了。

吸引着多尔的是一项方兴未艾的运动：将慢性疾病的流行病学研究从工厂和矿山延伸应用到全社会——这是威廉·休珀的研究领域，这一运动随着英国创立国民卫生服务系统而进一步受到推动。在英国，这项新工作的第一个目标就是肺癌病例的神秘上升。1947 年，国家的首席统计流行病学家奥斯丁·布拉德福德·希尔受政府委员会之托设计一个范围前所未有的流行病学研究，涉及几百名住院病患。希尔选择与理查德·多尔合作。多尔知道穆勒战前在纳粹德国的工作明确了吸烟是肺癌的主要病因，但他认为穆勒的研究太小，不够可信。他希望能获得更加明确的结论。

多尔和希尔进行的一系列研究将成为流行病学研究史上最重要的成果，可与之相媲美的只有将近一个世纪前约翰·斯诺对霍乱的研究。他们将使竞争对手休珀所进行的、围绕工作场所的研究更加边缘化，还将使汤姆斯河这类地方的癌症聚集性调查的研究价值受到质疑。多尔的研究——他先与希尔合作，后与理查德·皮托合作——不单明确了吸烟以及其他“生活”习惯对肺癌和心脏疾病是主要风险，同时还将两种相对较新的研究方法——病例-对照研究和前瞻性队列研究——确立为流行病学研究新的标准诊断方法。任何其他研究，包括早已受到重视的“病例系列”研究和动物实验，现在都受到质疑。

有赖于他们设计环节的优势，对吸烟的研究能经受住质疑性的分析，而休珀在杜邦染料厂工人中的逐例报告调查和在狗身上的实验经受不住这种质疑。多尔和希尔对肺癌的第一项重要研究发表于 1950 年，采用了病例-对照的形式，这在过去很少用到，而且从未被这样大规模地使用过。研究包括了伦敦二十所医院中的七百零九名确诊肺癌病人，将他们的习惯与同等数量的因其他病因住院的病人进行了比较。非癌症对照组在挑选时考虑了年龄、财产、性别比例和居住区域，都要与癌症组相匹配。大部分参与者都有吸烟史，但多尔和希尔发现患癌组中一天吸烟数超过二十五支的概率高一倍。癌症与吸烟的关系在男性中尤其明显：六百四十七名肺癌患者中，只有两名不吸烟，而同样数量的非癌症患者中这个数字是二十七。[①]

这个结果很可信，四个月前在美国的一个类似的研究也印证了它。[②]（多尔很懊恼，他想做第一个发表的人。）但这项研究依赖于病患对吸烟史的不可靠的回忆，不够严密。而且，存在多尔和希尔忽视了其他潜在病因的可能性。所以他们设计了第二个研究：前瞻性队列研究，多年中追踪大规模人群，对其习惯进行周期性调查，看其中多少人患上肺癌。为了在这样的马拉松式研究中有一群靠得住的研究对象，多尔和希尔选择了医生群体——他们中的四千人。多尔最终跟踪调查了这个群体几十年，获得的结果与之前的病例-对照研究类似，但这个结果在面对烟草行业的质疑时不再像过去的结果那样脆弱。不同于病例-对照研究，前瞻性研究不依赖参与者对过去吸烟习惯的记忆，而且，在这样大的一个调查群体中更容易确认，吸烟的确是决定一个人一生中罹患肺癌的风险的最重要的因素。

威廉·休珀抱着警戒心观察着多尔，看着他的“风险因素”研究赢得了休珀自己的工作从未得到过的喝彩。1942 年他第二次被杜邦公司辞退后不久，他将自己毕生所学付诸文字，写就了一部巨著——896 页文字中引用了将近四千项研究。书名叫《职业肿瘤及相关疾病》，至今该书仍是该领域的经典之作。该书受到

---

① Richard Doll and A. Bradford Hill, “Smoking and Carcinoma of the Lung”, *British Medical Journal* 2: 4682 (September 30, 1950): 739—748.

② Ernest L. Wynder and Evarts A. Graham, “Tobacco Smoking as a Possible Etiologic Factor in Bronchiogenic Carcinoma”, *Journal of the American Medical Association* 143: 4 (May 27, 1950): 329—336.

的评价如此之高，1948 年国家癌症研究所聘请休珀担任新成立的环境癌症部主管。即便身居如此高位，他的影响力却仍很有限，特别是在多尔的吸烟研究引起举世轰动之后。休珀的质疑心直口快，他轻蔑地将其称为“香烟理论”，他提出，一个“记录不全、简单、单一的理论”怎么会是无处不在且变化多端的肺癌和心脏疾病的主要病因呢。① 他的质疑远比针对证据强度的科学争论深入得多。自从 1848 年鲁道夫 · 魏尔肖在德国革命失败后给柏林建起防御工事之后，德国的公共健康调查人员们与劳动工人的联系就很紧密。他们认为自己是在为工业生产的牺牲者们争取更加安全的工作条件和公正的补偿。这些工人中很多都吸烟、饮酒、吃得不好，所以“生活方式因素”这个慢性病病因的新提法不仅会将针对工作场所的本就不足的研究经费吸引走，休珀担心企业还会利用这一点将工厂中的健康状况转嫁给雇员们不良的生活习惯，不再承担责任。

轻视烟草对健康的风险，这一点休珀大错特错。后来证明，香烟对身体的伤害绝不比上世纪 50 年代初多尔和希尔所宣称的小。他们的工作帮助挽救了上百万的生命，包括蓝领工人中那些放弃了吸烟恶习的人们——他们是休珀重视的人群。多尔后来深信香烟是重要的致癌物，他宣称所有死亡的癌症病例中有百分之三十都是吸烟导致的。他大胆断言，工作场所的化学暴露仅占百分之四，而污染占百分之二。② 批评多尔的人们质疑了他的数据和动机，以此攻击这一观点：直到多尔 2005 年去世之前一年，这位曾经的社会主义者一直受雇于杀虫剂、工业化学品和石棉生产商，做它们的顾问和专家证人。

---

① Hueper, *Adventures of a Physician*, 183.

② Richard Doll and Richard Peto, “The Causes of Cancer: Quantitative Estimates of Avoidable Risks of Cancer in the United States Today”, *Journal of the National Cancer Institute* 66: 6 (June 1981): 1191—1308.

尽管休珀对烟草的判断有误，但他的另一个判断的确是对的，“生活方式因素”研究确实会对工作场所和周边环境中化学风险的识别与消减起到消极作用。从上世纪50年代中期开始，医学期刊上关于病例报道的文献开始减少，而病例-对照研究开始增多。这些研究成果的作者通常不再是检查了几十名病人、然后进行总结的医生，而是生物统计学家，从未亲身检查过一名患者，而是依靠几千个病例的医疗记录做研究。[①] 亲力亲为的医生们，那些从帕拉塞尔苏斯和伯纳迪诺·拉马齐尼开始就主导着癌症病因研究的医生们正在迅速失去影响力。年轻的医生们更加关注大型流行病学调查，以此解释是什么让他们的患者染病，而不是像拉马齐尼一样通过自己在病人身上的所见所闻得出个人的结论。

在汤姆斯河，这种态度的转变意味着，当乔治·伍利和琳达·吉利克这样的人开始质疑他们所注意到的癌症病例时，会受到怀疑，甚至是轻慢。理查德·多尔对吸烟的研究之所以比过去的病例系列研究更可靠，是因为他们使用了同等的对照组，从而轻易地排除了其他可能的病因。但这有一个重要前提：为了减少偶然性的干扰，研究的人数一定要多——理论上说，要远多过一个工厂或一个小镇。尤其是研究的疾病比较罕见的时候。否则就无法确定所发现的风险因素与疾病之间的关联性是真实存在还是巧合。

对于多尔的成果，学术界的反应不出所料。他们一拥而上去

---

① 流行病学家菲利普·科尔1979年时证明了向病例-对照研究转变的这一趋势，此人后来作为汽巴-嘉基的顾问在汤姆斯河起到了重要影响。科尔1957年至1958年间在英国杂志《柳叶刀》上发表的流行病学研究，发现病理系列研究是病例-对照研究的两倍。而他发现，在1976年至1977年间，比率反转了。《新英格兰医学杂志》的趋势也是一样的：更多的病例-对照研究，病例系列很少。可见于 Philip Cole，“The Evolving Case-Control Study”，*Journal of Chronic Disease* 32（1979）：15—27。

做涉及上千人的超大规模研究和相对常见的疾病了。对于热衷工厂健康研究的人来说，这确实是个很糟糕的消息。即便是杜邦钱伯斯工厂这样的巨型工厂，直接暴露于特定可疑化合物中的工人也不过几百，全世界可能用到这些化合物的地方也不过几个。可供研究的人群如此之小，对于罕见疾病，一两个病例的差异就可能极大地改变结果——很可能被怀疑不过是运气问题。对于长久以来一直得益于病例系列研究的工厂工人们来说，新的流行病学研究有两方面不受欢迎：过去的病例研究现在被视为不可靠的，而新的更加可靠的病例-对照研究和队列研究又很少针对工厂——或是汤姆斯河这样的小型村镇。

威廉·休珀意识到了这一趋势，对其严厉声讨，但多年过去没有人听得进去。这至少有部分责任在他自己。在国家癌症研究所，他一如既往地好斗——他的上司对他的评价是："通常他说的做的都是对的，但他做对的事情的方式不对。他有种怪异的能力：难缠。"① 他过去同杜邦的冲突不断折磨着他，他后来声称杜邦多次指控他是秘密纳粹党员，还有共产主义倾向——将这两个思想的极端放在一起真是有趣的组合。② 休珀树敌太多以致他在癌症研究所的上司后来告诉他不能再进行工厂调查了。他的回应

---

① 约瑟夫·赫勒对威廉·休珀性格的评价可见于 Lester Breslow 的书 *A History of Cancer Control in the United States*（国家健康研究所，1979），139。

② 威廉·休珀谴责杜邦 1948 年向联邦调查局（FBI）匿名指控他为秘密纳粹党员。（证词中说：1934 年休珀在德国找工作期间，他的一些寄给德国医院的纳粹议员的申请工作的信件中出现了"嗨，希特勒!"这样的问候语。）FBI 否认了他是纳粹，但麻烦并未结束。据休珀未发表的回忆录记录，1949 年国家癌症研究所收到一封来自杜邦医药主管的信，声称休珀表现出"共产主义倾向"。杜邦的来信中还反对了休珀组织一个染料行业癌症风险的政府-工业联合调查的计划。在杜邦的带头反对下（瑞士和其他公司随后加入），化工行业的反对破坏了联合调查的计划。休珀表现出好斗的天性，给新泽西州卫生部写了一封信，敦促（未成功）对方调查钱伯斯工厂所在的塞勒姆县高得异乎寻常的膀胱癌患病率。休珀也与其他有权有势的机构叫板，包括原子能委员会，他想公布科罗拉多的铀矿与肺癌的关系，这是 1878 年在施内山就已经被发现的联系，对方压制了他的努力。

则是说得比过去更多。应蕾切尔·卡森的要求，休珀审阅了一部分《寂静的春天》,① 该书于1962年出版，影响深远，卡森在其中提及了休珀的研究成果。五年后休珀退休，于1979年八十五岁时去世，逝世前完成了他庞杂的自传，他将怒气都释放于书中，但该书乏人问津。书名是《一名医生在职业癌症中的历险：医学界卡桑德拉的故事》，从未正式出版，仅有一份手稿保存在离国家癌症研究所不远的马里兰州贝塞斯达国家医学图书馆。

和神话中预言了特洛伊沦陷却不被父王认可的卡桑德拉一样，威廉·休珀亲眼见证了他做出的不幸预言一个个成真。他预言对癌症病因的研究将主要集中于吸烟、营养等生活方式的选择上，而汤姆斯河这样的非自愿接触则将受到较少的关注。和忧郁的卡桑德拉一样，休珀无力阻止现实。

1958年1月一个四十五岁的男人走进医生亚瑟·文德尔在辛辛那提的办公室，说他尿血，此时病例系列报告这种研究方式已经过时了。此人在隶属瑞士的辛辛那提化工厂车间工作，而每个人——无论医生、病人或是老板——听说他最终是在全城最忙碌的泌尿科医生那里接受治疗都毫不惊讶。在辛辛那提化工厂工作的男人们经常抱怨排尿困难，如果症状没有缓解公司就让他们去文德尔那里进行更全面的检查。②

文德尔看了他的新病人，询问了病史，得知此人在工厂工作

---

① 蕾切尔·卡森的《寂静的春天》以春天里消失的鸟鸣开篇，描述了难以降解的杀虫剂残留于环境中随食物链逐级放大，最终对生态系统产生严重危害的情况，是环境科学领域中里程碑式的著作，可以说该书在一定程度上掀起了上世纪60年代起的环保运动。—译者

② 下面两篇关于辛辛那提化工厂膀胱癌的流行病学文献中提到了众多病例，文中这名四十五岁的病人便是其中之一。它们是，Richard G. Wendel，Ulrich R. Hoegg，and Mitchell R. Zavon，“Benzidine：A Bladder Carcinogen”，*Journal of Urology* 111 (May 1974)：607—610，和 Mitchell R. Zavon，Ulrich Hoegg，and Eula Bingham，“Benzidinge Exposure as a Cause of Bladder Tumors，” *Archives of Environmental Health* 27 (July 1973)：1—7。

了八年，其中一项基本工作是将对二氨基联苯加入反应釜。然后他就做了每次遇到这类情况都会做的事：进行膀胱镜检查，这是一项痛苦的检查，用一根装有镜头的细管穿过尿道。在镜头下，文德尔发现这人的膀胱里有一个恶性肿瘤。过去十二个月中，这已经是文德尔在辛辛那提化工厂的工人中检出的第四例膀胱癌了，他相信这不是巧合。文德尔的儿子理查德同样是泌尿科医生，后来也加入了父亲的医疗业务，他回忆说："他眼看着化工厂的患病人数不成比例，就明白是怎么回事了。"四个患病的工人不单为一家公司工作，他们还在同一个车间，做着相同的工作：处理对二氨基联苯。①

当然，这事说来话长。从路德维希·雷恩 1895 年报道了三起法兰克福的印染工病例起，染料业和膀胱肿瘤就被联系在了一起。1925 年，因为出现了太多的病例，瑞士政府官方认定膀胱癌为染料工业的职业病，患病工人可领取特殊补贴。自从曼彻斯特的一家隶属汽巴的染料厂出现膀胱癌病例集群之后，英国染料工人们（他们的美国同行则没有）也从 1938 年开始获得类似补贴。②

病因几乎可以明确，是接触了对二氨基联苯和萘胺，或者说 BNA。多亏有威廉·休珀对狗的实验，BNA 致癌的证据非常明确，上世纪 50 年代杜邦和瑞士的公司都在所辖的全部工厂，包括美国境内，停止了 BNA 的使用。发现了更廉价的替代品使得

---

① 关于染料生产和膀胱癌的关系，以及染料业拒绝承认这个关系的历史长达一个世纪，David Michaels 的文章"Waiting for the Body Count"和"When Science Isn't Enough"对此有生动描述。Michaels 的书 *Doubt Is Their Prouduct*（Oxford University Press, 2008），25—28 也有简单介绍。

② 截至 1952 年，英国的研究人员已确诊全国自 1921 年以来患上膀胱癌的染料工人有三百四十一名，这个发病率是普通人群中男性的三十倍。见于 Robert A. M. Case et al.,"Tumors of the Urinary Bladder in Workmen Engaged in the Manufacture and Use of Certain Dyestuff Intermediates in the British Chemical Industry", *British Journal of Industrial Medicine* 11：75（1954）：75—104。

废除 BNA 的使用变得相对更加容易。但是对二氨基联苯则截然不同，它没有类似的廉价替代品。它的用量相比于过去 BNA 的用量还要高得多，但当上世纪四五十年代钱伯斯工厂的染料工人们不断患上膀胱癌的时候，杜邦的科学家们却将其归罪于过去接触的 BNA，而不是仍在继续吸入的对二氨基联苯粉尘。[①] 1951 年研究人员报道，在英国的汽巴化工厂中，只接触对二氨基联苯不接触 BNA 的六十六名工人中有二十一名患上了膀胱癌，尽管如此，杜邦仍在坚持自己的立场。[②] 对动物实验实际意义的质疑越来越多，这对染料制造厂也有益。在 1950 年发表的一项研究中，联合化学染料公司的研究人员承认对二氨基联苯对小鼠有致癌性，但同时指出肿瘤发生在其他组织，而非膀胱。他们还指出，接触了对二氨基联苯的兔子和猴子都没有患上膀胱癌，七只狗中

---

① 在一个经常被提及的故事中，一名来自英国染料公司的科学家拜访了杜邦公司迪普沃特的工厂，问他的杜邦同行，何以如此确定对二氨基联苯不是工厂中膀胱癌的病因。据说杜邦的科学家的回答是："我们这儿的人很清楚对二氨基联苯会导致膀胱癌，但这是公司的政策，都归罪给一个物质，BNA。"英国科学家和杜邦公司科学家的这段 1948 年的对话最初被登载于 1979 年 7 月 15 日《华盛顿邮报》的一个评论栏目中。作者是 Barry Castleman，他是一位环境顾问，经常批评化工行业的操作，文章的标题是"另类观点：杜邦的商业伦理"。Castleman 没有提及杜邦的科学家的姓名，却指出英国的科学家是帝国化学工业公司的 Michael Williams，他还说 Williams 逝世于 1961 年，之前多次跟朋友提及此事。根据 Castleman 的记述，这段谈话发生于一辆汽车上，旁边还有一名科学家作证，当时他俩以为他在后座打盹，但他其实是醒着的。Castleman 的文章发出两周后英国著名流行病学家 Robert A. M. Case 给《华盛顿邮报》的编辑写了一封长信，声称自己当时坐在后座上，确认了 Castleman 记述的 1948 年的那段对话。信中 Case 解释写信的原因是，文章登出后杜邦的代表联系了 Case，要求他确认或否认这件事。Case 写道："我告诉杜邦的人，这个故事千真万确。"Castleman 的文章和 Case 给编辑的信随后引起了国会调查人员的注意。众议院司法委员会犯罪小组在 1979 年和 1980 年进行的"法人刑事责任"听证会保存的官方副本（国会信息服务序列号 81—H521—54）中，第 100—103 页存留了上述两份文件。

② T. S. Scott, "The Incidence of Bladder Tumors in a Dyestuffs Factory", *British Journal of Industrial Medicine* 9 (1952): 127—132.

只有一只患病。[1]

自1929年起，辛辛那提化工厂都是全国对二氨基联苯的生产中心，每天的产量大约是三千磅。公司在圣伯纳德的工厂里有一堆堆无遮盖的对二氨基联苯粉末，粉尘到处都是。工人们徒手挖取对二氨基联苯，防护措施通常只有手套，偶尔还有面罩。上世纪40年代末那里的工人纷纷患上尿路肿瘤，工厂归咎于BNA，对BNA的操作做了更严格的规范。而来自瑞士的企业主们无视自己在欧洲的工厂所显示的证据，并没有对更加重要的对二氨基联苯采取同样的控制手段。事实上，当还原染料的生产由辛辛那提转至汤姆斯河后，原本过度拥挤的圣伯纳德工厂有了空间来生产联苯胺偶氮染料，1952年起，辛辛那提的对二氨基联苯的产量增多了。结果是，整个50年代，在成长中的圣伯纳德工厂里，工人们仍旧露天徒手挖取成堆的对二氨基联苯，用手清理滤压机上的对二氨基联苯。[2]

所以当1958年亚瑟·文德尔在圣伯纳德工厂的工人中确诊了四例膀胱癌后，这引起了辛辛那提化工厂和它在巴塞尔的母公司的经理们的注意。他们去辛辛那提大学环境健康系寻求帮助，该系位于独立的凯特琳实验室，这个安排不寻常。凯特琳实验室得名于通用汽车公司的一名长期研究主管的名字，研究经费多来自制造业，传闻该实验室的研究结果大多不会威胁到企业的利益。实验室的一名医生米切尔·扎文领导着一个小组，为文德尔安排了对圣伯纳德工厂所有操作对二氨基联苯的二十五名工人进行检测。尽管欧洲已有膀胱癌和染料化合物关系的各种证据，辛辛那提化工厂从不支持工人们进行每年一次的膀胱检查（这在欧洲是标准流程），工厂的医疗记录也很差。现在，文德尔和他的

---

① Sophie Spitz, W. H. Maguigan, and Konrad Dobriner, "The Carcinogenic Action of Benzidine", *Cancer* 3: 5 (Septmeber 1950): 789—804, 804.

② Zavon, Hoegg, and Bingham, "Benzidine Exposure", 2.

膀胱镜要开始填补记录了。

到1958年夏天，文德尔完成了他对二十五名工人的检查。他们的年龄在三十至五十九岁之间，在圣伯纳德工厂车间内工作了三至二十九年。其中九人——百分之三十六——患上了膀胱癌，其中有五例新发现病例。这个比例高得让人难以相信。在接触对二氨基联苯至少七年的十九人中，这个比例更高：百分之四十七。

辛辛那提大学年轻的生物学家奥伊拉·宾厄姆是受工厂之托参与研究评估情况的小组成员之一，她说："工厂中癌症的数量多得难以置信。"宾厄姆后来从事环境癌症研究五十年，成绩斐然，上世纪70年代末她曾任职业安全与健康委员会（OSHA）主管，而辛辛那提化工厂超高的发病率让她终生难忘。多年后她甚至请一名从工厂退休的工人来参加她在辛辛那提大学讲授的工业卫生学课程，向学生展示他如何徒手挖取对二氨基联苯。宾厄姆回忆说："我整个职业生涯中再未见过那样的情况。我从没见过一个地方那么多人患上癌症。即便在1958年，那些病例也足以证明正在发生可怕的事情了。"

到1958年年末，一个威廉·休珀的门徒，在俄亥俄州卫生部工作的托马斯·曼库索用一个有对照组的更加复杂的实验证实了文德尔的发现。他发现相比于俄亥俄州的普通男性，工厂工人患膀胱癌死亡的概率是普通人的十四倍，因肾癌去世的概率是六倍，而因胰腺癌去世的是四倍。整体得癌症死亡的比率比全州水平高百分之二十三。①

---

① Thomas F. Mancuso and Elizabeth Jackson Coulter，"Methods of Studying the Relation of Employment and Long-Term Illness-Cohort Analysis"，*American Journal of Public Health* 49：11（November 1959）：1525—1536. 1967年曼库索对辛辛那提化工厂工人的后续研究得到了类似的结论。膀胱癌患病致死率再次上升，比全州同龄男性高了十八倍。见于 Thomas F. Mancuso and Anas A. El-Attar，"Cohort Study of Workers Exposed to Betanaphthylamine and Benzidine"，*Journal of Occupational Medicine* 9：6（June 1967）：277—285。

证据无可辩驳：辛辛那提化工厂有重大的癌症问题。这次工厂无法忽视了。1958 年文德尔完成检查后不久，公司就暂停在辛辛那提生产对二氨基联苯，终于开始改善处理化学物质的工人们的防护措施。但工厂的瑞士雇主们并没有在辛辛那提停用对二氨基联苯，尽管他们在欧洲的工厂早就停用了。它对公司的经济太重要，没法放弃。相反，他们开始通过铁路从联合化学公司在纽约州布法罗的大工厂运进对二氨基联苯，那里生产这种物质已经四十几年了。

不久之后，1959 年，辛辛那提化工厂关闭，偶氮染料的生产移至汤姆斯河。几名对二氨基联苯的操作工，包括两名已患有膀胱癌的工人，迁去了新泽西州。大部分人仍留在俄亥俄州。对二氨基联苯自然也移去了汤姆斯河。满载着粉末的机车由布法罗出发，改去汤姆斯河，在那里，新一代的工人们开始与这种致癌物接触。大部分人对辛辛那提的事情一无所知。全世界的研究人员也都不知道，因为辛辛那提化工厂雇用的顾问米切尔・扎文并未发表文德尔的那些惊人的检查结果。毕竟，那些令人难堪的发现不过是些病例报告，不是理查德・多尔式的详实的病例-对照研究。[①]

十五年后，扎文改了主意，想了解一下在辛辛那提接触了对二氨基联苯的二十五名工人中的病例数变化。他发现又有四个人患上了膀胱癌，长期接触它的二十五人中总的病例数增长到了十三人。这次，扎文和亚瑟・文德尔的儿子理查德・文德尔将最新的数据写成了两篇文章，分别在 1973 年和 1974 年发表。[②] 但这

---

① 多年后的一次访谈中米切尔・扎文解释说他和亚瑟・文德尔之所以没有将 1958 年的发现发表出来是因为欧洲关于对二氨基联苯的致癌性已经有了明确的证据，而且他们的研究数量少，没有对照组。托马斯・曼库索的研究发表于 1959 年，设立了对照组，但没有指明是辛辛那提化工厂。扎文对笔者说："我的职责是纠正工厂的状况，使在那里工作的工人尽可能健康，我做到了。任何人想了解对二氨基联苯和膀胱癌可以去读欧洲早期的研究。"

② 两篇文章分别是 Wendel，Hoegg，and Zavon，"Benzidine" 和 Zavon，Hoegg，and Bingham，"Benzidine Exposure"。

时候已经没有意义了。1971 年从布法罗开往汤姆斯河的货车正式停运，汤姆斯河化工厂终于停止使用对二氨基联苯了。公司没得选择，动物实验已经明确证实了对二氨基联苯的致癌性，新成立的职业安全与健康管理局严格限制它的使用。① 美国境内最后一家生产商，联合化学公司 1976 年停止了对二氨基联苯的生产，同年他们披露了布法罗生产该物质六十年间膀胱癌患病的总数：一百五十一例，因为早年间记录保存不善，实际数字还可能更高。②

汤姆斯河又怎么样呢？众多的已知或可疑致癌物中，对二氨基联苯只是其中一种——还有环氧氯丙烷、三氯乙烯和萘——它们分别在上世纪 50、60、70 年代在工厂中大量使用。那里是否也有癌症集群？没人调查过。辛辛那提可怕的研究结果出炉后，汽巴公司可不想再招一帮外人调查汤姆斯河工厂的癌症以引发更多的焦虑了。外界的研究人员对此也没什么兴趣，大部分研究人员现在都集中在对吸烟、饮食等生活习惯进行风险研究。而那些年轻工人们——乔治·伍利和塔尔迪兄弟等人——渐渐对汤姆斯河化工厂里哪些地方更危险有了自己的想法，但他们没有可靠的信息，猜想都是建立在厂内无法核实的闲谈之上。

辛辛那提的事件仿佛从未发生过——没有惊人的膀胱癌病例集群，没有调查研究，也没有确凿的科学结论。汤姆斯河的工人和居民们仍然只能靠自己。

员工们意识到汤姆斯河化工厂可能存在癌症问题是一个漫长

---

① 1973 年职业安全与健康管理局对十四种致癌化学品的使用推出了严格的限制措施，其中包括对二氨基联苯和 BNA，这是该机构有史以来最全面的行动之一。限制措施非常严格：禁止对二氨基联苯生产商将其销往其他公司，要求其在密封容器中处理（不能露天堆放），该措施有效地终止了对二氨基联苯在美国的使用。

② Kevin H. Ferber, William J. Hill, and Donald A. Cobb, "An Assesssment of the Effect of Improved Working Conditions on Bladder Tumor Incidence in a Benzidine Manufacturing Facility", *American Industrial Hygiene Association Journal* 37 (1976): 61—68.

的过程，但一旦形成就无法被动摇。转折点是 1985 年夏天，过去一年多的时间里，报纸一直在不间断地攻击化工厂排往地下和海洋的废弃物中有有毒物质。每天接触这些化合物的工人都非常焦虑，乔治·伍利和工会的其他领导觉得必须要求汽巴-嘉基做个健康研究——这可能会造成更坏的公众影响，威胁到公司在汤姆斯河的未来，但即便要冒这样的险，也得做这个研究。伍利说："我们未必需要这个研究，但我们觉得它必须做，即便它哪一方观念都证明不了。"

汽巴-嘉基同意迈出第一步，批准查阅工厂个人记录以计算癌症病例数。为解读数据，公司还聘请了菲利普·科尔，这个选择在意料之中。受训于哈佛的科尔是伯明翰市亚拉巴马大学流行病学系的主任，工作期间他累积了大量化工行业的客户，为他们在健康方面引起的争议提供咨询，也出庭作证。对于奥伊拉·宾厄姆和托马斯·曼库索这类和工会关系很好，和威廉·休珀一样相信工作场所的化学物质是重要的致癌因素的研究人员，科尔是他们有力的批评者，他认为这种研究不自量力。反之，科尔赞同多尔的观点，认为工作场所暴露造成的癌症只占到百分之四。事实上，多年之后的一次访谈中，科尔说："我的估计是百分之二到三。"

同时，科尔还很反对那种仅有科学意义的研究。和他的很多同行一样，他认为病例系列研究——比如亚瑟·文德尔在辛辛那提进行的那种研究——对于识别工作场所的致癌因素帮助很小，因为没有可供比较的对照组。他还认为，除非对能造成干扰的偶然性和生活习惯进行严格控制，否则病例-对照研究也没有太大帮助。总之，菲利普·科尔是一名对专业的癌症流行病学研究工具有着高度警惕性的专业癌症流行病学家。他的一名宿敌，波士顿大学的理查德·克拉普将他称为"否定性结果之父"。

当科尔 1985 年夏天去汤姆斯河会见工厂管理者们时，他已听说公司在检查员工的医疗记录时发现了一些异常。尽管并未出现像文德尔 1958 年时在辛辛那提发现的那种膀胱癌集群，没有明显的或是戏剧性的现象，但有个数字的确很显眼：有五例脑癌死亡病例——如果算上两名在汤姆斯河工作后来在欧洲去世的工人则是七例。因膀胱癌和肺癌死亡的人数似乎也高得惊人。病例总数是不是真的很高呢？这个问题不好回答。肺癌并非罕见，但脑癌和膀胱癌是少见的疾病。从另一方面说，自 1952 年以来前后有一千六百多名男性和一些女性在不断扩张的工厂中工作。在这样大的一个群体中，癌症的总病例数可能并不算高。多年后科尔回忆道："我告诉他们，不可能根据他们所提供的信息判断出汽巴-嘉基在汤姆斯河的工厂是否存在癌症问题。要想知道答案，唯一的方法是进行正式的研究。"公司的管理者说他们会考虑的。

关于工厂里的癌症，在那个夏天还有另一件事让汽巴-嘉基和它的雇员们紧张：一个联邦调查员正在镇上彻查偶氮染料操作的安全性。布鲁斯·希尔为国家职业安全与卫生研究所工作，该机构的研究结果经常被职业安全与健康管理局用以设立工作场所规定。希尔是冲着两种可疑物质——邻联甲苯胺和邻联茴香胺——来的。这两种物质都与对二氨基联苯关系紧密，自从 OSHA（职业安全与健康管理局）禁用对二氨基联苯后，汽巴-嘉基从 70 年代中期起就在使用这两种物质。问题是，这两种对二氨基联苯衍生物似乎与它们的母体的致癌能力不相上下，因此 OSHA1980 年时敦促染料生产商停止使用它们。[①] 这一要求在汤姆斯河并未被履行。到 1985 年，尽管汽巴-嘉基的染料业务全面

---

① 奥伊拉·宾厄姆——二十余年前在辛辛那提的研究中就非常了解对二氨基联苯的特性了——作为 OSHA 主管时最后的几项官方行为中就包括提起了一项"健康风险警示"，指出邻联甲苯胺与邻联茴香胺和对二氨基联苯一样可在实验动物身上致癌，"染料工人对其的接触应被控制在最小剂量下"。见于"Health Hazard Alert—Benzidine-, o-Tolidine-, and o-Dianisidine-Based Dyes", *NIOSH Publicantion* 81—106 (December 1980), 1。

下滑，工厂仍生产了三千多万磅染料，其中很多黑、蓝和深红色的偶氮染料是合成于邻联甲苯胺和邻联茴香胺。

布鲁斯·希尔第一次访问汽巴-嘉基时并未对眼前的景象感到惊讶。比起他参观过的其他染料工厂，汽巴-嘉基的生产区域要更干净些，别的厂子的空气中充满了染料颗粒，“你会以为自己戴着有色眼镜”。他告诉公司管理人员，几周之内他会回来检测工厂空气中的邻联甲苯胺和邻联茴香胺，同时提出：他要从偶氮染料工人中采集尿样测定染料化合物的含量。希尔回忆说：“我说完后公司告诉我他们要和工会讨论一下，应该没问题。”

一名联邦的癌症研究人员在工厂做访问，这个消息迅速在全厂传开，使那些本已对过去几个月里的坏消息沮丧不已的工人们更加焦虑。因为先前的癌症威胁，对二氨基联苯已不再用于染料生产。如果邻联甲苯胺和邻联茴香胺也不能用了，偶氮染料就没法生产了。汽巴-嘉基现存的最重要的产品——还有随之而来的就业岗位——都将不保。比这些经济威胁更令人胆寒的是一种感觉：或许绿色和平和其他工厂的批评者是对的。或许汽巴-嘉基真的有癌症问题。

布鲁斯·希尔第一次拜访完工厂离开小镇三天之后，工厂经理维克多·贝克将雇员们集合起来，宣布汽巴-嘉基将与希尔合作，同时也将着手进行自己的癌症研究。菲利普·科尔的学生，亚拉巴马大学的伊丽莎白·德尔泽尔将对过去和现在工作于汤姆斯河的工人们进行一项病例-对照流行病学研究，特别关注脑癌，研究结果将发表在医学杂志上。汽巴-嘉基新的官方发言人托马斯·齐司马蒂亚对记者们说，公司的行为完全是为了向工人们和邻居们保证工厂的安全。他说公司没有发现“任何紧急的情况”。[①]

① William Ehart, “Ciba-Geigy to Participate in Health Hazard Stuies”, *Ocean County Observer*, August 18, 1985.

关于这个决定的报道很低调，掩饰了它的重要意义。对于一个从六个月前排海管道泄漏后经历了多个令人讨厌的“第一次”——抗议、蓄意破坏、创纪录的罚款、刑事调查、尖刻的新闻报道、公众的蔑视——的公司，这又是一个第一次。在汽巴-嘉基来到汤姆斯河后的三十二年历史中，这是它第一次承认工人和邻居们长期存在的担忧是合理的。没人曾在汤姆斯河做过健康研究，关于癌症的话题一向仅限于后院或餐厅饭桌上的闲谈。现在，终于，现代流行病学——带着它激烈的争论，难缠的模棱两可，和可怕的暗示——来到了镇上。

但公司新出现的坦诚是有限度的。当布鲁斯·希尔9月末重返工厂采集大气和尿样的时候，乔治·伍利告诉他工会要求成员不要配合。希尔回忆说：“工会说不，这让我震惊。我是说，如果你是工人，怎么会不想做这个?”伍利不想做是因为公司告诉他实验设计有缺陷。希尔想知道工人尿液中的染料化合物是不是能改变DNA的诱变剂——这也可能意味着它们是致癌物。但公司管理人员辩称，如果尿液检验结果是有诱变性，诱变剂可能是在某种“生活习惯”中接触到的化合物，比如理查德·多尔和菲利普·科尔认为很重要的吸烟、饮酒甚至是苏打水或者烤肉。因为没有对照组作比较，没办法知道是不是染料的责任。

希尔认为这种反对站不住脚——如果证明工人的尿液有诱变能力，他可以做更大范围的研究来评估其他的可能因素。如果没有，工人们可以少担心一件事。但深知工人们的紧张情绪和他们的职位难保的伍利认为公司的反对有道理。他回忆道：“如果我们参与研究，你就得告诉人们他们的尿液中有诱变剂，还不能告诉他们为什么。想想每个人都处于那么大的压力之下，我真的不想看着大家经历这些。”他也承认，还有一个原因：“我们不想再有任何负面新闻让公司和工人的境况更糟了，特别是一个证明不了什么的研究。”

希尔开始进行调查，将他在染料生产车间的所见写成了一份国际报告。[①] 尽管在污染最严重的生产步骤中染料工人通常都戴口罩和其他防护工具（至少希尔看着的时候是这样的），他检测了工人们口罩后的盒式过滤器后结果是，空气中染料颗粒的浓度达到了每立方米一点六四毫克——希尔后来讲，这个结果“对于可疑致癌物来说是相当高的”。但他放弃了将结果发表在科学文献上的计划，因为没有尿液检测就没办法知道工人真正吸入的粉尘有多少。他试图去别的地方找染料工人测试，但汽巴-嘉基是美国最后几个还在使用邻联甲苯胺和邻联茴香胺的大工厂了。汤姆斯河的染料工人不配合，希尔没法找到足够的工人进行测试，无法得到可靠的结果，尤其是很多人都是老烟民，尿液中早已有了从烟草中来的诱变剂。因为有理查德·多尔进行的大规模人群吸烟研究，相比起来，一个样本量小的不足以考虑吸烟习惯的工厂内研究看起来不可能获得可靠的结果。

多年后希尔再回顾此事的时候认定，他流产的研究计划来得太迟了。上世纪 80 年代，邻联甲苯胺和邻联茴香胺的生产转移到了亚洲的工厂，如同 70 年代的对二氨基联苯、50 年代的 BNA 生产外移一样。很快，汽巴-嘉基也将在汤姆斯河放弃偶氮染料——以及环氧氯丙烷、硝基苯和其他物质。接下来，除了收拾烂摊子、统计病例、试着找出罪魁祸首，就没什么事可做了。

---

① Bruce W. Hills, “Industrywide Studies Report of Industrial Hygiene Surveys at the Ciba-Geigy Corporation, Toms River, New Jersey”, Report 93. 26 (National Institute for Occupational Safety, 1987).

第十二章　可接受的风险

1986 年年初，迈克尔·吉利克七岁了，还活着，还在进行胜算不大的斗争，他在曼哈顿的纪念斯隆-凯特琳癌症中心接受实验性治疗，那里恐怕是全球最著名的癌症医院了。世界各地的父母都带着自己的孩子来他们的儿科肿瘤病房，而琳达·吉利克每次在活动室都会遇到来自汤姆斯河周围的人。1986 年时有一周她在病房里数到了七个欧申县的孩子，其中包括髓母细胞瘤复发的兰迪·林恩沃斯。现在关于汽巴-嘉基的报道那么多，包括距离吉利克家只有几个街区的排海管道破裂，吉利克开始想，儿子的病是不是真的像镇上某些人跟她说的，只是因为"运气差或者基因差"。事实上，她在想这里面是不是有什么大背景。

试验药物无法遏制迈克尔·吉利克的神经母细胞瘤，他在纪念斯隆-凯特琳癌症中心的治疗没有改善。吉利克一家回到他们在汤姆斯河的家中继续他们岌岌可危的生活，只有一个变化，琳达·吉利克在房里的一个门上挂了幅欧申县地图。每次她听说当地有孩子患上了癌症——她已经知道几十例了——她就在孩子住的地方按一枚红色图钉。在她看来，图钉似乎集中在汤姆斯河，那片区域包括她家。

通常吉利克不跟别人谈她的观察结果，但她的谨慎被 1986 年春天汤姆斯河的骚动严重影响了。承受了几个月的公众压力后，县卫生部开始测试汽巴-嘉基排海管道泄漏位置沿线的家庭后院水井。在排海管道进入巴尼加特湾的位置，谢尔特湾，他们发现附近的十八口水井有四氯乙烯污染，汽巴-嘉基排海污水中有这种成分，是可疑致癌物。最大的可能是来自周围的干洗店，但攻击汽巴-嘉基的人们将这归罪于工厂，并指出除了1984年那次大的泄漏之外汽巴-嘉基的排海管道还有几次小的泄漏。精明的退休老人弗兰克·利弗诺是新成立的“拯救我们的海洋委员会”的首领，很快成了公司在当地的头号对手，他宣称自己知道谢尔特湾有两例儿童脑癌。他指出，新近披露的五例汽巴-嘉基的工人或曾在那里工作过的人患上的脑癌与这两例有关联。[①]

回应这些指控的工作落到了查克·考夫曼身上，他对此全无准备。考夫曼过去是个养蛋鸡的农民，他灵巧，微秃，爱交际，一辈子除了个别几年都待在欧申县（1986年时他五十七岁），现在他就职于县卫生部，职位是健康协调员。他亲眼见证着当地环境观念的转变。早在70年代中期，州政府和他所在的部门都认为阻止赖克农场的污染扩散是无用功。同样，1974年县政府终止对快乐平原住户敷衍式的健康调查时，没有人抱怨。现在十几年之后，情况完全不一样了。当地报纸每天都在报道汽巴-嘉基的罪行年谱，同时还有大量饮用水污染和不明疾病的报道。现在居民对他们的卫生部有着不同的期望。

考夫曼所在的部门无法实现大家的期望。他管理着大约两百名雇员（这是从1973年他刚开始工作时的十人增长起来的），但大多是为穷人和出不了家门的人工作的护工。卫生部新成立的环境部门人手不足一打，其中没一个人有地下水污染方面的经验。过去遇到这种问题考夫曼都是去求助汽巴-嘉基的化学家，但现在公司被视为污染者而不是保护者，肯定不能这样做了。多年后

---

① Don Bennett，“Ocean Groups Blame Ciba for Shelter Cove Pollution”，*Ocean County Observer*，June 25，1986.

他回忆道："我们能说的能做的不多，我们没有环境方面的工具和专长。"

考夫曼焦急地看着人们一天天越来越确信这个县是癌症集中的区域，而汽巴-嘉基就是原因。他觉得这难以置信——将全县的癌症病例都归咎于一个工厂，这未免太简单化了。不过他有挥之不去的感觉，就是当地儿童肿瘤的数量似乎异乎寻常地高，特别是脑部肿瘤和白血病。他甚至曾给几家医院打过电话，想确认有多少汤姆斯河的孩子接受了癌症治疗。他发现这是枉费心机，医疗记录难以获得，前后矛盾，要不就陈旧得没法用。

在座无虚席的欧申县卫生局会议上，情况发展到了顶点。在人们的记忆中，第一次有扛着摄像机的工作人员到场——他们来自纽约市最大的公共电视台 WNET - 13。该台正在制作一个关于汽巴-嘉基和汤姆斯河癌症的纪录片。随着录像机的转动，明显表现出不自在的环境保护局代表——名叫玛利亚·帕夫洛娃——试图就汽巴-嘉基为什么不需要完全清理工厂内及工厂附近它所污染的地下水做出解释。她说，如果对场地进行部分清理之后，污染引发的周围人群患癌症的风险上升不多于每百万人口中增加一例，那么这种部分清理就是"可接受"的。观众席上的弗兰克·利弗诺立刻进行了反击。他打断她说："我认为你想做的，帕夫洛娃博士，就是把不可接受的变成可接受的，你想对大家说的是：别担心了。一百万人中有一个癌症病例，你不知道得病的是谁。他不是你的邻居，他没有家庭，他没有朋友，他就是一个单一的事故，这就是那个将受到毒害、患上癌症的人。而你，干吗不看着观众席说这可能会发生在你们和你们的孩子身上。"①

查克·考夫曼也坐在观众席上，利弗诺说话的时候他看着人

① 玛利亚·帕夫洛娃与弗兰克·利弗诺之间的对话可见于 WNET - 13 与 1986 年 11 月 19 日直播的电视纪录片"Chemical Town USA"。

群中其他人的脸色。年轻的母亲，退休的夫妻……他们都住在他的欧申县，他们都很焦虑。他对癌症和其他疾病所进行的调查是盲目的，完全依赖他自己的朋友和同事关系。但他知道，在特伦顿，另有一个系统可能更靠谱些。那是一个癌症登记系统，全州所有病例都可查询。于是，1986 年 8 月，考夫曼致电州卫生部，要求利用登记系统进行汤姆斯河儿童肿瘤发病率的调查。究竟有没有癌症集群？他希望能一劳永逸地解决这个争议。

汽巴-嘉基艰难地进行抵抗，花费巨大，就为了能在汤姆斯河保留生产染料和环氧树脂的权利。到 1986 年中期，公司为达到新排海管道许可证要求的苛刻指标已经花了上百万——排海许可证的这些新要求是前一年州政府刚颁布的。汽巴-嘉基极大地改善了污水处理系统，糠虾放在混有一半废水的海水混合液中后有一半能够存活——与五年前的数据相比这是很大的提高，当时混有百分之四废水的混合液就杀死了一半的糠虾。[①] 实际上，公司的废水现在比居民生活污水毒性都小——欧申县公用事业管理局用三根排海管道将生活污水排往大西洋。汽巴-嘉基的经理们没有把这话明确说出来，但意思很明显：居民们要真的担心海洋健康，而不只是为了抨击汽巴-嘉基，他们就应该把自己的污水处理好，尽管他们需要为此支付更高的排污税。

在新聘请的形象顾问的帮助下，1986 年汽巴-嘉基对于如何影响公众舆论已经变得更聪明了。6 月初，当地环保人士准备再次在拉瓦莱特海滨栈道举办“拯救海洋日”集会的时候，汽巴-嘉基的经理维克多·贝克给三万八千个汤姆斯河的家庭发了一封题为“亲爱的邻居”的邮件，宣传了糠虾测试的结果。[②] 公司甚

---

① Don Bennett, “Ciba Doing What It Thought Was Impossible a Year Ago”, *Ocean County Observer*, June 10, 1986.

② *Status Update: Ciba-Geigy's Toms River Plant*, eight-page brochure from Ciba-Geigy, June 2, 1986.

至派推销员去工厂东北部的橡树岭和派恩莱克花园开发区，试图重建邻里信任关系。

但更大的力量在暗中与汽巴-嘉基作对。亚洲工厂的价格竞争残酷而毫不停歇，工资的差别非常之大。1986 年 6 月 2 日，维克多·贝克的邮件送到镇上很多居民家信箱的那天，公司发表了一个声明——即便不说是难以置信，也可以说是惊人的消息——汽巴-嘉基正在终止汤姆斯河几乎所有的化工生产。历经三十四年，生产了将近三百亿磅染料和环氧树脂——同时排放了可能有四百亿加仑的废水和二十万桶有毒废弃物——之后，公司要退出了。树脂和其他塑料产品的生产将南移至汽巴-嘉基在亚拉巴马的巨型农药厂，那里的工资低得多，环境监管也松得多。染料原料的生产将转移到路易斯安那州和亚洲，那里的工资和监管也更低。仅有小部分染料成品生产和实验室研究工作仍将留在汤姆斯河。未来经过三年过渡期，剩余的就业岗位将不足三百个，而 1968 年顶峰时的就业岗位是一千三百多个。维克多·贝克和其他一些经理们从未就缩编公开谴责过他们的批评者们，但私下里他们说镇上充满敌意的环境是原因之一。①

工人们既震惊又愤怒。没人真的认为化工生产在新泽西有长远的未来——州里很多大工厂都关门了——但汽巴-嘉基在汤姆斯河的雇员们没想到结束来得这么快，这么突然。不过工会并不打算完全放弃汽巴-嘉基，因为汽巴-嘉基没有对汤姆斯河完全放弃。那些岗位一旦剥离完，公司希望能够开始增加岗位——通过在工厂土地上新建的制药厂。相比于染料，制药更清洁和自动化，因而对变动的环境标准和其他地区廉价劳动力的竞争

① 工厂经理维克多·贝克的继任者约翰·西马斯后来这样解释终止化工生产的原因："我们看到了不祥之兆，认为汤姆斯河不是做重化工生产的理想场所。"见于 William Lichtenstein, "The Toms River Experience", *Chemical Engineering* (April 1991): 46。

的抵御能力更强。那里接收的岗位将只有八十个，但以后还可能更多。

但这种可能的复兴有附加条件：汽巴-嘉基只有在可以继续使用排海管道的条件下才会兴建制药厂——公司的对手声称这绝不能接受。制药厂产生的废水远少于染料和环氧树脂生产——每天大约一百五十万加仑，而后者是五百万加仑——但公司的反对者认为即使一加仑也太多。汽巴-嘉基的排海许可1990年到期，环保人士下定决心，任何条件下都不能让许可证续期。"拯救欧申"组织的共同创始人南希·门克·斯科特回忆说："我们已经做了那么多，我们告诉自己，无论代价是什么，一定要关掉那个管子。"而公司和它的工会态度也很坚决。汽巴-嘉基已经表现出，它愿意为保存自己在汤姆斯河的资产而花费几百万，而它的工人们也愿意和那几百万一起贡献出自己的力量。

决战——决定着汽巴-嘉基在汤姆斯河的命运的战斗——的舞台已搭好。这场战役将持续三年多，其间当地报纸将充斥着几百篇关于癌症和污染的引人焦虑的报道。被忽视多年之后，这两个问题在汤姆斯河变得无法回避了。

查克·考夫曼要求研究汤姆斯河儿童癌症发病率，这活最终落在了迈克尔·贝里的头上，他是州卫生部的新人，正在为自己的工作而兴奋。这态度后来会改变的。不过现在他可是发动起来了。他打算花百分之八十的时间在空气污染问题上，剩下的时间用来处理其他任务：回应全州可能与癌症集群有关的电话。

1986年考夫曼致电之后，贝里查询了部门记录，发现同事自1982年起已经记录了另外三个关注汤姆斯河儿童癌症的电话。其中一个来自纽约的一名神经肿瘤学家，他治疗了几名当地儿童。不过每个电话都是石沉大海，没进行任何有关汤姆斯河儿童癌症的调查——哪怕是敷衍都没有。事实上，卫生部在新泽西州各处进行了很少量的居民癌症集群调查，部分原因是州里的癌症登记系统相对还很新，没什么数据。正当显示出可能存在职业癌症集群的各种迹象开始受到重视的时候——例如一直在进行的对石棉工厂的一种罕见肺癌间皮瘤的调查——居民区存在问题的电话却无人问津。

这种差别是有原因的。从帕拉塞尔苏斯起，目光敏锐的科学家们就通过探究高暴露工人群体的疾病集群——例如扫烟囱工和钴矿矿工——来锁定可疑致癌因素。在职业环境中更容易遇到多年间超高剂量接触少数特定化合物的工人。在雇主的配合下，研究人员可以去工厂收集环境样品，与工人访谈，查阅集中管理的医疗和员工记录，可以以此确定诊断结果和工人暴露于特定化合物中的时长。威廉·休珀和其他人一同证明了这种方法的价值。

所有这些工作，在居民区调查中都将变得极为复杂。医疗记录散落在几十甚至上百个医生的办公室或医院中，每一处都用自己的方法给疾病分类。没法追踪谁在何时迁入或迁出。测定污染物当前在邻里间的暴露水平非常困难，而过去的暴露只能靠猜测。在工厂里研究人员可以查阅旧的记录确定哪一年用了什么化合物。但在社区没有过去接触过的化合物的记录。

结果是，对于居住区癌症集群的原因，几乎不可能得到明确的结论。如果说职业癌症流行病学像是一个不错的侦探故事，纠缠着阴谋、多重嫌疑，而且——至少在某些故事中——有个恶有恶报的满意结局，那么居民区的集群调查则更像一出存在主义的戏剧。重要而有挑战的问题提出来了，什么都解决不了。

大多数打到迈克尔·贝里办公室的关于病例集群的电话都是关于居民区而不是工作场所的。从 1980 年起州卫生部回应打电话的人的已经不只是电话线那头的一个平静的声音了。正是在那一年，新泽西州癌症登记系统开始运行。概念很简单：登记系统被设计成新泽西州的信息交换中心，每年近三万两千例（这是当时的数据）癌症确诊病例的信息都汇总到这里。[①] 隐私数据包括了患者的家庭住址、年龄、职业，以及癌症类型与分期、治疗类型。卫生部可以分析这些数据以解答各类问题，例如州里有没有哪个地方医疗水平偏低。但登记系统的首要任务是辨识出癌症集群，并为“确定癌症发病率与潜在的环境因素的相关性”提供“所需的更加完整与精确的统计数据”，这是1977年确定成立登记系统的条文中说的。[②] 换言之，它的设计正是为了回答汤姆斯河在1986年夏天所提出的这种问题。

癌症登记系统有一定的历史了，尽管并不是很有效。英格兰1895年的工厂法就要求雇主报告所有处理煤焦油产品——包括染料——的工人的癌症病例。工厂主执行得并不好，但这个想法流行了起来——这是一个多世纪前开始的传染病登记系统的自然延伸，传染病登记始于瘟疫早期预警系统。理论上说，癌症登记系统可以为珀西瓦尔·波特和沃尔瑟·赫西这样观察力敏锐的医生们提供同样的功能，只不过在更大的区域范围内。相比于波特的病人群体或赫西的矿工群体，一个以全体居民为基础的登记系统可以在更大的人群中寻找模式——例如全英格兰的染料工人，或是所有康涅狄格州的居民，该州于1935年成立了全美第一个州癌症登记系统。到1986年，共有六十个国家的一百八十一个市、州或国家在运行癌症登记系统。[③]

不过后来证明，登记系统建起来要比用起来容易得多。即便

---

① 根据州癌症登记系统第一年的责任通报，1979年新泽西州居民中确诊癌症的病例数是三万一千九百二十。到2000年，总数上升至四万五千六百四十一例，增加了百分之四十三，尽管这期间全州人口只上升了百分之十五。发病率上升的部分原因是诊断技术的改善，但在其中占多大比例未知。癌症病例中不包括非侵入性癌症和原位癌，这两类的肿瘤没有扩散，体内只有一个病灶，这类肿瘤未报告在癌症登记系统中。

② Title 26，Section 2—104，New Jersey Statutes.

③ Donald M. Parkin，“The Evolution of the Population-Based Cancer Registry”，*Nature Reviews Cancer* 6 (August 2006)：603—612，605.

一个政府机构能够将所有的医院、诊所和医生都列入它的管辖范围，让他们给它报告所需的癌症信息，分析这些统计资料也将是一场噩梦。诊断经常是含混的，不同诊所差异很大。转移性癌症经常被误计，肿瘤出现在第二个器官上时我们会重复计数。可那些急于独揽设立癌症登记系统大功的议员们却对给这个部门安置足够的员工没什么热情，所以努力跟进汇入癌症登记系统的数据洪流成了西绪福斯[1]式的工作。

新泽西州的登记系统尤其难堪重负。1975 年国家癌症研究所就已将新泽西州单列了出来，因为那里有全美最高的癌症死亡率。男性每年的总死亡数是每万人中二十九例，女性是每万人十八例。[2] 这些数字比全国平均水平高大约百分之十。对于高出的这部分死亡率，其原因的推测多集中于污染问题，不过要识别癌症病因，看死亡率并不是好办法。研究因果关系的关键统计数据是发病率——出现确诊病例的频率，不考虑病人是否死亡。于是州立法委 1977 年在新泽西州首次建立了癌症登记系统，采集发病率数据。

但到 1986 年查克·考夫曼要求研究汤姆斯河的发病率时，登记系统明显已经失效了。管理机构人员严重不足，已经积压了两年多的工作，也就是说 1986 年时已完成的最新的数据是 1983 年的。（到 90 年代中期积压将超过三年。）按照法律，医生和医院应在确诊后六个月之内报告病例，但他们几乎从不这样做。违法情况最严重的是纽约市和费城的大型肿瘤医院，那里每年收治几千名新泽西州的居民。迈克尔·吉利克和兰迪·林恩沃斯这些在州外的纪念斯隆-凯特琳癌症中心、纽约医院或是费城儿童医

---

① 西绪福斯，古希腊神话中被罚推巨石上高山的人，每次石头快要到顶时就会从他手中滑脱滚回山底，意指永远在做无用的苦工。——译者

② Lisa Roche et al.，“Trends in Cancere Incidence and Mortality in New Jersey 1979—2002”，New Jersey Department of Health and Senior Services (October 2005)，46—47，tables 5 and 6.

院——这三所是全球最大的儿童癌症中心——接受治疗的孩子可能根本没进入登记系统。

尽管知道癌症登记系统的缺陷，迈克尔·贝里还是想要尽可能地对考夫曼的要求做出回应。他决定对多佛镇——汤姆斯河的官方名称——的儿童癌症进行一种调查，卫生部将其称之为“关联分析”。程序再简单不过了。首先，贝里致电登记办公室，要求拿到电脑打印的1979年至1983年间住在该镇的十二岁以下儿童中确诊癌症的病例清单。他发现了十五例病例。然后他要查明，如果儿童癌症在汤姆斯河的发病率和全州一样，那么镇上总的病例数“应该”是多少。根据镇上的人口数，他得出“预期”的发病率是十四点七例。也就是说，实际的儿童发病数几乎和预期数量完全一样。汤姆斯河的儿童癌症发病率既没有高于也没有低于预期。是平均值。通过他粗糙的分析，贝里只能说在汤姆斯河没有儿童癌症集群。

贝里将结果告诉了考夫曼，双方都不满意。首先，贝里的分析没有包括特殊类型癌症，即便是将这部分包括进来，病例数太少，也很难从中得出有意义的结论。而且，分析截至1983年。考夫曼通过他在县卫生部的私人关系听说了几例新发病例，是1984年确诊的，这没有包括在其中，因为登记系统滞后了两年。再者，贝里的分析中至少没有包括那些只在纽约和费城看过病的本地儿童。如果最后发现有很多的汤姆斯河患病儿童在州外治疗——琳达·吉利克在纪念斯隆-凯特琳癌症中心的经历就是证明——那么基于登记系统进行的分析就是误导。

“据记录，没有迹象表明镇上的癌症增多了。”11月研究结果泄露后，贝里这样跟《阿斯伯里帕克新闻》的记者说。① 但是那

① Marlene Monfiletto, “Toxic Waste, Cancer Incidence Raising Unanswered Questions”, *Asbury Park Press*, November 16, 1986.

篇标题令人紧张的文章“有毒废弃物，癌症发病率带来更多未解问题”看了绝不会让人平静。它指出，州外就医的病人并未包括在内，并引用了一个律师和一个神经外科医生的说法，他们两人各自分别知道三个汤姆斯河的孩子近期被确诊为脑癌。同样令人担忧的是，当周周日的报纸上刊登了一个下周电视导视的小提示：WNET－13 的纪录片《美国化学小镇》将在黄金时间连播三天，从 1986 年 11 月 19 日开始。①

汽巴-嘉基的经理们高度紧张，他们预计会在节目中被攻击。《美国化学小镇》的作者和联合制片人迈克尔·罗森布拉姆和工厂发言人托马斯·契兹马蒂亚是大学同学，他劝说托马斯保证工厂经理维克多·贝克会出面接受讯问并带人参观工厂。（罗森布拉姆多年之后回忆：“我告诉摄像师，就拍有滴水的管子，找到多少拍多少。”）参观与访谈结束后已经很明显，纪录片对公司是批判式的，尤其是罗森布拉姆提到了镇上可能存在脑癌集群。汽巴-嘉基的律师给 WNET 的总裁约翰·杰伊·艾斯林匆匆写了一封信，声称罗森布拉姆在报道内容中误导契兹马蒂亚。因为汽巴-嘉基的制药部门恰好资助了 WNET 的一档重要的科学纪录片（讽刺的是，该纪录片叫做“大脑”），艾斯林因此对其有所关注。电视台的律师坚持要看纪录片早期版本的副本。不知怎么的，汽巴-嘉基也搞到了同一副本的拷贝。公司的律师因此又写了一封信，这次要求修改脚本。

最终，公司要求的修改罗森布拉姆只动了几处。不过他和负

---

① 13 频道的节目播出前夜，一位名叫爱普·斯托帕的当地妇女带着她复印的电视导视去了多佛镇委员会的会议，抱怨说镇子马上要鼻青脸肿了。她说：“新泽西州或许是被当做了一个大化工厂，但汤姆斯河不该这样。”镇长 W·托马斯·伦金承认他也担心，并且试图压低汽巴-嘉基在镇的快速发展中的重要性。见于 Donna E. Flynn，“Dover Officials Wary of TC Show's Publicity”，*Asbury Park Press*，November 19，1986；以及 Anthony A. Gallotto，“Ciba TV Show Worries Panel”，*Ocean County Observer*，November 19，1986。

责了大部分原始报道的制片助理凯思琳·休斯都感到，在电视台经理认可的最终版本里，来自汽巴-嘉基律师的压力改变了纪录片整体的基调。他们曾想刻画兰迪·林恩沃斯，着重控诉病例的群聚，但最终版本反而强调了就业与污染之间的利弊平衡。兰迪和他的家人直到第十分钟才出现，早在这之前，是一个汽巴-嘉基的工人因为计划中的工厂缩减而面临下岗。休斯回忆说："我认为纪录片的内容应该是更加坚定的，而最终的结果没有实现。所有重要的点都提到了，但整体上被软化了。"

不论是不是被软化了，纪录片最终播出后干扰到了镇上的很多人。他们看到了病重的兰迪·林恩沃斯——几个月后他就去世了——由他母亲的怀抱支撑着翻看家庭相册。林恩沃斯一家也可能变成其他任何一个家庭，兰迪可能是任何人的孩子。当雷·林恩沃斯将他十几岁的儿子抱出轮椅轻轻放到床上时，背景音说道："目前的科学还不能证明肿瘤是否由邻近的工厂诱发，但对于林恩沃斯一家来说，这癌症可能由环境因素引发的恐惧感始终挥之不去。"为保证每个人都注意到了这一点，谢莉·林恩沃斯接着说："你真的一定要注意到周围在发生什么，因为我们做梦也从没想到过幸福会破灭，生活发生如此的巨变。我的上帝，我希望你们任何人都不会经历这些，但你们真的不能只说这是住在街对面的那个人，然后坐视不管。因为不是那样的，这就是你和我。"

到了1986年年底，看起来似乎镇上的每个人的意见都倾向一致。很显然癌症的问题在短时间之内是不会消解了。

第十三章　朋友和邻居们

尽管在过去三年里新泽西海岸刚经历过喧闹的抗议，1987 年 8 月的情景对那里来说仍是闻所未闻的。这次，挑事的不再是绿色和平或是“拯救我们的海洋委员会”，而是老天爷。欧申县海滩上的每次涨潮看上去都增加一分恐怖。8 月 13 日，一大片医疗废物——很可能是路过的游艇抛下的——被冲上了岸，沿着海滩散布了七十五英里远，这日子（周四）正好毁了一个周末客流高峰。垃圾里有注射器、针头、血袋，还有绷带。[①]一个男孩在长滩岛踩到了皮下注射的针头，汤姆斯河以北的波因特普莱森特的一位母亲也是。在旅游季的高峰时间，全县的海滩关闭了三天。第二周，死螃蟹冲上了巴尼加特海岸，而锡赛德海特的海鸥粪便中细菌总数超标，海滩关闭——那里离汽巴-嘉基排海管道的终点站不远。各种事故中最麻烦的是有报道发现了一些宽吻海豚的尸体，满身红肿溃烂。整个夏天，新泽西的海岸上一共发现了八十具海豚尸体，显然是不明来源的病毒和有毒藻祸害了它们。

这些灾害在当地并不新鲜——实际上 1987 年关闭的海滩比往年还要少一些——但它们都集中在一个月就很可怕。目前旅游业是欧申县最大的产业，每年为当地经济贡献在十亿美元以上。对商人们来说 1987 年的夏天是一场十足的灾难。《纽约时报》描述了孩子们在荒漠般的海滩上游荡，捡卫生棉条的助推器做沙堡的塔楼。[②]海岸旅游业不仅是新泽西州的第二大收入来源（第一是石化），还是新泽西人引以为豪的标志——当外人将这里说成是工业废弃物毒害了的土地时，它是最好的反驳。污染造成的经济危害已经够糟糕了，这些奚落让人更难忍受。每个人都感同身受，他们很愤怒。正当这个噩梦般的夏季即将结束的时候，1987年劳工节那个周日的两点，几千名海滩游客一同参与了史无前例的抗议，队伍在长滩岛上绵延了几英里。

从汽巴-嘉基的角度来看，它的际遇真的很差。为了建造制药车间，也为了留在汤姆斯河，公司4月的时候向州政府申请了六项许可证。而对于公司的反对者们来说，8月的灾难是上天的馈赠。劳工节的周末，当海滩游客们在长滩岛上牵着手坐着的时候，一场由"拯救我们的海洋委员会"的弗兰克·利弗诺组织的千人抗议活动正在奥特利海滩进行。利弗诺拿着手提式扩音器敦促人们抵制汽巴的产品，还试图将公司的污水排放与冲上岸的那些废物联系起来。他问道："他们从游艇上扔东西和从水下排污管扔东西又有什么区别?"③

实际上汽巴-嘉基排放的污染物确实和海豚死亡、海滩关闭还有医疗废弃物上岸没有关系。公司往大西洋里排放污水已经二十几年了，就数1987年排的污水最干净。9月份，新来的经理约翰·西马斯给全镇发了标题为"亲爱的邻居"的邮件，宣传了公司向州环保部资助一百万美元后得到的研究结果。采自拉瓦莱特海滩、奥特利海滩和锡赛德海特海滩的水样中没有发现公司化合物的痕迹。实际上，唯一检出公司化合物的水样采自距排海管道

---

① Lawrence Schmidt, "Impacts and Implications of the Summer of 1987, New Jersey Floatabel Incidents", Published in conference proceedings of *Oceans' 88: A Partnership of Marine Interests*, October 31-November 2, 1988, 790—793.

② Sara Rimer, "After Summer of Sun, A Silent Protest", *New York Times*, September 8, 1987.

③ Janet Picknally, "1 000 Protest Ciba Pipeline", *Ocean County Observer*, September 6, 1987. 几个月后，弗兰克·利弗诺带着他的喇叭去了纽约市，在瑞士领事馆外示威。

排污口不足三英尺的位置，那里离最近的海滩都有半英里远。

但这些都不重要。在新泽西，只有一家公司获准用自己的排污管道向大西洋倾倒处理过的废物，那就是汽巴-嘉基。有那么多的海洋问题，看起来完全无法控制：有毒藻类、致病菌，还有漂浮的医疗废物，它们的行踪飘忽不定。而汽巴-嘉基排放的污染是完全可控的。工厂的未来全仰仗公共部门的决定，而这些部门需要给觉醒的选民们有个交代。镇上当时的州议员约翰·保罗·多伊尔回忆说："经过了那个夏天，人们都受够了。对癌症的恐惧肯定是有的，但引起转变的是海洋里发生的状况。过了那个夏天，汽巴-嘉基就江河日下了。"三个月后，州议会收到了三十三条关于限制海洋污染的提案，其中有几条就要求禁止汽巴-嘉基这类的排污。

为寻求政治力量，汽巴-嘉基聘请了当地的一位地产律师，劳伦斯·E·巴斯盖特二世，他迅速走红，已是新泽西州最有权势的人物之一。如果欧申县世俗的信仰是通过地产的增值累积财富，那拉里·巴斯盖特就是它最积极的倡导者。他有一辆劳斯莱斯、一架飞机、一个小型机场、五处房产，其中一处是贝伊黑德的海滨大宅，另一处在布鲁斯·斯普林斯汀的拉姆森。巴斯盖特和州长汤姆·基恩还有即将当选的总统乔治·H·W·布什都是至交，1987 年巴斯盖特为老布什在一次晚宴上就筹集到了六十万美元的资金，后者委任他为共和党财政委员会主席。对于一个在家乡莱克伍德——就在汤姆斯河北面——从事法律行业的木匠的儿子，这相当不错了。巴斯盖特靠买进农场分成小块开发房地产起家。现在他四十八岁，是新泽西州优秀的筹款人，也是全美国最重要的政治投资人之一，正处于他权力的巅峰时期。[①] 当某些

---

① 对于劳伦斯·巴斯盖特的更多描述可见于 Ronald Brownstein, "Raising Bucks for Bush", *New York Times Magazine*, May 17, 1987; Peter Overby, "N. J. Mogul Revs Up the Money Machine, Bathgate Is Buddy to Bush, Kean", *Bergen Record*, August 18, 1988; and Chris Conway, "Bank Lowers the Boom on GOP's Top Financier", *Philadelphia Inquirer*, June 17, 1991。

筹款人许给资助者们的还是可能获得政府合同的时候，巴斯盖特已经玩更高级的了。他擅长与公共部门拉关系，再利用这些关系为他的朋友们——通常也是他的客户和投资伙伴——提供帮助。既然州长基恩在 1990 年之前都在任，汽巴-嘉基要确保得到那些做生意必需的许可证，巴斯盖特是协助完成此事的最佳人选。

但欧申县玩权力游戏的不止拉里·巴斯盖特一个。民主党控制着州参议院，主席是汤姆斯河本地人约翰·F·罗素，他长期以来都是化工厂的朋友，但随着公众反对意见的增多，他对工厂的支持有所动摇。1973 年罗素意外当选参议院主席（水门事件使共和党当年损失惨重），虽然已成为民主党在新泽西最有权力的人，他还是觉得职位不稳。罗素回忆说："我对自己的选区投入了很多关注。欧申县人都保守，但那并不意味着他们愿意自己的社区存在健康风险。一旦人们意识到排海管道有泄漏，排放的污染可能有毒，可能致癌，他们很可能就会说'我们还是把整件事都停下来吧'。"

和新聘请的巴斯盖特同一阵线的，是当地唯一可能与刚觉醒的选民队伍抗衡的工厂员工，但他们寡不敌众，而且这些意志消沉的工人中很多都已经收到了下岗通知。到 1987 年，工会工人只剩大约五百了，再过一年总人数还将降到三百五十人。雷·塔尔迪现在在工厂新升级过的污水处理厂工作，他偶尔会抿一口工厂处理过的污水，这水的确像工厂宣称的那么干净，这让他很满意。他回忆说："东西很干净，就像我们的饮用水一样。"但他的哥哥、工会副主席约翰·塔尔迪知道，污水处理厂的升级来得太晚了，已经无法挽回工厂的声誉，他说："没过多久我们就意识到，哪怕你的管子里除了蒸馏水或者牛奶其他什么都没有，那也没用，排海管道没戏了。它已经成为一种象征。"

工人们逐渐开始关注他们自身的健康问题。1988 年由于汽巴-嘉基多年前使用的铅质水管的污染问题，工厂不得不在自己的六十二个水源上标出危险警告。[1] 更重要的是，职工们听说了亚拉巴马大学的菲利普·科尔和伊丽莎白·德尔泽尔对工人中癌症研究的初步结论。乔治·伍利回忆道："资方将工会的领导们召集到会议室听取科尔博士的研究结果，告诉我们：'这是好消息——我们没有问题。'然后他们给我们资料袋，里面告诉了大家怎样跟外界的人讲这个研究结果。"汽巴-嘉基希望传递给雇员和公众的是，工厂工人比普通人群更加健康。亚拉巴马的研究人员根据两千六百四十二名曾经在任或仍在岗的男性员工的医疗记录得出结论，男性员工的死亡率比同年龄段美国白人男性整体死亡率低将近百分之二十。而因癌症致死的人数只比期望值高一点：一百零六，期望值是九十七。很多癌症患者是辛辛那提工厂的老工人了，他们很可能是在那里接触到的污染物，而不是在汤姆斯河。[2]

公司没有提到的是，基本上所有的产业工人，甚至包括化工行业，都比普通人群更加健康，这个广为人知的概念叫做"健康工作者效应"。简单地说就是，工人早逝的概率较小，因为只有足够健康的人才可能被聘用并保住他的这份工作。因而工厂长期雇员中的死亡率只有普通人群的百分之六十至百分之九十，因为普通人群中病人和残疾人更多。[3] 尽管有这个人所共知的偏向性，

---

① Richard McDonald, "Lead Readings May Force Dover to Shut Family's Well", *Ocean County Observer*, January 25, 1988.

② 1960 年由辛辛那提搬去汤姆斯河的老工人中有十七人因癌症去世——比期望值高一倍。

③ 1975 年，南卡罗来纳州立大学公共卫生学院的流行病学家 A. J. McMichael 在一项对橡胶厂工人死亡率的研究中创造了"健康工作者效应"这个词。更多对此的解释可参考 A. J. McMichael, "Standardized Mortality Ratios and the 'Healthy Worker Effect': Scratching Beneath the Surface", *Journal of Occupational Medicine* 18: 3 (March 1976): 165—168; C. Y. Lee and E. C. Sung, "A Review of the Healthy Worker Effect in Occupational Epidemiology", *Occupational Medicine* 49: 4 (1999): 225—229; Timothy Wilcosky and Steve Wing, "The Healthy Worker Effet", *Scandinavian Journal of Work, Environment, and Health* 13 (1987): 70—72。

很多工厂流行病学研究仍旧采用这种有问题的比较方式，因为从普通人群中获取死亡率的统计数据远远比从更适合的人群——例如从其他工厂的工人中——获取这些数据容易得多。对于工厂主来说，这条捷径的另一个好处是：与普通人群相比较，工厂会显得比实际情况更加安全。

汽巴的工会首领们对健康工作者效应一无所知，但他们仔细阅读了研究结果，仍旧很困惑。首先，很多刚去世的工人没有包括在内，而工会知道他们是接受过癌症治疗的。研究是关于死亡率的，却不是癌症发病率，所以如果工人的死亡证明中没有标注癌症，他就不会被视为癌症死亡病例。约翰·塔尔迪回忆说："我们说：'弗兰克·斯卡普尼呢？还有约翰·杰斯科斯基呢？'我们知道很多人，但他们中不是每一个都列在了癌症死亡的名单中。"另一个让他和伍利沮丧的是，亚拉巴马的研究人员没有——在他们最初给工会的结果中——将死亡率细分到每一栋工厂建筑，因此他们无法评估处理最危险的化合物的那些工人们面对的风险有多大。

最让他们担心的还是脑部和中枢神经系统的癌症。研究确认汽巴-嘉基的工人中有五例，比期望值三例要多。但在简报中伍利看到的是因为总的病例数太少，这种明显高出的数值很可能是统计上的波动。这恰恰就是威廉·休珀在二三十年前已经预见到的那种借口：在大规模人群的常见病研究中，病例-对照研究可以给出可信的结果，但对一个工厂的罕见病研究——即便是汤姆斯河这样的大型工厂——因为病例数太少，不好的结果几乎都可以用随机波动来解释了事。

直到亚拉巴马大学的研究结果 1989 年发表在了《职业医学杂志》上之后——当时工厂的命运已经无法改变——更加令人不安的情况才出现了。伊丽莎白·德尔泽尔在文中简单说到她后来发现了至少十一例脑癌病例——其中四例患者仍在世，另有两例汤姆斯河工厂工人搬到欧洲后去世了，所以没包括在最初的研究结果中。她写道："这个结果证明了，在偶氮染料和'塑料与树脂'区工作的男性发病率相对较高，另外，在实验室工作的男性中也相对较高。"德尔泽尔还指出，有几类工种患癌症后死亡的人数非常多，例如偶氮生产（期望值八例，实际十六例），和维修（期望值二十五例，实际三十七例）。

日后乔治·伍利和工会的其他人会因为没有在 1987 年了解到全部事实而愤愤不平。但现在，他们只是在怀疑——而且公司打了包票：没什么可担心的。伍利说："我们不信任这个研究结果，但我们不知道真相。"对于亚拉巴马大学研究结果的担忧进一步挫伤了工厂的士气，但 1988 年春天，当他们准备与汽巴-嘉基的对手们进行巅峰对决的时候，工会领导依旧公开支持公司。拖延了几个月之后，州政府宣布将针对汽巴-嘉基的许可证——它们是建制药车间必需的——申请举行三个公众听证会。成百上千的人想去参加。双方都说会有精彩的表现。工会的"大嘴"詹姆斯·麦克玛纳斯在一次记者招待会上解释道："我们不是想挑事，如果需要我们讲理，我们就会讲理。如果需要我们动粗，我们就是粗人。"①

尽管掀起了这样大的风暴，汽巴-嘉基的工厂其实不是欧申县水质最大的威胁。上世纪 80 年代，最大的风险来自赖克农场的地下水污染羽流，那个过去的非法排污点，它一直在那里，却在围绕着巨型化工厂的喧闹声中被遗忘了。"汽巴-嘉基的废弃物可能致病，在排水口附近游泳，或是喝到灌溉井中被污染的水可能有危险"，正当人们为这理论上的可能性争得面红耳赤的时候，基本可以确定，数以万计的被蒙在鼓里的居民们正喝着沾染了工

① Richard McDoanld, "Union Won't Sit Still for Outbursts", *Ocean County Observer*, March 20, 1988.

业废弃物的自来水，其中一些成分是致癌的。这些废弃物来自1971年尼克·弗尼科拉倒在养鸡场（如今已经荒废）后面两英亩土地上的联合碳化物公司的五千桶废液。那块土地——快乐平原——现在仍归塞缪尔·赖克和贝莎·赖克所有，正被用作碎石场的仓库。

七八十年代，小镇的其他地方都在急速增长，而快乐平原农场在以缓慢的步调给地产开发让道。但在土地的下面，有些活动从未停止。一如既往，汤姆斯河水务公司还在为满足不断增长的供水需求而努力，仍旧很依赖花园路水井，那儿往北一英里就是赖克农场。1987年中期花园路有六口水井在工作，为全镇三分之一的居民供水。水井地基下厚厚的含砂层是地下水的主要来源，那里的水是由自北向南的天然地下潜流补充的。地下水以轻快的步调向南渗滤，每天运动十六英寸左右。然后，当它们进入花园路水井地基这个巨大的"抽吸带"时，水流速度将大幅提升——通过六口井中某一个的滤水器时，速度大于每天九英尺。花园路井基基本上是一个不间断水源，一只无底的杯子——完美契合了汤姆斯河"今朝有酒今朝醉"的精神。早在1974年，花园路井基刚开始工作时，水务公司每天的抽水量是两百万加仑。到1987年，日平均抽水量接近三百万加仑——炎热的夏日则接近四百万。

与此同时，在一英里外的赖克农场，地下也不平静。尼克·弗尼科拉1971年倒在那里的化合物正在移动。这个污染位点曾有过三次清理活动——1972年两次，1974年一次——移除了五千桶废弃物，一千一百立方码的土壤。但这种修复是远远不够的。联合碳化物公司的承包商没有检测土壤中是否还含有那些化合物，只是将看起来或闻上去被污染了的泥土运走。如果这块泥土看着还行——谁知道怎么个还行法——它就被留在那里。但这些土壤根本不是"还行"。从弗尼科拉卸下渗漏着的废料桶的一刻开始，苯、三氯乙烯、苯乙烯和其他废弃物的液滴就开始沿着十英尺厚的砂质土壤向下流动，进入地下含水层，在那里与向南渗流的地下水汇合。不出一年，化合物的羽流就已移出了赖克农场的边界。它一路南下污染了几十口私家水井，如一只油腻而舒张开的手指——直指花园路井基和上面的六口巨大、饥渴的公用水井。

谁也无法知道毒物羽流的指尖是在何时抵达花园路水井的滤水器的。这个决定性的时刻后来成了汤姆斯河辩论的重要问题。从那一刻起——无论它是早于 1978 年或是晚于 1986 年——汤姆斯河水务公司成千上万的用户喝的水里就有了来自赖克农场的微量有毒化合物。早在 1974 年就出现了井水可能被污染的迹象，但水务公司拒绝在花园路水井安装过滤器或进行进一步的检测。反之，80 年代水务公司对这几口井用得比从前更狠。联邦超级基金法案通过后，这个疏于管理的怪圈终于被打破了。赖克农场和汽巴-嘉基工厂一同位列 1983 年的第一版“全国优先处理名单”之中，1986 年，美国环保局的承包商们已经忙于对这两个位点进行“修复调查”，以确定地下水污染的范围以及潜在的健康风险了。

1986 年 5 月，美国环保局的一个承包商开始检测花园路水井，很快发现了不该存在的成分：三氯乙烯（TCE）。TCE 过去是，现在仍是化工行业的万金油：去污、溶解，还是几百种产品的重要原料，比如汽巴-嘉基的树脂和联合碳化物公司的塑料。三口受影响的水井中 TCE 的浓度相对较低——在 3 ppb 到 14 ppb 之间。在 80 年代中期 TCE 风险性的证据逐渐增多。不同于苯和甲苯，水中的 TCE 除非浓度很高，靠嗅觉或味觉是发现不了的，但低浓度的 TCE 蒸气就可造成肝、肾、肺以及心脏损伤——并且至少对小鼠有致癌性。因此，美国环保局将水中 TCE 的限值定为 5 ppb，而新泽西州则计划在 1988 年开始执行的规定中将其限制在 1 ppb。[①] 汤姆斯河水务公司显然还做不到。

影响花园路水井的污染物是来自赖克农场吗？仍旧无法确定。农场里倒的是有 TCE，但它也可能来自机修厂、车库，或是其他非法倾倒点。甚至还可能来自汽巴-嘉基——尽管这种可能性很小，虽然在水井西面的工厂离那里只有一英里，但有河流做天然屏障，而且地下水的流向是向南而非向东。另一方面，很多因素都将污染源指向了弗尼科拉的非法倾倒，美国环保局的承包商不只发现了 TCE，还在快乐平原下方的地下水中发现了十几种其他的工业化合物，其中一些用于塑料生产。

汤姆斯河水务公司对所有这些消息的反应是它特有的冷漠和讳莫如深。环保局的承包商在三口井中发现 TCE 六个月之后，水务公司终于关闭了浓度最高的那口水井。但这口井一停泵，另外两口井里的 TCE 浓度立刻上升。（这就好像游乐场的打地鼠游戏，在上世纪 90 年代始终困扰着水务公司。）不愿意关闭所有三口水井，水务公司——在州政府的允许下——决定重新启用污染最严重的那口水井，将抽上来的水与花园路另外五口井混在一起之后再向全镇分配。这种稀释作用将 TCE 的整体浓度降低了，花园路水井混合水的浓度降到了 2 ppb，仍比州政府 1988 年开始执行的新限值 1 ppb 高一点。

水务公司的用户对此一无所知——就像 60 年代中期霍利街水井的污染一样。早在 1974 年，用户们是因为《阿斯伯里帕克新闻》上一篇迟来的报道才得知花园路井基的问题的。这次的情

① 除健康风险之外，TCE 还很难去除。通常，清理地下水污染的方法是将污染土壤挖走或将污染了的地下水泵出，但这对于 TCE、四氯乙烯和氯乙烯来说效果很差。这些有机溶剂密度大，沉积在水层底部，缓慢地释放到地下水中，就像是没有晃动的色拉汁底部沉积的油。结果是，这些有机溶剂可在地下水中移动数英里而没有太多降解，还很难通过修复井泵出。水文学家称其为重质非水相液体（DNAPLs）。像汤姆斯河这样存在有 DNAPLs 的地区，修复往往耗时数年花费巨大。

形又是这样，到1987年年底，县卫生委员会收到了一份水井检测报告的复件，显然是发错了。[①]《欧申县观察家报》斥责了整件事情，尤其是水务公司检测了两所学校的水池，它们由花园路水井供水，检出的TCE浓度分别是3 ppb和2 ppb。面对着全镇的怒火——人们本来就对污染问题很焦虑了——水务公司终于关闭了三口影响最大的水井。至此，已是11月，来年夏天之前用水需求不会太大，到夏天将会大量用水。

这是1965年事件的翻版。当时汤姆斯河水务公司就是因为化工厂的排海管道开通才从重重包围中脱身的，排海管道分流了河水和霍利街水井中的化学废弃物。如今，二十四年之后，水务公司花园路水井也需要这样解围——而且需要在来年夏天之前，到时，汤姆斯河的用水量会刷新纪录。这个纪录经常被刷新。

1988年年初，随着那三场激动人心的公众听证会的临近，汽巴-嘉基的厄运仍在继续。2月中旬，在欧申县购物中心街对面的一个工地上，一架推土机把工厂的排海管道拉了一道四英寸长的口子。这次喷出了大约二十万加仑的废水，《欧申县观察家报》的标题是："哎哟!"第二天，就好像为了防止有人忘记汽巴-嘉基正在接受审判似的，大陪审团公布了一系列新的起诉书，针对的正是公司的密谋、非法倾倒、错报瞒报和处理失当等。（原有的诉状被驳回了，现在正等待上诉。）新的起诉只针对两名经理——威廉·鲍勃森和詹姆斯·麦克弗森——以及公司。有一个不祥之兆，之前被起诉，这次不再被起诉的两名经理——大卫·埃利斯和罗伯特·费森——现在与检方合作了。[②] 汽巴-嘉基努力

---

① 见 Anthony A. Gallotto 在《欧申县观察家报》上的三篇报道："Taint Seen in Well of TR Water", November 11, 1987; "Water Co. Followed Procedures", November 15, 1987; "DEP Has Done Little to Find Source of TR Water Taint," November 17, 1987。

② Lauren Ascione, "Ciba Indicted Again by Grand Jury", *Ocean County Observer*, February 17, 1988.

地想向前看，一件件事却都要起底它难堪的过去。

期待已久的公众听证会果然如大家所期望的成了一场马戏表演。听证会安排在汤姆斯河北部高中，一千八百名学生中午就被放回了家，当时校外已有几百个人在乱闯了。敌对阵营能分辨得开：工会工人戴着白色棒球帽，环保人士举着标语牌，还有十几名警察在州政府官员核实发言名单的时候试图维持秩序。下午一点，听证会在礼堂开始，一千两百个座位几乎全满。态度很分明——可以看到几百个白色棒球帽混杂在人群中——但环保人士更吵闹些。工厂经理约翰·西马斯和拉里·巴斯盖特发言时遭到了他们的起哄和责问，而当一位他们几乎从没见过的女士靠近话筒开始说话的时候他们则安静了下来。

她就是琳达·吉利克，她认真地编排了分配给自己的五分钟时间，让效果最大化。首先她提到了走到房间前面的一群孩子，他们每人手里拿着一枝茎上绑了黑丝带的红玫瑰。她开始说道："我代表欧申县那些家中有孩子患上癌症的家庭。他们中有些人今天和我一起来到了这里。"她说，汽巴-嘉基不是镇上唯一的污染源，但在它继续产生废物之前必须先把它的废物清理干净。随着她的演讲，她的话越来越引人注目，她的声音越发高亢而坚定："汽巴-嘉基在卖花——确切地说是水仙花——为美国癌症学会的研究筹集资金。看好你们的水仙花，我们的孩子正在——或将要——把它们从坟墓中拉出来。[①] 你可能以为我没有事实或图表来支持欧申县癌症发病率高的说法。我有的。"[②]

接着吉利克告诉屏息静气的听众们，她将详述自1983年以来欧申县确诊的四十一例儿童癌症，他们的年龄、住地、癌症类

① 某些地区有用水仙花装饰坟墓的风俗。——译者
② Gillick, *For the Love of Mike*, 109—112.

型——除了姓名——其中十人已经去世。在她读这些的时候，房间前面的孩子们把手中的玫瑰送了出去。当孩子们将系着黑丝带的玫瑰交给台上的官员和台下的观众时——还给了几名很不自在的汽巴-嘉基的员工，她说："看看你们手中的玫瑰，她的美丽正在消失，慢慢地、静静地、没有停息。因为你们眼看着我的和你周围其他人的孩子慢慢地死去，他们的死亡却不是这样安静而毫无痛苦。我把他们的命运，在座的每个孩子的命运，还有那些将要出生的孩子们的命运交到了你们的手上。"

接下去，琳达·吉利克正准备宣读名单的时候，她身旁的一个男孩——九岁了，但看上去就像五岁——要求发言。他之前没有申请发言，但这没关系。没人敢阻止迈克尔·吉利克发言。他开始讲话的时候摄像机清晰地抓拍到了孩子的脸，那是饱受癌症折磨的象征。他说："如果你有孩子，想象一下他因为这些水患上了癌症。想象一下它会把他变成什么样。他随时随地可能死去，请不要这样！"在他讲话的时候，偌大的礼堂鸦雀无声，只有摄像机的嘀嗒声。迈克尔的声音劈了，他开始哭起来："汽巴-嘉基的行为大错特错，而你们却不停地不停地做着愚蠢的事，还给人们带来疾病，求你们停下来！"说到这，孩子跑过走道，离开了礼堂。他母亲追了上去，然后她想起来，将手中患病儿童的名单交给另一位家长，让她去读完。

迈克尔·吉利克的发言只有三十秒，却足以在几百名听众心头烙上深深的印记。神奇的是，八年之后，在同一间礼堂中，一个更加激动人心的集会上，这一幕还将重演。对于亲耳听过的人，迈克尔·吉利克 1988 年的演讲变成了"罗生门"，有着各种演绎。迈克尔的记忆有着儿童的质朴："我给了他们玫瑰，讲了话，然后就跑走了。"汽巴-嘉基的对手们则记得它感人而力量无穷——对于他们正处于关键时刻的讨伐活动，那是最终极的表达方式。希拉·麦克维恩，现在仍住在卡迪纳尔大道则说：

“很棒，我还记得那情景。房子里挤满了人，汽巴的人不说话了。结束后每个人都在为这些孩子们叫好。那真的让人着迷，也很伤感。”很多工人的解读就不一样。他们无法否认迈克尔·吉利克的真诚，也不能无视他的痛苦。但他们认为母亲用的手段很不公平。约翰·塔尔迪就被送了一枝系着黑丝带的玫瑰，他意识到，在这场战斗中他们已经输了。“琳达·吉利克的儿子递给我那枝玫瑰的时候，我抬起头跟旁边的人说：‘这你可怎么反击？’”

将原本就所剩无几的社区的支持输得精光之后，汽巴-嘉基就只剩了最后一线希望：拉里·巴斯盖特能够说服他的好友州长汤姆·基恩，让他能不顾欧申县人民的意愿颁发公司所需的许可证。有那么一阵子巴斯盖特看起来就要成功了，特别是在克里斯托弗·达盖特来过镇上之后。达盖特是美国环保局的区域主管，曾任基恩的高级助手，现在还时常和州长打网球。6 月份他来到汤姆斯河，宣称美国环保局不希望汽巴-嘉基的排海管道关闭。相反，局里希望排海管道能用来协助该地计划已久的清理工作。工厂土地下有几十亿加仑污染过的地下水，美国环保局希望公司把它们全泵出来（可能要花三十年时间），用工厂新升级过的污水处理系统对它们进行处理，然后用排海管道将其排出。达盖特补充说，除此之外唯一可行的是将处理过的地下水排入河道。这两种选择，他说对公众健康的“风险都很低”，而且完全可以与计划修建的制药车间匹配。最后这一点很关键，因为很快他就会得到授权，来决定制药车间能否开建；州长基恩已经宣布，达盖特将离开美国环保局来主管新泽西州的环保部。

达盖特的计划对汽巴-嘉基来说是极大的支持。不但为建制药车间铺平了道路，还给公司带来了一笔横财。相比于新建管道系统将处理后的地下水排往河道，或是按当地环保人士的想法将其注入深层地下水，使用排海管道外排能节省约九千万美元。[1] 但对汽巴-嘉基的姑息只是暂时的。几周之后，镇议会投票决定——他们在几十年对汽巴-嘉基奴隶般的顺从之后终于有了转变——对工厂厂址（以及赖克农场）重新进行土地规划，禁止进行新的建设项目，尽管巴斯盖特威胁说要对此付诸法律。

汽巴-嘉基的最后一根稻草是搬石头砸了自己的脚。1988年7月22日，共和党总统候选人乔治·H·W·布什，拉里·巴斯盖特最著名的朋友来到欧申县巴斯盖特位于湾头海滩的大宅筹集资金。巴斯盖特给了克里斯·达盖特和他妻子两张门票，达盖特要是买的话得花五千美元。事后再看，那是一个大错。消息传出后泽西海岸上上下下的民主党党员都将达盖特抨击为汽巴-嘉基的爪牙。弗兰克·利弗诺和“拯救我们的海洋委员会”要求美国环保局的监察长进行职业道德调查，获得了批准。调查最终撇清了达盖特的问题，但这个乱局使得他就任州环保部主管的事拖延了几个月。这期间他的排海管道计划流产了。

免费票事件崩盘之后，最后的多米诺骨牌倒得很快。达盖特在美国环保局的继任者迅速放弃了利用汽巴-嘉基的排海管道排放处理后的地下水的计划。然后，1988年10月，州环保部否决了汽巴-嘉基申请的建造制药车间的许可证，那片土地上“有太多未解决的麻烦，不应再考虑增加新的工业设施”。[2] 两周后，尽管仍有最后的宣传闪电战——比如工厂经理约翰·西马斯给“亲爱的邻居”的邮件——欧申县十一个镇的投票压倒性地要求关闭排海管道，其中甚至包括工厂最亲爱的邻居汤姆斯河镇。1952年，汤姆斯河镇以铜管乐队和溢美的致辞欢迎瑞士人，而现在投票的人实际上是让他们走，投票差额二比一。投票并没有约束

---

① U. S. Environmental Protection Agency, *EPA Superfund Record of Decision: Ciba-Geigy Corp.*, *Operating Unit* 1, April 24, 1989, 31.

② Don Bennett, "DEP Rejects Ciba's Plant Plans", *Ocean County Observer*, October 25, 1988.

力，但公司终于准备投降。12 月，西马斯宣布汽巴-嘉基将于 1991 年年底关闭排海管道，转而致力于清理近四十年的化工生产所遗留下的乱局。

“拯救我们的海洋委员会”在拉瓦莱特海滨栈道举行了更多的集会庆祝胜利，1995 年弗兰克·利弗诺去世后那里立了一块牌匾纪念他。他活着看到了汽巴-嘉基排海管道入海的部分被切割成小块，拖进深水，沉入海底——位置就在拉里·巴斯盖特的海滨大宅以东六英里处，就在那栋大宅里，巴斯盖特的筹款人——汽巴-嘉基——失去了维持排海管道的希望。巴斯盖特本人后来再未达到 80 年代末他所获得的地位。他的不动产帝国中有一部分由汤姆斯河第一国民银行的无抵押贷款支持，但这家银行——以惊人的速度从主道边的一家扩张出五十五家支行——1991 年突然倒闭。这起由三亿多不良贷款引发的银行破产案是新泽西州目前为止最大的一起。联邦监管人员宣布其破产前几天，银行起诉了巴斯盖特，他拖欠了一千六百万美元未偿还。他还会重整旗鼓的，但诉讼案令总统老布什很难堪。巴斯盖特减少了与共和党的瓜葛，并于 1992 年辞去了共和党财政委员会主席的职务。

不间断地生产了三十六年之后，1988 年汤姆斯河化工厂生产了它最后的一批染料，1990 年生产了最后一批树脂。此时，偌大的厂区只剩下了不足三百人。其中一部分人负责拆除建筑物或是协助清理工作，剩下的人则在调配或测试其他地方生产的染料。本地的商业领袖多次恳请工厂经理约翰·西马斯再去试着申请制药厂的许可证，每次都被他断然拒绝。1991 年时他对记者说：“我们的失望太多了。我们在这儿，还会继续待在这。我们不得不进行补救。但我觉得在这样一个不受欢迎的地方，我们是不会开工的。”①

---

① Patricia A. Miller, “Ciba-Geigy Has No Plans to Expand Its Dover Plant”, *Asbury Park Press*, April 25, 1991.

1988年的春天，一个圆柱形的塔出现在花园路井基旁，在花园州大道上开车经过的司机几乎可以透过树林看到那闪亮的白色亚光漆桶。塔的直径大约十二英尺，有三层楼高，里面装载的全是塑料填料。它同时还承载着汤姆斯河水务公司热切的期望，他们指望着这个新奇的东西能帮他们度过夏季，不要再出现水污染危机了。它被称作气提填充塔，耗资三十五万美元。

这个技术简单而有效，因而在全美的几百个有污染的地区被广泛使用。有污染物的水被泵到塔顶，喷淋到塑料填料上。当水滴从塑料填料的缝隙和夹角间流下的时候，塔底的一个风扇向上吹出加热的空气。向上的热空气遇到向下的水滴时水中的易挥发性化合物挥发出来，通过塔顶的一个排气孔排放到大气中。较清洁的水则从塔底泵出，输送给用户。

汤姆斯河水务公司可以用更综合的方法来解决它的污染问题，而不是单纯依赖一个气提装置，不过那样的话成本就高得多了。它可以放弃花园路水井，到别的地方另开井，也可以给井加上活性炭过滤器，这是州县卫生部门从70年代中期就推荐的方法——但他们从未强制要求过。但水务公司亟需花园路这几口井，而增添活性炭过滤系统要增加总额几十万美元的成本。再说，这个装置真有效果。5月份，旅游高峰和灌溉草坪的季节刚刚开始，水务公司就重启了那三口受污染的水井，将井中的水泵入新设的气提塔，然后再输送给全镇用户。这个过程可以把TCE的浓度从14 ppb降到只有1 ppb，这正是新泽西州新的饮用水安全限值。水务公司的经理松了一口气，开始继续对受害的水井疯狂抽水，那个夏天每天的采水量都不止一百万加仑。

尽管如此，在美国环保局看来，气提装置不过是权宜之计。如果气提装置维护得好，它对TCE和其他能轻易汽化的挥发性物质的处理效果就很好。但赖克农场检出的几十种化合物中，TCE只是其中之一，有些物质不容易气化。这类化合物被称为半挥发性有机物，气提装置无法将其从地下水中去除掉——只有活性炭过滤装置能办到。这一点后来变得很关键。因此，美国环保局——9月份才完成拖延已久的针对赖克农场的超级基金清理计划——勒令联合碳化物公司去除快乐平原地下水中的挥发性及半挥发性化合物，在污染物的羽流抵达花园路水井前将其截断。美国环保局认为水务公司的气提塔不足以应对这些物质，它只能对抵达水井的污染物进行处理，而且只适用于挥发性污染物。他们估计，对快乐平原的地下水进行适当的清理将需要十一年的时间，大约需要花费联合碳化物公司六百万美元——相比于汽巴-嘉基的修复计划，联合碳化物公司的这份已经很不错了，汽巴-嘉基预计将花费三倍的时间，花费二十五倍的成本。

在历经了近四十年的无节制排放之后，汤姆斯河终于开始把有毒污染物从地下移出来，而不是放进去了。污染之战结束。化工厂逐渐退出，清理工作开始，针对工厂和小镇的初步的癌症调查工作让人心安。对于汤姆斯河，只要每个人都从过去的四十年中接受了深刻的教训，最坏的时刻似乎已经过去了。

第三部分　清　算

第十四章　两间病房，双重打击

一天天，一夜夜，眼看着孩子们在这里死去，这不是一般的挑战，不过莉莎·博纳齐安自有办法。1991年，在维拉诺瓦大学护理学院上四年级的时候，她开始在费城儿童医院（CHOP）工作。第二年她固定在了癌症病区。从那时起，她叫莉萨·达文波特，比她的病人们大不了多少。她回忆道："我喜欢对付肿瘤。很多护士来到这科，发现这里不是他们期望的地方。待不下去，但我喜欢。"出乎意料，这个病区是个生机勃勃的地方，小孩子们在宽阔的走廊里跑来跑去，他们的输液架就在身边咔嗒作响。不过，大一点的孩子就比较难相处了。博纳齐安说："十几岁的孩子了解了死亡，也懂得诊断结果的意义。小一些的孩子则完全不知道。"那些确诊为脑癌或是骨癌的孩子面对的是漫长的煎熬。患血癌——通常是白血病或淋巴瘤——的孩子生存率要高一些，但治疗往往需要好几个月，而且很痛苦：化疗，通常接着做放疗，还有骨髓移植。

肿瘤科的交接班方法保证了护士们与他们所照顾的病人之间能保持一定的情感距离，一个孩子最后的几个月里由同一组三到四名护士照顾，保证了他们几人与病人父母的亲疏远近相差不多。很多父母基本就住在病房，只有洗澡换衣服的时候回家，然后立刻回来。护士们在家长极端的挑剔下工作，父母们早已被折磨得快疯了，他们缺乏睡眠，眼看着自己的孩子遭受着反胃、换药，还一次次被无情地扎入注射针头。家长经常会对护士泄愤，能够一直待在这个病区的护士都学会了不卑不亢地应对。值长夜班特别是整夜无眠的时候，护士、家属和孩子之间会产生旁人无法分享的亲密关系——这里面不包括医生和社工，相比起来他们都是过客。护士是家里人。葬礼的时候，护士们和家庭成员一样：他们去到那里，一同默哀。

在癌症病区，葬礼是生活的一部分，莉莎·博纳齐安（1993 年成婚）在新泽西、宾夕法尼亚、特拉华的各处参加过葬礼。其中有一个病人特别令她无法释怀。那是一个活泼的年轻女孩，名叫嘉莉-安妮·卡特，高中快毕业时患了一种罕见的骨癌：尤因氏肉瘤。她在医院治疗了一年多，博纳齐安和她们一家很亲近。1995 年 2 月 6 日这孩子去世，博纳齐安决定从费城开两小时车去参加葬礼，那个地方她从没去过：新泽西州的汤姆斯河。

虽然从没去过汤姆斯河，博纳齐安对这个名字非常熟悉。到了 1995 年，每个在癌症病区工作的人都听说过汤姆斯河。多年之后，她作了解释，1993 年到 1994 年间，“我们开始注意到，从汤姆斯河那一片来的孩子很多。不单是我，每个护士都注意到了”。费城儿童医院收治的儿童癌症病人覆盖了很大的一片区域，这些地区的人口上千万，还有一些从更远的地方过来的家庭——最远的有南美和中东的病人，只要他们支付得起费用。即便是这样，基本上每个月博纳齐安和其他护士看到新收治的二十来个病人的记录的时候，似乎都有至少一到两名来自那个全年人口不过八千的小镇，或是它附近的村镇。博纳齐安说：“有一段时间，大概是几个月，我们每周都会收治一名从汤姆斯河来的患者。”这成了病房里的一种黑色幽默，护士们通常会彼此谈论：“不知道汤姆斯河的下一个病人啥时候到？”

医生们对这些闲话不闻不问。博纳齐安对相熟的几个医生提过几次这个问题："我这么问他们：'你注意到了么？觉不觉得汤姆斯河有些问题？'"医生们给她的回答都一样：没有。他们的说辞各自不同，态度或彬彬有礼或居高临下，但意思都是一个。博纳齐安回忆说："医生们总体的意见就是这纯属巧合，我们不必担心。"她没有生气。医生们管理着这家医院，费城儿童医院不是一般医院。它是全美最古老也最有声望的儿童医院，在全国儿科护理排名中经常位列榜首。那里的医生怎么会留意家庭住址这样琐碎的事情呢？他们太忙了，不会像护士们那样去了解病人的家庭的。她说："医生们不停地轮转，我觉得他们真的意识不到来自汤姆斯河地区的病人有多少。日复一日年复一年守在那里的是护士们。在我们看来，病人的数目很不寻常。"

博纳齐安跟病区里的其他护士说想开车去汤姆斯河参加嘉莉-安妮·卡特的葬礼时，他们半开玩笑地跟她打趣："他们说：'哦，别喝那儿的水，也别做深呼吸。'"在与卡特一家和其他汤姆斯河家庭的交谈中，她已经了解了一些汽巴-嘉基的化工厂和它的污染史。所以，在去的路上，当她开车经过三十七号公路的交通信号灯时，向左望去，看到工厂肆意延伸的围墙和安全门，感到一阵心烦。"我记得当时一边开车一边想：'这就是那个大家都在谈论的工厂。'"后来的日子里，她总是忍不住想起那密林深处的工厂和在癌症病区遇到的当地的家庭。

随着动物实验和人群调查的深入，威廉·休珀和理查德·多尔这样的研究人员确定了越来越多的致癌化合物，取得了极大的成功。但他们的试验和调查无法获知这些化合物诱发肿瘤的原因与路径。一个细胞从正常转变为恶性的过程中有着怎样的内在机制，单纯用毒理学和流行病学是无法提供可靠解释的。

西奥多·海因里希·布维里是最早揭示致癌物隐秘机制的人

之一，他是一位未被重视的生物学巨匠。[①] 1862 年布维里出生在巴伐利亚城市班贝格，学习成绩优异，1885 年他赢得了一份学术奖金，可提供五年的资金支持，进行他想做的科学研究。布维里选择了遗传学。他想知道，在一代代的受孕过程中，或是一次次的细胞分化中，遗传性状是如何传递下去的。最初的实验材料是蛔虫卵，后来变成海胆，布维里注意观察了细胞分化时细胞核中那些弯曲的杆状物体。这些柔韧的小棍是细胞核里少数的几种物质之一，可以用当时的显微镜观察得到——染色后它们变得很明显，因而被称为“chromosomes”，也就是“染色体”——它们的行为吸引着布维里。细胞分裂时，它们像花样游泳队一样辗转腾挪，然后在两个子细胞中隐去。

不同于他之后的很多生物学家，布维里认为染色体是负责遗传的结构，通过将个体可变的性状传递给下一代，它推动实现了达尔文的进化。他准备验证自己的想法，系统地观察动物细胞中染色体的运动。他发现，细胞分裂期染色体看似随意的舞蹈其实是精细而极有条理的加沃特舞，小棍们各自分开，然后分别但同步聚簇，再在子细胞分开时各归其位。布维里还发现，分裂完成后染色体并不是溶解了——当时很多生物学家是这样认为的——而是以松散的形式存在于子细胞的细胞核中，直到下一次细胞分裂期，再次形成致密的状态。他认为，染色体是遗传信息的载体，一切生命的遗传变异都是由个体的

---

① 本章中关于西奥多·布维里生平与成就的内容出自下列文献：Fritz Baltzer, “Theodor Boveri”, *Science* 144 (May 15, 1964): 809—815; Ulrich Wolf, “Theodor Boveri and His Book *On the Problem of the Origin of Malignant Tumor*”, in *Chromosomes and Cancer*, ed. James German (John Wiley and Sons, 1974), 1—20; 及 Thomas Ried, “Homage to Theodor Boveri (1862—1915): Boveri's Theory of Cancer as a Disease of the Chromosomes, and the Landscape of Genomic Imbalaces in Human Carcinomas”, *Environmental and Molecular Mutagenesis* 50 (2009), 593—601。

染色体变化造成的，他的余生都在试图劝说其他人相信这一猜想。

布维里提出染色体理论的一个重要原因就是癌症。他选择蛔虫作为实验材料是因为这种生物只有两条染色体，而且两条都很大，可以在显微镜下观察到。后来转而研究海胆是因为它的卵可以由两条精子受精。这样，受精卵中来自母系和父系的染色体数不平衡。这样的受精卵如果可以分裂，这个异常现象就会传递到子细胞中去。布维里发现，这种“不平衡”的海胆通常会有癌症等发育问题。[①] 1914 年他去世前一年完成的书中（该书有着惊人的先见之明）他宣称——后来证明他说的是对的——对癌症的易感性是可遗传的，通过错配或不稳定的染色体而遗传。[②] 他的推理是对的：促进生长的染色体（他不知道基因，它是染色体中真正携带遗传信息的亚单元），或是抑制生长的染色体的缺失，亦或是染色体的畸形（这只有在细胞多次分裂后才会出现），这些都可以诱发肿瘤细胞的快速生长。[③] 该书出版同年，山极胜三郎通过在兔子耳道中涂抹煤焦油诱导出了恶性肿瘤。山极的成功，结合布维里的观测，强烈地预示着，致癌物对机体的伤害是通过诱发染色体变异实现的。事实上，布维里很肯定，在处理煤焦油的产业工人中将出现由污染

① 1901 年布维里给一位科学同行的信中写道：“综合考虑各方面因素，我认为最终可以确认基本的观点。我已经确定，是染色体赋予了每个个体不同的特质，只有在某些特定的排列组合下才会有正常的发育。”上述内容见于 Wolf, “Theodor Bover and His Book”, 7。

② 西奥多·布维里论述癌症的书出版于 1914 年，书名为 *Zur Frage der Entstehung Maligner Tumoren*（《恶性肿瘤起源问题》）。

③ 正如癌症遗传学家阿兰·巴尔曼九十年之后所说，如果现代的读者用“基因”这个词替换“染色体”（布维里还无法观测染色体中装载的遗传装置），布维里在 1914 年就试图预言下面几种机制的发现：致癌基因，肿瘤抑制基因，甚至是端粒——染色体末端的保护“帽”，随着生物的衰老每一次细胞分裂时都会变短，从而增加了患癌的风险。见于阿兰·巴尔曼的“Cancer Genetics: From Boveri and Mendel to Microarrays”, *Nature Reviews Cancer* 1 (October 2001): 77—82。

诱发的变异——及由其引发的癌症。① 在这一点上他也是对的。

那么儿童癌症呢？环境诱发的变异可能像头发和眼睛的颜色一样一代代遗传下去吗？赫尔曼·约瑟夫·马勒认为这是可能的。很多生物学家都才华横溢却行事鲁莽，马勒也是其中之一，基本上他终其一生都在思考儿童癌症这个问题。1899 年，当他还是个小孩，住在纽约市时，父亲带他去了美国自然历史博物馆，通过给他看马的蹄子，父亲向他解释了生物是怎样通过作用于随机突变之上的自然选择实现进化的。他父亲不久之后就过世了，但他八岁的儿子记下了这一课。马勒想，如果进化可以自然发生，那么人类蓄意的行为一定也可以影响自身种族未来的进化方向——结果可好可坏。②

马勒矮小而生性好斗——他在争吵时踮着脚尖以弥补身高的缺陷——他和布维里一样，与社会格格不入，容易抑郁。③ 虽然不幸，也可能正是以此为驱动力，年轻的研究人员马勒在得克萨斯大学的工作非常出色。他用广为人知的可以诱发动物和人类体内恶性肿瘤的 X-射线照射果蝇，进行了一系列实验。④ 1927 年，

---

① 西奥多·布维里在《恶性肿瘤起源问题》中写道：“癌症与某些化学刺激之间的联系比我之前提到的癌症与物理因素之间的联系更明显。”见于 Henry Harris 再版于 *Journal of Cell Science* 121，Supp. 1（20008）：1—84 中。

② 本章中关于赫尔曼·J·马勒生平与成就的简述根据下述文献整理：Guido Pontecorvo，“Hermann Joseph Muller，1890—1967”，*Biographical Memoirs of the Fellows of the Royal Society* 14（November 1968）：349—389；Daniel J. Kevles，“Hermann J. Muller”，*Science* 214（December 11，1981）：12323—12333；及 Tove Mohr，“Hermann J. Muller，1890—1967：An Appreciation by a Friend”，*Journal of Heredity*（1972）：132—134。

③ 赫尔曼·马勒曾有一次听说竞争对手获得诺贝尔奖后过量服食安眠药试图自杀，第二天搜索救援小组在得克萨斯大学附近的树林中找到了昏迷中的马勒。

④ 托马斯·爱迪生是最早发明 X-射线成像机器（或是荧光检查仪）的人之一，他同时也是最早注意到长期、直接暴露于 X-射线下很可能致癌的人之一。他的一名助手，协助爱迪生发明白炽灯的玻璃吹制工克拉伦斯·麦迪逊·达利在展示荧光检查仪的过程中手部出现严重的放射性烧伤，并患上了癌症。左手和右手四指截肢，促使爱迪生宣布他不再会与 X-射线打交道。在 1903 年 8 月 31 日发表于纽约《世界报》的文章中他说：“别跟我说 X-射线，我怕它。”第二年达利因癌症转移去世。

马勒准备公布他的研究成果，这立刻引起了轰动。他指出，通过将果蝇的精细胞暴露在X-射线下，他几乎可以随心所欲地得到可遗传变异——例如雄性果蝇的红眼变成了白眼。这些变异中很多都是致命的，诱发了大规模的畸形，例如繁殖障碍。①

致癌物可使基因突变，马勒证实了布维里的预测。不是每个突变都会致癌，也不是每个致癌物都通过致突变来致癌，但这二者之间有着很强的关联——汤姆斯河镇的人们发现饮用水里有什么物质之后也了解到了这点。从广义来说，马勒的工作进一步巩固了这一思想：基因具有可以自我复制并将信息传递给子细胞的独特能力，必然将控制细胞的发育，进而控制整个生物体的生长。基因是生命——同时也是死亡——之源，这取决于它携带了怎样的信息。那个马勒在孩童时期的博物馆之旅中第一次进入脑海的问题，他回答出来了：是的，人类可以操纵自己的基因，这不单会影响他作为一个个体的生存，还将影响到这个种族长期的生存。1946年马勒因其在遗传学方面的研究被授予诺贝尔奖，当时广岛与长崎的原子弹刚爆炸不久。其后二十年他都在研究果蝇的变异，并抵制使用放射性武器、工业和医疗辐射——他将其称为"留给后代的定时炸弹"。② 马勒认为，下一代人将通过基因变异和癌症看到上一代人的罪孽。

90年代初，莉莎·博纳齐安在费城儿童医院癌症病区工作时，从汤姆斯河来的患儿中有一名叫做麦克·安德森。1991年9月他在十岁时第一次住进了费城儿童医院，从5月8日起他开始拇指疼痛，到住院时，持续整个夏天不断加重的疼痛已经到了顶点。麦克的生日是在5月11日，当时他已经没法过好生日了——

① Hermann J. Muller, "Artificial Transmutation of the Gene", *Science* 66: 1699 (July 22, 1927): 84—87.

② Hermann J. Muller, "Time Bombing Our Descendants", *American Weekly*, January 3, 1948.

他的脚腕和手都在疼，还发着烧。用了一个月的抗生素后，没有效果。7月的时候他已经坐上了轮椅，他的双手双脚像老年人一样扭曲着，疼得没法动。第一次去费城看病时大夫的诊断是幼年类风湿性关节炎，但和抗生素一样，他们开的药也没效果。他母亲梅拉尼只好给他喂食洗澡，就像照顾婴儿一样。麦克重新去学校的时候他妈妈陪着他，背他上下楼。他父亲布鲁斯是牡蛎溪核电站的反应器操作工，他开始担心家里的健康保险。当这种不受控制、不明来历的疾病侵袭着麦克小小的身体的时候，他的三个兄弟——分别是七岁、十三岁、十六岁——看得心惊胆战。他周身出现圆形的瘀伤。那不是过去麦克骑车踢足球撞的伤——那种只要是调皮的孩子都会有——它们更深，很奇怪。

他父母怀疑是白血病，但医生说不可能，血液检测为阴性。即便是这样，1991年9月的时候，布鲁斯·安德森和梅拉尼·安德森还是坚持在费城又做了一次检查。这次，是另一位儿童风湿病专家给麦克看的病。他叫史蒂文·古德曼，从医学院毕业刚几年。他用一种新方法给麦克看病——问了很多问题，进行了更多彻底的检查。检查麦克的手指的时候，古德曼发现，疼痛的源头是麦克的骨头，而不是有关节炎的关节。他进行了另一组血液测试，这次结果不同了。麦克的血小板数很低，而白血球数高出——这种致命的组合正是鲁道夫·魏尔肖1845年在显微镜下观察到的，他将其命名为“白血病”。1991年9月13日这个黑色星期五，安德森一家收到了悲惨的消息：麦克得的是一种罕见的白血病，差不多是两种常见白血病的组合——急性淋巴细胞白血病（ALL）和急性骨髓性白血病（AML）。预后极差，需要进行双倍剂量的扩大化疗，将非常痛苦。

在布鲁斯·安德森的回忆里，其后的三年是“在地狱里坐过山车”。在医院做了六周的加强化疗之后麦克回到汤姆斯河的家中，至少每个月都要回去做一轮化疗，每次都要由一支手术插入胸腔的导管给药，每次都令他虚弱不堪。除此之外，还去了很多次医院——只要麦克发高烧，哪怕夜黑风高他们也要穿过新泽西州去到费城。化疗药物和类固醇逐渐杀死了癌细胞，却也摧毁了麦克的免疫系统，将他暴露在大批伺机而动的传染病中，随便哪一个对他都能致命。梅拉尼知道，要备好一个过夜的包裹，随时准备一有情况就冲去费城。她和布鲁斯还学会了在医生护士面前保持决断力。他们提问、检查用药剂量、坚持每一个来看麦克的人都要先洗手。通过“欧申之爱”——琳达·吉利克 1988 年创建的互助组织——安德森一家认识了琳达·吉利克。吉利克用在社区募集的帮助患癌儿童家庭的资金，给安德森一家，还有其他的家庭送去了复活节的礼物篮、感恩节的火鸡和圣诞节的礼物。她组织大家去夏季野餐，去看百老汇歌舞剧。如果有需要，她还提供直接的资金支持——包括葬礼费用。她很努力，而且不知疲倦。吉利克为其他患儿做的事让安德森一家惊讶，要知道她自己儿子的情况还很危险。

渐渐地，随着麦克·安德森的健康状况有所改善，包围着整个家庭的暗无天日的危机感开始消解，他的父母开始允许自己想一些儿子的病带来的深层次问题。布鲁斯·安德森知道琳达·吉利克搜集的当地癌症患儿的地图，他也开始有了她的那些想法：一个可怕的模式正在浮现出来——癌症集群。

罗伯特·贾拉内拉也是这样想的。1989 年他在欧申县购物中心排队结账时遇到了琳达·吉利克，当时她正等着买满满一大篮给孩子们的节日玩具。他是当地的一名医生，几周之内他就成了“欧申之爱”的理事会成员，他在那个组织呆了十三年。贾拉内拉的大儿子比迈克尔·吉利克早一天出生，他把“欧申之爱”组织中的孩子们当做了他自己家庭的延伸。他回忆说：“琳达对那些孩子们那么投入，我觉得我也要参与进来。”贾拉内拉是胃肠病专家，不是肿瘤学家，他治疗的是成人，不是孩子。但他懂一点流行病学，1991年，他和吉利克开始注意到，她地图上整个欧申县，特别是汤姆斯河镇的图钉数在迅速增多。如果真的是某些环境因素导致了这些癌症，那么看起来这东西的能量每年都在增强。贾拉内拉决定去州卫生部试试看能不能找到一个愿意做调查的人。找到这样一个人花了一段时间，不过在1991年，贾拉内拉找到了迈克尔·贝里，那位五年前回应过极其相似的问题的州卫生部雇员，当时问题是由欧申县卫生部的查克·考夫曼提出的。

之前的研究没有发现当地儿童癌症的发病率有统计学意义上的显著提升，但贝里答应了贾拉内拉的要求，打算再查一查，因为这次多了几年的登记数据可以纳入分析中去，总的病例数增多了，稍稍降低了偶然性的影响。实际上，这次有了足够多的病例数，贝里可以试着研究某些特殊癌症，而不必只局限于将所有的儿童癌症病例放在一起调查。同时，癌症登记系统对非新泽西州医院的数据搜集有了一些改进，所以这次可能至少有一部分在费城和纽约治病的汤姆斯河的孩子们能够被包括在内。不过有一个问题更严重了：登记系统现在已经落后于现实四年了，全年数据最新的还是1987年的。贝里第二次调查时，考夫曼在1984年和1985年听说的病例会进入统计，但琳达·吉利克1989年、1990年和1991年听说的病例就全都不在其中。州癌症登记系统就像一个监控摄像头，胶卷要过四年才能洗出来。等照片洗出来的时候，世界早已不一样了。

贝里摆弄着数据，这次的结果模棱两可——病例数高于预期，却没有高出很多。贾拉内拉有些失望，但他并不意外。他回忆说："我们知道，患病的孩子比州里记录在案的多，我们看到的是实时数据，所有的孩子我们都认识。我觉得每个人都在心里暗想，如果州政府的数据更新一些，就会有一些更明显的结论。"贝里无法确认存在癌症集群，这让琳达·吉利克和布鲁斯·安德森特别沮丧，他们当时已经确信存在着癌症集群，并且情况还在恶化。“欧申之爱”不再要求政府进行调查——看来此路不通——但吉利克还在往她的地图上按图钉，而安德森则开始尽其所能查阅所有环境因素致癌的消息。

安德森的个性和吉利克一样坚强而倔强，不过他的情绪比较慢热，而吉利克则比较火爆。他有一副工程师的头脑，喜欢把东西拆开来看它们是怎么运转的。还喜欢亲自动手，他家在马尔科姆大街上的房子是他自己造的，一家人从 1984 年起就住在那里。现在，对于儿童白血病的病因，他用上了自己学习各种知识时的那股细致劲儿，他想知道，伴随着个体的遗传易感性，[①] 环境污染物在疾病中可能扮演着什么样的角色。他儿子的一名医生曾跟他提到一种称之为“双重打击”的癌症发病理论，是由当时在费城的一个研究人员提出的。安德森对这个理论很感兴趣，想进一步了解。

早在四十多年前，另一个城市的另一间病房里，双重打击假说之父阿尔弗雷德·努森第一次与神秘而痛苦的儿童肿瘤相遇。日后他将成为全球最有影响力的癌症遗传学家，不过 1949 年 3 月，他还是一名二十六岁的住院医生，在纽约市纪念医院的儿童肿瘤科进行历时一个月的轮转。在这个有二十张病床的病房里，大部分的患者得的都是急性淋巴细胞白血病，有史以来第一次，他们有了治愈的希望。一类新的化疗药物似乎通过抑制叶酸的功能减缓了肿瘤的生长。多年之后努森回忆道：“出现抗叶酸剂之前，你无计可施，只能看着白血病的孩子死去。这通常要经过三到四个月的时间。那一个月里全部的时间我都陪着病房里的孩子们。全情投入，兴奋不已，因为这是第一次，白血病有了缓解。”

---

① 癌症的遗传易感性是指某些个体因为某些特殊的基因组合造成相对于普通人群更容易患上癌症。——译者

努森的轮转很快结束了，症状的缓解也没能持续下去。白血病患儿们几个月内再度复发，他们多延续了几个月的生命，与之伴随的是一大堆拖垮身体的副作用，除此之外一无所获。抗叶酸药物后来成为标准化疗程序中的有效组成，但早期的失败尝试成了这位年轻的受训医师的一次痛苦经历。他说："当你看着病房中的这二十个孩子，突然就会想到：这是为什么，孩子们怎么会得上了癌症？"

对这些无助的小病人——他们中很多都没能回得了家——的回忆紧紧地缠绕着努森，挥之不去，以至于后来他决定放弃临床医学，投身于理解儿童癌症病因的研究工作。1964 年，他在加州的希望之城癌症中心，遇到了去做访问学者的赫尔曼·马勒。当时这位矮小的左撇子已经七十五岁了，还在研究果蝇，在加州的时候他因为心脏问题住了一段时间的医院，他坚持让助手把自己的果蝇带到床边来，好观察它们。他仍在起劲地为突变与癌症的未解问题奔忙。为什么放射线暴露通常需要几年的时间——或者，以果蝇来说，需要几代的时间——才能诱发恶性肿瘤？马勒相信，答案就在于一个健康的细胞要完成向恶性的转变，需要多次突变"事件"。[1] 换言之，癌症不是一蹴而就的，倒更像是一场长距离接力跑。

阿尔弗雷德·努森认同这位知名访客的观点。在他看来，癌变由一系列多阶段转变组成与证据相符。持此观点的并不只有他们两人。包括山极胜三郎、欧内斯特·劳伦斯·肯纳韦和威廉·休珀在内，每一个用长时间大剂量毒物在兔子、小鼠、狗或是其他实验动物身上诱导过肿瘤，有着第一手经验的科学家都相信这个观点。他们还知道，某些个体对致癌物暴露尤其易感，而且大

① Hermann J. Muller, "Time Bombing our Descendants", *American Weekly*, January 3, 1948.

多数受害者都上了年纪。这些现象都说明，癌变过程有多个步骤，需要数年的累积。理查德·多尔推断癌变需要六到七次突变。[①] 但这不过是凭经验做的估计，以多尔的观察，老年人患癌的死亡率比青年高七倍以上。

努森在想，自己能否让这个多阶段假说不再只是猜想。他读过西奥多·布维里那本出版于1914年、对突变与癌症做了开创性工作的书，近来涌现的很多发现似乎证实了布维里的很多想法，努森对此非常兴奋。上世纪60年代，遗传学正处于革新之中。詹姆斯·沃森和弗朗西斯·克里克1953年成功阐明了DNA的双螺旋结构，总算明确展示了六十年前布维里所预言的内容：遗传信息是怎样储存在生物体的染色体中的。现在，研究人员可以审视每个人体细胞都有的这二十三对染色体，认清这些DNA片段，或是基因与某个性状和身体机能——或是故障——之间的联系。

随后的很多突破都与癌症相关。最著名的是1960年发现的“费城染色体易位”，这一突变得名于发现它的城市。患有慢性髓细胞性白血病的成年人中，有百分之九十五的人骨髓细胞带有这种明显的遗传缺陷。这是第一个染色体改变先于癌症发生的直接证据，因而也是布维里的猜想的另一个确证。费城染色体易位是一种染色体错位现象：9号染色体上的一大段DNA与22号染色体上的一段互换了位置。奇怪的是，并非所有细胞中有这种染色体易位的人都患上了白血病，很多人没得。在努森看来，这是另外一个证明癌症不只需要一次突变的证据。认识到费城染色体易位，以及其他与癌症相关的染色体易位，最终促成了原癌基因的

① Peter Armitage and Richard Doll, “The Age Distribution of Cancer and a Multi-Stage Theory of Carcinogenesis”, *British Journal of Cancer* 8: 1 (March 1954): 1—12.

发现，这种被布维里预见到了的恶性变异将造成癌细胞的快速分化。不过细胞中出现原癌基因并不意味着一定会造成恶性肿瘤——通常一次突变是不够的。

努森觉得癌症成因的多重打击理论有道理，但他对于儿童癌症的治疗经验又让他难以相信理查德·多尔所说的诱发肿瘤需要先后六到七次的突变。别忘了，努森的一些小病人出生的时候就有神经母细胞瘤，还有一些还是婴儿时就患上了白血病。突变是偶发事件，显然一个孩子活的时间是不够接受半打遗传打击的。反过来，说只有一次突变似乎也不合理。人体每天产生一千亿个白细胞，但白血病仍旧是个较罕见的情况。如果只需要一次突变就可以，为什么大家没有都得上这个病？怀着这些疑问，努森开始寻找可以用来验证他的多重打击理论的儿童癌症。

他找上了视网膜母细胞瘤。和迈克尔·吉利克的神经母细胞瘤、兰迪·林恩沃斯的髓母细胞瘤一样，视网膜母细胞瘤也是始于先质干细胞的癌变，此病发生于眼中。成视网膜细胞产生出特化的感光细胞，排列而成视网膜，视觉由此而来。视网膜母细胞瘤非常罕见，平均一万五千名儿童中有一人患有此病，有两种情况：遗传的，或散发的。该病中百分之四十是遗传性的，患儿有此病的家族病史，散发病例则没有家族病史。引起努森注意的是，仅出现在遗传性视网膜母细胞瘤中的三个奇怪之处。首先，它有时会隔代遗传：祖父辈患有此病，父辈没有，病症又出现在孙辈中。其次，有家族病史的视网膜母细胞瘤患儿往往很小——甚至还是婴儿时——就发病。第三，有遗传性视网膜母细胞瘤的患儿通常会长出不止一个肿瘤，可能发于单眼也可能在双眼上。

努森想出了一个能解释上述三个特征的理论。他将其称为“双重打击”假说，基本的猜想是，成视网膜神经细胞需要两次突变才能完成癌变。努森认为，患有遗传性视网膜母细胞瘤的孩子出生时，所有的细胞中就都带有了一次突变，因而只要任何一个成视网膜神经细胞受到了另一次突变的“打击”，就会出现肿瘤。每只眼有一亿个细胞，出现第二次突变的机会很大。实际上，很容易就会有几个细胞突变，可能发于单眼也可能是双眼，每个突变都诱发一个单独的肿瘤。触发的时间也很有意思，因为细胞分裂的时候才有可能突变，而细胞分裂通常是在胎儿发育的最后几个月和出生后的头几个月，这时正是眼部发育最快的时候。

双重打击假说从而解释了患有遗传性视网膜母细胞瘤的孩子年龄更小，更容易出现多发肿瘤的现象。而散发性视网膜母细胞瘤的患儿只有在个别成视网膜神经细胞发生了两次突变以后才会患病——这好像雷两次劈到了同一个地方。努森的假说甚至还解释了遗传性病例有时会隔代遗传的情况：携带有遗传突变的中间一代幸运地躲过了第二次打击，没有患上癌症。努森回忆到：“这就全都对上了，很显然，携带有这样的遗传基因并不足以使这些患有视网膜母细胞瘤的孩子患上癌症。一定还发生了别的问题。一定还有第二次的打击。”

1970 年，当努森准备验证他的假说的时候，他已经在得克萨斯州工作，并得到了四十八名接受了视网膜母细胞瘤治疗的患儿的医疗记录。其中二十三人双眼患有肿瘤，这意味着几乎可以确定他们是遗传性的。下一步是设计一种统计学检验：如果双眼患病的患者只需要一次突变，而单眼患病患者需要两次突变，在一个标准的、有四十八名视网膜母细胞瘤患者的小组中，单眼，或双眼患病的患者“应该”有多少个？每个孩子确诊的年纪应该有多大？努森计算出了预期的分布，然后看它们是否与真实的四十八个病例相吻合。他兴奋地发现，所有重要的预测都与实际情况严丝合缝。例如，他预测，双眼患病的患者平均的肿瘤个数应该是三个——这和医院的数据非常贴近。[1]努森是对的，视网膜母细胞瘤是一种双重打击肿瘤——第一例完全掌握了癌变路径的多步突变肿瘤。

在致癌机理的研究中——包括污染物在汤姆斯河这类地方所扮演的角色——怎样评价努森的发现的重要性都不为过。1976 年他转去费城的福克斯·蔡斯癌症中心继续研究工作，同时欣喜地看到全球的研究人员在为他的发现添砖加瓦，有时结果出乎意料。[2]最大的意外是 1983 年在人类基因组中识别出了遗传性的"视网膜母细胞瘤基因"。该基因位于 13 号染色体上，这早在 1976 年努森就预测到了。出乎意料的是，不同于费城染色体易位会引发白血病，这个基因不是个可怕的原癌基因。相反，这个新命名为"Rb"的基因是个英雄——这类新发现的基因又是布维里在七十多年前就预言到的。Rb 是一个肿瘤抑制基因，后来发现它防御的不单是视网膜母细胞瘤，还包括骨癌等其他恶性肿瘤。患有遗传性视网膜母细胞瘤的孩子的问题在于他们的细胞中仅有一份 Rb 基因的功能性拷贝，而正常情况下应该有来自父母双方的两个拷贝。如果第二次突变敲除了仅存的这份拷贝，这个细胞将失去对细胞复制速度的控制能力。它就变成了癌细胞。

努森针对视网膜母细胞瘤提出的双重打击模型成了阐释致癌作用的主要范本，癌症成因的首要假说。少数几种癌症只需要一次"打击"，不过现在认为大多数的癌症都有着复杂的进程，始于遗传的突变，继以几次对遗传物质的"打击"。如果随后的这些突变出现在某些关键的时期，尤其是在很多细胞都在分裂的胎

---

① Alfred G. Knudson, "Mutation and Cancer: Statistical Study of Retinoblastoma", *Proceedings of the National Academy of Sciences* 68: 4 (April 1971): 820—823.

② 阿尔弗雷德·努森提出了突变与癌症研究史上远见卓识的概念："癌症的双重（可多可少）基因打击"，*Nature Reviews Cancer* 1 (November 2001): 157—162。也可见于 Ezzie Hutchinson 对努森的访谈"Alfred Knudson and His Two-Hit Hypothesis", *Lancet Oncology* 2 (October 2001): 642 - 645。

儿发育期或是童年早期，结果就会非常糟糕。汤姆斯河的教训不能被遗忘。

对汤姆斯河来说，努森的工作还传递了一个更加重要的信息：大部分在小镇的苦难环境史中浮出水面的化合物都是诱变剂——它们能够改变DNA。尽管提出了双重打击理论，努森并未探究非遗传突变可能由什么引发，而这是致癌道路上的关键步骤。他的视网膜母细胞瘤数学模型假设这些突变是随机出现的——例如接触了宇宙射线，或是在细胞分裂过程中DNA复制发生了错误。但这个领域中的每个研究者，包括努森都知道，还有其他原因会造成突变。赫尔曼·马勒已经证明了X射线是诱变剂，而且，在上世纪70年代晚期加利福尼亚的生化学家布鲁斯·埃姆斯已经——利用细菌基因，这甚至比用果蝇测试更简单——证明，几十种已知的致癌物，其中包括很多工业化合物，也同样能够造成DNA突变。①

基本上，随便哪个采自汽巴-嘉基或是赖克农场的样品，无论土样、地下水样品或是空气样品，其中几乎都含有至少一种诱变化合物。② 许多煤焦油衍生物都是诱变剂，例如苯、苯并（a）

---

① 埃姆斯实验使用突变后不能产生组氨酸的沙门氏杆菌，没有组氨酸细菌就不能生长。测试将这种突变的沙门氏菌接种在含有少量组氨酸和待测试化合物的培养基中。细菌会生长一段时间，直到组氨酸被耗尽生长就会停止——除非待测化合物造成了细菌DNA的突变，变回了可以自己产生组氨酸的基因型。如果待测化合物具有高致突变能力，沙门氏菌将发生突变，即便在缺乏组氨酸的培养基中也会茁壮生长。某些测试中选用有外壳缺陷的细菌，这样它们对待测化合物更加敏感。有时会在培养基中加入肝酶以模仿人体代谢过程，代谢经常会改变摄入后合成化合物的分子结构。

② 诱变化合物的确认过程不总是泾渭分明的，很大程度上取决于采用的检测方法。本章中所列出的确认为诱变剂的化合物均由两个政府资料确认：Walter W. Piegorsch and David G. Hoel，“Exploring Relationships between Mutagenic and Carcinogenic Potencies”，National Institute of Environmental Health Science，*Mutation Research* 196（1988）：161—175，167—169，table 2；以及“2007 Right to Know Special Health Hazardous Substance List：Mutagens”，available online from the New Jersey Department of Health and Senior Services。

芘和对二氨基联苯。上世纪60年代让汽巴-嘉基的工人们非常恐惧的树脂原料环氧氯丙烷也有致突变性。而在整个赖克农场的地下，向南方的花园路水井渗去的污染物中除了上面几种物质，还有其他几种诱变剂。

对于一个诱变剂已成包围之势的小镇，努森的研究意味着什么不言而喻：一个物质可以对DNA实施“打击”，它就有致癌风险，而人一生中最有可能在短时间之内受到一次——或者是两三次——打击的时间段就是快速发育的胎儿或幼儿期。当布鲁斯·安德森和“欧申之爱”的其他家长们听说了这个之后，他们就在想，自己的孩子究竟经受了几次打击，而这又是谁造成的。不久之后，新泽西州和美国政府就将花几百万美元去尝试找出答案。

费城儿童医院肿瘤病房的护士莉莎·博纳齐安不喜欢标新立异。1995年她二十四岁，热爱自己的工作，尊重医院的等级制度。医生告诉她病房里这么多的孩子来自汤姆斯河只是巧合，她就打算相信这个说法。尽管他们忙得没时间了解病人，但他们都是杰出的医生，给病人的治疗也很好。但医生们可能在汤姆斯河这件事上犯了错的想法在她的脑海里挥之不去。

她和丈夫亚当有一大家子亲戚，周末经常聚会，他们中很多人都住在费城周边。他俩和亚当的姐姐劳拉，姐夫埃里克·詹森的关系尤其亲密。1995年2月，嘉莉-安妮·卡特的葬礼在汤姆斯河举办，几周之后的一个周五，这两家人在一起共进晚餐，话题不知怎么就转到了那场葬礼和博纳齐安对汤姆斯河的担忧上。谈话内容事先没有计划过，后来她这样回忆说：“这基本是出乎意料的。”

在这个大家庭里，劳拉·詹森在环境问题上是个权威人士。她在美国环保局的费城区办公室工作，负责危险废弃物点位的技术评估，不过汤姆斯河她没有接触过。在美国环保局工作了十一年，詹森对从公众传来的消息都有些厌烦了，这类消息通常混乱、来源不明，或者在其他方面不可靠。不过这次不一样。她的弟媳不是一个大惊小怪的人，她是医疗专业人员，在一个每年收治几千名儿童的大医院工作。吃饭的时候，博纳齐安开始说起她治疗的那些来自汤姆斯河的患儿，詹森听着。当博纳齐安请她去查一下美国环保局有没有人在调查这件事的时候，詹森答应了。后来她这样解释当时的决定："听说你在环保局工作，人们就总是会说起他们的水不太对劲，但如果这是你的弟媳，一个在费城儿童医院切实地观察到癌症患儿的护士说起这些，你会觉得这事最好查一下。"

詹森做了调查，发现在汤姆斯河有两个超级基金的污染点位，美国环保局的健康调查没有研究过任何一个。局里是否考虑过在汤姆斯河做这种调查呢？不，她被告知没有。于是詹森决定求助于另一个鲜为人知的联邦机构，美国毒物与疾病登记处。在官僚的联邦环境机构中，这个部门从过去到现在始终是一潭死水。对拉夫运河周边进行疏散撤离七个月之后，1980 年，国会在民众对危险废弃物的焦虑达到顶点的时候创建了这个机构。初衷是美国环保局负责监管污染点位的清理，而毒物与疾病登记处负责向环保局提供每个污染点位的健康风险。但毒物与疾病登记处的经费极少，无法完成这一工作，尤其是在上世纪 80 年代末，超级基金污染点位数量激增。截至 1996 年，美国环保局在超级基金上花费的钱数远超每年十亿美元（这占了其预算的百分之二十），而整个毒物与疾病登记处的预算只有六千万。[①]

1992 年斯蒂文·琼斯从美国环保局调到了毒物与疾病登记处，在此之前他负责中西部地区超级基金的清理工作。他的新职位是区域主管代表，被授予了全面的职责，而实际情况是，毒物

① United States General Accounting Office, *Superfund Program: Current Status and Future Fiscal Challenges*, July 31, 2003.

与疾病登记处的这个区域办公室就在环保局曼哈顿办公室的一个小角落里，只有两个管理人员：琼斯和他的上司。他们主要的职责就是确保州政府和当地政府的环境健康机构能够完成那些毒物与疾病登记处——这个经费短缺的部门——所无法完成的工作。极其偶然地，琼斯会接到公众推测有癌症集群的电话，其结果往往是双方都充满了挫败感。和劳拉·詹森一样，他在这一行待得太久了，知道普通公众很难理解真正的癌症集群是怎样确定的。

所以，1995 年 3 月的一个早晨，当斯蒂文·琼斯的电话响起，一个女人开始在电话那头谈论起新泽西州汤姆斯河可能存在癌症集群的时候，琼斯没理由不把这看成是又一次没有结果的对话。尽管如此，琼斯在听电话的时候还是捕捉到了一些引起他注意的东西。首先，打电话的人不是那种常见的焦虑的公众。劳拉·詹森先讲了她是美国环保局的雇员，并解释了这个电话并非公务，而是替一位肿瘤科护士转达她的顾虑，这名护士是她的弟媳，在费城儿童医院工作。不同于大多数来电的人，詹森转达的不是那种将各种常见成人癌症——肺癌、乳腺癌、皮肤癌等——堆叠在一起的模糊传言。她提到的是罕见的儿童癌症，尤其是脑瘤。琼斯回忆道："她向我描述得极为详细，给我的感觉是我要不跟进就是渎职。得有人查查看了。"

琼斯和莉莎·博纳齐安、劳拉·詹森一样，对汤姆斯河化学污染的肮脏历史一无所知。同样，和这对妯娌一样，琼斯既不是个愤世嫉俗的人，也不是乐观的理想主义者，他绝不是天真的老百姓。琼斯、博纳齐安和詹森都在为那个盘根错节互相推诿的官僚体制工作。他们身处其中时间很长了，对那些总是要求调查却不知道实际情况的外行多少有些怀疑。即便如此，这次三个人都感到不能再忽视他们听到的消息了。病例数量太多，不能以巧合解释，而且每一个病例都代表着一张面孔，一个孩子，一个家庭。

这种情况下斯蒂文·琼斯觉得自己不能拒绝这名来电话的美国环保局雇员，这就像劳拉·詹森不能拒绝自己的弟媳，肿瘤科的护士一样。而莉莎·博纳齐安也觉得，自己别无选择。她必须为这些从汤姆斯河来到癌症病房的孩子们说话，为了纪念嘉莉-安妮·卡特而执言。他们需要一个答案。

于是，在 1995 年 3 月 13 日，斯蒂文·琼斯致电新泽西州卫生部，正式要求对汤姆斯河镇的儿童癌症进行调查。

汤姆斯河随后发生的所有事都是由他们引发的，不过莉莎·博纳齐安和劳拉·詹森在 1995 年劳拉给斯蒂文·琼斯电话之后就淡出了。确切地说，这两名女性从未进入过公众的视野。在本书出版之前，除了琼斯和博纳齐安在费城儿童医院的几名护士同伴，所有与汤姆斯河的故事有关的人都对她俩的身份一无所知。[①]美国毒物与疾病登记处对来电要求进行调查的公民有严格的保护政策：打电话的人有权保持匿名。在当时，这两位妯娌不想透露姓名，尽管多年之后她们改变了主意。詹森觉得自己没什么可做的了，而博纳齐安不想在医院掀起风波。后来她解释道："我觉得自己能做的都做了，现在该到专家出场了。"

多年之后，这位"费城儿童医院的匿名护士"——人们都这么叫她——在汤姆斯河将获得传奇般的地位，因为正是她引起了政府的全方位关注。尽管如此，她的身份依旧无人知晓——即便是琳达·吉利克也不知道。因为没有可靠的信息，这位无名的护士成了一块任人描画的白板，汤姆斯河这出大戏中的各种角色都以自身的需要刻画着她的形象。美国毒物与疾病登记处认为，这

---

① 多亏有费城儿童医院护士长 Ellen Tracy 的帮助，作者才得以认识并采访到莉莎·博纳齐安。2007 年作者联系到了在肿瘤病房工作多年的 Tracy，向她询问是否知道十二年前匿名启动了汤姆斯河镇调查的护士是谁。她确实知道。Tracy 同意找到那名护士并问问她是否愿意接受采访。莉莎·博纳齐安同意了，她认为经过了这么长时间，她不再在医院工作了，没必要再保持匿名了。劳拉·詹森仍在美国环保局费城办公室工作，对此也表示认同。

名护士参加了某次在费城儿童医院举办的关于环境因素诱发癌症的研讨会，之后对汤姆斯河的癌症集群现象发生了兴趣。而一些汤姆斯河的家庭则听说她是因为在镇上有亲戚，而且自己也做了母亲才参与进来的。甚至有传言说她在汤姆斯河长大。这些都不对。博纳齐安是费城本地人，当时还没有孩子。她没参加过什么研讨会，除了那几家在病房里遇到的汤姆斯河家庭，她和那个小镇没有联系。

1995 年詹森致电美国毒物与疾病登记处，随后的几年里她和博纳齐安偶尔会看到调查汤姆斯河的消息：报纸标题上的只言，或是六点钟新闻里的片语。但生活还在继续，他俩都无暇顾及那场在汤姆斯河上演的、由他们所触发的离奇事件。1995 年 11 月，劳拉·詹森产下一子，取名凯文。次年 1 月，莉莎·博纳齐安的女儿阿曼达出生，她休假离开了医院，随后在 1997 年生下第二个孩子。1999 年她正式辞职。博纳齐安对这份工作的热爱从未终止，但同时做好母亲和肿瘤科护士实在很难——尤其还要平衡好两者的情感需求。

博纳齐安回忆自己在病房工作的最后一天，看到一位母亲和自己垂死的孩子躺在床上，“她抱着自己小小的女儿一遍又一遍地说：‘没有了你我还能做什么？没有了你我还能做什么？’对我来说就是这样，当时我有了自己的孩子，那种感觉尤其真实。我真的该离开了。”

而劳拉·詹森仍旧在美国环保局工作，负责执行超级基金和水污染项目，这些工作在繁文缛节中缓慢推进。那通电话过去十三年之后，再次反思那次无心之举的重要意义，她说：“在美国环保局呆了二十三年，那通电话也许是我对保障公共健康和保护环境所做的最大的贡献。我想，那是我一生的重要时刻。”

第十五章　癌症集群"退散"

1995年春，斯蒂文·琼斯致电迈克尔·贝里，要求调查汤姆斯河是否存在儿童癌症集群的时候，贝里做新泽西州的首席疾病聚集性调查员已有九年了。这仍是他的一个兼职工作——贝里的大部分时间花在了州卫生部的工作上——却已经成为他工作中最头疼的部分。贝里刚开始做"发病率分析"没多久就遇到了1986年那次汤姆斯河的儿童癌症发病率分析。那个模棱两可的结果成了一个不祥之兆，其后他在州内做的类似聚集性分析有几十个的结果都不甚满意——包括1991年对汤姆斯河镇儿童的另一项调查。多年后再回忆起来，他说："过了一段时间我就变得很沮丧了，这样能做出什么来啊。"

新泽西州的聚集性分析就像老式好莱坞电影的布景，看上去很美，只要你别靠上去把它给弄倒了。令贝里沮丧的远不只是州癌症登记系统一直存在的那些问题——到了1995年该系统依旧问题重重，记录不完全，还滞后至少三年。多年的工作经验让贝里看明白了，即便登记系统既可靠又实时更新，他还是无法回答那些打电话的人问的问题：一个环境问题是否在其周边引发了癌症。这个问题贝里是没法回答的，个中缘由电话里也解释不清。实际上，贝里花费在解释聚集性分析局限性上面的时间，和他做聚集性分析的时间几乎一样多。有时候贝里觉得自己的工作不是调查来电反映的情况，却更像是对焦虑的来电者给予治疗——每年他接到大约三十通关于癌症集群的电话。他回忆说："很难让人相信我真的解决了什么问题。"

给贝里打电话的人中，大多数对癌症集群模式的理解至少有三个主要误区，每个误区都会让他们觉得，所有的癌症集群都有潜在的原因，而迈克尔·贝里——只要他够努力——就能把这个原因发掘出来。第一个误区是癌症集群本身的特性。在贝里看来，一切事物在某种程度上都有集群，通常没有原因，不过是随机生成。复杂的自然界中，所有的事物，无论是结队而行的飞鸟，或是城市中的患病人群，在时间和空间上都不会是均匀分布的。在针对癌症发病率的研究中，挑战性不在于发现集群——拜登记制度所赐，通常这都非常容易——而是识别出哪一个集群有潜在的原因，不是随机聚集的。

第二个误区是关于癌症的普遍性。成年人患上癌症并不像大多数人认为的那么罕见，而是一种较多见的情况。上世纪 90 年代中期，每年新泽西州每两百三十人中就新增一例癌症病例。换个更刺激的说法，美国男性终其一生罹患癌症的概率是百分之四十四，女性的终生风险则是百分之三十八。有如此之多的病例，无怪乎某些区域的患病密度异乎寻常地高——话说回来，这不过是运气不好。后来贝里解释道："人们不过是没有意识到，整体上癌症有多少。"

最后一点，很多致电贝里报告可能有癌症集群的人不是将癌症看作一个包罗了一百五十余种不同疾病的词条，而是当做了一个单一的病种。各种癌症都有因基因损伤诱发的细胞不受控分化，但除此之外它们间的相似性很少。比如说，宫颈癌主要经由性接触传播，在居住区癌症聚集性分析中纳入宫颈癌病例就没有意义。反之，如果只关注可能与工业化学品相关的癌症类型——如脑癌和血癌——那么癌症聚集性分析中的病例总数就会减少，要明确地识别出非随机的癌症集群就会更难。如果是罕见的癌症种类，多出一个病例——总病例数由一个变成两个，或是从两个变成了三个——就足以使周边社区看上去像个危险区域了，而这多出的一例很可能只是巧合。

等到贝里解释完这些关于癌症的误解，开始把话题转向州癌症登记系统的缺陷的时候——它数据的滞后和记录的不完整——很多来电话的人已经灰心丧气，决定放弃聚集性分析了。不过，半数时候贝里的解释不能令来电的人满意。在这种情况下——每年差不多有十五次——贝里就要进行到下一步，用登记的数据进行发病率分析。1986 年和 1991 年他对汤姆斯河的儿童癌症分析就很有代表性。分析方法就是简单地将该区域的已知病例数与基于全新泽西州平均发病率估算的“应有”的病例数进行比较。

令贝里沮丧的是，这种分析真正的科学价值在于它其实只是第一步，是一个初筛的工具。它们能识别出值得进行下一步调查的区域，而更复杂的调查可能要涉及空气、水、土壤的测试，同时，通过访谈确定居民过去暴露在致癌物中的剂量。但无论贝里发现了什么，他在卫生部的上级从未批准过在社区进行后续的调查。贝里发现，在不幸的偶发事件的海洋中搜寻真正由污染诱发的癌症集群，这个过程所需的资源、专业知识以及意愿都远非新泽西州所能提供。如果一个区域的癌症病例明显高于预期——并且这种情况已持续多年，贝里发现过几个这样的区域——他会与上级主管商讨，并且将自己的发现致信解释给要求进行调查的人，然后就……石沉大海。没有后续，没有跟进。只有一封信去解释这个引人焦虑的结论，重复着贝里一开始就在电话里跟他们说过的话：这种癌症的集群可能只是因为运气差——但谁也说不准。

除了最简单的聚类分析其他什么都不肯做的地方不止新泽西州一个。有癌症登记系统的州或国家大部分都远不如新泽西州，只有几个做得更好。正如汤姆斯河即将证明的，全面的环境研究非常昂贵，还极具争议——而且到头来常常没有明确的结论。另一方面，这种好莱坞电影布景似的聚集性分析对州卫生部有特别的好处。迈克尔·贝里在做着些什么——随便做的是什么，效果多差——这样州卫生专员们就能让地方官员们和议会相信他所在的部门在应对每一个关于癌症集群的电话。这比其他很多卫生部门能做的都多，而且，这在新泽西有政治上的必要性，长期以来该州的工业污染都是竞选议题。发病率分析花钱不多，模棱两可的结果也不会给化工产业和其他强势利益团体造成冲击。这是一种巧妙的政治解决方法——在科学上则是不合理的。

贝里2010年退休，在卫生部工作了二十四年之后他回忆道："这就是做这类分析的难点。为了解答人们的疑问，发病率分析我们能做，登记系统我们能用，也许也应该用。但接下来怎样？即便我认为某个地方确实有问题，后续的研究花费巨大，谁知道能不能发现什么？而且，我工作的环境恐怕也不由得我说'快看这个，我们怕是得做点什么'。很显然这个机构希望的只是我们做出回应，因为你不回应人们会抗议的。但仅此而已。别无其他。"

所以，当1995年3月13日，迈克尔·贝里的电话响起时，电话那头毒物与疾病登记处的斯蒂文·琼斯要求对汤姆斯河的儿童癌症再做一次调查，贝里感到熟悉的挫折感又在累积了。

新泽西州假意进行聚集性调查的背后有一个令人沮丧的原因。其根本是，近一个世纪以来，人们都希望能科学地证实某些邻近区域的癌症集群现象——这个堂·吉诃德式的工作引诱着每一个想要尝试的人，却最终令他们灰心。这其中不乏20世纪的科学巨匠。

在大多数癌症仍被认为可以传染的时代——19世纪末路易·

巴斯德和罗伯特·科赫的成功让很多欧洲人和美国人相信一切疾病皆可传染——存在出现大量病例的“癌症之家”也在情理之中。和一个世纪后的琳达·吉利克一样，维多利亚时代各个阶层的人们——从贵族中的改革派到贫穷的劳工——放眼四周，发现癌症并不是均匀分布的，就认为这其中有潜在的因素在发生作用。除了少数例外，癌症被视为不体面的疫病，很多人认为它与性病有关，另一些人则认为关乎公共健康，病人应该被隔离于医院之外。[①]

有几位医生试图运用科学方法检视“癌症之家”。最为投入的人中，有一位叫托马斯·洛·韦伯，他在其他方面都默默无闻。[②] 他将工业小镇梅德利在 1837 年至 1910 年间死于癌症的三百七十七人的住址汇编起来。1911 年，将它交给别人进行分析，那就是全英国最有资格做这个分析的、脾气暴躁的饱学之士卡尔·皮尔逊。此人兴趣之广令人惊异——闲暇时间他是哲学家、诗人、歌曲作家和小说家——皮尔逊最热衷的就是将数理统计发展成一个完整的学科，成为解决社会问题的工具。[③] 1911 年，皮尔逊分析托马斯·洛·韦伯对梅德利的癌症记录的同一年，他在

---

① 1887 年纽约大亨约翰·雅各·阿斯特三世在美国建立了首家癌症医院，他之前致力于在一家现有的医院中资助修建一座癌症配楼，却被当场拒绝，原因是担心其他病人的感染风险。见于 James T. Patterson 的 *The Dread Disease: Cancer and Modern American Culture*（Harvard University Press，1987），23。

② 韦伯家族中比较出名的是托马斯的小弟，船长马修·韦伯，他在 1875 年成为史上第一个在没有浮板及其他人工辅助的条件下横渡英吉利海峡的人。维多利亚时代的火柴盒上印着他的图片。1883 年，韦伯试图游过纽约州尼亚加拉大瀑布下的大漩涡时不幸溺亡。他的哥哥托马斯·洛·韦伯尽管在生物统计学领域有所建树，却只在 2001 年版的《英国人物传记词典》中他弟弟两页的介绍（60：104—105）里占了一行地方。

③ 更多卡尔·皮尔逊的生平与成就可见于 Helen W. Walker 的“The Contributions of Karl Pearson”，*Journal of the American Statistical Association* 53：281（March 1958）：11—22；和 M. Eileen Magnello 的“Karl Pearson and the Origins of Modern Statistics：An Elastician Becomes a Statistician”，*Rutherford Journal* 1（December 2005）。

伦敦大学学院建立了世界上首个应用统计学系，生物统计学原理的雏形正是在那里孕育的。

皮尔逊究竟是如何发现了韦伯的癌症记录数据不同寻常，这已无从查起，但他为何迫切地要分析这些数据却不难猜想到：借由韦伯的数据，皮尔逊可以用他统计分析的新方法去检验广为流传的“癌症之家”的说法。他尤其感兴趣的是怎样做显著性检验，或者怎样可以说在统计学上有显著性。[①] 这个概念很简单：如果一组数中出现了任何明显的模式，或者如果两组甚至更多组的数据出现了明显的相关性，就需要验证这个模式或者相关性的出现有多大可能只是偶然，而非某种因素作用的结果。

根据韦伯的记录，1837 年至 1910 年间，梅德利这三百七十七位死于癌症的居民分别住在三百五十四间房子里。要确定哪些病例是有原因地聚集的而不是偶然形成的，皮尔逊首先需要估算，如果这些致死病例是随机分布的，那么应该有多少家不止一个病例。运用他设计的统计方法，皮尔逊计算出来，如果癌症在梅德利的近三千栋房子中是随机分布的，那应该有大约三百三十一栋房子中有一个癌症死亡病例，二十二家有两例死亡，一家有三例。而韦伯的报告上说，实际上有一例死亡的是三百一十五家，二十家有两例死亡，六家有三例死亡，还有一个不幸的家庭七十三年间有四人因癌症去世。

对一个统计学外行来说，上面两组数字看似没有太大差别。但对皮尔逊来说那是天上地下。会不会只是巧合？皮尔逊不这样看。在进行了一系列的概率检验之后，他认定：“如果这样的分布模式是

① 如果要回顾显著性检验以及围绕其必要性进行的长期争论的历史，简单也许略微老旧的解释可见于 Ronald N. Giere 的“The Significance Controversy”，*British Journal for the Philosophy of Science* (May 1972)：170—181。

随机采样产生的，其发生概率只有好几百万分之一。”① 皮尔逊认为他这个激动人心的发现应该引发广泛的后续调查，比如将其与非工业城镇对照，或是对病例细分年龄和职业。② 但是没有后续研究。从这个角度说，皮尔逊是第一个追踪癌症聚集性的人，他身后还有许多这样的人，他们触动了探索性的研究，却无法引来关注与资源让他们能够证实或证伪这些猜想。在皮尔逊漫长的学术生涯中——1936年皮尔逊去世他的研究终止——他再未对这个问题发表过文章。

后来进行的聚集性分析也与之类似，成了前车之鉴。③ 孤

---

① 见于 Karl Pearson 的 “On ‘Cancer Houses,’ from the Data of the late Th. Law Webb, M. D.”, *Biometrika* (January 1912)：430—435。因为认为生物统计学的科学性不够充分，英国皇家学会拒绝发表相关论文，于是皮尔逊于1901年合作创办了 *Biometrika*（《生物统计学》）。为检验梅德利的三百七十七名癌症死亡病例有多大可能是随机分布的，卡尔·皮尔逊设计了下面的实验：在一个袋子里装两千个球，每个球一个编号，每次由一个人从袋子里取出一只球，一共取三百七十七次，每次取出球后记下球上的编号就放回袋中，再取下一次，实验结束后，有多少个编号会被记下两次，甚至三次或者更多次呢？给两千个球写上编号太过乏味，所以皮尔逊设计了一些不那么繁琐的实验，利用随机编号和扑克牌上的图形来回答这个问题。这样的实验他做了五次，每次的结果都和他预测的相当接近。五次中只有一次有一个数字两次被选中，从没有一次有数字四次被选中。但在梅德利，有六栋房子里有三人患癌症去世，还有一栋房子有四个病例，这是随机分布的可能性几乎没有。

② 卡尔·皮尔逊写道：“洛·韦伯一生的数据提供了充足的证据，证明这个问题需要充分的调查，单打独斗的医务人员是行不通的。他们并没有最终证实癌症在某个住宅中出现的频率高于另外一栋住宅，但他们的确证明了，‘癌症屋’并不全然是个传说，换言之，从长远看直接接触的环境是癌症的一个影响因素，这种可能性的全面调查有必要性。”见于皮尔逊的 “On ‘Cancer Houses’”, 434。

③ 1932年两名法国统计学家，奥古斯特·卢米埃尔和保罗·维涅分析了里昂城二十年间的六千七百零三个癌症致死病例，这些病例分属五千零二十七个家庭。其中一个家庭有八例。卢米埃尔和维涅没有像皮尔逊那样用统计公式估算病例的正常分布，而是弄到了城里的六千七百零三个出生、结婚和死亡证书，分析了证书上的住址分布。他们发现，里昂城的出生、结婚和死亡的分布的聚集性和癌症相当。法国人认为，这个发现强烈地预示着，仅仅是偶然性在发生作用，没有什么潜在的因素。关于卢米埃尔和维涅在里昂的工作的介绍可见于 Percy Stocks 的 “The Frequency of Cancer Deaths in the Same House and in Neighbouring Houses”, *Journal of Hygiene* (February 1935)：46—63。《科学》杂志1933年5月5日第10页题为 “Cancer House Disproved Statistically” 的文章也介绍了里昂的工作。

僻的珀西·斯托克斯是皮尔逊的一名追随者，他在1935年，成为英国总登记处首席统计学家——这正是近一个世纪之前威廉·法尔坐的位子——两年之后，他发表了一个更加复杂的分析。他接续起皮尔逊的工作，在布里斯托尔和伍斯特统计了近三千五百名癌症死亡病例。他发现其中九十四家有两例死亡，癌症如果是随机分布的则应该只有四十四家。他还发现邻近的住宅中病例数异乎寻常地高，这似乎证明了一个观点：癌症要么是传染性的，要么是由环境诱发的，要么二者兼而有之。

斯托克斯又做了两步分析，这为日后的癌症聚集性调查——就像在汤姆斯河所要做的——增添了很大的不确定性。既然大多数患癌去世的人年龄都超过了五十五岁，他怀疑目前表现出的癌症聚集性会不会实际上是老年人的聚集。他发现在两个城市中五十五岁到七十五岁人群的聚集性和癌症病例的聚集性一样强。[①]随后他按癌症的种类分析了数据，推断如果某种癌症是可传染的或是由环境诱发的，同种的癌症应该存在集群现象。斯托克斯将布里斯托尔和伍斯特的癌症死亡病例按肿瘤原发的器官分成了七类，发现尽管整体的癌症病例似乎有聚集性，但具体哪一类的癌症都没有集群趋势。斯托克斯认为，基本可以确定，那些看似是传染或污染致癌的证据都不对。在他随后的学术生涯中始终对癌症聚集性研究持怀疑态度，他的怀疑深深地影响着身边的同事，例如对肺癌与吸烟的研究影响深远的理查德·多尔和奥斯丁·布拉德福德·希尔。

珀西·斯托克斯之后，每个有名望的科学家在进行聚集性调查时都不得不考虑年龄的影响，查看癌症的具体种类——在汤姆斯河也是如此。后面一条对于研究罕见病集群情况的研究人员尤

---

① Stocks, "Frequency of Cancer Deaths", 46—63。

其是个负担，因为这意味着他们能够处理的病例数更少了，置信度——疾病的集群并非偶然现象的置信度——也就更低。举个例子，假设一个区域内十年间预期应有两例喉癌病例，那么出现四例病例是否真的可视为超出百分之百，值得警惕？如果调查人员是在预期十五例病例的时候发现了三十例，当然是值得警惕的，但两例变成了四例该怎么看？这样小的聚簇很可能是随机扰动，但也有可能是某些严重情况释放的信号。聚类分析再怎么精细也无法将这两种可能性区别开。

到上世纪60年代，珀西·斯托克斯等生物统计学家已经将癌症的聚类分析发展成了结构严密完整的科学工作，基本上没人再愿意更进一步了。他们坚持进行统计学的显著性检验，用年龄修正数据，并且拒绝在一项分析中混杂多种癌症，这些使得居民区的癌症聚集性研究合理化，却同时也使得这个工作看起来是在浪费时间。现在，聚集性分析的结果在科学上可靠了，它的含混不清却变得无可救药。一边是理查德·多尔所展示出的，以大范围人群研究识别风险因素这一激动人心的潜在可能；另一边，小规模、特定区域的聚集性研究却越来越像是一个死胡同，一个不可能出现有效信息的统计陷阱。

仍有一个流行病学的重要分支对聚集性分析有兴趣，一百多年前正是这个分支开拓了它。传染病专家一直在做聚集性研究，研究肺结核、麻疹和其他高传染性疾病的发病模式。在美国，这方面的研究的佼佼者始终是总部位于佐治亚州亚特兰大附近的，现名为“疾病预防与控制中心”的机构。① 疾病预防与控制中心

① 当时疾病预防与控制中心被称为“传播疾病中心”。后来随着其职责扩张先后四次更名：1967年变为“美国传播疾病中心”，1970年变为“美国疾病控制中心”，1980年“中心”一词由单数变为复数，1992年变为“疾病预防与控制中心”。

因疟疾的研究而声名远播，但卫生部也会将其他疾病的集群报告发往那里，希望以此引导该机构进行调查。

这些报告中有一份特别引人注目，来自芝加哥西北的奈尔斯市圣约翰·布雷博夫小学的玛丽·维亚修女。1961 年的第一个季度，四名奈尔斯市——那里人口不过两万——的年轻女孩死于白血病。其中两人是圣约翰·布雷博夫小学的学生，另一名是一个学生的学龄前妹妹。疾病预防与控制中心此前没有处理过癌症集群的病例研究，但到了 1961 年，白血病可能有传染性的证据日渐增多：研究人员在患有白血病的猫狗体内发现了伴生的病毒。疾病预防与控制中心的年轻调查员小克拉克·W·希斯受命去调查这个癌症集群报告。他发现，情况比玛丽·维亚修女想的要严重一倍：1957 年 9 月到 1960 年 8 月间奈尔斯市确诊的儿童白血病共有八例——这比预期值要高五倍。[①] 八个病例中有七个要么是圣约翰·布雷博夫小学的学生，要么是他们的弟弟妹妹，这意味着，在这所学校就学的家庭中的发病率比奈尔斯市的其他家庭高出八倍都不止。

希斯和他的同事花了将近一年的时间进行调查。他们标出病人家住宅的地址，测量放射物水平，搜寻附近的污染源，访问了将近五百个家庭，搜集邻近城镇的统计数据，甚至调查了周围的猫科动物和犬科动物中白血病的数量是否异常。没发现什么值得注意的。除了都与学校有关，他们在病例中没有发现其他的共同点，尽管在奈尔斯还有一些病毒感染的迹象耐人寻味，但和在汤姆斯河一样，病毒感染爆发得快，又很快被后浪

① Clark W. Heath Jr. and Robert J. Hasterlik, "Leukemia Among Children in a Suburban Community", *American Journal of Medicine* 34 (June 1963): 796—812.

推上前浪。[1] 希斯后来调查了五十例儿童白血病和淋巴瘤的集群，在奈尔斯市又发现了七个有感染指征却没有确定证据的病例。[2] 多年以后他回忆道："我们找不到想要的那种确定性证据。"

联邦政府第一次闯入癌症聚集性调查领域，收获甚微。但到了上世纪 70 年代末疾病预防与控制中心进行了大量的聚集性调查，这是前所未有的，而且他们将注意力逐渐集中在了化学污染

---

① 伊利诺伊州奈尔斯市的校长玛丽·维亚修女确实给调查员克拉克·希斯提供了一点耐人寻味的消息：那几例白血病确诊的那一年全校曾爆发过几次传染性发热。这几次传染病爆发没有可靠的记录，但希斯和学校护士的谈话佐证了这几次传染病和白血病确诊的月份吻合。研究人员还在几个有关的患者的血样中发现了可能与白血病相关的抗体。在希斯看来，这可能意味着在几个遗传上有易感性的孩子身上，传播了发热症状的病毒可能也诱发了白血病。如同阿尔弗雷德·努森将要指出的：感染可能造成了第二次"打击"。五十年之后，研究人员仍在寻找与儿童急性白血病相关的病毒。他们的研究受到了两个紧密相关的假说的激励，这两个假说是基于儿童白血病聚集性研究形成的。"人口混合"假说最初是牛津大学的流行病学家里欧·金兰在 1988 年提出的，他当时正试图解释儿童白血病在核电站附近的集群。金兰认为急性淋巴细胞白血病起因于病毒感染引起的极端免疫反应。这些极端反应尽管非常罕见，却最有可能发生在快速增长的社区中，那里受感染的人群与未获得免疫的儿童混杂，而这样的儿童是最敏感的。另一位著名的研究者，伦敦癌症研究所的生物学家梅尔文·格里夫斯将金兰和努森的理论进行了扩充，提出了"延迟感染"假说。格里夫斯和他的合作伙伴，加州大学旧金山分校的约瑟夫·魏塞尔认为，第一次"打击"发生在子宫内，而第二次则包括一次大部分孩子都可以轻易抵抗的传染性感染，却在二至五岁时，在罕见的高度易感的儿童群体中诱发了白血病。（格里夫斯认为，托儿所中不大可能出现这样的罕见儿童，与其他孩子的接触帮助他们建立起了免疫系统。）

在与本书作者的会谈中，格里夫斯说，最初的打击可能是怀孕期间暴露在致癌物中造成的，但他指出，暴露的剂量一定要大到足以引起基因损伤。（格里夫斯对名为 TEL-AML1 的染色体易位特别感兴趣，这个易位常见于急性淋巴细胞白血病中，但也会在健康儿童中出现。）现在对于人口混合和延迟感染假说如何评价可参考 Kevin Rrayama et al.，"A Meta-Analysis of the Association between Day-Care Attendance and Childhood Lymphoblastic Leukaemia", *International Journal of Epidemiology* 39 (2010)：718—732。

② Clark W. Heath, "Community Clusters of Childhood Leukemia and Lymphoma：Evidence of Infection?", *American Journal of Epidemiology* 162：9 (November 1, 2005)：817—822. 离开疾病预防与控制中心后希斯成为美国癌症学会的副主席，在那里，他对癌症的环境因素的广泛质疑激起了激进分子的愤怒。

方面，而非病毒——这都是顺应居民与政客的要求。对拉夫运河和其他环境灾难的宣传激起了要求进行聚集性调查的浪潮，尤其是在那些有癌症登记系统的州。① 各州卫生部每年接到的类似要求有大约一千五百条。② 这些调查请求中最危急的——看起来有可疑原因的，发病率高到随机分布似乎不能解释的——就被移交疾病预防与控制中心，上世纪 80 年代该部门每年平均处理五到六起聚集性调查。剩下的几百个则至少由州卫生部粗略调查一下，新泽西州就是迈克尔·贝里做这件事。

后来发现，绝大多数的聚集性调查都是由投诉引发，这有很大的缺陷，不单因为焦虑的公众所报告的癌症分布往往并非异常现象。实际上使用发病率的比较和统计学的显著性检验时，还有一个深层次的问题没有解决：可能存在多重比较。③ 上世纪 50 年代由理查德·多尔推广的病例-对照研究在科学上很巧妙，一方面因为它的规模足够大，降低了统计学上的不确定性，另一方面也是因为它起源于一个假说。多尔想要验证吸烟是肺癌的一个风险因素，于是他收集了大量的病例，将他们与情况相似却没有患癌症的对照组相比较。而大部分的聚集性研究却是先进行演绎科学。它们的出发点不是可验证的因果假说，而是由某人在更大规

---

① 80 年代中期，有三十七个州已建或筹建了癌症登记系统。见于 Stephanie C. Warner 与 Timothy E. Aldrich 合著的 "The Status of Cancer Cluster Investigations Undertaken by State Health Departments", *American Journal of Public Health* 78：3 (March 1988)：306—307。

② Michael Greenberg, Daniel Wartenberg, "Communicating to an Alarmed Community about Cancer Clusters: A Fifty State Survey", *Journal of Community Health* 16：2 (April 1991)：71—82. 罗格斯大学的格林伯格和瓦滕贝格 1989 年调查了全部五十个州的卫生部，得出结论，每年它们收到总数一千三百到一千六百五十个的聚集性调查要求。

③ 关于"隐蔽的多重比较"，参见 Raymond Richard Neutra, "Counterpoint from a Cluster Buster", *American Journal of Epidemiology* 132：1 (July 1990)：1—8。

模的人群中精挑细选了一个有病例集群的可疑群体。[①]

例如，当费城的博纳齐安和她丈夫的姐姐说起她在癌症病房中发现来自汤姆斯河的患儿特别多的时候，她潜在地比较了另外几百个每年有病人住进来的区域。对照组如此之大——病房中有几个小镇，包括汤姆斯河——病人太多大可说是纯属偶然。同样，伊利诺伊州奈尔斯市的玛丽·维亚修女担心本地的四个姑娘在三个月内确诊白血病的时候，她默默地比较了自己任校长期间另外的几十个“三个月”，另外的几十种疾病。

换言之，在整个癌症病例的总体中——它们分布于几乎无限多的区域，无限多的时期，包含着一百五十多种癌症——只有极少数集聚的病例被当做癌症集群报告给了政府机构。经过了这么多的预审，被报告的癌症集群中有很多能通过非随机显著性检验并不奇怪，通过这个检验预示着其中暗藏了一些原因。但真的有什么原因吗？恐怕这些集群中有很多——甚至可能是全部——其实都是随机形成的，因为最初集聚的病例被报告给调查员本来就是极其偶然的。

对工作场所的癌症集群进行调查的人可以这样安慰自己，即便可能永远无法确定一个明显的集群究竟是“真的”还是偶然现象，他们的工作仍很可能没有白干。工厂中的化学品暴露剂量大，专一性强，癌症发病率分析可以帮助确定可疑化合物，进而可以用动物实验或是病例-对照研究对其风险进行确认——或是排除。的确，很多的工业致癌物，例如石棉、对二氨基联苯、氯乙烯，都是首先在职业病集群研究中被确认为潜在致癌因素的。另一方面，居民区的聚集性研究则交了白卷，没一次识别出新的

---

① 这种事后诸葛似的假设生成过程有时候被称为得克萨斯神枪手，得名于一个笑话，牛仔对着谷仓的一边随意开火，然后找出子弹孔聚集的地方画成靶子，最密的地方画上靶心，然后称自己为神枪手。

致癌物。[①] 1961年至1983年间，疾病预防与控制中心完成了一百零八个居民区癌症集群调查，没识别出一个可疑因素。[②] 工作场所的集群调查的纪录好点，不过也只是好一点。[③]

即便政府为确认收到的居民区集群报告花很大的气力去做环境测试，结果仍旧不能确认。当时最著名、记录最详尽的居民区癌症集群病例肯定是马萨诸塞州沃本市发现的十二例儿童白血病，而按照统计，这个波士顿北部的蓝领小镇的期望值应该是五例。后来，到了90年代，因为纪实小说《漫长的诉讼》及其改编电影《禁止的真相》的成功，以及州里的一项研究发现儿童白血病与母亲饮用了被污染的水有关系（这次因果关系的确认在居民区的癌症集群研究中是极其少见的），沃本的癌症集群现象才出了名（这也对汤姆斯河等地有着很深远的影响）。但在80年代，沃本市的两个小规模研究中——一个是政府的科研人员做的，另一个是受害家庭请生物统计学家做的——曾调查过白血病与饮用水有关的猜想，得出的结论却是相反的。[④]

---

① 在居民区癌症集群中识别致癌物普遍以失败告终，其中有一次有争议的例外。上世纪80年代毛沸石矿石被确认为肺癌致癌物，这一结论基于对土耳其中部两个村庄的研究结果，两个村庄的间皮瘤发病率非常高，同时空气中的毛沸石纤维浓度也很高。但是，就像雷蒙德·纽特拉在“癌症聚集爆发中的一些对照”中指出的，毛沸石案例不是一个传统的一定时间内的癌症集群，在那两个村子里肺癌成为地方病显然已经几个世纪了。

② Glyn G. Caldwell，“Twenty-Two Years of Cancer Cluster Investigations at the Centers for Disease Control”，*American Journal of Epidemiology* 132，Supp. 1（1990）：S43—S47.

③ 1978年至1984年间国家职业安全与卫生研究所（NIOSH）调查了六十一个被报告的工作场所癌症集群案例，仅仅识别出五个可能的因素，没有一个能被科学证实。国家职业安全与卫生研究所发现，其中五十六个案例中的发病率并未高出预期。见于 Paul A. Schulte et al.，“Investigation of Occupational Cancer Clusters：Theory and Practice”，*American Journal of Public Health* 77：1（January 1987）：52—56。

④ Phil Brown，“Popular Epidemiology and Toxic Waste Contamination：Lay and Professional Ways of Knowing”，*Journal of Health and Social Behavior* 33（September 1993）：267—281.

上世纪80年代末，得出“社区癌症聚集性研究看起来徒劳无功”这样的恼人结论似乎是必然的。对于那些进行这类调查的机构，和那些不得不为这种难以令人满意的结果辩护的政客，这似乎永远都是个尴尬的话题。实际上，在州卫生部和疾病预防与控制中心的研究人员中，正在逐渐形成一个大致统一的意见：无论公众的呼声再怎样高涨，政府不应再涉足居民区癌症集群方面的调查。为了给这个颇具争议的政策转变打下基础，他们在疾病预防与控制中心总部附近的亚特兰大洲际酒店组织了一次会议。1989年的这次会议，官方称谓是“病例集聚与健康事件国际会议”，不过它很快有了个更上口的名字：癌症集群散退大会。

会议组织者邀请了流行病学机构中的杰出代表进行开幕致辞。波士顿大学的肯尼斯·罗斯曼撰写过两本著名的教科书，还是期刊《流行病学》的创刊编辑。他单刀直入：“我要告诉大家，疾病聚集性研究的科学价值很小。”他就这样直白地告诉这群科学家——其中一些人，例如克拉克·希斯，将整个职业生涯都投入了这方面研究。“除了极个别的例外，调查疾病个例的集群，在科学上或是公共卫生方面根本是作用很小。”[①] 讲台上罗斯曼身后的很多研究人员表示同意，尤其对居民区的癌症集群。但他们都承认，对无视民众调查要求会引起什么后果很纠结。作为一个经验颇丰的聚集性病例调查人员，明尼苏达州卫生部的艾伦·本德事后对《纽约客》的记者说：“你是不能简简单单把人打发走的。”[②] 他提议设置一个逐级反应系统，重点在于与那些忧心忡忡

① 1989年2月肯尼斯·罗斯曼在“癌症集群散退”大会上的主题发言后来发表于《美国流行病学杂志》的特刊中，该刊同时还登载了该会议上发表的另外二十五篇文章。罗斯曼的稿件题目为“冷静启动‘癌症集群散退’大会”，在特刊的S6—S13页，该刊发表于1990年7月（vol. 132，Supp. 1）。整本刊物清楚地指出了病例集群调查——包括癌症病例——的前景和风险。

② Atul Gawande，“The Cancer Cluster Myth”，*The New Yorker*，February 8，1998，34—37.

打来电话的人建立起融洽的关系。四次里面有三次，他说：“一两通电话加上随后的信件就能很好地解答致电人的关切。”①

病例集群散退大会效果显著。会议结束几个月之内，美国几乎所有的非职业性癌症集群调查都终止了。美国疾控中心发布了导则，敦促各州施行明尼苏达式的响应系统，并至少在短时间内终止各自的癌症聚集性调查。② 新泽西州的流行病学家丹尼尔·瓦滕贝格回忆道：“本来各州的卫生部就不想做这些聚集性调查，这下他们可以不做了，说这是美国疾控中心的要求。”瓦滕贝格当日与会，并徒劳地想与主流观点进行辩论，结果是明尼苏达州的本德以其对聚集性调查全面的否定胜出。他告诉《纽约时报》：“现实是，这根本上，纯粹地，绝对是在浪费纳税人的钱。”

那次会议还有其他潜在的余波。最为深远的恐怕是对与会者态度的影响。当肯尼斯·罗斯曼和艾伦·本德讲话的时候，新泽西州的迈克尔·贝里就坐在听众席中。会议结束时，他知道了流行病学领域的几个大人物对聚集性调查的态度。1989 年，贝里进入这一行不足三年，尽管不能全盘接受罗斯曼和本德的极端态度，他对整体的情况是有共鸣的。这印证着他在新泽西州做的居民区聚集性分析的失败经历。

迈克尔·贝里还是会继续接电话，偶尔做一下发病率分

---

① 除去这四分之三通过一次解释的电话或信件就能满意的情况，据艾伦·本德说，明尼苏达州另有百分之二十的聚集性报告电话只要举出了已有的癌症发病率与环境状况的数据就能令其满意。另外百分之四的情况需要进行“相对简单的”数据收集与分析工作。在明尼苏达，只有百分之一的电话需要进展到第四步：深入调查。1981 年至 1988 年间，本德所在的部门收到了四百二十个关于癌症集群的电话或信件，只有五个做了处理。见于 Alan Bender et al.，“Appropriate Public Health Responses to cluster：The Art of Being Responsibly Responsive”，*American Journal of Epidemiology* 132，Supp. 1 (July 1990)：S48—S52。

② 美国疾控中心在其发布于 1990 年 7 月 27 日的“聚集性调查及卫生事件导则”中宣称：“公共卫生领域从业人员达成的非官方统一意见是，大多数的聚集性报告都无法得出有意义的结论。”

析——就算他不想做，州卫生部的领导也不会允许的。毕竟，这里是新泽西，超级基金点位的老巢，在这里环境健康问题永远都是政治议题。除了纽约州和加州——那里的人口更加稠密——各州同行中每年接到聚集性调查要求最多的就是贝里。[①] 在新泽西，报告聚集性的电话是不能不管的。但现在，一些全球最杰出的追踪疾病聚集性的人确认了贝里的顾虑——他对自己所做的工作的顾虑。

1995 年 3 月 13 日迈克尔·贝里收到了对汤姆斯河儿童癌症的聚集性再次进行调查的要求，这在他看来是追踪集群病例的又一次无用功：模糊的诉求，小型的社区，病例数很少，还没有明确的嫌疑对象——至少当时在贝里看来是没有。不过他并没有劝说斯蒂文·琼斯收回请求。琼斯不是普通老百姓。他在毒物与疾病登记处工作，而且他传递的要求来自另一个专业人士：一个在有着世界声誉的儿童医院中工作的癌症病区护士。另一个同样重要的原因是，汤姆斯河也不是随随便便一个社区。在贝里办公室的工作日志中，截至 1995 年，州卫生部收到的关于汤姆斯河儿童癌症的电话有五次，最初的三次——1982 年、1983 年和 1984 年——都没有跟进，1986 年查克·考夫曼的电话和 1991 年罗伯特·贾拉内拉的电话之后，贝里都进行了发病率分析，第二次分析发现小儿脑瘤和白血病自 80 年代末起似乎有所上升，尽管增加的病例数并不足以形成显著性差异。

另外还有一个令人担忧的情况。州卫生部当时刚刚完成了州内二十一个县儿童癌症发病率的比较研究。1994 年的研究发现 1980 年至 1988 年间，欧申县儿童癌症的整体发病率远高于全州

① Craig W. Trumbo, "Public Requests for Cancer Cluster Investigations: A Survey of State Health Departments", *American Journal of Public Health* 90: 8 (August 2000): 1300—1302.

的平均值。[1] 这困扰着贝里，而尤其令他烦恼的是，罗伯特·贾拉内拉和其他一些人特别关注的一类癌症——脑部肿瘤——在欧申县的发病率似乎尤其高。1980 年至 1988 年间，欧申县十四岁以下儿童中确诊的脑和神经系统肿瘤病例有三十七例，而根据新泽西州的发病率推算，那里应该只有二十二例。在一个有八万儿童的县，这个数据比预期值高了百分之七十。而现在，斯蒂文·琼斯告诉他，费城的护士特别担心汤姆斯河孩子们的脑部肿瘤。

贝里将他的保留意见放在了一边，告诉琼斯他会查一下的。

---

① 1994 年的报告题为“*Childhood Cancers in New Jersey: 1980—1988*”，目前在州卫生部的网站上已不能查到。报告的修订版“*Childhood Cancer in New Jersey: 1979—1995*”于 1999 年出版，当时正值汤姆斯河癌症抗议浪潮之中，书中并未包括鼓动着积极分子们的县际比较。

第十六章　一往无前

迈克尔·贝里准备在汤姆斯河进行第一次全面的癌症分析，他的这个决定在这座小镇几乎无人关注——自从第一次有人质疑化学污染物在危害他们的健康，已经四十多年过去了。那场关于汽巴-嘉基和它的排海管道的斗争旷日持久，让大家筋疲力尽，这个镇子仿佛从一场持续的高烧中恢复过来，需要的是一次沉沉的睡眠。染料和树脂都已向南逃往亚拉巴马或是路易斯安那了，甚至漂洋渡海去了亚洲。雇员人数降到大约三百，现在工厂产生的小股污水——大约是原来总量的百分之一——都汇入了市政污水处理系统。（讽刺的是，经过处理后，那一小股污水最终还是汇入大西洋，尽管工厂的排海管道被关闭了，欧申县公用事业管理局仍在静静地使用它们那三条排海管道排放处理后的市政污水。）

汽巴-嘉基尽其所能延长自己蛰伏的时间。1992 年，公司多年的刑事诉讼案终于圆满解决。距离它们被控告已经六年多了，两名前任经理詹姆斯·麦克弗森和威廉·鲍勃森承认 1981 年至 1984 年间向工厂防渗膜有泄漏的填埋场非法倾倒危险液体及其他违禁废弃物，通过认罪来减少轻罪指控。两人每人罚款两万五千美元，不用坐牢，公司则缴纳了九百万美元的民事与刑事罚款，偿还了州政府两百多万美元的费用，还给当地的环境工程捐赠了两百五十万美元。[①]因为州政府放弃了更严厉的起诉，这个认罪协议让公司可以继续宣称它的非法行为不是有意为之，州政府原本诉汽巴-嘉基填写错误报告，篡改记录以欺骗管理人员。在特伦顿认罪之后，汽巴-嘉基美国子公司的董事长理查德·巴斯说："通过与州政府和解，我们承担起了多年前在汽巴-嘉基犯下的错误，向他们道了歉，幸运的是，这对环境和健康没有造成危害。"②

不是镇上的每个人都相信这话。琳达·吉利克不断地听说有孩子患上癌症，不断往她的地图上按上图钉，那幅地图现在挂到了"欧申之爱"的办公室中。她偶尔仍会去县里的官员那里纠缠——比如抗议在水管中使用石棉——不过吉利克和其他委员们差不多放弃了癌症调查。而且，"欧申之爱"比以往更忙了，忙于为患病儿童的家庭提供帮助。需要照顾的家庭比以往都多。

1989年2月4日加布里埃尔·帕斯卡瑞拉出生，当年大部分汤姆斯河的居民们都认为他们的环境纠纷已经终结了。她的父亲金是一位律师，母亲琳达是名教师，他们带着加布里埃尔回到家里，家中还有两个姐姐，一个四岁，一个八岁。加布里埃尔是个漂亮的孩子，不过她的儿科医生对她背上的几个大痣有点担心，这种痣叫做色素痣，可能没什么问题，也可能标志着更严重的疾病。外科医生去除了痣，但加布里埃尔经常哭闹，而且似乎很容易感染。12月初她十个月大的时候，父母发现她囟门处——婴儿头顶一块柔软的部位——有一个奇怪的硬块。那个位置外凸，说明加布里埃尔的大脑受到压迫。她最初被诊断为脑膜炎，但施用大剂量的抗生素没有效果，于是帕斯卡瑞拉一家就像安德森一家，或是汤姆斯河的其他很多家庭一样，开车穿过新泽西的松林

① 1992年刑事诉讼的和解条款中还要求公司交付五千万的信托基金给工厂位置的环境清理项目——这部分钱是他们必须付给超级基金项目的。

② Patricia A. Miller, "Ciba Guilty of Pollution", *Asbury Park Press*, February 29, 1992.

泥炭地，去费城儿童医院找专家看看。12 月 24 日，他们被告知了诊断结果：恶性神经皮肤黑变病，一种极其罕见的脑脊膜肿瘤，脑脊膜是指包裹着大脑和脊髓的那一层薄膜。

金·帕斯卡瑞拉回忆道："医生说他们能做的只有让孩子舒服点。他们说这是绝症。"帕斯卡瑞拉一家完全没抱治愈的幻想，但他们不想放弃。他们在纪念斯隆-凯特琳癌症中心找到了一位正在尝试实验性治疗的医生，在加布里埃尔一岁生日的时候，治疗开始了。琳达·吉利克去过纪念斯隆-凯特琳癌症中心几十次了，她又专程去看了一次帕斯卡瑞拉一家。尽管加布里埃尔的情况还在恶化，他们对琳达的帮助非常感激。加布里埃尔在圣诞前夜确诊，在复活节前一天去世。活了十四个月。

很难相信生活还要继续下去，但欧申之爱，还有其他家庭的帮助起了作用。帕斯卡瑞拉在自己家组织了这个团体的年度"家庭聚会"，并在他家开的饭店里举办了早期的一些筹款晚宴。金·帕斯卡瑞拉回忆说："我们决定把它当成一个家庭项目，一直办下去。我们眼看着琳达为这些家庭做的一切，也想参与其中。"很快，年度聚会的规模就变得很大，即便帕斯卡瑞拉家的大房子也容纳不下了。这一方面归因于琳达·吉利克出色的筹款能力，另一方面也是因为病例每年都在增加。癌症似乎总是找上汤姆斯河的家庭。

和琳达·吉利克、布鲁斯·安德森一样，持续增长的病例数也令金·帕斯卡瑞拉困惑。每一个确诊病例对个人都是一场深重的灾难，个中滋味只有亲身经历过的家庭才能真正理解。但帕斯卡瑞拉觉得，大量的病例似乎有种"整体上"的意义。他回忆说："很难说得明白，但你就是觉得有些东西不太对劲。"帕斯卡瑞拉的法律业务中包括一些镇上的零星工作，他已习惯了在社区内处理问题。他想，汤姆斯河的儿童癌症问题已经开始看上去不仅是个人的灾难了，它正在变成整个社区的问题，需要整个社区的响应，尽管他还不知道应该是种什么样的响应。

既然答应了研究汤姆斯河的儿童癌症发病率，迈克尔·贝里得搞清楚汤姆斯河在哪。这个任务不像看起来那么简单。严格来说，就没有“汤姆斯河”这个地方。从殖民时代开始，汤姆斯河就是由多个重叠的辖区拼在一起的。从 1768 年乔治三世颁发建镇皇家特许起，这里的官方称谓就是多佛镇，但从没有人说自己是多佛人。扩展的校区取了汤姆斯河这个名字，邮政投递的范围很大，还包括了三个相邻小镇的部分地区，都叫汤姆斯河。

这段混乱的历史不是个小问题。贝里得先知道当地居民有多少，才能知道那里儿童癌症的发病率是否有异常。因为汤姆斯河是欧申县最广为人知的地名，有些家属告诉护士莉莎·博纳齐安自己来自汤姆斯河，但他们可能实际上是住在布莱克，或是伯克利之类的地方。贝里决定将研究集中在住在三个重叠区域的确诊儿童身上。头两个区域很简单：欧申县的边界和镇子的边界；第三个区域，为了体现出这个镇的“核心”区域，贝里选择了四次人口普查所覆盖的大约六平方英里的区域，基本上就是美国人口调查局称的“汤姆斯河”的区域。①

贝里还需要确定应该调查哪些癌症。如果他将所有的儿童癌症放在一起统计，就是在支持所有癌症是一种病的不实之说。反过来，对每种癌症分门别类进行统计也是不可行的，因为这样一来每种病的病例数就太少了。居住在汤姆斯河“核心区”的儿童不足五千，在这样小的社区里，每年通常只会有一例儿童癌症——无论哪种癌症。② 任何一种特定癌症的发病率还是很低的。

---

① 汤姆斯河的“核心区”从河开始，向北延伸两英里，直至 571 号州际公路。东部边界是沃恩大道，西部的不规则边界包括了部分的花园州大道和老弗里霍尔德公路。

② 根据美国癌症研究中心的 SEER 项目（监测、流行及预后项目）的研究结果，1995 年，美国二十岁以下儿童的癌症发病率是每年每十万人中十四例。到 2005 年，该发病率升至每年每十万人十六例。

即便是统计多年，在汤姆斯河核心区任何一种特定儿童癌症的病例可能都只有一到两例——这样低的病例数，哪怕多出一个，都会在统计上引起很大的差异，但多出来的很可能只是偶然事件。[①]贝里在医学的合理性和统计学的有效性之间做了个折中：他将儿童癌症病例按疾病的相似性分成了十五个组，另外再加上一组“所有儿童癌症”。即便分组都很大——大得恐怕在医学上不算合理——大部分的组在核心区域还是只有少数病例。这是一种折中方案，贝里觉得这样至少有可能发现镇子里是不是真有什么问题。

除一组之外，其他十五个组里贝里搜集的病例都包括了所有二十岁以下的孩子，因为博纳齐安提到她担心的是儿童和少年。不过贝里对脑及中枢神经系统癌症另做打算，将五岁以下患此类疾病的孩子单提出来作为一个子分类，因为博纳齐安曾报告说从汤姆斯河来的脑肿瘤病例特别多，而且前一年全州范围的调查发现欧申县儿童脑部肿瘤的发病率极高：在 1980 年至 1988 年间比期望值高百分之七十。他推断，如果原因真的在于污染，受害最深的可能是幼儿，因为有可靠的研究证明，胎儿、婴儿和幼儿对于化学物质暴露尤其敏感。

贝里需要面对的最后一个大问题是时间。他要考察哪些年份？这个问题完全取决于有瑕疵的州癌症登记系统。这个系统有了一些改进，特别是纳入了纽约市和费城等一些州外医院的记录，但 1995 年的时候这个登记系统滞后四年，时滞之长前所未有。这意味着贝里无法计入 1991 年之后或 1979 年之前确诊的病例——1979 年是有完整登记数据的第一年。（也是在这一年，迈克尔・吉利克出生，这意味着他将成为贝里的第一批调查病例之

① 这个数据量太小的问题在全镇不是太严重，那里有大约两万儿童，在欧申县有十万。

一。）贝里的研究要想既在历史上完整，又包括最新的情况，必须纳入登记系统窗口期（1979—1991 年）之外的数据——这个想法没有操作性，不值得考虑。谁会花费大量的成本去挖掘那些保存在医院或医生那里的记录，就为了得到 1975 年，或是 1995 年，或是其他哪个登记系统里没有的年份的可靠数据呢？

结果是，如果五六十年代倾倒或深埋于汤姆斯河的大量工业化学品在那些年里诱发了儿童癌症的集群，贝里的研究是无法将其识别出来的，因为他没有 1979 年之前的确诊病例数据。更糟的是，因为登记系统的四年时滞，贝里也无法解答——哪怕是间接地回答——那个令琳达·吉利克和莉莎·博纳齐安深深恐惧的问题：汤姆斯河现在是否还存在着癌症集群？

设定好研究参数之后，贝里准备开始了。他用癌症登记系统识别出欧申县 1979—1991 年间确诊患上癌症的每个二十岁以下孩子的出生地址。然后用当地地图复查了每一个地址，确保分类无误。最后，他将病例数加在一起，对癌症进行分类，将结果列在了一张表中。镇上和核心区的数据如下：①

	男	女	合 计
镇			
骨及关节	2	1	3
脑/中枢神经系统	8	3	11
内分泌	1	1	2
眼	0	1	1
霍奇金氏病	2	1	3
白血病	8	8	16

① 本章的表格是基于迈克尔·贝里 1995 年发病率分析的数据表格。它后来被发表在 *Childhood Cancer Incidence Health Consultation: A Review and Analysis of Cancer Registry Data, 1979—1995 for Dover Township*, New Jersey Department of Health and Senior Services (December 1997) 的附录 1 之中。

续表

	男	女	合计
口腔	1	0	1
其他消化系统	0	1	1
其他呼吸系统	1	1	2
卵巢	—	2	2
非霍奇金氏淋巴瘤	4	0	4
前列腺	1	—	1
肾	0	2	2
皮肤	1	1	2
软组织	1	3	4
睾丸	1	—	1
合计	31	25	56
汤姆斯河核心区			
脑/中枢神经系统	3	2	5
内分泌	1	1	2
眼	0	1	1
霍奇金氏病	1	0	1
白血病	2	2	4
其他呼吸系统	1	0	1
合计	8	4	14

数据表证实了贝里已经料到的情况：能用到的病例极少。其中的十四个组是完全没必要进行分析的——除脑/中枢神经系统肿瘤组、白血病组和全部癌症组，他这么决定了。即便是在这三个相对较大的组里，病例数还是太少，虽然总数显得比期望值高很多，但还是无法排除只是运气差的可能，特别是如果将男孩和女孩分开统计的话。

为了确定当地的病例数是不是真的高，贝里计算了如果全新泽西州儿童癌症发病率平均分布，在欧申县、多佛镇和汤姆斯河核心区里儿童脑部癌症、白血病和所有癌症的期望值应该是多少。① 然后他修改了表格，计算出每一组中观察到的病例与预期病例的比值。（任何一个“发病比”如果高于一，即高于期望值。）最后，他将自己想考察的五岁以下儿童脑/中枢神经系统的数据加了进去，全县的数据也加了进去。新的表格如下：

	年　龄	实际病例	预期病例	发病比
县				
全部癌症	0—19	230	215. 5	1. 07
脑/中枢神经系统	0—19	54	38. 8	1. 39
	0—4	21	12. 0	1. 75
白血病	0—19	60	53. 4	1. 12
镇				
全部癌症	0—19	56	42. 7	1. 31
脑/中枢神经系统	0—19	11	7. 6	1. 45
	0—4	5	1. 9	2. 64
白血病	0—19	16	10. 2	1. 58
汤姆斯河核心区				
全部癌症	0—19	14	9. 4	1. 49
脑/中枢神经系统	0—19	5	1. 6	3. 05
	0—4	3	0. 4	7. 14
白血病	0—19	4	2. 2	1. 80

① 迈克尔·贝里的新泽西州全州儿童癌症发病率数据来源是 1986 年至 1988 年间全州三年发病率的平均值。他无法获得其他年份的全州发病率数据。贝里还需要考虑到，县、镇和核心区彼此间、它们与全州之间，每年的儿童人口分布都有轻微差异。这很重要，因为某些癌症在幼童中远比青少年中更常见，而有些则在年龄稍大的孩子身上更常见。所以，为了获得精确的病例“期望值”，贝里必须进行调整来反映当地的年龄分布。为了实现这一目的，他将儿童人口分成零至四岁、五至九岁、十至十四岁和十五至十九岁四组。然后他计算了在核心区、镇、县和全州，所有儿童人口中上面这四个亚类的百分比。最后，他对全州数据进行了调整，这样病例的“期望值”就反映了县、镇和核心区儿童年龄的分布差异。

贝里扫一眼表格就能看出来，这些孩子不典型。在剩下的这几个组里，每一组的实际值都高于预期。同样重要的是，每个分组都呈现出了同样的靶心样式：无论是什么样的神秘因素在左右着癌症发病率，效应最强的地方似乎是汤姆斯河中心。比如说，整体儿童癌症的发病病例在欧申县比预期值高百分之七，在镇中高百分之三十一，而在核心区高百分之四十九。最令人担心的是，差异最大的是汤姆斯河核心区五岁以下儿童的脑/中枢神经系统癌症发病率，它是期望值的七倍（期望值零点四例，实际七例），而这一组被认为是反映是否存在潜在环境问题的最佳指标。

数字传递的信息很明显：琳达·吉利克是对的，莉莎·博纳齐安也是对的。汤姆斯河的确出现了不同寻常的情况——或者说至少在 1979 年到 1991 年间出现过。对贝里来说，剩下的只有一个问题，但这个问题极难回答：这会不会只是随机变化，一个又一个的不走运？他是参加了 1989 年的癌症集群散退大会的，他知道集群的出现可能造成多么严重的误导。现在他需要循着卡尔·皮尔逊和其他生物统计学家的脚步——他们曾面对着同样的问题——对统计学的显著性进行检验。贝里需要知道他有多大的置信度，可以说这种他在县、镇和汤姆斯河核心区中发现的癌症集群现象不是偶然。

贝里使用了在流行病学中应用最为广泛的显著性检验：百分之九十五置信区间，和民意测验中的误差范围非常类似（尽管并不一样）。做民调的人测算误差区间是因为，参加民调的人数越少，这个结果准确反映更大规模人群倾向的可能性就越小。为衡量这种不确定性，统计学家们用了一个公式——其原理最初是由西莫恩·泊松在 19 世纪中期提出来的——基于参与民调的人数，和这些人所代表的更大规模人群的数量，来评估一次民调的准确性。结果不是一个单一的数字（“百分之五十五的选民支持总统的行为”），进行民调的人可以用公式算出结果的数字和范围

（“百分之五十五赞成，误差范围上下百分之三”）。误差范围越大，结果的可靠性越差。通常这种误差范围是根据百分之九十五置信区间确定的，也就是说，如果这样的民调进行二十次，那么会有19次的结果落在误差范围内，一次例外。

和民意调查一样，癌症的发病率也有随机波动。对于小的区域和罕见病，发病率的波动尤其大。例如，在汤姆斯河核心区的儿童脑和神经系统癌症发病比是三点零五——是预期值的三倍。但在调查的这十三年中，如果病例数少三个——这样的变动很可能只是因为偶然——发病比就成了一点二五，根本不算高。反过来说，病例只要再多三个就会把发病比抬升到足以引起警惕的五。这些随机波动都是“噪声”，使得识别出非随机癌症集群的“信号”非常困难。贝里可以通过计算每个发病比的百分之九十五置信区间来评估这些结果的可信度。置信区间越小，可信度越大。如果整个置信区间都在一以上，贝里就可以确认癌症病例确实是高于预期，不是随机波动。换句话说就是，他的结果具有统计上的显著性。问题是，在汤姆斯河核心区这样小的范围内研究罕见癌症，贝里得找到非常高的发病比，它的置信区间才不会宽得不像话，落在一以内。

抱着这样的想法，贝里计算了他所有分组的百分之九十五置信区间，特别留意那些置信区间整体高于一的组。然后，他最后一次修改了表格：

	年龄	实际病例	预期病例	发病比	95%置信区间
县					
全部癌症	0—19	230	215.5	1.07	0.93—1.21
脑/中枢神经系统	0—19	54	38.8	1.39	1.05—1.82
	0—4	21	12.0	1.75	1.08—2.68
白血病	0—19	60	53.4	1.12	0.86—1.45

续 表

	年龄	实际病例	预期病例	发病比	95%置信区间
镇					
全部癌症	0—19	56	42. 7	1. 31	0. 99—1. 70
脑/中枢神经系统	0—19	11	7. 6	1. 45	0. 72—2. 60
	0—4	5	1. 9	2. 64	0. 85—6. 17
白血病	0—19	16	10. 2	1. 58	0. 90—2. 56
汤姆斯河核心区					
全部癌症	0—19	14	9. 4	1. 49	0. 81—2. 50
脑/中枢神经系统	0—19	5	1. 6	3. 05	0. 98—7. 11
	0—4	3	0. 4	7. 14	1. 44—20. 87
白血病	0—19	4	2. 2	1. 80	0. 48—4. 61

这恰恰就是那种常常把聚集性调查人员逼疯的结果。发病比一栏中的每个数据都发出同样的信息：汤姆斯河有问题。但是后面一栏里那些表示百分之九十五置信区间的数字又从各个方面干扰着这个信息。上面十二个组的置信区间都很宽，尤其是病例数较低的镇上和汤姆斯河核心区。这意味着偶然性可能对这些发病比有很大影响，每一组的发病比都很可能比算出来的数字高或者低。除了其中的三组，其他各组的置信区间下限都落在了一以内，这说明可能根本没有问题。会不会有这样一种可能性，比如说，如果排除掉偶然因素，汤姆斯河核心区的儿童白血病病例可能比全州平均水平还低百分之五十，而不是现在贝里算出来的高百分之八十？的确有可能，因为零点五落在了百分之九十五置信区间之内。但也有同样的可能性，汤姆斯河儿童白血病的发病率是预期值的将近五倍，因为置信区间的上限是四点六一。（实际上，泊松——和贝里——可以做得更好一点，因为在零点四八到四点六一之间究竟哪个数是唯一的真值，并不是每个数的机会都

均等。如果作图的话，置信区间会呈一个钟形曲线，峰值是计算出的那个发病比——在这个例子里就是一点八。所以，如果只能猜一个数，贝里最好是猜汤姆斯河核心区的孩子们患上白血病的风险比预期值高百分之八十。但这个猜测是不能确信的。能够确信的预测只能是，汤姆斯河的孩子们真实的风险是在比预期值低百分之五十二或是预期值的百分之四百六十一的这个范围内。）

显然，这是一个无用的预测，就好像天气预报研究了雷达，测量了温度、湿度和风速，然后宣布，明天的天气要么暴热，要么下雪，要么——最大的可能性是——介于两者之间。简直就不知道是该戴遮阳帽还是穿皮大衣了。

和其他公共卫生机构一样，新泽西州卫生部对于如何处理此类有不确定性的发现已经有了清晰的判例：置之不理。只要百分之九十五置信区间下限落在了一以下，不管离一有多近，结果不可靠，就不值得进一步关注。哪怕这个置信区间——比如说零点九八到七点一一（汤姆斯河儿童脑部肿瘤的置信区间）——说明，发病率大于预期的可能性远大于比预期低，这也没用。

新泽西州有充足的理由采用这样保守的态度。首先，这有助于将潜在的多重比较将会引发的歪曲减到最小。新泽西州有将近两千个人口普查社区，如果四个四个按相邻的社区进行组合的话，贝里可以研究的区域能有几万个。但贝里只在一个这样的组合区域里计算了癌症病例，就是他指定的由四个人口普查社区组成的区域，汤姆斯河核心区。如果他对全州进行调查，样本量会非常大，几乎可以肯定，贝里会发现很多存在大量病例的、由四个邻近普查社区组成的区域，原因只是出于偶然。百分之九十五的标准是一种严密的检视方法，以防出现这种巧合。它是一个巨大的屏障，几乎每一个贝里计算过的置信区间都没能越过它。

但这个屏障是不是太高了？百分之九十五显著性检验是设计用于分析一项独立的统计数据。所以，尽管新泽西州其他的四个普查社区组合很可能会有因为偶然性而出现的脑/中枢神经系统癌症高发现象，但贝里的分析还发现汤姆斯河核心区在其他重要的方面也不同寻常。异常高发的不单是脑部肿瘤，还有白血病和整体的儿童癌症——镇和县也是如此。实际上，在所有十二个组中，贝里都发现了发病率上升，其中有可能出现统计学上有效的结果。他所参与的聚集性研究中，从没有一次，每一组的值都是升高的，而这次的这个小镇，据贝里所知，有一段臭名昭著的化学污染史。最重要的是，这些分组中有三组——县二十岁以下的脑/神经系统癌症、县五岁以下儿童和核心区五岁以下儿童——超越了州政府规定的那条相当高的障碍，显示出了统计学上的显著性。这有可能只是一系列极端偶然的巧合造成的吗？

要确定这个问题，贝里只能打破州政府发病率分析的标准程序——在居民区的癌症集群调查中他从没这样做过。他必须去调查，而不只是算一算。

回过头看化工厂，还在工作的少数工人和为数更多的退休工人一样，比以往更加惧怕癌症了。证据越来越多，他们的担心不无道理，尽管知道这一点的员工不多。法比奥·巴本是位于伯明翰的亚拉巴马大学的伊丽莎白·德尔泽尔指导的一名学生，他的博士论文对伊丽莎白·德尔泽尔 1987 年在工厂长期员工中进行的调查做了更加细致的分析。1989 年巴本完成了他的工作，结论是德尔泽尔所发现的十一例恶性中枢神经系统肿瘤之中有六到七例可能是暴露在工厂环境中引发的，而且在偶氮染料、还原染料和环氧氯丙烷生产区工作的工人患病的风险都有上升。他还指出，五十一例肺癌病例中大约有十七例染病可能与暴露在氯气、蒽醌和环氧氯丙烷环境有关。[1] 这一次的研究结果并未对员工通报，巴本直到1994年才公开发表了这些结果。但死于癌症的员工的亲属仍旧得到了足够的信息，对公司提起了诉讼。仅在1995年就有三起诉讼。[2] 汽巴公司（1995年公司去掉了名字里的"嘉基"）都是庭外和解，赔偿金额保密，没有出现开庭审理后会引发的公众关注。

汽巴正在小心翼翼地处理它目前在汤姆斯河最重要的问题：将要开展的大量超级基金清理工作。与清理有关的一切都是巨大的，包括价格：一亿六千五百万美元，还在不断上升。据说，工厂土地上的老排污点埋着五万桶以上的危险废弃物，其中有些完整，有些已经破了，而且至少还有十五万立方码以上严重污染的土壤。这些泥沙足以填满一百三十架747喷气式客机的机舱，桶里的废物足够填满四个奥运会规格的泳池。但这都只是猜测。实际上，没人知道上世纪50年代到60年代那里埋了些什么。没有可靠的记录，只有长期员工的记忆和初步测试的结果，在土壤和地下水中检出了九十五种工业化学品——其中十七种，包括四种已知的致癌物的浓度超出了州法律允许的限值。

要计算旧桶的全部数量，并确定清理的方法，还得再花十年时间，但泵出受污染的地下水是一个更直接的方法。这也是更紧迫的，因为随着地下水的羽流，污染物——和焦虑情绪——仍在扩散，走出了工厂的领地，跨越了卡迪纳尔大道，进入了橡树

---

① 法比奥·巴本的博士论文《化工工人肺癌及中枢神经系统肿瘤嵌入式病例-对照研究》（1989）随后以两篇期刊论文的形式发表，分别是：Fabio Barbone et al., "A Case-Control Study of Lung Cancer at a Dye and Resin Manufacturing Plant", *American Journal of Industrial Medicine* 22 (1992): 835—849; Fabio Barbone et al., "Exposure to Epichlorohydrin and Central Nervous System Neoplasms at a Resin and Dye Manufacturing Plant", *Archives of Environmental Health* 49: 5 (September 1, 1994): 355—358。

② Don Bennett, "Widow Sues Ciba over Cancer", *Ocean County Observer*, July 27, 1995.

岭。林恩沃斯一家已经搬走了，但希拉·麦克维恩和其他居民盼望着清理工作尽快开始。住在超级基金点位旁让人不安。一天，麦克维恩在后院晒日光浴，篱笆外汽巴的土地上出现了一辆货车，一群穿着全身防护的"登月服"的人下车开始检查一口地下水井，麦克维恩当时离那里只有几十英尺，穿了一身泳衣，躺在一把躺椅上。她回忆说："这类事情时不时会发生，确实有点吓人。"到 1995 年春天，一个连通着工厂和橡树岭土地上四十三口修复井的系统每天会抽出大约两百万加仑的污染地下水，这些水通过一个三英里长的管道送入工厂的污水处理厂，被净化后再注回工厂的土地里。①

现在，化工生产告停，汤姆斯河对汽巴友善了很多。公司将空置的建筑中的储存空间给了童子军们存放发给无家可归者的罐头食品。十一年前发起了反对汽巴公司运动的"欧申县公民，为了清洁的水"现在成了它的伙伴，用公司的基金检测超级基金的清理情况。就连当年报道极为尖刻的《欧申县观察家报》现在都登出了"浪子回头，汽巴因生态保护政策饱受赞誉"这样的文章，编辑给加的大标题是"汽巴实现全赢"。② 在汤姆斯河，没人愿意——汽巴更不愿——再想起过去四十年释放到空气、沙壤和脆弱的河流中的毒物还有什么潜在的后果。

镇上的其他超级基金点位没有市民组织检测清理情况，也没

---

① 这个回注计划最终花费了几千万美元，比汽巴最初预想的要少，这多亏了美国环保局决定不将处理后的污水直排入河，就不需要进一步进行脱盐处理——不过回注的位置离河太近，很多处理后的污水还是渗入了河里。见 Don Bennett，"EPA Flip-Flops on Ciba Water"，*Ocean County Obserber*，May 14，1993；和 Richard Peterson，"Ciba Proposal Gets Praise from Activists，Neighbors"，*Ocean County Observer*，June 18m，1993。

② "浪子"这个标题刊发于 1995 年 5 月 25 日的《欧申县观察家报》，指的是汽巴获得的一项由隶属联合国的世界环境中心颁发的奖励。发表于 1995 年 6 月 6 日的社论中有如下一段话："汽巴这座堡垒，过去曾那样傲慢地坚称自己的一切都是纯净的，现在敞开了怀抱，鼓励邻里参与它的事务。"

有报纸登载记录每一步进程的文章。和过去一样，赖克农场是被人遗忘的，尽管对更多人来说，它造成的威胁是更直接的。

在老垃圾场，过去的二十四年都很安静，而1995年的冬天和春天异常地忙碌。3月份，承包商结束了挖掘和处理一万四千多立方码污染土壤的工作，这花了联合碳化物公司三百万美元。相比于汽巴将要进行的清理工作，这不算多——这些土够装满二十架喷气式客机的，而汽巴的能装满一百三十架——但跟70年代在老禽蛋养殖场所做的那次粗枝大叶的清理工作相比就精细多了。这次由美国环保局监督的工作进行了六个月，需要将几百车挖出的污泥填入一个挂在拖车后面的钢壁设备中。这个设备称为热解吸塔，看上去就像一个腹部升起了一支烟囱的大蜘蛛。污泥从管式炉的一端倒入，在其中被加热到七百摄氏度——这样的高温足以将三氯乙烯或是四氯乙烯这样的化合物气化——十分钟后从管的另一端排出。蒸汽被收集起来，通过一系列的过滤装置，然后送入烟囱中。

热解吸塔能实现它的功能，却不能解决一个根本的问题：最严重的污染早已离开了赖克农场的土地。倾倒污染物二十四年之后，现在对土壤进行修复，就好像在小偷已经光顾、拿走了你所有的东西之后，再去锁门。当联合碳化物公司最后勘查了污染地下水在向南部快乐平原渗透的过程中浸渍过的大片土地之后，发现羽流的踪迹超过了一英里，有四百英尺宽，一百五十英尺深。在它的南端，羽流向东急转，径直连上了花园路两个距离最近的水井。这样，到底发生了什么已经毫无疑义了：这些每天抽出将近两百万加仑地下水的水井早已改变了羽流的方向，将其中的组分抽了上去。照这样下去，羽流里的每一滴化学废弃物都会被吸入那两口井的滤水器中——除非气提装置能够去除它们——被送往汤姆斯河的住家。花园路井基旁唯一的一座汽提塔去除了很多化合物——据美国环保局说非常之多。

美国环保局不愿将自己的信任全部委以这座汽提塔，他们最初坚持采用一个非常全面的清理方法。除了对污染点位的土壤进行热处理，环保局还要求联合碳化物公司打一些抽水井，拦截地下水羽流不让它到达花园路井基。然后将被污染的水通过活性炭过滤装置（去除半挥发性物质）和至少一个汽提塔（去除挥发性成分）。然后将净化后的地下水注回地下，就像汽巴在它的工厂做的一样。美国环保局自己估计，对快乐平原的清理计划将再花费联合碳化物公司三百万美元（除了它已经在土壤热处理中花费的三百万之外），抽水、处理、回灌需耗时十一年。

1988 年联合碳化物公司勉强接受了环保局的清理计划，但只要涉及公司事情就还没确定。公司的官员争辩说新绘制出的羽流图说明美国环保局的计划并非最佳方案。公司指出，大量的污染物早已南移出了赖克农场，试图以抽水井对其进行阻断为时已晚。拜花园路水井的强力抽吸所赐，污染羽流的中心现在在赖克农场以南四千多英尺的地方，离最近的公用水井只有七百英尺远。联合碳化物公司的顾问，加拿大籍水文工程师乔恩·赛克斯回忆说："美国环保局想阻断羽流，但我们发现羽流已经抵达井基，即便你想阻断，相当多的东西还是会渗过去。"

联合碳化物公司有一个简单、恐怕有些无耻的对策。公司的专家告诉美国环保局，最好的方法是对地下水根本不做额外清理工作。在花园路那两口污染的水井中，每天抽出两百万加仑的水，而花园路井基的汽提塔一直就成功地去除着三氯乙烯和其他挥发性物质，所以干什么要做改变呢？为什么不让水井开下去，既作饮用水井，又做污染修复水井？

令人惊讶的是，汤姆斯河水务公司同意了。美国环保局计划的关键就是保护水务公司的水井，但相比于化学污染，水务公司更担心的是水不够用。花园路井基现在仍有大用，承担着超过三分之一的全镇供水。实际上汤姆斯河水务公司——鉴于过去发生的事情这是很可怕的——计划在这块井基上钻更多的水井，将这里的水量翻上一番，来跟上镇用水量的暴增。环保局的计划对这次扩张是极大的威胁。如果联合碳化物公司在井基以北的位置钻抽水井阻断羽流，每天从中泵出几百万加仑的污染地下水，井基这里可以抽出的水就会少很多。联合碳化物公司为保证水务公司会支持自己的对策，许诺将会补偿水务公司过去和未来花费在汽提塔上的费用。水务公司收到的钱数没有公开，但环保局后来估计联合碳化物公司的这种不作为方案在地下水修复方面的相关费用只有一百万美元，而环保局的方案是三百万。

现在，联合碳化物公司万事俱备只缺环保局的批准了——这中间不需要为董事会考虑，而要照顾公众利益的只有环保局一方。1993 年 1 月，联合碳化物公司和水务公司、环保局的先期会议在友好的气氛下结束之后，公司的克雷格·维莱尔向政府提交了正式提案。公司这个“顺其自然”的提案“保证了对赖克农场污染物的控制与修复，同时对城市用水安全是必不可少的”，维莱尔这样写道。① 实际上，联合碳化物公司是在向环保局要求资金回报——总数达两百万美元之多——回报它在赖克农场极度拖沓的清理工作。公司的计划是以公共用水水井兼做有毒污染物的清理装置，原有的十一年清理时间将变成十六年，一旦汽提塔发生故障，对公共用水安全的威胁将延长五年。

很明显，这是一种讽刺：早在七八十年代的时候，联合碳化物公司本可以在赖克农场打几口抽水井，把污染的地下水抽出来进行处理，这样来控制污染物羽流。而公司却说服监管人员污染对于饮用水供给没有确定的风险。现在，污染物羽流巨大，对镇上的饮用水供给有明确的危险，联合碳化物公司却提出了一套完

---

① Craig Wilger, January 7, 1993, letter to Gary Adamkiewicz of the U. S. Environmental Protection Agency, 2.

全不同的理论来避免额外的处理费用。公司现在宣称，最好的方法是继续依赖公用水井旁唯一的那个汽提塔——同样的方法 1988 年美国环保局就否决过，因为“对社区有潜在的长期风险”。[1]

但在 1995 年 7 月，环保局准备对联合碳化物公司这个鲁莽的提案说 yes。该机构说，为了清理快乐平原地下巨量的有毒渗滤物，公司将不需要额外做什么。美国环保局赖克农场项目的主管乔恩·戈林回忆说：“当时联合碳化物公司来找我们，跟我们说他们造成了井基的问题，所以就应该在那里控制住羽流。”他说，环保局也有担心，如果坚持最开始的计划强迫联合碳化物公司在地下水到达水务公司的井基之前对其进行阻断会造成用水短缺，“我们会和汤姆斯河水务公司争夺水源，这是我们不愿见到的”。对于环保局来说，重要的是水送到用户家中时是符合联邦和州的标准。多亏有汽提塔，花园路水井里的水“最终”看起来是干净的，那干什么还要假设现有的设备会出问题，再建一套新的处理系统呢?

回过头看，在还有其他替代方案——该方案已获环保局批准，至少可以截断一部分污染物，减少五年的暴露风险——的情况下，蓄意允许致癌化合物进入公用水井，正如一个律师后来指出的，这个决定“令人发指”。环保局允许使用饮用水水井修复污染，把赌注全押在一座汽提塔上，不要其他保护措施，包括不使用从上世纪 70 年代开始就在讨论的炭过滤装置。尽管风险重重，环保局的这次一百八十度转身在当时却没人质疑。美国环保局负责监督新泽西州超级基金项目的卡罗尔·彼得森回忆道：“在其他修复点位我们也有类似的处理，这没什么奇怪的。”在新泽西，赖克农场将是最后一个想这样走捷径的地方，原因很快就

---

① U. S. Environmental Protection Agency, *EPA Superfund Record of Decision: Reich Farms*, September 30, 1988, 14.

赤裸裸地展现了出来。

要改变超级基金的修复计划，最后一步是公众听证会，时间定在了1995年8月16日，地点是市政厅。虽然在《欧申县观察家报》上提前做了宣传，却基本没人来。发言超过一分钟的只有美国环保局、联合碳化物公司和汤姆斯河联合水务——汤姆斯河水务公司的现用名。[①] 公众只提了五个问题，没人质疑修改后的清理计划。[②] 在过去十一年中，汤姆斯河早已发生了几十次抗议、公民不合作运动和吸引着几百位愤怒居民的公众听证会。但那都过去了，汤姆斯河的人们已经翻过了这一篇。现在是夏天，他们想要的是安安静静给后院浇浇水。

看到没人反对，美国环保局批准了联合碳化物公司的计划。

给赖克农场的清理计划降格的听证会敷衍过去十五天之后，1995年8月31日，迈克尔·贝里寄出了他对汤姆斯河儿童癌症发病率调查的最终报告。收件人是毒物与疾病登记处的斯蒂文·琼斯，琼斯是在劳拉·詹森和她的弟媳，费城护士莉莎·博纳齐安的请求下要求贝里进行发病率研究的。贝里得出了无法简单用偶然性解释的结果。他所分析的每一组儿童癌症的发病率都比预期的高——某些组还高不少。置信区间很宽，经常掉入一以下，但即便贝里是用卫生部保守的方法做显著性检验，在欧申县和汤姆斯河核心区的儿童脑部癌症中他仍旧发现了统计学意义上的显著性聚集。他在纠结是应该争取更深入的研究，还是像过去那些居民区病例集群一样放弃。与受影响群体的深入访谈，对当地环境状况的全面评估，这些有可能会揭示出在汤姆斯河究竟发生了

---

① 汤姆斯河水务公司更名为汤姆斯河联合水务是因为1994年母公司的合并：总部在费城的通用自来水厂和总部在新泽西东北的哈灵顿帕克的联合水务资源，它是美国最大的水务公司之一。

② 见于 U. S. Environmental Protection Agency, "Responsiveness Summary: Reich Farms Superfund Site" (1995)，和 "Dover Water Cleanup Plan May Be Altered", *Asbury Park Press*, August 17, 1995。

什么——甚至也许能协助找到终止灾难的方法。

贝里和他的同事兼朋友杰拉尔德·法格里亚诺——他是州卫生部的流行病学家，他很快将在揭露汤姆斯河的过程中承担重要角色——深谈了此事。他们一同决定不去争取后续的调查。贝里研究结果中的不确定性让两人不安。如果表现出来的聚集性真的只是巧合呢？又或者再下一次的调查还是无法得出明确结论怎么办？两人还明白，如果他们要求进行后续调查，上头给他们的阻力会很大。进一步的研究会惊扰当事区域和媒体，这通常都会令卫生部的上层非常难受。而且，钱从哪来？

多年后贝里回忆说："总之，杰瑞和我商量了下一步该怎么做，我们决定还是不去挤那些做下一步研究的钱了。我觉得这事部分责任在我。1995 年的时候如果我们能做的更多一些，后来发生的很多问题可能都会避免，但我们没做。"无论如何，贝里相信州卫生部的高级官员不会同意进行全面调查的，即便他当时提出了申请。"显然他们只会支持最简单的工作，主要目的就是把问题打发掉。只有外部的压力才会引发这类有意义的后续调查。"

这是一个悖论：公众压力只有在贝里的发病率调查公布之后才会产生，但州卫生部没有公布他的发现。依照州法律，他的最终报告是公共记录，但贝里、法格里亚诺和他们新任命的上司——州卫生部高级助理艾琳·古尔斯基——决定不采用任何积极手段去告诉汤姆斯河这个结果，尽管他们知道在这个镇上，多年以来污染和癌症一直是备受瞩目的问题。多年之后法格里亚诺解释说："我们就此事致信毒物与疾病登记处的斯蒂文·琼斯，基本上认为这是一个内部文件，不是给公众看的。回过头看，是不是应该以某种形式正式公布呢？毫无疑问，我们应该公布。我们没做这个，说得好听一点，是在一开始就造成了州政府和社区之间的不信任。自此之后，关于社区参与的重要性，我们学到了很多。"

没有向公众公布，贝里代之以简单给斯蒂文·琼斯打了个电话解释结果，然后给琼斯写封两页纸的信，简述了他的结论。拖了几周以后古尔斯基认可了行文。贝里这封信里关键的一句在倒数第二段："因为本次研究涉及的病例数较少，无法在该区域甚至全县范围进行能够确定病因的研究。"① 换句话说，调查结束。除琼斯之外，他还给接替了退休的查克·考夫曼的欧申县卫生部高级职员赫布·罗特克发了一份复印件。事后思量再三，贝里又给早在 1991 年的时候提出要进行类似调查的当地医生罗伯特·贾拉内拉发了份复印件。贝里想，这个医生没准会对最新的报告结果有兴趣。②

贝里想，汤姆斯河的调查应该是到此为止了。

---

① 迈克尔·贝里 1995 年 8 月 31 日写给斯蒂文·琼斯的这封信后来作为附件 I 登载在了 *Childhood Cancer Incidence Health Consultation: A Review and Analysis of Cancer registry Data, 1979—1995 for Dover Township, New Jersey* (December 1997), 67。

② 在汤姆斯河的传奇事件中，贝里 1995 年给贾拉内拉发了那份他对汤姆斯河儿童癌症发病率研究的复印件是重要的一环，做这件事的原因，贝里和贾拉内拉的记忆略有差异。贝里认为贾拉内拉给他打了电话，表达了对汤姆斯河儿童癌症新的担忧。而贾拉内拉说他清楚地记得他什么也没问，结果就寄了过来，还说到 1995 年他已经放弃了向州政府求援。（贾拉内拉 1991 年要求做类似的调查，结果含混不清。）贝里在长期任职于州卫生部期间参与了几十个聚集性调查，承认他已经记不清了。

第十七章　看不见的伤害

在 9 月的第一周，接到迈克尔·贝里研究结果复印件的三个人都意识到了，他们手里的是一只点燃了引信的流行病学炸药包。但三人的反应各自不同。

要求进行这次调查的斯蒂文·琼斯向他在毒物与疾病登记处的上司反映了这个情况，开始考虑本单位怎样能与州卫生部合作对汤姆斯河进行一个健康研究。常年经费紧张的毒物与疾病登记处很少参与居民区疾病集群调查。但琼斯想，如果州政府支持这个想法，一两年内会有针对汤姆斯河的后续研究的。

同时，在欧申县卫生部门，赫布·罗特克看着桌上这份癌症发病率报告复印件，心情沮丧，还有些担心。后来他回忆说，贝里的信“是基于非常小的样本形成的模糊信息，我们完全无法验证”。罗特克向他的高级别同事简单提了这个情况，但没有把贝里的发现告诉卫生局的上司。罗特克已经在县镇的卫生部门工作了七年，经历了 70 年代和 80 年代的环境战争。他记得快乐平原、排海管道和绿色和平。多年以来，因为饮用水的问题，他多次成为琳达·吉利克抨击的对象。如果她发现了贝里的信，会作何反应呢？

他很快会知道这个问题的答案，因为琳达·吉利克也拿到了这封信。她是从她的医生朋友鲍勃·贾拉内拉那里得到的。迈克尔·贝里之前对汤姆斯河儿童癌症的一次研究是出于贾拉内拉

1991 年的申请，所以出于礼貌，贝里给贾拉内拉发了一份他在 1995 年写的信的复印件。贾拉内拉是吉利克组织的“欧申之爱”团体的委员，但这对贝里没有影响。他的研究是公共文件，而贾拉内拉 1991 年的时候关注过这件事，贝里就给他发了一个复印件。贾拉内拉回忆说：“看到新数据的时候，我能看出来有了变化。突然之间，似乎有一些之前一直存在却从未现形的东西出现了。”他立刻给吉利克打了电话，他回忆说：“我觉得我俩都不感到意外，但这却证实了我们的直觉。”

琳达·吉利克抱有这个想法已经将近十年了——就像她后来说的，“在我的心里，在我的脑海里”——汤姆斯河存在着儿童癌症的集群，但专家们一直都对她说她是错的。现在，借由迈克尔·贝里的信，新泽西州政府确认了病例的集群。州政府决定不进行后续研究，这只会让吉利克更加坚定。在汤姆斯河的历史中，这是一个转折点：科学上可靠的警告现在落入了这些人手中，他们抵死也会要求当局对这些信息作出反应。

对于吉利克和她的盟友来说，唯一的问题是，如何抓住新泽西州政治掮客的注意力，怎样做效果最好。鲍勃·贾拉内拉有个主意：他和新聘为《纽瓦克明星纪事报》特别项目编辑的汤姆·柯伦是老朋友，该报纸是新泽西州最大的报纸。柯伦的妻子和贾拉内拉是医学院同学，两家经常一起吃饭。多年来，琳达·吉利克因为她的激进，以及在欧申县为癌症筹款的活动，很容易接触到《欧申县观察家报》和《阿斯伯里帕克新闻》，但《纽瓦克明星纪事报》就是另一码事了。那是州长克里斯汀·托德·惠特曼和她的委员们——包括卫生专员伦纳德·菲什曼——指定的晨读报纸。琳达·吉利克知道，如果她能把汤姆斯河的癌症故事弄到《纽瓦克明星纪事报》上去，就能抓住全州人的眼球。

于是鲍勃·贾拉内拉给老朋友编辑汤姆·柯伦打了个电话。这是这条极偶然的私人关系链的最后一环：汤姆斯河的孩子们在费城住的癌症病房里恰好有一名特别热心的护士，莉莎·博纳齐安；她恰好有一个在环保局工作的亲戚劳拉·詹森；她恰巧知道怎样联系毒物与疾病登记处的斯蒂文·琼斯；他恰巧将她的担忧转给了一个可以做调查的人，迈克尔·贝里；他恰好将研究结果的复印件自发地送给了罗伯特·贾拉内拉；他恰巧同时认识琳达·吉利克和州第一报纸的编辑汤姆·柯伦。这其中如果有任何一环出了问题，很难想象汤姆斯河的儿童癌症病例集群还有没有可能掀起这么大的风浪。

贾拉内拉跟《纽瓦克明星纪事报》的柯伦谈完几个小时之后，琳达·吉利克接到了该报纸医疗记者盖尔·斯科特的电话，此人既老练又激进。随后的几个月里，她在其他工作的间隙完成了这篇报道。起初她抱着怀疑的态度看了贝里的报告，给汤姆斯河的几十个人打电话询问。斯科特给罗特克，过去或者现在还在汽巴工作的工人——包括乔治·伍利——打了电话。她研究了化工厂的地下水污染，读了过去州政府和联邦政府详细分析工厂排污点化学成分的研究报告。一段时间之后，她的怀疑消失了。谈过话的人越多，她越发确信，秘而不宣的汤姆斯河儿童癌症集群是一篇重要报道。她主要的顾虑是镇上会怎样反应。后来她回忆说："我们纠结的是，都知道这是一个好题材，我们也知道每个人都会非常难过——说是恐慌绝不为过。"

1996 年 3 月 10 日周日清早，州卫生部的一位高级职员被新闻助理的电话吵醒，告诉他一条紧急通知，内容是当天早晨《纽瓦克明星纪事报》的头版报道。他回忆说："那是一次可怕的打击。"盖尔·斯科特这篇报道的标题是"儿童癌症发病率震惊全县"。两千五百多个单词的报道字斟句酌，但整体的效果是煽动性的。故事开始于一个当时还是匿名的在费城工作的癌症护士的传闻（"癌症护士见多识广……"），然后详细描述了贝里的发病率分析结果，接着转向对汽巴工厂附近发现的土壤和地下水污染进行长篇解释。文中没有提到赖克农场和花园路水井，和过去一样，它们又被遗忘了。文中引用斯蒂文·琼斯的话说，毒物与疾病登记处希望能做一个健康研究，因为“那里出了状况”。他的态度受到了琳达·吉利克和新泽西州癌症研究所研究人员迈克尔·加洛的赞赏，琳达·吉利克说：“总算有个人听进去了。”加洛对《纽瓦克明星纪事报》的记者说：“无疑，发病率在那里有显著的上升。”但州卫生部对此未做评论，县卫生部门的赫布·罗特克则表示了怀疑。他说：“我们当然关心欧申县的各种疾病，而这封信说的是患有脑癌的三个孩子”，他指的显然是汤姆斯河核心区那三名五岁以下的患儿，“病例数太少”。①

第二天州政府又在火上浇了把油。州卫生部没有与吉利克和其他关注此事的居民会面，而是在特伦顿召开了一个记者招待会。州政府的顶级医生、卫生委员会高级助理艾琳·古尔斯基宣称病例集群“在统计学上有升高，但不是太高，我们过度担忧了”。②前一年的夏天古尔斯基看了贝里的报告，同意了他的措辞，她当时已经知道了汤姆斯河的情况。她说，现在公众知道了这个报告，州卫生部会对汤姆斯河儿童癌症发病率再做一个回顾，但不会去研究可能致病的环境因素。而在汤姆斯河，人们都慌了。美国癌症协会欧申县办公室的电话被恐慌的民众打爆了，好像是广播脱口秀节目。到了周二，《纽瓦克明星纪事报》的报道发出两天之后，镇上多家商店的瓶装水售空，一时也补充不上了，因为批发商那也卖空了。骗子们取而代之，挨家挨户兜售伪劣滤水器。焦虑情绪不断放大，听说癌症集群的人越多，人们就变得越恐慌。

金·帕斯卡瑞拉的女儿 1990 年去世之后，他在“欧申之爱”

---

① Gale Scott, “Cluster of Concern: Kids’ Cancer Rate Alarms County”, *Star-Ledger*, March 10, 1996.

② Brett Pulley, “State to Study Ocean County over Cancer”, *New York Times*, March 12, 1996.

一直很活跃，他对《纽瓦克明星纪事报》的报道的反应则截然不同。和许多受害家庭一样，帕斯卡瑞拉一直认为这里的儿童癌症集结不是偶然，尽管他们在团体之外很少谈论这些。他回忆说："我看到那篇报道的时候就想：'啊，现在一切都说得通了。确实不是我们疯了。'这篇报道一出来，就给了我们一种信心，一种保证。"他还认为，报道也展示了一个契机。多年之后，再回头看，他这样说："没有《纽瓦克明星纪事报》的文章，就不会有骚动。没有骚动，政府就不会介入。政府不介入就没有法庭诉讼。没有法庭诉讼，就没有真相。"当这第一篇报道出现的时候，没有人能预见到随之而来的这些事件。但金·帕斯卡瑞拉、琳达·吉利克和鲍勃·贾拉内拉，还有其他人，的确立刻意识到，现在是施压进行调查的绝好的机会。他们决心最大限度地利用它。

州政府的漠视在其中起到了推波助澜的作用，一天天地，它给自己挖的坑越来越深。第一篇报道发出几天之后，在一个电视广播网的访谈节目中，看着不太自在的艾琳·古尔斯基——卫生专员菲什曼命令她去参加这个访谈——再次解释了州卫生部不会进行环境调查的原因："进行这种海底捞针式的研究成本非常非常高，而且很可能一无所获。"①

古尔斯基和罗特克说的是概率语言：当地家庭基本上可以确定不必担心，进行环境调查的回报基本上可以确定不值它的投入。但汤姆斯河早已听够了类似的说辞。赫布·罗特克的上司、县卫生委员会的主席、当地银行家加里·卡斯珀森说："我们有所准备，因为欧申县一直就是很多环境危险品的废弃地，我们的水井受到化学品污染的历史悠久。"现在有了证据——这是官方的证据，不是什么谣传——汤姆斯河的孩子们的确面临着更高的癌症风险。即便这种上升的风险只是意味着每年会多出几个病

---

① 艾琳·古尔斯基这番话出自1996年3月21日播出的广播节目《CBS晚间新闻》。

例，对很多居民并无影响。凡是在电视上见过迈克尔·吉利克那张饱受肿瘤蹂躏的脸的人，都不能把他——就像已经去世的兰迪·林恩沃斯一样——仅仅看成一个抽象的统计数据。他是一个从残酷的疾病与恐惧的折磨下幸存下来的有血有肉的人——任何人的孩子都可能成为下一个受害者。而政府的专家们，那些原本应该保护公众健康的人，除了引用概率来为自己的不作为辩护之外，却什么都不愿意做。他们甚至都不能确定问题是否依然存在，因为能查到的最新病例都是五年前的了，这简直无可救药。汤姆斯河的人们不单是恐慌，他们愤怒了。

琳达·吉利克很快给人群提供了一个发泄的渠道。她协助组织了 3 月 15 日的抗议活动，地点在罗特克在欧申县卫生部门的办公室外，还邀请了媒体参与。当卡斯珀森和罗特克走出来跟大家讲话的时候，他们面对的是一排电视摄像机和大约一百名愤怒的居民。罗特克开始说："癌症的病因很多……"然后立刻被一个妇女的喊声打断了："别老生常谈了！我不想听这些！"当罗特克试图解释州政府和县政府正在组织一个特别工作组的时候，一个男人喊道："我们找过委员会，你们什么都不管！"当罗特克说汤姆斯河的居民应该放心，因为贝里的研究只是发现了少量脑癌病例——汤姆斯河核心区只有五例，比期望值高三倍，但每一千名儿童中只有一例——另一位妇女打断了他，大声喊道："我一点也不觉得放心，我的孩子可能会得上癌症！"另一位母亲举起了她一年前死于脑癌的儿子的照片，她说："这些孩子没时间等待。我还有两个孩子，我害怕死亡。"①

---

① 对于 3 月 15 日发生于欧申县卫生部门前的抗议的描述来源有下面三个：3 月 21 日 CBS 晚间新闻的广播节目；Richard Peterson，"High Anxiety; Local Cancer Scare Spins Out of Control; Parents Demand Answers"，*Ocean County Observer*，March 17，1996；和 Carol Gorga Williams，"Officials Call in Cain for Patience"，*Asbury Park Press*，March 16，1996。

尤其令公众愤怒的是，对他们隐瞒的消息那么多。《纽瓦克明星纪事报》的文章不单披露了贝里 1995 年在汤姆斯河的研究结果，还包括 1994 年认定欧申县儿童癌症发病率高于全新泽西州水平的州际调查。罗特克说这些报告没有公布是因为“只是统计性的”——他的意思是不确定的——结果的时候，他被更多人的喊声打断了。一个妇女大喊道：“难以置信!”另一位叫道：“滚出你的办公室!”（这话有先见之明，饱受攻击的罗特克很快将因压力辞职，去了另一个县工作。）多年后，一个之前参与了不公布贝里研究报告内容这一决策过程的州政府官员这样解释道：“我们做了一些好的研究，但不知道该怎么用它。”这位坚持不透露姓名的政府官员说：“要使用这些信息，意味着要分享它，展示它，讨论它，并且做出改进——如果有什么需要改进的话。这些事我们哪一件都没准备好去做，所以我们只是捂着这个消息。显然，这是个错误。”

罗特克、古尔斯基，还有其他官员似乎对他们的评论引发的愤怒不知所措，这是不应该的。类似的情节早已在其他有污染点位的地区上演过，包括拉夫运河。研究此类现象的社会学家将暴怒视为人群对特有的、噩梦般的情景必然的甚至可以理解的反应。[①] 面对无形的威胁，居民们只能依赖专家，而专家似乎并不比他们知道更多。如果牵涉到孩子，这样的失控造成的创伤还会更大；父母因无力保护他们的孩子而崩溃。

根据其他“热点”地区的研究，相关政府机构的态度对于人们会怎样反应至关重要。如果当权者为了避免恐慌而表现出低估

---

① 正如医生亨利·M·维纳在他 1988 年出版的有影响力的著作《看不见的伤害》中解释的，化学污染物因为在环境中和身体内不可见而异常可怕：没有特殊的仪器它们就无法检测，即便是最有经验的专家也无法准确预测它们的健康效应。因此，特定区域中的居民永远无法知道他们是不是处于真实的危险状态，某种疾病，如癌症的出现是不是因为过去对有毒物质的暴露。见于 Henry M. Vyner, *Invisible Trauma* (D. C. Health, 1988), ch. 3。

无形的威胁——或者，更糟的是，隐瞒消息——这只会加重他们希望避免的创伤。最好的策略是承认恐惧，尽可能多地提供信息（即便有些是不成熟的），而且，最重要的是，在真正去寻找答案的时候让这个地区发挥切实的作用。[①] 按这样的标准，新泽西州卫生部的官员们在汤姆斯河危机第一阶段的处理极为不当。未来的五年中他们都在试图修复这些损失。

3 月 15 日在县卫生部门外的抗议只是个开始。恐惧和愤怒不断积累，因一连串的电视和报纸报道而增强。《欧申县观察家报》3 月 17 日的标题大喊着“极度担忧；本地癌症恐慌迅速失控”。一个纽约市的电视报道开篇先给了汤姆斯河空荡荡的游乐场一个镜头，播音员问道：“孩子们都去哪了?”自从绿色和平和那次“轻信”马歇尔的谋杀案发生，十二年已经过去了，汤姆斯河又上了全国新闻。广播电视网的摄像师们来到镇上，政客紧随其后，直冲向琳达·吉利克家的客厅。冲在最前面的是罗伯特·托里切利，他拜访了吉利克和帕斯卡瑞拉。托里切利是一名北泽西的国会议员，生性好斗尽人皆知（绰号“喷灯”），1996 年他正在竞选美国参议院席位，选择了环境作为竞选的核心议题。他开始推动对汤姆斯河进行全面调查。总统比尔·克林顿急于协助民主党的同伴，但州长惠特曼是共和党人，她治下的卫生部依旧除了复查贝里的数据什么也不做，这一点她在公开场合不置一词。吉利克继续施压，她告诉记者们，州长的态度激起了“欧申之爱”的“失望、愤怒和泪水”。

在政治重压之下，州卫生专员菲什曼同意在该区域举行一次“信息通报会”，时间是 3 月 21 日，从《纽瓦克明星纪事报》刊出文章起，已经是漫长的十一天之后了。因为预计会来很多人，卫生部定了全镇最大的会场，还是在汤姆斯河北部高中礼堂，几乎

① Vyner, *Invisible Trauma*, 190—191.

就在整整八年前，汽巴排海管道风暴高潮时的听证会就开在这里。这一次卫生部计划让州骑警负责额外的安保，事后证明这很明智。

会议本身，与其说是信息通报会，不如说是暴民政治的范本。原本的计划是由菲什曼、斯蒂文·琼斯、艾琳·古尔斯基和其他官员解释迈克尔·贝里的研究是什么，说明了什么。古尔斯基准备了几百份贝里的信和表格的复印件分发给群众。琼斯也有消息要宣布：毒物与疾病登记处将和州卫生部合作——卫生部之前还是拒绝的——进行一项环境研究。克林顿政府将给予资金支持，尽管州长惠特曼仍拒绝动用州保险基金。但是，这个计划没能实行。让人诧异的是，第一个发言的不是菲什曼，而变成了迈克尔·吉利克，他已经十七岁了，仍然只有大概四英尺高。① 他爬上讲台，拿起了麦克风，重演了他八年前那次激动人心的讲演，而且有所更新。再一次，没人敢让他停下来。他开始攻击坐在几英尺之外的古尔斯基和那些认为进行环境调查是浪费的政府官员。他说："拯救生命是浪费时间吗？拯救孩子们的生命是浪费时间？请你们老老实实地想想答案，不要用你们的脑子，用心想。这种身体与灵魂的侵蚀，我已经与它斗争了十七年。我知道生活在痛苦与恐惧中，不知将在何时死去是个什么感觉。"

将近一千三百多人怒吼着表示赞同，当菲什曼开始讲话时，他被吼声淹没了。一个妇女大喊着："闭嘴！"一个男人吼道："我们现在一定要做些什么！不是一年之后，不是三个月之后，是现在！"② 九十多分钟之后菲什曼仍在努力读完他的开幕发言，

---

① 一英尺约为 30. 48 厘米。——译者

② 关于 1996 年 3 月 21 日在汤姆斯河北部高中这次会议的描述是基于对参会人员的访谈和 5 月 5 日 NBC 晚间新闻播放的录影带，以及三篇报刊文章：Michael S. Yaple, "Residents Air Fears About Cancer Cluster", *The Press of Atlantic City*, March 22, 1996；Carol Gorga Williams, "1, 000 Hear State's Cancer-Study Plan", *Asbury Park Press*, March 22, 1996；和 Gale Scott and John Hassell, "Fear and Recrimination Engulf Cancer Forum", *Star-Ledger*, March 22, 1996。

而每次他想开口的时候愤怒的居民就对他进行攻击。观众控制了会议，围拢在麦克风旁讲述一段又一段有关汤姆斯河的癌症和污染的伤痛故事。仿佛是一道挂着锁的大门被猛地冲开了，过去半个世纪里所有的恶魔都释放了出来。汽巴的退休工人们讲起了患癌的同事，一个成年的癌症病人扯去假发露出她化疗后光秃秃的头顶，失去孩子的父母们在讲述苦难经历时轻轻抽泣。他们究竟想要州政府做什么一直都不明确，但首要的似乎是进行一次真正全面的调查——立即开展——调查汤姆斯河的水、土壤和空气，以及它们在癌症产生中可能扮演了什么角色。

菲什曼，小小一个戴着猫头鹰造型眼镜的学究派律师，对这些不知所措。他的专长是医疗金融和老年人护理，对环境问题不感兴趣，对不讲规矩的民众也缺乏经验。迈克尔·贝里去了现场，他回忆说："基本上会议一开始他就失去了控制权，然后就一直没夺回来。"另一名州政府的长期雇员詹姆斯·布鲁门斯托克回忆说："会议进展得非常糟糕，在州卫生部的历史上不是个露脸的事。你面前是一群真的山穷水尽了的人，将近一千三百个。"

当人们不再等着轮到麦克风而是开始坐在座位上大喊的时候，混乱升级了。"谁能把你们的嘴撬开，告诉我们怎么去跟孩子们解释!"一名妇女冲讲台上的十三名政府官员大叫，而官员们已经放弃了讲话的尝试，只能震惊得呆坐着。听众席上有些人受不了尖叫声走了，其他人则向讲台前移，希望自己的声音能在喧闹中被听到。州骑兵队也向前移，在不断激怒的公众和政府官员之间形成屏障。正当听众中的原始冲动即将爆发的时刻，琳达·吉利克站到了讲台上，拿起了麦克风，用她当老师特有的严厉声音命令大家坐下，安静。

在听众中，她是唯一一个提出这样要求会侥幸成功的人，挥着枪的骑警可能也行。因为她患病的儿子，吉利克有这个信誉，因为她多年的慈善工作，屋里的每个人都对她敬重。当时和十几位患儿父母坐在一起的梅兰妮·安德森回忆说："我们都信任她——每个家庭，还有整个社区。人们说她像找骨头的斗牛犬，就是能从所有的废物中找出它来。"吉利克出现在各种电视和报纸上，为患癌的孩子和他们痛苦的家庭做宣传，她有那种菲什曼不具备的不废话、我说了算的气势。在这个充满无力感，没有希望的社区，她展现出了权威和信心。现在她是必需要素。

当吉利克让那些五分钟前似乎就要完全失控的人群安静下来的时候，讲台上的官员们看着这一切，心中掺杂着惊叹和释然。她化解了——至少是暂时地——可能出现的暴力对抗。但她的魔力也暗含着威胁：我让他们停了下来，我也能让他们继续。现在她成了整个大厅里最重要的人，一个极其出色的领袖，她不在意流行病集群研究的预算、可能性或者局限性，只是要求立刻启动。吉利克不再是听众席中的一个乞求者，她站上了讲台，获得了权力。平复了人群之后，她转向菲什曼，问了关键的问题：你听到了人们的声音，她说，你知道我们要的是什么。现在你要做什么？

在整个会议中似乎都处于瘫痪状态的菲什曼突然就活过来了。当机立断，他宣布州政府将听从社区，特别是吉利克的意见，设计一项州-联邦环境调查。（这正是听证会前一天他的部门还以不具备操作性而反对的，不愿意投入资金的研究。）他宣布，调查中吉利克不单将主持公民顾问委员会，还负责选拔委员会成员。他说，州政府同时进入紧急程序，检测当地学校的饮用水。经过了痛苦的五个小时，到将近午夜散会的时候，吉利克正在设置议程。她宣布明天早上就开始工作，也希望菲什曼和手下明天会来汤姆斯河。一脸疲惫的委员保证他会去。

在随后那些疯狂的日子里，官员们拼命想法尽力履行他们在极端的重压下做出的那些承诺。社区需要快速行动，但琳达·吉利克提出的大部分要求都需要数月或是几年的时间才能满足。她要求复查迈克尔·贝里的发病率数据，并对其进行更新，以反映最新的确诊病例，但癌症登记系统要更新数据是一项繁重的工作，延伸到上百个医生、诊所和医院。她还希望能有全面的环境调查来揭露癌症和污染的关系，但要进行有科学意义的研究，需要有一个或是几个假说——关于造成癌症集群的可验证的理论。毒物与疾病登记处和州卫生部必须先对过去的环境状况做一个全面的调查，才能考虑提出假说和设计实验。资金也是个问题。公共大会受到重创之后，州长惠特曼动了心，同意动用州政府的资金对当地进行调查。县议会也拨出二十五万美元协助调查。但显然绝大部分的资金——很可能有几百万美元——得从华盛顿出。上至副总统阿尔·戈尔在内的政客都答应帮忙，但他们不能保证具体有多少钱。

当他们开始运作这些长期项目的时候，机构还要被迫做一些——或者说做任何的——能快速出结果的，最好还有安慰效果的事情。惠特曼十九个月后就要准备下一次选举了，现在却被罗伯特·托里切利和其他人追究她最初拒绝公开贝里癌症发病数据的问题，她决定展现出自己管理的机构是行动迅速的。3 月 28 日，惨败于民众的会议刚刚过去七天，州政府聘请的、手持着水质检测全套仪器的工人就四散进入了当地的二十一所学校。既然人们担心他们的孩子的健康，重新赢回信任的最好方法除了对学校进行检测还能有什么呢？同一天，惠特曼带领着一群来自汤姆斯河的孩子参观了位于西特伦顿的州实验室，水样将送往那里进行分析。一大队记者和摄像机捕捉到了精心安排的每一刻。

水质检测有着一种屈尊的态度，目的显然是安抚居民。联邦法律和州法律已经要求供水公司定期检测水井，所以再做一轮测试看上去纯粹是政治行为。州卫生部的流行病学家杰瑞·法格里亚诺回忆说：“我很怀疑这样能得到什么我们不知道的信息。”

《纽瓦克明星纪事报》一个来自汤姆斯河的专栏作家保罗·马尔夏恩痛斥了听众席中“咆哮的暴民”，认为他们“好斗而无知”，并且说州政府应该拒绝迁就他们的要求。[①] 但危机已经吸引了这么多的注意力，对汤姆斯河进行安抚成了惠特曼政治上的迫切需求。当州实验室开始分析水样的时候，她制订了亲自探访小镇的计划，去宣布翘首以盼的结果，水是安全的。不会出现其他结果的，那太荒诞了，不需要考虑。

但是，新的水质测试结果不同寻常。吉利克希望检测饮用水中的“所有物质”，而且她明确表示，如果州政府不同意，她就去报纸上反映。她兑现了承诺，直接投身进新成立的“儿童癌症集群，公民行动委员会”的工作中。早在她确定了十二个成员（第一个委任的就是她的儿子迈克尔）之前，吉利克的委员会就已经和菲什曼、古尔斯基碰头了。另一名和鲍勃·贾拉内拉一同在早期收到任命的委员金·帕斯卡瑞拉说：“一开始我们就确定了委员会的功能是鞭策政府机构努力工作。”除了在“欧申之爱”投入的精力，帕斯卡瑞拉和贾拉内拉还有吉利克都有一个共同的点：他们早已确信污染是癌症集群的根本原因。在他们看来，委员会的一个重要作用是推动将信将疑的政府机构找出支持性的证据，证明这些家庭早已确信的东西。

他们的第一步是推动新泽西州有史以来最雄心勃勃的水质检测程序。美国环保局要求饮用水检测八十三种潜在污染物。[②] 新泽西州的名单略微长一些，某些污染物的浓度限值比环保局的略严，但联合水务公司和州内的其他供水公司只检测全部潜在污染

---

① Paul Mulshine, “Ignorance Is the Real Cancer in Phony Ocean County Scare”, *Star-Ledger*, March 31, 1996.

② 见 U. S. Environmental Protection Agency, *Twenty-Five Years of the Safe Drinking Water Act: History and Trends* (December 1999), 5, fig. 2。到 2011 年，安全饮用水法要求检测的污染物种类略有增多，变成了八十八种。

物中的一小部分。这些供水公司挣个及格分来避免太多的检测工作量。从前是教师的琳达·吉利克要求做更加全面的检测。问题是，州卫生部还应该在汤姆斯河的饮用水中找什么东西呢？在售化学品有超过五万种之多，州政府不可能全都测一遍。

汤姆斯河占了个“便宜”：它有两个彻查过的超级基金污染点位。所以环保局知道，倒在汽巴或是赖克农场的污染物里，有几十种神秘的化合物，它们并不在饮用水标准测试的清单中。实际上，这些化合物中有一些太复杂了，在饮用水中都没有可靠的检测方法。但即便管理人员不确定这些神秘工业化合物的具体分子结构，他们也可以确定，基本上所有这些物质都含氮或含磷。所以卫生专员菲什曼告诉吉利克的委员会，卫生部在汤姆斯河的饮用水中除了检测常见的可疑化合物之外，还会检测五十几种其他的含氮或含磷的化合物。州政府将检测大约两百五十种化合物，而不是通常的八十三种。但相比于同样含氮或含磷的几千种潜在污染物，这些仍旧是九牛一毛，不过总是个开端了。

从二十一家学校和两个公用水井采来水样两天之后，第一次测试的结果就出来了。这本身就是一个转变，因为饮用水测试的结果通常在采样几周甚至数月之内都不会上报州政府。在新泽西，常见的程序是水务公司雇用私人实验室进行检测，最终把数据送往州环保部。（环保部人手差得太多，自己没法按要求进行每季度的检测，因为全州的公用水井有两千多个。）通常环保部不会强制缩短轮转周期，所以水样往往要在私人实验室待上几周才会进行测试。但是现在，汤姆斯河有了特殊待遇。州长惠特曼承诺了，镇上的水里有什么，要给出快速可靠的消息。所以 3 月 28 日在当地学校采来的水样迅速被直接送往环保部位于特伦顿的分析实验室。

结果令人震惊。首先，二十一所学校中，有十所的饮用水中检出了三氯乙烯。水样都没有超过州限值 1 ppb，但有两所学校压线。这个发现证明，花园路井基上的那个起关键作用的汽提塔没有很好地完成任务。更令人惊讶的是，有十三所学校的水有轻微的放射性。放射水平不至于立刻引起危害；安全限值是 15 皮居里/升，① 而最高的一所学校是十二。但只要读数超过五都要进行延伸测试，全部十三所学校的读数都超过了五。② 镇上的五个公用水井中有四个都超过了限值，最高的两个是二十六皮居里和二十九皮居里。③

这意味着，接受汤姆斯河联合水务公司供水的九万人中很多都在喝着州政府认为辐射剂量不可接受的水，而且可能已经这样浑然不觉地喝了很多年了。这个惊人的发现加深了检测官员们的危机感。基本可以肯定，辐射来自土壤中自然来源的镭，不是污染，但没有简单的方法能确认这个判断。而且，无论来自哪里，精神紧张的居民们一定会恐慌。因为辐射长期以来都与核武器和癌症相关，相比于工业化合物更能引发人们心理的恐惧。新泽西的三个核电站中有一个在欧申县南部的牡蛎溪，从 1969 年工作开始就一直令周围的社区不安。

时任州卫生部门高级官员的詹姆斯·布鲁门斯托克回忆说："发现辐射的时候真的是一个考验。有污染点位你可以责怪公司或是那些深夜排污的人，但这是大自然母亲放在这里的，你能怎么办？"联合水务公司对这种骚乱全无准备，他说："他们不习惯

---

① 皮居里为放射强度单位，其中居里（Curie，符号 Ci）表示单位时间内发生衰变的原子核数，而皮（pico—）表示 10^{-12}倍。——译者

② 见于 New Jersey Department of Health and Senior Services, New Jersey Department of Environmental Protection, U. S. Agency for Toxic Substances and Disease Registry, *Public Health Consultation: Drinking Water Quality Analyses, March* 1996 *to June* 1999, *United Water Toms River* (2000), 110—111, table 9a。有十所学校的数超过了规定的 5 皮居里/升，如果考虑误差范围，还有四个也超了。

③ *Public Health Consultation: Drinking Water Quality Analyses, March 1996 to June 1999, United Water Toms River*, 113—116, table 9b.

应对这样的科学检查和压力，力不从心。”尤其奇怪的是，多年来一个私人实验室一直在检测当地水的辐射，从没测到过这么高的水平。后来州政府知道了，具有天然放射性的土壤——和随之而产生的水——其实遍布南新泽西，但因为常规的水质检测进程缓慢，这个问题一直被掩盖着，而惠特曼刚刚下令加快了汤姆斯河当地的检测程序。[①] 但是，在 1996 年 4 月公之于众的时候，放射性问题成了汤姆斯河这个命运多舛的小镇独有的问题，现在小镇又有了一个坏名声：化学污染、癌症集群，还是放射性饮水住宅。

州长惠特曼承诺调查过程中信息完全公开，现在她必须公布这则可怕的意外，而且这事没有简单的解决方法。简单地关闭有污染的水井不是解决问题的方法，镇上几乎所有的井基都有这个问题。上一个夏天就出现过水源紧张的突发状况，联合水务公司现在是——一直都是——满负荷运行。没有州长愿意不顾政治后果切断九万人的供水。汤姆斯河的当务之急一直都是保持水源的流动——不论是什么水。60 年代汽巴的染料侵入了霍利街的井基时是这样；80 年代赖克农场的污染抵达花园路水井时是这样。到了 1996 年，在癌症恐慌的愁云之下，依旧是这样。联邦法律规定，只有当连续四个季度每升水的放射性水平均值都超过十五皮居里时才能对此采取修正措施，不能根据一次测试的结果关井。于是州政府让联合水务公司只暂时关闭两口读数最高的水井——这样公司还能应对，供水不至于受到干扰。

---

① 新泽西环境保护部的一名科学家巴赫曼·帕萨后来意识到，联合水务公司的私人检测水样通常要好几周才能送到实验室，这段时间足以令元凶镭 224 衰减到很低的水平了。（镭 224 的半衰期只有三天半。）后来州环保部在新泽西州中南部几乎所有的地方的地下水中都发现了高水平的镭 224，只要水样采来后在两天之内分析。州政府后来要求放射性测试的轮转时间是两天，几个公用事业公司——包括汤姆斯河联合水务——将花费数年时间几百万美元以降低他们的饮用水辐射水平。

履行诺言，惠特曼亲自去到汤姆斯河传递了这个坏消息。对于在镇上的饮用水中发现明确致癌物这件事，她试图展现出最好的一面。她这样跟记者说：“我想强调的一点是，水大家还是可以喝的。”但她又说，有两口井被即刻关闭了。当晚的电视新闻由什么主导是毫无悬念了。第二天一早《纽瓦克明星纪事报》的头版头条是“辐射超标水井关闭”。下面的小号字又说“官方确认汤姆斯河饮用水安全”。第二天该报纸报道汤姆斯河的瓶装水需求“一飞冲天”，还引用了一位一夜之间销量上涨两倍的分销商的话说：“现在人人都是我们的客户。”①

本来很难相信还有什么能让汤姆斯河变得更加恐慌，但“镇上的水有辐射”这则消息的公布做到了。情况还可能变得更糟吗？每个参与州水质紧急测试项目的人都知道，有可能。如果测试发现了汤姆斯河特有的人造化学品，对于那些已经在拼命维护岌岌可危的形势的政府官员来说，会更加艰难。美国环保局和新泽西州环保部知晓赖克农场和汽巴公司的地下水污染已经二十几年了，而且直到 1995 年这些机构的官员们还对每一个问及此事的人保证没什么可担心的。如果哪个有魄力的科学家现在在供水中确认了可以追溯回赖克农场或是汽巴公司的致癌污染物，那就该吵翻天了——还可能会引发诉讼。这样一来，汤姆斯河的怒火将不只倾泻在排污者的头上，还会波及多年来让他们逃离法网的政客和管理人员。

① Ted Sherman, “2d Water Test Shows Acceptable Radium Reading”, *Star—Kedger*, April 19, 1996.

第十八章　海里的木塞

新泽西州环境保护部的官僚氛围浓厚，弗洛伊德·加尼科拉却置身事外。他不苟言笑，总穿着笔挺的白衬衫，领带系得端端正正，他是一名受过专业训练的化学家，骨子里是一个持异见者，尽管这并没有反映在穿着上。他在新泽西的职业生涯始于为州警做法医鉴定，当时他负责通过分析缴获毒品的化学结构识别其成分。科学检测工作需要精细、耐心和发自内心的不轻信任何事情，这是加尼科拉的强项。有时他会对一个案子花费数周的时间，对一个样品做几十次测试，以确保分析无误。后来他离职去了一家制药公司，环保部 1982 年招聘的时候又跳槽去了那里。现在加尼科拉获得了质谱分析的硕士学位，知道怎样通过分析组分的质量信息识别化合物。环保部购买了第一台质谱仪，加尼科拉想找个正当理由用上他的新技能。他想，追踪污染源至少会和追捕毒贩一样有趣。

但州环保部和州警截然不同。它的职责不是调查或起诉，而是解释，并运用复杂的规则管理大小事务，从渔业、林地、回收利用，到放射性废弃物。警察破案，环保部则靠谈判达成统一意见。这个机构以过程为主导，加尼科拉深陷于环境管理的细枝末节之中，很不适应。最后他做了质量控制的工作，负责针对环保部及其管理的项目——包括供水项目，检查其测试结果的准确性。加尼科拉经常发现数据不合标准，他不惮于跟上司反映，这种事多得让他的上司都觉得难受了。

1996年4月，高中礼堂那场近乎骚乱的会议过去几周之后，加尼科拉的上司请他参加一个特别工作组的会议，这个小组是为了应对汤姆斯河水质监测危机而匆忙成立的。尽管加尼科拉脾气怪异，他作为部里水体污染物鉴别方面的专家还是被请去了。这让他很高兴，他觉得这个项目比较有趣，还有点刺激，这让他想起了在州警察局的日子。卫生部集中全力想证明在汤姆斯河目前还没有人受害，而环保部想确保水务公司遵守规定。加尼科拉认为两个任务都很重要，同时他还把汤姆斯河视为一个法医学上的挑战。患癌儿童的数量多得惊人，而他现在有机会去查明原因，找出应该对此事负责的人。

有大量的数据需要回顾。最开始检查当地饮用水的时候，加尼科拉和小组成员发现，除了放射性问题和极低浓度的三氯乙烯，水质问题很少。① 经历了公布水体有放射性的可怕过程之后，其他常规检测项目的结果成了一种巨大的安慰。无论儿童癌症的集群是由什么原因造成的——如果真有所谓原因的话——看起来似乎不在水里。5月7日，卫生专员菲什曼兴高采烈地去到汤姆斯河宣布：经过"新泽西州有史以来对公共饮水系统最全面、最密集、最深入的调查，这水饮用、淋浴、烹饪都是安全的"。②

但这不是全部的事实，至少州水质检测团队中的某些人知道这一点。紧急检测程序产生出了大量的数据，这其中隐藏着一个微弱的信号：汤姆斯河的饮用水中有一些异常，这种异常可

---

① 州政府最初开始对汤姆斯河饮用水系统的检测发现，除了放射性问题，六所学校的铅或铜浓度较高，这是老管道的常见问题。还在花园路三口水井中发现了超过限值的三氯乙烯，这也符合预期，不过饮用水被送往各家各户之前汽提塔已经将其几乎全部去除了。

② "Water Tests Find No Link with Cancer", *New York Times*, May 9, 1996.

能还很重要。还要再过几个月，弗洛伊德·加尼科拉才能解读出这个信号的意义，而其他人还要再过几年才能理解它的重要性。

追根溯源，弗洛伊德·加尼科拉和他的同事在汤姆斯河的一滴水中所做出的发现，传承自古埃及的炼金术士，以及所有那些执着于探索如何对物质进行分离并确定其组分的人。这些继承埃及人衣钵的人——先是出现在阿拉伯世界，然后传到欧洲——从典籍中得到启示，例如《翠玉录》，据说是由埃及的透特神编纂。"Separate thou ye earth from ye fire, ye subtle from the gross sweetly with great industry"（分土于火，萃精于糙，谨慎行之），这是《翠玉录》的一个早期英语译文中的一句。译者是17世纪一位因其他事业而功成名就的神秘炼金术士：艾萨克·牛顿。他对光学和重力的研究奠定了现代物理学的根基，但牛顿更多的时间都用来尝试点铅成金了，他还在私人日记中以密码记录了实验的过程。

炼金术士们知道，如果对一个看似稳定的物质进行煅烧、水煮、溶解、蒸馏，或是其他操作，它多半会变成两种或多种组分。但这是一个反复尝试的艰辛过程，并不总会成功，因为传统的化学处理对很多物质没有效果。他们真正需要的，是一种能满足《翠玉录》中所有要求的设备，将投入其中的任何物质都变成最基本的组分。有两个德国人想出了解决方法。首先是罗伯特·本生，以他的名字命名的煤气灯——本生灯——并非由他发明，不过他对其进行了改善，然后他用这种灯研究了不同种金属汽化后火焰的颜色。1860年，他的朋友古斯塔夫·基尔霍夫想出用牛顿的方法——以棱镜观察那些火焰，将其分离出更精细的光谱——研究本生实验过的那些汽化金属的谱线。用一束强光穿过温度较低的蒸汽，再通过棱镜观察这束光线，可以看到它出现了一系列的特征线条，不过这些线是光谱中的暗线。[①] 基尔霍夫第一个读到了自然界自己的条形码，他发现每种分子在温度高的时候会发射出一系列的特定谱线，而温度降低后又会吸收特定波长的光。他和本生并不知道为什么不同的物质有其特定的谱图（答案还要等半个世纪才能揭晓），但他们立即抓住了“光谱仪”可以测试未知物质的用途。[②]

很快，全欧洲的科学家都开始寻找新方法来逼迫混合物们交代自己的秘密。1931 年英国物理学家约瑟夫·约翰·汤姆森让带电的混合气体通过一个通有电场的真空管，发现每种不同的气体都以一个特定的角度发生了偏转，这个角度由其质量和带电量决定。汤姆森在一张感光片上记录了这些偏转的角度，可以借此确定元素和简单分子的质量。六年后，他的学生弗朗西斯·阿斯顿设计出了一台更加精确的仪器，他将其称为质量全息仪，后称为质谱仪。最终，在上世纪 50 年代晚期，陶氏化学的两名科学家将质谱仪与另一个强有力的工具，气液色谱仪连在了一起。[③] 样品汽化后，其中各个组分可以在气相色谱中被分离开，因为它们通过液体或高分子聚合物时的速度有所不同。将色谱和质谱串联在一起后，几乎任何组分都可以被鉴定出来。到了 20 世纪末，

---

① 这段话讲的是原子吸收光谱的工作原理：每种金属元素有其特定吸收光谱，将该元素汽化后，用强光照向含有该金属元素的气雾，金属会吸收特定的波长的光线，而其他波长的光则会透过，这样，这束光再经过棱镜分波长排列之后，被吸收的部分就会在棱镜拉开的光谱中形成暗的条线，就好像在七彩的光谱中出现了黑色条形码。每种元素的原子吸收光谱是固定的，因而可以通过观察这种“黑色条形码”确定强光照过的气雾中有什么金属元素。——译者

② 半个世纪之后丹麦物理学家尼尔斯·波尔才揭示出原子和分子有特定谱线的原因。波尔发现光谱线是这样产生的：当围绕着原子核的电子轨道运行的电子因为本生灯的灼烧或是其他诱因从一个电子轨道（或者说能级）跃迁到另一条激发态的轨道上时，它会释放或吸收光子（光子是指特定的，可测量波长的光粒子），从而产生出特定谱线。当原子从燃烧过程吸收能量的时候它的一个或多个电子将会跃迁到更高能级的轨道。原子回复非激发态的时候会以特定波长光子的形式释放出能量，检测器可以测量到这一束光。

③ 此处作者所指应该是 50 年代出现的气相色谱-质谱联用技术。——译者

色质联用技术已被用于鉴定牙齿化石的年代、检测运动员非法使用的类固醇、搜寻海底石油存储、监测麻醉病人呼吸等许多工作。

凭借坚持与运气，训练有素的调查人员使用这两种仪器甚至有可能在一滴水中发现并识别出极微量的未知污染物。这如同在分子的海洋里发现一个上下漂浮的软木塞，然后确定出它是从哪瓶酒上撬下来的。

汤姆斯河的水里的化学信号就是这么一个小木塞。它是那么小，又那么奇怪，州环保部里大多数听说了它的人，都觉得水里根本没有这东西，不过一次测量误差。① 但这个数据不断地冒出头来。实验室重新测定样品之后它还是在那里，不单是一口井，有两口井中都出现了它：花园路二十六和二十八号井，它们正是汤姆斯河受污染物侵扰最严重的两口井。环保部早已知道，最晚到 80 年代，还可能更早，那两口井已经抽出了几英里之外赖克农场的三氯乙烯，可能还有那里的其他污染物。

关于这个神秘化合物的身份，唯一的线索是环保部气液色谱中做出来的一张图。它看上去就像小孩子画的一排山，由一条连续的曲线绘出了四个高度各不相同的峰。每个峰代表的是水样中的某种未知的含氮或含磷的化合物。这些峰都很低，这意味着它

---

① 本章对汤姆斯河水中检出苯乙烯-丙烯腈三聚物的一系列事件的记述是基于对以下人等的采访及他们所提供的文件：新泽西州卫生及老年服务部的弗洛伊德·加尼科拉和杰拉尔德·法格里亚诺，前新泽西州环保部雇员吉拉德·尼科尔斯和埃里克·劳，以及美国环保局的 G·韦恩·索沃库尔。尽管他们对于 1996 年时怎样做最恰当有诸多争议，多年之后回忆起发现了什么时他们都相当一致。有兴趣了解检测过程具体的科学细节的读者参见 Andrew H. Grange et al.，"Identification of Pollutants in a Municipal Well Using High Resolution Mass Spectrometry"，*Rapid Communications in Mass Spectrometry* 12 (1988)：1161—1168。对此的解释还可见于 Susan D. Richardson et al.，"Identification of Drinking Water Contaminants in the Course of a Childhood Cancer Investigation in Toms River，New Jersey"，*Journal of Exposure Analysis and Environmental Epidemiology* 9 (1999)：200—216。

们的浓度很低：十亿分之六，① 或者说样品中 0.000 000 6%是这种物质。通常环保部对这么低的浓度都不予理睬，何况还是未知成分。但在汤姆斯河这是个机会，可以多做一些，解开这个谜团，而不仅仅是满足于达到了标准要求的下限。于是弗洛伊德·加尼科拉逼着同事们东拼西凑凑够了做一次质谱的样品量。大费周章后，他们成功了。

谱图的结果看上去像是缺了齿的梳子。一条条各自分开高低不同的细线，分子量分别是 129、156、115，偶尔还有 210 道尔顿。（道尔顿是相对质量的单位，得名于英国化学家约翰·道尔顿。）② 现在清楚了，质谱里走的这一程将这个神秘化合物敲成了三到四个大块，和很多小得几乎无法测定的小块。但这是什么化合物呢？加尼科拉认识的人里谁也没听说过由这四个组分组成的质谱图。加尼科拉向全国最大的质谱图库求教，没有找到由 129、156、115 和部分 210 组成的物质。

州政府里没几个人赞赏加尼科拉的好奇心。对于他在环保部的上司来说，神秘化合物真正重要的只有两点：它不是他们所担心的污染物清单上的东西，而且它只有 6 ppb。最开始人们发现它只是因为州长惠特曼在琳达·吉利克的压力下要求进行极为全面的检测。正是因此，环保部才给自己的色谱仪接上了氮磷检测器，除了环保局清单上的化合物之外它还可以检测到“非特定”的工业污染物。出乎意料，检测器发现了点东西。不出所料，弗

① 即 6 ppb，parts per billion，每十亿份中有一份。——译者

② 1805 年英国贵格教派化学家约翰·道尔顿发布了原始的，但极为精确的元素表，有六个元素，他将其中最轻的元素氢的质量赋值为 1。他指出氧的原子量为 16，因为其质量是氢的 16 倍。一个多世纪之后，弗朗西斯·阿斯顿以非常近似的方法协助设计了对原子和分子质量的现代测量方法，现在将其命名为道尔顿。现代方法有一个细小的差异：1 道尔顿相当于 C_{12} 原子质量的十二分之一，实际上几乎与氢原子的质量（1.007 9 道尔顿）相当，只是略轻。其他元素也有类似的轻微差异，因而目前认为氧元素的原子质量为 15.999 4 道尔顿。

洛伊德·加尼科拉想搞清楚它究竟是什么。

这个问题上，在环保部内部，他主要的对手是环境安全与分析的主管吉拉德·尼科尔斯，他认为，辨识这个只在花园路水井有检出的化合物是浪费时间和金钱。① 尼科尔斯觉得："通常，你的发现不超过 50 ppb 是没人会感兴趣的，为什么这次要破例？"他不是唯一一个反对加尼科拉的提议的主管。负责评估旧排污点安全性的人很生气。联合碳化物公司和美国环保局已经向他们保证过赖克农场对汤姆斯河的饮用水没有威胁。如果花园路水井中的这个神秘物质的来源牵扯到那里会怎样？要考虑极低浓度未知化合物的影响，难道要州环保部和美国环保局修正所有——有几百个点位——他们对新泽西州污染点位的评估？尼科尔斯回忆道："他们很生气，我们都很生气。"

弗洛伊德·加尼科拉觉得事情是明摆着的：孩子们患上了癌症，水里有奇怪的东西，州里就有责任去搞明白它是什么，谁弄进去的。他跟每一个肯听他说话的人都说，新发现的神秘物质不只在那两口井里。圣·约瑟夫小学——就在镇中心——的自来水里也有，虽然只有 1 ppb。与此同时，琳达·吉利克和她的顾问委员会已经知道了环保部检出了神秘化合物。如果州政府什么都不做，第二天的《纽瓦克明星纪事报》或是《阿斯伯里帕克新闻》上就会有头条新闻："汤姆斯河的学童们喝着未知的化合物，州政府拒绝对此进行调查。"没有选择的余地，他们只能让加尼科拉继续追踪神秘化合物。尼科尔斯回忆说："我们争论了很久，最终达成共识，即便我们不想调查这个物质，公众也会逼着我们去查，因为整个过程非常公开，公众知道发生了什么。"

---

① 多年之后吉拉德·尼科尔斯回忆起自己与弗洛伊德·加尼科拉盘根错节的斗争时说："弗洛伊德跟环保部有过节，同事们大多觉得他很聪明，擅长化学分析。实际上，我印象中他的分析没有一次是错的。但他一向被视为口无遮拦，追起事情来谁都无法在科学和逻辑上与其争辩。"

不情不愿地，加尼科拉的上司告诉他接着查下去。

卫生专员菲什曼5月7日宣布饮用水是安全的，这达到了预期的效果：汤姆斯河稍稍平静了一些。代之以惶恐的，是更加安静而持续的焦虑。与此同时，业余流行病学在镇上遍地开花。[①]可能出现了癌症集群的电话不断涌入欧申之爱和州政府的特别热线，几十位居民在制作他们自己的居住区和办公室癌症病例列表。镇中心邮局的员工要求进行环境调查，街对面州办公大楼的工人们也一样。邮政工会很担心，因为过去二十五年里那家邮局的三百个员工中有三十二个人患上了癌症。但1995年一年，新泽西州的发病率是每三百人一点三个病例，所以在四分之一个世纪中出现三十二个病例是正好符合预期的。[②] 但这个事实对于热锅上的汤姆斯河来说全无效用。多亏总是伸出援手的参议员候选人罗伯特·托里切利——那个春天，媒体的狂攻滥炸正在顶峰的时候，他基本上都住在汤姆斯河——邮政工会得以进行了这个调查。经过对大气、土壤和水体彻底的，价格不菲的调查，联邦的调查人员没有在邮局发现任何毒性风险。[③]

要说最有理由要求进行流行病学调查的群体，那非汽巴的工人莫属。工会主席约翰·塔尔迪不断听说退休职工被确诊为癌症，于是他开始鼓动大家，要求对八年前菲利普·科尔和伊丽莎白·德尔泽尔对工人做的调查进行更新。1996年年初公司同意了，再次和科尔那家下设在伯明翰亚拉巴马大学的、有企业背景

① 社会学家菲尔·布朗发明了“业余流行病学”这一词汇，以描述非专业人士搜集影响其健康的环境风险信息并寻求解决方法的各种不同过程。见于Phil Brown, “Popular Epidemiology and Toxic Waste Contamination: Lay and Professional Ways of Knowing”, *Journal of Health and Social Behavior* 33 (September 1992): 267—281。

② New Jersey State Department of Health and Senior Services, *Cancer Incidence in New Jersey, 1995—1999* (September 2001), tables 1, 2.

③ Agency for Toxic Substances and Diseases and Disease Registry, *Public Health Consultation: Toms River General Post Office* (December 1998).

的研究团队签订了合同。随着一个个初步调查的完成，工厂中有污染诱发癌症的证据日益增多；随着死亡人数的增多，偶然因素的干扰逐渐消失。下一步的研究似乎还会遵循这个趋势，但它的结果——公司的官员告诉工会——还要两年才能出来。

汽巴眼前的麻烦是要把接下来的几个月挺过去。癌症集群的曝光发生在了一个特别敏感的时期，按原定计划，公司和山德士——汤姆斯河化工厂的前合作伙伴——的合并即将完成。新公司将更名为诺华，汽巴希望在由化工转向制药的过程中重塑品牌，改善自身的形象。汤姆斯河癌症集群的宣传会让这个努力功亏一篑。报纸、杂志和电视上的报道有几百篇，大多把对汽巴废弃物排放的描述和对癌症家庭的悲痛的采访——吉利克、帕斯卡瑞拉，还有其他遭受癌症打击的家庭——放在一起。公司还有另一个麻烦：对其保险公司的旷日持久的诉讼——涉及几亿美元对汤姆斯河的清理费用——终于在 1996 年春天开庭了。汽巴最后是赢了，但审判同时曝光了令人尴尬的消息，包括公司在六十年代中期掩盖了其对河边的霍利街水井的污染的事情，多年之后终于浮出水面。

对汤姆斯河来说，吸引大量注意力只有一个好处：州政府正在进行的，对镇上水、空气和土壤的检测的资金就更有保障了。这些检测价格昂贵，但持续的媒体报道就像猫薄荷一样吸引着政客们。当年夏天，国会拨款九十万美元，州议会追加六十万美元。后来发现，这远远不够，但这开了个了不起的头。

不过，大部分时候媒体的报道惹人生气。但这些报道就像公众对癌症集群的焦虑一样，似乎能够自己生生不息。一篇报道吸引到公共部门的注意力，他们就会给记者们更多可写的东西。琳达·吉利克也是这样。她和每个国内的记者都合作，州政府的调查每进展一步她都会让本地媒体充分知晓。吉利克成了收集各种离奇消息的漏斗，从担忧的本地人，到汽巴的前员工，甚至有报告在欧申县的鹿身上看到离奇肿瘤的猎人。虽然吉利克通报消息给记者时通常都很谨慎，但她经常明确表态自己相信癌症集群确实存在，并且是饮用水污染造成的。她抓住一切机会向人们描述欧申之爱各家的痛苦，以及他们为阻止汤姆斯河出现更多悲剧走过的漫漫长征路。这是个无法抗拒的情节，尤其迈克尔·吉利克又是个聪明、善于言谈的少年，不惧怕镜头，在镜头中，他的外貌有着强烈的视觉冲击力。

镇上不曾有人批评过吉利克，但对他母亲就不一样了。很多本地人憎恶琳达·吉利克招来的注意力。新闻报道经常把她打造成一个被迫走入特殊情境的普通城郊母亲，但她可一点也不普通。不屈不挠的性格将她造就成这样一个强力的代言人，同时也惹怒了很多与她接触的人。加里·卡斯珀森做县卫生委员会主席时与她有过摩擦，他回忆说："对琳达我充满敬佩，但她是那种毫不留情的人。"有时候当吉利克觉得某些部门阻碍了癌症集群调查，开始纠缠时，即便是她的朋友都感到怵头。鲍勃·贾拉内拉是欧申之爱的委员，也是吉利克聘请的公民顾问委员会成员，他说："吉利克用的法子我是不会用的，但限于当时我们面临的情形，我们所处的时代，这种方法非常有效。她让某一个人就等在那里，有时是她亲自跟那些人搭讪，直到人家最终答应帮我们做这事。"

怨恨吉利克的一个关键原因是钱。5 月份吉利克在她的邮箱里发现了一封匿名信："水没问题，癌症集群可能是假的。而欧申县却要度过一个难挨的夏天，因为是你吓走了游客、购房者和其他人。"负面消息直接打击了两个脆弱的产业：房地产业和旅游业，它们原本在"后汽巴"时代支撑着小镇的经济。银行家兼卫生委员会主席卡斯珀森回忆说："汤姆斯河是一个夏季旅游景点，而房地产价格正在下降。人们的房子卖不动了。商人们最初没有说出他们的想法，但有一种潜在的想法是'既然专家都还不知道答案，为什么每个人都在说汤姆斯河的不好？'” 房地产降温还会对心理产生强烈的影响，令居民们觉得自己被卖不掉的房子套牢了。

1996 年 8 月，另一个意外的公布，又给人们蒙上了一层阴霾：汽巴正在关停汤姆斯河工厂中仅存的几个车间，又有一百七十个就业岗位南下去了路易斯安那和亚拉巴马。12 月之后就只有大概三十个职位了，基本都是刚开始的超级基金点位修复监测人员。密林深处的那个小王国真的要被抛弃了，它成了一座鬼城，脚下埋着多得难以想象的有毒废弃物。

汤姆斯河被置于全国媒体聚光灯下的头六个月里，除了破碎的名声和“待售”的牌子，这个小镇展示出来的别无其他。对癌症集群的解释依旧遥不可及。

弗洛伊德·加尼科拉想要改变这个现状。他已经取得了进展。通过一种特殊的质谱仪——以异丁烷为反应气的化学电离质谱——他已经设法确定了神秘化合物的分子量是 210 道尔顿——并非他早期认为的 156。[①] 这样，以加尼科拉对这个化合物的了解，他打算把它命名为“初步鉴定分子量 210 的含氮/磷化合物”(nitrogen/phosphoruse tentatively identified compound molecular weight 210)，缩写 TIC。但这东西到底是什么？它从哪来？加尼科拉认为，回答了第二个问题，可能会有助于回答第一个问题。赖克农场的嫌疑最大，1988 年它就被指认为花园路水井中三氯乙烯的源头。既然一种工业溶剂可以从尼克·弗尼科拉的排污点沿着地下迁徙一英里来到花园路水井，神秘的 TIC 为什么不可以？

加尼科拉尝试用一种非传统的方法来进行探究。1996 年 8 月的一天，他拿起电话打给了联合碳化物公司——对一个通常由律

① 实际上质谱仪测出的是 211 道尔顿，而非 210，不过以异丁烷为反应器的化学电离质谱仪的一个特点是，它的结果多一个原子量为 1 的氢离子。

师以备忘录形式进行交流的政府机构来说，这很不寻常。实际上，加尼科拉是给负责为联合碳化物公司检测快乐平原地下水的承包公司——雷迪国际公司——打了电话。加尼科拉向他们索要在赖克农场的地下水中检出的，分子量为115、129、156或210道尔顿的，未识别出的化合物的色谱图。这是个无理的要求，因为没有条文规定公司需要提供这种信息。加尼科拉回忆说："我觉得他们绝没可能给我的，但他们给了。出乎意料，他们立刻传真了过来。"①雷迪国际的色谱图从加尼科拉办公室的传真机里出来的一刻，他几乎抑制不住自己的激动心情了。它和州政府在花园路水井中采集到的样品中生成的色谱图完全相同。无论水井中的神秘物质是什么，它同样在赖克农场有。在污染点位正南的一个监测井中，雷迪国际检出神秘化合物的浓度大约为1 ppm——比它在花园路水井中的浓度高将近两百倍。②

对加尼科拉来说，发生的是什么非常明显：神秘化合物从赖克农场南下直奔花园路水井而去——而且汽提塔没有把它去除掉。无论这种神秘化合物是什么，汤姆斯河的居民们已经喝了很多年了。实际上，他们现在还在喝。

剩下的就是确认TIC是什么了，但即便如加尼科拉这般自信，这也超出了他的能力范围。他需要一位世界级的质谱专家来破解这道谜题，确定神秘化合物的分子结构。一些美国环保局的化学家们提到了一个人：如果说这件事真有人能做成的话，那只能是G·韦恩·索沃库尔了。索沃库尔在美国环保局的名声就类似加尼科拉在新泽西州环保部，古怪，顽固，玩起质谱来绝对是

---

① 这个传真是弗洛伊德·加尼科拉与雷迪国际的最后一次联系。联合碳化物公司的管理人员一听说他给承包公司打了电话，立刻向加尼科拉的上司申诉，上司命令他不得与雷迪联络。

② 文中的ppm即part per million，和前文提到的ppb（part per billion，十亿分之一）概念类似，是一百万分之一，是ppb量的一千倍。——译者

把好手。在康奈尔大学，索沃库尔师从弗雷德·麦克拉弗蒂，他这位老师将液-气色谱与质谱进行了联用，还撰写了质谱使用的教科书，因此成为现代分析化学领域的领头人。1972 年索沃库尔到新成立的美国环保局工作，自此以后一直在分析污染物，先是在北卡罗来纳工作，后来去了内华达州。他的成就包括首次从火电站煤炭燃烧的飞灰中发现了高毒的二噁英，首次在拉夫运河附近居民的血液中检出了氯苯。索沃库尔喜欢挑战，眼前的就是一个。

弗洛伊德·加尼科拉花了几周的时间，劝说畏首畏尾的上司同意了他联系索沃库尔，他将数据和新采的水样送去了索沃库尔在拉斯维加斯的实验室。水样只能由州卫生部提供，因为州环保部的实验室刚刚因为预算削减关门了。要是州环保部的实验室早关几个月，神秘的 TIC 就发现不了，因为卫生部的老旧设备检测不到浓度在 5 ppb 以下的物质。

州环保部实验室的这个幸运窗口期再次证明，在汤姆斯河事件中——从发现儿童癌症集群，到决定进行调查，再到现在识别出可疑原因——没有一件事是由持续、主动的政府监管提前确定的。恰恰相反，是恰当仪器在恰当的时间用在了恰当的操作者手里，这一系列的幸运发现了 TIC。现在，它究竟是什么，就要被恰当的人揭晓了。

过去的四分之一个世纪里，韦恩·索沃库尔一直在质谱仪里跑污染物，他极少遇到不能立刻识别的污染物。但弗洛伊德·加尼科拉送来的这个有些棘手。可以组合成 210 道尔顿的原子排列太多了，很多都含有 TIC 的质谱片段，索沃库尔决定根据经验猜测来排除一些嫌疑物。就像有一套“万能工匠”拼装玩具的孩子一样，索沃库尔开始一个原子一个原子地构建分子模型，试图找出能和他对 TIC 仅有的一些了解相吻合的原子组合。他的工作是在二维空间里进行的，一支笔一张纸，不过他的思考是在三维的亚微观分子结构世界里进行的。索沃库尔知道，基本可以确定，氮是 TIC 的一个重要组分，而工业化学品中所含的氮经常是以氰基的形式存在的，该基团是一个氮原子和一个碳原子以三键相连形成。而且他知道，含两个氰基的化合物在质谱中经常释放出 156 道尔顿的质谱片段，TIC 也有这个片段。所以索沃库尔猜测 TIC 有两个氰基，于是他开始在谱库中搜索有两个氰基并且谱图与 TIC 相似的工业化合物。①

10 月中旬的时候，索沃库尔觉得已经抓到了嫌犯的尾巴：一种名为邻苯二乙腈的染料原料。它做汤姆斯河的嫌犯合乎逻辑，它用于染料生产，含两个氰基和一个六碳的苯环，苯是另一种工业上极普遍的溶剂。这种物质的质谱图——包括所含的片段——和 TIC 的极为相似。但它俩并不是完全一致，这点困扰着索沃库尔。他想知道这个分子的空间构象，而美国环保局拉斯维加斯实验室刚开发的一个新技术——名字很拗口：以选定离子记录数据分析质量峰——也许能实现这个目的。这项技术是索沃库尔的同事，安德鲁·格兰奇发明的，是一种可以精确判定分子片段质量与含量——哪怕是最小的片段——的质谱技巧。索沃库尔让加尼科拉给他又寄了一份花园路水井中采到的超浓缩的水样，格兰奇就开始工作了。

不过几天时间。11 月初，格兰奇就解开了 TIC 核心的谜团，他推算出了 TIC 的分子式：含十四个碳原子，十四个氢原子，两

① 质谱仪的工作原理是破坏有机化合物的碳链结构，将其打碎成若干小的有机物碎片，即文中所说的不同道尔顿的片段，通过检测确定小片段的分子量及可能结构后，就可以反推出原始有机化合物的分子结构。所以，某个化合物通常可以打成若干种小片段，这些小片段的组合就形成了一个特征谱图，这往往是该种有机物所特有的谱图，因此可根据谱图确定有机物。为了方便识别多种有机化合物，进行色谱检测的机构会配有一套谱库，内含多种有机物的特征谱图，越权威的机构图库中所含的有机物种类越多，也越方便对质谱的结果进行分析，但有机化合物千差万别，很有可能出现之前未检出过的化合物，这时就无法在谱库中确定其结构，需要根据打出的片段的类型估计可能的化合物结构。文中索沃库尔正是要根据获得的 TIC 的质谱图到 EPA 的谱库中去搜寻分析 TIC 的真实成分及结构。——译者

个氮原子——$C_{14}H_{14}N_2$。更有用的信息是，他确定了 TIC 经过质谱后产生的十种片段——不止包括加尼科拉确定的那四种更常见的片段——确切的分子量，精确到小数点后第四位。其中的几个片段非常小，之前根本没有被探测到。见到这些新数据之后，索沃库尔明白了，他之前的猜测错了，那不是染料化合物。但他并不沮丧，而是很兴奋。他终于得到了 TIC 的分子式和确切的特征谱。结果即将揭晓。弗洛伊德·加尼科拉则更甚，他难掩兴奋之情地跟联合碳化物公司通报了这些发现。他回忆说："我告诉他们我们做出了分子式，很快就能识别这个物质了。"

不过最后这一步并不简单。数字化谱库中列出的化合物有三十多万种，其中有四十六种的分子量是 210 而且分子式都是 $C_{14}H_{14}N_2$。这些物质哪个都不能和 TIC 完全吻合，这东西太罕见了，谱库中没有。不过，可以用老式的方法：在已发表的摘要里查。为了这次搜索，索沃库尔劝说美国环保局雇用了一名专家，约瑟夫·唐纳利，他搜索了上百个过去的科技期刊，彻查其中涉及具有相关特性的 $C_{14}H_{14}N_2$ 分子的工业过程。不到一周的时间，他找到了。唐纳利发现，在一些 60 年代发表的论文中提到了一个工艺，两个丙烯腈分子结合在一个苯乙烯分子上，形成了一种牢固而柔韧的聚合物，可以用来生产塑料。这一工艺后来不再流行，但在 20 世纪 60 年代和 70 年代，一些日本和美国的公司曾生产过丙烯腈-苯乙烯，用在从玩具到管材等各种产品中。① 引起唐纳利注意的是，这一生产工艺有一种主要的废弃物，苯乙烯-丙烯腈三聚物，这种带着臭味的浓稠棕色液体完全符合索沃库尔的全

① 关于丙烯腈-苯乙烯的用途与环境影响，可在美国国家毒理学项目（NTP）的网站上查阅关于苯乙烯-丙烯腈三聚物的背景文件。作为日用消费品，丙烯腈-苯乙烯树脂最终被丙烯腈-丁二烯-苯乙烯塑料，即 ABS 塑料所替代，在 ABS 中原有的两种成分——苯乙烯和丙烯腈——结合在已有的聚丁二烯中，聚丁二烯是一种合成橡胶。ABS 塑料毒性较小，广泛应用在诸如乐高玩具、塑料单簧管、汽车部件、水管等方面。

部要求。索沃库尔回忆说："很快证明，这东西和数据完全吻合。"

11月13日，索沃库尔给加尼科拉发了一封报喜的传真。他在第一页上龙飞凤舞地写着："我看就是它了!"就在同一天，另一份重要传真也发往了加尼科拉的办公室。这一个则冷静得多——考虑到这个传真的来源，这也是可以理解的。它是联合碳化物公司的克雷格·维莱尔发来的，信中说，根据加尼科拉十天前提供给维莱尔的分子式 $C_{14}H_{14}N_2$，公司发现了一种可疑物质。他们检索了过去在邦德布鲁克工厂的记录，发现联合碳化物公司在70年代的时候曾生产过掺杂有丙烯腈的聚苯乙烯塑料。这一工艺产生的无用的副产品三聚物——是生产过程偶然产生的——被当做废物排放了。公司的这封信中建议说："你要找的可能是三聚物"，同时表示公司没有关于这种物质毒性的信息。

在这一点上联合碳化物公司说了实话。没有哪个机构要求过对苯乙烯-丙烯腈（SAN）三聚物的安全性进行测试，也没有迹象显示公司自己曾做过测试。SAN三聚物是无用的副产物，是不能转卖只能扔掉的东西，干什么要费力去进行测试呢？但现在汤姆斯河的供水里发现了它——尽管含量很低——就有理由进行测试了。它的结构和那些已知或怀疑为致癌物的芳香类化合物类似，例如苯和萘。实际上，命名这种三聚物的两种物质——苯乙烯和丙烯腈，它俩共同组成了SAN三聚物——始终被怀疑具有致癌性，还可能有致突变能力。①

---

① 因为丙烯腈可以在大鼠体内造成胃及中枢神经系统癌症，美国国家毒理学项目出版于2005年的《第十一版致癌物报告》中将其归为"有理由认为对人类致癌"一类。在某些研究中，它还与纺织工人的肺癌有关系。2011年出版的《第十二版致癌物报告》中首次将苯乙烯列为了"有理由认为对人类致癌"，因其导致了小鼠的肺癌，以及造成塑料与橡胶工厂中工人的白血病与淋巴瘤的发病率增高。国际癌症研究机构（IARC）根据动物实验将苯乙烯和丙烯腈都归类为"很可能对人有致癌性"一类，并将丙烯腈列为在动物实验中损伤DNA的有遗传毒性的诱变剂。而IARC认为苯乙烯致突变能力的正反面证据都有。

SAN 三聚物的确定证明了赖克农场的废弃物仍在污染着镇上的饮用水，而且可能已持续多年——距离 1988 年在花园路水井里装上汽提塔，州环保部、美国环保局、联合水务公司和联合碳化物公司都宣称问题已经解决，已经过去了那么长时间。这些机构知道，对一个汽提塔，能指望的只有去除三氯乙烯这样很容易汽化的挥发性物质。SAN 三聚物是半挥发性的物质，它需要以活性炭过滤去除。但早在 70 年代末，水务公司就拒绝了在花园路水井上安装昂贵的过滤设备。这些政府机构没有坚持，即便是在已经确认水井中的三氯乙烯来自赖克农场之后。美国环保局反倒站在了联合碳化物公司一边，放弃了强制公司在污染物羽流抵达花园路水井之前将其截断的计划。美国环保局单信赖用一个汽提塔来保护供水。现在，揭开了 SAN 三聚物的面纱，这让当初的决定看上去仿佛是一次愚蠢的赌博。

在花园路水井中发现的 SAN 三聚物就好像是在犯罪现场留下的一枚完好的指纹。这是确定无疑的证据，指向本该保护全镇供水的联合碳化物公司和政府机构。SAN 三聚物极为罕见，只可能出自早在 1971 年时尼克·弗尼科拉倒掉的联合碳化物公司的那五千桶废料。[①] 这一发现还明确地提示了，还有其他古怪的化合物从赖克农场来到了水井里。毕竟，不单是三聚物，加尼科拉的色谱测定结果里还有很多不能识别的峰。其他的神秘化合物浓度更低，但确实存在——而且加尼科拉已经决定尽力鉴别它们了。

现在，联合碳化物公司、联合水务公司和州政府需要面对一些难堪的决定了。他们必须考虑关闭过去二十年里一直拒绝关闭的重要水井。联合碳化物公司必须面对被起诉的可能性，因为它

① 后来，镇填埋场的土壤中也发现了苯乙烯-丙烯腈三聚物，这说得通，尼克·弗尼科拉也曾将联合碳化物公司的废料暂时性地倒在了那里。

污染了全镇的饮用水——这个镇刚刚发现存在癌症集群。即便对于一个习惯于处理灾难的公司来说——1984年在印度博帕尔邦的气体泄漏事故令上千人丧命①——汤姆斯河的情况也很危急。

在汤姆斯河四十余年的化学品污染史中，联合碳化物公司这个迟到的告白——神秘化合物是他们的——是前所未有的。多年来公司一直在否认自己在污染着公共用水，而联邦政府和州政府的管理者则是它的后盾——对汽巴也是如此。现在这些辩白被驳倒了。汤姆斯河的居民们在自家的水龙头里喝到了低浓度的联合碳化物公司的有毒废水。这不容辩驳。现在，争论的焦点将转向他们喝了多少，喝了多久，还有，这一污染是否与汤姆斯河儿童癌症的异常增多有任何联系。

弗洛伊德·加尼科拉，一个州政府里脾气暴躁的官员，自己主动参与进来，促成了这件事。就像琳达·吉利克，隐姓埋名的护士莉莎·博纳齐安，还有其他几个人一样，他没有对摆在面前的证据视而不见。因他的所为，汤姆斯河的传奇将进入一个新的阶段，一个甚至争议更大的阶段。

---

① 1984年12月3日发生于印度博帕尔邦的氰化物泄漏事故造成了两千两百五十九人瞬间死亡，随后两周中约有八千人死亡，约有五十五万余人因此次泄漏受伤，是历史上最大的化工灾难事故之一。造成该次泄漏的农药厂正是联合碳化物公司在印度的下属公司。——译者

第十九章 期待

就在韦恩·索沃库尔那条胜利的消息——“我看就是它了!”——从弗洛伊德·加尼科拉的传真机中飞出来一天之后，州长惠特曼要求联合水务公司关闭花园路井基，关闭所有八口水井，这是前所未有的。一夜之间，汤姆斯河失去了大约百分之四十五的水源，这迫使水务公司对剩余的水井满负荷泵水以进行弥补，这种情形以往只有盛夏时节才会出现，而现在是11月中旬。联合水务公司要怎样撑过来年夏天呢?每个人都在思考这个曾经在1965年和1987年的水质危机中困扰了公司前身——汤姆斯河水务公司的问题。

惠特曼和她的卫生专员伦纳德·菲什曼预计，镇上的饮用水中发现了工业污染物这消息一旦公布就会引发新一轮的恐慌，但反响出乎意料地小。现在州政府不再对信息保密，居民们对于每个新消息的反应都平静了许多。3月份时高中礼堂中的那种混战不会再现了。州卫生部在汤姆斯河新开了一个公众联络办公室，几乎没人造访。这间办公室很快会因无人问津而关闭。老一套又开始露头了：时间一天天过去，越来越多的人想要生活继续下去。同样的情形在60年代中和80年代末的反汽巴运动大潮之后也出现过。现在小镇受到太多的负面关注，想要换个话题的情绪比任何时候都强烈。居民们仍旧在担心饮用水，他们也对“欧申之爱”中的家庭——保持着安全距离——抱有同情心，但大多数人似乎认为当局掌控着局势。如同菲什曼不断强调的，汤姆斯河的用水现在接受的检测之全面是全新泽西哪里都不曾享受过的。对于镇上的大多数人来说，这就足矣。

布鲁斯·安德森却坚决反对。像其他“欧申之爱”的父母一样，他觉得需要保持压力。参加每月一次琳达·吉利克的顾问委员会组织的公众会议的人数越来越少，安德森虽然嘴上不说，却暗下决心一个也不能落下。他想让菲什曼和其他官员知道，这些家庭期待着能揭开癌症集群原因的行动，期待着能阻止它再次发生的行动。他们经历了太多的痛苦，做不到把自己孩子的病痛简单当作一个神秘的事件，还能继续生活。这些家庭是一股微弱却不能忽视的政治力量，随时准备着与记者或政客进行接触，这其中包括他们早期的支持者，新当选的国会参议员罗伯特·托里切利。他们以不可想象的痛苦赢得了最大的感召力，是不会轻易浪费这种能力的。他们的要求持久而有力，它被凝练为简单的一句话：我们要的是答案。经历了先前那一切，还有谁能无视它?

透过他的金边眼镜，杰拉尔德·法格里亚诺的眼神里流露着严肃与谨慎，对琳达·吉利克和其他“欧申之爱”的成员全无讨好之意。这是政府对汤姆斯河进行环境调查的头一年，在获得耶鲁大学公共卫生硕士学位后，法格里亚诺已经在新泽西州卫生与公共服务部（自1996年起卫生部更名为卫生与公共服务部）工作了十一年。政府指派法格里亚诺作为汤姆斯河的流行病学专家去现场是一个很自然的选择，他的专长就是评估饮用水中危险成分的健康风险。1996年时法格里亚诺还在约翰·霍普金斯大学兼职攻读博士学位，学位论文就是分析孕妇饮用含低剂量工业化学品的饮用水后，产下的孩子是否更易患上脑癌。(他发现患病风险有轻微上浮。)①

---

① Jerald Fagliano, “A Case-Control Study of Childhood Brain Cancer and Drinking Water Contamination”, unpublished dissertation (The Johns Hopkins University, 1998).

过去一年的大部分时间里，法格里亚诺都在悄悄地寻找一种科学地进行流行病学调查的方法，这也是汤姆斯河这些家庭所渴求的。几次会面中，他的沉默让这些家长恼怒，但他不想做出可能无法兑现的承诺。是否进行深度调查，这个决定要由他在卫生部的上司，州长惠特曼的专员伦纳德·菲什曼来做。经历过汤姆斯河初期的恐慌之后，他们的态度已有所退让，由直白的反对转变为可以进行深度调查，但前提是，对于污染是如何导致了镇上特有的癌症集群，这个调查必须有可靠能验证的理论基础。在发现 SAN 三聚物之前，这看似是个不可能的任务。饮用水中发现有低剂量辐射这点本来可能是个原因，但随后发现南泽西遍地都是这样的辐射水平。除了两个超级基金点位，全镇周边的土壤检测都没什么异常。大气质量也很正常——至少现在汽巴停产后是正常的。

但在花园路饮用水水井中发现的这个前所未见的化合物却一点也不寻常。之前，法格里亚诺就像州政府中的每个人一样——只有弗洛伊德·加尼科拉除外——认为，既然政府在汤姆斯河进行的扩大化环境检测是为了安抚民心，应该不会有什么出人意料的结果。现在证明这个想法错了，法格里亚诺认为进行全面调查的理由已经很充分了。他回忆说："那一刻，我们知道了，至少有一种污染物是汤姆斯河的居民们一直在接触的，而且它可能是这个社区所特有的。"这是冷静的思考，却也是一个有待验证的理想假设。"现在，因为知道了一组特殊化合物的暴露途径，我们至少有一个问题是可以探究的。这对于证明这项研究的合理性至关重要。"

现在的问题是，要做什么样的研究？最快速廉价的选择是进行病例系列研究，就像威廉·休珀上世纪 30 年代在杜邦公司进行的研究一样，二十几年后泌尿科医生亚瑟·文德尔在辛辛那提化工厂与米切尔·扎文联手进行的研究也属此类。调查人员仅仅对患上膀胱癌的工人进行访谈，寻找他们共同接触过的可疑致癌因素即可。在汤姆斯河有很多家庭愿意接受访问，对于问题出在哪种污染物上，他们有自己的主意，迫切地想与人交流。但法格里亚诺认为只进行访问研究，得出的结果只能是模糊而不可靠的。汤姆斯河的居民不像是杜邦或是辛辛那提化工厂里的工人们，他们可以明确自己曾徒手铲挖过 BNA（β-萘胺）和对二氨基联苯，而居民们不知道他们在饮水或是呼吸的时候水里、空气里有什么化合物。而且，没有无暴露人群来做对照组，这是一个致命的缺陷。

另一个选择是进行前瞻性队列研究，这实际上是把汤姆斯河变成了一个活体实验室，一个进展中的流行病学研究实验室。在未来长达十年甚至更久的时间中，调查人员将监测镇上八千名居民的卫生与生活习惯，同时定期检测水、大气和土壤。随着年份的增长，镇上会有孩子患病，研究人员就可以借此探究疾病和可疑的环境因素之间的相关性。前瞻性队列研究可信度很高，因为它不需要依赖被试者们模糊的记忆，但它的成本极高，而且没人——至少在“欧申之爱”的家庭中没有人——愿意为一个答案再等十年。另外，紧急关闭花园路水井之后，已知的最后一条向居民饮用水中输送工业污染物的路径已被切断。新近的环境测试中除了已知遍布南泽西的放射性问题，没有发现其他风险。现在镇上需要的是一项针对过去暴露的研究，而不是针对当下。

进行病例-对照研究是显而易见的选择。这种研究的结果不会像前瞻性队列研究那么可靠，因为它部分依赖于被试者对于过往暴露过程的记忆，比如当地的母亲们在怀孕期间喝了多少水。但大部分病例-对照研究会在一两年内完成，即便是最大规模的病例-对照研究花费也很少能超过几百万美元。（汤姆斯河这次的研究随着它的进展变成了一个例外，前后花了五年时间，经费超过一千万。）和其他的流行病学研究方法一样，病例-对照研究不能确定某个特定病例的病因，但它将能够确认某种疾病与风险因素之间的相关性，例如理查德·多尔在上世纪 50 年代进行的吸烟研究，他后来又以前瞻性队列研究获得了更强的证据来支持他的结论。

汤姆斯河的流行病学调查是否值得一做？在法格里亚诺和他的上司下这个决心的过程中，一项近几年完成的病例-对照研究起到了决定性的作用。该研究针对的是另一个广受关注的儿童癌症集群现象：位于马萨诸塞州波士顿以南十英里处的沃本市的白血病集群。1979 年，升级的水质测试在沃本市的两口公用水井中发现了三氯乙烯和其他一些工业化合物，这两口井位于多年前曾倾倒过危险废弃物的场地附近。当地的一位名叫安妮·安德森的母亲和她所在教区的牧师布鲁斯·杨一起收集了一份 1969 年至 1979 年间当地确诊为白血病的十二名儿童的名单，在地图上标出了他们家庭的所在地。他们看到了明显的聚集现象：在两口污染了的水井周围的六个街区中，出现了六例白血病病例——包括安德森 1981 年夭折的儿子吉米。随后在沃本市进行的调查实际上不间断地进行了十五年，但在 1996 年之前，病例-对照调查都无法确定可能造成癌症集群的原因。调查因研究人员无法确定沃本市的居民们在过去这些年接触到了多少污染物而搁浅。因为沃本市有八口水井，似乎没有办法回溯上世纪六七十年代时这个小城中哪些居民区的用水来自那两口污染了的水井，或是另外六口清洁的水井。

重要的突破出现在 1991 年，马萨诸塞大学市政工程专业的教授彼得·J·墨菲设计了一个极为复杂的“水力混合”计算机模型，模拟 1964 年到 1979 年期间——两口污染的水井（被称为 G 井和 H 井）工作期间——沃本市的供水分布系统。[①] 他并不是第一个尝试以计算机模型模拟供水分配系统的人，但他的模型是

---

① Peter J. Murphy, *Exposure to Wells G and H in Woburn Massachusetts*, report produced under contract to the Massachusetts Health Research Institute, the Massachusetts Department of Public Health, and the U. S. Centers for Disease Control (August 1990).

当时最精密的。墨菲首先模拟了当前的布水系统，这需要当地的数据：二十二万一千英尺输水管道的位置、年龄、直径以及流速。他的“现状模型”构建好之后，州政府用氰化物做示踪剂进行了一次实地测试，检测每口井里的水是否流往墨菲预测的地方。模型通过了测试，不过他还需要把数据回推到1979年之前，水井里泵出污染物送往沃本市住户家时的状况。参照全市的档案记录、天气记录以及长期在市政府工作的人员的回忆，墨菲对他的模型进行了修正并提高了准确度，这样就可以估算出在G号和H号水井运行的那一百一十个月中，每月送往五十四个居住区的水的配比——这基本相当于单凭着过去的地图和散落的遗迹重建一个古城。

当麻省的调查人员准备再次进行病例-对照研究的时候，他们不但掌握了墨菲的水力模型，还发现了九例新发病例，这就进一步确保了结果不会受到偶然因素的太大干扰。在1969年至1986年间，共有二十一名当地儿童被确诊为白血病，以沃本市的规模，这个数字是期望值的四倍。调查人员将十九个同意参与调查的患儿家庭与三十七个对照家庭进行比较，使用墨菲的模型来验证喝过G和H号水井里的水的孩子是否比没有喝过这两口井的孩子更易患上白血病。1996年5月，正当琳达·吉利克在汤姆斯河推进类似的调查的时候，马萨诸塞州卫生部宣布了沃本市最新的调查结果。沃本市饮用过污染水的孩子与未饮用过的相比白血病发病率有轻微差异，而如果是母亲在怀孕期间喝过这种水，风险则急剧上升。实际上，母亲在怀孕期间只要喝过G井或H井的水，生下的孩子日后患上白血病的风险就比没有喝过的母亲高八倍。而喝得特别多的人这个风险要高十四倍。[①] 论文的一位

① Kevin Costas, Robert S. Knorr, and Suzanne K. Condon, “A Case-Control Study of Childhood Leukemia in Woburn, Massachusetts: The Relationship between Leukemia Incidence and Exposure to Public Drinking Water”, *Science of the Total Environment* 300 (December 2002): 23—35, 29—30, tables 3, 4.

作者称，这项研究证明，癌症集群“看起来是与水有关，而且我们相信是与怀孕期间的饮水有关”。[①]

这是一个出人意料的结果，不单因为在它之前沃本市进行的相当多的研究都没有得到确定的结论。这是有史以来第一次有流行病学研究识别出了居住区癌症集群的疑似病因——这是一个里程碑式的成果，也使得疾病预防与控制中否定集群分析的态度受到了更大的质疑。这项研究——确认了沃本市的癌症集群同时还发现了其疑似病因——推进的动力是十六年前安妮·安德森的发现：周围邻居中白血病患儿似乎太多。这种传闻式的报告恰恰就是“癌症集群散退大会”上波士顿大学的肯尼斯·罗斯曼所说的“科学价值很小”的报告，明尼苏达卫生部的艾伦·本德将其称为“根本上，纯粹的，绝对是在浪费纳税人的钱”。现在沃本市的经历证明，恐怕居民区癌症集群流行病学研究不完全是打水漂。

1996年5月，杰拉尔德·法格里亚诺听说沃本市的研究结果后，立刻意识到了它对汤姆斯河的意义。十五年来，沃本市一直都是他职业生涯的试金石，也正是他选择饮用水流行病学进行研究的重要原因。他了解对过去的暴露剂量进行估算时的各种困难，认为墨菲的水质模型巧妙地解决了问题。六个月后，当联合水务的两口井中发现了SAN三聚物，另外十八口井中没有检出SAN时，沃本和汤姆斯河的相似性变得更加明显了。法格里亚诺想，既然沃本市可以用水力分布模型进行病例-对照分析的配对，汤姆斯河为什么不可以？用墨菲式的水力模型分析汤姆斯河的供水系统，他就可以查出哪些患病家庭接触的是花园路水井中被污染的水，从而可以确定饮用这两口井里的水后癌症的风险是否会

① 此言出自论文作者之一，马萨诸塞州卫生部的Suzanne Condon，引文见Richard Saltus, “Woburn Poisons' Route Mapped; Study Blames Water for Leukemia”, *Boston Globe*, May 10, 1996。

上升。沃本市的研究甚至还能对研究的另一个关键环节提供帮助：所有受试家庭都需要填写的那份长长的问卷。设计问卷是很困难的，涉及的问题太多，语言还要尽可能地中立。法格里亚诺运气不错，马萨诸塞州的研究人员们已经设计出了一套详尽的问卷——法格里亚诺觉得自己可以套用在汤姆斯河。

这些家庭一直在寻找的研究终于一切就位。1997 年 1 月，法格里亚诺和艾琳·古尔斯基飞往亚特兰大，落实了和毒物与疾病登记处的协定，由那里负责彼得·墨菲当年承担的工作，为汤姆斯河建立水力分布模型。几天后，古尔斯基宣布，病例-对照研究启动。琳达·吉利克的反应是："谢天谢地，只有这样我们才能搞清楚，这里究竟发生了什么。"[①]

杰拉尔德·法格里亚诺对此并不那么确信。他的研究批准之后，他比以往更加担心居民们的期望值可能太高。沃本市的主要污染物，三氯乙烯，是已知致癌物（至少在上世纪 90 年代就是了），但谁也不知道苯乙烯-丙烯腈三聚物在低剂量下是否有害。法格里亚诺也不确定墨菲的模型在汤姆斯河能不能套用，这里的管网系统大得多，而且在城市暴发性扩张的过程中变动很大。但他最担心的是，病例数太少，无法通过统计学检验。他决定将研究限于儿童的白血病和脑及中枢神经系统肿瘤，这样还稍微多见一些，随机波动引起的不确定性会更小一点。即便是这样，州政府最新公布的病例数据中，1979 年至 1996 年间汤姆斯河"核心区"——癌症集群的靶心——的脑癌只有五例，白血病四例。只有九例病例，大约比期望值高八倍——太少了，法格里亚诺认为这个数字对于流行病学研究中要出现有统计学意义的结果来说太少了。另一个问题是，环境领域的病例-对照研究中需要比较暴

---

① Gale Scott, "Dover Twp. Childhood Cancers Alarmingly High to Feds; Study Will Check Link to Water Supply Toxins", *Star-Ledger*, January 24, 1997.

露组和未暴露组，但在汤姆斯河核心区，花园路水井离镇中非常近，似乎差不多每个人都喝到了一部分那里的水，他们都应该被分在暴露组。

法格里亚诺认为，如果对全镇进行研究，而不仅限于核心区，可以解决这些问题。镇上有些地区没有收到花园路井水，而且全镇的病例数也更多，1979 年至 1996 年有二十二例儿童白血病，十八例脑及中枢神经系统肿瘤。但病例总数不算多，法格里亚诺仍然担心统计上是否有显著性。沃本市的规模不到汤姆斯河的一半，在十七年中（1969—1986 年）的儿童白血病病例数——二十一例——却与这里相当。汤姆斯河儿童白血病的发病率比预期高百分之六十，而沃本是高出百分之四百。

只有这四十个病例，在汤姆斯河进行的研究需要有很极端的结果才能排除偶然性的影响。法格里亚诺已经计算过了，统计结果要有显著性，受暴露儿童中癌症的风险需要上升至少三到四倍。他回忆说："我们对结果不看好，也告诉了这些家庭，他们听没听进去就不知道了。"

杰拉尔德·法格里亚诺不是唯一一个意识到汤姆斯河与沃本相似之处的人。1996 年琳达·吉利克读到了《漫长的诉讼》，这本新出版的书讲的是因沃本市的调查而引发的曲折而痛苦的诉讼过程。作者乔纳森·哈尔在书中塑造了一个反英雄形象，一位名叫简·谢里曼的年轻律师，他极具魅力，不屈不挠，最终却自我毁灭。谢里曼代理包括安妮·安德森在内的八个白血病家庭，为维护他们的利益，在 1981 年到 1990 年间他在马萨诸塞州的法庭里进行了九年的长征。谢里曼起诉厂址在 G 井和 H 井附近的三家公司污染了井水，要求赔偿四亿美元。他是一个充满激情的律师，却犯了一系列战略性的错误，例如错过了和解的时机，与法官对立，还低估了他财大气粗的对手的毅力。经过一系列不利的裁决，谢里曼不得不接受了赔偿八百万美元的和解，钱由两大被告之一的 W·R·格雷斯支付。另一家被告，比阿特丽丝食品公司则分文未赔。[1] 扣除诉讼费用后，八个家庭每家只获赔不到五十万美元，而原本生活奢靡的谢里曼最终无家可归还欠了一百多万的债。多年后他回忆说："那次经历之后我真的是筋疲力尽了，我的经济、精神和感情都破了产。我没车、没房、没衣服穿。但对我来说最具毁灭性的是，我不再想当律师。"

1990 年宣布个人破产之后，谢里曼搬去了夏威夷（一个朋友给他买的机票），露宿在海滩上，宣布不再从事律师行业——不过回过头看这只是暂时的。1995 年，《漫长的诉讼》出版并成为畅销书，谢里曼突然得到大量巡回演讲的邀约。迪士尼将书翻拍为电影的时候他又收到了二十五万美元的咨询费，电影中约翰·特拉沃尔塔塑造了一个勇斗公司巨龙的年轻武士。谢里曼刚开始复苏的法律事业也兴旺起来。打电话来说自己这里有和沃本市一样的环境案件的人就有几十个——这还只是说能赢的案子。

1997 年 1 月，花园路水井中确认有 SAN 三聚物两个月之后，琳达·吉利克给谢里曼打了电话。金·帕斯卡瑞拉是当地的一名律师，他的女儿出生不久就死于脑癌，之后他便热衷于"欧申之爱"的活动，他回忆说："出现三聚物之前，我还从没听谁说过，'咱们就起诉它！'因为没人可告。可一旦识别出了责任主体，我对琳达说，你必须得好好想想了。你现在有了潜在的被告了，"他们是联合碳化物公司，联合水务公司——甚至可能还有汽巴。于是吉利克给谢里曼打了电话，跟他讲了癌症集群、欧申之爱，还有汽巴、赖克农场和花园路水井。吉利克说，这些家庭可能很快就会需要法律顾问。那谢里曼有没有兴趣呢？有。谢里曼被汤

---

① 沃本一案的第三被告是一家制服洗衣店，名叫 Unifirst，潜在的法律责任比 W·R·格雷斯和比阿特丽丝食品都小，很早就以略高于一百万美元的赔偿和解了。

姆斯河的情况吸引住了，他也对吉利克在欧申之爱的组织工作印象深刻。未来案子无论怎么告，吉利克都想积极参与，潜在的客户有这个特质是谢里曼非常看重的。

不过，在话题开始深入之前，谢里曼想先改变吉利克对他和未来诉讼的期望值。吉利克打电话是因为她仰慕《漫长的诉讼》中的那个简·谢里曼，但他告诉她，那位莽撞的斗士早已不复存在。沃本市的那段痛苦经历、他精神的崩溃以及随后的自我放逐引发了他的转变。他现在推崇的是完全不同的法律业务，认为调解胜于对抗，和解强于胜诉。他说，沃本一役让他明白了，民法系统的根基——可以通过战胜他人来解决自身的问题并令自己快乐——是一个谎言。谢里曼说："从你说出'我要运用法律武器将我的意志强加于你'这一刻起，你已经相信了这个谎言。你会变得迷乱，这个武器会令你失望。你会做出只有精神病才能理解的决定。我们觉得法律系统会支持我们自己，但并非如此。它只为它自身存在。"

谢里曼不确定自己对吉利克的影响有多大。他觉得，听起来，她是一个坚强而聪明的女人，经历了太多事情，不打算与那个她认为应该为儿子的病负责的公司讲和。在抗辩系统之外解决争端，首要的一个共识是双方谁都不独占真相。但吉利克——迈克尔和琳达都是——确信他们了解真相：是有毒污染物导致了迈克尔的疾病。他们想要的是证据和确认——这些东西，谢尔曼相信，是无法从法律体系获得的。即便如此，谢尔曼和琳达·吉利克的谈话是在友好的氛围下结束的，并答应保持联络。

而此时，在汽巴的工厂里，一个时代正在痛苦中终结。1996年，最后一批不多的几位生产性员工离开了工厂，包括工会主席约翰·塔尔迪，他弟弟雷·塔尔迪，和环境委员会的带头人乔治·伍利。起初，1960年6月，约翰·塔尔迪成为实验室技术人员，当时周薪七十八美元。最后，他变成拿着扫把在废弃的建筑里转悠的门卫，周薪七百六十美元。这三个人加起来总共在汤姆斯河化工厂里工作了一百零四年。在公司与当地激进分子的一次次斗争中，他们站在公司一边，尽管他们对自己的健康也有担忧。现在，他们感到被抛弃了。几个月前，一名维修工在一个垃圾桶里发现了一份未签署的备忘录，其中包括了公司对于如何与现存的工会工人进行谈判的策略机要。据该备忘录所说，汽巴当前首要的是“对于与敏感群体相关的事务，其负面影响要最小化”，其中包括“癌症集群”。备忘录还说，工会职工不会有离职金，工厂的超级基金点位清理期间也不会专门给他们安排再就业。约翰·塔尔迪怒火中烧，给当地媒体打了电话，控诉汽巴隐瞒雇员中的癌症发病信息。公司否认了这一指控，搬出了亚拉巴马的研究人员正在更新的流行病学调查。塔尔迪后来与美国环保局的官员，还有琳达·吉利克都碰了面，将他所知的汽巴处置废弃物的行为都告诉了他们。

塔尔迪回忆说：“最后的感觉很差，我在那里工作了三十七年，没拿到一分钱遣散费。”而且，更惨的是，工会的很多兄弟们都心惊胆战，觉得癌症总有一天也会找上他们。他说：“人们并不喜欢谈论这个，但他们在想这事，怎么可能不想呢?”

不出所有人意料，因为花园路水井的污染，1997 年的春夏都消耗在了和汤姆斯河联合水务的斗争之中。那个春天比以往更干旱，而浇灌草地的季节到来了。水压太低，在镇上的某些区域联合水务甚至无法冲洗给水栓，他们本来应该一年冲两次以去除管内积存的铁。结果某些地方的水看着、闻着、尝起来不干净。6 月时，一个愤怒的居民拿着一罐茶色的水去找吉利克管理的顾问委员会。他抱怨说：“我的按摩浴盆里全是这种恶心玩意。”① 尽

① Patricia A. Miller, “Official Quizzed on Water in Dover”, *Asbruy Park Press*, July 15, 1997.

管真正的肇事者是铁，但镇上很多人都认为是化学污染物让水变色。数量级在十亿分之一级的工业污染物是看不出来的。

几十年间，那些从赖克农场出来的地下污染物羽流先是被无视，后又处理不力，现在才真真切切成了联合水务公司的难题。联合水务还从未经历过不用花园路水井供水——这占到它整个供水的百分之四十五——的夏天，而这还只是最明显的问题。深层的问题是，它需要尽快重启花园路那两口污染的二十六和二十八号水井，以防来自赖克农场的污染物羽流被吸入花园路另外四口浅井，这种情况在关闭二十六和二十八号水井的初期就出现过。隐藏在快乐平原之下的污染物羽流就像一条随时准备攻击任何移动物体的蛇，唯一的办法就是给它一个诱饵作目标。二十六和二十八号水井不得不再次开始泵水，不过这次它们只是污染修复井，不是供水井。其他花园路水井才可以重新开始供水，汤姆斯河的水才能勉强够度过这个夏天。

讽刺的是，在否认和拖延了二十多年之后，活性炭过滤器总算装到了二十六和二十八号水井上——虽然如此，却第一次不再会有人喝到这两口井里的水了。SAN 三聚物最后会从井水中去除出去，但过滤后的水将被打回地下，不输送给居民。5 月份，联合碳化物公司装好了活性炭过滤器，6 月份，花园路水井再次开始泵水——及时阻止了用水危机再次爆发。

但是到了 7 月份，用水需求飙升到每天两千两百万加仑时，这个临时抱佛脚的计划就保不住联合水务公司了。水务公司只好以超出正常限值的水量抽取重开的那几口井，这就有可能将现在被抽往二十六和二十八号井的污染物吸进这几口井里。但即便如此，联合水务仍旧缺水，于是它偷偷申请到了州政府和镇政府的特殊许可，改变计划开始使用二十六和二十八号井的水。有几个周末，水务公司没有告知它的用户，就将那两口井中经活性炭过滤、本应打回地下的水加入了它的配水系统。吉利克和她的顾问委员会发现这件事的时候异常愤怒，但镇长小乔治·威特曼说镇议会别无选择只能允许这种变化。他说，镇政府员工太少，无法强行限制居民用水。

对于吉利克和欧申之爱的家庭来说，这个临时的秘密——重开两口水井——意味着他们之前十八个月的努力都被无视了。关闭花园路水井是他们截至目前最具实质性的胜利，但六个月后，这些水井又都开放了——甚至偶尔还包括二十六和二十八号井——因为命令居民减少灌溉用水这事，镇议会甚至试都不去试一下。那个夏天吉利克抱怨说："现在我们的水里又都是污染物鸡尾酒了，"尽管不再有证据证明工业污染物确实进到了居民家中——这得感谢新上马的活性炭过滤系统。①

即便是再次确认的癌症集群现象都无法撼动这个麻痹了的小镇。1997 年 4 月州卫生部完成了它此前承诺的、癌症登记系统的更新工作，发布的报告确证了迈克尔·贝里先前的发现，并将统计的数据从 1991 年更新到了 1995 年。新的数据似乎说明脑癌和白血病的发病频率峰值在 80 年代末和 90 年代初，随后有所缓解，不过这个下降趋势出现的时间太短还无法确认。对于欧申之爱的家庭来说，新的数据算是提供了确定的证据。吉利克说："我想我们可以一劳永逸地把'什么事都没有'的说法彻底消灭了。"②病例-对照研究进展缓慢让她很生气。杰拉尔德·法格里亚诺和他的团队还在一群外围专家的帮助下设计研究方法，这其中包括几位曾参与过沃本研究的人。法格里亚诺也跟吉利克的顾问委员会商讨，委员会对于如何扩展研究范围有很多点子。

政府在运转，只是速度跟不上欧申之爱。吉利克、帕斯卡瑞

① "Requests to Conserve Water, Power Ignored by Many in N. J.", *Associated Press*, July 16, 1997.

② Jean Mikle, "Cancer Cluster Confirmed; Federal, State Studies Cerify High Rates in Dover", *Asbury Park Press*, April 8, 1997.

拉，还有其他人见识到镇子的冷漠之后很沮丧，他们在考虑还能做些什么，一方面要推进调查，一方面如果进行诉讼还要保护这些家庭的权益。他们想，也许是时候该去找个律师了。吉利克再次致电简·谢里曼，这次她请他来汤姆斯河，到自己家与八个家庭见面。会面并不顺利。当谢里曼谈起自己在沃本事件之后的转变时迈克尔·吉利克打断了他。在谢里曼的记忆中，吉利克说："我们在和狼群打交道，要和狼较量你就得变成狼。"谢里曼辩解道："我了解狼群，我们把狼群看得太神秘了。但实际上狼不杀人。在这件事上我们可以做得更圆滑一些，而不是重走老路。"并且，他说，你死我活的斗争是没用的。"要是这有用，你就不会在这见到我了。"

这是一个让人泄气的消息。帕斯卡瑞拉说："你不会想听自己的律师说对方更有钱，你会输掉官司。你愿意相信我们生活在美国，正义会得到伸张。"他从自己的律师从业经历知道法律体系并非始终公平，但他仍旧很讨厌谢里曼的路数。"他当然不会很受欢迎，"帕斯卡瑞拉回忆说。吉利克一家也没有立刻买他的账——琳达·吉利克后来解释说："我真的很想上法庭，"——但谢里曼对法律系统的那些愤世嫉俗的看法她是认同的，也承认他的路子能更快地得出结果。[①] 她知道很多家庭都有经济困难，精神上也没有足够的毅力支撑长达十几年的诉讼折磨。多亏有沃本的先例，谢里曼有了癌症和地下水诉讼的经验，哪怕这些知识是通过诉讼和犯错（或者更确切地说是通过在诉讼时犯错）获得的。多亏《漫长的诉讼》一炮而红，还有已经在拍摄中的电影，他对媒体有着吸引力，到目前为止这还是成功的关键。最重要的是，吉利克看中了谢里曼在"沃本长征"中表现出的一种她最为

① Paul Kix, "In the Shadow of Woburn", *Boston Magazine*, September 22, 2009.

欣赏的品质：忠诚。就像她后来对记者说的："这个男人，为了他对这些家庭做出的承诺，最终失去了他的法律事业，和所有他一生追求的东西。"①

琳达·吉利克不止和简·谢里曼一个律师谈过，但这些律师中大部分都收取大笔预付聘金。他们不想重蹈谢里曼的覆辙，投入上百万美元到一个枝蔓丛生的案件中然后输到衣不蔽体。（这样说谢里曼绝不夸张：沃本案后他只能卖了衣服。）不过谢里曼不要聘金。另一位接洽过的费城律师马克·库克也不要聘金。他们愿意以风险代理原则收费，无论这些家庭最后获赔多少，他们都收取百分之二十五作为佣金。

马克·库克是一名安静、勤奋、认真的律师，对自己精通环境类案件的细节颇为自豪，他也的确有权利自豪。因为代理了松湖公园的两百户居民，他在欧申县出了名，松湖公园是一个北邻汽巴工厂的开发项目。上世纪80年代中期，该区域几十家后院的水井都被有机溶剂污染了，不过汽巴并不是罪魁祸首，因为它的污染物羽流是向东流向橡树岭小区的，不会向北去到松湖公园。库克接手之前这案子磨了好几年，库克一上手就大力推进，将目标锁定在了邻近的使用三氯乙烯的沥青厂。后来他开玩笑说，当时他去参观沥青工厂的"实验室"，在一个存放溶剂的库房门口看到了一只死了的动物，就知道他要赢了。

沥青厂的律师埃利斯·梅德韦告诉库克他应该起诉联合碳化物公司，辩称赖克农场才是松湖公园地下水污染的元凶。库克觉得可能性不大。松湖公园在汤姆斯河的另一头，在离赖克农场将近两英里远的西面。不过如果开庭，库克不希望沥青工厂有推卸

① Paula Span, "One Man's Poisons; Jan Sclichtmann's Last Pollution Case Turned into a Toxic Obsession. Now He's Digging for the Truth from a Different Angle", *Washington Post*, February 22, 1999.

责任的对象，就在起诉中加上了联合碳化物公司，他跟1971年禽蛋场排污事件的关键角色们都录了证词，包括尼克·弗尼科拉和他的哥哥弗兰克·弗尼科拉。在弗尼科拉兄弟的描述中，他们不走运的废物处理事业让库克既好笑又震惊。1996年，当赖克农场因癌症集群事件再次进入公众视野时，库克认为琳达·吉利克可能会对弗尼科拉的证词感兴趣。他从松湖公园的一位客户那里要到了她的电话，打了过去，把证词寄给了她。他觉得吉利克会想看这个，也可能很快会需要一名律师。

差不多一年之后，1997年的夏末，吉利克邀请库克进行了一次和谢里曼一样的见面会。库克带了一个他的合伙人，埃斯特·别列佐夫斯基，他是一名善于社交的庭审专家，如果吉利克雇用他们，他也能帮上忙。几个月前的五月，库克达成了松湖一案的和解，四百万美元的和解金引人注目。（由沥青厂支付，联合碳化物公司早如库克所料被排除在外。）他们的会谈很顺利，不过当几周后吉利克给库克打电话告知她打算聘请库克的事务所和简·谢里曼——那个《漫长的诉讼》里的律师——时，库克有些担心。库克知道沃本案和谢里曼随后的自我放逐，他不知道能不能跟这样一个人共事。

当库克、别列佐夫斯基、他们事务所的第三位合伙人杰拉尔德·威廉姆斯与谢里曼会面商讨未来的计划之后，库克的担心变成了焦虑。谢里曼向他解释自己新近热衷的无对抗解决方式，库克半信半疑，而谢里曼跟这些家庭说案子将在十八个月之内解决，这让库克觉得荒谬。基本上，谢里曼的意思是，如果所有的有关律师、他们的科学顾问，都承诺认真听取对方的辩解，这些家庭和公司就能够达成彼此都满意的结果。库克后来回忆说：“那天我们遇到的简，和书里那个简的差别之大令我诧异。他对这场诉讼似乎是太理想主义了。听着简直就是天上掉馅饼。”

尽管谢里曼的想法在库克和别列佐夫斯基听来如此地疯狂，他们还是要承认他的新哲学很适合汤姆斯河的情况，惯常的诉讼程序很难获胜。孩子们肯定会抓住陪审团的心，却未必能控制他们的大脑。在这种案件中，证明一个公司要对有毒物质排放负责只是仗打了一半，还是容易的那一半。更大的挑战在于要证明是排污造成了对原告的伤害。在汤姆斯河，要证明这个因果关系尤其困难，原因至少有四个：镇上的儿童癌症发病率偏高但不是很高，检测到的水中和空气中的污染物浓度相对较低，最严重的污染暴露发生于多年以前，而且很多污染物——包括 SAN 三聚物——的健康风险仍不清楚。

在这样的案件中，要想明确因果关系，律师需要聘请一整支科学家团队：化学家来识别污染物，工业卫生学家来估计污染物如何被生产和利用，水利工程学家和大气化学家计算污染物在土壤和大气中的迁移，毒理学家评估其效应，流行病学家估计其暴露于人群中之后的风险，医生来解释随之而来的疾病。这些专家收取的高昂费用（某些人是四百美元一小时）是沃本和类似案件要吸金数百万、耗时数年才能起诉的关键原因——也是因此，大部分原告律师不愿做这些。

谢里曼的方法能够以更便宜、快捷的路线到达一个更加确定的终点。路终点的那罐金子可能会比富有同情心的陪审团奖赏的少。但不大可能竹篮打水——这种可能性在高风险的庭审诉讼中是不能完全排除的。不让案子上庭也就没有了大量的外部法律文件，这些东西会把一个复杂的案件变得无比冗长。三个可能的被告，汽巴，联合碳化物公司，和联合水务公司都是大公司，有大量的资源，一旦这个案件发展到要竞争哪一方能在更长的时间内提出更多动议的阶段，这些受害家庭就输定了。

汤姆斯河案是一次挑战，但它对律师的确有一定的吸引力。政府的调查机构已经做了一些工作，否则这些事就要由聘请的专家来做。两个超级基金修复点位都已经过全面评估，州政府已经测试了全镇的水、土壤和空气。当然，杰拉尔德·法格里亚诺和政府的其他研究人员并不受制于任何一方，谁都不知道他们的病例-对照研究会是什么结果，连什么时候能做完都不知道。但它们和原告有着同样的担忧，这个不确定性对这几家潜在的被告来说恰恰是个大问题。随着著名的简·谢里曼的加盟，这个案件将对联合水务、汽巴和联合碳化物公司产生一连串不良的公众效应，它们三家都亟需避免负面消息。联合碳化物公司和汽巴都还在汤姆斯河有业务（这多亏有超级基金点位的修复工作），而联合碳化物公司的名声已经被博帕尔邦和其他的事故毁了。它们不会想和哀伤的父母开战，尤其是还有坚定的琳达·吉利克冲锋在前。

“归根结底是这么几件事，”别列佐夫斯基回忆说。公司们“要小心公关危机，而我们的因果关系有问题。我们觉得自己能获胜，但确实有风险。”谢里曼不同寻常的想法确实有可能——至少部分地——降低风险。经过几轮内部辩论，库克和别列佐夫斯基告诉吉利克，他们会接手这个案子，与谢里曼合作。他们会从他的绥靖路线开始，如果不行，再起诉。

律师们的第一项工作是确认谁是他们的代理人。欧申之爱的家庭希望在案件里只包括患癌的儿童，律师们乐于接受，这些孩子所能激起的同情是他们最有力的武器。而且，汤姆斯河唯一的癌症集群证据是儿童癌症——州政府没有分析镇上成人癌症的发病率。从这个角度说，卫生部的迈克尔·贝里其实早已设定好了未来案件的一些要素。1995 年贝里所做的发病率研究就集中于全部种类的儿童癌症，并未包括成人病例，因为那是护士莉莎·博纳齐安所要求的。他的研究回溯到 1979 年是因为那恰好是癌症登记系统确定有完整记录的一年。这些明确而无关科学的准则确定了汤姆斯河的癌症集群是仅限儿童、全部种类癌症、1978 年后的现象。律师和这些家庭一同决定遵循这些准则。[1] 另外，还有一个区域限制，这也多亏了州卫生部。最新的数据显示，汤姆斯河癌症的发病率高于欧申县的其他地区，所以律师们和吉利克决定，只有包括确诊前至少部分时间生活在镇上的孩子们——这是一个痛苦的决定，因为欧申之爱帮助着全县的患病家庭。一共有大概一百个孩子符合这些标准。律师很快与其中的三十八个家庭签订了合同，另外六十九个家庭最后也加入了。

客户就位之后，库克拿起电话，打给他在松湖公园案中结识的联合碳化物公司的律师文森特·金泰尔。按照谢里曼的想法，库克竭力避免挑衅的语调，还选择了下午的晚些时候，这是他认为金泰尔更加放松的时间，把电话打了过去。库克告诉他："我跟新泽西州汤姆斯河的一些人接触了一下，他们的孩子患有癌症。我在进行调查，不知道会不会有诉讼。我们不想提起诉讼，不过真的想和你们见一面。"金泰尔事务所——是费城最大的事务所——的另一位律师也拿起了听筒，他告诉库克："你最好小心点，最好搞清楚自己会不会像麻省的那个家伙一样输得精光，就书里那个。"

库克不知道怎么回话，于是他没再说什么。

---

① 迈克尔·吉利克 1979 年春天被确诊，差点没被包括在案件的范围之内。兰迪·林恩沃斯则没在其中，他是 1982 年确诊的，他父母后来单独与汽巴达成了法律和解。

第四部分　真　相

第二十章　局外人

当约翰·斯诺 1854 年决定调查伦敦索霍区的霍乱疫情时，他从自己位于萨克维尔街的办公室步行十个街区去了疫情的中心地带，敲响了那里的门环。不出四天他就发现了一个疑似病因，开启了现代流行病学。杰里·法格里亚诺只能梦想一下那样的行动自由。他不过是一个默默无闻的总调查员，现实中的调查项目受着多重约束：州卫生部、国家毒物与疾病登记处，还有两个外部专家审核小组。特别是，法格里亚诺还需要对琳达·吉利克的顾问委员会负责。他在卫生部的头头们竭力想避免再有汤姆斯河的坏消息上头条，因为 1997 年的大部分时间里州长克里斯汀·惠特曼都身陷州长改选这场硬仗。11 月时她获胜，优势仅有百分之一，两万五千张选票。

等到所有的小组都签完研究协议的时候已经是 1998 年 1 月了，距离法格里亚诺收到调研许可已经过去二十个月了。此时，病例-对照研究早已不再是他最初想象中那种沃本式——只着眼于花园路水井和当地儿童白血病和脑癌之间的联系——的研究了。研究还应该包括什么，似乎每个人都有自己的主意，这些主意很少被否决（应镇上一些居民的要求，州政府规定底线要包括成人癌症）。既然汤姆斯河的癌症集群吸引着媒体和州内政客的全部注意力，钱不再是问题。联邦政府、州政府和县政府已经花了两百多万美元，大部分用在了 1996 年州长惠特曼指派的应急检验上。她又跟国会申请五百万美元，一些新泽西州的国会议员将这个申请正式提交为“迈克尔·吉利克儿童癌症法案”。惠特曼最后全数拿到了这笔钱。然后州政府又扔进去几百万——这都只为了一个人口不足新泽西州百分之一的小镇。尽管没人做过精确计算，汤姆斯河的调查——包括病例-对照研究——最终的花费总计将超过一千万美元，牵涉到的人和机构多得无以计数。

在花园路水井中发现 SAN 三聚物，联合碳化物公司自然成了调查目标，但欧申之爱执意要将汽巴——镇上两代人主要担心的污染源——纳入调查中。对州政府来说这个决心不好下。州卫生部的本地癌症病例数据始于 1979 年，已知最后一次汽巴的污染物进入公共饮水系统是在 60 年代，那一次的染料废水污染了河边的霍利街水井。法格里亚诺明白，因为这个时间差，未来计划中的病例-对照研究中很少能有孩子接触过霍利街被污染的水。因为接触过的病例太少，统计学上，任何暗示汽巴可能是当地癌症病因之一的发现都是不可信的。但另一方面，毒物与疾病登记处已经同意花费上百万美元用于计算机模拟镇供水系统，以此推断 80 年代到 90 年代间哪些家庭收到了花园路井里被污染的水。将模型扩展到 60 年代检查霍利街井水的污染并不会增加太多工作量。法格里亚诺觉得值得一试。

他还支持另一方面的研究：汤姆斯河的很多人都接触过的，汽巴的空气污染的影响，尽管对大气污染的研究比地下水的研究需要更多的估测。污染物在地下水中的迁移非常缓慢，一年可能只有四百英尺。在空气中它们移动这点距离只要几秒钟。快乐平原下面的地下水就是一个地质档案，保存着过去赖克农场污染的证据，但过去那些年里汽巴火力全开时烟囱里排出的气态污染物没有这样的存档。不过，有一个方法可以估计这种大气排放的影响。研究者可以参考过去的天气记录，看看哪些居民经常处于工厂的下风向处，受大气污染的影响最大。然后，他们就可以将下风向区域和其他地区进行比较，看儿童癌症病例是否更多。实际上这和研究饮用水部分用了相同的策略，在水这部分，法格里亚诺将和同事们研究那些特定年份里——那些已知水井受到化学污染的年份里——收到最多花园路水井或是霍利街水井供水的居民中，癌症发病率是不是最高。总而言之，有三个接触方式可以研究：1982 年至 1996 年间花园路水井，1962 年至 1975 年间霍利街的水井，1962 年至 1996 年间汽巴的大气污染。

下一步是选定参与儿童。根据州癌症登记系统记录，研究的年份中汤姆斯河共有二十二名儿童确诊为白血病，十八人确诊脑及其他中枢神经系统肿瘤。这四十名儿童每一个将和四个“对照”儿童进行比较，“对照”的儿童除了不患癌症之外，年龄和性别均与他匹配的“病例”儿童一样。法格里亚诺将和他的同事以水力分布和风力方向的计算机模型来检验，与对应的未患癌儿童相比，病例儿童在特定年份中是否更有可能生活在高污染区域中。最后，研究人员将对参与研究的所有两百户家庭进行细致访谈，以一个详细的问卷来调查其他因素——如营养、吸烟、职业等——是否对结果有影响。

这个计划雄心勃勃，但仍不能令琳达·吉利克和她的顾问委员会满意。欧申之爱的一些家庭住在镇上的其他区域，那里也有污染泄漏到地下水，例如已经关闭的镇垃圾填埋场，和汽巴过去那条有渗漏的排海管道。另外一些人则在担心镇以南十英里处的牡蛎溪核电站的辐射。那些区域并没有明确的证据证明儿童大量接触到了致癌物，州政府再一次同意都进行调查，看暴露最高的区域是否有癌症发病率升高。对于这种小型研究，因为已发现的病例数太少，几乎不可能得出统计学上有意义的结果，但法格里亚诺二话没说就算进去了。他回忆说：“要求就是地毯式的搜索过去可能的暴露。”州政府甚至聘请研究人员分析当地住家的粉尘，看其中化学成分是否有异常。（在他们知道这花不了几十万美元之后。）

即便是将所有这些额外的部分全都加入了调查，仍有一些父母觉得自己被遗漏了，他们的孩子不是白血病或中枢神经系统肿瘤，是其他类型的肿瘤。还有些委屈的父母辩称研究应该包括出生在汤姆斯河，但是在确诊前已经搬走的孩子。为了满足他们，州政府同意再进行一个病例-对照研究。这一个目标一样，但只考虑出生证明上的家庭住址，不管访谈地址在哪里。因为这样的病例有四十八个，加上四百八十个对照，出生记录研究的规模是访谈研究的两倍以上，不过实施起来更容易，因为不需要问卷调查，也不需要每家提供安全许可。

州政府这种由政治因素驱动的、越多越好的扩展研究范围的态度取悦了欧申之爱的父母们，却带来了科学上的风险。法格里亚诺原计划的调查从检验一个假设——接触过花园路井水的孩子患上白血病和脑癌的风险更大——变成了用两个研究检验十几个假设。这样的研究揭示出的联系可能是偶然的，而非真的由环境风险导致，每一个加入的内容都使这种偶然性出现的概率更大。统计学上，结果有显著性的标准定义——尽管这个定义或许有些主观——是在二十次随机的偶然事件中这个结果出现的概率不大于一次（即百分之九十五置信区间）。但如果研究人员研究的是污染与癌症之间的多种联系，其中至少出现一次“假阳性”结果的可能性就会增大——就好比投骰子的人扔十二次骰子，投中两点的概率要比只扔一次大得多。罗格斯大学的流行病学家，汤姆斯河这次研究的外部顾问丹·瓦滕贝格说：“只要你花力气挖掘数据，以更多种方法分析它，你总能发现点什么。如果你不断地提出假说，不断做更多分析，最终你会质疑每个所发现的关联。”

州卫生部的官员们觉得自己别无选择，只能面对这种风险。他们要是忽略了哪个大家所顾虑的问题，就会有非议，研究结果也将受到批评。法格里亚诺解释说：“我们不希望情况变成有一些没分析的，然后得出了一些结论，因为这样一来人们会说：‘那个什么什么怎么样？为什么你们不分析那个？’我们觉得必须没有遗漏。”

杰里·法格里亚诺和他的同事们打算全都查一遍，1998 年 3 月，他们终于准备开始了。

现在的汤姆斯河，科学家和律师控制着节奏，时间慢得让人难以忍受。在法律方面，时间则是完全停滞了。新阶段开始于 1997 年 12 月 12 日，这些家庭的律师们——简·谢里曼、马克·库克和埃斯特·别列佐夫斯基——在汤姆斯河的老法院附近召开了一个新闻发布会。镇长小乔治·威特曼对这事没什么好感，他对《阿斯伯里帕克新闻》的记者说：“当我们在努力给镇子制造正面形象的时候，却又要受到负面关注，这让我失望。”① 谢里曼这种知名律师的到来肯定会给汤姆斯河带来更多不必要的关注，加剧这些家庭与镇上其他人的紧张关系。

但律师们和他们的代理人们尽力不让情况变成贪婪的律师和被动的受害者掉到了钱眼里的故事。谢尔曼宣布，他们没有提起诉讼。相反，他们希望能与联合碳化物公司、汽巴和联合水务——这些公司被自己的客户怀疑伤害了孩子们——“敞开沟通渠道”。谢里曼说：“我们想像合作伙伴一样一起搞明白这里发生了什么。”他又说，万不得已再提起诉讼。他宣称：“在有其他解决方案的情况下，任何一个选择诉讼的人都是愚蠢的，极端愚蠢。”

而这些家庭，当他们的律师忙着进行和解的时候，是不会作壁上观的。在律师的协助下，他们成立了另一个组织，名为“有毒环境影响儿童健康”（TEACH）。谢里曼解释说，TEACH 的任

---

① Patricia A. Miller and Jean Mikle, “Lawyer Vows Answers for Families Hit by Cancer”, *Asbury Park Press*, December 12, 1997.

务是对牵涉到环境风险的社区——特别是那两个超级基金修复点位——进行教育，并通过游说实现更严格的修复。这是一个成员只包括涉案家属的宣传团体。谢里曼很喜欢这个点子——不单是因为这是他想出来的。无论 TEACH 能不能成为一个活跃的团体（它在某些时段确实是活跃的），它都拉近了这些家庭和律师们彼此之间的距离，形成一种共担使命相互支持的感觉。它还向全镇表明，这些家庭愿意为整个汤姆斯河的改善做些事情。而且，更重要的恐怕是，它向联合碳化物公司、汽巴和联合水务表明，这些家庭决心团结在一起推进这件事。布鲁斯·安德森回忆说："它释放出一个信号：我们是团结的，我们是认真的，"他后来成了 TEACH 最活跃的一分子。安德森为社团设计了 T 恤，上面画的是抓着输液瓶的没头发的孩子。他还建了一个网站，www.trteach.org，经常更新一些有关汤姆斯河环境污染问题的新闻和消息。

谢里曼不上法庭的战略要想成功，首要的条件就是那几家公司相信，这些家庭在必要的时候会提起诉讼，但时间所剩无几了。按照新泽西州的法律，个人伤害类案件的原告在发现造成伤害的原因之后只有两年的时间用于提起诉讼。对儿童案件的例外是这两年的期限从他们年满十八岁开始计时。但谢里曼的一些客户都已经二十几岁了（此案中囊括的病例确诊时都是未成年的），所以，这两年从什么时候开始算起就成了一个关键而棘手的问题。法官有理由将其设置到早在 1995 年 9 月琳达·吉利克第一次看到迈克尔·贝里的癌症发病率研究副本的时候。因此，对原告来说，最保守的策略就是尽快开始诉讼。

但冲向法庭恰恰是谢里曼最不想见到的。他美妙的设想需要时间，用于调查实情，然后是专家陈述，律师们进行讨论，最终达成和解。只有在相互尊重的氛围下这才能实现，但在对手之间建立互信需要很长时间。谢里曼曾跟家属们说可以在十八个月内解决，谁都不信。实际上，他这条不同寻常的路要想走通，除非律师们经协商一致同意“叫停”——或者暂时终止——这法律上的两年限期。如果那几家公司愿意签署叫停的协议，谢里曼不上法庭的策略才有机会成功。否则，这起案件几乎肯定会变成第二个沃本案，经过多年的诉讼、庭审、上诉，花费上百万美元，结果却极不确定。

很快，1998 年 1 月 15 日，这个问题在普林斯顿的一次全天大会上变得迫在眉睫。出席会议的是十几个互相猜忌的律师。未来他们将有相当长一段时间在一起，他们会了解到彼此的生平：他们的婚礼、疾病，甚至葬礼。但现在，他们是态度强硬的陌生人，彼此都不太看得上眼。最激进的是联合碳化物公司的首席法律顾问罗伯特·巴特勒，在埃斯特·别列佐夫斯基的记忆里，此人“基本上把我们的客户看成是一群贪婪的投机犯，指望从自己孩子的不幸中捞一把油水”。“我们说我们的客户有一些诉求是合法的，他嗤之以鼻。我差点就站起来质问他们凭什么这样盛气凌人了。”①

谢里曼的美梦——新的律师技巧——很快变成了噩梦。会议室中的火药味越重，他就越发狂热地劝说双方不要把案件变成又一个沃本案。联合碳化物公司的首席外聘律师威廉·沃伦读过《漫长的诉讼》，听到谢里曼的话大吃一惊。他所在的德林克·比德尔律师事务所是费城最大的几家律所之一，他在其中执掌环境类案件小组，沃伦回忆说：“我想最开始的时候每个人都多多少少有怀疑。”他的同事巴特勒比他镇静一点，因为他看到了一些关于谢里曼的最新报道，包括他如何将自己放逐到了夏威夷，以及他转而追求和解的巨变。但这些无助于双方协商达成暂停

---

① 在一次访谈中罗伯特·巴特勒提到，他对这次交锋的记忆与埃斯特·别列佐夫斯基说的不同，但因为需要对讨论内容保密，无法具体证明。

协议。

马克·库克回忆说："会议气氛很紧张，有好几次差点就谈崩了。"辩方律师"基本上意思就是'我们知道你们没法提起诉讼，因为你们没有证据，所以我们干吗要给你时间'"。不过最终，几家公司决定再给对手十八个月，因为这样有可能避免一场费用昂贵、充满不确定性，还引起高度关注的诉讼，冒这个险值。双方达成了暂停协议，法律限定的上诉时限停滞在了 1998 年 1 月 31 日。谢里曼对案件的异端理念通过了第一次测试，其结果是，此案有了一丝不经诉讼而解决的可能。

现在案件工作启动，谢里曼开始聘请科学家。沃本案中他花了一百多万的专家费。汤姆斯河不用这么挥霍，公共机构已经做了大部分的科学工作。不过律师们等不起病例-对照研究的结果，公司只答应暂停十八个月，谁也不知道法格里亚诺的团队要花多久才能完成调查。这几个家庭聘请的律师们要进行一个平行调查，一个政府已经在做的调查的影子调查。谢里曼找当时沃本的那拨人来协助。需要流行病学家，他找了波士顿大学的理查德·克拉普，他曾为沃本案工作过，也是吉利克顾问委员会的顾问。[①] 需要做水力模型，他找了彼得·墨菲，他重建的沃本错综复杂的管道系统是沃本案的关键。他还请了波士顿一家研究所调查受害家庭的健康、生活习惯和病史，这家机构恰巧叫约翰·斯诺研究所。

与此同时，马克·库克则投入了汤姆斯河的科学难题之中。他甚至买了一本难啃的教科书，《聚合反应原理》（有三磅重，八百三十二页厚），自学化学工业，特别是塑料业的基础。他还花了大把时间去位于汤姆斯河镇的欧申县图书馆，州政府和联邦政

① 拉夫运河抗议活动中曾经的领袖洛伊斯·吉布斯向琳达·吉利克推荐了理查德·克拉普。吉布斯现在在华盛顿特区做全职环境活动家。

府所有关于赖克农场和汽巴的调查文件，最早到20世纪60年代初，官方都存在那里。那里的文件大约有三十万张之多，填满了一百六十八英尺的架子。图书馆将那里称为“耻辱之墙”——现在还这么叫。

1998年春天，州政府病例-对照研究的第一次访谈开始，这时候汤姆斯河刚刚度过了一段相对平静的时期，这种平静不久就会被怒火终结。5月中旬，琳达·吉利克在她的顾问委员会的会议上宣布，医院的社工最近告诉欧申之爱，又确诊了五例儿童癌症——这是近十六个月来首次出现新发病例。吉利克明确地说她确信病因是当地的污染。她对记者说：“我们不能妄下结论，但直觉会问，他们几个人有什么共同点?”后来，她更加明确地指出，联合水务公司在去年夏天用水高峰时期的几个周末用了花园路那两口污染水井里的水，她怀疑这与几例病例有着某种联系。[①] 基本可以肯定，她说的这个病因是错的，1997年夏天这两口井里抽出的水经过了活性炭过滤和汽提，水里的三氯乙烯或是SAN三聚物浓度不会高于1 ppb，没有已知的健康风险。

吉利克的宣言激起了新一轮的报道，汤姆斯河被描绘成了一个癌症镇，此时，本年度的夏季旅游季即将开始。这一次，企业的老总们毫不掩饰他们的愤怒。开发商加里·罗塔诺是汤姆斯河-欧申商会的成员，他回忆说：“很多人都很生气，我也是，我们在全国都受到攻击。人们说这里是拉夫运河的翻版，我觉得这不公平。”吉利克发表宣言后不久，罗塔诺对《阿斯伯里帕克新闻》的记者说，吉利克不等州政府确认新发病例就“制造歇斯底

① 可见于 Frederick Kunkle, “Activist Cites Five New Kid Cancer”, *Star-Ledger*, May 14, 1998；和 Patricia A. Miller, “Utility's Aim: Keep Two Wells Off Line”, *Asbury Park Press*, May 19, 1998。

里”是“不负责任”的。[1]

房产中介也在抱怨：市场停滞，他们认为这是宣传的责任。在吉利克的委员会工作的罗伯特·贾拉内拉说：“有很多人是真心希望整个事情快点过去的。”他的一些医生同事警告他不要再跟欧申之爱有什么瓜葛，因为这事他的几个病人不再找他了。后来，当贾拉内拉想卖了房子搬去佛罗里达的时候，第一个买家签好协议又一走了之。他回忆说：“房产经纪给我们电话说，因为汤姆斯河水里的东西，买家撤了。”镇上很多人家都有类似的经历，很受伤。

州政府内部也有压力。州卫生专员菲什曼的副手艾琳·古尔斯基专门负责这个调查已有两年。灾难开始时她因为说全面研究癌症集群没有用而惹怒了这些家庭，现在她在尽力赢得他们的信任。每月她开车穿越新泽西去参加吉利克的顾问委员会的例会，小心翼翼不再像过去那样让人觉得麻木不仁。所以，当有记者问她如何评论吉利克宣布五个新增病例的消息时，古尔斯基说她“非常非常担心”。[2] 在菲什曼看来，这是个错误的回答。在卫生部官方确认这些病例之前，他不希望手下再在汤姆斯河搅起任何焦虑或愤怒。没过几天，古尔斯基在压力下辞职，离开了新泽西州。

和以往一样，琳达·吉利克说的没错，州卫生部很快确认确实有五个新增病例。认识吉利克的人都不吃惊，她对儿童癌症病例的记录一向一丝不苟，而且她在当地医院的信息源没有问题。但公众的批评还是伤了吉利克的心。在她的记忆里，多年来的激进活动中，那一次是情绪最低落的。自此之后，尽管她一如既往

---

① Patricia A. Miller, “Cancer Scare ‘Hysteria’ Irks C of C Leader”, *Asbury Park Press*, May 21, 1998.

② Angela Stewart, “State to ‘Aggressively’ Pursue Report of New Child Cancer Cases”, *Star-Ledger*, May 15, 1998.

地直言不讳，她会同时不厌其烦地告诉来访记者，汤姆斯河是一个“美丽的小镇”，镇上的“人都很好”——不过这里有癌症问题。

镇上很多人并不愿意接受这个消息。患儿家长金·帕斯卡瑞拉回忆说：“我想总体的态度是，不单是怀疑是否真的存在癌症集群。已经接近敌对了。这地方大部分的人把我们这些人当成是疯子。他们觉得我们杞人忧天，还有些人觉得我们做这个是为了钱。”社会学家所谓的“局外人和知情人的对立”开始生根。[①] 整个镇子分裂成了两种文化，一个比另一个大得多，双方各自有自己的语言、思维方式。因为不信任、不理解的鸿沟，双方都在小心观察对方。

汤姆斯河大部分人想要的——也是他们一直渴望的——是被当做普通人。他们在尽力继续正常生活。但对于欧申之爱的家庭来说，生活永远不可能正常。他们无法选择放手。特别是现在病例-对照研究已经开始了。他们欢迎这样的研究，因为最重要的是，他们想知道当别人家的孩子什么事都没有的时候，自己的孩子为什么要受这样的折磨。而在镇上的绝大多数人看来，这个研究是在提醒他们，自己生活的地方已经被打上了烙印。

汤姆斯河能不能像新可口可乐，或是淡味万宝路一样重贴一个标签？人们试过了。加里·罗塔诺和其他的企业老总们临时聘请了纽约一个著名的公关公司鲁本斯坦联合公司对小镇进行形象改造，不过他们很快放弃了，因为没法操作，价格也太贵。早先，南汤姆斯河的居民们曾提出将他们的选区更名为锡达角，被选民否决了。不过 1998 年 8 月，一群十二岁的男孩完成了其他人做不到的事，东汤姆斯河棒球队击败一支日本队伍赢得了少年棒

① Michael R. Edlstein, Contaminated Communities: *Coping with Residential Toxic Exposure* (Westview Press, 2004), ch. 4.

球联盟世界大赛，他们让全镇沸腾了。

少年棒球联赛是最能代表城郊普通生活的事了，汤姆斯河人为这尽了全力。多亏了积极的筹款，场地和设施都很棒，他们有令一些乙级专业队伍都嫉妒的场地照明和室内练习场。有一千八百个孩子在练习。女孩子那边则有竞技拉拉队，在当地也很不错。东汤姆斯河少年棒球队曾经在1995年参加过一次世界大赛，在淘汰赛阶段出局。1998年这支球队横扫同组八支球队一场未失，最后逆转击败日本鹿岛队。这次比赛的明星是一个有点过气的球员克里斯·卡多内，他替补上场，打出了两个本垒打。全世界的少年棒球队十万支都不止，东汤姆斯河是这里面最棒的。

这场胜利带给汤姆斯河的兴奋是前所未有的，以后也不会再有。自从1984年玛利亚·马歇尔在花园州大道被杀之后，汤姆斯河第一次不是因为污染或癌症登上了全国新闻。这也是任何人记忆中的第一次，汤姆斯河因为一些正面的事情而出名。一位妇女对《洛杉矶时报》的记者说："什么时候我告诉别人我是汤姆斯河人，他们都说：'哦，那个水和谋杀案。'"① 另一个人对《纽约时报》说："我们的小伙子们解决了所有的问题，人们终于可以把汤姆斯河看成是一个正宗的美国小镇了。"也有人说："真高兴总算可以说一些不让我们尴尬的事情了。"② 凯旋的英雄们在花园州大道的匝道上受到警车护卫，带他们回到有两千名粉丝等候着的主场，几百人夹道欢迎。几天后，四万多人——差不多是镇上人口的一半——到霍珀大街游行。为了纪念这件事，37号公路更名为少年棒球世界大赛大道。正是这条路，通往老化工厂，也

---

① Nancy Lorenzo，引自 Mark Fritz，"Little League Giants Put Town on Map, For Good"，*Los Angeles Times*，August 31，1998。

② 第二个和第三个人的话是 Laurie Baiamonte Amato 和 Kevin Turner 说的，出自 Nichole M. Christian，"What Tropical Storm? Only Bliss in Toms River"，*New York Times*，August 29，1998。

通往很多孩子第一次被确诊为癌症的医院，还有欧申之爱办公室。

这场胜利还有一个特殊的意义，汤姆斯河的胜利也是由孩子带来的。少年棒球队取得胜利之后，当外人问起镇上何以有如此高超的运动技能时，居民们的答案常常是一个："肯定是因为那水。"一些欧申之爱的家庭觉得这种俏皮的回答是在针对他们。他们觉得他们的一些邻居是在以少年棒球队的胜利嘲弄这里确实存在的污染问题。梅兰妮·安德森，布鲁斯的妻子给《阿斯伯里帕克新闻》写了一封信，说"真正的英雄"是那些病着的孩子。她回忆说："我说棒球不能算生活，也不是死亡。这些棒球少年要真的是英雄，就应该来和患癌症的孩子交朋友。"少年棒球队后来参加了一个为欧申之爱的孩子举办的晚会，但这些家庭和镇上其他人之间的鸿沟并未弥合。

就在少年棒球队掀起狂潮的同时，县议会批准为当地患癌夭折的孩子建一个简朴的纪念碑。汤姆斯河喜欢纪念。华盛顿大街上有三十几个纪念碑或纪念牌，这个繁忙的街道现在被镇议会设置成了游行路线，又被称为"美国精神大道"。退伍老兵、商船水手、志愿消防员，还有急救员，都有标志，在法院、县行政办公楼、镇市政厅的门口草坪上还有足够的地方立起更多的纪念碑，在那里，新近立起了少年棒球队胜利的标志。

欧申县的政客们却将这个纪念病死儿童的粉色石质纪念碑安置在了别的地方：放在了县里一个安静的小公园——滨岸公园——的一个角落里。参加落成典礼的人很少，大部分都是去世孩子们的亲属。刻在花岗岩石板上的名字有加布里埃尔·帕斯卡瑞拉，兰迪·林恩沃斯，还有嘉莉-安妮·卡特，正是她 1995 年的葬礼将护士莉莎·博纳齐安带到了汤姆斯河，激发了她要对汤姆斯河的儿童癌症进行调查。

在那块粉色的花岗岩上还有一些空处，足够再刻上五十个名字。但后来发现，这还是不够。

汽巴在世的前员工共有两千五百多名，这个夏天他们收到了一个包裹，告诉他们无须担心。第四次，也是最后一次的工人流行病学调查结束，结果显示前员工中癌症的病死率只比全州的水平稍高一点。公司的一名经理告诉记者："总之，我们对这个结果非常满意。"① 和过去几次一样，这个研究由位于伯明翰的亚拉巴马大学的工业流行病学研究小组完成，菲利普·科尔和伊丽莎白·德尔泽尔带队，他们的工作大部分由制造业和工业协会资助。汽巴不单付了三十二万美元来进行这项研究，还支付了德尔泽尔作为州政府病例-对照研究顾问的工资，她已经代表公司参加了公众听证会。

和之前的研究一样，光鲜的外表下还有一些难点。因为"健康工人效应"——这是一个确定无疑的现象，那些足够健康，可以被工厂聘用的工人，他们整体的健康水平是高于人群的平均水平的——整体上厂里的癌症病死率和全州的水平基本相当。② 但在那些密切接触危险化学品的工人中存在着某些癌症的集群。例如，在还原染料车间和维修工人中肺癌的病死率比期望值高百分之五十。偶氮染料车间工人死于胃癌或是膀胱癌的概率比期望值高四倍。还原染料、偶氮染料和塑料车间中工人死于中枢神经系统肿瘤的概率比期望值高三倍。这种关系在先前的研究中也发现过，但现在更明显了，因为死的人更多了。即便如此，德尔泽尔和联合作者纳里尼·瑟塞亚库玛辩解说死亡率升高的原因未必是化学物质的接触，因为工作多年的老工人接触到的时间长得多，

① 此话出自汽巴汤姆斯河厂的现场经理 Eugene Gessler，引自 Jean Mikle, "Cancer Death Rate Normal among Ex-Ciba Workers", *Asbury Park Press*, July 2，1998。

② Nalini Sathiakumar and Elizabeth Delzell, "An Updated Mortality Study of Workers at a Dye and Resin Manufacturing Plant", *Journal of Occupational and Environmental Medicine* 42：7 (July 2000)：762-771.

但病死率并不比新聘用的工人高。但这个解释忽视了健康工人效应的另外两个方面：新聘用的工人更容易被分派到高暴露的岗位上，而那些不健康的可能会更早离岗。

瑟塞亚库玛和德尔泽尔也承认了一个问题，汽巴的长期雇员中有一组特别不幸，被暴露在了毒性环境中：有八十九名工人——全部过世——在 1959 年来到汤姆斯河之前曾在辛辛那提化工厂工作过很长时间。他们患上膀胱癌、肾癌或中枢神经系统肿瘤的概率远远高于正常。综合各种癌症，他们的死亡率（二十例）比州平均水平（期望值十五例）高百分之三十三，即便不考虑健康工人效应。亚拉巴马大学的研究人员承认，这些人——只有这些人——的死亡率受到了化学物质的影响。他们赤手捧挖对二氨基联苯或β-萘胺，经常不带防尘面罩，他们身处一条证据确凿的流行病关系链中，那就是这两种化合物与膀胱癌的关系。这一联系的发现可以上溯到上世纪 30 年代威廉·休珀在杜邦的研究。但对于工厂中其他俯拾皆是的发病率升高，瑟塞亚库玛和德尔泽尔毫不让步。对于还原染料车间、偶氮染料车间和维修工人中的癌症集群，他们只说“这种升高可能是偶然现象，可能由无法控制的吸烟因素或其他未识别的职业暴露引起”。①

曾经的雇员们将这个结果看作极端的侮辱。过去的工会主席约翰·塔尔迪说：“老实说，我觉得荒谬。”早在 1987 年他就听说了这种乐天派的消息，当时德尔泽尔在做类似的研究，和这次的新项目一样，她只按照死亡证明上的死因做分析。工人们当时想要的——现在也一样——是对病例进行追踪的发病率研究，不只包括死亡。只有两次，德尔泽尔在 1987 年时，她的博士生法比奥·巴本在 1989 年时稍稍用心追踪了一下工厂的癌症发病率。他们只调查了脑及神经系统肿瘤和肺癌，就发现病例数异乎寻常

① Sathiakumar and Delzell, “Updated Mortality Study”, 762.

地高。巴本甚至认为工厂中一半以上的神经系统肿瘤和大约三分之一的肺癌是接触化合物引起的。[①] 现在十年过去了，瑟塞亚库玛和德尔泽尔又用上了死亡证明，又在和普通人群进行可疑的比较。

汽巴对老员工的做法让约翰·塔尔迪难过，但对于汤姆斯河调查了什么——还有什么没调查——他只能无奈地摇头。他眼看着政府花费数百万美元在远离工厂围栏的居民区中彻查癌症诱发过程中少量的化学污染扮演着什么角色。他并不是嫉妒琳达·吉利克的研究，只是奇怪为什么没人为他这两千五百名退休职工做同样的调查呢。相比于任何一个喝了花园路井水或是住在汽巴烟囱下风向的孩子和孕妇，他们承受的风险要高得多。但像杰里·法格里亚诺这样的病例-对照研究，针对工厂的却没有。汽巴在汤姆斯河的麻烦已经够多了，极为昂贵的清理工作，还可能面临着与几十个生病或夭折的孩子的诉讼。而且现在公司已经小多了，因为诺华（合并的汽巴和山德士）放弃了化工生产，转而进行更加清洁、利润也更高的制药。公司合并一年之后，1997 年瑞士总部剥离了化工合成部分——包括已关闭的汤姆斯河化工厂——成立了一家更加清洁的公司，名叫汽巴特殊化学品公司。对这个小号的汽巴来说，汤姆斯河只赔不赚。赚钱的在亚拉巴马、中国和印度。这种情况下，汽巴不会再对它在汤姆斯河的前雇员重新启动流行病学调查了。

自从弗洛伊德·加尼科拉固执己见地在花园路水井中发掘出了苯乙烯-丙烯腈三聚物之后，他晚上和周末都在搜捕其他的 TIC 们。这个首字母缩写的意思是“初步鉴定化合物”，加尼科拉打算根据他色谱图上的峰来发现更多的这种物质。他在州环保部的

---

① Delzell，Macaluso，and Cole，“Follow-Up Study of Workers”，276—77. 也见于 Barbone，Nested Case-Control Study，39—40。

领导不同意这样做，所以加尼科拉只能在非工作时间做这件事。他跟上司说想额外做这些工作，希望这作为未来博士论文的题材。此话不假，但不单是因为这个。更深层的原因是他与欧申之爱的家庭之间形成了一种情感纽带。他的工作将联合碳化物公司与花园路水井联系在了一起，这曾为病例-对照铺平了道路。现在，这位曾经的化学侦探想查清楚，还有什么东西从赖克农场渗到了花园路水井里，并最终去到了成千上万汤姆斯河家庭的水池中。

这种分析工作很难，未识别的化合物都很少见，他们中的大多数浓度不超过 1 ppb。最麻烦的是初始的分子已经破碎成了片段。要将这样的碎片拼接成原来的分子相当于把从二楼阳台摔下来的蛋壳重新拼好。即便如此，加尼科拉还是有了些进展。1997 年年底他确认了花园路水井中的大约二百五十种片段。其中很多都和 SAN 三聚物有很大关系，但其他的更像阻燃剂，或是联合碳化物公司加到塑料产品里提高耐用性的物质。还有一些似乎是这些化学物质在从赖克农场到水井的一英里地下旅途中混合后形成的新物质。花园路水井中，这两百五十种分子片段的浓度都非常低，但汤姆斯河人喝的时候它们可不是一个一个进去的。加尼科拉回忆说："我们的孩子在学校里喝着这样的水，而我们根本不知道里面有什么。"

一如既往地，加尼科拉的上司认为他这是在浪费时间。新泽西州环保部的环境安全与分析主管吉拉德·尼科尔斯回忆说："弗洛伊德真是有劲头儿。但是其他人看不到他那些 TIC 们，而且还有个问题，这些东西多到什么程度才有意义。"到 1998 年中期环保部和卫生部已经不再关注加尼科拉的 TIC 检测了，并且已经悄悄终止了识别花园路水井中其他化合物的工作。在州政府看来，问题已经解决。低剂量的 SAN 三聚物和三氯乙烯在两口井中有，而且活性炭过滤装置和汽提塔能够去除它们。没人再喝那两口井里的水了，除了刚刚过去的夏天用水紧张的时候临时用一下。除此之外，这两口井仅用于去除赖克农场的污染羽流。干什么还要花费时间和精力来寻找其他污染物呢？

不出大家意料，弗洛伊德·加尼科拉没有老实地接受上司的决定，而且他知道应该跟谁抱怨这事。他要求和琳达·吉利克见面。尼科尔斯同意了，条件是他也要出席以进行辩解。这次会面在欧申之爱办公室进行，相当激烈。当加尼科拉说花园路水井中有其他污染物，不单是 SAN 三聚物和三氯乙烯时，尼科尔斯反驳说那些物质浓度极低而且根本不相干，因为活性炭过滤装置能把它们去除掉。但加尼科拉没就此打住。他还告诉吉利克三聚物还渗透到了花园路另两口水井，那里没有过滤装置，还是全镇重要的供水井。

几个月后，沮丧的州政府办公室不得不承认，加尼科拉这次又对了。问题还是和从前一样，联合水务没法保证高峰期的供水。1998 年 7 月，热浪袭来，水务公司对花园路水井抽得比平时更狠了，于是抽出了赖克农场的污染物羽流。检测到的三氯乙烯和 SAN 三聚物含量很低，小于 1 ppb，但确实存在。① 州政府拒绝强制水务公司给新污染的两口水井安装过滤装置，吉利克就将参议员弗兰克·劳滕伯格请到镇上来要求安装过滤器。他站在新竖立在滨岸公园的癌症纪念碑前，向公众说："在汤姆斯河，有些东西错得离谱。"州长惠特曼立刻让步，命令新出现问题的两口井加装活性炭过滤器。这次，联合碳化物公司拒绝为如此低浓度的物质的清除工作买单，于是纳税人掏了这一百五十万美元。

新的过滤器装好之后，赖克农场最后的一丝已知的污染物羽流终于从汤姆斯河人的饮用水里消失了。至少从 1982 年起，联

---

① Jean Mikle, "Third Toms River Well Has Traces of Pollutants", *Asbury Park Press*, September 10, 1998.

合碳化物公司的污染物就渗入了花园路水井，但水中物质的成分仍旧是一大谜团。只有两种污染物是确认了的：溶剂三氯乙烯和塑料的副产品 SAN 三聚物。弗洛伊德·加尼科拉对于水里还有哪些东西是有一些想法的，但没人听他说，大家都停止了追踪。

州“TIC 委员会”在它最终的报告中总结说，在未经过滤的花园路水样中共有两百六十一种未知成分，其中一百二十二种与 SAN 三聚物有关。报告指出：“本文列出这些信息，意在为深入的化学分析提供基础信息，这种深入分析对于调查应该是很重要的。”① 但不会再有什么分析了，尽管相比于还没有做的，已经做了的微乎其微。加尼科拉力主对所有的 TIC 的累加风险进行评估，以确定这些低剂量的混合物在一起会不会出现整体风险，但州环保部否定了这个提议。要搞清楚 SAN 三聚物的毒性已经很困难了，更别提评价另外一百多种化合物在低剂量下的联合毒性了。

州环保部的这个决定使得对汤姆斯河的研究离该镇复杂的现实环境问题越来越远。后来，甚至联合碳化物公司的顾问都认为这是个错误。来自滑铁卢大学的工程师乔恩·赛克斯为联合碳化物公司绘制污染物羽流图，他说：“除了个别污染物之外，我们真的应该整个查查那些东西。你要是把它们整个加在一起，浓度就大于 1 ppm 了，这可是不少。你看看这个就会想：‘上帝啊，水里的垃圾可真不少。’”但州政府不愿意查下去。所以，对于污染的地下水如何影响癌症集群的研究，只能依据一种化合物进行了：苯乙烯-丙烯腈三聚物。水里也有三氯乙烯，但在汤姆斯河，1998 年后它在水里的浓度很少高于安全限值 1 ppb。而 SAN 三聚

① John Jenks et al., *Characterization of Non-Target Substances in the Groundwate near the Reich Farm Superfund Site*, *Dover Township*, *New Jersey*, New Jersey Department of Environmental Protection (April 10, 2000), 5.

物则没有所谓限值，因为还没有人评价过它的毒性。很多问题都取决于SAN三聚物的风险到底有多大，但这方面的检测才刚刚开始。

弗洛伊德·加尼科拉永远是个外人，他不久就不再争取继续调查了。1999年他调往州环保部的另一个部门，后来去了州卫生部，专攻食品安全和反恐，他试图将汤姆斯河抛诸脑后。他甚至搁置了自己未完成的博士论文，论文的主题是彻查SAN三聚物。不过多年后（2012年退休后）他又开始小心翼翼地研究它了。

对于自己的关键成果推动了汤姆斯河的研究，他始终很自豪，但他认为这件事严重损害了自己在州政府的职业生涯。他说：“对汤姆斯河，有很多痛苦的记忆，说起来胃就抽筋。”

到1998年年底，州卫生部计划的病例-对照研究中的两百次访谈大部分已经完成。尽管有各种拖延和妥协，这研究和法格里亚诺期望的一样可以开始了。全部四十个病例组家庭都同意参与研究，这让他松了一口气，为了获得有显著性的统计结果，病例数要尽可能地多。病例组家庭的配合在意料之中：他们是外人，镇上的少数派，渴望将癌症集群的谜团一查到底。意料之外的是健康儿童的招募也进行得很顺利。受邀做对照组的家庭有百分之八十都同意了。对照组的配合率这么高，研究的代表性无可挑剔。让法格里亚诺担心的事少了一桩。

几周后一个周五的雨夜，金·帕斯卡瑞拉带着十几个TEACH的家长去了电影院。《禁止的真相》[1] 正在上映，约翰·特拉沃尔塔饰演简·谢里曼。琳达和迈克尔·吉利克去波士顿参加了首映式，并出席了一个环保团体组织的论坛。电影的上映引起了巨大的关注，很多报道描述了电影原型谢里曼，他的重返聚光灯更加吸引了这些关注。在采访中他经常提及汤姆斯河，将它

① 《漫长的诉讼》一书被改编为电影后中文译名为《禁止的真相》。——译者

描述成一次机会，修正在沃本的经历。镇政府则对涌来的负面关注极为恼火。

在新泽西州另一边的特伦顿附近，一群与汤姆斯河调查有关的州政府官员们也在享受电影之夜。他们提前准备好了中餐，互相开玩笑如果给汤姆斯河也拍个电影，会是哪个演员演他们。杰里·法格里亚诺没有去，他看过书，觉得可以了。

这部电影对沃本一案有太多篡改，特拉沃尔塔饰演的谢里曼并没有被孤立，或是情绪崩溃，他虽然破产了却赢得了尊敬。电影里没有多如雪片的法律动议，没有针对三氯乙烯毒性或儿童白血病风险因素的冗长辩论。尽管如此，在这些来自汤姆斯河的家庭看来，影片的精神内核很真实，他们觉得自己就生活在电影里。而沃本人，他们看到又一个生活在秘密排污、饮用水污染、反应迟钝的公共机构之中的小镇；看到另一群苦难的家庭身陷在根深蒂固的信仰和可靠的科学证据的夹缝之中。帕斯卡瑞拉回忆说，“那是好莱坞娱乐片”，但它也“融合了我们所经历的一切”。

影片结束时一些来自汤姆斯河的父母太激动了，他们没注意到片尾演职员表之前一闪而过的一段话。它告诉观众，谢里曼“目前正在另一起水质污染案件中代理新泽西州汤姆斯河镇的六十个家庭”。

第二十一章　斡旋

他生命的最后十五年一直在疯狂地追求不朽的科学声誉，创造了一百零六部手稿——1541 年他去世之前只出版了八部。[1] 因此，几乎可以确定，如果帕拉塞尔苏斯得知，“剂量决定毒性”这句他没说过的话成了他最为人所知的名言，一定会暴跳如雷。实际上真正出自他口的那句话要复杂一些，1538 年，逃离巴塞尔十年之后他说：“万物皆毒，没有无毒之物，一个东西没有毒性只是因为剂量。”[2] 帕拉塞尔苏斯的理念——一个潜在有害物质的量的多少和这东西本身的性质一样重要——将成为毒理学的基本准则，这也成为研究人员试图了解汤姆斯河的污染与癌症之间的关系时的一个主要难题。

在 20 世纪，所有的实验科学都在探寻其研究结果中的剂量-效应关系。这是一个简单的理念，却意义深远。在环境健康研究中，暴露在最高剂量危险化合物（或是几种化合物的组合）下的群体应该会面临最大的疾病风险，而接触到中等剂量的群体面临中等风险，低剂量组风险最低。剂量与效应之间的关系不一定是线性的，有时在图上它呈曲线。这条线的具体形状不重要，重要的是其隐含的关系：更高剂量的接触与更大的风险相关。（研究人员后来发现一些有激素活性的人工合成化合物可以在极低剂量下表现出比高剂量下还大的健康风险，但大体上说，帕拉塞尔苏斯的规则仍适用。）[3] 没有剂量-效应曲线，接触和疾病之间的关系就没法确定。

以这个为标准，汤姆斯河的病例-对照研究将永远无法完全满足科学性的要求，因为没人能确切知道 1962 年到 1996 年间水里和空气里有什么化合物，浓度是多少。水可能是有味，烟可能是有颜色，但确切的原因永远都是个谜，因为那时很少进行环境监测。除非有时间机器，否则研究人员只能通过推算来了解当时汤姆斯河的情况，他们需要这些数据的替身。

而且，现在不能停下来。政客们已经许诺，要对癌症集群的病因进行地毯式搜索，律师们和科学家们也是这么说的。这相当于社会学上的剂量-效应曲线：随着公众关注度、费用和时间的增加（在 1999 年年初，调查已进行了三年，花了纳税人将近一千万），调查人员感到他们必须报之以更可靠的研究结果。如果过去的风险数据有缺口，只能想办法绕开这个问题。

在汤姆斯河，夏日里典型的一天会有一千六百万加仑的水涌过四百八十八英里的管道。这些水从八个井基上的二十三口水井中进入这个系统，然后通过水龙头分散到四万五千个住家或商家。莫里斯·马斯利亚的艰巨任务是要查明每一加仑水的出处——从哪里来，到哪里去——不只是现在，从 1962 年 1 月起，每个月的都要有。汤姆斯河的研究能否成功就取决于它。马斯利亚是国家毒物与疾病登记处的一名环境工程师，专长是对超级基

---

① 欲了解帕拉塞尔苏斯的成就，可参阅 Franz Hartmann，Life and Doctrines of Philippus，*Theophrastus Bombast of Hohenheim Known as Paracelsus* (Kessinger，1992)，31—36。

② 原文："Alle Ding sind Gift und nichts ohn Gift；allein die Dosis macht，das ein Ding kein Gift ist，"见于帕拉塞尔苏斯的 *Seven Defensiones*，首版于 1538 年。参见 *Four Treatises of Theophrastus Con Hohenheim*，*Called Paracelsus*，22。

③ Laura N. Vandenberg et al.，"Hormones and Endocrine-Disrupting Chemicals：Low-Dose Effects and Nonmonotonic Dose Responses"，Endocrine Reviews 33：3 (June 1，2012)：378—455. 以及 Dan Fagin，"Toxicology：The Learning Curve"，Nature 490：7421 (October 25，2012)：462—465.

金点位的污染物水平进行估值，不过他从没尝试过汤姆斯河这么复杂的工作。他也没试过这么昂贵的工作：水质模型的价格最终超过了五百万美元，经费来源是国会特殊拨款。他回忆说："我很幼稚地以为这事很容易，很快能做完，结果错了。"

马斯利亚1997年开始计算机建模，试图填补汤姆斯河的数据缺口。因为镇上早年间饮用水里的污染物成分缺乏可靠记录，马斯利亚不得不用间接的方法，根据哪些井为哪个片区供水来计算风险值。在杰里·法格里亚诺的两项调查中，有七百多名汤姆斯河的儿童出生于1963年至1996年间。如果马斯利亚能够算出这些孩子和孕妇收到的水来自哪口井，法格里亚诺就能够验证他关于水中污染物如何诱发儿童癌症的假说。与此同时，罗格斯大学的一个团队在研究怎样估算汽巴的大气污染和牡蛎溪核电站下风向的辐射污染传播到了哪个社区。他们能用的信息比马斯利亚还少，只能做更多的猜测。罗格斯团队只能从五十英里之外的气象站获得风向和气压的历史记录。因为在那三十四年里汽巴排放的废气的量和成分都没有可靠记录，研究人员只能根据它的生产记录进行推测。

马斯利亚以为重建水力分配系统模型的工作花不了多长时间，他很快发现这是个愚蠢的错误。在考虑如何构建早在1962年的管道网络模型之前，他首先得构建一个现有系统的精确模型。彼得·墨菲在沃本案中就是这样做的，但马斯利亚面临的挑战更加严峻。相比于沃本市的八口井，汤姆斯河的二十三口水井泵出的地下水的总量是沃本的四倍，供给的住户要多两倍。汤姆斯河有六个泵站，九个储罐，这样水务公司才能以大幅改变水在管道中的输送方式的方法调节季节更替造成的巨大的需求差异。冬天的时候水务公司要关闭差不多一半的水井，来年春天再一个个重启。盛夏时节每口井都会以最大负荷抽取，秋天时再逐步降低。供水的年际波动意味着一户人家2月份和8月份时喝的水可能来自不同的水井组合。为了让自己的模型能够更加灵敏地反映季节性变动，马斯利亚必须将所有一万六千段管路、每个储罐微小的容量差异造成的组分变化，还有每段水管的材质都考虑在内。（相比于光滑的塑料管，水在粗糙的水泥管中运动的速度略慢。）①

马斯利亚终于完成现有管道系统的模型的时候，两年已经过去了。1999 年初，他知道了为每户家庭供水的分别是哪口，或者哪几口井。但他仍旧面临着一个更加棘手的问题，对现状模型进行调整来模拟最早到 1962 年的管网状况。实际上，他必须构建四百二十个模型，从 1962 年 1 月到 1996 年 12 月，每月一个。马斯利亚必须回头看当年汤姆斯河还是个小镇，有一个超大的工厂时的情况。他做这些的时候，现实生活中的镇子只能接着等下去。

布鲁斯·莫霍尔特第一次听说琳达·吉利克是 1999 年，从广播里，可以说是一听钟情。他回忆说："你能感觉到她的激情四射，将每个人调动起来做这件事。我知道自己想帮忙。"莫霍尔特受过微生物和遗传学的专业训练，热衷研究工业化学品的健康效应，已经在美国环保局的超级基金项目中做了四年的毒理学专家。年轻时他是堪萨斯大学的教授，指导过反越战的辩论会。尽管已经年近六十，在一家拥有众多工业界客户的大型环境咨询公司做毒理学与风险评估主管，他的政治观点一直没变。

---

① 在为汤姆斯河构建水质模型的过程中，莫里斯·马斯利亚还面临着其他问题。汤姆斯河水务过去的记录很稀少，而且他不能通过实时追踪测试来验证他模型的精确性。在沃本，彼得·墨菲安排在每口井中逐个添加氟化物示踪剂，然后取全镇水样检测，以此验证井水是不是如模型预测的分布。但自从汤姆斯河有过 1996 年的痛苦经历之后，没人想申请向水里加任何东西——哪怕是食盐，马斯利亚曾想过以此作为示踪剂。幸运的是，经过 1996 年的紧急水质监测，杰里·法格里亚诺不同水井中天然的钡含量差异很大，马斯利亚可以以此作为天然示踪剂来验证他的模型。

所以，当一个朋友告诉他吉利克正在费城的一档电台节目上接受采访时，莫霍尔特走出他郊区的办公室，到车里去听节目。他回忆说："我很好奇，我已经听说了汤姆斯河的事情，而且跟同事说过，这事值得跟进。"节目结束时莫霍尔特决定听从自己的这个意见。他联系了吉利克，吉利克将他介绍给律师马克·库克，后者安排他给律师团队做了一次免费的咨询。他在环境资源管理公司的上司坐不住了，汽巴和联合碳化物公司都是他们公司的临时客户。莫霍尔特拒绝停止对汤姆斯河的帮助，于是他被告知，卷铺盖走人。他不在乎，他想为信仰工作。

莫霍尔特辞职那天去了库克的律师办公室。当时是 1999 年的夏天，库克很高兴见到他，因为那时正要决定这些家庭要不要提起诉讼，还有起诉谁。过去十八个月里，当莫里斯·马斯利亚在做水质模型，杰里·法格里亚诺在收集问卷的时候，库克累积的材料塞满了三百个文件盒。里面有和电话号码簿一样厚的技术评估，泛黄的实验报告，信件，污染物羽流图，还有其他各种与四十五年间汤姆斯河的污染史相关的记录——不只包括汽巴和赖克农场，是全镇的。令人惊讶的是，有些文件来自汽巴、联合碳化物公司，或是联合水务。公司的律师们把这些记录发给库克，库克则将客户的医疗记录发给他们。如果提起诉讼，调解的时候需要这些资料。

这种不同寻常的自愿交换资料是一种最实在的信号，标志着双方的关系在改善。1998 年初他们第一次见面时的剑拔弩张已经有所缓和。那之后他们又有过十几次会面，没有再互相侮辱，或是以离席相威胁。让每个人都很吃惊的是——除了谢里曼之外——他们似乎有所进展，尽管从没明确过他们应该向哪个方向进展。谢里曼的一个"S"的准则——settlement，和解——绝不动摇。谢里曼坚称，这不是在谈判，也不是在为谈判做准备。这是一个双方共同寻找答案的"过程"，寻找这些家庭提出的问题——污染是否应该为孩子的癌症承担责任——的答案。或许是因为双方都已经没什么可以失去的了，律师们发现真的可以从对方身上学到东西。联合碳化物公司的律师威廉·沃伦回忆说："要建立这种信任需要时间，需要合作，经过一段时间之后，我们开始彼此信任。"事情进展得很顺利，于是律师们延长了他们中止计时的协议。后来他们一共延长了五次时间。

但是，这些家庭并不像他们的律师那么热衷于此。谢里曼曾鼓动过，说他这个"过程"可以让家属们参与进来寻求答案，但很多人仍觉得自己被排除在外——甚至包括布鲁斯·安德森，他是除琳达·吉利克之外见律师次数最多的人。安德森自愿为库克扫描文件，他将几千页医疗记录和技术报告都输进了电脑。即便如此，他还是不觉得自己身处其中。他回忆说："我们没有切实参与进来，这让人失望。"1997年时谢里曼跟家属们说案子可以在十八个月内了结。这个时限已经过了，而律师们还没有开始谈和解。似乎镇上其他人都早已翻过这一篇了（1999年夏天全镇的大事是东汤姆斯河棒球队连续第二次参加少年棒球联盟世界大赛，他们输掉了美国冠军赛），而TEACH的这些人家仍旧被困在信息搜集工作中，没有尽头。隔几个月库克就和他的同伴埃斯特·别列佐夫斯基开车到汤姆斯河告诉他们最新的进展。时间一点点过去，会面开始变得紧张。别列佐夫斯基回忆说："要我说，他们差不多都不耐烦了。我们说完一直都在干些什么之后他们会表示理解，但每次我们都要说，我们不会一直拖着不做下一步的。"

所以，当1999年中期布鲁斯·莫霍尔特来到库克办公室的时候，他来的正是时候，律师们正在关注案子里因果关系最显著的部分，准备进行和解谈判。过去的十八个月里库克研究了各种儿童癌症集群形成原因的理论，比如牡蛎溪核电站的辐射、汽巴排海管道的泄漏，还有镇上的老填埋场。现在他和莫霍尔特研究了他这六十名客户的家庭住址。似乎是聚集在花园路井基附近的，但不是很明显的集群，整体上，这六十个病例只有一个共同的暴露源，汤姆斯河水务即后来的联合水务所提供的饮用水。杰里·法格里亚诺早在1996年设计病例-对照研究的时候就断定，癌症集群如果是由污染引发的，那供水管网就是最有可能的暴露途径。现在，在得知60年代汽巴的废物曾经污染过霍利街的水井，八九十年代联合碳化物公司的废物曾污染过花园路水井之后，库克和莫霍尔特也得出了相同的结论。

莫霍尔特来找库克几周之后，政府给了这些患者家庭一个极大的支持。州卫生部和毒物与疾病登记处对赖克农场的健康调查结束了，结论是“基于其过去的污染，这里有公共卫生风险”。几个月后，他们在对汽巴的报告中提出了类似结论。这些机构总结说，在这两起事件中，排放的污染物从污染点位最终到达住户后院的水井和公共水井的“污染路径是完整的”，而到达公共水井就意味着送达给了汤姆斯河的民众，他们同时还直接接触着汽巴排放的大气污染物。[①] 政府的调查还需要很多步，包括完成莫里斯·马斯利亚的水力模型，将其与杰里·法格里亚诺的患儿研究数据相融合。但毒物与疾病登记处已经宣称汽巴和联合碳化物公司的有毒污染物确实接触到了汤姆斯河的民众，这就意味着律师和他们代理的家属们已经可以与公司谈和解了，即便现在政府在进行的调查最后发现接触到污染的大气和水与患癌风险并没有很强的相关性。法格里亚诺只有证明了他的研究有统计学上的显著性，不大可能是偶然现象，他的结果才有科学意义。但如果进

① 见于 New Jersey Department of Health and Senior Services，*Public Health Assessment*：*Reich Farm and Public Health Assessment: Ciba-Geigy Corporation*（March 12，2001）。曾为美国环保局工作过四年的布鲁斯·莫霍尔特说：“我曾见过至少有一百起，也许能有两百起的这种健康咨询，但他们从来都没发现什么问题。当毒物与疾病登记处站出来说我们的确有理由相信大气和水的污染可以造成伤害的时候，我很吃惊。”

行诉讼，代理这些家庭的律师们未必需要这么高的标准。明确地将排放的化合物与患病儿童联系起来可能就足以说服陪审团了，因而毒物与疾病登记处的发现对这些家庭来说非常有用。

马克·库克开始尝试把这个案子做成无论政府的调查出什么结果他都能提起诉讼的案件。第一步他先让莫霍尔特去浏览成捆的化合物清单和政府报告，试着搞清楚赖克农场和汽巴排放的化学大杂烩里究竟都有些什么。美国环保局有一个报告——库克管它叫“紫泥”报告——详细描述了汽巴的一个污泥排放场下面六英尺厚的污染物。环保局检测了这些紫色的泥巴，发现超级基金修复计划所包括的一百三十种“目标化合物”这泥里一种都没有。[①] 负责修复的承包商看得到这些泥，闻得到这些味道，但按照超级基金修复规则，它们不存在。实际上，汽巴 80 年代中期生产的一百五十六种化合物和六种染料中，只有很少一些被列在超级基金的目标清单里。[②] 这件事给莫霍尔特的启发是，政府掉书袋式的检测也可能漏掉了汽巴往河水里排放的污染物——这就和常规检测查不到花园路水井里的苯乙烯-丙烯腈三聚物一样，这东西也很稀有，不会出现在美国环保局的清单上。

莫霍尔特花了几个月的时间才从雪片般的文件里理出了个头绪，不过他看到的东西鼓舞着他。他想，从毒理学的角度看，这些家属很有优势。有切实的证据——尽管是间接证据——证明汽巴和赖克农场的很多废弃物是能致癌的。莫霍尔特从汽巴或是赖克农场的污染物中识别出的化合物里有不止一种已经确认可以导致白血病或是神经系统癌症，这两种病正是汤姆斯河发病率上升

---

① U. S. Environmental Protection Agency, *Final Source Control Remedial Investigation Report*: *Ciba-Geigy Site*, Volume 4 (December 1994).

② William P. Eckel, Disposal Safety Incorporated, Tentatively Identified Compounds at Ciba-Geigy Site, Tomes River, NJ (May 28, 1997), 4. 该报告是由“欧申县公民，为了清洁的水”这一组织聘用的顾问完成的，资金则由汽巴提供，对工厂的清理工作进行独立监督。

最多的两种癌症。[①]

这其中有一个变数是SAN三聚物，这之前从没有人查过它。这种罕见的副产品的毒性测试本来应该在1997年年初就开始，但拖了一年多，因为联合碳化物公司现在没有这种东西——的确，从70年代他们停止用苯乙烯和丙烯腈合成塑料以后就没有这东西了。公司只好从竞争对手拜尔那里买了些原材料，合成了一点SAN三聚物。患儿家庭希望由美国环保局来检测新合成的三聚物，但联合碳化物公司希望由他自己的承包商进行测试，而美国环保局没有坚持。尽管在售的六万多种化学品的安全性由美国环保局负责，它几乎从不亲自进行毒性测试——即便现在也不做。其监管仅限于对制造商或者其承包商所做的检测进行评估。

1999年年中的时候，联合碳化物公司的承包商完成了SAN三聚物的第一次毒性测试，结论是其只在高剂量下才对大鼠有毒，而且很可能没有致突变能力。实际上最初的检测显示SAN三聚物似乎会破坏细菌DNA，并可能造成仓鼠的染色体异常。但公司又用别的方法做了测试，使用更纯净的样品，受试生物由仓鼠换成了大鼠，得到了他们想要的结果：没有致突变现象。[②] 但这个结果并不重要。汤姆斯河出现的是癌症集群，关键的问题是苯乙烯-丙烯腈三聚物是不是致癌物。琳达・吉利克也没打算让联合碳化物公司来解答这个问题。她说服了新泽西州的国会代表，提出由联邦政府的国家毒理学项目（NTP）来进行三聚物的

---

① 例如，生产偶氮染料的原料对二氨基联苯不单可致膀胱癌，还会导致小鼠的神经系统肿瘤。丙烯腈是少数已知可致小鼠脑部肿瘤的物质之一，在工厂的研究也显示，尽管有争议，该物质也可能造成人类的脑癌。另有一些研究发现双亲接触硝基苯后孩子患上脑癌的可能性更高，双亲接触三氯乙烯和苯后儿童患白血病风险加大。

② National Toxicology Program, *Draft NTP Technical Report on the Toxicology and Carcinogenesis Study of Styrene-Acrylonitrile Trimer in F344/N Rats* (December 2010)：22—24.

致癌性检测，1999 年的时候该机构接受了这个申请。

已成立二十年的 NTP 总部坐落于北卡罗来纳，在全美管理机构盛行的化合物测试“交给工业界”的风气之下，NTP 绝对是个特例。这是一个运行方式类似少管所式的科研项目，接受的都是最麻烦的案例——商用产品中毒性最大的化合物。这个机构的专长是进行一种昂贵的毒性实验，这种生物检测为期两年，源自 1913 年山极胜三郎设计的用兔子进行的诱癌实验。NTP 这种标准生物测试要求以投食、注射或吸入的方式将四种剂量——高、中、低、空白对照——的目标化合物投加给大鼠或小鼠。二十四个月后，将仍然存活的受试动物处死后进行解剖，以检验接触到最大剂量化合物的受试生物的健康问题是不是最严重，特别是恶性肿瘤。这个检验过程极为复杂，为期两年的培养开始之前和结束之后都有大量工作要做，NTP 往往需要花费八年甚至更长的时间才能提交最终的报告。1999 年的时候 NTP 刚刚筛选完五百多种化合物，其中大多数之所以被检测是因为已经被怀疑具有致癌性。[①] NTP 的结论是，筛选过的化合物中略多于一半都对大鼠或小鼠有致癌性。[②]

为期两年的生物检测中所用的四百只大鼠或小鼠（每一个剂量组五十只雄鼠五十只雌鼠）代替了更大规模的人类群体。但实际上这样的替代缺陷很多。这些啮齿动物必须遗传性状一致，才能保证检出的任何肿瘤是因接触待测化合物造成的，而非个体差

---

① James Huff, “Long-Term Chemical Carcinogenesis Bioassays Predict Human Cancer Hazards: Issues, Controversies, and Uncertainties”, *Annals of the New York Academy of Sciences* 895 (December 1989): 56—79.

② 某种化合物需要同时能在大鼠和小鼠体内多个器官中诱发肿瘤，才会被列在国家毒理学项目的最高等级（“明确证明”对动物致癌）中。NTP 检测的化合物中有百分之二十五达到了这个很严格的标准。见于 CIctor A. Fung et al.，“Predictive Strategies for Selecting 379 NCI/NTP Chemicals Evaluated for Carcinogenic Potential: Scientific and Public Health Impact”, *Fundamental and Applied Toxicology* 20 (1993): 413—436。

异。同时，它们又要代表存在遗传多样性的人类群体，在这个群体里某些个体较之他人更加易感。通常，每种性别每个剂量只有五十只动物参加实验，由它们来指示出现某种状态的风险大小，但这种状态本身极为罕见，每年被确诊为某种癌症的儿童只有六千分之一。这些动物被存放在精心控制的环境中，每个测试只接触一种危险化合物，而它们所替代的人群每天都会接触到上百种潜在的危险化合物，尽管通常接触剂量极低。

NTP 解决上述矛盾的方法是，给受试啮齿动物的暴露剂量远远高于人类在现实环境中所能接触到的剂量，即便与汤姆斯河相比也高得多。他们别无他法，检测程序已经非常复杂了，两年的检测通常要耗资至少两百万美元，其中大约一半的费用与动物操作有关。如果对系统进行改善，用基于现实环境的暴露水平设计实验，所需的大鼠或小鼠的数量将不再只是几百只，要十倍甚至百倍于此，费用将是天文数字。给小规模的啮齿动物以大剂量待测物质是唯一可行的选项，尽管这会削弱研究的现实意义，使得研究结果更容易受到工业界的抨击。

琳达·吉利克和 TEACH 的其他家长们认为，NTP 显然应该这么做：给他们那四百只啮齿动物喂的，应该是一个强力版的鸡尾酒，这“酒”由几百种污染物勾兑而成，这是汤姆斯河的老百姓们不知不觉从花园路水井里喝到的。尽管这些污染物的浓度不高——它们加起来浓度大约几百 ppb，确切的数字不好说——但这种低剂量混合物，有上万人，包括孕妇和小孩，喝了好多年。家长们认为，如果这四百只遗传性状一致的啮齿动物要在两年时间之内替代更大规模、遗传多向性更大、接触时间长得多的人群，那它们所接触的剂量应该比这些住户所能喝到的要大得多。

但 NTP 不做混合物的检测。他们这个为期两年的生物测试的目的是探寻极为重要的剂量-效应关系，而对于一个有两百五十多种化合物，其中大部分还不知道是什么的大杂烩，怎么去设计三种不同剂量和一个空白对照呢？怎么来确定哪种物质没有危害哪种物质很危险？家长们提出对花园路水井中的全部混合物进行测试，而联合碳化物公司提出反对，此时NTP的管理人员立刻站到了公司一边。NTP一向只检测单一化合物的毒性，现在也还是这样，即便面对的是汤姆斯河这种广受关注的案例。花园路水井里的混合物究竟有些什么，新泽西州环保部早已放弃了调查，现在，对于这混合物会不会致癌，NTP连试都不想试一下。

反之，一切都会落脚到苯乙烯-丙烯腈三聚物，一个在正常情况下极为罕见，NTP从未考虑过进行测试的化合物。不过显然，汤姆斯河不是一个一般的案例。全州的国会代表都在采取非常规手段要求进行测试，而NTP不大可能对这个每年给它划拨经费、制定法律的群体说不。再说，SAN三聚物的确出身不好：它的两大组成成分，苯乙烯和丙烯腈都已被工厂调查和动物实验证明与癌症有联系。①

为了使四百只啮齿动物的实验结果能稍稍贴近汤姆斯河受害家庭的情况，NTP答应做一个改变。原本这种为期两年实验只针对成年啮齿动物，这可以理解，因为项目要搜寻的主要是对工厂员工有风险的化合物。但在汤姆斯河，人们担心的是孩子在出生之前可能就已经被SAN三聚物诱发了肿瘤。所以在这项研究中NTP决定进行代际实验。怀孕大鼠每天被投喂一定剂量的三聚物，出生后前三周母鼠的哺乳期中仍继续投喂。然后每天给小鼠投喂掺有三聚物的食物，直到两年后将其处死进行解剖。汤姆斯河的这些家属赞成这样：他们就是在怀孕时已经开始被投喂，大鼠也应该这样处置。

---

① 1999年国家毒理学项目刚刚完成了一项针对丙烯腈的研究，发现了其对小鼠致癌的“明确证据”。见于 National Toxicology Program, *NTP Technical Report on the Toxicology and Carcinogenesis Studies of Acrylonitrile in B6C3F1 Mice (Gavage Studies)*, Report TR-506 (October 2001)。

尽管如此，仍有很多理由怀疑这项研究能否得到有意义的结果。一个关键的问题是可以用来测试的 SAN 三聚物太少了：这种棕色凝胶状散发着臭气的物质只有二十一公斤。这是一个很大的缺陷，因为在汤姆斯河，人们最担心的癌症——白血病和脑癌——在啮齿动物中很难发生。NTP 选定用于三聚物测试的是 Fischer 344 大鼠，这种鼠不适合做人类白血病模型，因为它天生易于发展出另外一种在人类身上很罕见的白血病。[①] 但 NTP 还是选择了 F-344 大鼠，因为最容易从它们体内发现脑部肿瘤。[②] 如果有更多的经费，更多的三聚物，NTP 可以测试两种大鼠，或是测试一种大鼠一种小鼠，就有可能同时发现白血病。甚至还可以将实验动物的数量加倍，以此来增大发现罕见的脑部肿瘤的机会。但经费有限，联合碳化物公司也没有提供更多的三聚物样品。

这些家庭所憧憬的是对花园路的井水进行广泛的致癌性调查，现在这被缩减成只进行一类癌症——脑及中枢神经系统肿瘤——的调查，只查一种化合物：苯乙烯-丙烯腈三聚物。调查的范围每缩小一点，发现致癌性的可能就减少一点。现在，无论结果怎样，这些家庭都需要等待八年甚至更长的时间——需要这么久，几乎可以肯定，它不会对法律诉讼的结果有任何影响了。1996 年时弗洛伊德·加尼科拉在花园路水井中发现了 SAN 三聚物，让人兴奋，而现在科学上的争议成了一种磨人的现实。琳

---

① D. J. Caldwell, "Review of Mononuclear Cell Leukemia in F-344 Rat Bioassays and Its Significance to Human Cancer Risk: A Case Study Using Alkyl Phthalates", *Regulatory Toxicology and Pharmacology* 30: 1 (August 1999): 45—53.

② 只发现了少数几种化合物能够诱发大鼠的脑部肿瘤，其中就有 SAN 三聚物的原料之一丙烯腈，测试使用的是 Fischer 344 大鼠。见 D. D. Bigner et al., "Primary Brain Tumors in Fischer 344 Rats Chronically Exposed to Acrylonitrile in Their Drinking Water", *Food and Chemical Toxicology* 24: 2 (1986): 129—137。

达·吉利克和 TEACH 的家庭面临着一个漫长的等待，结果极不确定。他们需要去别处寄托希望。

第一次公布汤姆斯河病例-对照研究的初步结果是在 1999 年 12 月，结果看起来很吸引人。经过了三年的调查，各方都要求公布进展，杰里·法格里亚诺和他的同事完成了问卷的分析工作：在四十个患病家庭和一百五十九个健康的对照家庭中寻找他们回答问题的差异。① 在流行病学调查中，仅进行访谈是较为薄弱的研究方法，因为这依赖的是不可靠的记忆。如果每个人的记忆都同样地不可靠，这倒不是个大问题了。但相比于那些没有相关经历的对照组家庭，经历过疾病伤痛的家庭通常记得更多过去发生过接触的细节。这个著名的现象被称为回忆偏差。1999 年时水力分配模型仍在构建，它能够最大限度地降低回忆偏差对结果的影响，因为它估算接触剂量用的不是回忆，而是以往排放模式的重建。因为模型还没做好，法格里亚诺提醒这些家庭不要对访谈的结果过度解读。

但结果的确很吸引人。病例组和对照组都被问了两百多个问题，内容从流产史到吃几个热狗都有。问卷中提到的风险因素如此之多，似乎有几个问题，病例组和对照组答案的差异看起来很明显。后来证明那些都是偶然现象。② 反过来，基本上所有在访谈中考虑到了的潜在非环境因素——包括一些重要的理论，母亲吸烟，酒的消费量，家族癌症病史——在病例组和对照组的家庭中都没什么差别。病例组和对照组的家庭似乎有着相似的食谱，

---

① 对照家庭比计划少了一个，因为有一个后来发现不合格。

② 汤姆斯河的问卷调查中有几个结果确实诡异，其中一个确定是偶然现象的是：相比听从医生建议避免钠盐和硝酸盐的母亲，患有脑癌的儿童的母亲在怀孕期间一周至少吃一次腊肉的概率要高百分之七十。见 New Jersey Department of Health and Senor Services，*Case-Control Study of Childhood Cancers in Dover Township (Ocean Counnty), New Jersey. Volume Ⅲ: Technical Report Tables and Figures* (January 2003)，14，table 34。

用指甲油、杀虫剂、涂料以及接触其他潜在风险的概率都相当。在排除各种癌症集群原因的过程中，水和大气污染的因素日益凸显出来。在被问及平时喝自来水还是瓶装水的时候，这个现象尤其明显，后来患上癌症的孩子喝自来水的概率高出百分之八，他们的母亲孕期喝自来水的概率高出百分之六十。实际上，无论是母亲还是孩子，都存在一个剂量-效应关系：那些每天喝五杯以上自来水的人，患癌症的风险最高，不喝的人风险最低，喝的杯数少的风险介于其间。[①] 和以往一样，法格里亚诺没有把这个想法说出去，不过他不禁为这些初步的发现感到兴奋——尽管这受到了回忆偏差的影响。他后来解释说："这说明我们路走对了。"

这些家庭的律师们也很兴奋，未来如果进行和解协商，饮用水的这个相关性就是另一个筹码。2000 年年初，他们在普林斯顿的会面的基调有了调整。不再只是交换信息，双方律师致力于向对方解释自己论据的准确性。他们初次见面时的剑拔弩张一去不复返——和谢里曼期望的一样，律师们彼此太熟悉了，不再公然叫板——但双方也都知道，留给闲散的研究的时光无几，特别是病例-对照研究终于快完成了。法格里亚诺告诉吉利克的顾问委员会，研究结果 2001 年年末能出来——距离那次催生了这项研究的粗暴的公众集会已经过去了将近六年。

从一开始，病例-对照研究（现在是两个研究：访谈研究和出生记录研究）就横亘在律师们的会面中，是一个至高无上的存在，虽然很少被提及。如果最终研究结果将癌症集群与污染联系了起来——汽巴的大气污染或是汽巴与赖克农场通过水务公司的管网造成的水污染——那患者家庭显然将有充分的理由要求巨额赔款，无论是通过和解，或是——多年后——经由陪审团裁决。

① *Childhood Cancers in Dover Township (Ocean Counnty), New Jersey. Volume Ⅲ: Technical Report Tables and Figures*, 1—6, table 34.

反过来，如果这个研究没有发现癌症与污染之间的关系，那几家公司除了象征性的赔偿肯定什么都不会给，而这些家庭将不得不做出决定，是接受这笔钱，还是冒险让一个把握不大的案子进入法庭辩论阶段。因此，是进行一次成王败寇的赌博，等待病例-对照研究的结果，还是在研究完成之前就达成和解，对双方来说这都是个关键的问题。

律师马克·库克说："坦白说，显然病例-对照研究真的就要出结果了，我们原告这边不打算撤。所以，现在要讨论的是，怎么解决它。"而联合碳化物公司的律师威廉·沃伦则明确表示他的客户不会仅仅因为对患者家庭的同情和为了避免负面影响就进行和解。他，和汽巴、联合水务的律师暗示，有可能和解，但首先患者家庭的律师要证明他们拿得出证明因果关系的合法依据。

实际上，这几家公司想要的是一次小型审判，作为真实审判的替代，没有法官，没有陪审团，甚至没有调解人。联合碳化物公司比较特殊，坚持要有一次仲裁，因为这暗示了很快会有和解。但公司里生性好斗的总法律顾问罗伯特·巴特勒看中了波士顿大学的法学教授埃里克·格林，他是全美最知名的调解人。（不久之后他因为参与2001年微软对检控官的反垄断大案的中介工作而声名更加狼藉。）所以当谢里曼得知汤姆斯河的律师们去普林斯顿开会的同一天，格林也在那里处理另一起案件的时候，他说服巴特勒和其他几个人去福莱斯特酒店打断了正在独自吃午餐的格林（他当时脖子里塞着个餐巾，正把一块牛排往嘴里塞），问他能否考虑一下参与到汤姆斯河的案子里来。

律师们告诉格林，他们并不是在找一个调解人来安排和解。相反，他们想找一个"推进人"来组织并监督一系列的会面，双方的专家在这些会面中展示关键问题的信息和他们的观点，就和他们是在庭审时作证一样。只不过，这些律师和他们的专家要说服的不是法官、陪审团或是调解人，而是说服他们的对手如果进行庭审他们这方能打赢官司。后来，律师们又告诉格林，他有可能将在代理和解的过程中扮演更加正式的角色——这取决于专家们的表现是不是有足够的说服力。首先双方都要确信，相比于冒险等待病例-对照研究的结果，或是上法庭，达成交易更加可取。格林的午饭被锲而不舍的谢里曼打断，尽管很生气，却也发生了兴趣，他还从未参与过这样的事情。律师们同意聘请他，费用共担，最终这费用高达一百万美元。

与此同时，情况变得复杂了。2000 年 5 月，另有四名律师代表着六百位居民（大部分居住于橡树岭）起诉了汽巴，他们生活在工厂烟囱的下风向处或是工厂的地下水污染物羽流的上方。大约两百人有癌症或是其他健康问题，他们认为工厂应对此负责。① (几个月后七百多名房主又提起了第二个集体诉讼，要求汽巴赔偿橡树岭社区的房产贬值。)② 对于其他律师卷入这场斗争，库克、别列佐夫斯基和谢里曼都很担心，他们怕这会中断现在的信息交流，并破坏和解的可能。联合碳化物公司已经在考虑退出对话，因为陶氏化学在收购它，该公司一向在诉讼中态度强硬。经

---

① 这次集体诉讼——克雷默等人诉汽巴-嘉基公司等——除了指控了汽巴，同时还指控了联合水务以及汽巴的两名前员工：詹姆斯・麦克弗森和威廉・鲍勃森，他们二人 1992 年时对自己的非法倾倒认罪。该案 2002 年判决，未承认任何责任，对成年患者进行了少量赔偿，具体数额未透露。对于未患病居民，公司同意支付用于进行十年膀胱癌筛查的费用。任何在 1965 年到 1966 年间喝过汤姆斯河的水的人都符合条件。1965 年至 1966 年，染料化合物渗漏到位于河边的霍利街水井，然后进入了橡树岭和其他地区上千家用户的自来水中，此事汤姆斯河化工厂和汤姆斯河水务一直瞒着公众，2002 年这次和解是汽巴和联合水务离承认那次事件最近的一次。见于 Ana Alaya，"Toms River Families Press Fight"，*Star-Ledger*，December 18，2002。

② 这起房产破坏集体诉讼——简斯等人诉汽巴-嘉基公司等——在法律系统拖延了十年最终于 2011 年结案。在法庭承认的和解条款中，2000 年 3 月前购买了橡树岭房屋的房主如果在 2009 年之前将其卖出了，每栋房子可以拿到四千美元（总额为九十万美元）。汽巴还同意在厂区东南边界（邻近卡迪纳尔大道的住户）处永久建立一个十六英亩的缓冲区，并花两万五千美元绿化这个区域。至此，汽巴支付了最大一笔现金，三百万美元给原告律师。

过因不确定性而充满紧张气氛的几周，公司的律师们说他们会继续参与，但保留随时撤出的权利。

专家们在埃里克·格林面前的表现变得很重要，这可能是最后一次机会，没抓住律师们就不再能控制案件的命运了，因为病例-对照研究马上就要完成了。双方都在加紧准备。库克要求他的专家准备用实体演示污染和癌症是如何在一波波浪潮中席卷汤姆斯河的。他的设想是弄一系列地图，以延时动画的形式证明癌症集群在时间和空间上的变化。他们要展示出联合碳化物公司的羽流怎样一年年地从赖克农场向南延伸，直达花园路水井，然后被送往全镇。同时，每个确诊的癌症病例，都是一个受害家庭住址的小点，被标在上面，到1996年，地图上将出现几十个小点。

这个地图基本上囊括了这些家庭所有有力的证据，但都是间接的。汤姆斯河有着数量极为巨大的有毒污染物，也有明确的儿童癌症集群，这二者粗看起来有联系，似乎是一种因果关系。但这些受害家庭的证据都是基于流行病学的，而流行病学是一门关于可能性的科学，而非确定性。其从业人员寻找的是接触与疾病之间的相关性，然后对其进行评估，确定这二者可能有因果关系的概率有多大。哪怕查遍汤姆斯河的所有癌症和污染，也永远无法确定明确的相关性，因为多年前的接触剂量无法确定，也因为癌症的神秘特性，它变幻莫测，病因太多。如果这个案子真的上了法庭，陪审团有可能被库克的地图说服，但律师只能代表患者家属进行间接辩论，这依赖于代理人的水平和相关度——也与情绪关系很大。

布鲁斯·莫霍尔特，律师马克·库克的志愿毒理学家觉得可能还有一个更直接的方法，能把儿童癌症和当地的污染联系起来。他学的是分子遗传学，对于评价污染物对单个细胞或基因——而非流行病学的传统领域，大规模人群——的影响很熟悉。莫霍尔特不再做研究了，不过一直在跟进这个领域。他知道，在90年代中期，全世界的科学家都在寻找——而且他们已经找到了——可能与某些特定环境污染物的暴露相关的特定基因改变。当他们得意忘形的时候，这个新领域的研究人员们有时会宣称，这些他们称之为基因标志物的物质就像是指纹——是接触过某种化合物的独一无二的标签。实际并非如此。只有很少数的生物标志物只由一种化合物诱发，而且并不是每个接触了这种特定化合物的人都会在他或她的 DNA 中携带上与之相关的生物标志物。尽管缺乏这种一对一的关系，研究人员们仍在坚持寻找其中的规律，寻找生物标志物与暴露之间有联系的可能性，正是因此，这个新的领域被称为分子流行病学。

新的发现令人兴奋，尽管结果仍不明朗。新的分析工具使科学家们得以一窥双螺旋的结构，在那里，他们可以看到某种工业化学品是如何给基因造成伤害的。一些污染物嵌入 DNA 紧密缠绕的碱基对中，就像卡在弹簧门上的扑克牌；还有一些和 DNA 连在一起形成加合物干扰细胞复制。上述现象对癌症的病因来说意味着什么，没人能确定，毕竟阿尔弗雷德·努森和其他人已经证实，癌症诱发的过程中对 DNA 的双重“打击”非常重要。如果能够证明——这个“如果”要画上大大的问号——生物标志物足够可靠，它们甚至可能成为早期癌症的指标，在传统方法还无法检测到肿瘤前指示它的存在，或者识别出对癌症易感的人群，这是可以救命的。①

分子流行病学领域让布鲁斯·莫霍尔特特别兴奋，因为它对汤姆斯河这样的癌症热点地区的意义显而易见。现在在镇上进行的研究限于两大领域，经典毒理学和流行病学，这二者都可以上

---

① 此为针对上世纪 90 年代中期分子流行病学进展及未来发展的综述，见于 Frederica P. Perera, “Molecular Epidemiology: Insights into Cancer Susceptibility, Risk Assessment, and Prevention”, *Journal of the National Cancer Institute* 88: 8 (April 17, 1996): 496—509；及 Frederica P. Perera et al., “Molecular Epidemiology in Environmental Carcinogenesis”, *Environmental Health Perspectives* 104, Supp. 3 (May 1996): 441—443。

溯到帕拉塞尔苏斯。国家毒理学项目为期两年的大鼠实验结束时，病理学家们将搜寻肿瘤的实物证据，正如将近一个世纪之前山极胜三郎在他的兔子身上所做的一样。同样，杰里·法格里亚诺的团队在进行规范的流行病学调查——用暴露地图和计数病例——虽然与 1854 年霍乱肆虐伦敦时约翰·斯诺所做的研究相比精细了很多，但它们本质上是类似的。法格里亚诺仅仅是以确诊的肿瘤，而不是基因变异或是其他生物标志物为标准，就选定了他的四十个病例。但记录过往接触史的并不只有肿瘤，肿瘤也不能准确地记录接触史，因为大多数肿瘤都有多种病因，而且大多数有接触的人并不会患上癌症。

莫霍尔特想，生物标志物的研究给了汤姆斯河的孩子们希望，发现接触的明确证据——没指纹那么确定，但要比马克·库克的地图这种相关性证据更可靠——的希望。这也是一个将人们对 SAN 三聚物调查的关注度吸引开的方法，莫霍尔特担心，相比于镇上空气中和水里的其他污染物，人们给了 SAN 三聚物太多的关注。他认为丢弃在汤姆斯河的很多化合物——特别是对二氨基联苯和蒽醌染料——都很适合进行生物标志物研究。他认为染料可能会是嵌入剂，能够插入 DNA 的两个碱基对之间造成基因损伤。研究显示有几种致癌物是嵌入剂，例如第一个被认定有明确致癌性的人造化合物，煤焦油中的苯并（a）芘，由欧内斯特·肯纳韦 1932 年确认。对二氨基联苯和蒽醌都是很好的衣物染料，它们活性高，和纤维结合牢固，而且不溶于水。莫霍尔特认为，正是这些特性使它们成为 DNA 嵌入剂。它们受双螺旋内表面的疏水环境吸引，嵌入在那里，然后，可能会诱发癌变。

莫霍尔特想，如果他能说服一个分子流行病学家，给汤姆斯河的儿童寻找生物标志物，这将是新的、能够帮助受害家庭的证据，他甚至可能在调解即将开始之前及时给他们另一个筹码。他心目中已经有了一个做这件事的人选。

第二十二章　血液分析

布鲁斯·莫霍尔特的电话让巴里·菲尼特吃了一惊。菲尼特研究的是人造化学品对 DNA 的损伤——尽管这是一个很容易引发法律纠纷的话题——但他很少接到与法律相关的电话。参与汤姆斯河调查的很多专家都有做环境类案件专家证人的丰富经验，要么是专门给原告，要么是专门给被告作证。莫霍尔特和理查德·克拉普基本上都是为自称受到污染伤害的一方作证，而亚拉巴马大学的菲利普·科尔和伊丽莎白·德尔泽尔通常为工厂说话。但菲尼特不是专家证人。他不是特别喜欢律师，他在佛蒙特大学工作，正在做最前沿的生物医学研究。

1998 年，菲尼特接到莫霍尔特电话的两年之前，他发现如果母亲在怀孕期间接触过二手烟，其孩子就会携带有与白血病和淋巴瘤相关的罕见基因变异，这一环境与癌症关系的研究成果令世界瞩目。①这是一个全新的发现，却没有让菲尼特在该领域名声大噪。不过他对此毫不介意。菲尼特既是一名分子遗传学家，也是一名儿科医生，在给孩子看病和在实验室分析 DNA 两件事上他坚持花一样多的时间。就算他能放弃给病人看病一心进行科研，成为备受瞩目的研究人员，过上那种狂热的研究生活，也与菲尼特的家庭选择格格不入。菲尼特和他身为病理学家的妻子住在伯灵顿以南的一个旧农场里，这个混编家庭有六个孩子，其中三个是从困难家庭收养的。他还是第七个孩子的法定监护人。在佛蒙特这个充满了利他主义和非主流家庭的环境里，菲尼特如鱼得水。

无论从哪个方面来说，布鲁斯·莫霍尔特不期而至的提议都让菲尼特动心。菲尼特在他位于佛蒙特癌症中心的实验室里与年幼的患者们见面，他一直对儿童癌症这个难解之谜充满了好奇。如果一些常见的化合物是诱变剂或致癌剂，为什么儿童恶性肿瘤却如此罕见？如果癌症与年龄密切相关（癌症的平均确诊年龄是六十七岁），又为什么会有儿童癌症？从科学角度讲，莫霍尔特想做的事听起来非常有意思——也是可行的。莫霍尔特接触到的这个儿童群体有两大特点：他们通过本地的供水系统接触到了有毒化合物，他们在幼年时发生癌症的可能性比预期更高。而这样的群体还从未有过如此详细的记录。菲尼特对二手烟的研究让他确信，基因改变可能是理解儿童癌症的重要线索。他想做一种比较研究，类似病例-对照研究，来对比暴露和未暴露的儿童。不过，杰里·法格里亚诺的病例-对照研究的目标是确认这些孩子的家距离大气、水污染的远近这个参数是否会影响他们患癌的风险，而菲尼特的研究则要寻找接触污染对儿童身体直接造成影响的证据：对他们白细胞DNA的影响。基于他过去的工作，菲尼特认为很可能会找到一些有意思的东西。

跟谢里曼和患病家庭的其他几个律师进行过几次电话会议之后，菲尼特接了这个活。和很多介入此案的专家一样，菲尼特也已经与这些家庭建立起了一种情感连接，尽管他还从没跟他们见过面。莫霍尔特、谢里曼、琳达·吉利克和布鲁斯·安德森都还只是电话里的一个声音，但汤姆斯河已经不只是一个研究项目

---

① B. A. Finette et al.,"Gene Mutations with Characteristic Deletions in Cord Blood T Lymphocytes Associated with Passive Maternal Exposure to Tobacco Smoke", *Nature Medicine* 4: 10 (October 1998): 1144—1151.

了。菲尼特回忆说："我觉得，如果能帮着回答任何一个问题，就算值了。这很可能是一次独一无二的机会，但也可能是片雷区。"

其中最大的一颗雷就是，要找到足够的参与者来获得有统计学意义的结果相当困难。巴里·菲尼特要想证明喝了汤姆斯河的水的孩子DNA是不是真有什么差异，他得检测很多孩子，越多越好。但拿到孩子们的血样可不容易。汤姆斯河的孩子们早吃够了针头的苦，很多孩子的症状有所缓解之后，他们的家庭都正在努力遗忘自己曾被癌症侵扰的过去。他们不会热衷于参与这种会将他们带回痛苦回忆之中去的研究项目的。

孩子们接受过的化疗和放疗是另一个很麻烦的问题。这些极其痛苦的治疗方法已经很严重地损害了孩子们的DNA，基本不可能区分出哪些变异是治疗之前的环境污染物造成的。菲尼特的办法是同时还给他们健康的兄弟姐妹采血，他们应该也和生病的兄妹一样喝着污染过的水，他们的基因也是相似的。因为要用病例-对照模型进行研究，菲尼特还需要对照组的样本：与病例组儿童年龄性别一致，但不是来自汤姆斯河，也没有喝过那种水的孩子的血样。后来，他还加入了另一个组：没住在镇上的患癌儿童。菲尼特加上这一组是有目的的，如果他在汤姆斯河的孩子们身上发现了某种基因异常，通过与镇外的患病儿童进行比较，他能够有理由确认这个异常是由当地污染引起的，而不是疾病自身的特点。

即便菲尼特能够弄到一大笔钱用于招募受试，为这几个组找到足够的志愿儿童也会非常困难，何况他还没有这笔钱。律师们为这整个项目做的预算是三万美元。菲尼特就能付得起请一个当地的医生去采集血样的钱，其他在汤姆斯河的事情——包括招募参与者——都只能让志愿者去做。

2000年秋天，琳达·吉利克开始和TEACH的家庭联系，教促他们给菲尼特的研究送血样。没过几周抽血医生就采到了三十二名确诊癌症的汤姆斯河儿童的血样，四十九名他们的健康兄妹的血样，还有四十三名不住镇上的健康儿童（与患儿兄妹的年龄性别相对应）的血样。总数比菲尼特期望的要少，但只能这样了。布鲁斯·安德森负责将样品送往佛蒙特。第一次装货的时候他犯了个错误，在盒子上用大写字母写上了“易碎：血液样品”。当晚他接到电话，美国联合包裹服务公司（UPS）的主管告诉他，UPS不运这种危险物品。安德森回忆说：“后来我就知道了，把所有盒子外面的标签都撕掉。”

到了11月份，菲尼特实验室的超低温冰柜里已经塞满了这样的塑料小管，每一个管里是一个新泽西小孩的血样，放在干燥托盘里冷冻在零下八十华氏度下。两名年轻的研究人员已经在忙着解冻样品，开始繁重的搜索工作，逐条在染色体中搜寻有指示作用的生物标志物。

当巴里·菲尼特的团队开始对来自汤姆斯河的第一批血样进行分析的时候，律师们正聚集到纽瓦克市中心——离尼克·弗尼科拉的老地盘不远——进行第一次专家陈述。专家陈述的结果将决定谢里曼的梦想——协商和解——究竟是无谓的幻想还是现实的可能。埃里克·格林对这个非正式的“科学法庭”进行了简单的主持，他是全国最知名的调解人之一，也是早在上世纪70年代兴起的，后来被称之为“非诉讼纠纷解决模式”的创始人。在汤姆斯河，严格来说格林的作用不是调解人，他没有法律权利，也没有被授权进行调解。现在，格林将自己的角色定位为推动双方实现最好的辩论，让他们毫无保留。

在四个月的时间里安排一共十三次的全天会议是格林的主意。双方都要让专家就每个论题发言，这个案子里有上百个专家。儿童癌症的病因是什么？SAN三聚物在砂质土壤中移动的速度有多快？上世纪60年代到70年代汤姆斯河化工厂往河里倒的究竟有什么？你怎么判断一个癌症集群是偶然现象还是客观存在？所有这些问题，还有其他的问题，格林希望双方都能听到对方最好的论点，最具说服力的专家证词。

所有参与的律师，没人有过这样的经历，那些从加利福尼亚、英格兰飞过来的专家们也大多没有过这种经历。流行病学家理查德·克拉普回忆说："那间房子是我所待过的最吓人的屋子，看上去里面有五百个律师。"实际上，那间屋子里大部分的时间只有大约二十名律师和顾问，不过屋子太小了，让人觉得人更多一些。屋子的主人史蒂夫·皮科是水务公司的一名律师，他很快发现，无论他订了多少个百吉饼，都会在五分钟内被吃光。而关于双方的协议，这是机密，而且完全没有记录，所以律师们只能自己记录。不会有官方文件。

他们正在见证的，是一系列围绕科学问题的争论，这些问题单个看来晦涩无解，但它们综合在一起就将决定，吉利克、安德森、帕斯卡瑞拉，还有其他汤姆斯河的家庭，在他们追寻多年之后，能否得到满意的答案——和赔偿。谢里曼不断提醒每个人，这个过程是在合作寻找答案，而不是激烈的斗争，但似乎他也在不断地劝说自己，就像他劝说别人的一样。现在，围坐桌边的律师们知道，如果真的会有协商和解，其条款基本就取决于双方能否给对方更深刻的印象——以及给埃里克·格林的印象如何。格林不能强制和解，但他会听到每句话，私下里对双方作出他的评估。

在其中一次陈述中，马克·库克终于开始展示他标记了颜色，囊括了患者家庭的地图了。这张图据说显示出了污染和随之而来的癌症是如何在汤姆斯河传播（或者，用谢里曼的话说是"转移"）的。这个图是克拉普的一名二十四岁的助手艾玛·安萨拉做的。面对着一屋子的敌方律师，她害怕拿出这图来。她回忆说："我觉得特别力不从心，穿着也太寒酸。"这张包括了五十年时间跨度的图很简单：叠加在汤姆斯河的街道上的有颜色的线条代表了携带有被污染的花园路边井水的管网；带颜色的点标出的是新确诊儿童的住址。克拉普认为规律很明显，带颜色的线条将延伸入镇上的某一个区域，这之后的几张图中（代表着未来的几年）那些小点会聚集到同一个区域。克拉普回忆说："基本就是他们一排人的下巴都掉下来了。"谢里曼甚至更兴奋："我看到克拉普的地图的时候就知道了，这是又一个沃本。我知道我们做到了，这让人叹为观止。"不过这个规律——如果真的是规律的话——还远远称不上完美。也有未受到污染的街区出现病例，或者污染到的街区没有出现病例。而且，即便真的有什么确实的规律，这个地图也不过是这一规律的间接相关证据的视觉展示，而这种间接证据已经困扰了环境流行病学家近一个世纪了。污染物和癌症之间的这种显而易见的联系——至少大部分是有联系的——也可能仅仅是偶然现象。

这张地图是否足以撼动陪审团的天平？更重要的是，是否足以令对方考虑进行和解以避免上法庭？显然，患者家庭的律师们认为他们有了进展。当克拉普听到他的对手一不留神说出的话的时候，他是这么认为的。杰克·曼德尔是毅博公司的流行病学家，这是一家经常为化工行业提供专家证人的大公司。在会议室里曼德尔争辩说癌症集群是偶然现象，但休息时在走廊上两人聊天时，曼德尔同意了克拉普的看法，认为这案子看上去很像沃本，这让克拉普很吃惊。在克拉普的记忆中（曼德尔不记得了），曼德尔接下来说出了更让人吃惊的话："我看这案子该和解，你觉得呢？"①

① 在给笔者的一封信中杰克·曼德尔写到，他"不记得和克拉普有过这样一番交谈。无法相信我会说出这样的话"。而理查德·克拉普那一方则说他确信曼德尔的这个评论："我忘不了这事。"

与埃里克·格林的会面还将断断续续地进行三个多月。每次漫长的会议之后，格林和他的技术顾问道格·艾伦都会与双方私下里单独见面，对当日的辩论中的长处与缺陷进行秘密点评。基于格林签订的顾问合同，他究竟对两方各自说过些什么永远都是秘密。但十三次专家报告结束之后，2001 年初，他显然是告诉双方，这个案子花钱进行和解是可能的，也是必要的——这几家公司听进去了。距离谢里曼提出他那个异想天开的无诉讼解决案件的要求已经过去了三年多，联合碳化物公司、汽巴和联合水务三家公司的律师放出信号，他们终于准备开始谈和解了。他们可能未必确信患者家庭站在正义的一方，但一旦开庭，案子将备受瞩目，陪审团的裁决可能会意见不一致，这些都比以往显得更加可怕。还有一个变数，就是期待已久的病例-对照研究。如果结果明确，不论是哪种结果，再谈和解就没什么意义了。到时候，这几家公司面临的要么是上亿美元的赔偿，要么一分不给。

对于这项过去四年多都是他的工作重心的研究，杰里·法格里亚诺竭力不去想研究结果上会附加有多少东西。他将自己与律师们正在做什么的消息隔绝开了，但还是忍不住想到他的研究结果会给庭外和解加上或是减去几百万美元。如果他们最终能够把某种癌症与当地的污染联系起来，而将其他与污染的联系排除，这些研究甚至可能会帮他们确定哪些家庭会获得赔偿。法格里亚诺回忆说："我们当然知道这些，这给了我们很大压力，我们要把研究做好。"有琳达·吉利克在，就不可能忘了这是紧要关头。她几乎从没停止过向公众宣传这个法律案件——这对于那些患者家庭和他们的律师来说是个人隐私，但吉利克不在乎——她抓住一切机会提醒法格里亚诺，他的研究结果所决定的将不只是钱数。患者家庭指望着他们来解释一直未解的问题：癌症集群的原因。法格里亚诺一直在参加吉利克每月一次的顾问委员会会议，向他们一遍一遍地解释为什么研究要花这么长时间。通常吉利克一见到他就言辞尖利地提醒他，大家都没什么耐心了。目前，她和法格里亚诺已经参加了将近一百场公众会议，还有几十次私人会面。两人彼此尊敬。但在公众场合，即便现在大多数居民和记者已经对这个案子失去了兴趣，听众很少的时候，吉利克还是一如既往地不留情面。宽容不是她的风格。

2000年时法格里亚诺一直在等一个东西：镇供水系统的计算机模型完成了，这能告诉他哪口井给哪家供水。在专家报告中，律师们用另一种他们设计的、简单得多的模型在地图上给埃里克·格林做了展示，但这和莫里斯·马斯利亚为法格里亚诺设计的，花费了五百多万美元的大师级作品比起来，律师们的版本基本就是简笔画。马斯利亚没有为自己拖了后腿道歉。为三十五年间的每个月做出一共四百二十个的水力分布模拟，并对其可靠性进行检测，这是极端复杂和困难的工作。①

终于，2000年秋天的时候，马斯利亚准备好了。11月，正当巴里·菲尼特开始分析汤姆斯河送来的第一批血样，而律师们开始他们与埃里克·格林的第一次会面的时候，马斯利亚向专家顾问组展示了他的模型，他们只给这个模型提了一些小的改动。1月份，他将他的模拟结果发给了法格里亚诺，对方已经拿到了罗格斯大学做的大气污染扩散模型的结果。和马斯利亚的水力模型不同，空气模型并未试图确定在不同的时期里哪种污染物到达了镇上的哪个区域，历史记录太模糊了，这做不到。这个模型显示了通常情况下污染物在汤姆斯河整体的分布差异，可以据此估

---

① 欲了解水力模型构建的细节，可见于 Morris Maslia et al.，*Historical Reconstruction of the Water-Distribution System Serving the Dover Township Area，New Jersey: January 1962-December 1996*（Agency for Toxic Substances and Disease Registry，2001），还可见于 Morris Maslia et al.，*Analysis for the* 1998 *Water-Distribution System Serving the Dover Township Area，New Jersey: Field - Data Collection Activities and Water-Distribution System Modeling*（Agency for Toxic Sbustances and Disease Registry，2000）。

计不同社区接收到的污染负荷的相对差异，而不是污染负荷的绝对值。

杰里·法格里亚诺没必要知道这么多年以来水里和空气里究竟有什么东西，因为他的病例-对照研究本身也是基于对比进行的。他需要知道的是，根据模型，在三个关键时期，1962 年到 1996 年汽巴排放大气污染时，1962 年至 1975 年霍利街水井时期，还有 1982 年至 1996 年花园路水井时期，哪个社区接触的污染多，哪个接触的少。① 自从 1996 年迈克尔·贝里关于癌症集群的惊人研究公之于众后，除了各种研究所花费的几百万美元之外，关于汤姆斯河的污染与癌症再没有什么引人注目的消息了。随着计算机模型的完成，法格里亚诺和他的同事们总算要放出些新东西了。

在此之前还有一步准备工作：研究人员需要计算出一个数值，给每个病例组或是对照组的孩子住的地方算出一个“接触指数”。他们需要好几个评价的指数：过去汽巴工厂与核电站的废气排放、每个公用水井中流出的水，还有从自家后院井里打上来的水——这在上世纪 70 年代之前还是很常见的。② 因为有两种病例-对照研究：出生记录研究和访谈研究，所以他们需要用两种不同的方法来计算这些数值。

法格里亚诺对那五百二十八名参与出生记录研究的儿童一无所知。他们中有四十八人被确诊为癌症，而其他人都是与患病儿

---

① 关于赖克农场的污染物最初是什么时候到达花园路水井的，有太多的不确定性，因此，州政府对于病例-对照研究考虑的接触可能性是最早始于 1978 年，最晚开始于 1986 年，而卫生部认为最大的可能是开始于 1982 年。无论是哪种情况，将接触窗口期提前几年或推后几年都不会对病例-对照研究的结果有实质性的改变（以 1984 年作为起始时间时危险比值最高）。而霍利街水井的污染据推测结束于 1975 年，州政府也计算了如果 1980 年污染仍未结束的情景，其对结果的改变也是非常小。

② 为了对私人水井中污染物的接触剂量进行定量，州政府确定了十一个私人水井被工业化学品污染了的社区，包括快乐平原和橡树岭。如果母亲或孩子居住在这十一个社区并在确诊前的几年中使用私人水井，他将被归类在高接触组。

童年龄性别相对应的健康对照。他甚至不知道他们是否还生活在汤姆斯河。[①] 居住地的历史信息如此之少，哪怕是猜测每个孩子在患病前的接触的相对污染负荷都是不可能的。不过因为他知道他们出生证明上的生日和住址，就有可能通过空气和水力模型估算每个孩子的母亲在怀孕期间的相对接触剂量。[②] 访谈研究的结果暗示孕期接触可能非常重要，这个结果现在看起来显得尤其有用。

对于这些参与出生记录研究的孩子，可以直接算出接触指数。饮用水接触部分，莫里斯·马斯利亚将确认距离每个孩子的出生地址最近的供水管网位置，将其输入模型得出在为期三十五年的研究时段中，每个月是哪几口井的组合在给这个家庭供水。[③] 然后法格里亚诺的团队将使用模型计算结果中孩子出生前九个月的数据来计算孕期接触指数。比方说，一个孩子在出生前家里的供水是百分之六十来自花园路水井，百分之五来自霍利街水井，百分之三十五来自其他水井，他将被归类为花园路水井高接触，霍利街水井低接触。[④] 罗格斯大学的团队也为汽巴和核电站的大气污染设计了类似的计量方法，州卫生部用这种方法计算出了每个孩子出生前对于每种污染的接触评分。

用得分来比较接触剂量是一种简单而合理的方法，但因为没

---

① 州癌症登记系统在确认出生记录研究中的四十八名患病儿童的过程中起到了关键的作用。研究人员在汤姆斯河的出生证明和十个州的癌症登记系统（包括新泽西州）中寻找姓名和出生日期匹配的孩子。然后他们通过出生证明寻找与病例组儿童性别与年龄相符的未患病儿童孩子，一个人对应十个，以此来获得对照组。

② 在出生记录研究中，除了出生证明和诊断，研究人员没有其他信息，所以为了估算出母亲在怀孕期间接触到的污染的空气和水的量，他们只能做两个假设：第一，她怀孕期间没有改变过住址；第二，她不喝后院的井水或是瓶装水。

③ 为了避免计算中可能出现的偏差，莫里斯·马斯利亚没有被告知哪个地址是患儿的哪个是健康的对照组儿童的。他也不知道研究时间中具体哪几个月是与这个孩子相关的。

④ 出生前水接触得分达到百分之五十或以上将被归为高接触组，低于百分之十是低接触，二者之间属中等接触组。

有考虑过孩子出生后的生活环境，以及母亲在孕期喝的水是哪种（自来水还是瓶装水），它很容易受到质疑。因为研究的这些缺陷，双方都有正当理由来抱怨。不过在汤姆斯河，有一小群孩子法格里亚诺是有更详细的资料的。就是那一百九十九个和州政府的研究人员进行过深度访谈的孩子。他们是他的第二个研究，访谈研究的受试。访谈研究中有四十个孩子被确诊患有白血病或脑及神经系统肿瘤。一百五十九个孩子是与之性别年龄对应的健康对照组。[①]

多亏那些访谈，法格里亚诺知道了每一个孩子从出生前一年到被确诊为癌症的当月都住在哪里。他知道每一个孩子和他的母亲每天喝多少杯水，自来水上装没装过滤器。虽然他的信息凭借的都是记忆，因而会被攻击有回忆偏差，但总比什么都没有强得多。所以，法格里亚诺的团队可以对访谈研究设计一个更详细的接触剂量公式，将住址的变化和个人行为的差异考虑进去。例如，习惯喝很多自来水的孩子接触剂量得分会变高。[②] 这样的调整使得访谈研究——虽然其规模更小——相比于出生记录研究受到的质疑更少一些。

2001 年年初，杰里·法格里亚诺和他在州卫生部的同事们算完了两个研究中所有七百零二名儿童的各种接触剂量得分。[③] 经过五年时间，准备已经做好。不再需要去考虑应该检验哪个假

---

① 访谈研究中的病例组儿童有二十五名也同时参与出生记录研究，但重叠部分很有限，因为两种研究对病例的要求不同。访谈研究的病例只包括被确诊为白血病或脑及神经系统肿瘤的患儿（出生记录研究包括了所有的儿童癌症），而且只包括确诊时住在汤姆斯河的儿童（出生记录研究包括已经搬走的儿童）。访谈研究的范围只在一个方面更大：它包括了不是出生在汤姆斯河的儿童，而出生记录研究是基于出生证明的，只包括本地人。

② 举例说明如何进行这种调整，一个男孩，如果母亲怀孕以及他被确诊为癌症之前他家住的地方百分之三十的水来自花园路水井，一般会被分类为对花园路水井“中等”强度接触，但如果孩子的母亲说她在怀孕期间每天喝很多杯水，男孩就会被提升到“高”强度组。

③ 总数——七百零二——比七百二十七少了，是因为出生记录研究中的五百二十八名儿童中有一百九十九名与访谈研究的重合。

说，应该包括哪些孩子，应该用哪个公式。再不需要做什么访谈，或是测试什么计算机模型。万事俱备，只需要进行计算，并对结果进行解释了。

巴里·菲尼特打算在汤姆斯河的血样中搜寻的生物标志物是一段基因，名字只有生化学家能看得懂：次黄嘌呤-鸟嘌呤磷酸核糖转移酶，缩写 HPTR。他想知道，喝过汤姆斯河水的孩子体内白细胞中 HPTR 的变异是不是比不在镇上住的孩子多。如果基因变异是诱发癌症的关键因素——这是一个多世纪前西奥多·布维里的推断，赫尔曼·马勒的果蝇实验，阿尔弗雷德·努森的视网膜母细胞瘤研究都说明很可能是这样的——那么从逻辑上讲突变频率就可以指示癌症风险。

HPRT 等生物标志物当时正是分子流行病学的新兴领域。1982 年，这个词由哥伦比亚大学的一名年轻的研究人员弗雷德里卡·佩雷拉首次在她与导师伯纳德·温斯坦合著的一篇论文中提出。[①] 温斯坦对于努森的多步打击致癌理论倍加推崇，他研究了污染物与 DNA 之间在最深层次上的交互作用：化学物质对单个分子的作用。佩雷拉和温斯坦认为可以用传统流行病学的模式识别工具来辨别哪种分子之间的联结可能与疾病相关。同样的，这种证据是间接的——有相关性，不是因果性——但却很有用，因为可以从人体的血液和组织中直接测量这些生物标志物，不用通过动物实验外推结果。

如果分子流行病学能够成功，他们将开创出一个新的评价化学物质与健康风险的方法——也能够在汤姆斯河这样的法律案件中赢得胜利。更重要的是，这些工作可能将促进早期预警式医疗

---

① Frederica P. Perera and I. Bernard Weinstein, "Molecular Epidemiology and Carcinogen-DNA Adduct Detection: New Approaches to Studies of Human Cancer Causation", *Journal of Chronic Diseases* 35 (1982): 581—600.

检测的发展，拯救未确诊的癌症病人的生命。正如汤姆斯河人所熟知的，传统的癌症流行病学就像房子已经烧尽后姗姗来迟的救火车。在能够得到答案的时候，很多人可能已经发病或是死亡了，除了猜测一下几十年前接触了哪种物质可能是患病的原因，一切为时已晚。分子流行病学提出了能够远远走在前面的方法——只要像佩雷拉这样的人能够找到可以准确测量并且真的代表疾病风险的生物标志物。

佩雷拉瞄准的第一种物质是苯并（a）芘，就是那个1932年欧内斯特·肯纳韦在煤焦油——化学工业的始祖——中发现的重要的致癌物。苯并（a）芘是强效致癌剂，有一种破坏人类细胞的特殊本领：通过共用电子对，形成紧密结合的共价键，它的分子可以与DNA链紧紧地连在一起。细胞复制的时候这些加合物就会诱发基因变异。佩雷拉认为，搜寻人类细胞中的这种“苯并（a）芘-DNA加合物”可能是一种非常有效的方法，能够评价接触过苯并（a）芘的人患上癌症的风险。从1980年开始，佩雷拉和她在国家癌症研究所的同事们在接触过苯并（a）芘的小鼠、兔子、狗的身上，还有人——包括一些患有肺癌的人——的肺部组织白细胞中都寻找加合物。他们的发现对于分子流行病学来说是建立了一套诱人的方法：对模糊不清的现象所蕴含的意义给出提示。注射了苯并（a）芘的动物确实有更多的DNA加合物，但这在患癌的吸烟人群中并不明显。[①] 不同于佩雷拉的期望，加合

① 弗雷德里卡·佩雷拉和她的同事发现注射了苯并（a）芘的小鼠和兔子比对照组有更多的DNA加合物。但接触了二十个月香烟烟雾的狗则没有。在人体中，他们在五名肺癌患者的肺组织中发现了高浓度的加合物，这五个人都是老烟枪。但另外二十二名吸烟者的加合物没有增加，也没有剂量-效应规律：吸烟多的人加合物未必多。Frederica P. Perera et al.，“A Pilot Project in Molecular Cancer Epidemiology：Determinantion of Benzo（a）pyrene-DNA Adducts in Animal and Human Tissues by Immunoassays”，*Carcinogenesis* 3：12（1982）：1405—1410。

物不是接触和风险的万能“测定仪”。癌变作用相当复杂，包括太多步，有太多可能的路径，因此任何一个单一的生物标志物都很难准确地预测风险。但是，她认为，结果很有意思，应该继续下去。

很快，佩雷拉和另外几十名研究人员开始了大规模的病例-对照研究，测定全球范围内高暴露人群的 DNA 加合物量。研究不久之后就从加合物扩展到了其他生物标志物。研究人员们测试了人群中原癌基因的变异（包括曾经给了努森灵感的“费城染色体易位”），还有抑癌基因——尤其是在 17 号染色体短臂上的 TP53，它是人类肿瘤中最常见的发生了变异的基因。① 还有其他基因生物标志物，例如指示基因，它们不直接参与致癌或抑癌过程，但似乎可以用来评价整体风险。今天，研究人员可以快速廉价地扫描人类全基因组变异，因此指示基因已经不再重要了。但在 2000 年，当巴里·菲尼特开始进行汤姆斯河的研究的时候，它们至关重要。

HPRT，菲尼特在汤姆斯河的研究中最初选定的生物标志物，就是一种最常见的指示基因——尽管它对于真正的致癌过程不一定是必需的。没人知道 HPRT 对于致癌作用是不是重要，工厂研究的证据各式各样，不过有明显证据证明放疗和化疗诱导了癌症患者体内 HPRT 基因的变异。② 不过这个基因的另外一些特点使它成为了一个相当好的生物标志物，例如它易于被扩增，或者克

① 将近一半的肿瘤中存在 TP53 的变异，包括神经母细胞瘤、黑色素瘤和其他肿瘤。Timothy E. Baroni et al.，“A Global Suppressor Motif for P53 Cancer Mutants”，Proceedings of the National Academy of Sciences 101：14（April 6，2004）：4930—4935。

② Richard Albertini and R. B. Hayes，“Somatic Cell Mutations in Cancer Epidemiology”，*IARC Scientific Publications* 142（International Agency for Research on Cancer，1997），159—184.

隆，在实验室可以廉价获得。[①] 在人类研究中这是一个关键的特性，每一份血样都很宝贵，需要好好保存。尽管如此，将癌症流行病学研究集中在 HPRT 基因上有点像因为路灯下光线好就到那去找钥匙。这是一个用起来很方便的基因标志物，但在上千种待选的标志物中，它很可能不是最有希望的那个。

令菲尼特掣肘的不单是生物标志物方面的顾虑，还有一个问题，实验的设计实际上依赖了一些非常可疑的假设。他计划将 TEACH 家庭的兄妹们和同性别年龄但不在镇上住的孩子们的 HPRT 突变率进行比较。这个计划的假设是所有的兄妹，无论他们住在汤姆斯河的什么位置都接触到了污染过的水，而所有不住在镇上的孩子都没有过类似的接触。但在整个新泽西州，水质污染都是不争的事实，而汤姆斯河内部不同的位置差别非常大。实际上，杰里·法格里亚诺的研究就是以这个差异为前提的，因为他比较了镇上的不同社区。另一个同样值得质疑的是，菲尼特的研究不得不假设以兄妹来进行替代是合理的，因为 TEACH 的患病儿童已经接受了化疗，DNA 损伤太严重不适合直接进行分析。最后一个问题，菲尼特的血样是 2000 年才采集的，距离镇上水质和空气污染最严重的时期已经过去了很多年。因此他必须假设这些孩子的 DNA 仍旧保存着多年前的损伤，没有被后续的突变所遮蔽——但儿童的体细胞在随着年龄增长不断分裂的过程中本身就会累积突变。因为上述种种原因，菲尼特担心他恐怕找不到汤姆斯河这些家长们所追寻的答案。

---

① 巴里·菲尼特在佛蒙特大学的导师理查德·阿尔贝蒂尼是 80 年代末在癌症研究中使用 HPRT 基因的先锋。这个基因作为生物标志物的优势之一是它的位置在 X 染色体上。因为人体中活跃的 X 染色体通常只有一条，发生一次突变就足以保证这个变异被遗传下去，因而 HPRT 相比于其他位于一对染色体上的基因来说对损伤更加敏感。阿尔贝蒂尼同时还发现了 HPRT 变异的机理，这似乎也可以应用于其他基因，因而更增加了 HPRT 可以用来代表全基因组损伤的说服力。

他对此持悲观态度是对的。菲尼特的研究团队花了五个月的时间，测定了四十九名汤姆斯河患儿的兄妹和四十三名不住在镇上的对照儿童体内 HPRT 的突变数。2001 年年初他将结果报告给了律师们：没有发现两组的突变频率有差异。① 菲尼特认为，这个实验的缺陷在于它所涉及的一连串假设，尤其是接触污染量达到峰值的时间和采集血样的时间（2000 年）之间相隔了很多年。如果汤姆斯河的孩子们体内真的有一个突变频率的激增——菲尼特仍旧相信这是存在的——这个研究也来得太晚了，已经检测不出来。和过去一样，在汤姆斯河，科学来得太晚，已无法改变什么了。

对于汤姆斯河的这项研究，菲尼特还有一些别的主意，他后来又追查了很多年。他像一个等待着神启的朝圣者一样，一遍遍地回到实验室的冷冻室里去找那些塑料小管。未来他不仅检测突变，还将检测当地儿童细胞中是否还有其他某种基因改变是外地儿童所没有的。他的这些想法需要花费多年去检验——时间太长已无法影响到法律案件的进展——而且没什么理由相信这些想法最终会奏效。如果用最简单的形式来描述分子流行病学，它的一个前提是：人们预期，某种疾病是与某个单一的基因的改变相关的。但是，大多数的癌症并不遵循这一规则。尽管如此，患者家庭和他们的律师们希望菲尼特继续下去。他们所关心的不只是在即将到来的和解谈判中增加筹码。对于癌症集群的原因，只要有任何机会，在未来的某一天，能够得到与之相关的任何内容，他们都愿意跟进。于是，当汤姆斯河的大剧一步步走向高潮的时候，菲尼特带着他逐渐缩水的团队静悄悄地继续着工作。而且这

---

① 巴里·菲尼特的突变频率研究发表在：Pamela M. Vacek et al.，“Somatic Mutant Frequency at the HPRT Locus in Children Associated with a Pediatric Cancer Cluster Linked to Exposure to Two Superfund Sites”，*Environmental and Molecular Mutagenesis* 34 (2005)：339—345。

之后他们还工作了许多年，在遗传数据的深海中搜寻着暗弱的线索。

患儿家庭将他们的信念寄托在三种病例-对照研究之中，现在，其中两种——菲尼特的血液研究和国家毒理学项目的SAN三聚物大鼠研究——显然是需要多年才能完成，而且这二者为科学的复杂性所累，不大可能出现有意义的结果。现实地说，现在只剩下一个希望了。

第二十三章　关联

最开始，杰里·法格里亚诺不确定自己办公室里那些成堆的机打材料里有没有埋藏什么有用的信息。他已经花了五年时间来搜集汤姆斯河的孩子和化学污染的各种信息。对于那个问题：被诊断为癌症的孩子是不是比健康的儿童有更大的可能是接触过污染？2001年初时他已经得到了要回答这个问题所需的一切材料。但是，有那么多种方法来处理数据，很难不迷失在铺天盖地的数字里。孕期接触还是出生后接触？花园路水井还是霍利街水井？化工厂还是核电站？访谈研究还是出生记录研究？婴儿还是学童？男孩还是女孩？哪一年？哪种癌症？

要分析这么多种可能存在的关联，而癌症病例却如此之少（两项研究一共六十三例），数据的分类恐怕不会很规整。反之，很有可能发现的一些接触与疾病之间的明显联系不过是巧合，而另外一些联系则永远无法被发现。小数据流行病学永远都存在一种危险：即便一个关联通过了二十分之一的显著性检验，[①]它依然有可能是偶然事件。法格里亚诺知道，对于接触污染与发生疾病，如果只发现一到两个相互独立的关联，在科学上恐怕无法令人信服；这些关联需要有一个模式，而这个模式要能与之前的假设——什么造成了癌症集群——相吻合。反过来说，那些没有通过显著性检验的接触与疾病之间的关联，也未必就不是病因。数据太少，什么都不能确信。

即便如此，仍然有一些东西几乎立刻就引起了法格里亚诺的注意。母亲在怀孕期间大量饮用花园路井水，同时孩子在出生后患上癌症的这个群体数量大得惊人。无论他怎样去分析数据，出生后接触了花园路井水的孩子风险并没有大量上升，但出生前接触过的是上升的。与之类似，相比于健康对照组孩子的母亲，患病儿童的母亲有更大的可能喝过花园路井水。这个现象与之前法格里亚诺在访谈研究中的发现是相吻合的：这些妇女记忆中在怀孕期间喝了多少自来水，和她们的孩子患有癌症的风险大小，这两者之间有剂量-效应关系。换句话说，多喝几杯和风险升高有关联。那些访谈数据可能会受回忆偏差的影响，孩子遭受病痛折磨，有这种痛苦经历的母亲更有可能记得她们在怀孕期间喝过很多水。但现在，水力分布计算机模型不依赖任何人的模糊记忆或一厢情愿，要客观得多，它也在支持那些主观的访谈研究的结果。

在 2001 年年初特伦顿的员工会议上，法格里亚诺和他在州卫生部的同事第一次整体地看了水的数据，结果如此之明显令他们大感惊讶。对于这样一个参与人数如此之少的研究，他们原本以为会有各种前后矛盾的发现，但花园路水井的结果似乎是一个条理清晰的故事。法格里亚诺回忆说："那一刻，哇！我们检查无污染的井时，病例组和对照组没差别，而花园路水井，有很强的关联。那是非常夸张的。"

花园路水井的数据有一点尤其引人注目，那就是，这个结果是存在内在的逻辑的。法格里亚诺曾做的假设是，如果母亲怀孕期间喝过很多花园路井水，那么孩子出生后患病的风险是最大的。而现在他发现，他的分析越向这些孩子这边集中，计算得出

---

① 此处的二十分之一即统计学上将百分之九十五置信区间设置为统计上有显著性的标准。——译者

的风险就越高，这个风险值是由一种标准的统计学方法表示的，称为调整优势比。[①] 例如，访谈研究中如果母亲在怀孕期间喝到的水大部分来自花园路水井，那么孩子患癌的优势比是一点六八，这意味着，相比于同年龄同性别的健康儿童，患病儿童出生前曾大量接触花园路井水的概率要高百分之六十八。[②] 这种风险的上升并不算大，但引起法格里亚诺注意的是，从理论上讲，如果孕期接触花园路井水真的会诱发癌症的话，其中某些亚组的风险应该更大，而当他真的将研究集中向这些亚组的时候，优势比的数值在持续上升。

比如说，当法格里亚诺只统计出生前有过接触，五岁前被确诊的儿童时，优势比蹿升到了两点五一。这说得通，因为更大年纪的孩子因为出生前接触而患上癌症可能性相对更小。当他又加了两条过滤条件：参考每位母亲记忆中孕期喝了多少水，并且只将 1981 年之后喝了花园路井水（因为他的假设是联合碳化物公司的废物是从 1982 年才开始到达花园路水井的）的人计入“接触组”。这两点让优势比继续上蹿到了三点零一。这意味着，在

---

① 要想理解杰里·法格里亚诺是如何计算汤姆斯河病例-对照研究中的调整优势比的，可以想象这样一个例子：访谈研究中有 9 名患病儿童和 23 名健康儿童都处于“高接触”组，因为他们的母亲怀孕期间的用水里百分之五十以上来自花园路井基，26 名患病儿童和 110 个对照分在了“低接触”组，因为他们的母亲怀孕期间的用水里来自花园路水井的不足百分之十。比较高接触组妇女的孩子患癌的几率与低接触组妇女的孩子患癌的几率，得到的数值即为“粗略”优势比。简单的公式大致是这样：（接触组病例/非接触组病例）/（接触组对照/非接触组对照）＝优势比。对于花园路的数据就是（9/26）/（23/110），得优势比为 1.66。然后杰里·法格里亚诺对这个结果进行了调整，他设法将可能对结果造成影响的各种因素，比如每个受试儿童的年龄、性别，考虑进去。经过最后的计算——这被称为条件回归——调整优势比有轻微上调：1.68。换言之，患病儿童曾大量接触花园路井水的几率比健康儿童的这个几率高百分之六十八。

② 本章提及的所有优势比数据均出自 *Case-Control Study of Childhood Cancers in Dover Township* (*Ocean County*), *New Jersey*, *Volume Ⅲ*: *Technical Report Tables and Figures* 中的数据表。

汤姆斯河，年幼的患儿在出生前接触过1981年之后的花园路井水的概率比当地同龄同性别健康儿童接触的概率高三倍。最后，当他更进一步细分数据，将分析集中于已知有环境诱发因素的癌症类型，集中于不同性别时，相关性变得更强了：五岁前被确诊为白血病或神经系统肿瘤的女孩，优势比为四点六。而男孩是一点六四。（这个性别上的差异还没有明显的解释。）

其他对数据的排列还能得出更高的优势比。例如，当法格里亚诺将他假设的污染物到达花园路水井的时间从1982年调整为1984年，再统计出生前有接触，二十岁前被确诊为白血病的女孩，这个优势比飙升到了十四点七。换句话说，对于那十三个在1984年至1996年期间出生于汤姆斯河，随后患上癌症的女童来说，相比于那些同龄的汤姆斯河健康女童，她们在出生前曾大剂量接触过花园路井水的可能性要高将近十五倍。[①]

这些都是很吓人的数字，而且这种进退两难的境地很像1995年迈克尔·贝里第一次发现汤姆斯河的癌症集群时贝里和法格里亚诺当时的困境。问题在于，风险数值很高，但不确定性也很大。和贝里1995年的分析一样，法格里亚诺的研究中的每个调整优势比的数值都伴有一个百分之九十五置信区间，这个区间越宽，结果的可靠性就越差。和贝里的一样，法格里亚诺几乎所有的置信区间都宽得让人恼火。他最引人注目的一个发现就很能说明这个问题：在访谈研究中，当考虑1984年至1996年间出生，五岁前被确诊为白血病或神经系统肿瘤的孩子出生前接触的花园路井水的优势比时，结果如下表所示：

---

① New Jersey Department of Health and Senior Services, *Case-Control Study of Childhood Cancers in Dover Township (Ocean County), New Jersey, Volume Ⅱ: Final Technical Report* (January 2003), 23. 和研究中很多其他优势比一样，这个结果也没有达到统计学的显著性，因为它的置信区间非常宽(0.79—274)，下限低于1.0了。

接触剂量	病例数	对照数	调整优势比	95%置信区间
低	10	42	1.00	—
高	6	11	3.01	0.78—11.60

根据这张表，在汤姆斯河，患有白血病或神经系统肿瘤的孩子出生前大量接触过花园路井水的概率比同样情况的健康儿童高三倍。但因为研究中高接触组的儿童非常少——只有六个病例，十一个对照组儿童——随机波动会严重影响结果。法格里亚诺可以确信的唯一一件事是，如果这种分析他重复做二十次，那有十九次优势比都会落在零点七八到十一点六之间的某个位置。这个置信区间不但很宽，它还落在了一以内，这意味着还有一种很小但不容忽视的可能，母亲怀孕期间喝过花园路的井水后实际上有可能降低了孩子患癌的几率。这就像贝里 1995 年的癌症集群研究一样，是“如果不下雪就晴天”式的废话天气预报。实际上，因为置信区间落在了一以下，尽管优势比数值很高，这个结果不符合传统的统计学上有显著性的定义。

在对花园路水井的分析中，基本上所有引起了法格里亚诺和他同事注意的结果都面临着同样的问题：下限落在了一以下。只有少数例外，这其中最显眼的是，当他们调查访谈研究中二十岁前确诊为白血病的女孩出生前的接触时，得到了下面的结果：

接触剂量	病例数	对照数	调整优势比	95%置信区间
低	8	39	1.00	—
高	5	3	5.96	1.12—31.70

即便是这个结果，优势比很高，置信区间完全在一以上（上限飙升到了三十一点七），从这个宽阔的置信区间来看，它的不确定性还是很大的。这项分析中高接触组只有八个女孩，意味着哪怕只加上，或是减去一个病例，结果都将有很大的变动。而

且，在法格里亚诺的其他研究——出生记录研究——中，花园路水井的优势比并不像访谈研究的这么高。还有一点，访谈研究中出现的，这种随着法格里亚诺按假设的最高风险筛选数据优势比逐渐升高的规律，在出生记录研究的各个结果中也没有出现。

更大的挫折还在等着他们。法格里亚诺和他的同事们试图将分析扩展到上世纪60年代河边的霍利街水井的污染事件，当时汤姆斯河化工厂向汤姆斯河倾倒了几十亿加仑的稀释染料废水——这些污染足以将河水染成褐色，让它散发臭气，并污染几十口私人和公用水井。这件事在当时被隐瞒了下去，三十多年已经过去了，在法格里亚诺之前还从未有人尝试过分析霍利街水井污染的健康影响。很快法格里亚诺就意识到了，他开始得太晚了，已经不能出现什么有意义的结果了。污染事件过去的时间太长，卫生部只能找到几名接触过还活着的人进行研究。因为当时还没有癌症登记系统，致命的病例就更难找到了。结果是，访谈研究中只有三个患病儿童在1962年到1975年间曾大量接触过霍利街的井水——人数太少无法计算出可靠的优势比。这个数字在出生记录研究中略微好一点：有七个高接触病例，二点七三的优势比令人担忧，而只计入女孩则达到了需要警惕的十。但女孩的优势比是基于仅有的两个病例算出来的，因而置信区间大得可笑，从零点零三一路上升到了三百七十二。病例数如此之少不可能得出任何结论。[①] 汤姆斯河化工厂偷偷对河边水井污染的后果究竟怎样，将永远都是个秘密。

这样，只剩下了一个癌症集群的假设需要检验了：空气污染。在汤姆斯河，引发公众焦虑的通常首先是饮用水污染，其次才是

---

① 卫生部曾试图对上世纪60年代到70年代早期供水干管通到橡树岭社区和快乐平原之前的几百个被污染私人水井进行地下水污染的健康影响评价，这也受到了数量太少的干扰。这个研究中一共确认了十一个社区，但时间过去太久了他们只在该区域找到了两个病例——病例数太少无法得出可靠的优势比。

空气污染。罗格斯大学的空气扩散模型错综复杂，但大量依赖推测，比如它依赖的风向历史记录来自约五十英里之外的亚特兰大城。法格里亚诺怀疑这样的空气模型恐怕无法产生任何有意思的结果，他分析了距镇十英里以南的牡蛎溪核电站的放射物风力扩散模式之后，证实了他的这个想法：平均而言，相比于未患癌的对照组家庭，病例组的家庭并没有接触到更多的放射物。

但是，当法格里亚诺运行汽巴的空气污染数据时，他发现了一些惊人的东西：数据组合出了又一个剂量-效应模式。[①] 比如说，当他把孕期下风向接触汽巴大气污染作为一个白血病或神经系统肿瘤的风险因素进行分析的时候，访谈研究中五岁以下的儿童高接触的优势比是一点五九，置信区间从零点八到十四点九。如果他进一步聚焦，优势比上升了，这和花园路水井的情况一样。当他以空气污染为风险因子，只分析五岁以下的患白血病女童时，得到了下面的结果：

接触剂量	病例数	对照数	调整优势比	95%置信区间
低	2	18	1.00	—
中	3	8	5.21	0.48—56.50
高	2	1	18.90	0.90—397

这几个优势比非常高，接触汽巴的空气越多得出的优势比越高。而且，高剂量组的置信区间已经非常接近一了，这意味着住在化工厂的直接下风向处很可能会增加年幼女童患上白血病的风

① 为了在空气污染模型中分出高、中、低组，罗格斯大学的模型研究人员首先分析了对照家庭接触到的大气。位于中位的家庭在“相对空气影响单位”的估值中被赋值为一。按同样的标准，访谈研究的对照组中最前面的百分之二十五的赋值是两点一八以上。然后他们对病例组的家庭进行了同样的赋值，将病例组和对照组分成了三类：低（低于一），中（一到两点一七），高（两点一八及以上）。在出生记录研究中区分中低组的点是一点五，区分中高组的点是三点零四。

险。但另一方面，高接触组的病例只有两名，置信区间非常地宽，这说明不确定性很大。但这确实是个规律，它不单出现在访谈研究中——不同于花园路水井的研究结果的是——它也出现在了出生记录研究之中。例如，对于那些出生前有接触，五岁前被确诊为白血病的女童，汽巴的空气污染显示出了下面这种剂量-效应模式：

接触剂量	病例数	对照数	调整优势比	95%置信区间
低	1	28	1.00	—
中	1	13	2.04	0.12—35.40
高	3	9	7.78	0.78—77.40

总而言之，法格里亚诺办公室里的机打结果携带着——虽然令人困惑——具有历史意义的信息。近一个世纪以来，邻近居住区的癌症集群始终是一个充满了科学魅力、却令公众恐慌的课题，在全世界范围内有几百项相关研究。但在此之前，只有一次——沃本案——在非工厂环境中通过可靠的流行病学研究识别出了癌症集群的可能的环境病因。现在，法格里亚诺觉得他发现了两个病因：化工厂的空气污染，和花园路水井的水污染。但他想的对吗？优势比增加的规律很明显，但置信区间太宽，而且基本都落在了一以下，这说明还是有一种很重要的可能性——虽然这种可能性很小，但显然是有可能的——他发现的这些联系不过是随机出现的。

法格里亚诺回忆说："从某种程度上来说，这是最糟糕的结果，我们觉得发现了一些什么，但是没法确定。我们立刻就意识到这会有争议。我们知道，这种结果是需要前前后后检查的。"早在1995年，卫生部对类似的恼人结果——迈克尔·贝里的发病率研究——做出的反应是保持沉默，而那引起了灾难性的后果。这次，经过了六年极度的焦虑和热切的期待，决不能保持沉默了。这次，新泽西州政府最终不得不公布一切，它知道什么，它不知道什么。

2001年的头几个月里，汤姆斯河案的律师们对这个有和解可能的案子进行谈判的过程就像是在玩高赌注的牌局，还不让你看自己的牌。多亏有埃里克·格林组织的专家报告会，双方都对自身论点的强项和弱点有所了解。但最重要的是，在病例-对照研究结果公布之前是不会有决定成败的消息的——而法格里亚诺还一点口风都没漏。

现在进行和解有着明显的优势。简·谢里曼已经从80年代的沃本案明白了孤注一掷的冒险策略有多危险：正是他的坚持将案件推向了痛苦的结局——他一路上拒绝了好几次和解——留给他的是破产和无家可归。这一次，有违他们的本心，琳达·吉利克和TEACH的家庭们顺从了简·谢里曼的新策略，不上法庭，寻求以谈判解决问题。如果现在它不奏效，基本上他们就只能从头再来或者干脆放弃了。几家公司也有充分的理由进行和解。陶氏化学，联合碳化物公司的新东家急于甩掉过去。汽巴也是如此，它在集中精力清理厂区，然后就永远离开汤姆斯河。联合碳化物公司的律师威廉·沃伦在陶氏负责之后正在撤出这个案子，他仍旧相信如果上法庭公司能赢，但病例-对照研究是一个悬而未决的风险。他后来解释说："我经常对客户们说，你可能在看到摆在桌面上的（作为和解的条件）东西之后发现这简直是在侮辱人，不能接受，但你不能拿这个和上庭之后的结果进行比较。你可以坚持原则，但坚持原则是有潜在的成本的。"

患者家庭的三名主要律师——马克·库克、埃斯特·别列佐夫斯基和谢里曼——正试着在沃伦和其他公司的律师们面前联合成统一阵线。这并不容易。谢里曼感到自己不受尊重，不受重视，而库克和别列佐夫斯基觉得谢里曼太渴望和解了。他们赞赏他的创造力和说服技巧，但相比于他们为案子所做的一切，他做的太少了。一部分原因是十年前沃本案造成的财务垮台的后果似乎没完没了，分散着他的精力，另外，他最新的律师事务所，总部位于旧金山的“列夫，卡布拉瑟，海曼，与伯恩斯坦”在进行恶意分拆，他只能推掉一些汤姆斯河的工作。库克和别列佐夫斯基已经去汤姆斯河和琳达·吉利克以及其他患者家庭的头领们见过几十次面了，谢里曼只去过几次，和他们并不熟。但谢里曼是受到案件相关报道最多的律师，这多亏了他在《漫长的诉讼》中的落魄英雄形象带给他的明星地位。随着谈判的开始，这三个律师之间本不牢固的合作关系正在被消磨掉。

对案子进行和解需要以美元衡量人命，这个困难的程序在汤姆斯河尤其是个挑战，因为这六十九个孩子各不相同。他们的合法诉求的核心是，由联合水务的管道承载的汽巴，或联合碳化物公司的污染诱发了他们的癌症。但对于某些孩子来说，这个论据要比其他一些孩子强得多。他们中有些人只接触了几个月的污水，有些人则是一辈子。有些人还是婴儿时就被确诊，而有些人是十几岁。有些人忍受了多年痛苦的治疗，而有些人恢复得较快。其中有十五个孩子不再需要承受痛苦，癌症夺去了他们的生命。

其中最大的困难来自癌症的类型。汤姆斯河的孩子患有十几种癌症，从急性淋巴细胞白血病（这是最常见的）到只有一例的横纹肌肉瘤，这是一种罕见的软组织肿瘤。因为癌症不是一种疾病，而是一百五十多种病症，不可能对它们一视同仁。比如说，因为州政府 1995 年进行的发病率研究发现了白血病存在集群现象的可靠证据，白血病患者有相对更强的证据。同时，还有大量科学研究（尽管还有争议）将白血病与工业污染联系在一起——尤其是已知存在于花园路水井里的三氯乙烯。一个年幼的患有白血病的孩子则更加有理由提出要求，因为出生前接触化学物质是少数几个可能诱发这种疾病的原因之一。但是，对其他种类的癌症，污染物会不会是病因，医学文献中则完全没有提示，汤姆斯河也没有病例异常增多的证据。

和解谈判中，患者家庭这方的律师在设计他们开始的提案时，就需要把这些细节都考虑到。可借鉴的东西很少，汤姆斯河是独一无二的，一个是因为案件牵涉到了这么多患有各种癌症的孩子，另一个原因是州政府已经确认了癌症集群现象。参考以往的和解案件，如果有确定证据证明其诱因，幼年儿童患上非致命癌症的赔偿是一百万美元左右。在汤姆斯河，一个孩子一百万美元意味着要有将近七千万美元——如果考虑对兄妹和父母也进行赔偿可能还不止这个数。但实际上证据有多确定呢？报告会上埃里克·格林已经听过了所有的证据，也分别秘密给双方进行了评估。现在，协商启动，他做中介非常积极主动。根据他们调解协议的条款，双方只能通过格林进行协商，他已经明确表示，一个提案，他只有觉得合理才会传递。

2001年2月，格林将患者家庭的第一份提案转交给了几家公司，几周之后返回了一份反方提案。库克回忆说："我们做好了被侮辱的准备，但这比我预期的高多了。"公司的提议是患者家庭律师提议的三分之一多一点。他们仍旧相差着几千万美元（具体数目始终是个秘密），但谁也不曾想到两个数字会如此接近。埃里克·格林是全美最受尊重的调解人，看到机会他决不会错过。他施加压力，逼迫双方作出让步。但几轮之后，谈判陷入了僵局。当时已到5月，谈判的前景黯淡，研究结果随时可能公布，这样的话整个赌局就全完了。律师们又开始准备庭审，搜寻一切证据。库克甚至让布鲁斯·安德森去他家地下室挖废弃的供水管道，希望能够找到点80年代的积水用来检测污染物。安德森就喜欢干手艺活，一头就扎了进去，发现管子已经干了。当他把这个扫兴的消息告诉库克的时候，库克正在纽瓦克的一间会议室里，这时，埃里克·格林笑着走了进来。几家公司大幅度提高了他们的出价，双方只差不到一百万美元了。几周之后，他们达成了协议。出乎所有参与者的意料，简·谢里曼的理想主义美梦——庭外解决——成真了。

不过协议还只是一个提案。只有六十九个家庭都宣布放弃起诉，公司才会付款，但能不能让每个家庭都同意，这还是个未知数。而整个的和解金可能高达三千五百万美元（总数从未对外公布过），相比于这些家庭的经历，提案中给每个家庭的赔偿真不算多。[①] 扣除律师佣金后，每家平均大约是三十万美元。更大的问题是，不同家庭收到的钱数差别会很大：有些家有五十多万美元，而有些不足十万美元。

将近十年时间里，这些家庭团结在一起，是因为琳达·吉利克没有对他们区别对待：汤姆斯河任何一个患癌的孩子都受到欢迎。吉利克一直在强调，这个团体第一位的是他们是一个平等的团体。但现在钱摆在面前，差异不可避免。这就好像所有六十九个家庭一起坐着一个救生舟渡过了海洋，好不容易登陆之后却发现对于他们所经受的苦难，回报并不是均等的。

---

① 汤姆斯河法律和解的费用从未被公布过，但根据法庭文件，很可能总数介于三千五百万到四千万美元之间，律师的百分之二十九佣金和其他可偿还费用也包括在其中。根据对其中二十九家孩子小于十八岁的家庭的司法听证，这些家庭获赔总额大约一千一百四十万美元的赔偿。这些赔偿用于支付患儿、其兄妹及家长的各种可偿还费用（例如工资损失、医保不包括的账单、去外地医院的旅费等）。扣除法律费用和其他花费，最后付款八百四十万美元，平均每家约二十九万美元。假设这二十九家与另外四十家未参加听证会的家庭相当，那么付款总额大约是两千七百一十万美元。而且，这其中还包括一笔“经常拨款”，五百万美元（扣除司法费用后为三百七十五万美元）用于支付活着的孩子在 2016 年之前发病的费用，到时这笔钱的结余将分给每个活着的孩子。还有一些额外的费用是给父母用于报销的。因此，2001 年和解金的总额（不包括对未成年人保管的信托基金产生的利息）大约在三千五百万至四千万之间。法庭记录也显示一些孩子未满十八岁的家庭支付完佣金和各种花费后，最多的收到了五十万一千五百七十美元，最少的收到了九万一千九百五十四美元。律师们从他们的佣金中捐献了十五万美元给患者家庭组成的环保宣传组织 TEACH。

5 月 31 日，律师们召集下午五点开会，他们希望有充足的时间进行讨论。四点五十五时莱克伍德——9 号公路从赖克农场到汽巴一路穿到那里——的宾馆舞厅里聚集了将近两百人。基本上所有六十九个家庭都出席了。这是之前从未有过的，但这次会议也和之前的都不一样。这间屋子里的家长和孩子们等这一天已经太久了。房间的前方站着简·谢里曼，马克·库克，埃斯特·别列佐夫斯基，还有他们的律师合伙人杰拉尔德·威廉姆斯和史蒂文·法恩曼——他是一名“列夫·卡布拉瑟”事务所的律师，为这个案件工作。这是他们的秀场，他们很紧张。自从 1 月份开始协商之后，他们和客户的接触不多。现在他们不得不向家属解释提出的交易，而家属们除了知道他们中有些人得到的钱会比另外一些人多很多之外，其他什么都不知道。

从律师们的角度来说，分配方案对不同的家庭区别对待这毫不奇怪。汤姆斯河案的起因是环境病因，对于某些孩子，这种因果关系的证据比其他孩子更强。因此公司不会对每个生病的孩子承担同等的责任。即便在 1 月份的协商开始之前，埃里克·格林就执意要库克、别列佐夫斯基和谢里曼设计一个“矩阵”，根据多种因素分配提案中的赔偿，其中包括癌症类型、接触时长和受害的严重程度。这个矩阵在未来多轮的提案和反方提案中都是一个重要的基准，在一次次你来我往的谈判中，赔偿总额一减再减，但不同家庭区别对待的分配方法从来没变。谈判中断之后，患者家属一致同意，他们的律师可以按自己的想法随意改变分配方案。公司关心的是这块馅饼整个有多大，他们不关心怎么分它。①所以三名律师商谈了一下，设计了一个和格林的矩阵类似的，不

---

① 陶氏、汽巴和联合水务从未披露过总和解款中每个公司分别承担多少，不过陶氏（作为联合碳化物公司的继任者）可能支付了大部分的款项，因为花园路水井的污染记录完整。

过适当减少了不同家庭间差距的方案。但是，即便经过这样的调整，赔偿最高的家庭收到的钱仍比最低的家庭高了大约六倍。库克后来解释说："癌症同样都是悲剧，但我们不能忽视，某些癌症的法律证据比另外一些强。怎么告诉客户是个难题。"

这次会议——持续了四个小时——充满了愤怒。基本没有人质疑和解金的总额，或是抱怨几家公司没有明确的道歉。家属们明白，化工厂永远不会主动承担责任。但基本上房间里的每个人都被自己的律师设计出的分配方案激怒了。大部分人认为每个家庭应该平分，少数认为那十五个孩子夭折了的家庭应该分得最多。没人公开表示支持律师们的方案，那个方案考虑了太多因素，却把最大的权重给了每个孩子的因果证据。

金·帕斯卡瑞拉的女儿十多年前还在襁褓中就夭折了，他回忆说："很多人都很抵触。我们一直在说这和钱没关系，但是在那天的会上，当走到这一步的时候，对于某些家庭来说，那就是钱的事。"帕斯卡瑞拉认同律师们的努力，特别是因为他自己也是一名律师。而曾经给过律师们最大协助的布鲁斯·安德森则强烈反对，他回忆说："在会上，我说没门。肯定会有人觉得这个不错。这都是相对的。我看这就是个笑话。没有什么能补偿我们所经历的一切……多少钱都不够。"

简·谢里曼沮丧地听着这些指责。他用来解决争端的崇高实验不该这样收场。多年后他回忆说："那一晚不该如此痛苦和困难。"谢里曼曾是个梦想家，他最初希望保留一大部分和解金建立一个基金，让这些家庭对它进行管理，用于支持汤姆斯河或其他地方的环境教育与宣传。他说："这本该是一个机会，将他们彼此，还有这个区域联系在一起，他们应该说我们从汤姆斯河所发生的一切中吸取了教训。但最后的结果被钱污染了，我们又跌回了传统的模式。"曾怀疑过谢里曼的非传统理念的库克和别列佐夫斯基拒绝了他建立基金的想法，理由是对于这些多年来一直等待着为自己的痛苦经历接受赔偿的家庭来说，这不严肃，也不公平。而且这样律师的佣金也会变少，他们为这案子投入了三年多的努力。不过，律师们同意了一个和解建议，减少了他们的佣金和其他费用，将基本上所有的钱都给了这些家庭。这其中包括一个创新性的单元：一个“癌症恢复信托基金”，有将近四百万美元（扣除费用后），幸存下来的孩子如果复发可以此进行补偿。十五年之后，这个基金里无论剩多少钱，都将分发给幸存者。

这个过去被小心翼翼平衡着的协议现在看来是要黄了——至少律师们担心会这样。埃斯特·别列佐夫斯基回忆说：“人们冲着彼此叫喊，撕扯。情况紧张得简直难以置信。要我说，散伙是分分钟的事。”倒不是每个人都那么担心。金·帕斯卡瑞拉相信那些不同意的人一旦意识到他们除此之外只有两个选择——再等五年甚至更长的时间冒险上法庭，或者直接放弃什么都拿不到——之后，会回过味来的。他是对的。夜晚渐渐过去，气氛从尖锐的指责变成了不情愿的接受，这受到了一个年轻的癌症幸存者的影响，她敦促大家停止利己主义的争吵，保持团结。她坐下之后房间里安静了下来，几分钟之后，律师们请大家举手表决。并不是每个人都同意这个协议，但没人举手反对——包括布鲁斯·安德森，他还是很生气，不想加入同意的行列。

当他们从宾馆鱼贯而出，走向自己的汽车准备回家的时候，很多家长都在流泪。他们的感受远不是快乐，相比于迈克尔·吉利克从孩提时代起就期盼的复仇的甜蜜，这感觉也不能算满意。最终，这些家庭得到了认同，汽巴、陶氏和联合水务间接地承认了孩子是受到了伤害，但这种认同的形式不是承认、道歉，或是哪怕有个解释——只是以美元的形式，还不是平均分配的。

接下来的六个月奇怪而神秘。杰里·法格里亚诺和其他进行集群研究的同事发现了一些对汤姆斯河来说很重要的东西，却不能向任何人，包括那些家庭透露。琳达·吉利克和这些家庭达成了一个法律上的重大和解，却不能和别人说，包括那些研究人员。每个团体都别无选择需要保密。在他们宣布病例-对照研究的结果之前，法格里亚诺和他的团队要复核所有的计算，写出最终报告，给外部专家组介绍并供其评审，专家组的每个人都宣过誓要保密。而在法官批准所有赔偿计划——包括十八岁以下的儿童——之前，患者家庭和律师们都不能透露庭外和解已经谈妥。

对这些家庭来说，司法听证前那些无聊的程序冷冰冰地提醒着他们，他们隐秘的痛苦如何变成了商业交易，而这个过程中大部分的时间里他们只是被动的观察者。律师们告诉他们能拿到多少钱，（由律师担保的）理财顾问告诉他们应该怎么花那些钱。癌症幸存者们和他们的兄妹们（后者大部分收到的都是精神补偿款）在年满十八岁之后将开始收到赔偿。他们的父母——收到的较少——则被告知要计算以往的花销，包括误工的时间、医保不覆盖的账单，甚至去外地就医时的运费或是通行费。律师们还要确保每家都签了免责协议，形式是一封给汽巴、陶氏和联合水务的信，信中签署人同意“放弃所有及任何可能的要求与权利”，并对和解条款保密。公司却不需要反过来写信给家属，对过去五十多年里在汤姆斯河发生的一切表达歉意。

公司道歉的方式是用钱——至少律师们是这样告诉这些家庭的。但这些要求家属签字的保密协议至少部分削弱了这些家庭的满足感。但三千五百万美元足以使汤姆斯河的和解成为有毒物质泄漏类案件中有史以来赔偿款最高的一个。它无疑是最大的居住区癌症集群案件，令 1986 年八百万美元和解的沃本案相形见绌。①

① 和汤姆斯河案一样，沃本案也应该是保密的。但不同于汤姆斯河，它的八百万美元和解金很快泄露给了媒体。八个沃本的家庭最终每家收到了大约四十三万五千美元，而对六十九家汤姆斯河家庭来说，他们的赔偿金额变动很大，平均数可能大约是每家二十九万。在汤姆斯河，孩子患有白血病的家庭收到的和解金是最多的——某些家庭多于沃本案的家庭收到的金额——因为环境因素导致白血病的科学证据多于其他癌症。沃本的诉讼只包括白血病。

这些汤姆斯河的家庭创造了历史，尽管他们疲惫不堪无暇体味自己的成就。

近在眼前的法庭听证会给其中一些家庭——那些家中有未成年患儿的家庭——提供了一个机会可以哪怕是部分地宣泄一下情绪，因为他们要在法庭度过漫长而求索的一天。但这些听证会不断被延后——起先是因为有大量文案工作需要准备，随后是外界惊天事件的干扰：2001 年 9 月 11 日，被劫持的美国航空公司客机撞进了世贸中心的北楼，撞击发生在威廉·沃伦（他代理联合水务公司）的律师事务所纽约办公室的头顶四层以上的位置。那家事务所没有死人，但这通混乱之后只能进一步延期。但不能无限期拖延下去，因为 10 月份时杰里·法格里亚诺告诉琳达·吉利克的顾问委员会，州政府终于定好了公布病例-对照研究结果的日期：12 月 18 日。如果到时和解没有完成，它就作废了。而且，最后关头如果再出现什么小毛病，金牌调解人埃里克·格林也不负责解决了。格林被困在了华盛顿特区，正在那斡旋美国历史上最著名的调解案：联邦政府控告微软反垄断案。

感恩节过去一周之后，听证会终于在高等法院法官马丽娜·克洛德慕斯位于新不伦瑞克的审判庭开始了，那里距离汤姆斯河以北一小时车程。琳达·吉利克没有发言。她一直都说自己希望有机会能与联合碳化物公司、汽巴和联合水务在法庭上当面对质，但迈克尔·吉利克现在已经二十二岁了，已经过了被这个“友好的听证会”（新泽西这么称呼这一程序）传唤的年纪。法官唯一的工作就是保证和解对每个孩子的利益最大，成年人就靠自己了。一些家长和孩子对法官克洛德慕斯做了发言，描述了苦痛的经历，包括化疗的折磨、夜访急诊室的恐怖。几分钟后这个家庭在法院的工作就结束了，下一组父母和孩子开始他们的陈述。

11 月 30 日，最后一次听证后法官批准了和解。这样，只剩下一件事情需要律师们协商：联合声明的措辞，要宣布达成协议而不透露财务条款。这个声明于12月13日发布，是一个律师艺术的杰作：它一共七段，实现了没有传达任何实质内容的效果。最后四句如下："在多位技术人员、科学家和医疗专家的协助之下，几方交流了详细的事实、科学与技术信息，并研究了关系到儿童健康的科学基础。最终，精细的科学调查并未达成任何一家公司应为引发这些家庭诉求的情况而负责的共识。所有相关方均同意，对于已研究的健康问题，和解是对该区域利益与关切的最佳推进方式，也将进一步提升这些家庭和公司之间自1998年开始的通过对话所建立的高效与合作的成果。总体上，基于上述事实，为使这些家庭的诉求有圆满的解决，这些家庭与公司达成了和解。"

最后一句不是非常准确：汤姆斯河案过去了，但它没有解决。

公布达成和解极大地减轻了杰里·法格里亚诺和他在州卫生部的同事的压力，他们正准备释放自己的重磅炸弹，一直在担心这对每个家庭的法律诉求会有怎样的影响。当时正代理州卫生专员的詹姆斯·布卢门施托克回忆说："那个和解的声明看起来极大地缓解了紧张气氛，我们感到压力小多了，不过还是有压力。从科学的角度看，对于结果是否正确我们究竟有多大信心，这还需要认真检查。"

州卫生部即将传达的信息很微妙，它会取悦一部分家庭，激怒另一部分家庭。8月份法格里亚诺就已经完成了结论的第一稿，这与他六个月前第一次分析数据时得到的结论相当一致。两个关键的发现适用于患白血病的女孩。对于所有出生前接触过花园路井水的女孩，法格里亚诺写到，"以多种相关性方法进行检验，都存在着统计学上显著的相关性与一致性"。同时，对于五岁以下接触过汽巴大气污染的女孩来说，还存在着"优势比的持续提升和明显的量效反应"。①

① New Jersey Department of Health and Senior Services, *Case-Control Study of Childhood Cancers in Dover Township*, *Volume Ⅰ* (January 2003), 18.

9 月份，当他向外部专家委员会展示他的草稿时，委员会的成员问了一个显而易见的问题：为什么只有女孩？这没有明确的答案；甚至连推测都没有。评审委员会中的几名流行病学家曾深入参与过沃本的调查，那次调查中也发现了儿童白血病与出生前接触水质污染有关。但在沃本，男孩的这种关联更强。最有可能的解释是，性别与此无关，沃本案的男孩人数占优，而汤姆斯河的女孩人数占优，这都是巧合。鉴于这个解释，一些专家要求法格里亚诺介绍数据时把男孩和女孩的放在一起。但他拒绝了，如果将性别混在一起，图就更乱了。同时考虑两种性别，1981 年后出生前高剂量接触过花园路井水的儿童的优势比是两点五七，但这个结果的置信区间从零点七二到九点一，确定性很差。低于五岁的儿童的优势比是一点八，置信区间从零点三九到八点三七。这两个例子中的优势比说明相关性并非偶然，但置信区间的低限都在一以下，哪个都没有达到通常意义上统计学的显著性。

法格里亚诺曾试图确定上世纪 60 年代期间喝到河边霍利街的井水会不会使癌症风险上升，但统计上的问题注定了他的努力不会成功。现在，如果法格里亚诺采纳委员会的建议，对两种性别一起分析，他也可以排除花园路水井的数据了。如果这样做，新泽西州政府和美国毒物与疾病登记处就可以终止联合调查，在他们用了六年时间，花费上千万美元之后宣布，没有什么重要发现——什么都没有。但花园路水井的数据的确有着优势比升高的规律，即便是大部分的置信区间都落在一以下。早在 1995 年他们看到迈克尔·贝里的发病率研究的类似规律时，法格里亚诺和贝里曾断定这个结果的不确定性太大，不需要进行进一步研究。现在，纷纷扰扰的六年过去了，法格里亚诺不想再犯同样的错误——尤其是他现在发现有两种环境暴露出现了类似的规律：汽巴排放的废气和花园路的水。他找出了一系列污染物与白血病的联系，他将公布这些结果，尽管还不能解释为什么对女孩比对男孩强这么多。

但法格里亚诺不会以同样的方式处理其他类型的儿童癌症，尽管脑部肿瘤和其他中枢神经系统肿瘤的结果也很诱人。二十岁之前确诊出上述疾病的儿童出生前接触过花园路井水的优势比是四点五一。但这个结果只是基于三个高接触组的病例计算出来的，而且置信区间很宽，下限低到了零点三九。接触汽巴的空气的情况也类似，只不过这次优势比最高的情况出现在出生前及出生后头四年高剂量接触的分组中：患有脑及神经系统肿瘤的儿童高剂量接触的优势比是九。同样，高接触组的患病儿童数不多，只有四例——快达到统计学的显著性了，但还没达到。[①] 而出生记录研究的结果——该研究只能分析出生前对汽巴废气的接触——甚至更加接近统计学的显著性，高剂量组有七名五岁前确诊为各种癌症的病例。多一个病例，只要再有一个孩子，就能出结果。[②]

法格里亚诺的研究涉及六十三个有癌症患儿的家庭，但自1996年以来，花了这么大的力气，他找到的答案似乎只能令其中十三个家庭满意——那些女儿患有白血病的家庭。患儿家庭在和解金问题上已经受到了不平等的对待，现在他们得到的解释也是不平等的。法格里亚诺已经做到了小数据流行病学的极致。他只能到此为止了。

这些家庭收到消息，12月17日，周一晚上，在县卫生部办公室一个简朴的会议室里有一个非公开的发布会，县卫生部办公室的位置就在镇北部的日落大道上，化工厂与赖克农场的中点。

---

① 这四例五岁前确诊神经系统肿瘤的病例，他们高剂量接触汽巴空气污染的优势比是九，几乎要达到统计学上的显著性了，因为其百分之九十五置信区间的下限是零点八六，只比一低一点。上限极高，是九十四点二。

② 出生记录研究中儿童在五岁前确诊的汽巴废气高接触组的优势比是两点九五，百分之九十五置信区间为零点九二—九点四五。

由杰里·法格里亚诺负责解释这个花费四年时间，耗资几百万美元进行的研究所获得的形形色色的结果。这次不是每个家庭都出席了，但还是聚集了一大群人。当法格里亚诺解释他分别从两个病例-对照研究中都发现了——或者没发现——什么时，大家很安静。

这些家庭不知该如何反应。从某种意义上来说，他们是平反昭雪了。那些反对的人错了，至少对于某些癌症病例来说，存在有疑似的环境病因。一个世纪以来，居民区癌症集群研究都是否定性结果（除沃本以外）的状态被打破了，这是因为吉利克和其他人拒绝向那些说不行的专家低头，坚持要进行全面的调查。但这次平反并不能令人完全满意。这些父母们用自己的经历来有选择地理解法格里亚诺说的话，就好像他的发现不是统计学图表，而成了罗夏墨迹测验。[①] 从严格的科学角度来说，这些家庭不应该让研究结果个人化，因为法格里亚诺发现的相关性绝不是用来解释任何一个儿童癌症个案的病因的。他只能评价某种环境接触与某些病例集群之间在多大程度上有所关联。和任何一个流行病学研究一样，法格里亚诺研究的是相关性，不是因果性。

即便如此，要这些父母抛开自己孩子所经历的痛苦来客观看待这个研究结果是不可能的。他们怎么可能不这样做呢？当金·帕斯卡瑞拉听到法格里亚诺说，脑及其他中枢神经系统肿瘤与孕期接触污染的水和空气，这二者的相关性因为缺乏统计上的显著性而不能成立的时候，他想到了自己的女儿加布里埃尔，她已经去世十年了。加布里埃尔在襁褓中被确诊为恶性神经皮肤黑变病，这是一种罕见的攻击脑和脊髓的肿瘤，但它的医学分类是黑

① 罗夏墨迹测验是一种心理学测试，测试人员向受试对象展示若干印有不规则墨迹的图片，让受试对图片进行描述，测试人员则通过受试对图形的描述来分析受试的心理状态。——译者

色素瘤，因为它产生于黑色素细胞中。因为是黑色素瘤病例，她没有被纳入只涉及白血病和神经系统肿瘤的访谈研究之中。帕斯卡瑞拉想，如果加布里埃尔在研究项目里，法格里亚诺可能就能够发现神经系统的肿瘤也是显著相关的，和白血病一样。多年后他回忆说：“我女儿的病例应该被包括在里面，显然她应该在里面。”

梅兰妮·安德森和布鲁斯·安德森听法格里亚诺说着女孩，想起了他们自己的儿子麦克。他已经二十岁了，他挺过了 90 年代初治疗白血病的那残酷的三年时间。梅兰妮·安德森回忆说：“他们只发现了女孩和白血病的关系，我很生气。我有一个得白血病的儿子。”而为这些家庭的事业奉献了几百个小时的布鲁斯·安德森认为调查不够充分，深深地失望了。多年后他说：“花了几百万美元，我觉得他们应该拿出比那多得多的内容。”

法格里亚诺的发布会之后琳达·吉利克没说什么，但过后她向他发泄了怒火。在她全力做活动家的这十二年里，她和她的儿子迈克尔一直在传递一个确定无疑的信息，污染了的水——也许还有空气——造成了迈克尔的神经母细胞瘤。无论何时，有质疑者指出居民区的癌症集群研究基本上从来没有发现病因的时候，她的回应都是，在汤姆斯河证据——这些证据她都曾在自己的图钉地图上收集过——太明显了，法格里亚诺不可能发现不了。而现在，他的工作结束了，法格里亚诺告诉她，对于迈克尔的癌症，这种被归类为中枢神经系统肿瘤的，她最关心的癌症，他没法确定有环境方面的病因。法格里亚诺回忆说：“我记得那晚琳达·吉利克对我本人非常不满，说我们查得不够仔细，问我们是哪里出了问题。她非常地生气。对我来说那是最艰难的时刻。一直激励着这些家庭的很大一部分动力是寻找答案。我们做了一切能做的事，但有些家庭离开的时候是那么地失望，而我们对此无能为力。”

第二天，还是在那里，法格里亚诺在新闻发布会上公布了调查结果并回答了问题。大约有二十名记者出席——是一大群人，但比起1996年《纽瓦克明星纪事报》首次披露存在癌症集群时拥向汤姆斯河的记者就差远了。弗兰克·劳滕伯格——2000年从美国参议院退休（2002年他又再次当选了）之前一直在支持着这些家庭的事业，他独自坐在走廊的一个折椅上，等着有人认出他来。琳达·吉利克也在场。面对记者，她收起了一部分前一晚的怒火。现在她说对结果“很失望，但并非不满意”。

法格里亚诺一做完汇报，很多记者就拥到了走廊里，在那里一个瘦高个椒盐色头发的男人在挥舞着手势指挥大家。那就是简·谢里曼，他在给每一个愿意听他说话的人讲，汤姆斯河的这项研究是“一次地震”，将在“未来很长一段时间之内影响公共卫生与环境政策的制定”。对谢里曼来说，那是一个令人沮丧的周末。案件达成和解不过是五天前的事，还没有吸引到他认为应有的全国媒体的注意力。对于那个律师们协调出来的含混不清的声明，谢里曼本希望有一个更加激情四射的版本。现在他在试图弥补这个遗憾，他想尽可能多地找记者来听他传递热情洋溢的消息。他坚称，庭外和解和研究结果，这二者将一同为解决全国的区域环境纠纷设立新标准。记者们尽职地记录着他热情洋溢的讲话，但他们写出来或播出来的内容并没有在新泽西和费城以外的地方引起多少注意。“9·11”恐怖袭击之后，全国都在经受恐怖主义和战争的折磨，《漫长的诉讼》仿佛过去了很久。实际上，汤姆斯河大戏中的一些关键角色，包括弗洛伊德·加尼科拉，艾琳·古尔斯基（她当时在华盛顿特区），都在全力应对炭疽和其他生物恐怖活动的威胁。

那天的稍晚些时候有一个社区论坛，州卫生部对此做出了详尽的计划——甚至安排了在本地有线电视台进行现场直播。会议的地点是汤姆斯河东部高中，距离贝大街和沃恩大道交叉口只有几千英尺，1984 年就是在那个路口，沥青路面开裂，散发着恶臭的化学物质第一次激起了汤姆斯河人对环境的担忧。但这次，宽敞的礼堂里只有七十来个位子上有人，而且观众很顺从——1988 年和 1996 年有一千多个嘶吼的本地人冲向类似的会议，这次则是那些以往经历的一个微弱回声。在先前的会议中，琳达·吉利克和迈克尔·吉利克扮演着关键的角色，献上绑着黑丝带的玫瑰，发表充满激情的演讲，沉静地诵读患病和死亡的儿童的名字。现在，他们再次来到观众席中，这次，配合更加稀疏的人群，琳达·吉利克用引人深思的声音进行了演讲。

她提到了那些像她一样，因为研究没有发现自己孩子的可能病因而失望的父母。她告诉他们："挺直腰杆，我们知道这里发生了什么。不要放弃。"[①] 结果不像她所希望的那么确定，但仍旧是开创性的。而且，无疑汤姆斯河的水和空气现在安全多了。化工厂已经关闭，花园路水井终于安装了过滤器，汤姆斯河的水比全新泽西任何地方——也许是全世界任何地方——检查得都仔细。过去几十年间将工业化合物输送到居民体内的路径终于被切断了。因此，吉利克预测说，癌症病例的数量一定会下降。事实上，她认为已经在下降了，尽管法格里亚诺——这个专门科学泼凉水的人——对她说现在下判断为时尚早。

吉利克的讲话以一个誓言结束：她所创立并已主持了五年的"儿童癌症集群，公民行动委员会"不会离开，她也不会离开。这些家庭已被锻造成不可分割的整体，而且还有工作要做。要有人去监督化工厂的清理工作，并且密切关注水务公司。要有人去对州卫生部施压，保证癌症登记系统更新，并且持续观测本地儿童癌症的发病率。而且尽管汤姆斯河的研究的主要内容，流行病

---

① Tom Feeney and Mark Mueller, "Crusading Mom Shrugs Off Vindication," *Star-Ledger*, December 19, 2001.

学研究已经结束，但汤姆斯河癌症集群的调查并未完全结束。总有一天，巴里·菲尼特的基因检测会出结果，联邦政府的 SAN 三聚物大鼠实验也会出结果。

基本上汤姆斯河的每个人都和癌症集群说再见了。那个过去多次试图翻过这一页的小镇终于做到了。这次是真的结束了。当地的房地产开发商加里·罗塔诺同时也是商会和医院董事会的头领，他回忆说："那种感觉就是，州政府做了一切能做的来研究这事，到某个时点，它必须要终结了，于是它终结了。晦气该到头了。"但对于吉利克、安德森、帕斯卡瑞拉和其他家庭来说，它没有终结。它永远无法终结。

第二十四章　遗留问题

波士顿大学著名的环境流行病学家大卫·奥佐诺夫喜欢这样说："对于公共卫生灾难，一个好的、有效的定义是，其健康效应如此之大，即便以流行病学的研究方法都可以侦测得到。"如果以这个俏皮的方式来描述，汤姆斯河的儿童癌症集群就是一个人为灾难，而且是本该避免的。

汤姆斯河，一个在各方面都如此平常的小镇，却因为自身不同寻常的混杂着人类的愚蠢与坚毅，伴随着大量的运气（厄运或好运）而形成了它所不愿见到的状态。几十年间，事情错得离谱，然后又惊人地被修正回来，这个过程中，无论是确认癌症集群，或是识别出它的疑似病因，都很难实现。先是有未加保护的水井，疏于管理的政府机构，高速的增长，以吨记的不明毒物被排入浅水和沙壤中。后又有像莉莎·博纳齐安、琳达·吉利克、弗洛伊德·加尼科拉、杰里·法格里亚诺这样的人，为了进行调查和推动调查的继续，他们所做的远远超出了人们的预料。为了将汤姆斯河的非随机癌症集群认定为"真"，必须要有相当多的癌症病例——多到能够引起住在那里的人的注意，多到足以越过统计学显著性这条极高的标杆。而要想将癌症集群与当地污染可靠地联系在一起，环境破坏必须非常严重，而进行流行病调查要精细且花费不菲——这背后都需要有不同寻常的政治支持。

很难想象其他地方还能发生同样的一系列事件，更难以想象一个政府机构会愿意进行一项汤姆斯河这样的调查——耗时近六年，斥资上千万美元，在得出令人不安的结论的过程中还引得大批公共机构尴尬不已。从这个意义上说，律师谢里曼的大胆预言——汤姆斯河的流行病学调查和法律和解将“在未来很长一段时间之内影响公共卫生与环境政策的制定”——可以说是对的，但案件并不是以他所期望的方式发生着影响。反之，汤姆斯河的重要遗产是巩固了政府对于进行汤姆斯河式的调查的反对态度。而且，因为只有政府才能畅通无阻地获得癌症登记信息（因为涉及隐私），如果公共机构不进行癌症集群调查，没人能做这件事。

近年来，少数几家卫生机构——包括癌症集群最大的反对者，疾病预防与控制中心——都无奈做过居民区癌症集群调查，尽管其中仅有少数是全面调查。他们几乎不约而同地采用了汤姆斯河/沃本模式：调查只有在琳达·吉利克式的公民活动家和裹挟在广泛传播的媒体报道中的政客们施加的巨大压力下才会开展。其中至少有三项调查（都是在美国）的结果令人不安：基本可以确定集群不是偶然事件。最著名的是在内华达沙漠小镇法伦及其周边的丘吉尔县，1997 年至 2002 年间十六名儿童被确诊为白血病——比期望值高八倍。[①]（据可靠的估计，法伦这种癌症集群是偶然现象的概率只有两亿三千两百万分之一。换句话说，这样极端的集群在美国要两万两千年才能因偶然发生一次。）[②] 第二个是

---

① Carol S. Rubin et al., “Investigating Childhood Leukemia in Churchill County, Nevada”, *Environmental Health Perspectives* 115: 1 (January 2007): 151—157.

② Craig Steinmaus et al., “Probability Estimates for the Unique Childhood Leukemia Cluster in Fallon, Nevada, and Risks near Other U. S. Military Aviation Facilities”, *Environmental Health Perspectives* 112: 6 (May 2004): 766—771. 估计以美国的规模（2003 年儿童人口七千七百万），在全国范围内，法伦这种集群现象要两万两千年才能随机发生一次，这个估算是基于 1999 年至 2001 年间法伦及其周边地区的十一例确诊白血病算出的。作者估计的法伦集群随机发生的概率是两亿三千两百万分之一与沃本的儿童白血病集群形成了鲜明的对比，作者估算沃本随机发生的概率是一百二十分之一。作者未尝试估算过汤姆斯河的集群随机发生的概率。

在亚利桑那州的谢拉维斯塔，1997年至2003年间至少有十一名儿童被确诊为白血病，而期望值应该是五。[①] 第三例是在南佛罗里达地区被称为“艾克里治”的社区发生的儿童脑癌集群，2005年至2007年间该地区确诊了四例脑癌，而期望值应该是一例。[②]

即便在针对当地空气、水和土壤进行了病例-对照调查之后，研究人员在上述三个区域中都没有发现明显的潜在病因。实际上，2001年的汤姆斯河调查之后，所有的居民区癌症集群研究都没有发现疑似病因。能够科学地将非职业癌症集群与特定化学污染接触联系在一起的，目前为止只有两个名字：沃本和汤姆斯河。

为什么没有其他案例？至少有三种可能的原因。尽管杰里·法格里亚诺的两个病例-对照研究有所发现，汤姆斯河的癌症集群仍可能是个统计学偏差，可能这个百万分之一概率的随机事件实际上与当地污染全无关系。或者可能汤姆斯河确实是由接触有毒物质诱发的非随机癌症集群，但它极其罕见，因为相比于烟草或家族史这种强大的风险因素，化学污染作为癌症诱因微不足道，这正是已故的理查德·多尔和其他一些杰出的流行病学专家一直以来的主张。但还有第三种可能性，就像波士顿大学的大卫·奥佐诺夫在他嘲讽流行病学研究的苍白乏力时所暗示的：相比于我们借助粗鄙的小数据流行病学统计工具所能识别出来的集

---

① U. S. Centers for Disease Control and Prevention, *Biosampling Case Children with Leukemia (Acute Lymphocytic and Myelocytic Leukemia) and a Reference Population in Sierra Vista, Arizona: Final Report* (November 30, 2006).

② Florida Department of Health, *Acreage Caner Review*, *Palm Beach County* (August 28, 2009)，随后被修订为 *Acreage SIR Recalculation Population Estimate Methods and Results*。二者均可在棕榈滩县卫生部网站上查阅。因为艾克里治事发当年增长速度太快，州政府用了四种不同的方法估算当地人口以计算发病率。2005年至2007年间确诊的这四例儿童脑瘤用这四种方法算出的百分之九十五置信区间分别是（1.7—11），（1.5—9.8），（1.3—8.2），和（1.3—8.2）。因此，就任何一种算法来说，集群都是有统计学的显著性的。因为四个病例中有三例为女孩，女孩的发病率置信区间还要更高。

群，实际上，类似汤姆斯河这种罕见癌症的集群可能要更加普遍。换句话说，更多污染物诱发的癌症集群可能一直都存在，但我们看不见，我们甚至懒得去看。

正当研究人员需要各方面的帮助来理解癌症为何发生，怎么发生时，公共卫生机构正在回避癌症集群研究。近些年癌症研究中最为重要的突破都是关于治疗的，而非诱因——政府和医药行业对研究的资助比例可以反映这一情况。(格列卫，最为成功的癌症新药之一，2001 年由诺华——前身即汽巴——推广上市，成功地将儿童白血病中最常见的一种的五年存活率提高到了百分之九十。)[①] 而对于那些仍在试图理解致癌作用的科学家来说，自 2001 年汤姆斯河研究结束以来，研究内容已经发生了很大的转变。他们已经从研究 DNA 变异转为研究细胞内处理遗传指令的每个步骤，例如 DNA 的单链衍生物 RNA 是如何指导蛋白质合成的。研究人员同时还在关注大批的表观遗传改变——那些转变基因功能但不改变基本的基因序列组成的基因修饰——期望从中找出细胞为何发生恶变的线索。

这些新出现的复杂性使得弗雷德里卡·佩雷拉和巴里·菲尼特这样的分子流行病学家识别人体细胞中的特殊改变——生物标志物——的工作变得更加困难，生物标志物本是描述人群中癌症风险的一种可靠指标。待选的生物标志物名单一直在增多。其中一些似乎是通过造成额外损伤或是提供额外保护而改变了某种癌症的易感性。还有一些在临床上有指示效果，表现出协助肿瘤早期诊断与治疗的潜力。少数几种甚至可充当“剂量仪”——粗略

---

① Stephen P. Hunger et al., “Improved Survival for Children and Adolescents with Acute Lymphoblastic Leukemia Between 1990 and 2005: A Report from the Children's Oncology Group”, *Journal of Clinical Oncology*, published online March 12, 2012. 论文指出，伊马替尼，诺华公司注册名称格列卫，对于治疗携带有费城染色体异位的儿童急性淋巴细胞白血病极为有效。

地表征出某人接触某种有毒物质的程度。[①] 但几乎所有这些生物标志物的一个共同点是，它们只在某些时候有用。例如在内华达州的法伦镇的癌症集群调查中，研究人员发现所有十一例确诊白血病的儿童都携带有一种特殊的基因变异，SUOX——但未患癌的儿童中百分之四十也有此变异。[②] 对于儿童白血病，理想的生物标志物应该非常敏感，每个有这种标志物的孩子都患有白血病，还要有很好的特异性，以至于每个患有白血病的孩子都有这种标志物。但经过数十年深入的研究，现在看来似乎从未找到过白血病的理想标志物，对很多其他癌症也是一样，因为致癌的路径太多了。即便是现在，距离鲁道夫·魏尔肖第一次在显微镜下看到恶变的白细胞已经过去了一百六十多年，癌症的生化路径仍不明晰。

巴里·菲尼特在汤姆斯河从事的研究就是一个例子。他一有充足的人员或经费就进行这个研究，时断时续地做了十多年之后，菲尼特和不断轮转的年轻同事们一直在分析汤姆斯河的那些血样，血样仍旧占据着他佛蒙特实验室的两个冷冻架。在搜寻与

---

① 到目前为止剂量仪最为成功的案例是黄曲霉毒素的监测，这是一种自然情况下真菌的分泌物，致癌，经常污染花生及其他谷物，在非洲和亚洲尤甚。上世纪 90 年代早期，约翰霍普金斯大学的约翰·古柏曼确认黄曲霉毒素-DNA 加合物可以便捷地在尿液中检出，是一种极好的确认肝癌高风险人群的方法。见 John D. Groopman et al.，“Molecular Epidemiology of Aflatoxin Exposures: Validation of Afaltoxin-N7-Guanine Levels in Urine as a Biomarker in Experimental Rat Models and Humans”，*Environmental Health Perspectives* 99：3 (March 1993)：107—113。

② 对于 SUOX 基因的一个线索是，它产生一种酶，而该酶在接触钨后会受到抑制。这点很可能有重要意义，因为法伦的儿童体内血液中发现了大量自然产生的金属元素，无论是患儿组或是健康对照组都有此现象。但病例-对照研究中并没有涉及法伦或其他地区的钨接触，有可能这种基因变异使得某些儿童对与钨相关的毒性更加易感。见 Karen K. Steinberg et al.，“Genetic Studies of a Cluster of Acute Lymphoblastic Leukemia Cases in Churchill County, Nevada”，*Environmental Health Perspectives* 115：1 (January 2007)：158—164。

化学物质接触和癌症风险相关的生物标志物的过程中，他们再次把目光投向了 HPRT 基因——这次他们追踪了基因在 X 染色体上变异的类型与位置。他们还追踪了另外十八种基因，包括修复 DNA 损伤的基因和将进入细胞的有毒物质清除出去的基因。最后，他们仔细观察了这些孩子的血细胞，试图寻找一种比单个的 DNA 片段大得多的生物标志物——实际上它大得可以直接从光学显微镜下看到。那是一团团扭曲的染色体，独自漂浮在细胞核中或是附着在不该附着的地方，或者甚至是颠倒的。①

到最后，哪个都不行。在菲尼特的生物标志物研究中没发现汤姆斯河的孩子和其他地方的孩子有什么明显的差别。他拼命想为所有这些失败找到个原因。菲尼特想，或许他找错了生物标志物。又或许什么都找不到是因为汤姆斯河的水里和空气中的化合物太少了，不足以对镇上的孩子造成可观测到的 DNA 影响，但州政府的病例-对照研究结果不支持这个猜想。也可能这些基因异常曾经出现在孩子们的血液中，但当他 2000 年采集血样的时候已经消失了，当时距离污染最严重的时期已经过去了很多年。甚至还有可能 DNA 的缺陷还在，只是太微小了，在这样一个小规模的人群中，不可能把它与随机的变异区分开。菲尼特只有四十三名汤姆斯河患儿的血样，再加上他们健康的兄弟姐妹，这意味着他研究的样本数只比杰里·法格里亚诺的访谈研究多一点，比出生记录研究还少——而这两项研究都饱受样本数少的困扰。

无论是什么原因，菲尼特花费十年搜寻汤姆斯河的化学暴露造成镇上儿童基因改变并提升他们患癌风险的证据，结果是

---

① 此处作者所指应该是染色体畸变，包括染色体易位、断裂或微核。染色体因为某些原因断裂后可能被接在错误的位置上，或是独立存在，甚至脱离出细胞核在细胞内形成微核。——译者

一场空。[1] 即便是菲尼特最看好的染色体畸变实验也没有发现任何关联。[2] 一位名叫希瑟·高力克的实验室技术人员在一项考验眼力和毅力的令人震惊的工作中——这项工作最后是因为给她发薪水的经费用光了才终止的——盯着她的显微镜观测了来自八十一名儿童的整整二十万一千八百四十四个白细胞。因为每个细胞都在分裂的临界点，被染色后可以看到染色体的内部。她数到了四百六十六个细胞——大致是她观测的细胞中每四百个里有一个——有染色体畸变的标记：易位、片段缺失或是其他损伤。对于菲尼特来说，那似乎是很多个畸变，但结果是，汤姆斯河儿童的染色体的畸变/健康比与其他地区的儿童基本相同。实际上，外地儿童的染色体畸变可能还略高，这个令人困惑的结果菲尼特无法解释。经过十年的工作，他所得到的结果里很少有他能够解释的。

2010 年 7 月一个闷热的下午，琳达·吉利克和另外几个汤姆斯河的家长从菲尼特那里接到了这个令人失望的消息，十年前，正是在这间欧申之爱的办公室里，他们被针扎怕了的孩子们排起

---

① 巴里·菲尼特对汤姆斯河的研究确实揭示出一些可能的证据，但他对这些发现——如果算发现的话——的意义并不确定。他发现三个基因有很小的变化——一个位于一号染色体上的解毒剂，被称为 EPHX1，另一个位于十一号染色体上的解毒剂 GSTP2，还有一个位于十四号染色体上的 DNA 修补基因 APEX1——对于没有住在汤姆斯河的儿童来说，这些变化使得他们患癌的风险增大了一倍以上。但是，对于汤姆斯河的孩子来说，这三种基因的改变并没有显著增加他们的患癌风险。一个更有趣的结果是关于七号染色体的长臂上的 ABCB1 基因的。这是一个药物转运基因，它关系到细胞对那些可以穿越多种身体屏障——例如母婴之间的胎盘屏障——的外来分子的排出能力。但这些基因上的差异与癌症风险的差异不相吻合——至少是在这样小样本的检测中不吻合。

② 巴里·菲尼特曾经对染色体损伤抱有更大期望，因为已经有其他研究证明对于某些癌症，接触某些致癌化合物，这是一个有效的生物标志物。例如，Lars Hagmar et al.，“Chromosomal Aberrations in Lymphocytes Predict Human Cancer：A Report from the European Study Grouop on Cytogenetic Biomarkers and Health”，*Cancer Research* 58：18（September 15，1998）：4117—4421。

队来采集了血样。2000年的时候几十个家庭参与了这个研究，到了2010年，会议桌旁只有三家了。坐在吉利克旁边的有布鲁斯和梅兰妮·安德森夫妇（他们现在住在宾夕法尼亚，开长途来到这里）和过去的邻居约瑟夫·扣特兰，她的女儿劳伦在幼年时挺过了神经母细胞瘤。自从九年前案件和解之后，其他大部分家庭都不再联系了。布鲁斯·安德森后来耸耸肩解释说："现在他们的生活中有了别的事情。"

还有另外一个汤姆斯河的家庭在等待结果的大项目，他们中很多人都很在意它。苯乙烯-丙烯腈三聚物，那个1996年弗洛伊德·加尼科拉从花园路水井里发现的罕见的塑料副产品，因为它的新奇与独特（它不曾在其他任何地方的污染物中检出过），它在汤姆斯河的大戏中有着极其重要的地位。对于某些家庭来说，那个灼人的问题，癌症集群为什么发生在这里？为什么是我们？SAN三聚物似乎是个答案——甚至也许就是那个答案。即便如此，还是有理由质疑SAN三聚物的重要性的：花园路水井中的浓度很低，这种化合物的健康风险未明，而且镇上还有很多其他的有毒污染物，特别是早在上世纪六七十年代时。即便如此，随着时间的流逝，"那个三聚物"——他们是这么叫它的——仍对那些家庭保持着神秘的控制力。金·帕斯卡瑞拉解释说："真的，我们内心深处都觉得它就是那个病因。"

SAN三聚物的答案应该来自联邦政府的国家毒理学项目(NTP)，但他们迟迟出不来。NTP最初是想做两年的大鼠代际实验，因为能够产仔的大鼠太少，没有成功，不过2005年第二次试的时候成功了。子代吃了两年掺有三聚物的食物后，仍旧存活的被溺毙。病理学家从每只大鼠体内取出了三十二个器官，将其浸入福尔马林溶液中，石蜡包埋后制成了上万片切片，每片厚五微米——这个厚度足以在显微镜下观察单层细胞了。然后由NTP召集的专家组镜检观察切片寻找肿瘤，这是一个相当辛苦的工作，又花费了三年时间，而且时间的变数很大。有时候，对一片特别模棱两可的切片——那种很难分辨上面的一个点究竟是肿瘤还是非癌症损伤的切片——他们争起来就像是一屋子个个固执己见的艺术批评家在争辩一幅抽象画的意义。

为这个化合物辩护的人们也在对切片进行评估。陶氏化学和沙特阿拉伯的 SABIC 公司——一个仍在用丙烯腈和苯乙烯合成塑料的石化巨擘——组织了一个机构，名为“SAN 三聚物协会”（缩写 SANTA 俏皮得不太合时宜），他们雇用自己的病理学家对政府的评审人给出的意见再进行评估。对陶氏和 SABIC 来说，这个赌注很高：全世界的监管机构，自美国环保局始，通常都按照 NTP 的研究结果设定化合物接触限值。①

2011 年年初，看似没完没了的 SAN 三聚物评估程序终于要得出结论了，此时距弗洛伊德·加尼科拉成功揭开花园路井基神秘化合物的面纱已过去了将近十五年。两路人马——NTP 的资深团队和它的外部评审委员会——将在该机构位于北卡罗来纳的总部汇合，放出对于三聚物致癌性的评判。这是一个很艰难的决定。切片显示，除一种癌症之外，三百只喂食三聚物的大鼠的癌症发病率与一百只无接触的对照组相近。唯一的例外是脑及脊髓肿瘤：投食三聚物的大鼠中有八例，而无接触的大鼠只有一例。这一结果令人惊讶，因为通常脑部肿瘤在大鼠中非常罕见。在 NTP 最近的各项研究中，将近一千三百只作为对照组的无接触 Fischer 大鼠中只发现了四例有这种肿瘤。这意味着以三聚物投食的大鼠中肿瘤的发病率比期望值高了九倍。更有意思的是，似乎有一个微弱但可察觉的剂量-效应规律，投食剂量大的大鼠更有

---

① 对于生产商来说，另一个强大的动力是，被 NTP 的啮齿类动物实验视为致癌物的化合物都会被列入 NTP 的致癌物报告之中。2011 版包括了两百四十六种化合物——这是一个生产商不惜任何代价都要避开的黑名单。

可能长出肿瘤。[①]

吉利克和其他的家庭经常把自己看成是不情不愿地参与了失控实验的豚鼠，因此他们极力推进大鼠的代际实验。现在，实验的结果显示，至少从某个重要的角度来看，投食三聚物的大鼠的确可以代表汤姆斯河的几千名出生前通过饮用水接触到了极低剂量SAN三聚物的儿童。在这两个群体中，一种肿瘤比期望值更加常见。而且大鼠实验还有一个暗示，正如杰里·法格里亚诺在汤姆斯河儿童的病例-对照研究中得出的结论一样，接触剂量最大的，面临的风险最高。

SAN三聚物是否真的是癌症集群的原因？和以往一样，研究的群体太小无法确定。如果病理学家能在高剂量接触的雄鼠中再多发现一个病例——现在是两例，如果能发现三例——那么剂量-效应规律就可以明确。但高剂量组只有五十只雄鼠，统计结果不明确的问题解决不了。[②] 同样，也没法知道是不是SAN三聚物造成了白血病——白血病一直是汤姆斯河的关键问题——因为国家毒理学项目选择用于测试的大鼠类型易发白血病，因而不适合作测试模型。[③] 尽管有上述缺陷，该机构不可能再推迟公布决定，增加其他实验来澄清含混的结果了——在他们已经用了十年时间花费了几百万美元之后，2011年1月24日的会议上，对数据争论了几个小时之后，NTP的高级员工们做出了裁定：致癌性

---

① National Toxicology Program, *Draft NTP Technical Report on the Toxicology and Carcinogenesis Study of Styrene-Acrylonitrile Trimer in F344/N Rats* (December 2010), 81, table 19.

② 欲了解更多关于四百只实验动物的限制（四个剂量组每个性别五十只），可参阅David Gaylor, "Are Tumor Incidence Rates from Chronic Bioassays Telling Us What We Need to Know about Carcinogens?" *Regulatory Toxicology and Pharmacology* 41 (2005)：128—133。

③ Fischer344大鼠不适合做人类白血病模型，因为它先天易感只会在大鼠体内出现的单核细胞白血病。见于Caldwell, "Review of Mononuclear Cell Leukemia"。

证据不充分，这是五个等级中最中间的一级。这是一个折中的选择，巧妙地反映了证据的诱惑性和极大的不确定性。

这个结果整整坚持了两天。1 月 26 日 NTP 的科学顾问委员会聚在一起讨论这个案例的时候，一大批工业界的顾问已经在等着要作证了。陶氏请了四个发言人，包括北卡罗来纳大学的詹姆斯·斯温伯格，他曾是这个他将要去说服的顾问委员会的主席。王牌选手是曾在 NTP 工作过三十三年的约瑟夫·黑斯曼，其中大部分时间里他担任生物统计学主管。到他讲话的时候，黑斯曼开始对他们的决定进行尖锐的批评——他坚称，对 SAN 三聚物，正确的评判应该是“无致癌证据”。

汤姆斯河的那些家庭可没有与之匹敌的雇佣军。当专家组的主席召唤下一位发言人的时候，扩音器中传出了一个熟悉的声音——既有恳求又有责备。那是琳达·吉利克从汤姆斯河打来的电话。她的声音刺破了安静的房间：“我真的相信我们的孩子就是现实的大鼠实验，想要完全复制真实发生在那里的一切是绝对不可能的……我只是担心，经过了所有这一切，花费了精力和金钱，和所有那些受到影响的，和逝去的生命，我们从这里走出去的时候却没有得到真实的答案。”布鲁斯·安德森在给 NTP 的信上表达了他的想法：“决不能允许这种事情再发生在其他孩子的身上。我们希望这个测试的结果能促进更加积极的保护措施。”以这个标准来说，他们提出的发现了“不充分的致癌证据”只能说是令人失望的，同样的和稀泥说法，这些家庭已经在政府的专家那里听了将近二十年了。

科学顾问委员会对证据不足这个说法也不满意，但他们的解决方法不是吉利克或者安德森所希望的。致命的一击来自委员会成员杰里·M·赖斯，他在成为工业界的顾问和大学老师之前曾是国际癌症研究中心的高级科学家。他断言，汤姆斯河的癌症集群很可能是偶发事件——无论 2001 年时法格里亚诺的病例-对照研究得出了什么结论。他说："众所周知，小概率事件在空间和时间上本来就会聚集。"并补充说大鼠"偶发的脑部肿瘤"不重要。他提议将官方分类改为"无致癌证据"。几分钟后，开始投票：赖斯的提议的得票数为六比一，有几个委员会成员因为和陶氏有商业关系弃权。

这间屋子的后排，一个名叫鲍勃·费斯特汉的男人和他的专家证人一一握手后乘机飞回了华盛顿特区。费斯特汉曾是美国石油学会的头牌说客，现在是一名顾问，专门在对监管机构的斗争中协助化工生产商。他经营着不下十家的工业团体，名字都是氯化石蜡行业协会、烷基酚和乙氧基类化合物研究委员会这一类的。最新的大作是SANTA，SAN三聚物协会，现在可以隐退了，它完成了使命。

早上的时候，苯乙烯-丙烯腈三聚物还是可疑致癌物，至少值得进行进一步的研究来厘清不确定性。到了晚上，它就不是了。在汤姆斯河的这些家庭面前，又一扇门砰就关上了。科学，和科学家曾让他们失望过那么多次，但还不曾有哪一次伤他们如此之深。

有一种方法——一种很重要的方法——随着时间的推移，通过这种方法，汤姆斯河的家庭越来越确信，正是工业化合物在他们的孩子患病的过程中扮演着重要角色：白血病的集群消失了。

杰里·法格里亚诺2001年时曾跟这些家庭许诺他会再回来，他信守诺言认真追踪着当地新发的儿童癌症病例，琳达·吉利克在欧申之爱办公室也做着同样的事情。小规模人群中的罕见病一向都是历年病例数会因为偶然性而发生很大变动，潜在的趋势通常都不明晰。为了使这种不稳定性更加平缓，法格里亚诺求出了它的五年均值。他发现，汤姆斯河儿童白血病的发病率经过了上世纪80年代的峰值之后就开始快速下降，现在已经低于州平均水平了。将截至2009年的数据输入之后（那是有完整的审核数

据的最后一年）这个图是这样的：①

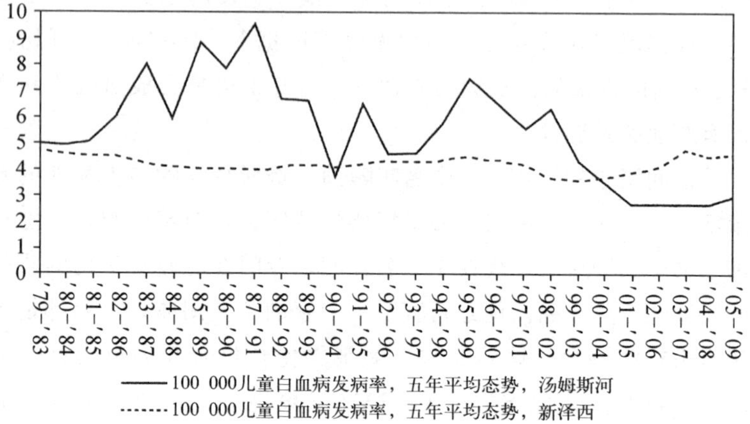

这是一幅激动人心的图。白血病是法格里亚诺的病例-对照研究中与污染相关性最高的一类癌症，所以如果这个研究是合理的，那可以预料在汤姆斯河的环境质量改善后白血病的病例数会下降。事实似乎是这样的：在工厂缩减运营和花园路水井安装过滤器或是关闭的同时，发病率下降了。

这是另一种相关性，不能证明因果关系，但在这些家庭看来，这不是巧合。他们中很多人相信，白血病的下降证实了癌症集群是污染引起的，所以说他们的积极行动挽救了生命。2011年，吉利克在一次公众集会上宣布："相比于镇上发生所有这些变化之前，病例数少了那么多，我们要让它继续下去。"杰里·法格里亚诺对原因并不那么确信，但被这个趋势鼓舞着。他说："这总是一个安慰，因为在我们做病例-对照研究的时候白血病是一个因为发病率升高而很突出的癌症。现在它降回到了正常水

① 本章中的两幅图由杰里·法格里亚诺绘制，数据来源是纽约州癌症登记系统和新泽西州卫生及高级服务部。发病率为每年每十万儿童中的确诊病例数，并用2000年的人口普查数据对美国人口的年龄进行了修正。

平，这说明有两种可能，要么当时我们发现的关联就是原因，而且我们把它清除掉了；或者我们只是看到了因为偶然性它又回到了背景水平。我们希望我们所采取的行动对公众健康有所帮助，但还不能说我们已经证明它了。”

法格里亚诺之所以不能确定，其中一个原因是所有儿童癌症整体的趋势——不像白血病——并不明确。在持续下降了十年之后，发病率陡然上升：2004 年汤姆斯河确诊八例，2005 年确诊九例，而通常是四到五例。这种突增会不会只是小规模统计中自然变动造成的又一次偶然现象呢？随后的年发病率略有下降说明确是如此。另一个证明是，没有任何一种癌症有不同寻常的上升——这不同于上世纪 80 年代，当时白血病的发病率有激增。但 2009 年又是一个不同寻常的坏年景，汤姆斯河报告了九个病例，所以法格里亚诺做出的最近五年所有癌症的平均值的图非常吓人：

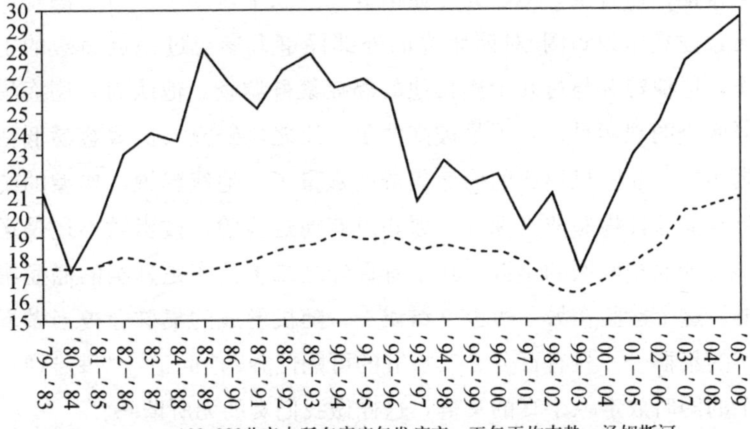

这条折线似乎将会很快再次下降，因为最近几年都不错：2010 年只有两例儿童癌症，2011 年三例。但最近的这些数字还不是官方公布的，没有被计入法格里亚诺的五年均值中去。下一步发病率走势如何谁也说不准。法格里亚诺说："发病率这么不稳定，能做出的解释只有这么一点，这让人很郁闷。这也真实地说明了，要在相对小的群体里，相对短时间内了解癌症发病率的难度。发病率会有起伏，哪怕是以五年计。或许，时间更长一些会清晰点。"

所以，这到底是什么？汤姆斯河的儿童癌症集群是幻觉吗？或者是偏差？还是前车之鉴？它会不会只是因为运气非常非常地差？就好像两个骰子连投六次点数都一样？或者会不会是污染极为严重，政府极度疏于职守——而且这样的情况除了沃本哪里都没再出现过——才造成了这样的结果？或者会不会有第三种可能性，就像大卫·奥佐诺夫说的，所谓公共卫生灾难，就是那种强到了连流行病学研究都能检测到的情况。会不会汤姆斯河和沃本唯一的共同点是有人试图对它们进行识别？

上面这些问题，罗格斯大学的流行病学家丹尼尔·瓦滕贝格觉得他知道答案。他研究癌症集群已经三十多年了。对于汤姆斯河，他只作为病例-对照研究的外部评审人参与过一点简短的工作，但他曾参与过几十次其他的癌症集群调查。他认为，癌症集群调查的现实是，它不是被高估了，反之，研究人员太容易低估真实的、非随机形成的癌症集群的数量了。他解释说，典型的统计学显著性检验非常保守，那些没有通过检验，被当做不过是运气不佳而被驳回的集群，其中有百分之二十其实是真实的癌症集群。这个检验在另一边也有错误——随机形成的集群会被当做真实的集群——只有百分之二点五的可能性。① 他问道："每错判一个的同时放走八个真的集群，这样做我们真的无所谓吗？"

还有更重要的一点是，瓦滕贝格指出，绝大多数的集群就从未进行过统计学的显著性检验。自从癌症登记出现以来，一个多

---

① Daniel Wartenberg, "Investigation Disease Clusters: Why, When and How?" *Journal of the Royal Statistical Society A* 164: 1 (2011): 13—22, 15.

世纪过去了，世界上没有任何地方的政府有全面的程序来主动筛查登记数据，并从中识别出值得进行进一步分析的可能的集群现象。近年来，关于追踪癌症分布和建立“响应小组”来调查潜在的癌症集群的提案有很多，但在美国国会或欧洲都没什么进展。[①] 反之，癌症登记系统的应用是被动式的，用来回应媒体的报道或是焦虑的市民，他们往往是偶然注意到了看上去像是癌症集群的现象，又有足够的动力去给卫生部门打电话推进调查。像美国这么大的国家，单是由随机因素造成的社区规模的集群现象就有可能成千上万，更何况还有不知其数的真正的集群。尽管如此，它们中的绝大部分——无论是随机的还是真正的——都从未引起过注意。每年卫生部门进行统计学显著性检验的集群调查只有几百个。一般年份中只有两到三个会追加进行全面的环境调查以期发现可能的病因。是否将好几百万美元的珍贵的研究经费用在这上面，这些机构做决定时依据的不是病例数有多高，而是相关群体吸引媒体和政客注意力的能力有多强。

瓦滕贝格指出，进行过全面调查的居民区癌症集群案例如此之少，其中只有两个——沃本和汤姆斯河——在科学上有说服力的研究发现了疑似病因就毫不奇怪了。他还说，样本量小，又存在偏差，就据此得出污染引发的邻近区域癌症集群不存在或是不重要，这不合理。他声称，更大的可能是很多真正的集群未被察觉，或者是被居民察觉了，却被当地工作太多，而且不愿无风起浪的卫生官员当做随机现象错误地排除了。他说：“很可能存在

---

① Erika Bolatad et al.,“Congress Urged to Track Cancer Clusters Better”, McClatchy Newspapers (*Bradenton Herald*), March 29, 2011. 同时，Kathleen Navarro et al., *Health Alert: Disease Clusters Spotlight the Need to Protect People from Toxic Chemicals*, a report of the Natural Resources Defense Council and the National Disease Clusters Alliance (March 2011) 中简略回顾了提交联邦立法机构的提案，并对自 1977 年以来美国十三个州的四十二次疾病集群报告进行了汇报。

有相当数量的集群未被觉察。即便是被注意到的集群，很多没有被调查，因为没人知道污染物是什么，或是这些人推不动卫生部门。”

居民和政府之间的这种脱节在贫穷的社区尤甚，污染和疾病是那里的通病却不被重视，因为那里还有更加迫切的社会问题，如饥饿、无家可归、失业和犯罪。瓦滕贝格还暗示，正是因此，今天的汤姆斯河更有可能出现在那些人们更焦灼于上面这些问题而非癌症集群的地区。

例如中国大陆新兴的工业化城镇。

三十九岁的刘玉书（音译）看上去比实际年龄老了二十岁。她的脸上和长时间没睡好觉的人一样布满皱纹。每天晚上，在重庆儿童医院血液科，她在拥挤的病房地板上九岁儿子的床边窄道里铺一块毯子睡觉。[①] 在中国中部这所正在无序扩张的医院里，很多家属，甚至病人睡在走廊里，所以她觉得自己运气不错。刘和她的丈夫是建筑工人，他铺砖，她配黏合剂。早些年他们远下距重庆一千多英里远的广东省——那里是繁荣的南方——找工作，在那里外资工厂如雨后春笋。刘在那里找了一份工作但没有干太长时间。回家后她儿子得了感冒一直好不了，在附近的门诊检查的时候发现血小板数低得有危险。重庆儿童医院的脊髓检查确诊为急性淋巴细胞白血病，这是一种最常见的儿童癌症。

阴影笼罩着重庆儿童医院的病房，也笼罩了全中国，不单因为这里的癌症治疗标准低于欧美。[②] 过去几年中，类似发现了汤姆斯河的问题的那些业余流行病学调查在广东、湖南、重庆等省

---

① 2007 年 10 月作者采访了重庆儿童医院的患者和医生。

② 到 2007 年，在重庆儿童医院——这里是中国顶尖的医疗机构之一——至少接受过化疗的急性淋巴细胞白血病儿童的五年生存率大约为百分之七十，而美国白血病患者的数字则是超过百分之九十五。

份不断出现。关于癌症与污染，中国的独立记者和活动家们在收集他们自己的非官方、缺乏科学性的数据，并且在制作地图，识别出“癌症村”，在网上公布他们的发现。① 他们发现的热点地区往往在城外，因为在中国，很多污染严重的企业都在郊区，另一个原因是城乡结合部的社会稳定性较强，可以识别出潜在的集群现象。（在繁忙的都市，因为人群混杂，非传染性疾病的规律基本无法发现。）甚至卫生部也承认污染——排放入河流和地下水的工业污染物，工厂和发电厂排放的废气——使癌症成为中国主要的死亡原因。② 但因为没有可靠的癌症登记系统，而且政府很少调查被报告的癌症集群，往往是非官方的“癌症村”调查成了了解当地癌症模式的最佳信息来源，被包括医生在内的人群广泛信任。重庆儿童医院的医生刘晓梅（音译）说她收治了很多工厂工人的孩子。会不会是污染造成的呢？她说：“我觉得是，但这很难确定。”

不争的事实是，中国已经急速超过美国，成为很多在全世界广泛应用的有毒化学品的最大生产国和使用国。化学工业也在其他发展中国家激增，但中国有显著优势。1996 年，汤姆斯河化工厂关闭那年，美国和欧洲的塑料产量都是中国的八倍，到 2010 年，中国的塑料产量是美欧的总和。同样在这段时间里，中国苯、乙烯和硫酸的产量翻了两番。其他几十种主要工业化学品也有同样的激增——包括 1856 年开启了染料行业的苯胺。③ 同样的

---

① Lee Liu，“Made in China：Cancer Villages”，*Environment*（March/ April 2010）.

② Xie Chuanjiao，“Pollution Makes Cancer the Top Killer”，Chian Daily，May 21，2007. 该文发表于中国最大的英文媒体，其中引用了中国医学科学院癌症研究人员陈治州（音译）的说法：“癌症发病数据升高的主要原因是污染和环境问题，每天水和空气的问题都在恶化。”

③ 化工生产数据主要来源于每年夏天 *Chemical & Engineering News* 发布的调查数据“Facts and Figures of the Chemical Industry”。

名字在推动着这些增长。巴斯夫，老牌德国苯胺制造商，现在是世界上最大的化工公司，在中国有七千名员工和四十家工厂。巴斯夫在重庆建了一所占地五十英亩的工厂，用于生产苯胺、硝基苯和二苯甲烷二异氰酸酯——该物质的生产原料是光气，这种毒性极大的气体在汤姆斯河用于制造偶氮染料。[①] 陶氏也一样，在中国有四千名员工和二十家工厂。

刘玉书和她丈夫的运气没那么好，不是在巴斯夫或者陶氏这样的跨国公司工作。和几百万中国人一样，他们是流动工人，哪里有工作就去哪里。他们的大儿子有严重的癫痫，因而他们得到政府许可，可以违反中国的一孩化政策再生一个孩子。但刘在怀孕期间不能休息，她长时间地为丈夫调制黏合剂，她丈夫在为一家扩建中的厂房贴砖，该厂家生产用于出口的装饰板材。会不会是孕期接触黏合剂中的环氧氯丙烷，或是釉面上的砷诱发了她小儿子的白血病呢？刘无意回答这个没有答案的问题。和病房里的医生们不同，她没想过可能会与污染相关。她的注意力都在儿子身上，对他所接受的治疗心存感激。她说："从我们来这以后，他的精神好多了，人也高兴起来了。"他能待多久还不好说。每年重庆儿童医院收治的白血病患儿有一百多个，但很多都在进行了一个月的化疗之后带着药回家了，因为他们的家庭负担不起全套的治疗程序。

一个高个、长相英俊的女人站在血液科外拥挤的走道上，她来自纽约。弗雷德里卡·佩雷拉一直保持着她的魄力，正是这种魄力在三十年前引领她提出了分子流行病学这一词汇，并引发了全球范围内对基因标志物的研究热潮，科学家们投身寻找高污染区域工作的人体内的基因标志物。她曾在全世界各处工作，但她

① BASF, "BASF Chongqing MDI Project Approved", news release, March 25, 2011.

说中国的有毒物质接触是她所见过的最严重的。通过与重庆儿童医院的医生们合作，佩雷拉和她在哥伦比亚大学的同事唐德良检测了几百名周边城市的儿童血细胞中的加合物——苯并（a）芘和其他入侵污染物与DNA接合后形成的分子，可以干扰DNA功能。他们已经发现加合物的存在和一系列发育问题有很强的相关性，包括语言发育延迟和运动技能差。① 加合物与儿童癌症之间也有弱相关性，佩雷拉认为，如果能有上百万美元，就可以用来研究几千名高接触儿童，加合物与白血病或其他癌症的统计学联系将会更加清晰。②

佩雷拉说："我们所知的已经足够得出结论，这样的接触导致了发育延迟，可能还提高了癌症风险。"她还表示，因为没有迹象显示暴露存在一个低于其下风险就不再增加的最小阈值，在中国的工业小镇发生的情况在其他地方也存在着——只不过更不明显。问题还是和过去一样，就看不够完美的流行病学工具能不能发现它们。

儿童癌症集群公民行动委员会开会的时候，会有一种时间黏滞了的感觉，这个组织仍旧会每年一到两次在汤姆斯河的市政综合大楼开会，这个大楼在美国精神大道上，一个街区之外就是传说中小镇创始人汤姆·卢克和他的安公主一起住的棚屋的位置。在屋子的前部，琳达·吉利克依旧占据着中心的座位。有时如果健康允许，她已经成年的儿子迈克尔会坐在她的左边，他仍在等待答案，自从1996年初，那些疯狂的日子里成立了委员会开始，他就在等。

---

① 弗雷德里卡·佩雷拉与唐德良在中国的其他研究工作可见于：Ferderica Perera et al.，"Benefits of Reducing Prenatal Exposure to Coal-Burning Pollutants to Children's Neurodevelopment in China"，*Environmental Healthe Perspectives* 116：10（October 2008）：1396—1400；及 Dan Fagin，"China's Children of Smoke"，*Scientific American*（August 2008）：72—79。

② 对相关研究的介绍也可见于《环球科学》2008年9月发表的对前页注释的编译稿"调查手记：远离空气污染的儿童"。——译者

现在，空旷的会议室里常常听众稀疏，而且大部分是花钱请去的：律师、公司代表和政府官员。大部分时候杰里·法格里亚诺还会从特伦顿开车过去，每次去的时候他都知道又会收到吉利克对于州癌症登记系统的例行的指责，她认为这个系统收集与公布欧申县和全州的病例的速度缓慢。多亏有她在欧申之爱的网络——这个组织仍在帮助着全县的家庭——琳达·吉利克始终比州癌症登记系统早至少一年知道当地的儿童癌症病例。[①]

委员会的议事日程也有一个熟悉的旋律。如果是夏季，联合水务一定是在奋力保证客户的用水需求，吉利克就一定会因为镇上的居民们没有关上浇草地的龙头也没有采取其他节水措施而大发雷霆。她会摇着头说："人们已经忘记了这里曾经的经历。"很多曾使这个小镇更容易遭到污染的问题仍未解决。褪去癌症镇的标签之后，汤姆斯河又开始了增长，尽管不再是从前那种云霄飞车式的步伐。但是，多年的财政紧缩政策对新泽西州卫生和环保部门的环境执法能力是伤筋动骨的，而且在汤姆斯河仍旧没有强制性的节水措施——即便是在镇上两名自来水公司的高级经理为了保证持续增长的当地用水需求而伪造了安全检测结果然后被发现之后。[②]（是总公司发现的，不是州政府。）

---

① 州癌症登记系统因1996年汤姆斯河危机所暴露出的不足一直没有完全解决。但目前的延迟时间是大约十八个月，已经比1995年迈克尔·贝里不得不放弃在集群分析中纳入近期统计资料的时候缩短了将近一半。延迟时间的缩短是琳达·吉利克和其他TEACH家庭施压的结果。

② 据州监管人员说，2005年夏季干旱期间在汤姆斯河的联合水务的两名高级经理，总经理乔治·弗莱戈和运营经理小理查德·奥腾斯因为担心镭污染会造成几口井不能供水而伪造了安全监测，填写了假的报告。水务公司母公司的一位审计人员发现有七次镭水平的升高他们没有上报，令州政府对联合水务罚款六万四千美元。二人被辞退，并各罚款五千美元。公司还因超过州政府规定的抽水限值而被罚款十万四千美元。但联合水务在汤姆斯河的新的管理部门受到了琳达·吉利克极大的肯定，她甚至给水务公司颁发了欧申之爱的2010年公众服务奖。在颁奖仪式上她说："五年前我无法想象会向联合水务颁发这个奖项。公司里的人通过在他们做的每件事中展示出的诚实与正直赢得了我的信任和赞赏。"

委员会会议的大部分时间都用于更新当地超级基金清洁点位的修复进展了，这些内容由陶氏和巴斯夫派来的微笑着的“社群关系”经理传达，总是没完没了的好消息。（2009 年时，汽巴过去在苯胺工业领域的德国竞争对手巴斯夫得到了汽巴化工方面仅存的一些业务，包括它的清理任务。）在花园路井基，那两口依旧关闭着的水井中的 SAN 三聚物读数在持续下降，现在已经低到了 30ppt，快要检测不出来了。不久陶氏的官员会建议这几口井可以再次与供水系统相连——这个举动琳达·吉利克疾呼反对。2012 年的委员会会议上她对陶氏的顾问说：“谁也不能碰，不管你的研究怎么说。”有美国环保局的许可，陶氏已经在计划关闭气提塔，早在 1988 年的时候汽提塔曾被认为会解决花园路水井的污染问题——但实际上没有用。

而纵观关闭了的化工厂，那片瑞士人六十年前清理出土地，建造了他们致力于染料生产的迷你王国的地方，松林又开始重新占据领地。那个 1984 年被绿色和平疯狂地占据了三天的水塔仍旧立在那里，镇上的志愿消防队用它来练习营救。而那里还有大约三万八千个桶埋在被称为 1 号室的用了三十多年的填埋场中的某个位置，工厂中绝大部分更老的桶都被挖了出来。[①] 月亮，泥盆，酸井，所有其他露天排污井，那些曾经每天都出现在乔治·伍利和塔尔迪兄弟字典里的外号，都至少是被清理一空了，这是由美国环保局监管，汽巴的保险公司出资进行的九千两百万美元

① 巴斯夫和它的前身汽巴一样不愿意花费上千万美元清理铺了防渗膜的 1 号室。在 TEACH 家庭的支持下，镇上发出请求试图强制清理 1 号室。布鲁斯·安德森，梅兰妮·安德森和他们的两个儿子甚至站在关闭了的工厂的大门前敦促进行清理。但是汽巴，和现在的巴斯夫没有动心，而且有责任监管填埋场的州环保部没有加入迫使公司去除填埋桶的行动。

清理项目的一部分。[1] 到 2010 年项目截止时，一共挖出并处理了超过三十四万三千立方码的土壤，这些污染的泥土铺六英尺厚的话足够覆盖二十七个橄榄球场。

土壤清理工作的完成似乎为汤姆斯河政客们的一个讨论多年的重大举动铺平了道路：镇上最后一大片空地的再开发。既然工厂中污染最严重的地区将被围栏封锁，那些污染没那么严重的区域怎么去建设就有了很多想法：球场，大型办公停车场，或者甚至房屋。到目前为止，没有一个计划有所进展，主要的原因是这块土地的下方仍有几十亿加仑被污染了的地下水未经处理。三十七座修复井仍在工厂的地面上或邻近的地方抽出水，对其进行处理，再将其注回，从 1996 年开始每天将近两百万加仑。泵会一直运行到至少 2025 年，最快到那一年这地方会撤出超级基金的名单。污染造成的影响不会立即消失，就像汽巴这个名字一样，这个创始于 1884 年的公司——它是企业兼并的受害者——开始逐渐在记忆中褪色。[2] 而在赖克农场，同样没有完全消散的污染疑云意味着塞缪尔·赖克——现在已经九十岁了——几乎可以肯

---

① 挖掘旧垃圾场的工作开始于 2003 年，工人们从老的污水桶排放地那些渗滤的井中拉出了四万七千多个已经碎了的桶，而该地点在更早的 50 年代曾是一个沉积湖。随后挖掘工作转移到了散落于厂址各处的其他非常老的垃圾场。最初美国环保局的计划是将这些地点的土壤在一个热解吸装置中进行热处理，这和 1995 年赖克农场的方法一样，但当 TEACH 和其他团体抗议说解吸过程会释放有毒气体后该机构改变了策略。不过美国环保局并没有像 TEACH 和其他团体要求的那样，让汽巴将所有浸泡有化合物的土壤运出厂外异地填埋。反之，除了污染极为严重的土壤，环保局允许汽巴对其他土壤使用实验中的堆肥方法。污染的土壤与稻草、木屑、营养物质和水混合在一起，通风以加速微生物的生长来降解复合的有机物。经过八周的堆肥——最初是在一个飞机库那么大的棚子里，后来露天放在一块橄榄球场大的沥青平板上——对土壤进行了测试。如果污染物浓度足够低了，这些土就被埋在工厂的土地上，另外一堆满是污染物的土再被堆上来。

② 在 1997 年那次对汽巴的拆分中，诺华继承了汽巴的制药业务，同时在它的隐形眼镜及其护理产品的单元仍旧使用了汽巴的名称，叫做汽巴视力。2009 年起汽巴的化工产品是在巴斯夫集团的一个品牌下生产的，当时这家德国公司买下了老汽巴剩余的东西。

定不能活着见到他的老禽蛋场，现在的破败的工业品仓库，有朝一日再次被开发了。从 1975 年起他和妻子贝莎就想把它卖掉，那时距他们做出那个悲惨的决定已经过去了四年，四年前他们以每月四十美元的价格将土地租借给尼克·弗尼科拉用来堆放废物桶，这点钱对弗尼科拉来说是小菜一碟。

从市政大厅沿河走几个街区，在滨岸公园的偏远角落里，一大丛蓬乱的灌木正在攻占记录着汤姆斯河病逝孩子的花岗石纪念碑。但那些蚀刻的名字依旧清晰，那些家庭——那些没有搬走或淡忘的家庭——一如既往地决心保卫他们的遗产。还没人提起过要解散居民顾问委员会，虽然会议取消的频率变高了。仍和琳达·吉利克一同担任委员会联席主席的金·帕斯卡瑞拉说："经过所有这些事之后很难再推进了，但我们明白了，你不能假设会有别人去为你料理这些事情，替你做正确的决定。"

帕斯卡瑞拉说："我觉得要缅怀我的女儿，最好的方法就是一直参与其中，哪怕我们永远也无法在科学上得到确定的答案。最终我明白了，当问题涉及的是这样的学科的时候，真的不能自负，以为自己知道答案。当初正是公司和政府的自负将我们陷入了这样一个境地。我们现在明白了。"

致谢

非虚构写作是一种伪装成独立作品的集体结晶。如果你已经读到了这里，就会知道《汤姆斯河》讲述的是一大群充满了激情的人们的故事。我一直非常感激他们中有那么多人愿意将他们的激情传递到这本书的创作中来。书中描述的事件经常是痛苦的，总是令牵涉其中的人们情绪激动；时光流逝并未销蚀这痛苦。但那一百四十个人仍愿意对一个陌生人讲述——不止一次的，在多种情境下——这证明了信任和承诺之深，我将在这几页中尽全力对此致敬。

应该特别感谢琳达·吉利克最初帮我选定了汤姆斯河。她不参与正式采访的决定丝毫不影响我对她为她的社区所做的事情的深深敬意。即便是现在，为当地处于危机中的家庭服务了二十五年之后，她和她的欧申之爱的团队仍在继续着杰出的工作，他们为欧申县患有癌症的儿童及其兄妹父母们提供着精神和财力的支持。你可以在 www. ocean - of - love. org 网站上了解到更多他们的工作，也可以通过给“欧申之爱，为了癌症儿童”提供捐赠的方式对他们进行直接的帮助，地址是新泽西州，汤姆斯河，1709 路 37 东，邮编 08753。

下面这个名单包括了所有我曾经采访过并愿意具名的人。另有一些人拒绝留名。我对他们所有人都表示深深的感谢：Rtchard Albertini，Bruce Anderson，Melanie Anderson，Emma Ansara，Robert J. Baptista，Richard Bellis，Don Bennett，Esther

Berezofsky, Michael Berry, Lois Bianchi, Eula Bingham, James Blumenstock, Lisa Boornazian, John Bucher, Bob Butler, Dan Carluccio, Judith Carluccio, Gary Casperson, Rajendra Chhabra, Dick Chinery, Angelo Cifaldi, Richard Clapp, Philip Cole, Craig Colten, Mark Cuker, Tom Curran, Bob De Sando, Michele Donato, John Paul Doyle, Michael Edelstein, James Etzel, Jerald Fagliano, Barry Finette, Heather Galick, Floyd Genicola, Robert Gialanella, Michael Gillick, Michael Gordon, Jon Gorin, Andrew Grange, Melvyn Greaves, John Groopman, Clark W. Heath Jr. , Rich Henning, Peter Hibbard, Susan Hibbard, Bruce Hills, Jon Hinck, Kathleen Hughes, William Hyres, Donna Jakubowski, Laura Janson, Yu Jie, Steven Jones, Jeff Josephson, Allan Kanner, Charles Kauffman, John E. Keefe Jr. , Judith Klotz, Alfred Knudson, Roden Lightbody, Liu Xiao-Mei, Liu Yu-Shu, Christine Livelli, Joanne Livelli, Gary Lotano, Harold Luker, Ray Lynnworth, David Malarkey, Jack Mandel, Jim Manuel, Morris Maslia, Nancy McGreevy, Sheila McVeigh, David Michaels, Bruce Molholt, Ernest Nagel, Gerald Nicholls, Terry Nordbrock, Kenneth Olden, Marian Olsen, J. Patrick O'Neill, David Ozonoff, Kim Pascarella, Richard Paules, Frederica Perera, Carole Peterson, Jerome Posner, Joseph Przywara, Dave Rapaport, Eric Rau, Bertha Reich, Juan Reyes, Herb Roeschke, Michael Rosenblum, John F. Russo Sr. , Leona Samson, Jan Schlichtmann, Gale Scott, Nancy Menke Scott, William Skowronski, Martyn Smith, Wayne Smith, G. Wayne Sovocool, Tomm Sprick, Samuel Sprunt, Dennis Stainken, Shanna Swan, Jon Sykes, Jackie Talty, John Talty, Ray Talty, Deliang Tang, Ray Tennant, Anthony Travis, Pamela Vacek, William Warren, Dan Wartenberg, John

Wauters，Stephanie Wauters，Dane Wells，Richard Wendel，Jorge Winkler，Steven Wodka，Carl Woodward III，George Woolley，and Mitchell Zavon.

上面列出的名单中有些人为我提供的帮助远不止于回答问题。在他们与我的合作过程中，他们表现出了对不加修饰的真实的坚守，这同样展现在了他们协助揭露汤姆斯河秘密的时期。在这个名单的顶端的是那些生命被癌症撕裂了的名字。丧子之痛，或是险些丧子，对于我们这些不曾经历过的人来说是无法体会的，尽管如此，Ray Lynnworth（雷·林恩沃斯）、Kim Pascarella（金·帕斯卡瑞拉）和 Bruce（布鲁斯·安德森）以及 Melanie Anderson（梅兰妮·安德森）容忍了我唐突的提问，Michael Gillick（迈克尔·吉利克）也是如此，他是我所见过的最勇敢的人之一。另外，有些人为我提供了极大的帮助，包括 Don Bennett（唐·贝内特）、Mark Cuker（马克·库克）、Jerald Fagliano（杰拉尔德·法格里亚诺）、Barry Finette（巴里·菲尼特）和 Bruce Molholt（布鲁斯·莫霍尔特）。他们在自己的专业领域非常可靠，此外，《科学美国人》杂志的 Mariette DiChirstina 帮我实现了中国之行。

我在纽约大学亚瑟·L·卡特新闻学院的“科学、健康与环境报道”项目组的学生们不断地为我带来灵感与欢乐。他们中的几位作为研究员直接协助着我。Susan Cosier 和 Alison Snyder 进行了广泛的文献研究，而 Emily Elert，Kristina Fiore，Robert Grant 和 Erica Westly 也进行了协助。在追踪信息源，获得公共报告、剪报和其他文件方面，要感谢 Marcus Banks，Betsy Dudas，Stephen Greenberg，Jon Hinck，Cheryl Hogue，Robin Mackar，Mary Mears，Ralph Roper，Ellen Tracy，John Wauters（约翰·伍特斯），Stephanie Wauters（斯蒂芬妮·伍特斯）和 Jorge Winkler（豪尔赫·温克勒），以及欧申县图书馆、欧申县历史学会和美国环保局纽约区办公室的文献管理人员。

我的同事和朋友们检查了部分手稿，提出了有益的建议和修改。这其中包括 Marla Cone，Howard Frankel，Stephen S. Hall，Robert Lee Hotz，George Johnson，Ivan Oransky，Anthony Roisman 和 Charles Seife。文中如果仍有错误就是我自己造成的。另外还想感谢我纽约大学的同事 Brooke Kroeger，他在我进行这个项目和适应学术生活的过程中给予了很多支持。与如此聪慧勤奋的同事和学生共事非常愉快，他们每个人都致力于为服务民众的深度报道探寻可持续的未来。

在这个项目漫长的孕育期中，我考验着兰登书屋集团先后几位编辑的耐心。对于他们矢志不渝的支持我深表谢意，最开始是超赞的 Ann Harris，随后是 John Flicker，Beth Rashbaum，Susanna Porter，以及最后的 Ryan Doherty，他是一名出色的编辑，也是本书真正的卫士。我的著作经纪人 Jane Dystel 和她的商业伙伴 Miriam Goderich 都没有失去过信心，而且多年来一直在为我提供理智的建议。

对于家庭为我做出的贡献，我的感激难以付诸文字。我能从书中的每一页纸间听到我的母亲、已故诗人和剧作家 Lois Levin Riosman 的声音。我的父亲 Arnold Fagin 在很多方面都在为我做出表率，虽然在他内心深处，仍旧希望我做个律师。（老爸，太迟了。）我的两个可爱的女儿，Anna 和 Lily 以优雅和幽默忍受着我的强迫症。她们的长大成人——和这本书一起——是我到目前为止最大的成就。说起我的妻子，法律记者 Alison Frankel，没有她就不会有这本书。书中几乎每个字都经过了她的阅读与品鉴，但她的贡献远不止是卓越的编辑工作。七年来，Alison 听着我不停地说起汤姆斯河——和《汤姆斯河》，还有在这之前的二十五年中的其他事件，但她不曾有一次尖叫着跑出屋去（虽说有几次是千钧一发了）。有了 Alison 的爱，一切皆有可能；没有它，我将一事无成。

图书在版编目(CIP)数据

汤姆斯河：一个美国"癌症村"的故事/(美)费金(Fagin,D.)著;王雯译.—上海：上海译文出版社,2015.5(2020.3重印)
(译文纪实)
书名原文：Toms River：a Story of Science and Salvation
ISBN 978-7-5327-6911-7

Ⅰ.①汤… Ⅱ.①费…②王… Ⅲ.①纪实文学—美国—现代 Ⅳ.①I712.55

中国版本图书馆CIP数据核字(2015)第018735号

图字：09-2013-341号

汤姆斯河——一个美国"癌症村"的故事
[美]丹·费金 著 王 雯 译
责任编辑/王巧贞 装帧设计/邵旻工作室 未氓设计工作室

上海译文出版社有限公司出版、发行
网址：www.yiwen.com.cn
200001 上海福建中路193号
上海市崇明县裕安印刷厂印刷

开本890×1240 1/32 印张16 插页3 字数381,000
2015年5月第1版 2020年3月第5次印刷
印数：17,001—19,000册

ISBN 978-7-5327-6911-7/I·4185
定价：59.00元